ENTRISSEN

© Charlie Hopkinson

TANIA CARVER lebt mit ihrem Mann und ihren zwei Kindern in Südengland. Dies ist ihr erster Thriller.

TANIA
CARVER

ENTRISSEN

THRILLER

Aus dem Englischen von
Sybille Uplegger

Weltbild

Die englische Originalausgabe erschien 2009 unter dem Titel
The Surrogate bei Sphere, Little Brown, London.

Besuchen Sie uns im Internet:
www.weltbild.de

Genehmigte Lizenzausgabe für Verlagsgruppe Weltbild GmbH,
Steinerne Furt, 86167 Augsburg

Übersetzung: Sybille Uplegger
Umschlaggestaltung: Johannes Frick, Augsburg
Umschlagmotiv: © Johannes Frick, Augsburg, picture-alliance /
Trigger Image (© Fabio Panichi)
Gesamtherstellung: CPI – Clausen & Bosse, Leck
Printed in the EU
ISBN 978-3-8289-9007-4

2014 2013 2012 2011
Die letzte Jahreszahl gibt die aktuelle Lizenzausgabe an.

ERSTER TEIL

1

Es klopfte an der Tür.

Claire Fielding und Julie Simpson tauschten einen überraschten Blick. Claire wollte aufstehen.

»Bleib sitzen«, sagte Julie. »Ich gehe schon.« Sie erhob sich vom Sofa und durchquerte das Wohnzimmer. »Wahrscheinlich hat Geraint bloß was vergessen. Wie üblich.«

Claire schmunzelte. »Oder er hat seine Meinung geändert und will mir seine *Desperate-Housewives*-DVD doch nicht ausleihen.«

Lachend verschwand Julie im Flur. Claire setzte sich bequemer zurecht, lehnte sich in die Polster zurück und betrachtete die Geschenke auf dem Couchtisch: Strampler und andere Babybekleidung. Elternratgeber. Spielzeuge aus Plüsch. Und jede Menge Glückwunschkarten. Ursprünglich war Claire der Meinung gewesen, dass es Unglück brachte, die Geschenke schon vor der Geburt zu öffnen, aber die anderen hatten darauf bestanden. Also hatte sie nachgegeben und ihre anfänglichen Zweifel bald darauf vergessen.

Sie rutschte hin und her, um eine Sitzposition zu finden, in der ihr Körpergewicht sie nicht allzu sehr belastete. Dann strich sie sich über den riesigen Bauch. Nicht mehr lange. Sie beugte sich vor und nahm sich, ächzend vor Anstrengung, das Glas mit Fruchtlimonade vom Tisch. Sie trank einen Schluck und stellte es zurück. Dazu einen kleinen Zwiebel-

Bhaji. Sie hatte einige Schauergeschichten gehört über Frauen, die sich während der Schwangerschaft andauernd übergeben mussten, weil sie nichts mehr vertrugen. Dieses Problem hatte Claire nicht, sie hatte Glück gehabt. Wahrscheinlich zu viel Glück, dachte sie und tätschelte ihren Bauch. Sie hoffte, dass ausschließlich das Baby dafür verantwortlich war, glaubte aber nicht recht daran. Manchmal wünschte sie sich, wie eine dieser Promifrauen zu sein – Posh Beckham oder Angelina Jolie –, die vier Tage nach der Entbindung schon wieder ihre alte Figur zurückhatten. Natürlich behaupteten solche Frauen immer, das allein durch Diäten und Sport geschafft zu haben, aber Claire war sich ziemlich sicher, dass Chirurgen dabei ihre Hand im Spiel hatten. Wie auch immer. Das wahre Leben sah anders aus – zumindest für Claire –, und sie hatte sich darauf eingestellt, dass sie hart würde trainieren müssen, wenn sie nach der Geburt wieder so aussehen wollte wie früher. Aber sie würde es schaffen. Und dann würde sie ein neues Leben beginnen. Nur sie und das Baby.

Die Angst und Depressionen der letzten Zeit gehörten endgültig der Vergangenheit an. Die Tränen, das Gefühl von Verlust – all das lag hinter ihr, sie hatte damit abgeschlossen. Inzwischen kam es ihr fast so vor, als seien all diese Dinge jemand anderem passiert. Sie hatte einiges durchstehen müssen, ja, aber die bitteren Erfahrungen waren nicht umsonst gewesen. Denn jetzt hatte sie das Baby.

Wieder lächelte Claire. Es mochte sein, dass sie irgendwann in ihrem Leben schon einmal glücklicher gewesen war, aber sie konnte sich nicht daran erinnern, wann. Auf jeden Fall musste es sehr, sehr lange her sein.

Plötzlich hörte sie Geräusche aus dem Flur.

»Julie?«

Dumpfe Schläge gegen die Wand, dann ein Knall und Geräusche, die klangen, als würde jemand in ihrem Flur Fußball spielen oder einen Ringkampf veranstalten.

Oder wie ein Handgemenge.

Ein Schauer jagte Claire über den Rücken. *Oh nein. Alles, nur das nicht. Nicht er, nicht jetzt …*

»Julie …«

Diesmal war in Claires Stimme ein Anflug von Panik zu hören. Ein weiterer dumpfer Schlag, dann Stille.

»Julie?«

Keine Antwort.

Unter großen Mühen gelang es Claire, sich von der Couch zu erheben. Vor Anstrengung wurde ihr einen Moment lang schwindlig, doch davon ließ sie sich nicht beirren. Sie nahm ihr Handy vom Couchtisch, verließ das Wohnzimmer und trat in den Flur hinaus. Sie ahnte, wen sie dort vorfinden würde, und war bereit, Hilfe zu rufen. Wenn nötig, auch die Polizei. Alles, solange sie ihn nur schnell wieder loswurde.

Sie bog um die Ecke. Und blieb wie angewurzelt stehen, den Mund weit aufgerissen. Sie hatte Schlimmes erwartet. Aber das, was sie vor sich sah, gewiss nicht. Niemals.

Es war so grauenvoll, dass ihr Gehirn sich weigerte, die Szene, die sich ihr bot, überhaupt zu verarbeiten. Sekundenlang stand Claire einfach nur da, starr und fassungslos.

»Julie …«

Dann erst bemerkte sie die Gestalt, die über ihre beste Freundin gebeugt dastand, und langsam begann sie zu begreifen. Sie begriff, dass ihr normales Leben mit dem Klopfen an der Tür ein jähes Ende gefunden hatte. Das, worin sie sich jetzt wiederfand, war etwas ganz anderes. Ein Alptraum.

Die Gestalt erblickte sie und lächelte.

Claire sah die Klinge im Licht der Flurlampe aufblitzen. Blut tropfte von ihr auf den Holzfußboden. Sie versuchte wegzulaufen, aber ihre Beine versagten ihr den Dienst. Sie wollte schreien, aber sie konnte es nicht. Das Handy entglitt ihren Fingern. Sie stand einfach nur da, unfähig, sich zu rühren.

Mit einem Satz war die Gestalt bei ihr.

Ein Faustschlag, und alles wurde schwarz.

Claire öffnete die Augen und versuchte sich aufzusetzen. Vergeblich. Sie konnte sich nicht bewegen. Arme, Hände, Rücken – alles war wie gelähmt. Die Augen fielen ihr wieder zu. Selbst ihre Lider fühlten sich schwer an. So schrecklich schwer … Es gelang ihr, sie auseinanderzuzwingen, aber sie offen zu halten kostete enorme Anstrengung.

Unfähig, den Kopf nach rechts oder links zu drehen, konnte sie nur nach oben starren. Sie erkannte die Decke ihres Schlafzimmers. Das Licht der Deckenlampe blendete sie. Claire blinzelte, aber sobald ihre Lider einmal zugefallen waren, wollten sie sich einfach nicht wieder öffnen. Sie wusste instinktiv, dass das nicht gut war, also riss sie die Augen mühsam wieder auf, trotz des gleißenden Lichts.

Sie versuchte zu begreifen, was los war. An der Wand bewegte sich ein Schatten, riesig und drohend wie ein Ungeheuer aus einem alten Horrorfilm. Da die Person sich außerhalb ihres Blickfelds befand, konnte sie nicht sehen, womit sie beschäftigt war.

Plötzlich fiel Claire wieder ein, was geschehen war. Die Gestalt im Flur, der Angriff. Und Julie. *Julie* …

Sie öffnete den Mund, versuchte zu schreien. Kein Laut kam heraus. Eine Welle der Panik überrollte sie. Sie schien gelähmt zu sein. Man musste ihr Drogen verabreicht haben. Sie spürte, wie ihre Lider sich unaufhaltsam wieder senkten. Zwang sie erneut auf. Es war ein Kampf, der schwerste ihres Lebens, aber sie durfte nicht zulassen, dass sie sich schlossen. Sie wusste, wenn das passierte, dann war sie tot.

Wieder versuchte sie, ihre Lippen zu bewegen, einen Laut von sich zu geben, um Hilfe zu rufen. Doch wie sehr sie sich auch bemühte – ihr ganzer Kopf schien von ihren gellenden Schreien widerzuhallen –, alles, was über ihre Lippen kam, war ein Winseln wie von einem Welpen.

Sie sah, wie der Schatten sich auf sie zubewegte.

Nein, nicht … lass mich, bleib weg von mir, fass mich nicht an, fass mich nicht an …

Es nützte nichts. Davon tat ihr nur der Kopf weh und ihre Ohren dröhnten.

Wieder spürte Claire, wie es ihre Augenlider nach unten zog. Verzweifelt kämpfte sie, um sie offen zu halten. Es wurde mit jedem Mal schwieriger. Genau wie das Atmen. Mit jedem vergifteten Atemzug, den sie nahm, ließen ihre Lungen mehr nach. Panik und Furcht trugen dazu bei, dass ihr wild pochendes Herz die lähmende Droge schneller durch ihren Körper pumpte. Sie wusste, dass ihr nicht mehr viel Zeit blieb.

Jemand muss mir helfen … bitte … die Tür aufbrechen, Hilfe …

Die schattenhafte Gestalt tauchte über ihr auf und verdeckte das Licht der Lampe. Zu Claires Angst und Panik kam zusätzlich noch Verwirrung. Wer war das? Warum tat er ihr das an?

Dann sah sie das Messer. Und begriff.

Nein. Nicht mein Baby … bitte, nicht mein Baby …

Die Gestalt beugte sich über sie. Ein Lichtreflex blitzte über die rasiermesserscharfe Klinge.

Nein … Hilfe, lieber Gott, so hilf mir doch jemand …

Setzte den ersten Schnitt.

Claire spürte nichts. Sah bloß den grotesk verzerrten Schatten des Eindringlings an der Decke und wie sein Arm sich hin und her bewegte.

Bitte nicht … bitte, so hilf mir doch jemand, Hilfe, nein …

Schließlich richtete sich die Gestalt auf. Sie lächelte und hielt etwas Rotes, Blutiges in den Händen.

Nein …

Ein weiteres Lächeln, und das rote, blutige Etwas verschwand aus Claires Gesichtsfeld. Sie konnte nicht schreien, sich nicht rühren. Sie konnte nicht einmal weinen.

Der Schatten bewegte sich in Richtung Tür, dann war er verschwunden. Claire war allein. Sie schrie und kreischte lautlos. Sie versuchte, die Arme zu heben, die Beine zu bewegen – vergeblich. Die Anstrengung war zu groß. Selbst das Luftholen wurde allmählich zur Qual.

Sie spürte, wie ihre Atemzüge flacher wurden. Ihre Lider sich erneut senkten. Sie hörte, wie das Blut langsamer durch ihre Adern gepumpt wurde, immer langsamer …

Ein letztes Mal versuchte Claire, dagegen anzukämpfen, aber es war sinnlos. Ihr Körper gab auf. Und sie hatte nicht die Kraft, ihn daran zu hindern.

Claires Lunge füllte sich nicht mehr mit Luft, ihr Herz hörte auf zu schlagen.

Ihre Augen schlossen sich ein letztes Mal.

2

Detective Inspector Philip Brennan, Chefermittler bei der Abteilung für Kapitalverbrechen der Polizei von Colchester, stand am Tor zur Hölle. Er streifte sich ein Paar Latexhandschuhe über und zog sich die Kapuze seines knisternden Papieroveralls über den Kopf. Er musste nur das gelbe Absperrband beiseiteziehen und darunter durchschlüpfen, und schon hätte er die Grenze zwischen Ordnung und Chaos überschritten. Die Grenze zwischen Leben und Tod.

Er hob das Band an und duckte sich darunter durch. *So viel Blut …*

Hinter ihm schnappte das Band wieder in seine ursprüngliche Höhe. Jetzt gab es kein Zurück mehr. Er ließ die Szene auf sich wirken und wusste, dass er dieses Apartment erst würde hinter sich lassen können, wenn er denjenigen gefasst hatte, der für das Geschehen hier die Verantwortung trug. Und vielleicht nicht einmal dann.

Der Flur sah aus wie ein Schlachthaus. An Wänden und Boden war so viel Blut, als hätte jemand mehrere Liter roter Farbe aus großer Höhe fallen lassen, die überallhin gespritzt war und sich beim Trocknen in einen rostigen Braunton verwandelt hatte. Aber Farbe roch nicht so. Nach Kupfer und ranzigem Fleisch. Phil zwang sich, durch den Mund zu atmen, aber er schmeckte es sogar auf seiner Zunge. Der Schweiß, der auf seinem Körper juckte, ließ sein Unbehagen noch anwachsen.

»Kann irgendjemand die Heizung abstellen?«, rief er laut.

In weiße Overalls gehüllte Menschen bewegten sich durch die Wohnung und gingen konzentriert ihrer Arbeit nach. Phil fiel auf, dass einige von ihnen Papiertüten hielten, die immer dann ausgeteilt wurden, wenn zu befürchten war, dass sich jemand übergeben musste. Sie sollten verhindern, dass das Erbrochene den Tatort verunreinigte. Einige der Tüten waren bereits gefüllt. Einer der Polizisten reagierte auf Phils Bitte und ging los, um den Thermostat zu suchen.

Die Leiche lag noch im Flur. Die Spurensicherung war bereits fertig mit ihr, und sie konnte zur Autopsie in die Gerichtsmedizin gebracht werden. Vorerst jedoch hatte man sie an Ort und Stelle liegen lassen, damit Phil sich ein genaues Bild vom Tatort machen und auf diese Weise vielleicht einen Ansatzpunkt für seine Ermittlungen finden konnte.

Er blickte nach unten und schluckte schwer. Eine Frau lag dort, die Gliedmaßen seltsam verrenkt, die Arme ausgestreckt, als wolle sie nach etwas greifen oder als hätte sie versucht, den letzten Atemzug einzufangen, der ihren Körper verließ. Sie trug Jeans und T-Shirt, und ein tiefer Schnitt hatte ihr sowohl die Drosselvene als auch die Halsschlagader an beiden Seiten des Halses durchtrennt. Die Schlieren, die ihre Arme in der Blutlache auf dem Dielenboden hinterlassen hatten, ließen den Schluss zu, dass ihr Tod qualvoll gewesen sein musste. Sie sahen aus wie blutige Engelsflügel.

Phil wandte sich an einen Mann von der Spurensicherung, der rechts neben ihm stand.

»Kann ich nach hinten durch?«

Der Mann nickte. »Ich glaube, wir haben alles, was wir brauchen.«

»Fotos?«

Der Mann nickte wieder.

Vorsichtig, damit er kein Blut in die übrigen Räume trug, machte Phil einen Schritt über die Leiche hinweg. Die Tür zum Schlafzimmer stand offen. Er ging darauf zu, blickte hinein, und augenblicklich drehte sich ihm der Magen um.

»Oh Gott. Das ist ja entsetzlich …«

Eine Gestalt im weißen Anzug hatte Phil gehört. Sie löste sich aus der Gruppe am anderen Ende des Flurs und kam zu ihm. »Als wäre es jemals *nicht* entsetzlich.«

»Aber so schlimm wie das …« Der Geruch war hier noch durchdringender. Phil konnte ihn nicht beschreiben. Er war Leben, er war Tod. Er war all das, was den menschlichen Körper ausmachte. Wer ihn einmal gerochen hatte, vergaß ihn nie. Und Phil hatte ihn schon oft gerochen.

Während er die Leiche auf dem Bett ansah, spürte er, wie sich seine Brust zusammenzog und seine Arme zu zittern begannen. Nein. Dies war nicht der Zeitpunkt für eine Panikattacke. Er atmete tief durch den Mund ein und aus und kämpfte mit aller Macht gegen die aufsteigende Angst, bis seine Atmung ihren normalen Rhythmus wiedergefunden hatte. Benimm dich gefälligst wie ein Polizist, sagte er sich. Es ist deine Aufgabe, Ordnung in dieses Chaos zu bringen.

Der Mann, der neben ihn getreten war, war Detective Sergeant Clayton Thompson, ein Mitglied aus Phils Team. Er war groß und attraktiv, und das Weiß der Kapuze betonte seine sonnengebräunte Haut. Das selbstgefällige Grinsen, das er üblicherweise zeigte, hatte einem konzentrierten Stirnrunzeln Platz gemacht. »Sorry, Boss. Wir hätten warten sollen, bis Sie da sind, bevor wir reingehen.«

Phil legte stets großen Wert darauf, sein gesamtes Team um sich zu haben, bevor er einen Tatort inspizierte. So konnte jeder seinen ersten Eindruck sofort mit den anderen teilen, und alle hatten eine gemeinsame Ausgangsbasis. Daher war er ein wenig verstimmt, dass Clayton nicht auf ihn gewartet hatte, doch angesichts der ernsten Lage war seine Entscheidung nachvollziehbar.

»Wo ist Anni?«, wollte er wissen.

Als Antwort auf seine Frage tauchte im Rahmen der Badezimmertür ein Kopf auf.

»Hier, Boss.« Detective Constable Anni Hepburn war klein, schlank und hatte kurze, nach allen Seiten abstehende Haare, deren Farbe ständig wechselte, die aber immer in lebhaftem Kontrast zu ihrer dunklen Haut stand. An diesem Tag waren die Strähnen, die unter dem Rand ihrer Kapuze hervorlugten, größtenteils blond. Sie warf Clayton einen verstohlenen Seitenblick zu. »'tschuldigung, wir hätten auf Sie warten sollen, aber die von der Kriminaltechnik haben gesagt …«

Phil hob eine Hand. »Jetzt sind wir ja alle hier. Lassen Sie uns anfangen.«

Wieder sahen sich Clayton und Anni an. Nur flüchtig, aber Phil entging es dennoch nicht. Er vermochte den Blick nicht recht zu interpretieren, hoffte aber, dass er nicht das bedeutete, was er befürchtete. Er wusste nur zu gut, wie viel weibliche Aufmerksamkeit Clayton zuteil wurde – eine Tatsache, die dieser zur Genüge auszunutzen verstand. Aber bitte nicht mit Mitgliedern seines Teams. Nicht mit Anni.

Phil schob den Gedanken beiseite. Jetzt war kaum der geeignete Zeitpunkt, um sich über so etwas den Kopf zu zerbrechen. Sie hatten jede Menge Arbeit vor sich.

Phil ging zurück ins Schlafzimmer. Die Leute von der Kriminaltechnik hatten ihre Bogenlampen aufgebaut und auf das Bett in der Mitte ausgerichtet, welches durch das gleißende Licht etwas Unwirkliches bekam, wie eine Filmkulisse oder ein Bühnenbild im Theater. Die Männer bewegten sich in gedrücktem, beinahe ehrfürchtigem Schweigen durch den Raum, bückten sich hin und wieder, um etwas konzentriert zu betrachten, nahmen Abstriche und füllten Tütchen mit Proben, die sie in Koffern verstauten. Wie Inspizienten oder Requisiteure, die vor einer Aufführung ein letztes Mal alles überprüften.

Oder Gläubige vor einem Opferaltar, dachte Phil. Auf dem Bett lag eine Frau, nackt, die Beine gespreizt, Hand- und Fußgelenke ans metallene Bettgestell gefesselt. Ihr Bauch war aufgeschlitzt, ihre Augen waren nach oben verdreht, als wären sie vor dem Grauen geflüchtet, das sie hatten mit ansehen müssen.

Phil musste schlucken. Die Leiche im Flur war schlimm genug gewesen, aber diese hier drohte ihn zum zweiten Mal mit der Tasse Kaffee und den zwei Scheiben Vollkorntoast bekannt zu machen, die er zum Frühstück gegessen hatte. Genau das, was er an einem Dienstagmorgen brauchte.

»Horror«, entschlüpfte es Clayton.

»Wir sind hier in Colchester«, sagte Anni kopfschüttelnd. Die anderen beiden sahen sie an. Sie war sichtlich erschüttert. »So was wie das *gibt* es bei uns doch gar nicht. Was zum Teufel ist hier los?«

Clayton war anzusehen, dass ihm bereits eine Erwiderung auf der Zunge lag. Phil spürte, dass seine Kollegen zu persönlich auf den Fall reagierten, er musste dafür sorgen, dass sie professionell blieben. »Also gut«, sagte er. »Was wissen wir?«

Anni war mit einem Schlag wieder bei der Sache, ließ eine Hand in ihrem Papieroverall verschwinden, zog ein Notizbuch hervor und klappte es auf. Phil war stolz, dass es Anni gelang, sofort umzuschalten.

»Die Wohnung gehört einer Claire Fielding«, begann sie. »Grundschullehrerin. Unterrichtet an einer Schule in Lexden.«

Phil nickte, den Blick unverwandt aufs Bett gerichtet. »Freund? Ehemann?«

»Freund. Wir haben den Anrufbeantworter und ihren Terminkalender überprüft, und es scheint ganz so, als hätten wir schon einen Namen. Ryan Brotherton. Soll ich mich drum kümmern?«

»Lassen Sie uns zuerst hier weitermachen. Irgendeine Ahnung, wer die Leiche im Flur ist?«

»Sie heißt Julie Simpson«, meldete sich nun Clayton zu Wort. »Ebenfalls Lehrerin, eine Kollegin von Claire Fielding. Ihr Ehemann hat sich mit uns in Verbindung gesetzt.«

»Weil sie gestern Abend nicht nach Hause gekommen ist?«, fragte Phil.

»Genau. Er hat vergeblich auf sie gewartet und schließlich die Polizei gerufen. Da war es schon weit nach Mitternacht. Anscheinend hat hier gestern Abend irgendeine Party stattgefunden. Er hat versucht anzurufen, aber es hat niemand abgenommen. Angeblich ist sie nicht die Art von Frau, die über die Stränge schlägt.«

»Jedenfalls nicht, wenn sie am nächsten Tag Unterricht hat«, fügte Anni hinzu.

»Hat er schon eine Aussage gemacht?«, wollte Phil wissen.

Clayton nickte. »Am Telefon. Er war ziemlich durch den Wind.«

»In Ordnung. Wir müssen später noch mal mit ihm reden.«

Anni sah ihn an, in ihrem Blick lagen Bestürzung und Unbehagen. »Da ist … äh … da wäre noch was.«

Sie drehte sich um und deutete in Richtung Wohnzimmer, das dem Schlafzimmer gegenüberlag. Phil war froh, einen Grund zu haben, nicht länger Claire Fieldings Leiche anstarren zu müssen. Er folgte ihr und blieb auf der Schwelle zum Wohnzimmer stehen. Er sah sich um und versuchte instinktiv, sich ein Bild von ihrem Leben zu machen und darüber, was für ein Mensch sie gewesen war.

Der Raum war geschmackvoll eingerichtet. Viel Geld hatte Claire offenbar nicht gehabt, aber ungewöhnliche Akzente und die individuelle Note der Einrichtung deuteten darauf hin, dass sie ihr knappes Budget kreativ zu nutzen gewusst hatte. Bücher und CDs, Mitbringsel von Auslandsreisen und gerahmte Fotografien zeugten von einem erfüllten, abwechslungsreichen Leben.

Aber das war es nicht, was Anni gemeint hatte. Auf dem Couchtisch standen zwei Weinflaschen, weiß und rot, die eine leer, die andere halbvoll, daneben eine Flasche Limonade und mehrere Gläser. Zwischen den Gläsern und Flaschen lagen die Reste geöffneter Geschenke: Schachteln, Präsenttüten, zerknülltes Seiden- und Geschenkpapier. Auch die Geschenke selbst waren da: Spielzeuge aus Stoff und buntem Plastik. Strampelanzüge, Erstlingsmützen und Jäckchen, Socken und winzige Schuhe.

»Diese Party …«, begann Anni.

»Oh nein …«, sagte Phil nur. Er war sich bewusst, dass Anni ihn genau beobachtete, aber er konnte weder ihr noch Clayton in die Augen schauen. Sein Puls beschleunigte sich. Er versuchte, es zu ignorieren.

»Wie Sie sehen, hat eine von ihnen keinen Alkohol getrunken«, meldete sich eine Stimme aus dem Schlafzimmer.

Die drei wandten sich um. Nick Lines, der Gerichtsmediziner, richtete sich hinter dem Bett auf und sah Phil über den Rand seiner Brille hinweg an. Er war ein hochaufgeschossener Mann mit kahlrasiertem Schädel und einer Hakennase in einem ausgezehrten Gesicht. Die Leichenblässe passte zu seiner Erscheinung genau wie sein makabrer Humor. An Tatorten blühte er immer regelrecht auf, fand Phil. Zumindest soweit man bei einem Mann wie Lines überhaupt von Aufblühen sprechen konnte.

Nick Lines nahm die Brille ab und sah Phil an. »Was wohl damit zusammenhängt, dass sie, zumindest soweit ich nach einer ersten Untersuchung sagen kann, schwanger war.«

Wieder starrte Phil entsetzt auf den aufgeschlitzten Bauch der Frau. Er wagte nicht, die Frage zu stellen, die ihm und seinen zwei Kollegen im Kopf herumging. »Verdammt«, war alles, was er hervorbrachte.

»Korrekt«, sagte Nick Lines düster. »Sie war schwanger. Und bevor Sie fragen, die Antwort lautet nein. Keine Spur. Nirgendwo in der Wohnung. Sobald uns klar wurde, was Sache war, haben wir danach zuallererst gesucht.«

Phils Herz schlug immer heftiger, sein Puls raste. Er musste sich unbedingt beruhigen. In diesem Zustand würde er keinen klaren Gedanken fassen können.

Er wandte sich dem Gerichtsmediziner zu. »Was haben Sie sonst noch rausgefunden, Nick?«

»Nun, wie gesagt, es ist alles noch vorläufig, nageln Sie mich also nicht fest. Das Offensichtlichste zuerst: Fraktur der Nase, diverse Blutergüsse. Sie hat einen Schlag ins Gesicht erhalten. Und zwar einen sehr heftigen. Des Weiteren sieht es so aus, als sei ihr etwas in den Hals injiziert worden. Eine zweite Einstichstelle befindet sich am unteren Ende des Rückgrats. Natürlich weiß ich noch nicht, um was für eine Substanz es sich handelt, aber wenn ich raten müsste, würde ich sagen, es war etwas, das sie paralysiert hat.«

»Und die … die Schnitte?«

Nick Lines zuckte mit den Schultern. »Mit einem gewissen Maß an Können ausgeführt. Nehmen Sie die Leiche im Flur – der Täter hat auf Anhieb die Arterie getroffen. Hier war es dasselbe. Ja, unser Mann wusste ziemlich genau, was er tat.«

»Todeszeitpunkt?«

»Im Moment noch schwer zu sagen. Irgendwann gestern am späten Abend. So gegen elf vielleicht? Auf jeden Fall zwischen zehn und zwei.«

»Irgendwelche Anzeichen sexueller Aktivität?«

Ein schwaches Lächeln zeigte sich auf Nick Lines' Gesicht – seine Art, Missfallen darüber auszudrücken, dass ihm gleich zu Beginn so viele Fragen gestellt wurden. »Wie einst der Vorsitzende Mao auf die Frage antwortete, wie er den Erfolg der Französischen Revolution einschätze: ›Um das zu sagen, ist es noch zu früh.‹«

»Gibt es irgendwelche Hinweise darauf, wer das getan haben könnte?«, meldete Clayton sich zu Wort.

Nick Lines seufzte. »Ich sage bloß, wie sie gestorben sind. Herauszufinden, warum sie getötet wurden, ist Ihre Aufgabe.«

»Ich meine, was für ein Personentyp der Täter war«, sagte Clayton in einem Ton, der keinen Zweifel daran ließ, dass Lines' Antwort ihn gekränkt hatte. »Größe, Körperbau und so weiter.«

»Noch keine Anhaltspunkte.«

»Im wievielten Monat war sie denn?«, wollte Anni wissen.

»Die Schwangerschaft war schon ziemlich weit fortgeschritten.«

»Und wie weit genau?«

Nick bedachte sie mit einem herablassenden Blick. Inzwischen wirkte er ernsthaft verstimmt. »Ich bin Gerichtsmediziner, kein Hellseher!«

»Und wir machen bloß unsere Arbeit«, sagte Phil im selben, leicht aggressiven Tonfall. »Was meinen Sie, ist das Kind inzwischen schon tot oder besteht die Chance, dass es überlebt hat?«

Statt Phil anzusehen, betrachtete Nick Lines die Leiche auf dem Bett. »Dem Zustand der Gebärmutter nach zu urteilen, würde ich sagen, sie stand wenige Wochen vor dem Entbindungstermin.«

»Und das bedeutet?«

»Das bedeutet, ja. Es ist durchaus wahrscheinlich, dass das Baby noch am Leben ist.«

3

Marina Esposito blieb zögernd auf der Schwelle stehen und sah sich um. Sie war nervös, nicht wegen dem, was sie gleich tun würde, sondern wegen des öffentlichen Eingeständnisses, das damit verbunden war. Und weil ihr Leben, sobald dieser Schritt einmal getan war, für immer ein anderes sein würde.

Die Wände waren in hellen Pastellfarben gestrichen, der Boden war aus Holz. Der Raum hatte diese anheimelnde und gleichzeitig kühle Atmosphäre, wie sie für Fitnessstudios typisch war. Marina hatte sich bemüht, möglichst unauffällig in die Umkleidekabine zu schlüpfen, ohne mit den anderen Frauen Blickkontakt aufzunehmen. Sie wollte sich keinesfalls in ein Gespräch verwickeln lassen und hatte sich in aller Eile umgezogen, in der Hoffnung, ihr Körper würde sie nicht zu erkennen geben. Dennoch hatte sie Zeit gehabt, die Frauen zu beobachten. Sie hatte gehört, wie sie miteinander geredet und gelacht hatten, und instinktiv gewusst, dass sie niemals dazugehören würde. Sie würde niemals eine von ihnen sein, ganz egal, welche Umstände sie hier zusammengeführt haben mochten. Nun sah sie dieselben Frauen im Kursraum versammelt, und ihr Mut sank. Sie trugen die Haare hochgesteckt oder zum adretten Pferdeschwanz gebunden, einige hatten Sportschuhe an, andere waren barfuß – aber alle trugen sie leuchtende Farben: knallbunte Gymnastikanzüge oder Trainingshosen mit passenden Jacken. Und alle waren sie makellos geschminkt. In ihrer grauen Jogginghose, dem schwarzen T-Shirt und den ausgetretenen Turnschuhen kam Marina sich schäbig und zerlumpt vor.

Jemand war hinter sie getreten. »Wissen Sie nicht, wo Sie hinmüssen?«

»Nein«, sagte Marina und drehte sich um. Sie versuchte, noch mehr zu sagen, aber die Worte wollten ihr nicht über die Lippen kommen.

»Schwangerschaftsyoga?«, fragte die Frau, als sie die Matte unter Marinas Arm bemerkte.

Marina nickte.

Die Frau lächelte. »Dann sind Sie bei uns richtig.« Sie tätschelte ihren Bauch. Er war um einiges größer als Marinas, und ein grelloranger Gymnastikanzug spannte sich über die pralle Rundung, die stolz über den Taillenbund einer heruntergekrempelten Jogginghose ragte. Durch den Stoff konnte Marina den umgestülpten Nabel sehen, der aussah wie der Knoten eines Luftballons. Die Frau lächelte, als sei es das Natürlichste von der Welt, so dick und rund zu sein. Neugierig betrachtete sie Marinas Leibesmitte.

Oh Gott, dachte Marina. *Bauchvergleich. So begrüßt man sich hier also.*

»Wie weit sind Sie denn?«, fragte die Frau.

»Erst … im dritten Monat. Also, im vierten.«

»Sie fangen früh an, das ist gut.«

Marina hatte das Gefühl, sie müsse zurückfragen. »Und … und Sie?«

Die Frau lachte. »Der Größe nach zu urteilen, kann es jeden Tag losgehen. Achter Monat. Ich heiße übrigens Caroline.«

»Marina.«

»Freut mich. Also, kommen Sie nur rein. Wir beißen nicht.«

Caroline betrat den Kursraum, Marina folgte ihr. Verstohlen musterte sie die andere Frau. Erst jetzt sah sie ihr ins Gesicht statt auf den Bauch: Mitte dreißig, gepflegt, lebhaft – vermutlich eine Hausfrau aus Lexden oder einem ähnlich wohlhabenden Viertel. Sie achtete auf ihr Äußeres, verbrachte ihre Tage beim Mittagessen mit Freundinnen, im Fitnessclub, bei Friseurbesuchen, bei der Nagelmodellage oder mit Shoppingtouren. Ganz und gar nicht Marinas Welt. Caroline blieb stehen, um mit den anderen Frauen ein paar Worte zu wechseln. Sie begrüßte sie wie alte Bekannte. Sie sahen alle genauso aus wie Caroline: fröhlich, bunt und dick. Wie sie sie so ausgelassen schnattern und lachen hörte, hatte Marina das Gefühl, in einen Kongress der Teletubbies gestolpert zu sein.

Am liebsten hätte sie sich auf der Stelle umgedreht und das Weite gesucht.

Aber in diesem Moment kam die Kursleiterin und schloss die Tür hinter sich. Der Fluchtweg war abgeschnitten.

»Ich sehe, wir haben jemand Neues …« Die Leiterin bedeutete Marina, näher zu kommen.

Caroline winkte sie an ihre Seite. Marina versuchte, sich ihren Widerwillen nicht anmerken zu lassen, rollte ihre Matte aus und wartete darauf, dass die Stunde begann.

So. Sie hatte es getan. Es öffentlich zugegeben.

Sie war schwanger.

4

Phil blieb einige Sekunden lang stumm.

Er sah seine beiden jungen Kollegen an. Auch ihnen schien es angesichts der Ungeheuerlichkeit dessen, was Nick Lines soeben gesagt hatte, die Sprache verschlagen zu haben.

Durchaus wahrscheinlich, dass das Baby noch am Leben ist …

»Oh Gott …« Endlich hatte Phil seine Sprache wiedergefunden.

»Korrekt«, meinte Nick Lines. Dann warf er einen Blick zum Bett hinüber. »Wenn Sie mich jetzt entschuldigen würden.«

Phil nickte und lotste sein Team nach draußen, damit der Pathologe ungestört mit seiner Arbeit fortfahren konnte. Keiner der drei sagte ein Wort.

Phil spürte, wie es ihm erneut eng in der Brust wurde. Sein Puls beschleunigte sich. Er konnte hören, wie das Blut durch seinen Körper rauschte, fühlte das Pochen seines Herzens wie die Schläge eines Metronoms, das unablässig die Sekunden zählte. Eine tickende Uhr, die ihn mahnte, endlich mit den Ermittlungen zu beginnen und das verschollene Baby zu finden …

Er rief eine uniformierte Polizistin aus dem Wohnzimmer zu sich. »Also schön, ich will, dass alles hier –« Er hielt inne. »Liz, richtig?«

Sie nickte.

»Gut. Liz.« Er sprach schnell, aber deutlich. »Ich will, dass der gesamte Apartmentkomplex durchkämmt wird. Jeder muss befragt werden, lassen Sie sich nicht abwimmeln. Holen Sie sich so viele Leute, wie Sie dafür brauchen. Sie wissen, worum es mir geht: Hat einer der Nachbarn etwas gehört, jemand Verdächtiges gesehen? Irgendjemandem muss etwas aufgefallen sein. Lassen Sie sich bei den Fragen von Ihrem Instinkt leiten. Ich habe bemerkt, dass die Wohnungen alle über Gegensprechanlagen mit Monitor verfügen. Wenn der Täter von draußen ins Haus gekommen ist, dann muss ihm jemand aufgemacht haben. Und das heißt, dass er gesehen wurde. Außerdem will ich, dass die nähere Umgebung abgesucht wird. Tun Sie es gründlich, aber schnell. Sie wissen, wonach wir suchen.«

Die Polizistin nickte und ging, um mit der Suche zu beginnen.

»Boss …«

Phil wandte sich um. Vor ihm stand Anni. Zwar war sie nicht die Frau mit dem höchsten Rang in seinem Team, aber er hatte sie ausdrücklich für den Fall angefordert. Sie war ausgebildet im Umgang mit Vergewaltigungsopfern, missbrauchten Kindern und hatte Erfahrung mit Situationen, in denen die Anwesenheit eines männlichen Polizeibeamten hinderlich sein konnte. Aber Phil hatte sie noch aus einem anderen Grund herbestellt: Annis Intelligenz und ihre Intuition suchten ihresgleichen. Und ihrer ständig wechselnden Haarfarbe sowie ihrem verschmitzten Lachen zum Trotz war sie knallhart. Härter als die meisten ihrer männlichen Kollegen. Sogar härter als Phil selbst. Um all dieser Dinge willen konnte er ihr sogar verzeihen, dass sie albernerweise darauf bestand, ihren Vornamen statt mit *ie* bloß mit *i* zu schreiben.

»Ja, Anni?«

»Was ist mit Julie Simpson?«

Phil warf einen Blick in die Runde, während er die Geschehnisse zu rekonstruieren versuchte. »Wenn es in erster Linie um …«, er machte eine vage Handbewegung in Richtung Schlafzimmer, »dann war sie, so brutal es auch klingt, wahrscheinlich bloß zur falschen Zeit am falschen Ort.«

Anni nickte, als hätte er damit bestätigt, was sie bereits vermutet hatte. Dann runzelte sie die Stirn. »Sollten wir uns nicht trotzdem alle Möglichkeiten offenhalten?«

»Natürlich. Aber …«

»Wie es aussieht, haben sie tatsächlich gefeiert«, fiel Clayton, der sich zu ihnen gesellt hatte, ihm ins Wort. »Vermutlich eine Babyparty.«

Anni musterte ihn. »Mit so was kennst du dich aus, hm?«

Clayton wurde rot. »Meine Schwägerin. Sie hatte auch eine …«

Trotz der ernsten Situation musste Anni lächeln.

Phil setzte ihrem Schlagabtausch ein Ende. »Also gut. Wir müssen nachdenken. Claire Fielding hat eine Party gegeben. Falls sie – oder ihr Baby – ganz gezielt als Opfer ausgesucht wurde, dann muss der Täter davon ausgegangen sein, dass sie allein in der Wohnung war. Womit er sich verkalkuliert hatte.« Er hielt kurz inne. »Aber nur für den Fall, dass Julie Simpson das eigentliche Opfer ist, sagen Sie den Birdies Bescheid. Sie sollen noch mal mit dem Ehemann reden, vielleicht weiß er ja, wer sonst noch alles eingeladen war.«

Die Birdies waren Detective Constable Adrian Wren und Detective Sergeant Jane Gosling – der Zaunkönig und das Gänschen. Sie wurden zwangsläufig immer zusammen in ein

Team gesteckt. Im Augenblick allerdings fand niemand ihre Namen zum Lachen.

»Sie glauben, es hat mit dem Baby zu tun, stimmt's, Boss?« Wieder Anni. »Er hat es mitgenommen. Der Täter.«

»Ich will keine voreiligen Schlüsse ziehen, aber es scheint mir die naheliegendste Erklärung zu sein.«

Erneut warf Anni einen Blick ins Schlafzimmer. »Glauben Sie, es ist noch am Leben?«

»Nick meint ja, also sollten wir davon ausgehen.«

»So lange, bis wir das Gegenteil feststellen«, warf Clayton ein.

»Vielen Dank, Dr. Unheil.« Phil ärgerte sich. Clayton hatte das Zeug zu einem herausragenden Detective und hatte nie ein Hehl aus seinem Ehrgeiz gemacht, aber trotz der hohen Meinung, die er selbst von sich hatte, war er in Phils Augen noch nicht reif genug für eine leitende Position. Was Kommentare wie dieser nur allzu deutlich unter Beweis stellten.

»Ich weiß, das wäre ziemlich krank«, sagte Anni und trat zwischen die beiden. »Aber ich finde, wir sollten noch eine dritte Möglichkeit in Betracht ziehen.«

»Du meinst, dass *er* es war?«, fragte Clayton.

Phil wusste sofort, von wem die beiden sprachen. Er warf einen raschen Blick in die Runde, um sich zu vergewissern, dass niemand in Hörweite war, und sagte leise: »Nicht hier. Sie wissen ja, die Wände haben Ohren.« Er versuchte seine Gedanken zu ordnen. Noch immer hörte er dröhnend sein Herz schlagen, und jeder Schlag schien ein Symbol seiner Untätigkeit zu sein, durch die das Ziel, den Täter schnellstmöglich zu fassen, in immer weitere Ferne rückte.

»Gut. Hier ist der Plan: Anni, Sie fahren mit den Leichen in die Gerichtsmedizin. Schauen Sie, was da los ist, und bringen

Sie Nick dazu, den Fall vorzuziehen. Lassen Sie sich nicht mit Ausreden abspeisen. Ich bin sicher, dass das Budget für diesen Fall aufgestockt wird.«

Sie nickte.

»Weiter: Wir müssen Claire Fieldings Hintergrund ausleuchten. Wer hat sie geliebt, wer hat sie gehasst. Freunde, Verwandte, Kollegen und so weiter. Ihr Freund – Clayton, wie hieß der noch gleich? Brian …«

»Ryan. Ryan Brotherton.«

»Richtig. Schauen Sie, was Sie über ihn rausfinden können, danach statten wir beide ihm einen Besuch ab. Mal sehen, was er zu sagen hat und wo er zur Tatzeit war. Eigentlich hätte er doch hier sein müssen.«

Clayton nickte.

»Und dann –«

Was auch immer Phil als Nächstes sagen wollte, wurde durch das Läuten eines Telefons unterbrochen. Alle hielten abrupt in ihrer Arbeit inne und blickten sich an. Eine unheimliche Stille breitete sich aus, die nur durch den beharrlichen Klingelton gestört wurde. Als hätte sich bei einer Séance urplötzlich der Geist eines Verstorbenen zu Wort gemeldet.

Phil erblickte den Apparat im Wohnzimmer und bedeutete Anni abzunehmen. Wer auch immer der Anrufer war, er würde eine Frauenstimme erwarten. Anni zögerte kurz, dann hob sie den Hörer ans Ohr.

»H-hallo?«

Alle im Raum hielten den Atem an. Alle Augen waren auf Anni gerichtet. Sie spürte die Blicke ihrer Kollegen und drehte ihnen den Rücken zu.

»Ja. Worum geht es denn?« Annis Stimme blieb ruhig und freundlich.

Sie warteten. Anni lauschte. »Nein, tut mir leid«, sagte sie schließlich. »Mit wem spreche ich, bitte?« Pause. »Aha. Nun, ich fürchte, ich habe schlechte Neuigkeiten für Sie. Dürfte ich Sie bitten, kurz dranzubleiben?«

Sie hielt den Hörer an die Brust gepresst, die Hand über dem Mikrophon. Dann winkte sie Phil zu sich. »Die All-Saints-Grundschule. Claire Fielding hat dort gearbeitet. Sie wollen wissen, warum sie nicht zum Unterricht erschienen ist.« Die nächsten Worte formte sie stumm mit den Lippen. »Was soll ich ihnen sagen?«

Phil sah es nicht gern, wenn Todesnachrichten an Bekannte oder Arbeitskollegen überbracht wurden, bevor die nächsten Angehörigen des Opfers informiert worden waren.

»Haben sie schon mit Julie Simpsons Mann gesprochen?«

»Ich glaube nicht. Er hätte ihnen doch gesagt, was los ist.«

»Gut. Dann teilen Sie ihnen mit, dass wir noch heute Morgen jemanden vorbeischicken, der mit ihnen redet. Aber sagen Sie ihnen auf keinen Fall mehr.«

»Warum nicht?«

»Ich finde, ihre Familie sollte es zuerst erfahren.«

Anni nickte und ging wieder an den Apparat.

Unterdessen wandte sich Phil an Clayton. Er sprach leise, damit die Person am anderen Ende der Leitung ihn nicht hören konnte. »Okay. Wie gesagt, die Birdies können die Sache mit Julie Simpson weiterverfolgen. Nun zu etwas anderem: Die Presse wird sicher bald hier sein. Bevor wir gehen, rufe ich noch Detective Chief Inspector Fenwick an. Er kann herkommen und sich mit den Medien herumschlagen.«

»Fürst Floskel reitet wieder«, meinte Clayton trocken.

»Sie sagen es.« Ausnahmsweise war Phil nicht verärgert über Claytons respektlose Bemerkung – er stimmte ihr sogar voll und ganz zu. »Aber für solche Sachen hat er ein Händchen, und die Presse scheint ihn zu mögen. Außerdem ist er telegen. So haben wir wenigstens die Medien auf unserer Seite – zumindest vorerst –, und das heißt, wir können uns in der Zwischenzeit in Ruhe überlegen, wie wir an den Fall herangehen. Und herausfinden, ob Claire Fieldings Eltern hier in der Nähe wohnen. Jemand muss mit ihnen sprechen.«

»Sollten wir nicht den DCI fragen, ob er die Todesnachricht überbringen will, Boss? Für ihn wäre das nichts weiter als ein PR-Termin.«

»Ja, aber wenn wir Pech haben, will er ein Kamerateam dabeihaben. Schauen Sie nach, wer auf dem Revier ist. Jemand mit einem angemessenen Rang soll die Sache übernehmen. Wenn es sein muss, ziehen Sie Hölzchen.«

»Klar, Boss.« Clayton schrieb alles genau mit.

Anni hatte aufgelegt. »Wir sollten so schnell wie möglich jemanden zur Schule schicken. Lange werden die nicht mehr dichthalten. Und es war tatsächlich eine Babyparty.«

»Woher wissen Sie das?«

»Lizzie – also Lizzie Stone, die Frau, die gerade angerufen hat – wusste, dass Claire für gestern Abend ein kleines Beisammensein mit Freunden geplant hatte. Größtenteils Leute aus dem Kollegium. Sie wussten jedenfalls alle von dem Baby und von der Party.«

»Verstehe«, sagte Phil und dachte kurz nach. »Ich weiß nicht mehr, wer das gesagt hat, aber es ist wahr: Ich ändere meine Meinung erst, wenn sich die Fakten ändern. Bis dahin verfahren wir so, wie ich es gesagt habe. Anni, instruieren Sie die Birdies. Adrian soll an Ihrer Stelle in die Gerichtsmedizin fahren. Jane macht weiter wie gehabt. Und Sie, Anni, fahren raus zur All-Saints-Grundschule. Nehmen Sie so viele Leute mit, wie Sie benötigen. Wir brauchen Aussagen vom gesamten Lehrerkollegium. Aber lassen Sie sie auf jeden Fall in getrennten Räumen warten, geben Sie ihnen nicht die Gelegenheit, sich abzusprechen. Ich will ganz genau wissen, was gestern auf dieser Party passiert ist. Sagen Sie Millhouse, er soll auf dem Revier die Stellung halten. Bei ihm laufen alle Informationen zusammen. Und er soll mal schauen, wen er bei uns im Computer so findet. Wir brauchen dringend zusätzliches Personal. DCI Fenwick wird sein Okay geben, da bin ich mir ganz sicher. Ich will nämlich, dass wir uns die Fälle Susie King und Lisa Evans noch mal ansehen, und zwar unter dem Mikroskop. Sämtliche Ähnlichkeiten, egal wie unbedeutend, müssen erfasst und katalogisiert werden. Außerdem sollen ein paar Uniformierte die Überwachungskameras hier im näheren Umkreis überprüfen, in den Hauseingängen und draußen auf der Straße. Nummernschilder verdächtiger Fahrzeuge und so weiter. Ich will, dass alles doppelt und dreifach geprüft wird. Verstanden?«

Die anderen zwei nickten.

»Noch Fragen?«

Sie hatten keine.

Phil musterte die beiden. Er hatte sie persönlich für sein Ermittlerteam ausgewählt, und sie hatten tagtäglich mit Mord und Gewaltverbrechen zu tun. Sie vertrauten einander, und die heimlichen Blicke zwischen ihnen, die er vorhin mitbekommen hatte, würden daran nichts ändern. Prüfend blickte er in ihre Gesichter und sah nichts als Entschlossenheit darin. Sie mussten einen Doppelmörder fassen und ein Neugeborenes finden, bevor es starb – wenn es überhaupt noch am Leben war. Für die nächste Zeit würde keiner von ihnen nach Hause kommen. Er spürte den Anflug eines schlechten Gewissens und fragte sich, wie seine Kollegen das wohl aufnehmen würden. Er konnte es sich ausmalen.

Er verdrängte den Gedanken. Damit würde er sich später herumschlagen.

»Also gut«, sagte er. »Lassen Sie uns anfangen. Wir haben jede Menge Arbeit vor uns.«

Dann verließ er, so schnell er konnte, die Wohnung.

5

Phil stand draußen vor dem Apartmentgebäude und suchte nach seinem Handy, während er die Klettverschlüsse seines Papieroveralls aufriss. Annis Worte kamen ihm in den Sinn: *Wir sind hier in Colchester …*

Colchester. Der letzte Außenposten von Essex, bevor es zu Suffolk wurde. Wenn der Himmel, wie David Byrne einst gesungen hatte, ein Ort war, an dem nie etwas passierte, dann hatten der Himmel und Colchester eine Menge gemeinsam. Aber wie Phil nur zu gut wusste, konnte es selbst an solchen Orten irgendwann mit der Idylle vorbei sein.

Er sah sich um. Claire Fieldings Wohnung befand sich im Parkside Quarter, das an den Fluss, das Dutch Quarter und Castle Park grenzte. Das Dutch Quarter mit seinen verwinkelten Gassen und den Fachwerkhäusern aus dem sechzehnten Jahrhundert lag zwischen der High Street und dem Fluss. Als Stadtteil mit dörflichem Charakter konnte die selbsternannte Hochburg der Bohemiens von Colchester nicht nur eine Vielzahl von Kopfsteinpflasterstraßen und Eckkneipen, sondern sogar einen eigenen Schwulenclub vorweisen.

Parkside Quarter dagegen war eine Siedlung neueren Datums mit Stadthäusern und Apartmentblocks, deren historisch angehauchte hölzerne Türmchen und Fensterläden sich, dem Willen der Planer nach, in das Bild der älteren Gebäude harmonisch hätten einfügen sollen, in Wirklichkeit jedoch wie deren billige Spielzeugversionen aussahen.

Phil stand auf dem Fußweg am Fluss, wo Trauerweiden die Sonne abschirmten und fleckige Schattenspiele auf den Boden warfen. Über diesen Pfad liefen tagtäglich Jogger und Mütter mit Kinderwagen zum Castle Park und wieder zurück. Direkt am gegenüberliegenden Ufer standen mehrere malerische alte Reihenhäuser. Dahinter lag die North Station Road, die Hauptverkehrsader, die den Bahnhof mit dem Stadtzentrum verband. Alles schien so normal, so friedlich. Als wäre nichts geschehen.

Aber an diesem Tag würde es im Dutch Quarter still bleiben, und auf dem Weg am Fluss würden keine Jogger oder Mütter unterwegs sein. Schon jetzt krochen Polizisten auf Händen und Knien herum und suchten die Gegend nach Spuren ab. Phil schaute auf den Boden. Hoffentlich trugen sie widerstandsfähige Handschuhe. Verbeulte Bierdosen und Ciderflaschen aus Plastik lagen überall herum und wirkten wie abstrakte Skulpturen. Hier und da ein benutztes Kondom. Weniger Spritzen als früher, aber natürlich bedeutete das nicht, dass auch weniger Drogen konsumiert wurden.

Phils Blick wanderte schließlich zur Brücke hinüber, wo einige Passanten aus der Sicherheit ihrer sorgenfreien Welt neugierig herüberblickten. Pendler mit Cappuccinobechern, Handys und Tageszeitungen in der Hand, die auf dem Weg den Hügel hinauf stehengeblieben waren, um das Treiben unten zu beobachten, angelockt vom gelben Absperrband der Polizei. Sie waren wie Elstern, die in der Ferne etwas silbern Blitzendes erspäht hatten.

Phil schenkte ihnen keine weitere Beachtung, sondern konzentrierte sich stattdessen darauf, aus seinem Papieroverall zu kommen. Während er damit beschäftigt war, erhaschte er in einem Fenster der Erdgeschosswohnung einen Blick auf sein Spiegelbild. Er war groß, etwa eins fünfundachtzig, und sein Körper war leidlich gut in Form. Kein Bierbauch, keine Speckrollen. Er legte Wert darauf, sich fit zu halten. Nicht weil er eitel war, sondern weil sein Beruf lange Arbeitszeiten, häufigen Fast-Food-Konsum und, wenn man nicht aufpasste, ein Übermaß an Alkohol mit sich brachte. Es wäre allzu einfach gewesen, dem zu erliegen, wie er es bei so vielen seiner Kollegen erlebt hatte. Also zwang er sich dazu, regelmäßig in den Fitnessclub zu gehen, zu joggen und möglichst viel Rad zu fahren. Ein Bekannter hatte ihm vorgeschlagen, nach Feierabend gemeinsam mit ein paar Kollegen Fußball zu spielen – man konnte neue Bekanntschaften schließen, zusammen Spaß haben und danach noch ein paar Bierchen trinken gehen. Phil hatte abgelehnt. Das war nichts für ihn. Nicht dass er gesellschaftsscheu gewesen wäre. Er war sich bloß meist selbst genug.

Was sein Äußeres anging, war er stets bemüht, nicht dem typischen Klischee eines Detectives zu entsprechen. In seinen Augen waren Anzug, Bürstenhaarschnitt und auf Hochglanz polierte schwarze Schuhe auch nichts anderes als eine Polizeiuniform. Er trug nie einen Schlips, besaß nicht mal einen, und meistens kam er statt im Oberhemd im T-Shirt zur Arbeit. Seine dunkelbraunen Haare waren strubbelig und fielen ihm vorn in die Stirn, und an seine Füße ließ er alles außer schwarze Schuhe. An diesem Tag trug er Jacke und Weste eines Nadelstreifenanzugs zu einer dunkelblauen Levi's, ein gestreiftes Hemd und braune Stiefel.

Doch seiner sorgsam gewählten Garderobe zum Trotz: Seine Augen zeigten die Anspannung, unter der er stand. Dichteraugen, wie eine Exfreundin einmal gesagt hatte. Seelenvoll und melancholisch. Er fand, dass sie bloß müde und traurig aussahen. An diesem Morgen hatten sie schwarze Schatten.

Er atmete tief ein und aus und rieb sich die Brust. Gott sei Dank war die Panikattacke, deren erste Anzeichen er in der Wohnung gespürt hatte, nicht schlimmer geworden. Das war immerhin etwas. Normalerweise fühlte es sich an, als würden sich Eisenbänder um seine Brust legen und ihm die Luft abschnüren. Immer enger zogen sie sich, bis er das Gefühl hatte, kaum noch atmen zu können, und seine Arme und Beine unkontrolliert zu zittern anfingen.

Diese Angstanfälle plagten ihn von jeher. Er hatte seine unglückliche Kindheit dafür verantwortlich gemacht. Nachdem er von seiner leiblichen Mutter, an die er sich nicht mehr erinnern konnte, als Kleinkind zur Adoption freigegeben worden war, war er von einem Heim zum anderen, von einer Pflegefamilie in die nächste weitergereicht worden. Nirgendwo hatte er sich zu Hause gefühlt. Er dachte nur ungern an jene Zeit zurück. Irgendwann war er dann zu den Brennans gekommen, und die Angstanfälle hatten allmählich nachgelassen. Don und Eileen Brennan. Er neigte nicht zum Melodramatischen, trotzdem war er felsenfest davon überzeugt, dass die beiden ihm das Leben gerettet hatten. Sie hatten ihm endlich Halt gegeben. Und ein Zuhause. Sie hatten ihn genauso sehr geliebt wie er sie. So sehr, dass sie ihn schließlich adoptiert hatten.

Aber ganz verschwunden waren die Panikattacken nie. Jedes Mal, wenn er glaubte, sie endlich überwunden zu haben, erwischte es ihn wieder und erinnerte ihn daran, dass er in Wirklichkeit noch weit entfernt davon war, mit seiner Vergangenheit abgeschlossen zu haben.

Don Brennan war Polizist gewesen, weil er an Recht und Gerechtigkeit glaubte – Tugenden, die er auch seinen Pflegekindern zu vermitteln suchte. Entsprechend groß war seine Freude gewesen, als sein Adoptivsohn in seine Fußstapfen getreten und ebenfalls zur Polizei gegangen war.

Und Phil liebte seine Arbeit. Weil er der festen Überzeugung war, dass neben Recht und Gerechtigkeit vor allem eins wichtig war: Ordnung. Nicht im Sinne von Regeln und Vorschriften, sondern im Sinne von Vernunft. Das Leben an sich war oft vollkommen willkürlich, und die Polizeiarbeit ermöglichte es ihm, es zu definieren, ihm Form und Bedeutung zu geben. Verbrechen aufzuklären, Gründe für kriminelles Verhalten zu finden, das Warum hinter einer Tat aufzudecken – all das war der Treibstoff, der ihn am Laufen hielt. Er war sich ziemlich sicher, dass er in jede Art von Chaos Ordnung hineinbringen konnte.

Er wandte sich von der Fensterscheibe ab. *Dann tu genau das jetzt auch*, mahnte er sich. *Denk nach.*

Er würde mit den beiden früheren Morden beginnen.

6

Lisa King und Susie Evans. Die zwei anderen Mordopfer. Er hatte ihre Gesichter so oft gesehen – auf Fotos am Whiteboard im Einsatzraum –, dass sie sich seinem Gedächtnis tief eingeprägt hatten.

Lisa King war sechsundzwanzig Jahre alt, verheiratet, von Beruf Immobilienmaklerin. Sie war zu einem Besichtigungstermin in einem leerstehenden Haus am Rande von Greenstead erschienen. Sie hatte das Haus nie verlassen. Einer ihrer Kollegen hatte sie später am selben Tag gefunden. Sie lag auf dem Boden, mit Drogen vollgepumpt, brutal aufgeschlitzt. Ihr gesamter Bauchraum war zerfetzt, ihr ungeborenes Kind erst grausam verstümmelt und dann ebenfalls getötet worden.

Es hatte einen riesigen Medienzirkus um den Fall gegeben, und Phil und sein Team waren hartnäckig jeder Spur und jedem Hinweis gefolgt, egal wie unbedeutend oder abwegig er auch schien. Der Besichtigungstermin war telefonisch vereinbart worden. Die persönlichen Angaben, die der Anrufer, eine Frau, gemacht hatte, waren falsch, und die Handynummer der Anruferin gehörte zu einem nicht registrierten Prepaid-Handy, das in einer Filiale der Supermarktkette Asda bar bezahlt worden war. Lisa hatte das Gespräch selbst entgegengenommen. In den Akten im Maklerbüro war der Name der Anruferin vermerkt. Diese Frau existierte nicht.

Phil und sein Team hatten ihr Bestes gegeben, dennoch

war es ihnen nicht gelungen, den Fall zu knacken. Es gab keine forensischen Beweise, keine DNA, keine Augenzeugen, keine Bilder einer Überwachungskamera. Nichts. Es war, als hätte der Mörder erst dort im Haus Gestalt angenommen, gemordet und sich danach wieder in Luft aufgelöst.

Natürlich war der Ehemann des Opfers vorgeladen und verhört worden – ohne Ergebnis. Man hatte ihn schnell wieder laufen lassen. Danach hatte man die Frau, die für den Täter beim Maklerbüro angerufen hatte, in mehreren öffentlichen Aufrufen gebeten, sich zu melden. Ihr wurde Polizeischutz zugesichert, Anonymität, Straffreiheit – es nützte nichts. Niemand meldete sich. Auch über die inoffiziellen Informationskanäle der Polizei ließ sich nichts erfahren. Alle Welt sprach über den Mord, aber niemand schien wirklich etwas zu wissen.

Dann, zwei Monate später, wurde Susie Evans getötet.

Alleinerziehende Mutter, wohnhaft in einer Sozialwohnung in New Town. Schwanger mit ihrem dritten Kind und, wie sie ihren Freundinnen bei einer Kneipentour gutgelaunt mitgeteilt hatte, gerade auf Männersuche. Als Gelegenheitsprostituierte und Kellnerin in einer Bar gab sie ein weit weniger sympathisches Opfer ab als Lisa King, aber Phil und sein Team hatten ihrem Fall dieselbe Aufmerksamkeit gewidmet. Phil hielt nichts von der Auffassung, dass manche Leben mehr wert waren als andere. Im Tod, fand er, waren alle Menschen gleich.

Susies Leiche wurde in der Wohnung einer Freundin entdeckt, die sie sich für ein paar Stunden ausgeborgt hatte, um einen Freier zu empfangen, der ihr, so hatte sie behauptet, viel Geld zahlen würde. Diesmal hatte der Täter den ausgeweideten und gequälten Körper im Bad liegen lassen. Wände, Fußboden und Decke waren mit Blut bespritzt, das

Baby war aus der Gebärmutter geschnitten und achtlos neben seine tote Mutter geworfen worden. Es hatte nicht überlebt.

Man hatte in sämtlichen Wohnungen der Nachbarschaft Befragungen durchgeführt, aber es war eine Gegend, in der man der Polizei von jeher mit Argwohn begegnete. In der Nähe des Wohnblocks richtete man sogar eine mobile Einsatzzentrale ein, aber auch diesmal gingen keinerlei nützliche Hinweise ein. Und wieder gab es keine DNA, keine verwertbaren Spuren und schon gar keine Überwachungsbilder. Theorien gab es dafür umso mehr: Es sei ein perverser Freier mit einem Schwangerenfetisch gewesen. Oder es habe sich um eine Abtreibung gehandelt, die schrecklich schiefgelaufen war. Oder, und diese Theorie bereitete den Ermittlern am meisten Sorgen: Es sei derselbe Täter gewesen, der bereits Lisa King getötet hatte und dessen Vorgehen offenbar von Tat zu Tat blutrünstiger wurde.

Aber auch diese Ermittlung führte ins Leere. Alles, was sie hatten, war eine tote Mutter mit ihrem toten Baby.

Dann geschah zwei Monate lang nichts.

Bis jetzt.

Phil zog sein Handy aus der Hosentasche. Eileen Brennan, ständig in Sorge darüber, dass ihr Adoptivsohn mit Mitte dreißig noch unverheiratet war, hatte bereits mehrmals versucht, ihn mit Deanna, der Tochter einer Bekannten, zu verkuppeln. Sie war geschieden und im selben Alter wie er. Bislang waren sie sich noch nicht persönlich begegnet, und keiner der beiden war besonders erpicht darauf, dennoch hatten sie sich nach einigem Hin und Her zu einem Treffen bereit erklärt, um ihren Müttern einen Gefallen zu tun. Die Verabredung sollte an diesem Abend stattfinden. Er würde sie anrufen und absagen müssen – worüber er nicht gerade böse war.

Er hatte die Nummer bereits eingetippt und war dabei, die Verbindung herzustellen, als das Telefon klingelte. Dankbar für die Ablenkung nahm er ab.

»DI Brennan.«

Es war DCI Fenwick, sein unmittelbarer Vorgesetzter.

»Sir?«, sagte Phil.

»Bin schon auf dem Weg zu Ihnen. Wollte vorher noch kurz mit Ihnen sprechen.« Fenwicks Stimme klang fest und verbindlich, und sie war für Pressekonferenzen vor Fernsehkameras so gut geeignet wie für das Erzählen von Witzen in exklusiven Golfclubs.

»Gut, Sir. Ich kann Ihnen sagen, womit wir es zu tun haben.« Phil setzte ihn ins Bild, wobei er fortwährend an das vermisste Baby dachte, da in seinem Innern immer noch unaufhaltsam die Uhr tickte. Er war froh, dass die Schaulustigen auf der Brücke ihn nicht hören konnten. Er hoffte, dass niemand aus der Menge von den Lippen ablesen konnte. Für alle Fälle verbarg er seinen Mund hinter der vorgehaltenen Hand.

»Um Himmels willen«, sagte Ben Fenwick, als Phil geendet hatte. Dann bot er an, sich um die Presse zu kümmern – genau wie Phil es vorausgesagt hatte. Fenwick war nicht nur bekannt dafür, dass er keine Gelegenheit ausließ, sein Gesicht in eine Kamera zu halten, sondern verfügte darüber hinaus über zahlreiche Kontakte bei den Medien, konnte also dafür sorgen, dass der Fall auf eine Art und Weise dargestellt wurde, die den Ermittlungen dienlich war.

»Klingt für mich nach einem Serientäter. Was meinen Sie?« Fenwicks Tonfall war düster.

»Nun ja, wir müssen noch die Sache mit der Party überprüfen, den Freund vernehmen …«

»Ihr Bauchgefühl?«

»Ja. Ein Serientäter und ein Baby-Kidnapper.«

»Wunderbar. Das wird ja immer schlimmer.« Fenwick seufzte. Über die Telefonleitung klang es wie ein raues elektronisches Bellen. »Im Ernst. Ein Serienkiller. In Colchester. So etwas gibt es doch gar nicht. Nicht hier.«

»Sie sind nicht der Erste mit dieser Meinung, Sir. Ich glaube, vor einigen Jahren haben die Leute in Ipswich genau dasselbe gesagt.«

Damals hatte im Rotlichtbezirk der kleinen Stadt in Suffolk ein Serienmörder sein Unwesen getrieben. Er war gefasst worden, aber erst nachdem er fünf Prostituierte getötet hatte.

Ein weiterer Seufzer. »Wahr. Aber wieso? Und wieso hier?«

»Ich bin mir sicher, das hat man sich in Ipswich auch gefragt.«

»Vermutlich. Hören Sie. Der Fall hat oberste Priorität. Der liebe Herrgott weiß, wie viel Zeit wir haben, um diesen Mistkerl zu schnappen und das Baby zu finden, aber wir müssen uns beeilen. Sie werden Hilfe benötigen.«

»Wie meinen Sie das, Sir?«

»Eine andere Perspektive. Psychologischen Input. Ein Täterprofil.«

»Ich dachte, von so was halten Sie nichts.«

»Tue ich auch nicht. Aber der Detective Superintendent hat aus Chelmsford angerufen. Meint, es könnte hilfreich sein. Hat sogar schon die Gelder bereitgestellt. Was bleibt uns also übrig? Eine weitere Waffe im Arsenal, Sie wissen schon.«

»Und an wen haben Sie dabei gedacht?« Ein Schauer durchzuckte Phil, als hätte er einen elektrischen Schlag bekommen. Er ahnte bereits, was Fenwick als Nächstes sagen würde. Hoffte, dass er falschlag.

»Jemanden mit Fachwissen, Phil. Sie haben schon mit ihr zusammengearbeitet.«

Mit ihr. Phil wusste genau, von wem er sprach. Erneut verspürte er Enge in der Brust, aber diesmal war es kein Angstanfall. Nicht direkt.

»Marina Esposito«, sagte Fenwick. »Erinnern Sie sich noch an sie?«

Und ob sich Phil noch an sie erinnerte.

»Ich weiß, das letzte Mal hat die Sache ein etwas unseliges Ende –« Fenwick bekam keine Gelegenheit, den Satz zu beenden.

Phil lachte bitter auf. »Das ist ja wohl eine Untertreibung.«

»Nun«, fuhr Fenwick unbeirrt fort. »Auf jeden Fall ist sie eine erstklassige forensische Psychologin. Und wenn man das, was damals passiert ist, einmal beiseitelässt: Sie hat uns Ergebnisse geliefert.«

»Das hat sie«, musste Phil ihm zustimmen. »Sie war ganz ausgezeichnet.« *Und als Liebhaberin noch besser,* fügte er im Stillen hinzu.

Bei diesen Worten zog sich seine Brust erneut zusammen. Er seufzte. An den Fall konnte er sich noch gut erinnern. Wie sollte es anders sein?

Gemma Hardy war Mitte zwanzig und arbeitete als Sprechstundenhilfe in einer Zahnarztpraxis. Sie lebte in einer Wohngemeinschaft im Dutch Quarter. Sie hatte viele Freunde und war glücklich in einer festen Beziehung. Das Leben meinte es gut mit ihr. Aber das sollte sich schon bald ändern. Denn Gemma war ins Visier eines Stalkers geraten.

Zuerst waren es nur Kurzmitteilungen auf ihrem Handy.

Abartige Liebesbotschaften, deren Verfasser sie wissen ließ, dass sie die Einzige für ihn sei, seine wahre Liebe. Dass er jeden umbringen würde, der sich zwischen sie stellte. Dass er auch sie, Gemma, lieber töten würde als zuzulassen, dass ein anderer sie bekam.

In ihrer Angst wandte Gemma sich an die Polizei. Phil übernahm den Fall. Er und sein Team nahmen Gemmas privates Umfeld genauestens unter die Lupe, stießen jedoch weder auf einen Verdächtigen noch auf Hinweise, die zum Täter hätten führen können. Sie ließen ihre Wohnung beschatten, sahen aber niemanden außer ihre Mitbewohner und ihren Freund ein und aus gehen. Wochenlang tappten sie im Dunkeln, und Gemmas Angst wurde immer größer. Dann schlug jemand vor, den Rat eines Psychologen einzuholen.

Also wurde Marina Esposito, Dozentin für Psychologie an der Essex University, als Beraterin hinzugezogen. Ihr Spezialgebiet waren psychosexuelle Verhaltensstörungen, also war der Fall für sie gewissermaßen wie maßgeschneidert. Gemeinsam mit Phil untersuchte sie erneut jeden einzelnen Aspekt von Gemmas Umfeld, und irgendwann fanden sie tatsächlich den Stalker: Martin Fletcher, den Freund ihrer Mitbewohnerin. Er wurde verhaftet und legte ein umfassendes Geständnis ab.

Damit hätte die Sache eigentlich erledigt sein sollen. War sie aber nicht. Zumindest nicht für Marina.

»Um ehrlich zu sein, bezweifle ich, dass sie zusagen wird, Sir.«

Fenwick klang ehrlich überrascht. »Ach was. Ich dachte, wenn man ein bisschen Überzeugungsarbeit leistet …«

Phil traute seinen Ohren nicht. »Überzeugungsarbeit? Das letzte Mal, als sie für uns gearbeitet hat, wäre sie fast ums Leben gekommen! Sie hat jeden Kontakt zu uns abgebrochen. Sind Sie sicher, dass Sie ausgerechnet sie im Team haben wollen?«

»Der Superintendent hat explizit ihren Namen erwähnt. Und wenn ein Fall zu ihr passt, dann genau dieser.« Fenwick wechselte den Ton, er wurde vom Vorgesetzten zum Freund und väterlichen Vertrauten. Wenn er das tat, erwachte in Phil sofort das Misstrauen. »Überlassen Sie das nur mir, Phil. Ich rede mit ihr. Wäre doch gelacht.«

Phil schloss die Augen. Und sah Marina vor sich. Er schüttelte den Kopf, um das Bild zu verscheuchen, aber sie war immer noch da. Er seufzte. Fenwick hatte recht. Was auch immer damals passiert sein mochte, sie war die Beste auf ihrem Gebiet. Und er brauchte die Besten, wenn er diesen Fall lösen wollte. »Na dann, viel Glück.«

»Herzlichen Dank.« Phil vermochte nicht zu sagen, ob das, was in Fenwicks Stimme mitschwang, Sarkasmus war oder nicht.

Am anderen Ende der Leitung herrschte kurzes Schweigen, dann: »Sind Sie eigentlich sicher, dass Sie sich der Sache gewachsen fühlen, Phil?«

Phil stutzte. »Warum denn nicht? Ich habe schon früher die Ermittlungen bei großen Fällen geleitet.«

»Das meinte ich nicht.« Auf einmal klang Fenwick ganz leise und besorgt.

Einige Sekunden lang war Phil sprachlos, während die Bedeutung von Fenwicks Worten zu ihm durchsickerte. *Er weiß Bescheid*, dachte er. *Verdammt, er weiß Bescheid!*

Sofort begann sein Herz wieder schneller zu schlagen. Das ist nur der Fall, sagte er sich. Das Baby, die Zeit, die uns davonrennt. Nur damit hat es zu tun, nicht mit …

»Ja, Sir, ich bin der Sache gewachsen.«

»Gut. Dann spreche ich mit ihr. Bei diesem Fall werden wir nämlich alle Hilfe brauchen, die wir kriegen können. Das Budget wurde bereits aufgestockt, die Sache hat oberste Priorität, darum brauchen wir uns also keine Sorgen zu machen. Zusätzliche Männer sind auch genehmigt. Zusätzliche Männer und Frauen, besser gesagt. Schließlich wollen wir in unserer Abteilung nicht in überholte Sprachmuster verfallen, oder?« Er schnaubte.

Phil hörte nicht mehr hin. Er verspürte ein seltsames Flattern in der Magengegend.

»Gut. Dann machen Sie sich mal wieder an die Arbeit. Die Uhr tickt, wie man so schön sagt.«

»Jawohl, Sir.«

Phil beendete die Verbindung. Er stand da und starrte noch eine Weile, wie vom Blitz getroffen, sein Handy an. Aber jetzt war nicht die Zeit, sich über das, was Fenwick gesagt hatte, den Kopf zu zerbrechen. Er musste noch einen zweiten Anruf erledigen.

Aber irgendwie erschien ihm der plötzlich nicht mehr so wichtig.

In diesem Moment trat Clayton aus dem Gebäude.

»Fertig, Boss?«

»Gleich«, sagte Phil. Er sah erst Clayton an, dann sein Mobiltelefon. Tu es jetzt. Bring es hinter dich.

»Ich muss nur noch kurz telefonieren. Dauert keine Minute.«

Er trat ein paar Schritte beiseite, damit er ungestört war, und wählte die Nummer.

7

Er hatte es getan. Hatte es tatsächlich getan. Er hatte getan, worum sie ihn gebeten hatte, und ihr ein Baby besorgt. Hester konnte es kaum glauben.

Aber jetzt blickte sie auf das vor ihr liegende Baby herab und runzelte kritisch die Stirn. Irgendwas stimmte da nicht. Stimmte ganz und gar nicht.

Sie wusste, wie Babys aussahen. Vor allem Neugeborene. Sie hatte sie im Fernsehen gesehen. Sie waren fröhlich und lachten die ganze Zeit und hatten Haare auf dem Kopf. Das hier hatte keine Haare. Es war klein, verschrumpelt und bläulich. Sah eher aus wie Yoda aus *Star Wars* als wie ein Baby. Und lachen tat es auch nicht. Es verzog nur das Gesicht und gab gurgelnde Klagelaute von sich, als würde es unter Wasser gefoltert.

Aber es war ein Baby, also würde Hester das Beste daraus machen. Ein Baby ganz für sie allein. Und wenn man ein Baby hatte, dann musste man es anziehen und füttern und dafür sorgen, dass es wuchs und gedieh. Das wusste sie.

Das Baby hatte angefangen zu quengeln. Hester zwang sich zu lächeln.

»Na, hast du Hunger, Baby?«, fragte sie in zwitscherndem Tonfall. Im Fernsehen hatte sie gehört, dass man so mit Babys redete. »Hast du Hunger?« Das Gequengel wurde lauter. »Mami hat was für dich.«

Mami. Allein das Wort …

Sie ging zum Kühlschrank, nahm ein Fläschchen heraus und stellte es in die Mikrowelle. Sie hatte ihrem Mann eine Liste der Dinge mitgegeben, die sie brauchte, und er hatte alles besorgt. Milch. Flaschen. Windeln. Genau, wie es in den Büchern stand.

Sie wartete auf das »Ping« und nahm dann die Flasche heraus.

»Genau richtig«, sagte sie, nachdem sie sich etwas von der Milch in den Mund gespritzt hatte. Sie steckte dem Baby den Sauger zwischen die Lippen und wartete, während es gierig nuckelte.

»Genau so. So ist es brav …«

Es war winzig und blau und verschrumpelt. Wie Yoda eben. Aber anders als Yoda konnte es seine Augen nicht vollständig öffnen, egal wie sehr Hester an seinen Lidern zog. Komisch. Sie hatte das Baby in Decken gewickelt, weil man das so machte, aber es sah trotzdem so aus, als wäre ihm kalt. Aber das spielte keine Rolle. Hester hatte ein Baby. Endlich. Das war es, was zählte. Und sie musste eine Bindung zu ihm aufbauen. Auch das war jetzt wichtig.

Erneut blickte sie auf den Säugling herab, sah, wie er trank, und es gelang ihr zu lächeln. »Ich hab viel durchgemacht, um dich zu kriegen«, sagte sie, und ihre normalerweise raue, brüchige Stimme klang hoch und gurrend. »Sehr viel. Ich hätte einfach irgendwo reingehen und dich stehlen können, aber das wäre nicht dasselbe gewesen. Weil du dann schon jemand anderem gehört hättest, stimmt's? Du hättest schon eine andere Mami gehabt, und die hättest du erst vergessen müssen, bevor du mich akzeptiert hättest.« Sie seufzte. »Ja, ich hab viel durchgemacht. Aber du warst es wert …«

Das Baby spuckte den Sauger aus und begann zu husten. Wut stieg in Hester hoch. Das Baby benahm sich nicht so, wie es sollte. Es hätte die ganze Flasche leer trinken müssen. So wie es in den Büchern stand. Und im Fernsehen gezeigt wurde.

»Zick bloß nicht rum«, sagte sie, und jede Spur der süßen Babysprache war aus ihrer Stimme verschwunden. »Trink gefälligst!«

Sie stopfte dem Baby den Sauger wieder in den Mund und schluckte ihren Zorn hinunter. Zwang es zu trinken.

Das Baby hörte auf zu husten und saugte. Schon besser.

Ja, es war verschrumpelt und hatte nicht die richtige Farbe. Und es schrie die ganze Zeit. Das hasste Hester. Aber es war ein Baby. Das war alles, was sie gewollt hatte. Der Rest würde sich schon finden.

»Aber eins sag ich dir, du fängst besser ganz schnell an, dich wie die Babys im Fernsehen zu benehmen«, sagte sie, während sie seinen kahlen Kopf anstarrte. »Wie die *richtigen* Babys. Sonst gibt's Ärger …« Das Baby zappelte und versuchte, sich der Flasche zu entziehen.

»Nein!«, sagte Hester. »Du musst groß und stark werden. Du bist erst fertig, wenn ich dir sage, dass du fertig bist …«

Milch rann über die Wangen des Babys. Es hatte aufgehört zu trinken. Hester ließ den Sauger, wo er war.

Sie lächelte und sah auf ihre Armbanduhr. Schloss die Augen. Bald würde ihr Mann wieder fortgehen. Ja, sie hatte jetzt ein Baby, aber sein Werk war noch nicht getan. Erst musste noch die Liste abgearbeitet werden. Dann, sobald er alles erledigt hätte, würde er zu ihr zurückkehren und sie würden endlich als richtige Familie zusammenleben. Ganz und gar. Sie öffnete die Augen. Lächelte. Sie war zufrieden mit ihrem Leben.

Für den Augenblick.

8

»Na? Wie wäre es mit einem Kaffee?«, ertönte eine glockenhelle Stimme direkt hinter Marina.

Marina drehte sich um. Caroline und einige andere Frauen aus dem Kurs waren auf dem Weg zum Ausgang.

»Wir fahren hinterher manchmal noch in die Stadt«, erklärte Caroline. »Auf einen Kaffee ins Life – na ja, jedenfalls diejenigen von uns, die noch Kaffee trinken dürfen. Dazu genehmigen wir uns noch eine Kleinigkeit zu essen.«

»Widerspricht das nicht allem, was Sie hier gerade gemacht haben?«, fragte Marina.

Caroline zuckte lachend mit den Schultern. »Was wäre das Leben ohne ein paar kleine Sünden?«

Marina lächelte. »Das ist wirklich nett, danke, aber ich muss zurück zur Arbeit.«

Caroline, das fiel Marina nun auf, war in die neueste Designer-Umstandsmode gekleidet. Darüber hinaus hatte sie es sogar geschafft, in der Zeit, die Marina allein fürs Duschen und Umziehen gebraucht hatte, ein komplettes Makeup aufzulegen. Wie hatte sie das nur angestellt?

Caroline schenkte Marina ein weiteres Lächeln. »Ganz sicher?«

Doch gleichzeitig bemerkte Marina etwas in dem Gesicht der Frau, das ihr zuvor nicht aufgefallen war: Müdigkeit und feine Linien um die Augen. Ihr Lächeln wirkte spröde. Caroline war älter, als Marina zunächst angenommen hatte, älter als die anderen Kursteilnehmerinnen. Sie kleidete sich betont jugendlich, benahm sich auch so, aber ganz konnte sie ihr Alter dennoch nicht verbergen.

»Es wäre so schön, wenn Sie mit dabei wären.«

»Vielleicht das nächste Mal.«

»Also gut. Nächstes Mal.« Caroline wandte sich ab und gesellte sich wieder zu ihren fröhlich lachenden Freundinnen. Sie winkten Marina zu, als sie an ihr vorbeigingen, und Marina zwang sich zu einem Lächeln, das verschwand, sobald die anderen das Gebäude verlassen hatten.

Sie sah ihnen noch eine Weile nach. Sie gehörten zu der Sorte Frauen, die Marina sofort in eine ganz bestimmte Schublade gesteckt hätte: obere Mittelschicht, die Männer mit gutbezahlten Jobs – die Sorte Frau, die eine schmerzfreie Geburt erleben würde und der es, dank regelmäßiger Fitnessstudiobesuche und Modediäten, gelingen würde, nach der Entbindung innerhalb kürzester Zeit ihre alte Figur zurückzubekommen. Die Sorte Frau, die von anderen Frauen verachtet und gleichzeitig insgeheim beneidet wurde.

Aus der Entfernung wirkte Caroline, als wäre sie ein Teil der Gruppe, aber Marina spürte, dass sie anders war. Dass etwas sie von ihren Freundinnen trennte. Womöglich war es ihr deshalb so wichtig gewesen, dass Marina mitkam. Aber vielleicht hatte sie auch nur freundlich sein wollen.

Egal. Das war nicht ihr Problem. Marina wartete, bis sie verschwunden waren, erst dann durchquerte sie das Foyer von Leisure World in Richtung Ausgang.

Die Berieselungsmusik übertönte nur zum Teil das Geschrei und Geplansche der Schulkinder im Schwimmbad, die die knallbunten Rutschröhren, die aus einer Seite des

Gebäudes ragten, in Beschlag genommen hatten und die letzten fünf Minuten nach dem Schwimmunterricht dazu nutzten, ausgelassen zu toben. Sie war froh, als die Türen hinter ihr zufielen und sie auf den Vorplatz hinaustrat. Der Lärm war schon schlimm genug, aber den beißenden Chlorgestank fand sie beinahe unerträglich. Sie wusste, dass so etwas in der Schwangerschaft nichts Ungewöhnliches war. Manche Frauen wurden auf einmal empfindlich gegen Gerüche, die sie zuvor nie gestört hatten. Eine Kollegin von der Universität hatte sogar den Geruch ihres eigenen Ehemannes nicht mehr ertragen können. Marina schüttelte sich. Hoffentlich blieb ihr Vergleichbares erspart.

Sie überquerte den Parkplatz und ging bis zur Straße, wo sie, zum Schutz gegen die Novemberkälte tief in ihren Mantel vergraben, auf das Taxi wartete, das sie bestellt hatte und das sie zurück in ihr neues Büro bringen sollte. Sie hatte geduscht, aber ihre Muskeln pochten und schmerzten noch immer. Morgen würde sie bestimmt Muskelkater haben.

Kurz darauf fuhr ein Geländewagen an ihr vorbei und hupte. Caroline und ihre Freundinnen. Wieder setzte Marina ein Lächeln auf, das nur so lange andauerte, bis das Fahrzeug um die Ecke verschwunden war.

So viel hatte sich in ihrem Leben verändert, und in so kurzer Zeit: Sie hatte ihren Lehrstuhl an der Universität aufgegeben, um eine eigene Praxis zu eröffnen. Einen vermeintlich sicheren Posten – obgleich ihr am Ende an ihrem alten Berufsumfeld nichts, aber auch gar nichts mehr sicher erschienen war – gegen eine unsichere Zukunft getauscht. Dann hatte Tony, ihr langjähriger Lebensgefährte, ihr einen Heiratsantrag gemacht. Aber die größte Veränderung war die Schwangerschaft. Das Baby war ungeplant und – zumindest anfangs – ungewollt gewesen. Ganz hatte sie sich immer noch nicht mit dem Gedanken angefreundet, bald Mutter zu werden. Und wenn sie ehrlich war, glaubte sie auch nicht, dass sie sich jemals damit würde abfinden können.

Marina warf einen Blick auf ihre Armbanduhr. Das Taxi ließ auf sich warten. Um ihre Ungeduld zu bekämpfen und Zeit totzuschlagen, überlegte sie, was sie jetzt gerade tun würde, wenn sie noch an der Universität wäre. Wahrscheinlich würde sie sich auf ihre Lehrveranstaltung für die Drittsemester vorbereiten. Sie säße in ihrem alten Büro, würde Bücher und Notizen zusammenkramen und sich mental auf das Seminar einstimmen, das sie gleich halten würde. *Chimärische Masken und Dissoziation in der Wahrnehmung des Selbst.* Oder so etwas in der Art.

Das Selbst … Ganz automatisch, wie so oft in der letzten Zeit, glitten ihre Hände unter ihren Mantel zu ihrem Bauch. Begannen die sanfte Wölbung zu streicheln. Sie war noch kaum sichtbar – einem zufälligen Beobachter wäre sie nicht aufgefallen –, aber Marina selbst kam sie riesig vor. Und sie würde noch viel, viel größer werden. Dieses Selbst – *ihr* Selbst – war eins, das sie kaum wiedererkannte. Wenn sie an ihr altes Leben, ihr altes Ich, zurückdachte, dann schnürte sich ihr jedes Mal die Kehle zu und sie musste mit den Tränen kämpfen.

Nein. Die Zeit des Weinens war vorbei. Seit bald vier Monaten vorbei.

In ihrem Innern regte sich etwas. Eine Art Flattern. Erschrocken fuhr sie zusammen. Versuchte, tief durchzuatmen, um sich wieder zu beruhigen. *Das ist ganz normal,* redete sie sich zu. *Dein Körper verändert sich, das ist nicht anders zu erwarten.*

Ihr Körper. Eigentlich hatte sie das Gefühl, als gehöre er gar nicht mehr ihr. Sie war bloß noch ein Wirtstier, ein Brutkasten für das Kind. Eine Vorstellung, die noch erträglich war, solange sie es im Bauch trug. Aber wenn es erst einmal auf der Welt war – was wäre sie dann?

Dabei machte ihr die körperliche Seite der ganzen Angelegenheit bereits genug Angst: ein stetig anschwellender Bauch, ein Baby, das sich an ihrer Lebenskraft bediente, die Schmerzen während der Geburt, ein von Schwangerschaft und Entbindung ausgelaugter Körper … Dann all die Jahre als Mutter …

Ihre erste Reaktion auf die Schwangerschaft war nur ein Gedanke gewesen: es loszuwerden. Bloß raus damit, bevor es sich bei ihr einnistete und die vollständige Kontrolle über ihren Körper erlangte. Außerdem hatte sie gerade erst ihre Praxis eröffnet, und der Zeitpunkt war denkbar schlecht.

Tony hatte sofort gesagt, er sei mit allem einverstanden, ganz egal, für welche Lösung sie sich entschied. Schließlich sei es ihr Körper. Also entschloss sie sich zu einer Abtreibung. Doch als der Termin gekommen war, ließ sie ihn verstreichen. Sie konnte es einfach nicht tun.

Also hatte sie ihre Angst und Unsicherheit heruntergeschluckt und versucht, irgendwie mit der Situation klarzukommen. Schwangerschaftsyoga, Entspannungsübungen und Meditation, ausgewogene Ernährung, kein Alkohol mehr. Zum Glück gehörte sie nicht zu den Frauen, denen ständig übel war und die keinen Bissen herunterbrachten. Zumindest bisher nicht. Zu spüren, wie der Fötus in ihr wuchs, war auch so schon unheimlich genug. Das hätte es vollends unerträglich gemacht.

Beim Yogakurs hatte sie sich angemeldet, weil sie gedacht

hatte, dass es ihr guttun würde, Kontakt zu anderen Schwangeren aufzunehmen. Und das war auch der Fall gewesen, allerdings nur für kurze Zeit. Nun, da sie wieder allein war, merkte sie, wie all ihre Zweifel mit Macht zurückkehrten.

Sie fragte sich, wie die anderen Frauen im Kurs sie wohl wahrgenommen hatten. Sie hatte lange dunkle Haare, dank chemischer Unterstützung ohne eine Spur von Grau. Ihr Gesicht war fein geschnitten und jugendlich für eine Sechsunddreißigjährige, wenngleich Stress und Kummer durchaus ihre Spuren hinterlassen hatten. Den Knochenbau verdankte sie ihrer italienischen Abstammung, für Stress und Kummer hatte sie selbst gesorgt. Ihre tiefliegenden Augen wirkten wie Geister, die darauf warteten, wieder zum Leben erweckt zu werden. Sie hatte gehofft, dass dies passieren würde, wenn sie sich erst einmal mit der Tatsache abgefunden hatte, dass sie ein Kind bekam. Aber inzwischen waren fast vier Monate verstrichen und nichts war geschehen. Allmählich kamen ihr Zweifel, ob es überhaupt jemals geschehen würde. Noch immer fehlte ihr irgendetwas. Doch was?

Erneut sah sie auf die Uhr und trat von einem Fuß auf den anderen. Seinem Trinkgeld konnte der Taxifahrer schon mal Lebewohl sagen.

Irgendwo in den Tiefen ihrer Handtasche klingelte ihr Handy.

Seufzend zog sie die Hände aus den Manteltaschen. »Ja?«

»Spreche ich mit Marina Esposito?«

Sie kannte diese Stimme. Es dauerte einige Sekunden, bis sie sie eingeordnet hatte, aber dann fiel es ihr wieder ein. Unwillkürlich schnappte sie nach Luft. DCI Ben Fenwick. Sie atmete ganz langsam aus.

»Ben Fenwick?«

»Ganz genau. Marina. Hallo. Tut mir leid, falls es gerade ungelegen kommt, aber ich müsste Sie dringend sprechen.«

»Ach …« Sie drehte sich um. Und da, direkt vor ihr, stand Martin Fletcher. Mit von Hass verzerrtem Gesicht kam er auf sie zu.

Sie kniff die Augen ganz fest zusammen, dann öffnete sie sie wieder. Nichts. Nur der leere Parkplatz, die Herbstkälte und das Taxi, das nicht kam. Der gedämpfte Lärm johlender Kinder im Hintergrund. Martin Fletcher war verschwunden. Aber Ben Fenwick war noch am Apparat.

»Marina? Sind Sie noch dran?«

»Ja … ja, ich bin noch dran.«

»Hören Sie, ich würde Sie nicht bitten, wenn es nicht wichtig wäre.«

Mehr musste sie nicht hören. Augenblicklich waren ihre Schutzschilde wieder oben. »Wissen Sie, ich … ich habe viel zu tun. Könnten wir das vielleicht auf ein andermal verschieben?«

»Ich fürchte nein. Wir haben hier ein Problem.«

»Was für ein Problem denn?«

Er seufzte. »Eins der übelsten Sorte.«

Sie wollte auflegen. Einfach in ihr Taxi steigen – falls es jemals kam – und vergessen, dass Fenwick angerufen hatte. Stattdessen hörte sie sich erneut fragen: »Was für ein Problem?«

»Wir haben einen neuen Fall, und wir brauchen Hilfe. *Ihre* Hilfe.« Er hielt inne, als überlege er, was er als Nächstes sagen sollte. »Hören Sie, ich weiß, das ist bestimmt nicht einfach für Sie …«

Aus dem Augenwinkel glaubte sie eine Bewegung wahrzunehmen: Wieder war es Fletcher, der sich auf sie stürzen wollte. Blinde Panik stieg in ihr hoch. Sie schüttelte den Kopf und atmete tief durch.

Ihre Stimme war leise und zurückhaltend. »Worum genau handelt es sich?«

»Das … das möchte ich lieber nicht am Telefon besprechen. Es wäre das Beste, wenn wir uns persönlich unterhalten könnten.«

Sie erschauerte. *Sag nein. Sag nein. Sag nein.* »In Ordnung. Wo?«

»Ich schicke einen Wagen, der Sie abholt.«

»Wann?«

»Jetzt gleich. Wie heißt es so schön: Was du heute kannst besorgen …«

»Aber ich bin … ich habe zu tun. Meine Patienten warten …« Selbst in ihren eigenen Ohren klangen die Worte lahm.

Fenwick seufzte. Ganz offensichtlich dachte er nach. »Mit Verlaub, Marina, wenn Sie erst einmal hören, was ich zu sagen habe, werden Sie höchstwahrscheinlich zu dem Schluss kommen, dass unser Fall Priorität hat.«

Sie schwieg und überlegte. Fenwick deutete ihr Schweigen als das Bedürfnis nach weiteren Beschwichtigungen.

»Was seinerzeit passiert ist, tut mir aufrichtig leid. Uns allen tut es leid. Es war schrecklich, unverzeihlich. Absolut. Wenn wir – wenn es irgendetwas gegeben hätte, was wir anders hätten machen können …«

»Es war nicht Ihre Schuld«, sagte sie, aber ihre Stimme klang dünn.

Fenwick allerdings schien immens erleichtert. »Diesmal

wird es ganz anders ablaufen, dafür lege ich meine Hand ins Feuer«, sagte er rasch. »Sie haben mein Wort.«

Und tatsächlich: Marina merkte, wie sich trotz allem eine gewisse Erregung in ihr breitmachte. Vielleicht war genug Zeit vergangen, und ein wenig Abwechslung würde ihr guttun. *Es ist wie eine Entbindung*, dachte sie mit einem gequälten Lächeln. *Mit der Zeit vergisst man die Schmerzen, damit es irgendwann wieder von vorne losgehen kann.*

»Also gut, schicken Sie mir einen Wagen vorbei. In ein paar Stunden bin ich so weit.«

»Könnten Sie nicht schneller kommen? Es ist wirklich dringend.«

»Meinetwegen, dann eben sofort. Ich stehe gerade auf dem Parkplatz vor Leisure World. Sagen Sie dem Fahrer, er soll sich beeilen, es ist hundekalt hier draußen.«

»Danke, Marina. Er wird Sie finden.«

Sie legte auf, noch während er ihr dankte. Sie konnte ein kleines Lächeln nicht unterdrücken. Neugier und Aufregung wuchsen. Um was für einen Fall es sich auch handelte, er musste schlimm sein. Schließlich war sie auf psychosexuelle Verhaltensstörungen spezialisiert.

Doch dann fiel ihr etwas ein, das ihre Vorfreude jäh dämpfte: Phil. Sie würde mit Phil zusammenarbeiten müssen.

Sie hatte versucht, ihn zu vergessen. Sich auf ihre Beziehung mit Tony zu konzentrieren und auf das Baby. Aber Fenwicks Anruf hatte ihn wieder in ihr Leben zurückgeholt.

Als sie ihm zum ersten Mal begegnet war, hatte sie vermutet, dass er Rugby spielte, weil er so breite Schultern hatte. Allerdings hatte sie bald herausgefunden, dass ein solcher Sport gar nicht zu ihm passte. Im Gesicht trug er seine schwere Kindheit und Jugend zur Schau: die Nase, die gebrochen und gerichtet worden war, die kleinen Narben von Prügeleien, die nur sichtbar wurden, wenn er wütend war. Aber es waren die Augen, an die sie sich noch am besten erinnern konnte. Augen, die sie sofort in ihren Bann gezogen hatten. Melancholische Dichteraugen. Und er konnte zuhören. Wenn sie sprach, schaute er sie immer aufmerksam an, und zu ihrer Überraschung erinnerte er sie oft mehrere Tage nach einer Unterhaltung an etwas, was sie gesagt hatte. Es war kein Trick, nichts Aufgesetztes. Er war ganz einfach so. Sie konnte sich vorstellen, dass eine solche Eigenschaft für einen Detective sehr nützlich war, aber bei ihr hatte es noch eine ganz andere Wirkung gehabt: Sie hatte sich begehrt gefühlt. Als sei sie etwas ganz Besonderes.

Kein Wunder also, dass sie sich in ihn verliebt hatte. Und jetzt würde sie wieder mit ihm zu tun bekommen. Nun, diesmal würden die Dinge anders laufen. Sie mussten anders laufen. Ben Fenwick nahm sie ihre schrecklichen Erlebnisse mit Fletcher vielleicht nicht länger übel. Was aber Phil anging, so sah die Sache anders aus.

Genau in diesem Augenblick hielt das Taxi neben ihr. Sie teilte dem Fahrer mit, dass er weiterfahren könne. Er habe sie zu lange warten lassen, sie brauche ihn nun nicht mehr. Der Fahrer stieg aus und begann mit ihr zu diskutieren, doch die Ankunft eines zivilen Polizeifahrzeugs brachte ihn zum Schweigen.

Marina stieg auf der Beifahrerseite des Polizeiwagens ein.

Vielleicht war dieser Fall genau das, was sie brauchte, um sich von ihren eigenen Problemen abzulenken.

9

Er sah sie hineingehen, und er sah sie wieder herauskommen. Sie bemerkten ihn nicht, wussten nicht einmal, dass er da war. Völlig ahnungslos. Sie waren sich ihres Platzes, ihrer eigenen Wichtigkeit in der Welt so sicher. Jede Einzelne von ihnen in ihrer kleinen schützenden Seifenblase. Schon bald würden sie herausfinden, wie vergänglich sie in Wirklichkeit waren.

Oder zumindest eine von ihnen.

Er wusste, dass sie ihn nicht sehen konnten. Dafür war er zu klug. Das erfüllte ihn mit Stolz. Er saß in seinem Wagen auf dem Parkplatz vor Leisure World in Colchester an einer Stelle, die ihm freien Blick auf den Eingang gewährte und doch gerade so weit von ihm entfernt war, dass er keine Aufmerksamkeit erregte. Er beobachtete sie, wie sie schwatzten und lachten, als sie aus dem Gebäude traten. Wie sie ihre dicken Bäuche vor sich herschoben.

Wandelnde Brutkästen, allesamt. Wenn er es so wollte.

Er hatte die Liste gelesen und wusste genau, welche als Nächste dran war. Kannte die Reihenfolge auswendig.

Ihm selbst ging es gar nicht um die Babys. Die waren ihm gleichgültig. Es ging einzig und allein um die Jagd. Der Plan. Die Vorbereitungen. Das Nachstellen. Der Kitzel. Das Töten. Er war immer schon gern auf die Jagd gegangen. Welches Tier er jagte, spielte dabei keine Rolle.

Da war sie, seine nächste Beute. Sie war auf dem Gehsteig

stehengeblieben und unterhielt sich mit einer anderen Frau aus dem Yogakurs. Deren Bauch war noch nicht so dick, man konnte kaum erkennen, dass sie schwanger war. Seine Beute wollte, dass die Neue mitkam. Aber die Neue mochte nicht. Seine Beute schien deswegen allerdings nicht allzu betrübt, sie ging einfach mit ihrer Gruppe davon.

Geradewegs an seinem Wagen vorbei. Nicht eines Blickes würdigten sie ihn. Er grinste. Er war unsichtbar, ein Gott mit der Macht über Leben und Tod.

Sie stieg in ihren Wagen und fuhr los.

Ihr zu folgen war unnötig. Er wusste, wohin sie wollte. Er würde sie später einholen. Stattdessen richtete er seine Aufmerksamkeit auf die zurückgebliebene Frau, die immer noch auf dem Parkplatz stand. Die Neue, die nicht mit den anderen hatte mitgehen wollen. Eigentlich ging sie ihn nichts an, aber er interessierte sich trotzdem für sie. Sie hatte etwas Besonderes an sich. Sie hielt sich abseits, war kein Teil der Herde. Aber nicht weil sie schwach gewesen wäre. Nein, das spürte er ganz genau: Das Gegenteil war der Fall. Sie war stark. Sie hatte Biss.

Er lächelte. Er mochte solche Eigenschaften an seiner Beute. Eine Herausforderung. Etwas, woran er sich abarbeiten musste. Etwas, das es zu brechen galt.

Er hätte wegfahren sollen, aber er konnte den Blick nicht von ihr losreißen. Sie war nicht wie die anderen. Er spürte Intelligenz, sogar Schläue. Allein aufgrund der Art und Weise, wie sie dastand, und ihrer Körpersprache, während sie telefonierte. Vorerst konnte er nichts unternehmen, aber er würde sie sich merken. Und eines Tages, zu einem Zeitpunkt, den allein er bestimmte, würde er wiederkommen.

Und dann würde er seinen Spaß mit ihr haben.

Er wollte gerade den Motor anlassen, als ein Taxi neben der Frau hielt. Sie beugte sich vor und wechselte ein paar Worte mit dem Fahrer. Der war ganz und gar nicht glücklich mit dem, was sie ihm zu sagen hatte. Es würde zum Streit kommen. Er lehnte sich zurück und beobachtete die Szene. Das versprach interessant zu werden. Aber noch bevor irgendetwas passieren konnte, hielt ein zweites Auto hinter dem ersten und der Fahrer stieg aus. Er wusste auf Anhieb, dass der Mann ein Polizist war. Natürlich kannte er ihn nicht persönlich, aber Typen wie er sahen alle gleich aus.

Der Taxifahrer, noch immer sichtlich verstimmt, fuhr davon, die Frau wurde von dem Zivilfahrzeug mitgenommen.

Interessant. Merkwürdig. Er beschloss, sie im Auge zu behalten. Er würde sie nicht vergessen.

Nun, da ihn hier nichts mehr hielt, ließ er endlich den Motor seines Wagens an und fuhr los.

Er hatte Witterung aufgenommen.

10

Es war fast Mittagszeit, als Phil Brennan mit seinem Audi von der Hauptstraße abbog. Mit der unerbittlich tickenden Uhr im Hinterkopf hatte er während der ganzen Fahrt nach Braintree die gesetzlich erlaubte Höchstgeschwindigkeit bis zum Letzten ausgereizt. Aber das Martinshorn hatte er nicht eingeschaltet.

Das Navigationsgerät meldete sich mit der Mitteilung, dass das gewünschte Fahrtziel erreicht sei.

Clayton Thompson schaltete das Gerät aus.

»Ich hasse diese Dinger«, knurrte er.

»Und ich dachte, so was würde Ihnen Spaß machen. Ich weiß doch, wie sehr Sie elektronisches Spielzeug lieben.«

Clayton zuckte mit den Achseln. »Schon, aber diese hochnäsigen Stimmen kann ich auf den Tod nicht ausstehen. Als ob die Bosse sie extra installiert hätten, um uns hinterherzuspionieren. Damit wir uns immer brav an die vorgegebene Route halten. Und wenn wir mal eine Abkürzung nehmen wollen oder einen besseren Weg kennen, sagen sie uns, dass wir sie nicht benutzen dürfen, weil sie es besser wissen.«

Phil lächelte düster. »Clayton, ich glaube, Sie haben soeben eine Metapher für die Polizeiarbeit des einundzwanzigsten Jahrhunderts entdeckt.«

Er blickte durch die Windschutzscheibe nach vorn. Sie befanden sich in einem Industriegebiet zwischen Colchester und Braintree, direkt an der A12. Niedrige Gebäude aus Backstein und Wellblech säumten die Straße und erstreckten sich bis zur Eisenbahntrasse, auf der die Züge der Linie London – East Anglia verkehrten. Sie hatten vor einem Tor aus Maschendraht gehalten, auf dem der Firmenname *B & F Altmetalle* zu lesen war. Hinter dem Tor befand sich ein einstöckiges Gebäude, auf dessen Vorplatz zwei riesenhafte Kräne sowie mehrere Lkws standen. Etwas abseits parkten einige Pkws. Im vorderen Bereich des Hofs lagen überall metallene Behälter herum: alte Gasflaschen, Feuerlöscher. Weiter hinten befanden sich einige aus alten Eisenbahnschwellen errichtete Container, in den verschiedene Arten von Altmetall lagerten: Rohre und Draht in dem einen, ausgediente Elektrogeräte in einem anderen. Einer der Kräne war in Bewegung. Am Ende seines Schwenkarms baumelte ein Greifer. Phil und Clayton sahen zu, wie er eine riesige Ladung Schrott aus einem der Container griff, dann langsam herumschwang und seine Last auf der Ladefläche eines Lkw ablud.

Phil blickte Clayton an und stellte den Motor ab.

»Kommen Sie schon«, sagte Clayton beim Aussteigen. »Los geht's.«

»Sie haben recht«, sagte Phil und folgte ihm. »Wir sollten keine Zeit verlieren.«

Clayton blieb stehen. »Mit Zeit hat das nichts zu tun. Ich bin bloß heilfroh, endlich dieser grauenhaften Musik zu entkommen, die Sie sich reinziehen. Glasvegas? Was für ein Scheißkram.«

Phil starrte ihn an, sagte aber nichts.

»Ich meine ... bei allem Respekt, Boss«, murmelte Clayton und senkte den Blick.

Clayton hatte eine etwas vorlaute Art, das war nichts Neues für Phil. Meistens sah er darüber hinweg, weil sein junger Kollege ein ausgezeichneter Polizist war, aber manchmal ging er einfach zu weit. Mehr als einmal schon hatte Phil Clayton ohrfeigen wollen. Aber genauso oft hatte er Lob verdient.

»Allemal besser als das Zeug, das Sie so hören«, gab Phil zurück. »Wen interessieren schon die Ergüsse von schwarzen Gangmitgliedern, die sich über ihre Genitalien und ihre Bankkonten auslassen?«

Clayton antwortete nicht, sondern blickte bloß missmutig zu Boden – ein Schuljunge, der soeben erfahren hatte, dass er nachsitzen musste.

»Konzentrieren Sie sich lieber auf unsere Aufgabe«, sagte Phil. »Wir gehen jetzt rein.« Er marschierte los, und Clayton trottete hinterher.

Sie wussten, dass es bei ihrem Besuch bei Ryan Brotherton um mehr ging als nur das Überbringen einer Todesnachricht. Ein Routinecheck von Claire Fieldings Freund kurz vor der Abfahrt hatte einige interessante Fakten zutage gefördert. Brotherton hatte eine Zeitlang wegen Körperverletzung in der Vollzugsanstalt von Chelmsford eingesessen. Aus der fünf Jahre alten Akte ging hervor, dass er seine damalige Lebensgefährtin tätlich angegriffen hatte. Umso dringender war nun Phils Wunsch, sich mit dem Mann zu unterhalten.

Phil und Clayton betraten den Hof. Mehrere Männer in schmutzigen Arbeitsmonturen, ein Großteil von ihnen breitschultrig und kahlgeschoren, gingen dort ihrer Arbeit nach. Phil war klar, dass man sie sofort als Polizisten identifiziert hatte. Außerdem vermutete er, dass die meisten der Leute hier irgendwann schon einmal mit der Polizei in Berührung gekommen waren und daher nur wenig Neigung verspürten, sich hilfsbereit zu zeigen oder gar irgendwelche Auskünfte zu geben. Vielmehr würden sie Ärger vermuten und hoffen, dass er nichts mit ihnen zu tun hätte.

In einer Ecke des Hauptgebäudes fanden sie ein Büro, dessen Fensterscheiben streifig waren von Fett und Staub. Sie klopften an die Tür und eine Frau öffnete. Sie war blond und Ende dreißig, kämpfte aber offensichtlich hart gegen die Zeichen des Alters an. Sie war zierlich gebaut, verfügte allerdings über eine beachtliche Oberweite. Brüste, Lippen sowie die glatte Stirn schienen chirurgische Eingriffe hinter sich zu haben. Sie war gekleidet wie eine Sekretärin aus einem Pornofilm der achtziger Jahre. Ihr Begrüßungslächeln erstarb jäh, sobald ihr klar wurde, wen sie da vor sich hatte. Phil vermutete, dass auch sie vielleicht schon einmal mit dem Gesetz in Konflikt gekommen war. Wenngleich in einem ganz anderen Zusammenhang als die Männer draußen.

Er hielt ihr seinen Dienstausweis hin, Clayton tat dasselbe, und sie stellten sich vor. »DI Brennan und DS Thompson. Dürfen wir reinkommen?«

»Worum geht's?« Aus ihrer Stimme klang eine Härte, die auch der beste Schönheitschirurg nicht hätte weicher machen können.

»Ich glaube, es ist besser, wenn wir drinnen reden.«

Nachdem sie sich argwöhnisch umgesehen hatte, erlaubte sie ihnen widerwillig einzutreten. Das Innere des Büros war schmucklos und praktisch eingerichtet. Nicht gerade eine Spielwiese für Innenarchitekten und Feng-Shui-Berater, dachte Phil. Zwei Schreibtische, zwei Computer, zwei Telefone. An der Wand ein Wohltätigkeitskalender. Aktenschränke aus Blech.

»Worum geht es?«, fragte sie erneut. Einen Sitzplatz bot sie ihnen nicht an.

»Wir sind auf der Suche nach Ryan Brotherton«, sagte Clayton, der, wie Phil auffiel, vergeblich versuchte, nicht ihre Brüste anzustarren.

Da ihr klar war, dass sie den Sergeant bereits in der Tasche hatte, wandte sie sich Phil zu und reckte ihren Busen noch weiter vor.

»Und in welcher Angelegenheit?«

»In einer privaten.«

Niemand rührte sich. Das Telefon klingelte. Sie beachtete es nicht.

»Wollen Sie nicht rangehen?«, erkundigte sich Phil. »Könnte geschäftlich sein.«

Noch immer bewegte sie sich nicht.

»Soll ich?«, bot er an und machte einen Schritt auf den Schreibtisch zu.

Sie war schneller als er, riss den Hörer ans Ohr und sagte: »B & F Altmetalle.« Dann lauschte sie. »Okay, Gary, kann ich dich in einer Minute zurückrufen?« Dann legte sie auf und wandte sich wieder den beiden Männern zu.

»Ryan Brotherton?«, half Phil ihrem Gedächtnis auf die Sprünge.

»Und ich will wissen, weshalb Sie ihn sprechen wollen.«

»Hören Sie«, sagte Phil, der versuchte, seinen Ärger im Zaum zu halten. »Er ist nicht in Schwierigkeiten, falls Sie das meinen. Er hat nichts angestellt. Wir müssen uns lediglich kurz mit ihm unterhalten.«

Er blickte sie unverwandt an. Sie zögerte und schaute schließlich weg. »Ich hol ihn.«

Sie verließ das Büro und überquerte den Hof. Clayton sah ihr nach.

»Alles in Ordnung?«, erkundigte sich Phil.

Clayton schüttelte den Kopf, als sei er gerade aus einer Trance erwacht. Sein Gesichtsausdruck war undurchschaubar. »Klar, äh … nicht gerade der stinknormale Schrotthändler von nebenan, was?«, meinte er.

»Wir sind in Essex, vergessen Sie das nicht«, sagte Phil. Er wollte nicht hinsehen, konnte aber nicht verhindern, dass seine Augen den hin und her schwingenden Hüften der Sekretärin folgten wie die eines Wimbledon-Zuschauers dem Tennisball. »Ich frag mich, warum sie hier arbeitet. Unter lauter Männern?«

»Möglicherweise gerade deswegen«, entgegnete Clayton, der nicht länger versuchte, seine lüsternen Blicke im Zaum zu halten. »Vielleicht sollte ich über einen Berufswechsel nachdenken …«

»Konzentration, mein Lieber. Denken Sie ausnahmsweise mit dem Hirn. Schauen Sie sich um. Sehen Sie irgendwas, das uns vielleicht Anhaltspunkte liefern könnte?«

Clayton ließ seinen Blick durchs Büro schweifen und musterte alles genau. Dann schüttelte er den Kopf.

»Ich auch nicht.« Phil richtete seine Aufmerksamkeit wieder auf das Geschehen draußen.

Dort trat die vollbusige Sekretärin zum Kran mit dem Greifer und gab dem Mann im Führerhäuschen durch Gesten irgendetwas zu verstehen. Daraufhin fuhr der Schwenkarm über einen Container, wo er mit hin und her baumelndem Greifer stehenblieb, während der Mann die

Bremse anlegte und die Tür des Führerhäuschens öffnete. Als er herauskletterte, konnte Phil ihn gut sehen. Er war groß, nicht unattraktiv, mit regelmäßigen Gesichtszügen. Sein Haar war kurzgeschoren, sein Oberkörper muskelbepackt. Er lauschte den Worten der Frau, und sein Blick folgte ihrem ausgestreckten Arm zum Büro. Er wirkte nicht gerade begeistert.

»Sehen Sie sich den Bizeps an«, meinte Clayton beeindruckt. »Wenn der Ihnen eine verpasst, dann gute Nacht.«

Ryan Brotherton kletterte aus dem Führerhaus des Krans und ging über den Hof in Richtung Büro. Er war nicht in bester Stimmung, so viel war klar. Als er das Büro erreichte, öffnete er die Tür und trat ein. Der Raum war auch ohne ihn schon klein genug. Nun schien seine massige Gestalt sämtliche Luft aus ihm zu verdrängen.

»Ja?«, sagte er.

Erneut zeigte Phil seinen Dienstausweis vor. »DI Brennan und DS Thompson.«

»Und?«

»Könnten wir uns kurz mit Ihnen unterhalten?«

Brotherton zuckte mit den Achseln.

Phil bemerkte, dass die Sekretärin im Begriff war, hinter ihrem Chef das Büro zu betreten. »Allein.«

Auch Brotherton bemerkte die Frau, machte aber keine Anstalten, sie aufzuhalten. »Das ist Sophie. Sie kann ruhig hören, was Sie mir zu sagen haben.« Sein Gesicht verzog sich zu einer Grimasse, die bei jemand anderem ein Lächeln hätte sein können. »Außerdem hab ich die Erfahrung gemacht, dass es nicht schaden kann, einen Zeugen zu haben, wenn die Bullen mit einem reden wollen.«

Phil ging die verschiedenen Möglichkeiten durch. Sollte er Brotherton versichern, dass er nicht in Schwierigkeiten war, und erneut auf einer privaten Unterredung bestehen? Oder sollte er diesem unangenehmen Kerl einfach sagen, was er zu sagen hatte, wie schmerzhaft es auch immer sein mochte, und danach so schnell wie möglich wieder verschwinden? Er entschied sich für Letzteres.

»Ich fürchte, wir haben eine schlimme Nachricht für Sie, Mr Brotherton.«

Brotherton wartete schweigend ab.

Phil und Clayton sahen sich an. Phil fuhr fort. »Es geht um Ihre Freundin.«

Brotherton runzelte die Stirn. Sophie tat es ihm gleich.

»Meine Freundin?«

»Claire Fielding. Ihre Freundin.«

»Sie meinen *Ex*freundin«, sagte Sophie rasch, bevor Brotherton etwas erwidern konnte.

Phil blickte von Brotherton zu Sophie und wieder zurück. Er konnte sich denken, was zwischen den beiden lief. »Exfreundin. Tut mir leid.«

»Was ist mit ihr? Was hat sie jetzt schon wieder angestellt?« Brotherton machte einen Schritt auf Phil zu, die Hände instinktiv zu Fäusten geballt. »Was hat sie über mich gesagt, he? Welche Lügenmärchen hat sie sich jetzt wieder einfallen lassen?«

Phils Miene blieb emotionslos, seine Stimme neutral. »Was für Lügenmärchen hat sie sich denn früher einfallen lassen, Mr Brotherton?«

Brotherton gab ein schroffes Bellen von sich, das entfernt an ein Lachen erinnerte. »Tun Sie doch nicht so, als ob Sie das nicht wüssten! Sonst wären Sie wohl kaum hier.«

»Es hat nicht zufällig etwas mit Ihrer Verurteilung wegen Körperverletzung zu tun?«, erkundigte sich Clayton.

»Das wissen Sie ganz genau, verdammt noch mal! Nur weil ich vor fünf Jahren mal gesessen hab, glaubt ihr, ihr könnt das bei jeder Gelegenheit wieder aus der Kiste kramen. Jedes Mal, wenn irgendeine Schlampe irgendwelche Vorwürfe erhebt, steht ihr sofort bei mir auf der Matte. Langsam hab ich die Schnauze voll davon. Noch einmal, und ich hetze euch einen Anwalt auf den Leib.«

»Das wird nicht nötig sein, Mr Brotherton«, erwiderte Phil. »Es wird keine Anschuldigungen mehr gegen Sie geben. Zumindest nicht von Claire Fielding.«

Ein Schnauben. »Und warum nicht? Gibt's endlich eine einstweilige Verfügung gegen sie? Damit sie aufhört, mich zu belästigen?«

»Nein, Mr Brotherton«, sagte Phil. »Sie ist tot.«

Phil wartete und musterte dabei aufmerksam Brothertons und Sophies Mienen, damit ihm keine verräterische Regung entging.

Die beiden sahen sich an. Sophie sah so aus, als wolle sie etwas sagen, aber ein Blick Brothertons hielt sie davon ab. »Was ist passiert?«, fragte er mit gepresster Stimme.

»Sie wurde ermordet. In ihrer Wohnung, gestern Abend.«

Brothertons Mund öffnete sich ein wenig, seine Augen wurden stumpf. Phil hatte das Gefühl, dass diese Reaktion wohl einem echten Gefühlsausbruch gleichkam. Die übliche emotionale Bandbreite des Mannes reichte vermutlich bloß von Wut bis Zorn.

»Was ... was ...« Dann fiel ihm etwas ein. »Sie war doch schwanger.«

»In der Tat, Mr Brotherton«, sagte Clayton. »Mit Ihrem Baby?«

»Hat sie behauptet«, entgegnete Brotherton, und der verächtliche Tonfall deutete an, dass seine Trauerphase – wenn man es denn so nennen konnte – nun offiziell vorüber war.

»Was wollen Sie damit sagen?«, fragte Phil.

»Genau das. Ist doch der älteste Trick der Welt. Eine Frau will einen Mann an sich binden, also was macht sie? Sie sagt ihm, dass sie schwanger ist.« Er machte eine ausladende Armbewegung und sah sich in seinem Büro um. »Ich meine, schauen Sie sich das hier an. Ich bin kein Millionär, aber das alles hier gehört mir. Ich bin der Besitzer.«

»Das hier ist Ihre Firma?«, fragte Phil.

Brotherton nickte. »Und sie läuft nicht schlecht. Wenn Frauen so was sehen, denken sie gleich: Oh, davon möchte ich auch ein Stückchen abhaben. Besser als selbst arbeiten zu gehen. Und was ist der einfachste Weg, an die Kohle eines Mannes ranzukommen?« Er hob die Schultern und grinste selbstzufrieden, als hätte er gerade vor dem Debattierclub der Oxford University einen besonders kniffligen Sachverhalt dargelegt. »Eben.«

»Nun, jetzt ist sie tot, Mr Brotherton, Ihr Imperium ist also sicher.«

Brotherton nickte, ohne den Sarkasmus in Phils Stimme mitzubekommen.

»Wer ist denn F?«, mischte sich Clayton nun unvermittelt ins Gespräch.

»Wovon reden Sie?«, fragte Brotherton, ganz offensichtlich von der Frage irritiert.

»Das F. Das Schild da draußen. Da steht *B & F Altmetalle.*«

Brotherton zuckte mit den Schultern. »Hab ihn ausbezahlt. Den Namen hab ich behalten, damit die Leute wissen, mit wem sie es zu tun haben.«

»Und das ist wichtig, nicht wahr?«, stellte Phil fest. »Dass man immer weiß, mit wem man es zu tun hat.«

Brotherton starrte ihn einfach nur an.

»Warum haben Sie draußen den Kran bedient, wenn Sie der Firmenchef sind?«, fragte Phil mit gerunzelter Stirn. »Könnten Sie nicht jemanden einstellen, der das für Sie erledigt?«

Brotherton warf sich in die Brust. »Damit ich nicht aus der Übung komme. So bleibt man fit.«

»Und man weiß nie, wann einem das mal gelegen kommt, stimmt's?«

Brotherton wandte sich Phil zu. Seine Oberarmmuskeln zuckten. Clayton sah zwischen den beiden hin und her.

»Sie waren also nicht mehr mit ihr zusammen?«, fragte er. »Mit Claire Fielding?«

Ein weiteres Schnauben. »Warum sollte ich?« Er sah sich um und grinste triumphierend. »Jetzt hab ich schließlich Sophie.«

Sophie erwiderte sein Lächeln mit all der Wärme und Lebendigkeit, zu der ihr mit Botox präpariertes Gesicht fähig war.

»Warum sind Sie dann in ihrem Terminkalender als ihr Freund eingetragen?«, wollte Phil wissen.

»Schwachsinn!«

»Es stimmt, Mr Brotherton. In ihrem Adressbuch steht noch Ihr Name, und in ihrer Geldbörse trug sie ein Foto von Ihnen bei sich.«

»Sie wissen doch, wie Weiber sind«, meinte er sichtlich bemüht, Oberwasser zu behalten. »Können einfach nicht loslassen.« Seine Miene drückte allerdings etwas anderes aus. Und seine Augen wirkten verändert. War das Angst?

»Mr Brotherton, wo waren Sie gestern Nacht zwischen zweiundzwanzig und zwei Uhr?«

»Was?« Brotherton sah von einem zum anderen.

»Sie haben die Frage gehört«, sagte Clayton.

»Ich war …« Hilfesuchend sah er zu Sophie.

»Er war mit mir zusammen«, sagte sie. Sein stummer Hilferuf war ihr nicht entgangen.

»Wo?«, fragte Phil.

»Zu Hause«, sagte sie wie aus der Pistole geschossen.

»Und was haben Sie gemacht?«, fragte Clayton.

»Was geht Sie das an?«, blaffte sie. Endlich kam Leben in ihre Züge.

»Dies hier ist eine Mordermittlung, bitte beantworten Sie die Frage.«

»Wir haben eine DVD angeschaut. Eine Flasche Wein getrunken. Was zu essen bestellt.«

»Welchen Film?«

»Was?«

»Welchen Film haben Sie sich angesehen?«, wiederholte Phil.

»Wir … es waren mehrere«, stammelte Brotherton.

»Und welche?« Claytons Stimme war ruhig und emotionslos.

»Irgendwas … irgendwas, was Sophie sich ausgesucht hatte, und dann noch einen, den ich sehen wollte.« Wieder sah Brotherton die Frau an, als wolle er, dass sie etwas sagte.

»Geht das noch genauer?« Auch Phils Stimme war vollkommen sachlich. Eine Fragemaschine.

»*Abbitte*«, sagte Sophie.

»*No Country for Old Men*«, sagte Brotherton.

»Gibt es den überhaupt schon auf DVD?«, wollte Clayton wissen.

»War ’ne Raubkopie.«

Phil erlaubte sich ein kleines Lächeln. »Sollen wir Sie dafür auch anklagen?«

»Hören Sie … warum verpissen Sie sich nicht einfach? Sie haben, was Sie wollten, wir haben Ihnen gesagt, was wir gemacht haben. Sie haben Ihre Informationen, also hauen Sie ab. Und zwar sofort. Ich hab eine Firma zu leiten.« Brotherton redete sich wieder in Rage, mit jedem Wort kehrte ein Stück seines Selbstbewusstseins zurück. »Und Sie sind schlecht fürs Geschäft.«

Phil und Clayton blickten sich erneut an. Sinn und Zweck dieses Blicks war es, Brotherton und Sophie noch mehr zu verunsichern, als ihre Fragen es bereits getan hatten. Sie beließen es dabei und wandten sich zur Tür.

Phil ging als Erster hinaus, Clayton folgte ihm. Als er an Brotherton vorbeikam, drehte er sich um.

»Und? Wie fanden Sie Romola Garai?«

»Wen?«, fragte er verdattert.

»Briony«, sagte Clayton.

Brotherton sah ihn verständnislos an. Dann wandte er sich an Sophie, aber die war genauso ratlos wie er.

»Romola Garai«, wiederholte Clayton. »Sie hat die erwachsene Briony gespielt. Die Hauptfigur in *Abbitte.*« Er lächelte. »Sie müssten sich doch an sie erinnern. Schließlich haben Sie den Film erst gestern gesehen.«

Damit verließ er das Büro und folgte Phil über den Hof zum Wagen.

»Gut gemacht, mein Junge«, lobte Phil.

»Danke, Boss. Alles, was ich weiß, habe ich von Ihnen gelernt.«

»*Abbitte* hat Ihnen gefallen, was?«

Clayton grinste. »Hab ihn nie gesehen. Hab bloß ein paar

Bilder von dieser Romola Garai im *Playboy* gesehen. Fand sie ziemlich scharf. Deswegen weiß ich noch, in welchem Film sie mitgespielt hat.«

Jetzt war es an Phil zu grinsen. »Da sag noch einer, diese Heftchen seien Zeitverschwendung.«

Sie erreichten den Audi und stiegen ein.

»Also, was denken Sie, Boss? Hat er Dreck am Stecken?«

»Schwer zu sagen. Aber irgendetwas ist da auf jeden Fall faul. Er ist groß und kräftig genug, um als Täter in Frage zu kommen, und er ist vorbestraft. Und so, wie er reagiert hat, als wir Claire Fielding erwähnt haben, scheint es einige offene Rechnungen zwischen ihm und ihr gegeben zu haben.«

»Am Boden zerstört über ihren Tod war er nicht gerade«, meinte Clayton.

»Stimmt.«

»Und er hat uns belogen, als wir ihn gefragt haben, wo er gestern Abend war.«

»Sie belügen uns doch immer alle, Clayton. Haben Sie das noch nicht begriffen?« Phil legte den Gang ein. »Also. Zurück nach Colchester.« Er dachte an Marina. Inzwischen musste sie bereits im Büro eingetroffen sein. Er verspürte ein Kribbeln im Bauch und versuchte sofort, es zu unterdrücken. Sie hatten einen Job zu erledigen.

Clayton warf einen Blick zurück zum Büro, dann wandte er sich wieder zu Phil. Er stöhnte. »Nicht schon wieder Glasvegas …«

»Nein«, sagte Phil und dachte nach. »Es wird Zeit, dass Sie ein bisschen Musikgeschmack entwickeln.«

Claytons Augen leuchteten auf. »Ja?«

»Wie wäre es mit Neil Young?« Phil wusste, dass Clayton

den Namen noch nie zuvor gehört hatte, es aber nach der Abfuhr von vorhin nicht wagen würde zu protestieren. »Ein Klassiker. Etwas, das unsere grauen Zellen ankurbelt.«

Clayton schüttelte den Kopf. »Murksen Sie mich lieber gleich ab«, murmelte er halblaut.

Phil bereitete es eine perverse Befriedigung, Clayton seinen Platz zuzuweisen.

Sie fuhren nach Colchester zurück, so schnell sie konnten.

11

Marina beugte sich über das Waschbecken und erbrach sich zum zweiten Mal. Die eine Hand hatte sie auf den Porzellanrand des Beckens gestützt, mit der anderen hielt sie sich die Haare aus dem Gesicht.

»Oh Gott …«, schluchzte sie, während sie darauf wartete, dass die Übelkeit endlich nachließ. »Ich schaff … ich schaff das nicht …«

Schwer atmend wartete sie ab, ob sie sich noch ein drittes Mal übergeben musste. Tief einatmen. Anhalten und ausatmen. Noch einmal. Sie seufzte, die Augen geschlossen, und horchte in ihren Körper hinein. Nein, das war alles. Sie hatte ohnehin nichts mehr im Magen.

Sie öffnete die Augen, drehte den Kaltwasserhahn auf und klatschte sich eine Ladung Wasser ins Gesicht. Dann richtete sie sich auf, fuhr sich mit den Fingern durchs Haar und warf einen prüfenden Blick auf ihr Spiegelbild. Ihre Augen wirkten müder denn je. Und ängstlicher.

Mit gutem Grund, dachte sie.

Automatisch legten sich ihre Hände auf ihren Bauch, während sie versuchte, ihren Atem unter Kontrolle zu bekommen.

Tja, dachte sie. *Bin ich also doch eine von diesen Frauen, die sich übergeben müssen.* Gleichzeitig wusste sie, dass der eigentliche Grund nicht die Schwangerschaft war. Es waren die Fotos. Auf dem Polizeirevier von Colchester am Southway hatte man sie zunächst in den Empfangsraum begleitet. Der diensthabende Beamte hatte oben angerufen, und DCI Fenwick war heruntergekommen, um sie abzuholen. Er sah noch genau so aus, wie sie ihn in Erinnerung hatte: edler Anzug, graumeliertes, sorgsam frisiertes Haar. Seine Gesichtszüge waren symmetrisch und gefällig, aber attraktiv im eigentlichen Sinne konnte man ihn nicht nennen. Dazu sah er ganz einfach zu nichtssagend aus.

Wie er lächelnd auf sie zukam, die Rechte ausgestreckt, erinnerte er sie einmal mehr an einen übereifrigen Klassensprecher, der die neuen Schüler begrüßt.

Bestimmt ist er wirklich Klassensprecher gewesen, dachte Marina.

»Marina«, sagte er, schüttelte ihr die Hand und ging mit ihr weiter. »Willkommen zurück. Kommen Sie mit. Wir können alles Nötige unterwegs besprechen.«

Sie passierten eine Doppeltür. Fenwick legte einen zügigen Schritt vor. Sie musste fast rennen, um mithalten zu können. »Wissen Sie«, sagte er, ohne langsamer zu werden, »ohne Sie hätten wir den Gemma-Hardy-Fall nie erfolgreich zum Abschluss gebracht.«

»Danke.« *Wir wissen beide, was mir das eingebracht hat, dachte sie.*

Fenwick schien ihre Gedanken erraten zu haben. »Niemand von uns hätte vorhersehen können, was danach passiert ist. Der Vorfall tut mir außerordentlich leid. Außerordentlich. Ich bin nur so erleichtert, dass der Fall erfolgreich gelöst wurde.«

Und dass ich seine Abteilung nicht verklagt habe, fügte sie im Geiste hinzu.

»Es geht mir schon wieder gut.« Sie war heilfroh, dass sie nicht gleichauf waren und er ihr Gesicht nicht sehen konnte.

»Freut mich zu hören. Sie wissen gar nicht, wie sehr.« Seine Stimme hatte ein anderes, tieferes Timbre angenommen. Sie kamen durch eine weitere Doppeltür. »Selbstredend wird es diesmal nicht wieder zu so etwas kommen. Darauf gebe ich Ihnen mein persönliches Ehrenwort.«

Fürst Floskel, dachte sie. Natürlich. So hatte Phils Kollege Clayton ihn immer genannt. Wie hatte sie das vergessen können?

»Vielen Dank. Übrigens habe ich Sie auf der Fahrt hierher im Radio gehört«, sagte sie. »Ein Doppelmord? Zwei Frauen?«

Fenwick nickte. Sie bogen um eine Ecke. »In einer Wohnung in diesem Neubaugebiet. Parkside Quarter. Keine der beiden ist heute Morgen zur Arbeit erschienen. Beide erstochen. Unschön. Sehr unschön, das alles.«

Marina nickte. Sie war bereits dabei, die Informationen zu verarbeiten und erste Schlüsse zu ziehen. Frauen und Stichwunden. Das Messer als Phallusersatz? »Aha«, sagte sie. »Was gibt es sonst noch?«

»Nun ja …« Fenwick blieb stehen und sah sie an. Instinktiv zog sie ihren Mantel enger um sich. Er war glockig geschnitten, und sie hatte ihn extra gekauft, um ihren Babybauch zu kaschieren. Eine innere Stimme riet ihr, die Schwangerschaft fürs Erste geheim zu halten. Aller Seminare zu Gleichberechtigung und Toleranz am Arbeitsplatz zum Trotz war sie nach wie vor fest davon überzeugt, dass die Polizei als solche nicht nur rassistisch, sondern auch sexistisch eingestellt war. Daran würde sich vermutlich nie etwas ändern. *Ein Backsteinhaus ist und bleibt ein Backsteinhaus, egal womit man seine Fassade verkleidet*, dachte sie. Wollte sie längerfristig mit der Polizei zusammenarbeiten, musste sie diesen Umstand akzeptieren. Trotzdem wollte sie nicht das Risiko eingehen, dass ihre Thesen als Gespinste einer Frau mit aus den Fugen geratenem Hormonhaushalt abgetan wurden.

Fenwick seufzte. Und sie nahm hinter seiner politikerhaften Jovialität einen besorgten, müden Mann wahr. »Wir glauben, dass dieser Fall mit zwei anderen Morden zusammenhängt, die schon einige Zeit zurückliegen«, sagte er schließlich. Marina konnte deutlich die Stressfalten sehen, die sich in sein Gesicht eingegraben hatten. »Das ist eine große Sache. Eine richtig große Sache. Wir stehen mächtig unter Druck. Wir müssen den Fall aufklären, und zwar so schnell wie möglich.« Ein weiterer Seufzer. Er rieb sich die Augen, doch als ihm auffiel, dass sie ihn beobachtete, ließ er die Hände schnell wieder sinken. »Aber kommen Sie. Ich habe Ihnen die Akten schon zurechtlegen lassen. Und ein Schreibtisch steht auch schon für Sie bereit. Hier entlang.«

Sie wurde weitere Flure entlanggelotst. Sie hatte versucht, sich an den Weg zu erinnern, aber dieses Mal gingen sie ganz offensichtlich woandershin.

Irgendwann blieb Fenwick stehen und öffnete eine Tür. Sie runzelte die Stirn und folgte ihm in den Raum. Es war die Bar des Reviers, die für die Dauer der Ermittlungen umfunktioniert worden war. Auf den abgedeckten Pooltischen standen Computer und Telefonanlagen, die Spielautomaten hatten Gesellschaft von mehreren Aktenschränken bekommen. Zahlreiche Leute saßen über ihre Arbeit gebeugt. Weit mehr als beim letzten Fall.

»Ein klein wenig unorthodox«, meinte Fenwick. »Normalerweise hat die Abteilung für Kapitalverbrechen ihr Hauptquartier in Stanway, aber da sind die Vernehmungsräume wegen der Asbestsanierung nicht benutzbar. Außerdem brauchen wir viel Platz. Sehr viel Platz.«

Das Gitter über der Theke war heruntergelassen, und mehrere Whiteboards waren davor aufgestellt. Sie bildeten den Mittelpunkt des Raums und erinnerten das Team beständig daran, auf welches Ziel es hinarbeitete. Sämtliche Schreibtische und Stühle in der Bar waren mit Blick auf die Whiteboards ausgerichtet.

Marina warf einen Blick auf eine der Tafeln und sah dort Fotos von vier Frauen hängen. Es waren Schnappschüsse, von denen die anderen Personen im Bild abgeschnitten waren. Alle vier lächelten. Keine hätte ahnen können, dass sie eines Tages hier hängen würde. Darunter standen Namen: Lisa King, Susie Evans, Claire Fielding, Julie Simpson. Gewöhnliche Namen, außergewöhnliche Tode. Sie waren durch Linien miteinander verbunden. Darunter standen weitere Namen, Daten und Orte. Zwischen ihnen waren noch keine Verbindungslinien gezogen worden.

Weil es keine gibt, dachte Marina. *Wenn es welche gäbe, wäre ich nicht hier.*

Fenwick winkte ihr von einem Tisch an einer Seite des Raumes aus zu. Sie ging zu ihm.

»Da wären wir«, sagte er. »Nicht gerade luxuriös, aber immerhin gibt es einen Rechner und ein Telefon.« Er tippte auf einen Stapel Akten, die neben der Computertastatur lagen. »Die sind für Sie. Heute Morgen fotokopiert. Wir wären Ihnen dankbar, wenn Sie sie nicht mit nach Hause nehmen würden. Falls doch, seien Sie diskret. Sie wissen schon.«

»Danke.«

»Kann ich Ihnen sonst noch irgendetwas bringen?«, fragte Fenwick, und er lächelte, als er auf die geschlossene Bar deutete. »Gin Tonic? Wein? Bier?«

Marina lächelte. »Ein Kaffee wäre nett, danke.«

Fenwick wies einen jungen Kollegen an, Kaffee zu holen. Marina setzte sich in der Zwischenzeit an ihren Schreibtisch und holte ihren Notizblock und einen Kugelschreiber aus ihrer Tasche. Sie wollte gleich anfangen zu lesen.

»Bitte sehr. Dann überlasse ich Sie mal Ihren … was auch immer Sie tun«, sagte Fenwick und warf einen Blick auf seine Armbanduhr. »Aber ich muss Sie warnen. Die Tatortfotos … die sind nichts für schwache Nerven. Glauben Sie mir – wenn ich das schon sage, muss etwas dran sein. Seien Sie also gewarnt.«

Sie nickte, und er überließ sie ihrer Arbeit. Sie klappte die erste Akte auf, auf deren Deckel »Lisa King« stand, und begann zu lesen. Sie war noch gar nicht bei den Tatortfotos angelangt, als ihr Magen bereits zu rebellieren begann. Ein uniformierter Beamter stellte den Kaffee auf ihrem Schreibtisch ab, und sie trank einen Schluck. Er schmeckte bitter. Sie spürte, wie er in ihrem Magen gurgelte. Sie las weiter.

Ihr Kopf begann sich zu drehen. Sie schluckte schwer und blinzelte. Nahm die nächste Akte zur Hand: »Susie Evans«. Ihr Atem ging schwerer. Obwohl der Raum groß und offen war, kam er ihr plötzlich entsetzlich eng vor. Sie brauchte dringend frische Luft. Plötzlich machte ihr Magen einen Satz, und sie merkte, wie ihr etwas Saures die Kehle hochkam. Ihre Hand fuhr an den Hals, während sie krampfhaft versuchte, die Galle wieder herunterzuwürgen. Dann warf sie einen Blick auf die Fotos.

Und wusste, dass sie sich jeden Moment übergeben würde.

12

Phil Brennan lenkte den Audi auf den Parkplatz und schaltete den Motor aus.

»Kommen Sie«, sagte er zu Clayton, löste den Sicherheitsgurt und stieß die Fahrertür auf. »Wir müssen noch unseren Bericht schreiben. Mal sehen, ob Anni schon zurück ist.«

Clayton rührte sich nicht. »Gehen Sie schon vor, Boss«, sagte er dann. »Ich muss noch was erledigen.«

»Was denn? Eine Beschwerde wegen Belästigung einreichen, weil ich Sie gezwungen habe, Neil Young zu hören?«

Clayton rang sich ein höfliches Lächeln ab. In seinen Ohren hatten alle Lieder, die sie auf der Rückfahrt gehört hatten, gleich geklungen. Es war eine einzige Tortur gewesen. »Ich hab da so eine Idee«, sagte er. Während er sprach, blickte er unruhig umher und vermied es, Phil anzusehen. »Ich hatte das Gefühl, dass mir einer der Typen auf dem Schrottplatz bekannt vorkam.«

»Wer denn?«

Clayton stieg aus. »Bin mir nicht sicher. Geben Sie mir ein paar Stunden.«

»Aber nicht zu lange«, erwiderte Phil.

»Ja, ich weiß«, sagte Clayton, drehte sich um und ging. »Die ersten vierundzwanzig Stunden sind die wichtigsten. Schon klar.«

Phil verkniff sich eine scharfe Erwiderung. *Lass ihn gehen*, dachte er bei sich. *Soll er seinen Kopf durchsetzen.* Er betrat das Gebäude und zog seine Ausweiskarte durch den dafür vorgesehenen Schlitz. Er war ungeduldig und angespannt.

Das hatte nichts damit zu tun, dass er Marina wiedersehen würde, sondern nur mit der Zeit, die unaufhaltsam verrann, sagte er sich.

Er machte sich auf den Weg nach oben ins Büro.

Marina stand draußen vor der Bar und nahm all ihren Mut zusammen, bevor sie wieder eintrat. Sie wusste, was die anderen von ihr dachten.

Typisch Zivilistin. Kommt mit dem Druck nicht klar. Soll sie halt zu Hause bleiben. Eine Frau, was will man schon erwarten?

Sie wusste es genau. Und wahrscheinlich dachten sie es nicht nur, sondern sprachen es sogar laut aus. Normalerweise wäre sie hineingegangen und hätte jeden zur Rede gestellt, der es wagte, ihre Eignung für den Job anzuzweifeln. Aber nicht dieses Mal. Dieses Mal konnte sie ihnen ihre Skepsis nicht verübeln. Dieses Mal war sie genau ihrer Meinung.

Sie fuhr mit der Hand unter ihren Mantel und streichelte sachte das Kind, das in ihr wuchs. Es mochte nicht geplant gewesen sein, aber der Gedanke, dass ihm – oder ihr – etwas zustoßen könnte, war für sie unerträglich. Bilder wie in den Polizeiakten. Tote Mütter. Tote Babys.

Sie holte tief Luft, öffnete die Tür und ging hinein. Hier und da hob sich ein Kopf, als sie eintrat, beugte sich dann aber sofort wieder über die Arbeit. Sie trat zu ihrem Schreibtisch, setzte sich hin und nahm sich eine neue Akte vor.

»Alles in Ordnung?«

Sie sah auf. Fenwick stand vor ihr und sah sie mit besorgter Miene an. Rasch blickte sie sich im Raum um. Sah nur mitfühlende Blicke, nirgendwo einen Vorwurf.

Sie nickte. »Ja. Es ist nur …«

»Machen Sie sich keine Sorgen. Niemand verübelt Ihnen Ihre Reaktion. Ich habe ja gesagt, dass es ein schlimmer Fall ist. Ich meine, bestimmt hatte ich schon mit Schlimmerem zu tun, aber ich kann mich nicht erinnern, wann.«

Wieder nickte sie.

»Da ist noch etwas«, meinte Fenwick und beugte sich vor. »Jetzt, da Sie die alten Akten durchgesehen haben, sollte ich es Ihnen sagen. Beim ersten Mord wurde das Baby im Bauch seiner Mutter getötet. Beim zweiten wurde es entfernt, starb aber ebenfalls. Von dem Baby bei dem Mord von heute Morgen allerdings fehlt jede Spur.«

»Oh Gott …«

»Also, zaubern Sie ein bisschen für uns. Je schneller, desto besser.«

Er legte ihr eine Hand auf die Schulter, und Marina wusste nicht, ob das als Trost oder als Herablassung zu verstehen war, dann entfernte er sich und ließ sie allein.

Sie sah auf die Unterlagen vor sich, dann zu ihrem Notizbuch. Erneut schlug sie die Akte von Susie Evans auf und begann zu lesen. Sie war hier, um eine Aufgabe zu erfüllen.

Schon nach kurzer Zeit war sie ganz in ihre Arbeit vertieft und merkte daher nicht, dass jemand neben ihr stand, bis dieser Jemand das Wort an sie richtete.

»Hey.«

Schlagartig wurde ihr die Kehle eng, und sie hörte auf zu lesen. Sie wollte aufsehen, traute sich das aber erst, als sie sich ein wenig gesammelt hatte.

»Selber hey.«

Er sah gut aus. Vielleicht ein wenig dünner, aber das stand ihm nicht schlecht. Sie rang sich ein Lächeln ab und setzte sich aufrecht hin. »Dann bist du also immer noch hier.«

»Man hat versucht, mich loszuwerden, aber ich bin immer wieder angekrochen gekommen.«

»Ein bisschen wie ich«, meinte sie.

Phil schmunzelte, dann sah er sich im Raum um, als fürchte er, dass die Leute sie vielleicht beobachteten. Marina war sich nicht sicher, wie viele über ihre Beziehung oder deren Ende Bescheid wussten, und sie spürte, wie ihr die Röte ins Gesicht stieg. Sie hob die Kaffeetasse an die Lippen, um es zu verbergen. Kalt. Sie verzog das Gesicht und stellte sie zurück auf den Tisch.

»Ich hole dir frischen«, erbot er sich.

»Lass nur. Ich glaube kaum, dass er dann besser schmeckt.«

Schweigen. Sie sah, wie Phils Lippen sich bewegten, als probe er, was er gleich sagen wollte. Wusste aber, dass er es nicht sagen würde.

»Ben Fenwick kümmert sich um dich?«, fragte er schließlich.

»Liest mir jeden Wunsch von den Augen ab.«

Erneut schenkte Phil ihr ein Lächeln. »Tatsächlich? Du hast alles, was du brauchst?«

Sie nickte.

»Gut.« Wieder ging sein Blick durch den Raum, dann zurück zu ihr. »Wie geht es …« Er verstummte.

Sie wusste, dass er nur so tat, als habe er den Namen vergessen.

»Tony«, half sie ihm auf die Sprünge.

»Tony. Richtig. Geht es ihm gut?«

»Bestens.« Sie blickte in ihre Kaffeetasse. »Alles bestens.

Könnte nicht besser sein.« Sie rutschte unbehaglich auf ihrem Stuhl hin und her. Auf einmal fühlte sich ihr Bauch riesig an.

»Na dann«, meinte Phil. »Du siehst so aus, als wüsstest du, was zu tun ist. Also lasse ich dich mal weiterarbeiten.«

»Gut.«

»Na dann.«

»Das sagtest du bereits.«

Er lachte. »Stimmt.« Lachte noch einmal. »Also … ich bin sicher, wir sehen uns später.«

»Später, ja.«

Er ging zu seinem Schreibtisch. Sie blickte ihm hinterher und schüttelte den Kopf. *Nein*, dachte sie. *Das ist das Letzte, was ich im Moment brauchen kann.*

Sie senkte den Kopf und sah erneut auf die Unterlagen vor sich, konnte sich aber nicht konzentrieren. Zwischen ihr und Phil waren zu viele Dinge ungesagt geblieben. Dinge, über die sie sprechen mussten. Falls sie zu dem Schluss kam, dass sie das überhaupt wollte.

Wie auch immer, eine Aussprache würde warten müssen.

Sie machte sich wieder an die Akten. Diesmal ließ sie sich von nichts ablenken.

Denn davon hingen Leben ab.

13

Emma Nicholls ließ sich hinter ihrem Schreibtisch nieder und bedachte DC Anni Hepburn mit einem Lächeln, das darauf ausgelegt war, verbindlich und professionell zu wirken, in Wirklichkeit jedoch ihre Anspannung und mühsam zurückgehaltene Bestürzung verriet.

Sie war gekleidet wie für einen ganz normalen Arbeitstag als Schuldirektorin: ein schwarzes zweiteiliges Kostüm, darunter eine helle Bluse. Die Haare zu einem langen Bob geschnitten. Aber dies *war* kein normaler Arbeitstag. Zwei ihrer Lehrerinnen waren ermordet worden, und die Polizei war in ihre Schule eingefallen.

Anni war lange genug bei der Kriminalpolizei, um eine Distanz zu ihren Fällen entwickelt zu haben, die es ihr ermöglichte, ihre Arbeit effizient zu erledigen und trotzdem noch Mitgefühl für die Opfer empfinden zu können. Sie hoffte, dass ihr diese Fähigkeit nie abhandenkommen würde. Im Stillen nannte sie die Menschen, mit denen sie zu tun hatte, oft Trümmerseelen. Zerbrochene Existenzen, die sehnlichst darauf hofften, dass irgendjemand kam und sie heilte. Aber Anni war auch lange genug im Job, um zu wissen, dass das nicht immer möglich war.

Emma Nicholls allerdings, dachte sie, *würde irgendwann darüber hinwegkommen*. Sie hatte nicht gesehen, was Anni vorhin in Claire Fieldings Wohnung gesehen hatte, hatte nicht gerochen, was Anni gerochen hatte. Und, wie Emma Nicholls nicht müde wurde zu betonen, ihre Beziehung zu Claire Fielding und Julie Simpson war hauptsächlich beruflicher Natur gewesen.

»Bitte verstehen Sie«, sagte Emma Nicholls und legte den Kopf zurück, als probte sie die Worte jedes Mal, bevor sie ihnen gestattete, den Mund zu verlassen, »dass meine Hauptsorge dieser Schule gilt.«

»Selbstverständlich.«

»Damit meine ich jeden hier. Das Wohl der Kinder und des Kollegiums sind in meinen Augen gleichermaßen wichtig.«

»Verstehe.«

Sie wählte ihre Worte sorgfältig, bevor sie fortfuhr. »Nachdem dies gesagt ist, muss ich hinzufügen, dass ich mich selten in die Angelegenheiten meiner Kollegen einmische, es sei denn, es handelt sich um gute Freunde oder aber man bittet mich ausdrücklich um Hilfe.«

Anni nickte. Sie hatte die Aussage der Schulleiterin als das verstanden, was sie war: die Weigerung, persönlich Verantwortung für die Vorfälle zu übernehmen.

»Verstehe.«

Emma Nicholls' Büro war zweckmäßig wie auch anheimelnd eingerichtet. Urkunden hingen an den Wänden neben Stundenplänen, einem Schuljahreskalender und Bildern, die die Kinder für sie gemalt hatten. Sie schien beliebt zu sein, den Respekt aller zu genießen. Der Raum sah genauso aus, wie man sich das Büro einer Grundschuldirektorin vorstellte, fand Anni.

Das Schulgebäude war alt, aber jüngst renoviert worden. Es war sauber, hell und strotzte geradezu vor positiver Energie und Lebensfreude. Die Arbeiten der Schüler, die überall die Gänge schmückten, ließen den Schluss zu, dass die All-Saints-Grundschule ein Ort war, an dem man Kinder ernst nahm und sie gut unterrichtete. *Schließlich sind wir ja auch in Lexden,* dachte Anni, *einem wohlhabenden Bezirk am Stadtrand von Colchester.* Sie hatte nichts anderes erwartet.

Alle Schüler, oder zumindest die meisten, mit denen sie seit ihrer Ankunft in Kontakt gekommen war, schienen so voller Hoffnung, voller Leben und Begeisterung für die Welt um sie herum zu sein. Die Tatsache, dass die Polizei in ihre Schule gekommen war, hatte sie in helle Aufregung versetzt. Für sie war es nichts anderes als eine willkommene Unterbrechung der täglichen Routine. Aber als Anni und ihr kleines Team sich darangemacht hatten, das Kollegium zu befragen, hatte sie gewusst, dass die Kinder bald herausfinden würden, was der Grund für die Anwesenheit der Polizei war, ganz egal, wie diskret sie auch vorgingen oder wie einfühlsam und vorsichtig die Lehrer ihnen die Umstände erklären mochten. Es war völlig ausgeschlossen, dass der Mord an zwei Lehrerinnen – und zwei beliebten Lehrerinnen noch dazu, wenn sie den Kommentaren glauben konnte, die sie bislang gehört hatte – die Kinder kaltlassen würde. Und dann würden sie begreifen, dass die Welt nicht so war wie im Nachmittagsfernsehen, sondern dass sie ein schrecklicher, grausamer Ort sein konnte. Das war der Grund, weshalb Anni selbst nie Kinder gewollt hatte. Denn ganz gleich, wie sehr man sich bemühte, sie vor der Welt zu beschützen – früher oder später würde diese Welt sie einholen und ihren Tribut von ihnen fordern.

»Also«, fuhr Anni fort, das Notizbuch aufgeklappt. »Waren Claire Fielding und Julie Simpson befreundet?«

Emma Nicholls schien antworten zu wollen, doch dann seufzte sie stattdessen und ihr Blick schweifte ab. Die erzwungene Freundlichkeit in ihren Zügen wich einer düsteren Bedrücktheit. Wie ein Krebspatient, der sein Leiden einen Augenblick lang vergessen hat und sich nun wieder daran erinnert.

»Es ist einfach schrecklich«, murmelte sie.

Da Anni dem nichts hinzufügen konnte, nickte sie nur.

»Mein Gott ...«

Ihre Stimmung wurde noch düsterer. Anni musste eingreifen. »Ms Nicholls«, sagte sie. »Es tut mir wirklich furchtbar leid, was passiert ist. Und mir ist klar, dass das eine denkbar unpassende Zeit ist, aber ich muss Ihnen einige Fragen stellen.«

Emma Nicholls setzte sich kerzengerade auf. »Ich weiß, ich weiß. Sie haben ...« Wieder schweiften ihre Gedanken ab, und ihrer Miene war anzusehen, dass sie kurz davor war, in Tränen auszubrechen. Dann gelang es ihr, sich zusammenzureißen. »Bitte entschuldigen Sie.«

»Das macht doch nichts.«

Emma Nicholls wagte ein kleines Lächeln. »Bei solchen Gelegenheiten bedauere ich, nicht mehr zu rauchen.«

Anni erwiderte ihr Lächeln. »Das glaube ich gern. Also. Claire Fielding und Julie Simpson. Waren sie Freundinnen?«

Emma Nicholls nickte.

»Julie hat in der sechsten Klasse unterrichtet und Claire Fielding in der vierten, stimmt das?«

Wieder ein Nicken. Emma Nicholls rieb ihre Finger aneinander, als hielten sie tatsächlich eine Zigarette.

»Und Claire war schwanger.«

Sie nickte erneut.

»Wie lange hatte sie noch bis zum Beginn des Mutterschutzes?«

»Zwei … zwei Wochen.«

»War die Schwangerschaft geplant, wissen Sie das? Hat sie sich auf das Kind gefreut?«

Emma Nicholls runzelte die Stirn. »Spielt das eine Rolle? Sie ist tot.«

»Ich weiß. Aber wir müssen diese Fragen stellen. Es kann uns dabei helfen, herauszufinden, wer es getan hat.«

»Aha.« Das Stirnrunzeln verschwand, und sie seufzte. »Soweit ich es beurteilen kann, schien sie glücklich darüber.«

»Wir nehmen an, dass sie gestern Abend ein paar Bekannte eingeladen hatte?«

»Ja. Eine Babyparty.« Ihre Lippen bebten.

»Ms Nicholls, wir versuchen herauszufinden, wer sonst noch auf der Party war. Können Sie mir einige Namen nennen?«

Emma Nicholls musste nicht lange überlegen. »Chrissie Burrows. Geraint Cooper. Sie haben sich heute Morgen darüber unterhalten.«

»Mehr nicht. Nur diese zwei?«

»Nur …« Wieder drohten die Tränen zu fließen.

Anni wartete ab, bis sich die Schulleiterin gefangen hatte.

»Mit den beiden werde ich ebenfalls sprechen müssen.«

Emma Nicholls nickte. Anni warf einen Blick auf ihre Notizen. »Was ist mit Claires Freund? Hat sie ihn je erwähnt?«

Ein argwöhnischer Ausdruck trat in Emma Nicholls' Gesicht. »Ihr Freund …«

»Ryan Brotherton«, sagte Anni, nachdem sie ein weiteres Mal ihre Aufzeichnungen zu Rate gezogen hatte. »Das nehmen wir zumindest an. Sein Name taucht häufig in ihrem Terminkalender auf. Gemeinsame Verabredungen und so weiter. Hat sie jemals von ihm gesprochen?«

»Nun ja, Claires Beziehung mit ihm war nicht gerade … unkompliziert, soweit ich es mitbekommen habe. Wie gesagt, es ging mich ja nichts an. Sie war eine hervorragende Lehrerin, sehr professionell, und die Kinder haben sie vergöttert. In ihr Privatleben, solange es sich nicht negativ auf ihre Arbeit ausgewirkt hat, habe ich mich nicht eingemischt.«

Anni schwieg.

Emma Nicholls fuhr fort. »Claire hatte sich vor kurzem von ihrem Lebensgefährten getrennt.«

Anni stutzte. Der Terminkalender in Claires Wohnung hatte nicht diesen Eindruck vermittelt.

»Das scheint Sie zu überraschen.«

»Das tut es auch. Soweit ich informiert bin, lief die Beziehung noch.«

Emma Nicholls schüttelte den Kopf. »Wie gesagt, ich betone noch einmal, dass ich mich selten einmische, auch wenn alle wissen, dass meine Tür ihnen jederzeit offensteht. Vor einigen Monaten machte Claire allerdings einen sehr niedergeschlagenen Eindruck. Ich fragte sie, ob sie darüber reden wolle. Sie wollte nicht. Julie …« Wieder senkte sich ein Schatten auf ihre Züge. »Julie … sie hat mir gesagt, dass Claire und ihr Partner sich getrennt hätten. Und dass die Trennung Claire sehr zu schaffen mache.«

»Wann genau war das?«

Emma Nicholls dachte nach. »Ungefähr … als sie mir mitgeteilt hat, dass sie schwanger ist. Vor fünf Monaten? So in etwa.« Ihre Finger wurden wieder unruhig. »Alle haben sie unterstützt, wie gesagt. Irgendwann war sie darüber hinweg.«

»Glauben Sie, dass sie ihn zurückhaben wollte?«

Die Frage schien Emma Nicholls zu überraschen. »Natürlich. Würden Sie das nicht wollen?«

»Doch. Vermutlich schon«, lenkte Anni ein und versuchte zu lächeln.

»Ja. Sogar einen Mann wie ihn.«

Annie beugte sich vor. »Einen Mann wie ihn? Was meinen Sie damit?«

Emma Nicholls dachte lange und gründlich nach. »Er … ich glaube nicht, dass er ihr gutgetan hat. Nicht nur, dass er ihr den Laufpass gegeben hat, als sie schwanger war, sondern …« Wieder lehnte sie den Kopf in den Nacken. Anni hatte das Gefühl, dass sie gleich etwas sehr Wichtiges preisgeben würde. Dann beugte sie sich vor und fuhr mit der Hand durch die Luft. Was auch immer es war, was sie hatte sagen wollen, der Moment war vorüber. »Ich weiß es nicht. Ich weiß es nicht. Sie wollen Fakten. Alles, was ich Ihnen sonst noch sagen könnte, wäre reine Spekulation.«

Anni wurde klar, dass sie von Ms Nicholls nicht mehr über Claire Fielding erfahren würde. Sie warf einen letzten Blick auf ihre Notizen. »Was ist mit Julie Simpson?«

»Was soll mit ihr sein?«

»Ist ihr in der letzten Zeit irgendetwas passiert, was Sie als ungewöhnlich bezeichnen würden?«

Emma Nicholls grübelte. Schüttelte dann den Kopf. »Nichts … Nein, nichts.«

»Hatte sie Feinde?«

»Feinde?« Emma Nicholls' Blick huschte durch den Raum, als könne sie nicht glauben, was sie da gerade gehört hatte. »Sie war Grundschullehrerin, kein internationaler Terrorist.«

»Nein«, sagte Anni. »Aber sie wurde gestern ermordet.«

Emma Nicholls machte ein langes Gesicht und neigte ihren Kopf. »Nein«, sagte sie. »Keine Feinde. Sie wurde von allen hier in der Schule gemocht. Sehr sogar.«

»Gut. Was ist mit …« Anni versuchte, taktvoll zu sein. »Affären oder Ähnlichem? Irgendetwas, das zu Unstimmigkeiten geführt haben könnte?«

»Nein. Gar nichts. Nichts.«

Anni nickte. Es gab mindestens zwei Leute, die in der Lage wären, ihr mehr zu helfen als die professionell zurückhaltende Emma Nicholls. »Chrissie Burrows, Geraint Cooper«, sagte sie. »Wo finde ich die beiden?«

Emma Nicholls veranlasste alles Nötige. Anni steckte ihr Notizbuch ein, stand auf und dankte der Direktorin für ihre Zeit.

»Keine Ursache. Ich wünschte bloß, ich hätte Ihnen weiterhelfen können.«

»Was Sie gesagt haben, war sehr hilfreich.«

Emma Nicholls legte Anni die Hand auf den Arm, um sie am Gehen zu hindern. »Eine Sache wäre da noch. Vielleicht hatten Sie recht.«

Anni runzelte die Stirn. »Recht womit?«

»Mit Ryan Brotherton. Ich weiß, ich habe gesagt, dass es aus war zwischen den beiden. Aber ich hatte den Eindruck … und wie gesagt, das ist nichts als Spekulation … aber ich hatte den Eindruck, als sei es zwar aus, aber noch nicht vorbei. Wissen Sie, was ich meine?«

»Ja. Manche Menschen sind so.«

Emma Nicholls nickte. »Vor allem Männer.«

14

Caroline Eades lenkte ihren BMW vom Stadtzentrum aus in Richtung Stanway. Während sie durch den Kreisverkehr und anschließend die Lexden Road hinunterfuhr, hatte sie einmal mehr das Gefühl, nicht in einem Auto, sondern in einem Panzer zu sitzen. Sie wusste, dass die Frauen aus dem Yogakurs sie um den Wagen beneideten, aber sie selbst hasste ihn. Sie wünschte, sie hätte Graeme niemals erlaubt, ihn ihr zu kaufen.

Die Zeit beim Mittagessen war wie immer wie im Flug vergangen. Sie waren eine fröhliche Runde, und es machte Spaß, den neuesten Klatsch auszutauschen. Das Life Café auf der Culver Street East bildete eine angenehme Abwechslung zu den allgegenwärtigen Starbucks-Filialen oder dem Caffè Nero, daher war es für sie immer die erste Wahl, wenn sie das Lokal fürs gemeinsame Mittagessen aussuchen durfte. Überhaupt gingen die meisten Leute nur in die Coffeehouse-Ketten, weil sie dachten, man müsse sich dort sehen lassen – und des beruhigenden Gefühls wegen, dass man immer genau wusste, was man bekam, weil das Angebot in jeder Filiale Tag für Tag und von früh bis spät das gleiche war. Caroline fand das jedoch langweilig, sogar bedrückend. Sie zog das Life vor. Dort gab es wechselnde Ausstellungen mit Werken lokaler Künstler und iMacs mit kostenlosem Internetzugang. Die Einrichtung war hell und freundlich, Kaffee und Kuchen waren exzellent. Nicht dass sie jedes Mal Kuchen gegessen hätte. Sie schloss Kompromisse: ein Stück Rocky Road, und die Marshmallows entfernte sie. Na ja, jedenfalls die meisten. Mit anderen Worten: Das Life war einzigartig, ein Lokal, das es so nur in Colchester gab, und immer wenn sie dort war, fühlte Caroline sich als Individuum.

Sie bog von der Lexden Road ab, bevor diese in die London Road überging. Ihre Arme schmerzten beim Einschlagen des Lenkrads, trotz der Servolenkung war das Fahrzeug manchmal schwer zu steuern. Kurz darauf hatte sie ihre Wohnsiedlung erreicht. Es hatte lange gedauert, bis sie sich dort heimisch gefühlt hatte. Vor fast zwei Jahren waren sie umgezogen und hatten ihr kleines, aber gemütliches Haus in St. Mary's, einer Gegend auf der anderen Seite der Fußgängerzone neben dem Mercury Theatre unmittelbar außerhalb der alten Stadtgrenze, aufgegeben. Im Süden von der Crouch Street, im Osten von der Stadtmauer begrenzt, hatte die Gegend die Atmosphäre eines kleinen Dorfes, lag aber gleichzeitig angenehm zentral. Die Crouch Street verfügte über Delikatessenläden, Designerboutiquen, Restaurants, Pubs und Möbelgeschäfte. Leider war sie, wie viele andere Teile der Stadt auch, irgendwann von neuen Apartmentblocks eingekreist worden, und diese Entwicklung hatte sie schließlich zum Umzug bewogen. Zu diesem Zeitpunkt war die Gegend bereits zu einem der vielen gesichtslosen Randbezirke von Colchester verkommen, und die Läden auf der Crouch Street waren nur noch ein Abklatsch der edleren Geschäfte an der Haupteinkaufsstraße in der Nähe des Queensway-Kreisverkehrs.

Die Siedlung in Stanway war weiter vom Stadtzentrum entfernt. Ruhige Wohnlage, hatte der Immobilienmakler gesagt. Exklusiv. Und genau so sah es auch aus: repräsentative Häuser, solide Bauweise, geschmackvolle Architektur. Kein Haus glich dem anderen, und jedes bot Platz für mindestens zwei Autos in der Einfahrt. Es war genau das, was Graeme immer gewollt hatte. Caroline war das Haus in St. Mary's ans Herz gewachsen, und der Abschied war ihr nicht leichtgefallen. Dennoch tat sie ihr Bestes, sich in der neuen Umgebung einzuleben.

Sie hatte ihre Einfahrt erreicht. Obwohl sie nur ganz sacht auf die Bremse tippte, kam der schwarze Wagen, der Allradantrieb hatte, mit einem heftigen Ruck zum Stehen. Erneut überkam sie Abneigung gegen das Auto. Vielleicht würde es besser werden, wenn das Baby da war. Sobald ihr riesenhafter Bauch sie nicht mehr behinderte, würde sie auch das Lenkrad wieder im Griff haben.

Sie stieg aus, holte ihre Sporttasche aus dem Kofferraum und ging, ein Lied aus dem Radio vor sich hin summend, zur Haustür. Sie schloss auf, legte den Schlüsselbund auf das Tischchen im Flur und ging in die Küche. Dieser Raum mit seinen Türfronten aus Buche, den Arbeitsplatten aus blankem Granit und den darauf abgestimmten Einbaugeräten war das Symbol all dessen, was sie sich immer erträumt hatte. Sie besaß ein repräsentatives Haus. Ein teures Auto. Einen gutaussehenden Ehemann, der noch dazu ihre erste große Liebe gewesen war. Zwei wundervolle Kinder und bald noch ein drittes. Das Leben, sagte sie sich immer wieder, hätte nicht vollkommener sein können.

Sie ging zum Kühlschrank, goss sich ein Glas Orangensaft ein und trug es zur Frühstückstheke. Sie kletterte auf einen der Barhocker, trank einen Schluck und spürte, wie eine Welle der Müdigkeit sie überschwemmte.

Sie seufzte. Schon wieder vollkommen erschöpft. Das liegt nur am Baby, tröstete sie sich. Das Baby. Sie und Graeme hatten bereits zwei ältere Kinder. Vanessa war zehn und Alfie zwölf – also bald schon ein Teenager. Warum um alles in der Welt hatte sie unbedingt noch ein drittes Kind haben wollen? Jetzt? In ihrem Alter?

Neununddreißig ist nicht alt, sagte sie sich. Nicht zu alt, um noch einmal Mutter zu werden. Nicht zu alt, um immer noch begehrenswert und attraktiv zu sein.

Sie nippte erneut an ihrem Saft und spürte, wie er durch ihre Kehle in ihren Magen rann. Bloß nicht zu hastig trinken, sonst würde sie gleich wieder zur Toilette müssen. Vor allem, wenn das Baby es sich mal wieder auf ihren Nieren gemütlich gemacht hatte. Sie atmete tief ein und versuchte, eine bequeme Sitzposition zu finden. Ihre Gedanken kehrten zum Mittagessen zurück und zu den anderen Frauen aus dem Kurs. Sie waren alle jünger als sie, und alle erwarteten sie ihr erstes Kind. Sie waren eine nette Gruppe, freundlich und gesellig, aber manchmal hatte Caroline das Gefühl, dass die anderen ihr abschätzige Blicke zuwarfen. Als würden sie sie insgeheim auslachen, weil sie versuchte, jünger auszusehen und als eine von ihnen durchzugehen, obwohl sie doch eigentlich viel zu alt dafür war. Als wäre sie eine Mutter, die darauf bestanden hatte, mit ihren Töchtern in die Disco zu gehen.

Natürlich hatten die anderen Frauen nie etwas Derartiges zu ihr gesagt – es war bloß so ein Gefühl, das sie manchmal überkam.

Caroline leerte ihr Saftglas und wollte es in den Geschirrspüler stellen, doch als sie aufstand, tanzten plötzlich Sternchen vor ihren Augen und ihr wurde schwindlig. Sie hatte sich zu hastig bewegt. Das passierte inzwischen immer öfter. So etwas sei völlig normal, hatte der Arzt ihr versichert, aber lästig fand sie es trotzdem.

Sie stützte sich auf dem Küchentresen ab, bis sie ihren Atem und ihr Gleichgewicht wiedergefunden hatte. Dabei sah sie auf die Uhr. Noch vier Stunden, bis Graeme nach Hause kam. Bis dahin musste das Abendessen auf dem Tisch stehen. Wieder entfuhr ihr ein Seufzer. Sie war viel zu müde, um aufrecht zu stehen, geschweige denn zu kochen. Ein Glück, dass sie daran gedacht hatte, in der Delikatessenabteilung von Marks & Spencer anzurufen. Sie hatte geschmorte Lammkeule mit Gemüse bestellt. Das Gericht aufzuwärmen würde nicht allzu viel Zeit in Anspruch nehmen. Und falls Graeme sich beschwerte, würde sie ihm eben sagen, er solle gefälligst selber kochen.

Zumindest hoffte sie, dass Graeme in vier Stunden daheim sein würde. In letzter Zeit kam er später und später. Überstunden, behauptete er. Um zusätzliches Geld zu verdienen, bevor das Baby auf die Welt kam. Das würden sie gut brauchen können, Babys seien ein teures Vergnügen, ob sie das etwa vergessen habe? Und wenn er dann nach Hause kam, war er schlecht gelaunt und reizbar. Die kleinste Kleinigkeit brachte ihn auf die Palme. Lust auf Sex hatte er auch keine mehr. Zugegeben, im Moment wäre sie ohnehin zu müde dafür gewesen, aber selbst in den ersten Monaten ihrer Schwangerschaft, die sie aufgrund der Hormonumstellung quasi in einem Zustand der Dauererregung verbracht hatte, hatte er sie immer abblitzen lassen. Sie konnte sich noch genau daran erinnern, wann sie zum letzten Mal miteinander geschlafen hatten: vor fast neun Monaten. Als das Baby gezeugt worden war. So etwas vergaß man nicht so leicht.

Die Kinder waren ihr auch keine Hilfe. Sobald sie aus der Schule heimkamen, verschwanden sie oben in ihren Zimmern, hockten sich vor den Computer, um im Internet zu surfen, oder sahen fern. Eigentlich hätte sie genauso gut allein leben können.

Bedrückt ließ sie sich wieder auf dem Barhocker nieder. Tja. Dies war nun ihr ach so vollkommenes Leben.

Vielleicht sollte sie ein Bad nehmen. Ein schönes, ausgiebiges Vollbad, um ihre verspannten Muskeln zu lockern. Aber das ging nicht, solange sie allein im Haus war. Was, wenn es an der Tür klingelte und sie nicht schnell genug aus der Wanne kam? Nein. Zu riskant. Stattdessen würde sie sich mit einer Dusche begnügen. Wieder einmal.

Sie schleppte sich die Treppe hinauf, eine Stufe nach der anderen, wobei sie sich schwer aufs Geländer stützte, ins Bad, wo sie die Dusche aufdrehte und sich langsam, Schicht für Schicht aus ihren Kleidern zu schälen begann.

Wenigstens brauche ich nichts zu tun außer dazustehen, dachte sie. *Bewegen muss ich mich nicht.*

Sie trat unter den Wasserstrahl und schloss die Augen.

So stand sie da, bis ihre Beine anfingen zu schmerzen. Dann trocknete sie sich ab und ging ins Schlafzimmer, wo sie Pyjama und Bademantel anzog. Sie wollte sich bloß ein paar Minuten ausruhen. Ein kurzes Nickerchen auf dem Bett. Aber sobald sie die Augen geschlossen hatte, war sie tief und fest eingeschlafen.

Ihr letzter Gedanke, bevor der Schlaf sie übermannte: Es würde sich alles finden. Wenn das Baby erst einmal da war.

15

Chrissie Burrows war sehr bemüht, wusste aber nicht viel Aufschlussreiches über Claire Fielding zu berichten. Anni kannte das Verhalten. In Situationen wie dieser hatten die Leute oft das Gefühl, sie müssten alles in ihrer Macht Stehende tun, um zu helfen, selbst wenn sie eigentlich nichts zu sagen hatten.

Chrissie Burrows war in den Dreißigern, rundlich und eine eher unscheinbare Frau, bis auf ihre Augen, die – unter anderen Umständen – eine lebenslustige Person verraten hätten.

Das leere Klassenzimmer, in dem Anni die Lehrerin vernahm, war heiß und stickig. Als hätte man die Heizung zu stark aufgedreht, um die Kinder durch die Wärme ruhigzustellen. Anni versuchte, die Hitze zu ignorieren, und machte sich daran, den genauen Ablauf der gestrigen Party zu rekonstruieren.

Chrissie Burrows saß da und verbrauchte ein Papiertaschentuch nach dem anderen. Sie betupfte sich damit die Augen, schnaubte sich die Nase und riss es dann mit zitternden Fingern in kleine Fetzchen. »Na ja, ich ... bin früh gegangen.«

»Um wie viel Uhr ungefähr?«

»So gegen neun. Spätestens halb zehn. Aber eher neun, würde ich sagen.«

»Gab es irgendeinen besonderen Grund dafür?«

Sie überlegte, schüttelte dann den Kopf. »Wir hatten eine Menge Spaß. Ich ... ich hatte Claire ihr Geschenk überreicht, ein paar Strampler ...« Sie zupfte ein weiteres Papiertuch aus der Schachtel. Anni wartete geduldig, bis der Tränenfluss zum Stillstand gekommen war.

»Und dann sind Sie nach Hause gegangen.«

Chrissie Burrows nickte. »Ich musste mich noch auf einige Schulstunden vorbereiten. Und ich hatte eine lange Heimfahrt, deswegen habe ich auch nur ein Glas getrunken ...«

»Und ist Ihnen jemand Verdächtiges aufgefallen, als Sie gegangen sind? Irgendjemand, der sich draußen vor der Tür oder im Treppenhaus aufgehalten hat?«

Sie schüttelte den Kopf. Ihre Stirn war in tiefe Falten gelegt, als könne sie, wenn sie sich nur genug konzentrierte, die Erinnerung oder sogar die Person, nach der Anni fragte, vor ihnen erscheinen lassen.

»Wer war sonst noch da, außer Ihnen?«

»Claire, Julie, Geraint ... sonst niemand.«

»Keiner von außerhalb der Schule?«

Sie schüttelte den Kopf.

»Nicht Claires Freund? Ryan Brotherton?«

Chrissie Burrows setzte sich auf. Plötzlich blitzte in ihren Augen etwas anderes als Tränen auf. »Nein. Der ganz bestimmt nicht. Claire wollte ihn nie wiedersehen.«

Annis Miene blieb vollkommen neutral. »Und warum nicht?«

»Er war ein ... ach.« Sie schüttelte den Kopf. »Ich kann es nicht sagen. Aber er war nicht gut für Claire. Überhaupt nicht. Ihm den Laufpass zu geben war die beste Entscheidung, die sie je getroffen hat.«

»Was war mit Julie? Gab es in ihrem Leben jemanden, der ihr vielleicht etwas hätte antun wollen?«

Chrissie Burrows sah auf. »Julie? Nein. Niemanden. Niemand wollte ihr schaden. Sie war, sie war …« Die Tränen begannen erneut zu fließen.

Allmählich begann sich für Anni ein Muster abzuzeichnen.

Sie betrachtete die schluchzende Frau aufmerksam. Höchstwahrscheinlich hatte sie nicht viel mehr mitzuteilen. Sie war bloß eine ganz gewöhnliche junge Frau, die nicht glauben konnte, dass der Tod in ihr Leben getreten war und ihr auf die denkbar brutalste Weise gleich zwei Freundinnen entrissen hatte.

Anni erhob sich und reichte ihr eine Visitenkarte. »Wenn Ihnen noch etwas einfällt, rufen Sie mich an.«

Chrissie Burrows nahm die Karte, ohne aufzublicken.

Ein uniformierter Beamter kam, um die Aussage der in Tränen aufgelösten Lehrerin zu Protokoll zu nehmen, und Anni zog weiter, um sich mit Geraint Cooper zu unterhalten. Sie war heilfroh, dem stickigen Klassenzimmer zu entrinnen.

Die Polizei hatte das Zimmer der Schulschwester für die übrigen Vernehmungen mit Beschlag belegt, und Cooper wartete bereits auf sie. Dort war es wenigstens ein wenig kühler als in dem Klassenzimmer. Geraint Cooper war ein adrett gekleideter Schwarzer, den Anni auf Mitte bis Ende zwanzig schätzte. Er saß mit im Schoß gefalteten Händen da. Normalerweise ließ sich Anni nicht von voreiligen Schlüssen oder gar Vorurteilen leiten, aber seiner Körperhaltung und seinem Benehmen nach zu urteilen, wäre sie jede Wette eingegangen, dass Geraint Cooper schwul war.

Sie setzte sich ihm gegenüber und stellte sich vor.

»Mr Cooper, ich bin Detective Constable Hepburn.«

Sie schüttelten sich die Hand. An seinem schlaffen Händedruck merkte sie, dass er leicht zitterte.

»Ich werde versuchen, das Ganze so schmerzlos wie möglich zu halten«, sagte sie mit einem kleinen Lächeln. »Sie waren gestern Abend zusammen mit Julie Simpson und Chrissie Burrows bei Claire Fielding.« Keine Frage, sondern eine Feststellung.

Er nickte.

»Wann sind Sie gegangen?«

»So gegen zehn. Ungefähr.«

»Und wo wohnen Sie?«

»Im Dutch Quarter. Direkt um die Ecke von Claire.« Seine Stimme brach, als er ihren Namen sagte.

»Wie sind Sie nach Hause gekommen?«

»Zu Fuß.«

»Und was würden Sie sagen, wie war die Stimmung, als Sie aufgebrochen sind?«

Er zuckte mit den Schultern. »Fröhlich. Wir haben viel gelacht.« Er sah ihr geradewegs ins Gesicht. »Claire war sehr ausgelassen. Wir alle.«

»Es gab keine Streitereien oder Ähnliches?«

Er machte ein Gesicht, als habe sie ihn mit der Frage persönlich beleidigt. »Nein. Wir haben uns gut amüsiert.«

»Und es war eine Babyparty?«

Er nickte. »Wir haben unsere Geschenke überreicht, eine Flasche Wein aufgemacht, viel gelacht. Gott weiß, dass sie das bitter nötig hatte.«

»Claire? Was meinen Sie damit?«

Er lehnte sich zurück. Mit einem Mal wurde seine Körpersprache abwehrend, und er verschränkte die Arme vor der Brust. »Na, wegen *ihm.*«

»Sie meinen Ryan Brotherton?«

Er nickte.

»Was hat er denn getan?«

»Ach, ich bin sicher, Sie wissen inzwischen über alles Bescheid.«

»Ich würde es gerne von Ihnen hören.«

»Er wollte das Baby nicht. Wollte, dass sie es wegmachen lässt. Sie hat sich geweigert. Dann hat sie ihn verlassen.«

Anni wartete ab, doch es kam nichts mehr. »Das ist alles?«

Er nickte, die Arme noch immer fest vor der Brust verschränkt.

Sie entschied sich, das Thema vorerst zu wechseln. »Als Sie gegangen sind, so gegen zehn, haben Sie da irgendjemanden Verdächtiges in der Nähe bemerkt?«

Er dachte schweigend nach.

»Entweder draußen vor dem Gebäude, auf der Straße oder sogar drinnen, im Treppenhaus. Irgendjemanden. Irgendwo.«

Er seufzte und ließ die Arme sinken. Alle Spannung wich aus seinem Körper »Ich habe mir den ganzen Tag darüber den Kopf zerbrochen. Immer und immer wieder. Habe versucht, mich zu erinnern …«

»Und? War da irgendjemand?«

Er seufzte. »Nein. Niemand. Tut mir leid. Ich wünschte, da wäre jemand gewesen.«

»Ist schon gut. Und Julie Simpson war noch bei Claire, als Sie gegangen sind?«

Er nickte.

»Musste sie denn nicht auch nach Hause?«

»Sie hat gesagt, sie wolle Claire noch beim Aufräumen helfen.«

Obgleich sie die Antwort auf ihre nächste Frage schon wusste, stellte Anni sie trotzdem, um zu überprüfen, ob die Aussagen der Kollegen übereinstimmten. »Und waren Sie der Erste, der gegangen ist?«

Er schüttelte den Kopf. »Chrissie war die Erste. Sie hatte den weitesten Weg. Richtung Wivenhoe. Sie hat nur ganz wenig getrunken.« Er sah sie vielsagend an. »Wollte nicht riskieren, von der Polizei angehalten zu werden.«

Wieder lächelte Anni. »Das interessiert mich gar nicht. Ich versuche nur herauszufinden, wer Claire und Julie getötet hat.«

Er nickte, wie um zu signalisieren, dass er ihr glaubte. Dann meinte er: »Na ja, ich würde sagen, wir wissen ganz genau, wer es war, oder?«

»Tun wir das?« Anni beugte sich ein Stück vor. »Und wer wäre das, Mr Cooper?«

Geraint Cooper sah ihr direkt in die Augen. Anni wurde klar, dass er nicht vor Schock oder Nervosität zitterte, sondern vor Wut. »Das ist doch glasklar, oder nicht? Claires Ex. Ryan Brotherton, dieses Schwein. Er hat sie umgebracht.«

16

Hastig sah sich Clayton Thompson um. Niemand zu sehen. Niemand folgte ihm.

Er hatte vom Bahnhof den Weg die Headgate hinunter in Richtung Stadtzentrum eingeschlagen. Der Abend war hereingebrochen, die Läden waren im Begriff zu schließen, und gleichzeitig öffneten die Bars und Restaurants entlang der Headgate ihre Türen. Selbst an einem Wochentag fiel es Clayton schwer, ihrem Lockruf zu widerstehen.

Noch immer mochte er nichts lieber, als an einem freien Abend mit seinen Kollegen durch die Bars zu ziehen und Frauen aufzureißen. Selbst die ungezählten Samstagabende, an denen er, damals noch Streifenpolizist, für Ordnung hatte sorgen müssen, weil Soldaten aus der nahe gelegenen Kaserne in Scharen in die Pubs im Stadtzentrum einfielen, um Studentinnen anzubaggern, und dabei nicht selten über die Stränge schlugen, hatten ihn nicht davon abgebracht. Im Gegenteil, er blickte geradezu wehmütig auf jene Zeit zurück. Damals hatte er sich bei der Arbeit noch richtig amüsiert: erst eine zünftige Prügelei und danach bekam man ein paar Drinks spendiert.

Aber es waren nicht immer nur die Soldaten, die auf leichte Beute lauerten. Clayton hatte genug ältere Frauen erlebt, die, nachdem sie sich den Ehering vom dicken Finger gefummelt und in Kleider für Teenager gezwängt hatten, von

Bar zu Bar zogen in der Hoffnung, einen jungen, breitschultrigen Soldaten für die Nacht aufzugabeln. In seinen Tagen als Streifenpolizist hatte er mehr als eine Prügelei zwischen jungen Männern schlichten müssen, die kein Mädchen in ihrem eigenen Alter mehr abbekommen hatten und sich um die Reste stritten. Die Frauen selbst waren sogar stolz darauf, dass um sie gekämpft wurde und sie dem Sieger als Belohnung zufielen. Und wenn es ihnen nicht gelang, einen Soldaten aufzureißen, erinnerte er sich mit einem Lächeln, dann war ihnen ein Polizist allemal gut genug.

Doch so schön es auch gewesen wäre, irgendwo gemütlich auf einem Barhocker zu sitzen, ein paar Bierchen zu trinken und an nichts zu denken – es ging nicht. Es gab ein Problem, das dringend gelöst werden musste. Außerdem brauchte er Ruhe für das Telefonat, das er gleich führen würde.

Er zog sein Handy aus der Tasche und wählte eine Nummer aus seinem Adressbuch. Es war eine Nummer, die er seit langer Zeit nicht mehr benutzt, aber trotzdem nicht gelöscht hatte. Irgendwann, hatte er gedacht, könnte sie ihm vielleicht noch einmal nützlich sein. Auf die eine oder andere Art.

Als er Phil gegenüber behauptet hatte, er wolle eine Spur verfolgen, hatte er gelogen. Nicht weil er Phil nicht mochte – er hatte einfach keine andere Wahl gehabt. Schadensbegrenzung war angesagt. Seine Karriere stand auf dem Spiel. Eine Zeitlang war er noch ziellos durch die Straßen gelaufen und hatte überlegt, was er als Nächstes tun sollte. In jedem Fall musste er sehr vorsichtig sein. Sich nach allen Seiten hin absichern.

Er bog von der Hauptstraße in den Church Walk ab, der von verrammelten Ladenfassaden beherrscht wurde, und steuerte auf die Kirche und den angrenzenden Friedhof zu. Den jugendlichen Gruftis und Alkohol trinkenden Schülern, die sich am verrosteten Friedhofstor versammelt hatten, schenkte er keine Beachtung. Vor dem Hintergrund des rasch dunkler werdenden Himmels wirkten die Grabsteine und Bäume einsam und düster. Wie die Kulisse für einen alten Vampirfilm, schoss es ihm durch den Kopf.

Er hörte das Freizeichen, dann nahm jemand ab.

»Ich bin's«, sagte er nur.

Am anderen Ende entstand eine Pause. Er wartete.

»Ich wusste, dass du anrufen würdest«, meinte schließlich eine Stimme.

»Danke, dass du mich nicht verpfiffen hast.«

»Gern geschehen«, sagte die Stimme in einem Tonfall, den Clayton nicht recht deuten konnte.

»Ich brauch deine Hilfe.«

Ein trockenes Lachen. »Was sonst?«

Clayton ärgerte sich. Er öffnete den Mund, um etwas zu erwidern, beherrschte sich dann aber. Das würde auch nichts nützen.

»Ich meine es ernst.«

»Und warum?«

»Es gibt einiges zu besprechen. Wir müssen sicherstellen, dass dir nichts passieren kann.«

Ein erneutes Lachen. »Wir müssen sicherstellen, dass *dir* nichts passieren kann, wolltest du wohl sagen.«

Clayton spürte, wie seine Verärgerung in Zorn umschlug. Er zwang sich, ihn hinunterzuschlucken. »Spiel jetzt bloß –«

»Keine Spielchen?«, fragte die Stimme. »Früher hast du immer gerne Spielchen gespielt, wenn ich mich recht erinnere.«

»Das hier ist wichtig. Wir müssen reden. Heute Abend noch.«

Ein Seufzen. »Wann und wo?«

»Du kannst Ort und Zeit bestimmen.«

»Neun Uhr. Im Lamb and Flag, Procter Road, New Town. Kennst du den Laden?«

Er kannte ihn.

»Du musst mich aber hinterher nach Hause bringen.«

»In Ordnung.«

Er legte auf und sah sich um. Inzwischen war es auf dem Friedhof stockfinster. Wer wusste, welche Schrecken zwischen den Gräbern lauerten? Er drehte sich um und machte sich auf den Weg zurück zum Revier.

Er hatte keinen Bedarf an fremden Gespenstern.

Er besaß genügend eigene.

17

Anni Hepburn sprach immer noch mit Geraint Cooper.

»Ryan Brotherton hat Claire getötet. Ist es das, was Sie sagen wollen?«

Cooper nickte. »Claire hat ihm wohl nicht gereicht. Da musste er auch noch Julie töten.«

»Warum sagen Sie das, Mr Cooper?«

»Ach, kommen Sie. Er muss es gewesen sein. Dieser Mistkerl.«

»Haben Sie Beweise dafür, Mr Cooper?«

Er sah sie an, und sein Zorn legte sich ein wenig. »Na ja, nicht wirklich. Aber er muss es gewesen sein.«

»Warum das?«

»Weil er einfach so drauf war.«

»Wie war er drauf?«

»Das habe ich Ihnen doch gesagt!«

»Sie haben gesagt, dass er das Baby nicht wollte und Claire aufgefordert hat, es abtreiben zu lassen. Sie wollte nicht und hat ihn sitzenlassen. Klingt nicht gerade wie ein Mordmotiv.«

»Er war ein Schwein. Ein ganz übler Kerl. Die Sorte Mann, wegen dem die Kinder so früh wie möglich von zu Hause ausziehen und den sie ihr Leben lang hassen.«

»War er gewalttätig?«

Cooper schnaubte. »Ist das eine rhetorische Frage?«

»Auch gegenüber Claire?«

Geraint Cooper nickte. Seine Stimme wurde leiser. »Sie hat sich immer wieder denselben Typ Mann gesucht. Große Kerle, echte Machos. Ich habe ihr gesagt, sie soll die Finger von diesen Typen lassen, mit denen hat sie bloß Ärger, aber sie hört einfach nicht auf mich.« Er hielt kurz inne und berichtigte sich: »Hat nicht auf mich gehört …« Er seufzte erneut und kämpfte mit den Tränen, dann gab er sich einen Ruck. Offenbar half ihm seine Wut dabei, nicht die Beherrschung zu verlieren. »Wie auch immer. Er war's.«

»Erzählen Sie mir mehr über ihn, Mr Cooper.«

Er beugte sich vor. Anni zweifelte nicht an der Aufrichtigkeit, die aus seinen Augen sprach. »Er hat sich ihr gegenüber richtig mies verhalten. Anfangs war er ganz nett, aber das sind sie ja alle. Dann, als die Beziehung ein paar Monate alt war, war er plötzlich wie ausgewechselt. Immer ging es bloß um Kleinigkeiten. Sie kam zu spät nach Hause. Zack! Sie hat jemanden in der Kneipe falsch angeguckt. Zack! Ihm schmeckte das Abendessen nicht, das sie gekocht hatte. Zack!«

»Aber sie hat ihn nicht verlassen?«

Er schüttelte den Kopf. »Sie war todunglücklich, aber sie hat ihn geliebt. Ist immer wieder zu ihm zurückgegangen. Jedes Mal. Erst stand sie vor meiner oder Julies Tür, in Tränen aufgelöst, mit einem blauen Auge und hat geschworen, sie würde sich endgültig von ihm trennen. Dann hat sie sich langsam erholt, er rief sie an, versprach ihr, er würde es nie wieder tun, und alles ging wieder von vorne los. Sie hat ihn jedes Mal wieder mit offenen Armen empfangen.«

»Verstehe«, sagte Anni.

Geraint Cooper sah sie mit versteinerter Miene an. »Wahrscheinlich denken Sie jetzt, dass sie es nicht anders verdient hat, stimmt's? Selbst schuld, wenn sie so dumm ist. So naiv. Wenn sie sich so behandeln lässt?«

»Ganz und gar nicht, Mr Cooper«, entgegnete Anni mit ruhiger, fester Stimme. »Ich habe solche Geschichten schon oft erlebt. Zu oft, um ehrlich zu sein. Und die Frauen, denen es passiert, sind nicht dumm oder naiv. Sie sind intelligent, vernünftig und erwachsen. Und oft wissen sie selbst gar nicht, wie sie in eine solche Lage geraten sind.«

Ihre Worte schienen ihn zu besänftigen.

Anni fragte weiter: »Und was ist dann passiert?«

»Irgendwann haben wir eingegriffen. Julie, Chrissie und ich. Wir waren ihre besten Freunde, wir konnten das nicht länger mit ansehen. Glücklicherweise konnten wir sie zur Vernunft bringen.«

»Und dann war sie plötzlich schwanger?«

Geraint Cooper nickte.

»Von Ryan Brotherton?«

Wieder nickte er. »Das war der Zeitpunkt, als sie ihn endgültig verlassen hat.«

Anni runzelte die Stirn. »Wirklich?«

»Ja, wirklich. Er hat gesagt, er will kein Kind. Unter keinen Umständen. Sie schon. Sogar von einem Kerl wie ihm. Sie ließ sich nicht davon abbringen. Aber er hatte beschlossen, dass es wegmusste. Und wenn sie sich nicht drum kümmerte, würde er die Sache eben selbst erledigen.«

Anni schluckte schwer, versuchte aber, sich nichts anmerken zu lassen. »Selbst erledigen? Wie denn?« Ihre Stimme klang weniger fest, als ihr lieb gewesen wäre.

Geraint Cooper hielt die Hände in die Höhe und ballte sie zu Fäusten. »Hiermit.«

»Verstehe.« Wieder musste sie schlucken. »Daraufhin hat sie ihn verlassen.«

Er nickte. »Und ihm ist urplötzlich eingefallen, dass er sie unbedingt zurückhaben wollte.«

»Trotz des Babys?«

Er zuckte mit den Achseln. »Hauptsache, er hatte sie wieder.«

»Und wie hat er es angestellt?«

»Er hat einen auf nett gemacht. Hat ihr Blumen geschickt, das ganze Programm. Ein echter Charmebolzen. Er habe sich geändert, sei ein komplett neuer Mensch, das übliche Gerede.«

»Und hatte er Erfolg damit?«

»Nein. Wie gesagt, jetzt hatte sie uns. Wir haben ihr dabei geholfen, stark zu bleiben.«

Anni runzelte die Stirn. »Also hat nicht er sich von ihr getrennt, sondern sie sich von ihm?«

»Genau.«

»Und das hat ihm nicht gepasst.«

Geraint Cooper lachte bitter. »So könnte man es ausdrücken.«

»Wie hat er reagiert, als Claire sich nicht mit ihm versöhnen wollte?«

»Er ist richtig unangenehm geworden. Hat sie ständig angerufen«, sagte Geraint. »Drohanrufe. Ganz schrecklich. Was er mit ihr machen würde, wenn er sie in die Finger bekäme. Was er machen würde, wenn sie nicht zu ihm zurückkäme.«

»Von anderen habe ich gehört, dass er sie verlassen hat und nicht umgekehrt. An der Behauptung ist also nichts dran?«

Er schüttelte den Kopf, sah dabei aber etwas unbehaglich

aus. »Na ja … Manche Leute haben vielleicht diesen Eindruck bekommen.«

»Wieso das?«

»Weil wir es so wollten. Um es Claire leichter zu machen. Wir drei waren nämlich mehr als nur ihre Freunde. Wir waren eine Art Selbsthilfegruppe. Wir haben sie bei allem unterstützt.«

Anni schwieg. Sie wusste, er war noch nicht fertig.

»Denken Sie drüber nach. Ist es nicht leichter, zu sagen, dass man schwanger und alleinstehend ist, weil der Mann einen hat sitzenlassen, anstatt dass man ihn aus freien Stücken verlassen hat, nachdem er damit gedroht hat, das eigene Kind umzubringen?«

»Das hat er tatsächlich getan? Er hat damit gedroht, ihr Baby zu töten?«

Geraint Cooper nickte. Und hörte nicht auf zu nicken. Und all die Tränen, die er bis dahin zurückgehalten hatte, begannen ungehemmt zu fließen.

Anni klappte ihr Notizbuch zu. Fürs Erste hatte sie alles, was sie brauchte.

18

»Danke für Ihr Entgegenkommen«, sagte Phil. »Ich weiß das wirklich zu schätzen.«

Nick Lines zuckte mit den Schultern. Für ihn war ein Fall wie der andere. »Ist nicht meine Entscheidung gewesen. Die ganz oben waren der Meinung, das hier hätte höchste Priorität. Ich richte mich bloß danach.«

Phil hatte Ryan Brothertons Hintergrund noch einmal gründlich überprüft und dann, da Clayton noch immer nicht zurück war und alle anderen aus seinem Team beschäftigt waren, Nick Lines angerufen. Der Pathologe hatte Wort gehalten und beide Autopsien in Rekordzeit abgeschlossen. Phil hatte keine Zeit verloren und war sofort in die Leichenhalle im Colchester General Hospital gefahren, wo er DC Adrian Wren abgelöst hatte, damit dieser sich um andere Dinge kümmern konnte.

Im Gegensatz zu der sterilen Umgebung des Autopsiesaals herrschte in Nick Lines' Büro eine fröhliche Unordnung. Überall waren Zeitungsartikel an die Wände gepinnt, daneben hingen Filmpostkarten von Science-Fiction- und Horrorfilmen aus den Fünfzigern. Actionfiguren in albernen Posen bevölkerten die Regale. Phil war einigermaßen erstaunt. Andererseits war die Rechtsmedizin ein Tummelbecken für seltsame Existenzen. Und Nick Lines war sowieso immer für eine Überraschung gut.

Während sie sich unterhielten, lief im Hintergrund eine CD. Irgendetwas mit viel Synthesizer, von der Melodie her leicht mittelalterlich angehaucht. Phil konnte es nicht recht einordnen.

»Was hören wir da gerade?«, erkundigte er sich.

»The Triffids«, antwortete Nick Lines und ließ eine CD-Hülle über den Schreibtisch schlittern. Seine Freude angesichts von Phils Interesse war ihm deutlich anzusehen, auch wenn er sie zu verbergen versuchte. »*Calenture.* Geniales Album.«

»Aha«, sagte Phil, während er dem Liedtext lauschte, in dem gerade Augenlider und Lippen zugenäht wurden. Er stellte lieber keine weiteren Fragen. »Die Obduktionsergebnisse?«

Nick Lines nickte, öffnete eine gelbe Mappe, lehnte sich in seinem Stuhl zurück und stellte die Finger vor sich auf. Wie ein James-Bond-Bösewicht, der im Begriff war, seinen Plan für die Erlangung der Weltherrschaft darzulegen. »Bei beiden Opfern wurde dieselbe Klinge benutzt«, begann er und zog dabei die Worte in die Länge, als würden seine Befunde ihn zu Tode langweilen. »Ungefähr sieben Zoll lang, glatt, sehr scharfe Schneide. Vermutlich ein Jagdmesser oder etwas in der Art. Größe und Form der Schnitte nach zu urteilen, muss es ziemlich schwer gewesen sein.«

»Wäre es möglich, dass dieses Messer auch bei den vorangegangenen zwei Morden als Tatwaffe benutzt wurde?«, wollte Phil wissen.

»Prinzipiell schon«, antwortete Lines und nickte. »Natürlich ist meine Nachuntersuchung der anderen beiden Fälle bislang nur vorläufig, aber ich denke, man kann davon ausgehen.« Er fuhr fort. »Das Messer wurde bei beiden Opfern auf unterschiedliche Art und Weise geführt. Julie Simpson, dem ersten Opfer, wurde mit einem einzigen glatten Schnitt die Kehle aufgeschlitzt. Der Tod wird dementsprechend relativ schnell eingetreten sein.«

Er machte eine dramatische Pause. Die Triffids sangen davon, dass sie mit jeder Stunde blinder wurden, was Phil wiederum daran erinnerte, dass ihm die Zeit davonlief …

»Das zweite Opfer hingegen wurde auf vollkommen andere Weise getötet. Sie wurde überwältigt, und der Täter injizierte ihr eine Droge.«

»Was für eine Droge?«, fragte Phil.

»Die Testergebnisse sind noch nicht da, aber wenn ich raten müsste, würde ich sagen, es war Introcostrin. Ein neuromuskulärer Blocker. Wird eingesetzt, um spontane Muskelbewegungen zu kontrollieren, zum Beispiel bei Operationen. Wird normalerweise nur in sehr geringen Dosen verabreicht.« Phil war, als schwinge in seiner Stimme so etwas wie Bedauern mit. »In diesem Fall allerdings war es eine wesentlich höhere Dosis.«

Phil runzelte die Stirn. »Wie hoch denn?«

»Sehr hoch«, antwortete Lines. »Es muss fast sofort eine vollständige Lähmung eingetreten sein.«

»Damit sie sich nicht wehren konnte?«

»Noch höher«, gab der Pathologe zurück. »Hoch genug, um einen Atemstillstand herbeizuführen.«

»Verdammt«, sagte Phil. »Können wir das Mittel zurückverfolgen? Wie leicht ist es zu beschaffen?«

»Einen Versuch wäre es wert. Wenn es von hier kommt, haben Sie vielleicht eine Chance, die Quelle zu finden. Aber einfach wird es nicht sein. Falls der Täter das Mittel aus einem Krankenhaus entwendet hat, hat er mit Sicherheit seine Spuren verwischt. Und falls er es im Internet bestellt hat, ein illegal hergestelltes Generikum …« Er zuckte mit den Schultern. »Wer weiß?«

Phil machte sich eine Notiz.

»Was glauben Sie, war es ein Versehen? Dass er ihr so viel verabreicht hat? Oder geschah es mit Absicht?«

Nick Lines lächelte, als hätte er Phil einem heimlichen Test unterzogen, den dieser bestanden hatte. »Um es mit den leider ziemlich abgenutzten und klischeehaften Worten des großen William Shakespeare zu sagen: Das ist hier die Frage. Ich würde darauf tippen – und mehr als eine Vermutung ist es nicht –, dass er es nicht mit Absicht getan hat. Er wollte sie gefügig machen. Dann hat er sie ans Bett gefesselt. Es ist klar, dass die Droge zu diesem Zeitpunkt bereits angefangen hatte zu wirken, denn an der Haut unter den Fesseln sind nur wenige Abschürfungen zu erkennen. Sie hat sich also nicht gewehrt – konnte sich nicht wehren. Dann hat er sich an die Arbeit gemacht und das Baby aus ihr herausgeschnitten. Dafür hat er dasselbe Messer benutzt, mit dem er zuvor Julie Simpson getötet hatte.«

»Hat er sie vielleicht unter Drogen gesetzt, damit sie nicht schreit? Ein hellhöriges Haus, die Nachbarn …«

»Sehr wahrscheinlich. Nicht einfach, eine solche Tat ohne Lärm zu begehen.«

Phil dachte einen Moment lang nach. »Wie lange, glauben Sie, hat er gebraucht?«, fragte er.

Nick Lines runzelte fragend die Stirn.

»Kann es sein, dass die Droge auch auf das Baby übergegangen ist? Hat es noch geatmet, als er es herausgeschnitten hat? Oder eher nicht?«

»Da kann ich nur spekulieren. Die Schnitte wurden mit einem Minimum an Finesse und ganz offenbar in Eile ausgeführt, was suggeriert, dass der Täter auf ein konkretes Ziel hinarbeitete. Daher würde ich sagen, dass die Möglichkeit besteht, dass das Medikament noch nicht in den Blutkreislauf des Babys gelangt war.«

»Also können wir nach wie vor davon ausgehen, dass es am Leben ist?«

Nick Lines zuckte mit den Schultern. »Das wäre zumindest meine Vermutung.«

»Wie geschickt war der Täter? War er medizinisch bewandert? Womöglich ein ausgebildeter Chirurg?«

Nick Lines ließ sich die Frage eine Zeitlang durch den Kopf gehen. »Ausgebildet … nein. Geübt … schon möglich. Offenbar verfügte er über Grundkenntnisse. Zumindest wusste er, wo er schneiden musste. Aber kein Profi. Eher ein … passionierter Laie.«

»Vor denen möge uns der liebe Gott beschützen«, versetzte Phil. »Was ist mit der DNA-Analyse? Haben wir da schon Ergebnisse?«

Nick Lines verneinte. »Noch zu früh. Könnte bis zu einer Woche dauern, vielleicht sogar länger.«

»Was ist mit Geschlechtsverkehr?«

Nick Lines schenkte ihm ein dünnes Lächeln. »Ein nett gemeintes Angebot, aber ich fürchte, Sie sind nicht mein Typ.«

Phil schüttelte den Kopf. »Ich wette, auf der Weihnachtsfeier rocken Sie die Bude.«

Nick Lines hob eine Braue. Phil wollte lieber nicht darüber nachdenken.

»Nein«, sagte Lines schließlich. »Keine Anzeichen für sexuelle Aktivitäten, ob erzwungen oder freiwillig. Bei keinem der beiden Opfer.«

»Danke.« Phil dachte eine Weile über das nach, was er gehört hatte. »Also gut«, meinte er schließlich. »Wenn das alles ist, dann gehe ich jetzt.« Er machte Anstalten, die gelbe Mappe an sich zu nehmen.

»Ein paar Dinge noch«, sagte Lines. Phil hielt inne. Lines schob ein Blatt Papier über den Schreibtisch. »Ich habe mir die Freiheit genommen und mich mit einer Bekannten aus der gynäkologischen Abteilung beraten. Sie hat alle Parameter mit einbezogen: traumatische Geburtserfahrung, ein Monat vor Termin – ich habe Claire Fieldings Patientenakte eingesehen, sie war in vier Wochen für einen Kaiserschnitt angemeldet –, die Droge, die der Mutter verabreicht wurde …« Er seufzte. »Solange das Baby zusätzliche Vitamingaben erhält, ausreichend Milch und genügend Wärme, geht es ihm vielleicht noch gut.«

»Wo würde man solche Vitamine denn bekommen?«

»Überall. Das ist die gute Nachricht. Aber falls es keine adäquate Pflege bekommt oder Atemschwierigkeiten entwickelt, würde ich sagen, uns bleiben allenfalls noch Stunden.«

Phil nahm das Blatt an sich. Spürte die altbekannte Enge in der Brust. »Danke.« Er ignorierte den Druck, der sich in seinem Innern aufbaute, und wandte sich zur Tür.

»Noch etwas. Die Morde wurden mit großem Kraftaufwand verübt. Wenn man dann noch den Winkel in Betracht zieht, mit dem das Messer in Julie Simpsons Hals eingedrungen ist, kann man meiner Ansicht nach eine Frau als Täter ausschließen. Es sei denn, die Frau hatte eine Statur wie ein Bodybuilder, eins neunzig groß, hundert Kilo schwer.«

Phil nickte. Er kannte da jemanden, der haargenau auf diese Beschreibung passte.

»Gehen Sie und schnappen Sie ihn, Phil«, sagte Lines zum Abschied.

Phil nickte und sah zu, dass er fortkam.

19

»Also gut«, verkündete Phil, als er die Bar betrat. »Setzen wir uns zusammen. Was gibt es Neues?«

Alle sahen auf.

»Nur kurz«, fügte er hinzu. »Dann machen wir Feierabend.«

Feierabend – daran schien im Moment niemand zu denken. Im Gegenteil, der Raum machte den Eindruck, als hätte sich sein gesamtes Team dort häuslich niedergelassen mit der festen Absicht, nicht eher zu gehen, als bis der Mörder gefasst und das Baby gefunden war. Anni schrieb gerade ihren Bericht, und Marina saß neben ihr, ebenfalls in die Arbeit vertieft. Auch die Birdies, DC Adrian Wren und DS Jane Gosling, saßen an ihren Schreibtischen, Adrian hoch aufgeschossen und spindeldürr, Jane klein und untersetzt. Zusammen sahen sie aus wie ein altes Clownsduo aus dem Varieté, aber sie waren mit Leib und Seele Polizisten.

Ben Fenwick trat ein.

»Kommen Sie und setzen Sie sich zu uns«, lud Phil ihn ein.

Inzwischen waren die Deckenlichter eingeschaltet und verbreiteten eine unnatürliche, ja sogar bedrückende Helligkeit. Das Whiteboard vor dem Tresen zeigte immer noch dieselben grausigen Vorher-Nachher-Fotos von Claire Fielding, Julie Simpson, Lisa King und Susie Evans. Auf einem Foto strahlten die jungen Frauen voll unbekümmerter Lebensfreude in die

Kamera, auf dem anderen waren sie nur noch seelenlose, ausgeweidete Körper. Rechts daneben hing ein Stadtplan von Colchester, auf dem die Tatorte eingekreist waren. Darunter ein Foto von Ryan Brotherton. Ein Marker lag da, um den verbleibenden Platz mit Fakten, Vermutungen und Hypothesen zu füllen, Verbindungen zu knüpfen, Ordnung ins Chaos zu bringen. Neben der Tafel war ein Fernseher mit einem kombinierten Video-DVD-Recorder aufgebaut.

»Wo ist Clayton?«, erkundigte sich Anni.

»Geht irgendeiner Spur nach«, sagte Phil. »Müsste jeden Moment hier sein.«

»Immer auf der Jagd nach Ruhm und Ehre«, murmelte Anni gerade so laut, dass Phil es hören konnte. Er wusste, dass Clayton hoch hinauswollte. Er wollte nicht ewig Detective Sergeant bleiben und in Colchester versauern. Wenn man sich um eine Beförderung bewerben wollte, war dies vermutlich der ideale Fall. Sofern sie ihn überhaupt lösten.

Phil sah Anni mit einem mahnenden Blick an, ließ ihre Worte aber unkommentiert. Dies war weder der rechte Ort noch Zeitpunkt für eine solche Diskussion.

»Also gut«, begann er. »Es ist ungefähr sieben Stunden her, seit die Leichen von Claire Fielding und Julie Simpson entdeckt wurden, und vom Baby fehlt immer noch jede Spur. Tragen wir also die Fakten zusammen. Wer fängt an? Anni?«

Anni konsultierte ihre Notizen und berichtete dem Team alles, was sie an der All-Saints-Grundschule erfahren hatte: dass Chrissie Burrows, Geraint Cooper und Julie Simpson zusammen mit Claire die bevorstehende Geburt gefeiert hätten. Dass sie nicht bloß gute Freunde seien, sondern Claire

Fielding darüber hinaus auch geholfen hätten, die Trennung von Ryan Brotherton durchzustehen. Sie erwähnte auch dessen Drohungen gegen Claire und ihr Kind.

Phil unterbrach sie.

»Ryan Brotherton«, sagte er und warf einen Blick auf seine Aufzeichnungen. »Vorstrafe wegen Körperverletzung. Hat in Chelmsford eingesessen. Mehrere Fälle von häuslicher Gewalt, allesamt gegen Frauen.«

Marina beugte sich über ihre Unterlagen und begann zu schreiben.

»Und er hat damit gedroht, das Baby umzubringen, falls sie sich weigerte, eine Abtreibung vornehmen zu lassen?«, fragte Fenwick.

Anni nickte. »Eigenhändig.«

Ben Fenwicks Mundwinkel zuckten, als wollte er lächeln, doch das musste er sich angesichts der Situation verkneifen. Seine Augen blitzten auf. »Aha. Sieht so aus, als hätten wir schon einen Verdächtigen«, stellte er fest.

»Das wird sich zeigen«, meinte Phil beschwichtigend. »Wir haben ihm jedenfalls einen Besuch abgestattet.« Er berichtete von seinem Besuch auf dem Schrottplatz, von Brothertons Reaktion und davon, dass seine neue Freundin Sophie ihm ein falsches Alibi verschafft hatte. »Sie hat eindeutig gelogen.«

»Wissen Sie, warum?«, wollte Fenwick wissen.

Phil schüttelte den Kopf. »Gewohnheit? Instinkt? Keine Ahnung. Ich würde beide gerne noch mal getrennt voneinander befragen. Aber ich bin mir sicher, dass er sie im Moment an der kurzen Leine hält. Ich habe übrigens inzwischen die Autopsieberichte von Nick Lines vorliegen.«

Er berichtete ihnen von der Mordwaffe, der Droge und der vermuteten Statur des Mörders.

»Dieser Ryan Brotherton gefällt mir immer besser«, merkte Fenwick an.

Phil erwiderte nichts darauf. »Aber Lines hat auch gesagt, dass wir nur ein kleines Zeitfenster haben, um das Baby noch lebend zu finden. Falls es nicht die richtige Pflege bekommt, bleiben uns nur noch Stunden. Im Höchstfall ein Tag.«

Es herrschte Schweigen, während sein Team diese Worte verdaute.

Phil wandte sich um. »Adrian, Jane. Gibt es schon Videoaufzeichnungen? Was hat die Befragung der Nachbarn ergeben?«

»Was die Überwachungsvideos angeht, haben wir noch nichts«, meldete DS Jane Gosling, »aber wir rechnen damit, dass wir die Bänder morgen bekommen. Wir haben uns potentielle Sexualverbrecher in der näheren Umgebung angesehen – alle, die irgendwann mal durch ein Verhalten auffällig geworden sind, das auf den Fall passen könnte. Ohne Ergebnis. Aber eine winzige Spur haben wir doch. Mehrere Bewohner des Blocks haben zu Protokoll gegeben, gestern Abend eine große Person mit Mantel und Hut in der Nähe des Gebäudes gesehen zu haben. Allerdings nicht mehr nach dem voraussichtlichen Todeszeitpunkt.«

»Brotherton?«, fragte Anni.

»Könnte doch sein«, meinte Fenwick. In seinen Augen lag das Funkeln des Jägers, der eine Fährte entdeckt hat.

»So weit, so gut«, meinte Phil. »Ich denke, wir können davon ausgehen, dass die Tat begangen wurde, um an Claire Fieldings Baby zu kommen. Julie Simpsons Ehemann wurde vernommen, und auch wenn wir noch nicht hundertprozentig sicher sein können, sieht es so aus, als sei sie lediglich zur falschen Zeit am falschen Ort gewesen.«

»Claire auch«, warf Anni leise ein.

»So könnte man es sehen. Wenn Claire selbst das Ziel war. Falls es sich allerdings um dieselbe Person handelt, die Lisa King und Susie Evans ermordet hat, dann wäre es möglich, dass sie es in erster Linie auf das Baby abgesehen hatte. Aber auch das würde Brotherton nicht zwangsläufig ausschließen.«

»Wie ist Ihre Meinung, Phil?«, wollte Fenwick wissen. »Was sagt Ihr Bauchgefühl? Ist er unser Mann?«

Phil runzelte die Stirn. »Wenn es bloß um diesen einen Vorfall ginge, diese zwei Morde von heute, dann würde ich sagen, ja. In neun von zehn Fällen ist der Ehemann oder Partner der Täter. Aber da wir noch die anderen beiden Morde haben …« Er zuckte mit den Schultern. »Ich weiß es nicht. Er hat uns angelogen, aber das reicht nicht aus. Wir brauchen etwas Konkreteres. Wir müssen irgendeine Verbindung finden.«

»Wir müssen das Baby finden«, warf Anni ein.

»Dann laden wir ihn vor«, rief Fenwick, ballte die Hände zu Fäusten und löste sie wieder. »Wir stecken ihn in die Verhörzelle und nehmen ihn ein bisschen in die Mangel. Mal schauen, was er uns dann zu erzählen hat.«

Im Raum nickten alle zustimmend.

»Schön«, sagte Fenwick und stand voller Tatendrang auf. »Das ist doch schon mal ein Plan. Das nehmen Sie sich gleich für morgen früh vor, Phil. Bringen Sie ihn zum Reden. Was sage ich, zum Singen.«

Noch mehr Kopfnicken, mehr Zustimmung. Das Team hatte neue Energie geschöpft. Endlich gab es eine Spur.

Eine Stimme riss sie aus ihrer Euphorie.

»Da wäre noch eine Möglichkeit, die Sie nicht in Betracht gezogen haben.«

Alle Köpfe wandten sich Marina zu. Sie sah von ihrem Notizblock auf und wartete, bis sie die Aufmerksamkeit der ganzen Runde hatte.

»Und das wäre?«, fragte Fenwick, den die Unterbrechung sichtlich irritierte.

»Dass er es nicht war.«

20

»Hör auf, hör auf, hör auf …!«

Die Hände auf die Ohren gepresst, die Augen fest zugekniffen, rannte Hester im Zimmer hin und her und schüttelte wild den Kopf. Es nützte alles nichts. Das Geschrei des Babys ließ sich nicht ausblenden. Sie presste die Hände noch fester auf die Ohren und begann zu schreien.

»La, la, la, ich hör nicht zu … nein, nein, nein, ich kann dich gar nicht hören …!«

Schließlich brüllte sie aus vollem Halse, stampfte immer heftiger mit den Füßen auf und rannte von einer Ecke des Zimmers in die andere, um ihre hilflose Wut loszuwerden.

»La, la, la …« Sie schrie aus Leibeskräften.

Aber es half nichts. Sie konnte das Baby immer noch hören, egal wie laut sie dagegen anbrüllte.

Abrupt blieb sie stehen und wandte sich zu dem Baby um – das Ding, das ihr so viel Freude und Glück hätte schenken sollen und das in Wirklichkeit nichts als Ärger machte. Es lag in einer alten, rostigen Zinkbadewanne auf einer nicht mehr ganz sauberen Decke. Es war dasselbe Bettchen, in dem sie selbst und davor ihre ganze Familie als Baby geschlafen hatte. Aber Hester benutzte die Wanne nur, weil sie nichts anderes gefunden hatte – nicht etwa, weil sie an ihr als einem Familienerbstück hing. So funktionierte sie nicht. Als Baby hatte sie sich in dem Bettchen vielleicht sicher und geborgen gefühlt – aber das wusste sie nicht mehr. So weit reichte ihr Gedächtnis nicht zurück, oder sie hatte alles verdrängt. Überhaupt: Diese Erinnerungen gehörten zu einer anderen Person. Eine Person, die sie nie wieder sein wollte. Und auch gar nicht mehr sein konnte.

Sie ließ die Hände sinken. Das Baby gab immer noch keine Ruhe. Zwar war es nicht mehr dasselbe ohrenbetäubende Geplärre wie vorhin, sondern eher ein nicht enden wollender klagender Schmerzensschrei. Aber besser war das auch nicht, ganz im Gegenteil. Wenn überhaupt, war es noch schlimmer. Hester trat zur Wanne, packte das Baby unter den Armen, hob es hoch und blickte ihm geradewegs in sein zeterndes kleines schrumpliges Gesicht.

»Halts Maul!«, schrie sie. »Halt dein verdammtes Maul! Sonst … sonst …!« Sie schüttelte das Baby heftig vor und zurück, was jedoch lediglich bewirkte, dass seine Stimme merkwürdig zu leiern anfing. Das klang ziemlich komisch. Wenn die ganze Sache nicht so ärgerlich gewesen wäre, hätte sie vielleicht gelacht. »Halt dein Maul, sonst klatsch ich dich an die Wand! Genau! Das wird schon für Ruhe sorgen …«

Aber das Baby schien sie nicht zu verstehen. Es weinte einfach immer weiter. Hester sah erst zur Wand, dann zum Bettchen, und ließ das Baby schließlich mit einem verärgerten Seufzer zurück ins Bett plumpsen. Es hüpfte einmal auf der Decke auf und ab und blickte sie einige Sekunden lang überrascht an. Vor lauter Schreck hatte es aufgehört zu schreien.

Hester musterte den Säugling. Dieser Geruch …

»Du riechst … pfui …«

Das Baby machte Anstalten, wieder loszulegen. Das konnte man ihm ansehen. Sie musste sich schnell etwas einfallen lassen. Vielleicht musste es gewickelt werden? Vielleicht lag es daran. Es war immer noch in die Decken eingepackt, in denen ihr Mann es nach Hause gebracht hatte, und trug nicht mal eine anständige Windel. Noch nicht. Aber das würde sich gleich ändern. Sie hatte im Fernsehen gesehen, wie man Windeln wechselte. Die Babys lagen dabei immer auf dem Rücken, strampelten mit den Beinchen und lachten, während hübsche junge Mütter ihnen lächelnd den Hintern mit speziellen Feuchttüchern abwischten und ihnen dann eine frische Windel umlegten. Das war kinderleicht. Das konnte sie. Und wenn sie fertig war, würde das Baby wieder lachen. Und wenn das Baby lachte, dann würde sie selbst auch wieder lachen können. So einfach war das.

Sie räumte einen Platz auf der Werkbank frei, indem sie die Werkzeuge mit ihrem kräftigen, muskulösen Arm beiseiteschob und Sägemehl und Eisenspäne von der Oberfläche blies, bevor sie das Baby erneut aus der Wanne nahm. Es war noch immer still, wahrscheinlich vor Verwirrung, weil es ständig hin und her bewegt wurde. Hester lächelte. Sie tat genau das, was eine richtige Mutter getan hätte. Gut. Es funktionierte.

Sie begann das Baby aus den Decken zu schälen. Eine nach der anderen zog sie weg und ließ sie auf den Boden fallen. Die anhaltende Stille ermunterte sie auch dazu, wieder in Babysprache zu verfallen. Sie holte eine Windel aus der Packung und nahm einen Waschlappen, um das Baby damit abzuwischen.

»Auf alles vorbereitet«, gurrte sie. »Mami muss auf alles vorbereitet sein …«

Zum ersten Mal betrachtete sie eingehend den Körper des Babys. Die Haut war pink und mit bläulichen Flecken gesprenkelt, genau wie in seinem Gesicht. Ein bisschen Gelb war auch mit dabei. War das richtig so? Sie bezweifelte es. Immerhin bewegte es sich noch, also musste es ihm wohl gutgehen. Aber ziemlich kalt fühlte es sich an. Musste das vielleicht so sein? Sie hatte immer gedacht, Babys müssten sich warm anfühlen. Noch etwas, wovon man im Fernsehen und in Büchern keine Ahnung hatte.

Hester lächelte in sich hinein. Vielleicht würde sie selbst mal ein Buch über Babys schreiben. Oder im Fernsehen auftreten und endlich die Wahrheit darüber erzählen, wie Babys wirklich waren. Mit diesem Gedanken begann sie, die letzte Decke aufzuwickeln.

Was darunter zum Vorschein kam, änderte alles.

»Igitt …«

Sie war wie gelähmt. Sie hielt den Lappen schon in der Hand, wollte aber mit dem, was sie da sah, auf keinen Fall in Berührung kommen. Wäre doch bloß ihr Mann da gewesen, um ihr zu helfen. Nein. Sie wusste genau, dass er keinen Finger gerührt hätte.

Auf Babys aufpassen ist Frauenarbeit, hatte er gesagt. *Das ist nichts für Männer. Ich kann dir gerne eins besorgen, aber drum kümmern wirst du dich gefälligst selbst.*

Sie hatte das akzeptiert. Also musste sie jetzt allein klarkommen.

Sie nahm den Lappen und begann, am Hintern des Babys herumzuwischen. Dabei hielt sie die ganze Zeit die Luft an. Irgendwann hatte sie es geschafft und warf den Lappen auf den Berg schmutziger Decken am Boden. Dann holte sie das Päckchen Feuchttücher, das bei den Windeln mit dabei gewesen war. Wenn sie damit abgewischt wurden, lachten die Babys immer. Sie wischte. Aber ihr Baby lachte nicht. Es lächelte nicht mal. Aber schreien tat es auch nicht, und das war immerhin etwas. Sie wischte noch ein bisschen. Schon besser.

Es musste ja sauber werden. Schließlich warf sie das Tuch zu dem Waschlappen und den Decken und betrachtete den vor ihr liegenden nackten Säugling.

Er hatte einen Zipfel. Klein und verschrumpelt, aber mit einem ziemlich großen Sack darunter. Es war ein Junge.

»Oh.«

Sie streckte die Hand aus und nahm den Zipfel zwischen ihre großen, dicken Finger. Winzig. Sie spürte, wie Traurigkeit in ihr hochstieg. Ein Kribbeln irgendwo in ihrem Körper. Die Traurigkeit wurde größer.

Nein. Das alles lag in der Vergangenheit. Sie war, was sie war. Sie war Hester. Sie war eine Ehefrau und Mutter. Sie war glücklich. Glücklich.

Sie ließ den Zipfel los und machte sich daran, dem Baby eine Windel anzulegen. So schwierig konnte das ja nicht sein. Sie studierte die Bilder auf der Packung und versuchte, es genau so zu machen. Währenddessen dachte sie nach. Über den kleinen Zipfel des Babys. Hoffentlich war ihr Mann mit einem Jungen zufrieden. Eigentlich müsste er zufrieden sein. Väter wollten doch immer Söhne, oder? Und wieder durchfuhr sie Traurigkeit. Die meisten Väter jedenfalls. Manche wollten auch Mädchen. Manche machten ihre Söhne zu Mädchen.

Erneut betrachtete sie das Baby, während sie seinen Zipfel in der Windel verschwinden ließ. Sie lächelte.

»Wir zwei können nur hoffen, dass er einen kleinen Sohn möchte«, säuselte sie. »Sonst schneidet er dir dein Ding schneller ab, als du …« Sie dachte nach. Da war eine Redewendung, die sie benutzen wollte, aber sie fiel ihr nicht ein. »Jedenfalls ganz schnell.«

Danach zog sie dem Baby noch einen Strampler über.

»So. Jetzt siehst du schick aus, was?«

Es lag bloß da und strampelte ein bisschen mit den Beinen. Die Augen hatte es immer noch fest zugekniffen. Aber wenigstens schrie es nicht.

Hester sah auf die Uhr. Ihr Mann war vor einiger Zeit gekommen und gleich wieder gegangen. Er müsste bald zurück sein. Normalerweise konnte sie es immer spüren, wenn er nach Hause kam. In der Zwischenzeit konnte sie das Baby füttern.

Sie trat zum Kühlschrank und nahm eine Flasche Milch heraus. Sie wusste natürlich, dass das Baby nicht an ihrer Brust trinken konnte, schließlich war sie nicht dumm. Also hatte ihr Mann Milch aus dem Laden besorgt. Mit vollem Fettanteil. Sie hatte gelesen, dass Babys spezielle Milch aus Pulver bekommen sollten und Aufbaupräparate, falls sie sehr klein waren. Aber Hester wusste nicht, was das war. Außerdem klang das mit dem Milchpulver in ihren Ohren nicht gut. Echte Milch war besser. Von einer Kuh. Und mit vollem Fettgehalt, darin waren bestimmt schon alle Aufbaustoffe und so weiter enthalten. Alles, was das Baby brauchte. Hester war verantwortungsbewusst. Sie hatte nämlich gelesen, dass Kinder keine Diätprodukte zu essen bekommen sollten. Cola light war in Ordnung, sobald es etwas älter war, in ein paar Monaten vielleicht, aber jetzt noch nicht. Das wusste sie. Sie war schließlich nicht dumm.

Sie spritzte sich etwas von der Milch in den Mund. Kalt. Zu kalt. Sie stellte das Fläschchen in die Mikrowelle, und während sie darauf wartete, dass die Milch heiß wurde, musterte sie noch einmal eingehend das Baby. Es lag auf der Werkbank und strampelte. Sie lächelte. Wenn es nicht schrie, gefiel es ihr. Genau so hatte sie es sich vorgestellt.

Die Mikrowelle machte »Ping«. Hester holte das Fläschchen heraus und spritzte sich wieder ein paar Tropfen in den

Mund. Ziemlich heiß. Aber vielleicht war das gerade gut. Es war kalt im Haus, und die Milch würde das Baby aufwärmen. Dann bekäme es ein bisschen Farbe im Gesicht und würde endlich lächeln.

Sie schüttelte die Flasche in der Hand, um den Inhalt ein wenig abzukühlen. Dann trat sie zur Werkbank, hob das Baby mit einem kräftigen Arm hoch, hielt ihm den Sauger an die Lippen und sah es erwartungsvoll an. Aber es lag bloß da und hatte das Gesichtchen zu einer finsteren Grimasse verzerrt wie ein winziger Gargoyle. Nicht gerade das, was sie erwartet hatte. Außerdem wirkte es ziemlich schwach. Schwach und gelb. Wie ein sehr alter, sehr weiser Chinese in einem Tempel aus einem Kung-Fu-Film. Sie lächelte und betrachtete es erneut. Nein. Es sah gar nicht aus wie ein Chinese, bloß müde, als wolle es schlafen. Nun, das konnte es gerne tun. Nachdem es getrunken hatte.

Sie fuhr mit dem Sauger der Flasche an seinen Lippen entlang und benetzte sie mit Milch. Sein Gesicht zuckte ein wenig. Diesen Vorteil nutzte sie und steckte ihm den Sauger ein Stückchen in den Mund. Das Baby schreckte zusammen.

Hester lachte. »Na, da hast du ja fast die Augen aufgemacht!«

Sie schob ihm den Sauger vollständig hinein. Es sollte nuckeln. Nuckeln war gut.

Die Traurigkeit in ihrem Innern war noch da. Sie verdrängte sie, zusammen mit der Wut, die sie vorhin verspürt hatte. Jetzt war Zeit für Mutter und Kind. Eine Zeit der Zweisamkeit und des Glücks. Das hatte sie irgendwo gelesen. Sie setzte sich auf einen Stuhl. Es war alles nicht so, wie sie es erwartet hatte – aber irgendwo hatte sie auch gelesen, dass es allen Müttern so ging.

Aber dies hier war ihr neues Leben, sagte sie sich. Endlich war sie eine ganze Frau. Ehefrau und Mutter.

»Das hier bin ich«, sagte sie laut zum Baby. »Das hier bin ich. Und schau mal … ich bin ganz.«

Das Baby antwortete nicht. Es lag bloß da und saugte. Es war zu schwach, um die Milch herunterzuschlucken, so dass ihm das meiste wieder aus dem Mund und über das kränklich gelbe Gesichtchen rann.

Hester merkte nichts. Sie lächelte selig.

21

»Das passt alles nicht zusammen«, sagte Marina bestimmt.

Phil sah sie aufmerksam an. Er konnte sich lebhaft vorstellen, was die anderen jetzt dachten: *Die Profilerin soll lieber bei ihren Gutachten bleiben und die Polizeiarbeit den Profis überlassen.* Aber sie hatte Mut, das musste man ihr lassen. Er unterdrückte ein Schmunzeln.

Marina fuhr unbeirrt fort. »Ich weiß, dass ich mich noch nicht richtig in den Fall eingearbeitet habe. Bislang habe ich weder den Tatort besichtigt noch mit den Beteiligten gesprochen. Alles, was ich gemacht habe, ist heute Nachmittag die Akten durchzugehen. Und ich habe noch kein Täterprofil erstellt.« Sie wartete. Niemand unterbrach sie. »Aber nach allem, was ich über die vorangegangenen Mordfälle gelesen habe und was ich bisher über Ryan Brotherton weiß, kann ich mit ziemlicher Sicherheit sagen, dass er nicht der Täter ist.«

»Und warum nicht?«, fragte Fenwick, dessen Verärgerung deutlich zu spüren war.

»Er ist jemand, der Frauen schlägt, kein Mörder. Das sind zwei grundverschiedene Typen von Gewalttäter.«

»Er könnte doch beides sein«, wandte Fenwick ein.

»Lassen Sie es mich erklären«, sagte Marina. »Jemandem, der seine Frau misshandelt, geht es vor allem darum, sein Opfer zu isolieren, es vom Rest der Welt abzuschneiden, damit er es immer unter Kontrolle hat. Er will seiner Partnerin weh tun, ja, aber er will sie nicht umbringen. Was würde sie ihm tot denn noch nützen? Er will sie lebendig, damit er sie weiter quälen kann.«

Niemand reagierte. Das Schweigen im Raum wurde immer unangenehmer.

»Jetzt zum Baby.« Marina hielt inne. »Wir gehen ja davon aus, dass Claire Fielding – oder vielmehr Claire Fieldings Baby – das eigentliche Ziel der Attacke war ... Nun, die meisten Männer von der Sorte, wie ich sie gerade beschrieben habe, wären sicherlich nicht gerade überglücklich, wenn ihre Partnerin schwanger würde. Sie sind infantil und bedürftig und wollen Aufmerksamkeit. Ein Baby würde ihnen diese Aufmerksamkeit streitig machen.«

»Das würde sie doch wütend machen, oder nicht?«, fragte Anni.

»Ja, aber nicht so wütend. Denn das Baby wäre trotz allem ein Teil von ihnen. Sie wären eifersüchtig, weil die Frau es in sich trägt, aber sie würden nicht versuchen, ihm etwas anzutun. Und dann sind da noch einige andere Punkte. Es gibt keine Verbindung zu den früheren Morden –«

»Noch nicht«, merkte Fenwick an. »Soweit wir wissen.«

»Noch nicht«, bestätigte Marina. »Außerdem gilt es, den Umstand zu bedenken, dass der Täter Claire Fielding vorher unter Drogen gesetzt hat.«

Phil begriff, worauf sie hinauswollte. »Er hätte gewollt, dass sie schreit«, warf er ein. »Hätte sie leiden sehen wollen. Die Droge hätte das verhindert.«

Marina sah ihn an und lächelte. Phil konnte nicht anders, als es zu erwidern.

»Vielleicht wollte er bloß verhindern, dass sie das gesamte Haus aufweckt«, gab Anni zu bedenken.

»Das wäre eine Möglichkeit«, räumte Marina ein. »Aber lassen wir jetzt das Baby einmal einen Moment lang außer Acht und schauen wir uns an, was tatsächlich passiert ist.« Marina zeigte auf das Foto von Claire Fieldings Leiche, ohne es anzusehen. »Wir haben Claire Fielding. Ans Bett gefesselt, die Beine gespreizt. Warum?«

»Ein Ritual?«, schlug Phil vor.

»Das war auch meine erste Vermutung«, sagte sie. »Aber auf den zweiten Blick schien es mir mehr mit dem Wunsch nach Kontrolle zu tun zu haben. Ihr wurde ein Medikament injiziert, das Lähmungserscheinungen verursacht. Wie im Autopsiebericht stand: Wer auch immer das getan hat, ist kein Profi. Deswegen wusste er nicht genau, wie viel er von dem Mittel brauchen würde. Eine falsche Dosierung, und es hätte sein können, dass das Opfer schreit oder sich wehrt. Nach ihm tritt. Deswegen die Fesseln.«

»Das heißt …«, sagte Phil. »Es war kein Ritual, sondern … was? Reine Zweckmäßigkeit?«

Marina nickte. »Ich denke schon. Und ihre Beine mussten gespreizt sein, weil …« Sie holte tief Luft.

»Ihm das so gefiel?«, fragte Phil.

»Vielleicht«, antwortete Marina. »Vielleicht ist die Lösung tatsächlich so einfach. Aber auch hier haben wir immer noch den Aspekt der Kontrolle, der Unterwerfung.« Sie warf einen erneuten Blick auf ihre Notizen. »Womit war sie gefesselt?«

Phil nahm seine eigenen Aufzeichnungen zur Hand. »Mit Stricken. Ziemlich dick. Auf die DNA warten wir noch.«

»Er war also vorbereitet«, folgerte Marina. »Er hat das Messer und die Stricke mitgebracht.«

»Und die Droge«, ergänzte Phil.

»Und die Droge.«

»Aber was ist mit dem sexuellen Aspekt?« Fenwicks Stimme wurde höher, er regte sich immer mehr auf. Phil fand, er sah aus wie ein Kind, dem man mitgeteilt hatte, dass seine Geburtstagsparty ins Wasser fallen würde.

»Laut Obduktionsbericht gibt es keine Hinweise auf Geschlechtsverkehr.«

»Das alles schließt Brotherton immer noch nicht aus«, beharrte Fenwick. »Vielleicht wollte er – ich weiß auch nicht –, vielleicht wollte er ihr zeigen, wer der Boss ist. Hätte er das nicht tun können, indem er ihr das Baby aus dem Bauch schneidet?«

Die Aufmerksamkeit im Raum wandte sich wieder Marina zu. »Wenn man es so formuliert, klingt es plausibel, ja«, räumte sie ein.

Fenwick hob seine Arme triumphierend hoch. »Na bitte.«

»Aber für wahrscheinlich halte ich es nicht. Außerdem müsste da noch die Möglichkeit in Erwägung gezogen werden, dass es vielleicht gar kein Mann war.«

»Was?«, rief Fenwick ungläubig. »Eine Frau?«

»Warum nicht?«

Damit war das Maß für Fenwick voll. »Weil eine Frau physisch gar nicht in der Lage ist, das zu tun, was unser Täter getan hat! Außerdem wurde jemand, auf den Brothertons Beschreibung passt, in der Nähe des Tatorts gesehen.«

»Betrachten Sie es logisch«, beharrte Marina. »Wer will Babys? Nicht Männer, sondern Frauen.« Sie hielt kurz inne, dann fuhr sie fort. »Ich verallgemeinere. Aber Sie verstehen, worum es mir geht.«

»Es könnte also eine sehr große, sehr wütende Frau gewesen sein«, meinte Anni. Hinter ihr schüttelte Fenwick den Kopf.

»Möglich wäre es«, sagte Marina. »Es gibt einige wenige dokumentierte Fälle, in denen etwas Ähnliches passiert ist, aber fast ausschließlich in den Vereinigten Staaten und immer vor dem Hintergrund einer persönlichen Beziehung zum Opfer. Der Partner verlässt die Frau, hat bald eine neue Freundin, schwängert sie. Die verschmähte Ex rächt sich, indem sie der Neuen das Baby herausschneidet.«

Im Raum zuckten alle zusammen.

»Oder es könnte ein Mann sein«, dachte Phil laut, »der es *für* eine Frau getan hat. Um ihr ein Baby zu besorgen.«

»Brotherton«, sagte Fenwick. »Für seine Freundin.«

Marina seufzte. Fenwick entging das nicht. »Haben Sie sonst noch etwas zu sagen?«

Marina schwieg mit gesenktem Kopf.

Fenwick nickte. »Gut.«

Marina sah auf. Ihre Wangen glühten, und Phil sah das Funkeln in ihren Augen. Er wusste, dass sie kurz davor war, ihr italienisches Temperament von der Leine zu lassen. »Allerdings«, sagte sie. »Sie haben mich hergebeten, damit ich meine professionelle Meinung äußere, und bis jetzt haben Sie nichts getan, als mich zu unterbrechen und abzukanzeln.«

Fenwick zuckte mit den Achseln. »Ja, aber eine Frau. Ich bitte Sie.«

»Ich wurde hergebeten, damit ich ein Täterprofil erstelle –«

»Was Sie bis dato nicht getan haben.«

»Ich bin noch nicht mal einen Tag hier!«

Fenwick baute sich vor Marina auf. »Wir haben einen Verdächtigen.«

»Ich bin nicht hier, um zu all Ihren Theorien ja und amen zu sagen.«

»Wollen Sie etwa nicht, dass wir ihn fassen?«

Marina sah ihm direkt in die Augen. Sie weigerte sich, klein beizugeben. »Ich will, dass Sie den Richtigen fassen.«

Fenwick öffnete den Mund, um etwas zu erwidern, doch Phil war aufgestanden. »Sir.«

Fenwick drehte sich um.

Phil ließ seinen Blick über die übrigen Anwesenden schweifen. Das, was er gleich zu sagen hatte, war ihm nicht angenehm, aber Fenwicks Verhalten ließ ihm keine Wahl. »Mit Verlaub, Sir, ich leite diese Ermittlungen, und Ihre Bemerkungen sind alles andere als hilfreich.«

Fenwick starrte Phil an, als hätte er ihm am liebsten einen Faustschlag mitten ins Gesicht versetzt. Er legte eine Hand auf Phils Schulter und schob ihn in Richtung Tür davon. »Kommen Sie mit.«

Die beiden Männer traten hinaus auf den Flur. Die anderen starrten ihnen nach.

Sobald sie draußen waren, ging Fenwick auf Phil los. »Ich habe sie hinzugezogen, damit sie uns ein Profil liefert, damit wir den Mörder fassen – was sie bis jetzt noch nicht getan hat. Stattdessen wartet sie mit diesem Unsinn auf und versucht, die Ermittlungen zu sabotieren!«

»Was sie gesagt hat, hatte Hand und Fuß. Ich möchte sie zumindest anhören.«

»Wir haben einen Verdächtigen, den wir jederzeit verhaften können. Sie versucht doch bloß, Sie davon abzubringen!«

»Trotzdem sollten wir hören, was sie zu sagen hat.«

Fenwick schnaubte verächtlich. Sämtliche Gleichstellungsseminare und Regeln der politischen Korrektheit schienen vergessen. »Na klar. Ihnen kann sie ja auftischen, was sie will. Sie wickelt Sie doch um den kleinen Finger. Und wir wissen auch ganz genau, warum, nicht wahr?«

Phil spürte, wie sich seine Hände wie von selbst zu Fäusten ballten. Sein Atem beschleunigte sich. Er beherrschte sich nur mühsam.

»Wie gesagt, das hier ist mein Fall, Sir. Und ich leite die Ermittlungen so, wie ich es für richtig halte. Ihre Kommentare helfen uns nicht weiter. Im Gegenteil, Ihr Verhalten ist untragbar, Vorgesetzter hin oder her.«

Fenwick schwieg erbost.

»Ich gehe jetzt wieder rein«, sagte Phil, »um mit der Besprechung fortzufahren. Kommen Sie mit?«

Fenwick begegnete Phils Blick für ein oder zwei Sekunden, dann drehte er sich um und ging davon.

Phil sah ihm nach, dann holte er tief Luft, stieß sie geräuschvoll wieder aus und kehrte in die Bar zurück.

22

»Ich fürchte, DCI Fenwick wird unserer Runde für den Augenblick fernbleiben«, sagte Phil, darum bemüht, seine Stimme so beiläufig wie möglich klingen zu lassen. »Also lassen Sie uns weitermachen, damit wir endlich alle nach Hause gehen können. Wo waren wir stehengeblieben?«

Sein Team sah ihn mit großen Augen an. Er wusste, was sie dachten: War er etwa gegen seinen Vorgesetzten handgreiflich geworden? Hatten die beiden Männer sich geprügelt? Innerhalb von Minuten würde sich das Gerücht wie ein Lauffeuer auf dem ganzen Revier verbreiten.

»Marina?«, sagte Phil. »Was sagtest du gerade?«

Marina sah ihn mit einem undeutbaren Ausdruck an. War das Bewunderung? Oder Ärger? Dann blickte sie auf ihre Unterlagen.

»Äh … also … ja. Hier. Was sagte ich gerade? Genau. Eskalation. Wenn Sie sich diese Frauen ansehen – Lisa King, Susie Evans, Claire Fielding –, dann können wir, mit der traurigen Ausnahme von Julie Simpson, ganz klar eine Eskalation erkennen.«

»Die ersten Male hat er noch geübt, oder es hat nicht so funktioniert, wie er es sich vorgestellt hat«, sagte Phil, der so schnell wie möglich wieder zur Normalität zurückkommen wollte. »Er hat seine Technik kontinuierlich verfeinert.«

Marina nickte. »Der Täter will unbedingt ein Baby. Ein lebendiges. Und wenn das der Fall ist, dann sind die Frauen für den Killer nichts weiter als Gebärmaschinen. Leihmütter.«

»Aber warum stiehlt er nicht einfach irgendwo ein Baby? Auf einer Entbindungsstation oder in einem Babyfachmarkt?«, wandte Phil ein.

»Vielleicht ist ihm das Risiko zu groß. Ich weiß es nicht. Möglicherweise denkt er auch, dass man zu einem Baby, das direkt aus dem Mutterleib kommt, leichter eine Bindung aufbauen kann. Also«, sagte Marina und zeigte auf den Stadtplan, »vielleicht macht es Sinn, noch einmal den geographischen Aspekt genauer unter die Lupe zu nehmen. Normalerweise gibt die Gegend, in der ein Mörder seine Taten begeht, Anhaltspunkte für das Täterprofil. Anhand der Orte, wo er seine Taten begeht, kann man zum Beispiel festlegen, wo er ungefähr lebt. Wenn ich mir allerdings den Plan so anschaue, kann ich keinerlei Muster erkennen.«

»Wo wohnt Brotherton denn?«, wollte Anni wissen.

Phil und Marina sahen sie an.

Sie wurde rot. »Ich frage ja nur.«

Phil suchte in seinen Unterlagen. »Highwoods«, erwiderte er.

»Das ist mittendrin«, meinte Anni mit Blick auf den Stadtplan. »Na ja, zumindest fast.«

»Ja«, sagte Marina, »das stimmt. Aber diese Frauen haben verschiedene Hintergründe. Sie kommen aus unterschiedlichen sozialen Schichten, sie wohnen in unterschiedlichen Gegenden. Geographisch gesehen scheint es keinerlei Überschneidung zu geben – keinen Ort, an dem Brotherton sie getroffen haben könnte.«

»Vielleicht hat er ein Haus oder einen neuen Schrottplatz

gekauft«, sagte Phil. »Über Lisa Kings Maklerbüro. Das sollten wir uns mal ansehen.«

Jane Gosling machte sich eine Notiz.

»Oder er ist zu Prostituierten gegangen«, meinte Anni. »Und hat auf diese Weise Susie Evans in New Town getroffen.«

Auch das schrieb Jane auf.

»Ich finde, wir sollten Brotherton nicht von vorneherein als Täter ausschließen«, meinte Phil. »Vielleicht finden wir eine Verbindung zwischen ihm und den ersten beiden Opfern. Und wir werden seine Telefonate überprüfen. Trotzdem darf er nicht die einzige Spur sein, die wir verfolgen.«

»Was, wenn er ganz woanders lebt und arbeitet – nicht dort, wo er seine Opfer findet und tötet?«, merkte Anni an. »Wie sucht er sie dann aus? Krankenhäuser? Frauenarztpraxen? Gibt es irgendeine übergreifende Datenbank, in der alle schwangeren Frauen verzeichnet sind?«

»Das prüfen wir gerade«, meldete sich Jane Gosling.

»Weiter«, sagte Phil. »Wir brauchen komplette Hintergrundchecks für Julie Simpson und Claire Fielding. Beide sind für uns gleich wichtig. Ich will wissen, was sie in den letzten Wochen getan haben, wo sie hingegangen sind und mit wem, wen sie getroffen haben, alles. Kein Detail ist irrelevant. Falls jemand sie auf der Straße nach der Uhrzeit gefragt hat, finden Sie heraus, wer und wann. Jane, können Sie das übernehmen?«

Jane Gosling kritzelte eifrig und nickte, ohne aufzublicken.

»Würde es dir etwas ausmachen, wenn ich mir den Tatort ansehe?«, meldete sich Marina zu Wort. »Das könnte hilfreich sein.«

»Sobald wir hier fertig sind, fahre ich dich hin.«

Sie nickte. Ihre Blicke trafen sich kurz.

»Also gut«, sagte Phil. »Das wäre für den Moment alles. Unsere Kollegen von der Streife werden weiter die Nachbarn befragen und die Bilder der Überwachungskameras auswerten. Ben Fenwick kann noch mal mit der Presse reden und ihnen ein Update geben. Diejenigen von Ihnen, die nach Hause gehen können, sollten die Zeit nutzen und sich ein wenig ausruhen. Tanken Sie Ihre Kräfte auf, Sie werden sie noch bitter nötig haben.«

»Kann ich noch etwas fragen, bevor wir gehen?«, meldete sich Adrian Wren. »Dieser Serienkiller …«

Marina schnitt ihm das Wort ab. »Bitte nennen Sie ihn nicht so. Sobald man das Wort ›Serienkiller‹ in den Mund nimmt, denken alle nur noch an FBI und CSI. Das ist nicht unbedingt hilfreich.«

»Also gut: dieser Mörder, der an verschiedenen Tatorten mehr als eine Person getötet hat«, sagte Adrian Wren und erntete dafür ein verschmitztes Lächeln von einigen seiner Kollegen. »Versuchen solche Leute nicht normalerweise, mit der Polizei in Kontakt zu treten, oder hinterlassen Hinweise, um zu zeigen, wie clever sie sind? Oder gibt es das nur in Filmen und Büchern?«

»Nein, auch im richtigen Leben, zumindest manchmal«, räumte Marina ein. »Solche Täter leiden oft unter einem geringen Selbstwertgefühl und wollen ihre Intelligenz zur Schau stellen. Manchmal ist es auch ein Hilferuf. Unterbewusst wollen sie gefasst werden. Aber das ist nur ein Tätertypus, und ich bezweifle, dass unser Mörder dazugehört. Dieser hier scheint auf ein ganz konkretes, praktisches Ziel fixiert zu sein.«

»Die Entführung eines Babys«, sagte Phil.

Sie nickte. »Alles andere ist nebensächlich. Der Zweck heiligt die Mittel. Zumindest in seinen Augen.«

»Wenn dieser Mörder also jetzt das Baby in seiner Gewalt hat«, warf Anni ein, »und es noch am Leben ist, dann ist das doch vielleicht gar nicht so schlecht, oder? Er hat jetzt, was er will.«

»Mag sein«, sagte Marina.

»Warum bloß ›mag sein‹?«, wollte Anni wissen.

»Weil wir nicht mit Sicherheit wissen, ob das Baby noch lebt«, sagte Phil. »Und ob es gut versorgt wird.«

Marina nickte. »Exakt. Was wäre, wenn – Gott bewahre – das Baby stirbt und er einen Ersatz braucht? Oder noch schlimmer: Was wenn er auf den Geschmack gekommen ist und noch ein paar Babys haben will?«

»Um eine Familie zu gründen«, meinte Phil und verzog das Gesicht.

Marina sah ihn an. Er erwiderte ihren Blick.

»Genau«, sagte sie leise.

Anni erschauerte. »Du liebe Güte.«

Einige Sekunden lang herrschte betretenes Schweigen, während das Team Phils Worte zu verdauen versuchte.

Die Stille dehnte sich. Nur von der Straße her drangen gedämpft Geräusche herein. Dort waren die Menschen gerade auf dem Heimweg von der Arbeit oder stürzten sich ins Feierabendvergnügen. In dieser anderen Welt jenseits der Fenster ging das Leben weiter wie bisher.

Die Tür zur Bar öffnete sich. Fenwick trat ein, einen triumphierenden Ausdruck im Gesicht.

»Also«, verkündete er, »ich habe gerade mit Chelmsford telefoniert. Sie haben die Observierung von Ryan Brotherton genehmigt, zunächst für vierundzwanzig Stunden. Überstunden sind bewilligt. Ich überlasse es Ihnen, einen Einsatzplan aufzustellen, Phil.«

Phil starrte ihn an.

»Ich habe dem Detective Superintendent gesagt – und er hat mir zugestimmt –, dass Brotherton morgen zum Verhör bestellt werden sollte.« Er wandte sich an Marina. »Selbstverständlich bin ich dafür, dass Sie dabei sind und ihn vom Beobachtungsraum aus im Auge behalten. Ich möchte wissen, was für einen Eindruck Sie von ihm bekommen.« Er blickte flüchtig in die Runde und deutete dann auf Phil. »Weitermachen.« Damit schritt er aus dem Raum.

Die Stille nach seinem Abgang war lauter als eine Bombenexplosion.

Die Tür öffnete sich ein zweites Mal. Alle drehten sich um.

»Und?«, sagte Clayton. »Was hab ich verpasst?«

23

Detective Sergeant Clayton Thompson fuhr im Schritttempo die schmale Straße in New Town entlang. Zu beiden Seiten parkten Autos am Straßenrand, so dass auf der Fahrbahn nur für jeweils einen Wagen Platz war. Die Reihen dicht an dicht stehender, dunkler Backsteinhäuser verstärkten das Gefühl von Enge noch.

Die einzigen Menschen, die nach Einbruch der Dunkelheit in diesem Viertel unterwegs waren, lebten entweder hier, waren auf der Suche nach dem schnellsten Weg nach draußen oder hatten etwas zu erledigen. Freiwillig kamen die Leute jedenfalls nicht hierher.

Colchester galt als die älteste urkundlich bezeugte Stadt des Landes und war zur Römerzeit die Hauptstadt Britanniens gewesen. Die alte Mauer um den Stadtkern und das schachbrettartig angeordnete Straßennetz zeugten noch von dieser lange zurückliegenden Epoche. Darüber hinaus konnte die Stadt ein altes Schloss, ein Theater, ausgedehnte Parks und eine große Zahl an historischen Gebäuden vorweisen. Die University of Essex hatte hier ihren Sitz. Es gab Boutiquen, einige hervorragende Restaurants und Bars. Trotz der recht hohen Einwohnerzahl hatte Colchester die Atmosphäre einer kleinen, gemütlichen Marktstadt. Wohnsilos aus Beton oder heruntergekommene Viertel mit verwahrlosten Sozialwohnungen, die den Ausblick ruinierten, suchte man hier vergebens.

Aber eine Stadt brauchte nicht unbedingt Wohnsilos, um soziale Probleme zu haben. Auch in Colchester gab es Quartiere mit viel Armut und hoher Kriminalitätsrate, und New Town war eins von ihnen. Das enge Straßengewirr aus Edwardianischen Reihenhäusern erstreckte sich von North Hill und den letzten Ausläufern des Stadtzentrums bis zum Hythe Quay und dem Fluss. Die Gegend, in der Clayton unterwegs war, war schon übel genug, aber es gab Viertel in New Town, in die selbst ein furchtloser Mensch wie er bei Nacht keinen Fuß mehr gesetzt hätte. Schon gar nicht allein. Hier lebten Menschen, denen er nie wieder begegnen wollte – zumindest nicht ohne das Gitter einer Gefängniszelle dazwischen. Vor einiger Zeit hatten Stadtplaner den Versuch unternommen, die Gegend aufzuwerten, indem sie teure Apartmentkomplexe zwischen die alten Reihenhäuser bauen ließen. Die Anwohner hatten sie gleich angenommen: In diesen neuen Gebäuden gab es die höchste Einbruchs- und Vandalismusrate der ganzen Stadt.

Clayton stellte seinen Wagen vor dem Pub an der Ecke ab, positiv überrascht, dass es dort noch einen freien Parkplatz gab, aber gleichzeitig in Sorge, weil er sein Auto unbeaufsichtigt lassen würde. Clayton liebte seinen 5er BMW über alles. Eine kostspielige Angelegenheit, was Benzinverbrauch und Wartung anging, von den monatlichen Finanzierungsraten, die er abzahlen musste, ganz zu schweigen. Aber das nahm er gern in Kauf. Dann musste man eben woanders Abstriche machen. Das war es allemal wert.

Er war in einem reinen Frauenhaushalt aufgewachsen. Eine Mutter und zwei Schwestern. Sein Vater war gestorben, als er sechs Jahre alt war. Seine Mutter hatte sich eigentlich eine Karriere bei der Bank für ihn erträumt, oder auf dem Amt – irgendetwas, das mit Geld zu tun hatte, etwas Anständiges und Sicheres. Aber sosehr er seine Mutter auch liebte und danach strebte, sie glücklich zu machen – dazu hatte er sich nicht durchringen können.

Sein Männlichkeitsideal entstammte fast vollständig Filmen, Fernsehserien und Videospielen. Das Prinzip war simpel: Hatte der Kerl den richtigen Wagen, kriegte er die richtige Frau. Ein lässiges Outfit schadete auch nicht. In diesem Sinne war ein Job bei der Polizei die natürliche Schlussfolgerung gewesen.

Und dann der Wagen.

Schon seit seiner Jugend hatte er davon geträumt. Jahrelang hatte er tagein, tagaus in Autozeitschriften geblättert und herumfantasiert, wie er ihn tunen würde, wenn er ihn endlich hätte. Tieferlegen, Alufelgen, Sportauspuff, eine neue Anlage – das volle Programm. Jetzt, mit neunundzwanzig, da er sich endlich den fahrbaren Untersatz seiner Träume leisten konnte, hatte er festgestellt, dass dieser gar kein Tuning mehr nötig hatte. So wie er war, war er perfekt. Zuerst hatte ihn das ein wenig traurig gemacht – er hatte das Gefühl, als sei mit seinen Tuningplänen auch ein Teil seiner Jugend gestorben. Aber er war jetzt erwachsen. Ein reifer, selbstbewusster Mann, der ganz in der Wirklichkeit lebte und keine Fantasievorstellungen und Tagträume mehr brauchte. Mit neunundzwanzig war er bereits Detective Sergeant, und er wollte noch höher hinaus. Nichts und niemand würde ihn aufhalten. Dafür würde er sorgen.

Er saß noch einen Moment bei laufendem Motor im Wagen. Aus der Anlage dröhnte Hip-Hop: The Game. Coole, harte Beats. Genau richtig, um ihn für sein bevorstehendes Treffen in Stimmung zu bringen. Er klappte die Sonnenblende herunter und prüfte seinen Gesichtsausdruck im Spiegel. Sie mussten Klartext reden. Und dann schweigen. Er musste voll da sein – keine Zweifel, keine Unsicherheit. Er holte einmal tief Luft, dann noch einmal. Auf keinen Fall würde er wegen dieser Sache seinen Wagen, seinen Lebensstil oder – noch wichtiger – seine Karriere aufs Spiel setzen. Auf keinen Fall. Er musste locker und bestimmt auftreten. Falls das nicht fruchtete, konnte er immer noch zu anderen Mitteln greifen – was auch immer nötig war. Ein weiterer tiefer Atemzug. Und noch einer. Wieder überprüfte er sein Gesicht – keine Zweifel, keine Unsicherheit. Er ließ die Sonnenblende zurückschnappen, zog den Schlüssel aus dem Zündschloss und stieg aus.

Er öffnete die Tür zum Pub und trat ein. Innen sah der Laden genauso trist und deprimierend aus wie von außen. An einer Wand war abgewetztes rotes Kunstleder gespannt, die davor gruppierten Tische und Stühle waren allesamt alt und zerkratzt. Das Muster des Teppichbodens hatte sich durch Alter und verschüttete Getränke längst in ein undefinierbares Durcheinander dunkler Flecken verwandelt. An der Wand war ein Fernseher angebracht, über dessen Schirm farbenfrohe Bilder flimmerten und den wenigen Gästen, die hier ihr Bier tranken, vor Augen führten, was sie anderswo auf der Welt verpassten. Die halbkreisförmige Theke nahm die Mitte des Raumes ein. Der Barkeeper stand an einem Ende und unterhielt sich, Arme auf den Tresen gestützt, mit einem alten Mann, der so aussah, als sei er Teil des Inventars. An einem Ecktisch saßen zwei Männer. Clayton kannte sie. Sie waren Brüder, offiziell im Baugewerbe tätig, aber in Wirklichkeit verdienten sie ihr Geld auf andere Weise. Ein Großteil der Kriminalität im Viertel ging auf ihr Konto. Drogen,

Prostitution – vermutlich kassierten sie sogar Prozente für jede Nobelkarosse, die vor einem der neuen Apartmentkomplexe geknackt wurde. Eine Weile starrten sie einander an, dann wandten sie fast gleichzeitig den Blick ab. Alles beruhte auf Gegenseitigkeit. Sie ließen ihn in Ruhe, solange er sie in Ruhe ließ.

Erst jetzt entdeckte Clayton seine Verabredung. Sie saß allein ganz im hinteren Teil des Pubs, auf dem Tisch vor ihr stand ein halbvolles Glas mit einer klaren Flüssigkeit. Aus der Tasche neben ihrem Stuhl quoll Sportkleidung. Sie hatte ihn ebenfalls entdeckt und wartete darauf, dass er zu ihr kam. Clayton setzte sich ihr gegenüber an den Tisch und rang sich ein Lächeln ab.

Seine Verabredung lächelte ebenfalls. Es war ein flüchtiges, einstudiertes Lächeln, das nicht lange hielt. »Hallo, Fremder.«

»Hallo, Sophie«, sagte Clayton.

Sophie sah sich rasch um, als wolle sie sichergehen, dass niemand ihnen zusah oder zuhörte. »Du hast dir ganz schön Zeit gelassen«, raunte sie.

»Briefing«, lautete seine Antwort. »Und der Verkehr.«

»Wie auch immer. Ich hab jedenfalls keine Zeit, die ganze Nacht hier rumzuhocken, kapiert?«

»Tut mir leid.« Clayton lächelte sie an, aber Sophie reagierte nicht darauf. »Hat dir irgendjemand hier drin Ärger gemacht?«

Sie schüttelte den Kopf. »Ich hab gesagt, dass ich auf jemanden warte. Das hat gereicht.«

»Verstehe.« Er ließ seinen Blick über ihren Körper wandern. Sie hatte sich nach der Arbeit umgezogen und trug jetzt Jeans, Turnschuhe und eine enge weiße Bluse, durch deren transparenten Stoff ihr dunkler Spitzen-BH zu sehen war und die ein großzügiges Stück ihres Dekolletés freiließ. Sie trug die Haare offen, was ihr herzförmiges, mit Make-up verkleistertes Gesicht betonte. »Gut siehst du aus.«

»Offenbar nicht gut genug. Hab seit Jahren nichts mehr von dir gehört.« Sie beugte sich vor. Er konnte nicht anders und starrte ihr in den Ausschnitt. »Aber du meldest dich ja nur, wenn du was willst. Und nach dem, was heute passiert ist, hab ich gleich gedacht, dass du anrufst.«

»Das war ein ganz schöner Schock«, sagte er. »Hab nicht damit gerechnet, dich zu sehen.«

Sie zuckte gleichgültig mit den Achseln. »Sag mal, was sollte eigentlich der Scheiß mit den DVDs? Wieso hast du das gefragt?«

»Ich hab nur meinen Job gemacht.«

»Aber klar doch«, höhnte sie. »Deinen Job. Wir zwei wissen ja, was das bedeutet, stimmt's?«

Sein Lächeln verschwand. Mit einem Mal fühlte er sich nervös und unsicher. Sie war dabei, die Oberhand zu gewinnen. Das musste er unbedingt verhindern. »Na ja. Das ist Vergangenheit. Und wird es auch bleiben. Ich möchte lieber über die Gegenwart sprechen.«

Sophie erlaubte sich ein Lächeln und zupfte ihr Oberteil zurecht. »Das glaub ich gern.«

Clayton starrte sie an. Er spürte, wie er langsam die Kontrolle über die Situation verlor. Das durfte er nicht zulassen. »Und du willst es auch, sonst wärst du nicht hier. Hab ich recht?«

Unsicherheit flackerte in ihren Augen auf. Er unterdrückte ein Lächeln. Er hatte sie. Ja, sie konnte ihn in Schwierigkeiten bringen. Aber er sie genauso.

»Ich muss zugeben, ich war überrascht, als ich dich auf dem Schrottplatz gesehen hab. Hast es aber gut überspielt. Richtig gut. Du solltest zum Theater gehen.«

»Du warst auch nicht schlecht«, gab er das Kompliment zurück.

Sie lachte heiser. »Stimmt. Mein schauspielerisches Können kann sich sehen lassen.« Sie taxierte ihn von oben bis unten. »Deine Klamotten sind besser als früher. Mehr Kohle?«

»Mehr Kohle, besserer Job.« Er räusperte sich. »Brandneues Ich.«

Damit erntete er einen weiteren Lacher. »Das möchte ich bezweifeln«, sagte sie spöttisch. »Typen wie du ändern sich nie.«

Er beugte sich vor. »Hör zu, Sophie … sag mal, muss ich dich eigentlich so nennen?«

»Das ist mein Name. Sophie Gale.«

»Früher hast du dich aber anders genannt.«

»Nur aus beruflichen Gründen. Und alles, was ich damals für dich gemacht hab, Clayton, war rein beruflich.«

»Nein, ich meine noch früher. Ich kannte dich vorher schon, weißt du nicht mehr? Damals, als du noch deinen richtigen Namen benutzt hast. Gail Johnson. Als ich dich bei der Razzia in dem Puff in New Town hochgenommen hab. Hast es weit gebracht seitdem.«

»Dafür soll ich dir wohl dankbar sein, was?«

»Wem denn sonst?«

»Ich würde sagen, ich hab dir oft genug gedankt.«

»Hör mir mal gut zu.« Clayton senkte die Stimme zu einem eindringlichen Flüstern. »Ich kann mich noch genau daran erinnern, wie wir dich hochgenommen haben. Du warst bloß eine kleine Nutte, die alles getan hätte, um nicht ins Gefängnis zu müssen.« Seine Stimme wurde noch leiser. »Alles. Also haben wir dir einen Vorschlag gemacht. Du hast gesagt, du hättest Informationen über alle größeren Drogengangs der Stadt. Im Gegenzug haben wir dich laufenlassen und dich nicht weiter behelligt. Damals warst du froh, dass wir dir geholfen haben.«

»Ich hab euch mehr als genug geliefert. Wegen mir sind viele Leute in den Knast gewandert. Aber das hat dir ja nicht gereicht. Du wolltest mehr.«

»Na und? Hab ich halt ein paar Nummern umsonst geschoben.«

Ihre Augen blitzten. »Es war weit mehr als das.«

Clayton starrte Sophie an. Irgendwie machten ihre Worte ihm Angst. Er gab sich einen Ruck. »Willst du etwa, dass ich mal mit deinem neuen Freund plaudere? Ihm ein bisschen über dein altes Leben erzähle?«

»Leck mich.« Hinter Sophies gezischten Worten steckte brodelnde Wut. Dann lehnte sie sich zurück und lächelte süßlich. »Ich frag mich, ob dein Chef nicht vielleicht daran interessiert wäre, zu hören, was du früher so getrieben hast. Was du mit mir gemacht hast, ohne mich dafür zu bezahlen? Die Sachen, zu denen du mich gezwungen hast?«

Claytons Augen verengten sich. Abrupt schlug seine Angst in Aggression um. »Ich warne dich.«

»Dann hör auf, mir zu drohen. Nur dass wir uns verstehen.«

Schweigend saßen sie da und starrten sich an.

»Wieso hast du ausgerechnet den Laden hier ausgesucht?«, fragte Clayton schließlich. »Der alten Zeiten wegen? Hätte nicht gedacht, dass du der sentimentale Typ bist.«

Ihre Augen funkelten dunkel. »Du weißt rein gar nichts über mich.«

Wieder Schweigen. Sophie sah auf die Uhr.

»Ich kann nicht den ganzen Abend hier rumsitzen«, sagte sie. »Ich muss bald nach Hause.«

»Ich wette, Brotherton passt es gar nicht, wenn du alleine unterwegs bist. Scheint mir ein ziemlicher Kontrollfreak zu sein.«

Sophie schwieg. Clayton hatte einen Nerv getroffen. Er bohrte weiter. »Übrigens, wir haben ein bisschen gegraben. Willst du wissen, was wir rausgefunden haben?«

Sophie zuckte unsicher mit den Schultern.

Clayton hatte Mühe, sein Hochgefühl zu verbergen. Er war wieder ganz Herr der Lage und freute sich auf das, was er gleich sagen würde.

»Wir haben rausgefunden, dass du früher mal jemanden gekannt hast, für den wir uns interessieren – damals, als du noch anschaffen gegangen bist.«

»Und wen?«

»Susie Evans.«

Erneut zuckte Sophie gelangweilt mit den Schultern. »Na und? Viele Nutten kannten Susie Evans.«

»Aber jetzt kennst du sie nicht mehr.«

»Ich kannte sie damals auch nicht richtig. Sie war eine von der billigen Sorte. Ich hatte höhere Ziele.« Sie zupfte an ihrer Bluse. »Außerdem hab ich mit dem Leben nichts mehr zu tun.«

»Sie auch nicht. Sie wurde ermordet, schon vergessen? Natürlich hast du es nicht vergessen, es stand ja in allen Zeitungen.«

Sophie wich seinem Blick aus.

»Und es gibt da gewisse Ähnlichkeiten zwischen ihrem Mord und dem an Claire Fielding. Der Exfreundin deines Freundes. Zufall?«

»Was sonst?«, sagte Sophie. »Ryan ist Susie nie begegnet.«

Clayton ließ sich gegen die Lehne seines Stuhls sinken. »Wie lange kennst du Ryan schon?«

»Zwei Monate oder so. Hab mich um eine Stelle in seiner Firma beworben.«

»Tatsächlich? Merkwürdiger Karriereschritt. Warum wolltest du für ihn arbeiten?«

»Ich war mit diesem Typen zusammen, der war Schrotthändler. Der hat mir gesagt, dass bei Ryan eine Stelle frei ist. Hat mir einen Termin fürs Vorstellungsgespräch besorgt. Ich hab den Job bekommen, Ryan kennengelernt und den anderen in die Wüste geschickt.«

Clayton schwieg. Der »Typ« war aller Wahrscheinlichkeit nach ein Freier. Er bezweifelte, dass Sophie wirklich aus dem Milieu ausgestiegen war, wie sie behauptete. »Du besorgst dir also einen neuen Job, und dein Freund kriegt auf diese Weise Informationen aus erster Hand über die Konkurrenz.«

»Hallo? Ich hab was mit Ryan angefangen und ihn sitzenlassen!«

»Da muss sich der Kerl aber ziemlich geärgert haben. Was hat er gemacht? Ist er zurück zu seiner Frau?«

»Er hat sie nie verlassen.«

Clayton gestattete sich ein verhalten triumphierendes Lächeln.

»Und jetzt bist du mit Ryan zusammen. Und seine Freundin –«

»Exfreundin.«

»Okay, dann eben Exfreundin. Seine Exfreundin wird tot aufgefunden. Auf dieselbe Weise ermordet wie deine alte Kollegin. Dein neuer Freund ist ein einschlägig vorbestrafter

Gewalttäter. Und mit dir als Bindeglied gibt es zwischen den beiden eine Verbindung.«

Sophie sagte nichts.

»Und damit nicht genug …« Clayton beugte sich weit über den Tisch. Zeit, seine Trumpfkarte auszuspielen. »Du hast auch noch für ihn gelogen. Ihr wart nicht zusammen, als der Mord passierte, hab ich recht? Als du behauptet hast, du wärst bei ihm gewesen, hast du nicht die Wahrheit erzählt.«

Auch darauf antwortete Sophie nicht.

Clayton lehnte sich zurück und verschränkte die Arme vor der Brust. Er war zufrieden mit sich, aber zugleich ein wenig verstimmt, weil sie sich nicht aus der Reserve locken ließ. »Also, wo war er dann?«

Sie zuckte mit den Achseln. »Keine Ahnung.«

Clayton blickte ihr aufmerksam ins Gesicht. Ja, sie verheimlichte ihm irgendetwas, aber das war nicht alles. Da war noch mehr. »Du hast Angst vor ihm, stimmt's?«

Er dachte, sie würde auch weiterhin eisern schweigen, aber schließlich nickte sie.

»Du weißt, was er mit den anderen Frauen gemacht hat – und du hast Angst, dasselbe könnte dir auch passieren.«

Wieder nickte sie. »Ja.«

In Claytons Stimme schwangen mehr Wärme und Besorgnis mit, als beruflich nötig gewesen wären. »Warum bist du überhaupt mit ihm zusammen?«

»Er ist … ein anständiger Kerl. Sorgt für mich. Ich hab alles, was ich brauche. Du weißt, was ich meine.«

Clayton wusste es.

»Und so schlimm ist er auch wieder nicht. Ich kenne die Geschichte mit Claire, das hat ihn total runtergezogen. Aber inzwischen ist er drüber hinweg.«

Ihre Stimme war dünn, ihre Worte klangen hohl.

Sie nickte.

»Und deswegen warst du auch einverstanden, dich mit mir zu treffen.«

»Ja.« Sie seufzte.

»Also. Was ist passiert? Wo, glaubst du, war er?«

Sophie beugte sich vor und bot Clayton wieder einen erstklassigen Einblick in ihr Dekolleté, aber ausnahmsweise zeigte er kein Interesse. Das hier war wichtiger. Es ging um seinen Job.

»Ich weiß nicht«, meinte sie. »Er ist einfach weggegangen. Hat gesagt, er muss sich mit jemandem treffen. Geschäftlich. Und als er zurückgekommen ist, war ich schon im Bett. Ich hab die Dusche gehört, dann ist er zu mir ins Bett gekommen und hat sich schlafen gelegt.«

»Ist er oft geschäftlich unterwegs?«

»Hin und wieder.«

»So spät abends?«

Sie schwieg.

»Und geht er jedes Mal unter die Dusche, wenn er wiederkommt?«

Schweigen.

»Das hat er dir gesagt, als du ihn danach gefragt hast? Dass er geschäftlich weg muss?«

Sie nickte. »Erst dachte ich, er will zu Claire. Weil er …« Sie seufzte. »Er ist noch nicht über sie hinweg. Das Baby und alles.«

»Er wollte, dass sie es wegmachen lässt.«

»Hat er behauptet. Aber … ich glaub, er hatte bloß Schiss.«

»Sonst hat er nichts gesagt? Über das Baby? Was uns … irgendwelche Anhaltspunkt liefern könnte?«

Sie runzelte die Stirn. »Was denn für Anhaltspunkte?«

Clayton haderte mit sich, ob er ihr von dem verschwundenen Baby erzählen sollte. Aus den Medien hatte man diese Information bewusst herausgehalten. Da Sophie nicht zu wissen schien, wovon er sprach, beschloss er, es dabei zu belassen.

»Also hast du gedacht, dass er bei ihr war?«, setzte er seine Fragen fort. »Bei Claire?«

»Ich wollte es zuerst nicht glauben.«

»Natürlich nicht. Und was glaubst du jetzt?«

Sie antwortete nicht. Stattdessen warf sie erneut einen Blick auf ihre Uhr. »Scheiße, ich muss weg. Fahr mich nach Hause. Wir müssen los, jetzt gleich.« Sie sprang auf und schnappte sich ihre Tasche. Clayton erhob sich ebenfalls und legte ihr eine Hand auf den Arm.

»Hör mal. Du musst nicht zu ihm zurück. Wir können dir helfen. Dich beschützen.«

Sophie schüttelte den Kopf. »Ja, ja, die Nummer kenn ich schon. Vielen Dank auch.«

»Ich meine es ernst.«

»Bring mich einfach nach Hause. Und lass meine Vergangenheit aus dem Spiel.«

»Ich werd's versuchen, aber –«

Sie drehte sich zu ihm um. Ihre Augen blitzten vor Zorn. »Und du wirst es schaffen, verdammt noch mal. Wenn ich dich da raushalte, kannst du gefälligst auch dasselbe für mich tun.«

Clayton seufzte. »Schon gut.«

»Na also. Und jetzt komm.«

Sie ging ihm voran zur Tür. Der lüsterne Blick des Barkeepers klebte förmlich an ihrem Hinterteil.

Draußen war es kalt geworden. Clayton zeigte auf seinen BMW.

»Hübsch«, sagte sie. »Ich hab immer gewusst, dass du es weit bringen würdest.«

Clayton stieg lächelnd ein. Sobald Sophie neben ihm Platz genommen hatte, fuhr er los, so schnell er konnte.

24

»Pass auf, wo du hintrittst«, warnte Phil.

Das musste er Marina nicht zweimal sagen. Zwar war das Blut in Claire Fieldings Apartment mittlerweile zu verschiedenen Braun- und Schwarztönen getrocknet, aber es war immer noch unverkennbar Blut. Boden und Wände im Flur waren immer noch damit bedeckt. Der Geruch von Kupfer und verdorbenem Fleisch hatte sich verflüchtigt, aber das machte die Szenerie nicht weniger bedrückend.

»O mein Gott …«

Phil fiel auf, dass Marina beim Sprechen unwillkürlich ihren Bauch berührte.

Während der Fahrt durch die Stadt hatte angespanntes Schweigen geherrscht, unausgesprochene Gefühle standen zwischen ihnen. Es war das erste Mal seit ihrem Wiedersehen, dass sie miteinander allein waren, und es hätte viel zu sagen gegeben, aber keiner fand die richtigen Worte. Auch die Auseinandersetzung während der Teambesprechung wurde nicht erwähnt.

Irgendwann wurde Phil das Schweigen dann doch zu viel. »Tja«, meinte er. »Fenwick ist noch ganz der Alte, was?«

Marina rang sich ein Lächeln ab. »Was für ein Idiot.«

»Na ja, zumindest hat er dich gebührend empfangen.«

Marina erwiderte nichts. Dann nach einer Weile: »Und? Hast du ihm eine verpasst? Als ihr draußen wart?«

Phil schmunzelte. »Das würde dir gefallen, was? Die Vorstellung, dass sich zwei Männer wegen dir zu Brei schlagen.«

»Um meine Ehre zu verteidigen. Und meine berufliche Integrität, versteht sich.«

»Selbstverständlich habe ich ihm kein Haar gekrümmt. Ich habe ihn zu seinem eigenen Schutz nach draußen gebeten. Dein berüchtigtes italienisches Temperament drohte mit dir durchzugehen ...«

Jetzt musste sie doch lachen. »Wäre ihm ganz recht geschehen. Nach dem, was er mir alles an den Kopf geworfen hat, hatte ich nicht übel Lust, einfach aufzustehen und zu gehen.«

Phil hielt den Blick auf die Straße geheftet. »Ich bin froh, dass du es nicht getan hast.«

Den Rest der Fahrt hatten sie schweigend verbracht.

»Alles in Ordnung?«, fragte Phil.

Marina drehte sich nicht um. »Mir geht es gut.«

»Dein Magen ... ist dir übel?«

Noch immer stand sie mit dem Rücken zu ihm, aber er sah, wie sich ihre Schultern anspannten. Sie ließ die Hand sinken. »Nein. Alles in Ordnung.«

»Belastet dich das hier nicht?«

»Ich bin hart im Nehmen.«

»Na ja, also, wenn ich mich recht erinnere ...«

»Sei still, Brennan. Ich muss mich konzentrieren.« Sie betrachtete das Blut. »Also das hier war ... Julie Simpson.«

»Ja«, sagte Phil rasch. »Sie muss dem Täter die Tür aufgemacht haben. So wie sie dalag und den Verletzungen nach zu urteilen, hat er sie sofort getötet.«

Marina nickte und wies auf die Wand neben der Tür. »Eine Gegensprechanlage«, stellte sie fest. »Mit Bild?«

Phil nickte.

»Vielleicht kannte sie den Täter und hat ihn selber heraufgelassen.«

»Und würde das Brotherton aus- oder einschließen?«

Marina runzelte die Stirn. »Keine Ahnung. Ich kann mir nicht vorstellen, dass sie ihm die Tür aufgemacht hätte.«

»Nein«, stimmte Phil zu. »Aber vielleicht hat er unten gar nicht geklingelt. Vielleicht war er schon im Haus.«

»Du meinst, jemand anders hat ihn hereingelassen, und er hat im Treppenhaus gewartet? Dann wäre die Tat geplant gewesen. Schon möglich.«

»Nehmen wir also an, es klopft an der Wohnungstür. Julie Simpson geht hin, um zu öffnen. Als Nächstes …«

Marina nickte. Sie nahm die Wände genauer in Augenschein, fuhr die bogenförmigen Spritzmuster von Julie Simpsons Blut mit dem Finger nach. »Große Entschlossenheit … Sie öffnet die Tür …« Sie stellte sich in den Türrahmen, genau dorthin, wo der Täter gestanden haben musste. »Er sieht sie an, weiß, dass sie nicht diejenige ist, auf die er es abgesehen hat – wahrscheinlich wegen des fehlenden Babybauchs –, und dann …« Sie ließ ihren Arm wie eine Sense durch die Luft sausen. »Schneidet er ihr die Kehle durch. Erledigt sie schnell und kaltblütig.« Sie sah Phil an. »Was sagt dir das? Was hat das zu bedeuten?«

Phil wusste nicht recht, ob von ihm eine Antwort erwartet wurde oder ob Marina bloß laut nachdachte. Er versuchte sich an einer Hypothese. »Na ja, er … Julie Simpson war nicht das eigentliche Opfer. Also wollte er sie so schnell wie möglich aus dem Weg räumen. Damit er weitermachen konnte.«

»Genau das glaube ich auch. Er hat sie nicht erst niedergeschlagen, sie gefesselt oder Ähnliches. Er hat sie nicht mit einer Spritze gelähmt. Er hat sie sofort getötet. Ohne zu zögern.«

»Also … war sie für ihn bloß ein Hindernis«, fuhr er fort.

»Etwas, das zwischen ihm und seinem eigentlichen Ziel stand.«

»Claire Fielding.«

»Claire Fieldings *Baby*«, korrigierte Marina ihn. »Falls ich mit meiner Theorie recht habe.«

»Falls du recht hast.«

»Also.« Wieder nahm sie die Position des Eindringlings ein und ahmte seine Bewegungen nach. »Er schlitzt ihr die Kehle auf und lässt sie auf den Boden fallen. Wartet er ab, um zu sehen, ob sie auch wirklich tot ist? Nein. Das spielt für ihn keine Rolle. Sie kann sich nicht bewegen, kann nicht um Hilfe rufen. Selbst wenn sie noch nicht tot ist, hat sie nicht mehr lange zu leben.« Marina bewegte sich den Flur entlang. »Dann geht er weiter …«

»Einen Moment«, unterbrach Phil sie. »Er schneidet ihr die Kehle durch und lässt sie liegen … sieht sie gar nicht als Person …« Ein Gedanke begann sich zu formen. »Ein Messer … wäre es möglich, dass unser Täter mit Tieren arbeitet?«

»In welchem Zusammenhang?«

»Ein Farmer. Kein Tierarzt, offensichtlich. Oder vielleicht jemand, der es gewohnt ist, Tiere zu töten? In einem Schlachthof vielleicht?«

Marina lächelte anerkennend. »Möglich wäre es. Nicht schlecht. Früher oder später machen wir doch noch einen anständigen Ermittler aus dir.«

Phil konnte nicht anders, er erwiderte ihr Lächeln. »Also gut. Dann kannst du jetzt verschwinden und uns Profis weitermachen lassen.«

»Du hast recht. Mein Werk hier ist vollendet.«

Eine Weile standen beide da und sagten nichts. Unausgesprochene Gefühle summten zwischen ihnen wie Drähte unter Hochspannung.

Marina war schließlich diejenige, die das Schweigen brach. »Wo war Claire Fielding?« Sie schritt zum Ende des Flurs. Ihre Stimme war wieder ganz geschäftsmäßig und konzentriert.

»Hier, wie es aussieht«, sagte Phil und passte seinen Tonfall dem ihren an. Er folgte ihr, blieb am Ende des Flurs stehen und zeigte auf die abgeschürften Stellen an der Wand. »Hier gibt es Anzeichen eines Handgemenges.« Eine Topfpflanze lag am Boden. »Vielleicht hat er sie angegriffen, und die Pflanze ist umgekippt.« Er betrachtete die Wand. »Sehr heftig scheint der Angriff aber nicht gewesen zu sein.«

Marina trat neben ihn. »Das macht Sinn. Wenn er wirklich hinter dem Baby her war, wollte er ihr bestimmt nicht weh tun. Zumindest nicht mehr als nötig.« Sie sah sich um. »Und dann?«

»Wir haben sie im Schlafzimmer gefunden. Ans Bett gefesselt und … na ja, den Rest weißt du ja.«

Marina blieb stehen und sah sich um. »Das da ist das Wohnzimmer?«, fragte sie und zeigte auf den Raum zu ihrer Rechten.

»Ganz genau.«

»Also …« Sie sah sich um. Einmal wollte sie die Hand nach etwas ausstrecken, zog sie aber sofort wieder zurück.

»Ist schon gut«, sagte Phil. »Du kannst alles anfassen. Die Jungs vom Labor sind fertig.«

Marina nickte. »Das Zimmer ist genau so, wie ihr es vorgefunden habt?«

»Mehr oder weniger. Die Geschenke lagen auf dem Couchtisch. Es wurde nicht viel verändert.«

»Dieses Zimmer hat er nicht angerührt. Er muss also entweder gewusst haben, wie die Wohnung geschnitten ist, oder aber er war so auf sein Ziel fixiert, dass ihm alles andere egal war.«

»Welches von beiden?«

Sie lächelte flüchtig. »Ich weiß es nicht, Phil. Ich bin kein Hellseher.«

Er sah sie an. »Schade.«

Sie schloss die Augen und schüttelte den Kopf. »Lass das.« Sie wirkte verärgert, weil er sie aus ihren Überlegungen gerissen hatte, trotzdem musste sie lächeln. »Jetzt konzentrier dich. Er muss irgendwie vorher mit ihr in Kontakt gekommen sein. Sie war kein willkürliches Opfer, sie wurde mit Absicht ausgewählt.« Unbewusst fuhr sie sich mit der Hand über den Mund, wie immer, wenn sie nachdachte. Phil konnte sich noch gut daran erinnern. Es war eine liebenswerte Angewohnheit, fand er. »Aber ...«, sie ließ die Hand sinken, »das bedeutet nicht zwangsläufig, dass sie eine enge Beziehung zu ihrem Mörder hatte.«

»Warum nicht?«

»Die meisten Tötungsdelikte wie dieses sind sexuell motiviert. Aber hier spüre ich keinerlei sexuelle Energie.«

Phil konnte sich ein Schmunzeln nicht verkneifen. »Das ist beruhigend.«

Marina wurde rot. »Du weißt genau, was ich meine«, erwiderte sie und versuchte, ihre glühenden Wangen vor ihm zu verbergen.

»Okay. Es ist also nicht Brotherton?«

»Ich glaube nicht.« Sie schüttelte den Kopf. »Er passt nicht.

Aber … man kann nie wissen. Vielleicht liege ich falsch. Auch das soll schon vorgekommen sein.«

»Nicht soweit ich mich erinnern kann.«

»Charmeur.«

Erneut sah sie ihn an, und wieder war da diese Anziehung. Sie lächelte, und ihre Züge wurden weicher. Die Anspannung wich aus ihrem Körper, und ihre Augen begannen zu strahlen, als sei plötzlich in ihrem Innern ein Licht angegangen. Dieses Licht hatte Phil lange nicht mehr gesehen.

Er machte einen Schritt auf sie zu.

»Marina. Ich habe …«

Mit einem Schlag war das Licht erloschen. Die Anspannung war wieder da, wie eine unsichtbare Wand, die sie zwischen ihnen aufrichtete.

»Phil, bitte«, sagte sie. Ihre Stimme war fest, aber nicht unfreundlich. »Bitte nicht.«

»Aber …«

»Lass es einfach. Bitte.«

Phil spürte, wie sich Verzweiflung in ihm breitmachte. Er musste etwas sagen, ob sie ihm das nun gestattete oder nicht. »Hör zu, Marina. Das geht jetzt schon seit Monaten so. Du –«

»Phil, lass es gut sein. Ich kann jetzt nicht darüber sprechen. Bitte.«

»Aber …«

»Nein. Wir können – ich kann das jetzt nicht diskutieren.«

»Warum nicht?«

»Weil …« Sie zog den Mantel enger um sich. *Noch eine Wand,* dachte Phil. *Noch ein Schutzschild.* »Es geht einfach nicht. Nicht im Moment.«

»Wann denn dann?«

»Wir werden über alles reden«, versuchte sie ihn zu beschwichtigen. »Aber nicht jetzt. Du wirst dich noch eine Weile gedulden müssen.«

»Wie lange?«

»Bis ich bereit dazu bin.«

Phil sah sie an. Sie irritierte, war ein Kontrollfreak, hatte eine große Klappe und war arrogant. Er seufzte. Und sie war geistreich, warmherzig und wunderschön. An dem, was er für sie empfand, hatte sich nichts geändert. Er sagte nichts, sondern nickte bloß. In gewisser Weise konnte er ihr ihr Verhalten nicht verübeln.

Um nicht weiter über sie nachdenken zu müssen, sah er sich erneut in der Wohnung um. »An Tatorten fühle ich mich immer irgendwie einsam«, meinte er unvermittelt.

Marina musterte ihn verwundert.

Die Worte hatten ihn selbst überrascht. Der Gedanke war ihm erst klar geworden, nachdem er ihn ausgesprochen hatte. Er zögerte kurz, unsicher, warum er überhaupt weitersprach, dann fuhr er fort. »Ja«, sagte er und ließ seinen Blick durch den Raum wandern. »Es ist immer so bedrückend. Ich meine, abgesehen vom Offensichtlichen.«

Marina schien dankbar für den Themenwechsel und ließ sich bereitwillig darauf ein. »Inwiefern?«

»Na ja …« Mit einem Mal wollte er nicht mehr darüber reden. Aber wenn es jemanden gab, mit dem er Persönliches austauschen konnte, dann Marina. Wie auch immer die Dinge sonst zwischen ihnen standen. »Es ist wie … ein Bürogebäude nach Feierabend, wenn kein Angestellter mehr da ist. Oder … ein Theater, wenn das Stück aus ist und alle nach Hause gegangen sind.«

»Seit wann gehst du denn ins Theater?«

Er wurde rot. »Du weißt eben nicht alles über mich.«

»Sieht ganz so aus.«

»Aber es ist wirklich so«, beharrte er. »Du weißt schon, wenn im Theater nach dem Stück die Bühnenbeleuchtung ausgeschaltet wird und das Saallicht wieder angeht. Das ist trostlos. Irgendwie deprimierend. Alles, was den Ort mit Leben erfüllt hat, ist weg – das Stück, die Schauspieler, das Publikum. Nur man selbst ist noch da, obwohl man eigentlich mit den anderen nach Hause hätte gehen sollen. Aber stattdessen muss man bleiben, ganz allein, und seine Arbeit machen.«

Marina sah ihn an und nickte unmerklich. »Ich weiß, was du meinst«, sagte sie.

Er nickte ebenfalls, wobei er sich fragte, ob sie ihn wirklich verstand. Und ob er wirklich bloß über Tatorte gesprochen hatte.

»Ich glaube, ich habe für heute genug gesehen«, meinte sie dann. »Würde es dir etwas ausmachen, mich nach Hause zu fahren, oder soll ich mir ein Taxi rufen?«

»Ich fahre dich.«

Er schaltete das Licht aus, und sie traten auf den Flur hinaus.

Die Wohnung lag dunkel und verlassen da. Ein Bühnenbild ohne Schauspieler.

25

Er war wieder auf der Jagd.

Eigentlich war es gar nicht nötig. Noch nicht. Aber es war gut, vorauszuplanen. Es war sogar von elementarer Wichtigkeit. Und er musste trainieren. Seine Fähigkeiten verfeinern. Sich immer weiter verbessern. Man war nie zu alt, um etwas Neues zu lernen. Außerdem war er ein guter Jäger. Und es bereitete ihm Freude, Dinge zu tun, die er gut konnte.

Seine Beute hatte keine Ahnung, dass er sie beobachtete. Die Vorstellung gefiel ihm. Einen Plan auszubrüten, von dem seine Beute nicht das Geringste wusste. Hier im Dunkeln zu sitzen und sie zu beobachten – das erfüllte ihn mit einem unvergleichlichen Gefühl. Daher kam seine Macht. Seine ungeheure Macht. Bei dem Gedanken daran spürte er, wie er eine Erektion bekam. Eine animalische Lust regte sich in ihm.

Die Aufgabe war knifflig. Aber darüber machte er sich keine Sorgen. Jeder Fall brachte seine ganz eigenen Probleme mit sich. Alles, was er tun musste, war, den besten Weg zu finden, diese Probleme zu lösen. Sie waren bloß Hindernisse auf seinem Weg zum Ziel. Und Hindernisse konnte man überwinden.

Diesmal war alles eine Frage des Blickwinkels. Das Wohnviertel war offen und von überall gut einsehbar. Wenn er am Straßenrand saß und sie beobachtete, würde man ihn sehen. Er kannte die Sorte Mensch, die hier wohnte. Sah man nicht so aus wie sie, war das für sie sofort ein Anlass, die Polizei zu alarmieren. Er musste vorsichtig sein. Schlau.

Er hatte sein Auto vor dem Eingang zur Siedlung abgestellt und war zu Fuß weitergegangen. Er hatte sich bis zum Haus gegenüber geschlichen und sich dort im Schatten auf die Lauer gelegt. Es war ganz einfach gewesen. Kinderleicht. In allen Einfahrten standen riesige Plastikmülltonnen und große Autos, in einigen sogar Container mit Bauschutt. Verstecke gab es also genügend. Niemandem würde etwas Ungewöhnliches auffallen. Nichts, weswegen man sich beunruhigen musste. Niemand würde ihn bemerken.

Er beobachtete das Haus. Sie war von einem Zimmer ins nächste gegangen, rastlos, als könne sie keine Ruhe finden. Als hätte sie Angst, dass sie vergessen würde, wie die Räume aussahen, wenn sie zu lange weg war. Und sie war den ganzen Abend über allein gewesen. Ihr Mann kam jeden Tag später nach Hause. Als wollte er so wenig Zeit wie möglich mit ihr verbringen.

Tja. Bald würde er gar keine Zeit mehr mit ihr verbringen müssen.

Sie würde ihm gehören. Zumindest der Teil von ihr, auf den er es abgesehen hatte.

Lichtkegel am Ende der Straße. Ein Auto, das um die Kurve kam.

Er blieb vollkommen regungslos sitzen, den Kopf gesenkt, damit die Scheinwerfer nicht das Weiße seiner Augen einfingen. So wartete er ab, bis es an ihm vorbeigefahren war. Es wurde langsamer und hielt schließlich an. Bog in die Einfahrt des Hauses gegenüber.

Der Ehemann war heimgekommen.

Der Motor wurde abgestellt, und die Scheinwerfer erloschen.

Der Mann nahm einen Aktenkoffer vom Beifahrersitz und stieg aus. Langsam, als sträube er sich innerlich dagegen, ging er auf das Haus zu. Trat ein. Schloss die Tür hinter sich.

Er stand auf und schlüpfte aus dem Schatten zurück auf die Straße. Für heute Abend hatte er genug gesehen. Es war Zeit, sich auf den Rückweg zu machen. Er hatte noch einiges zu erledigen. Pflichten zu erfüllen.

Aber er würde wiederkommen.

Schon sehr bald.

26

»Nicht hier. Um die Ecke. Sonst könnte er was mitkriegen.«

Clayton, der automatisch auf die Bremse getreten hatte, gab jetzt wieder Gas. Er fuhr an dem Haus vorbei, das Sophie zusammen mit Brotherton bewohnte, bog ab und parkte ein Stück die Straße hinunter. Er schaltete die Scheinwerfer aus.

Highwoods war ein reines Wohnviertel mit einem gigantischen Tesco-Supermarkt im Zentrum. Die meisten Häuser waren großzügig geschnitten, aber die von Lorbeerhecken umgebenen Grundstücke lagen so dicht beieinander, dass trotzdem alles sehr beengt wirkte.

Clayton sah Sophie an. Ihre Züge wurden durch die Innenbeleuchtung des Wagens schwach angestrahlt. »Wie kommst du denn normalerweise vom Fitnessstudio nach Hause?«, fragte er.

»Taxi. Oder ich nehme den Wagen. Manchmal treffe ich mich auch mit einer Freundin und wir gehen noch was trinken.«

»Ich wette, das passt ihm gar nicht.«

Sie bedachte Clayton mit einem Lächeln, das er nicht deuten konnte. »Ihm wäre es lieber, wenn ich sie mit nach Hause bringen würde.«

»Damit er dich im Auge behalten kann.«

Sophie nickte und lächelte finster. »Genau so ist es. Das ist der Grund, weshalb die meisten meiner Freundinnen mich inzwischen nur noch in der Stadt treffen wollen.«

Clayton schwieg.

»Ich will damit nicht sagen, dass mir die Aufmerksamkeit nicht gefällt. Es ist bloß ... ich hab es lieber, wenn ich bestimmen kann, wann ich sie bekomme, verstehst du?«

»Du hast lieber selbst die Kontrolle.«

Ihr nächstes Lächeln war nicht finster, sondern neckisch. »Meistens ...« Sie beugte sich zu ihm und hauchte in sein Ohr. »Aber manchmal gefällt es mir auch, wenn man mir sagt, was ich tun soll. Wenn der richtige Mann die Kommandos gibt ...«

Prompt spürte Clayton, wie er eine Erektion bekam. Sophie rutschte dichter an ihn heran und fuhr mit der Zunge an der Seite seines Halses entlang. Er bekam eine Gänsehaut. Auf einmal saß er sehr unbequem. Jetzt war ihre Hand auf seiner Brust und strich die Vorderseite seines Hemdes glatt, wanderte hinunter in Richtung Gürtelschnalle ...

»Nein ...« Es klang, als hätte sich jemand anders seine Stimme geborgt und als wisse dieser Jemand nicht so recht, wie er mit ihr umgehen sollte.

»Dein Körper sagt aber was anderes ...«

Er atmete tief ein, als sie seine Erektion ertastete. »Ich kann nicht ...«

»Schhh ... ich verrat's auch keinem.« Sie zog den Reißverschluss seiner Hose herunter. »Und du auch nicht, stimmt's?«

»W...was?« Er hatte das Gefühl, dass sie gerade etwas Wichtiges gesagt hatte, aber er wusste beim besten Willen nicht mehr, was es war. Und da war noch etwas anders, was er auf keinen Fall vergessen durfte, etwas Wichtiges. Aber er konnte sich nicht erinnern. Er hatte sich noch nie gut auf mehrere Sachen gleichzeitig konzentrieren können.

»Ich hab gesagt«, wiederholte Sophie, während sie ihre Hand in seine Hose schob, »dass du es niemandem verraten wirst. Dass wir uns getroffen haben. Und was ich dir erzählt hab … du hältst meinen Namen aus der Sache raus, nicht wahr …«

Er spürte, wie ihre Hand ihn umfasste und sich auf und ab zu bewegen begann. Dann senkte sie den Kopf in seinen Schoß.

»Nicht wahr?«, wiederholte sie und sah auf. Ihre Augen blickten direkt in seine.

Es lag keine Liebe in diesen Augen. Keine Wärme. Nur professionelle Berechnung. Seine Lust, routiniert gespiegelt.

»Ja«, sagte er und stöhnte. »Ja, ja …«

Sie senkte den Kopf. Clayton schloss die Augen.

Anni Hepburn fror. Vor etwas über einer halben Stunde hatte sie die Birdies abgelöst. Sie hatte ausdrücklich darum gebeten. Manchmal stand sie bei einem Fall so unter Strom, dass Phil nachgab und ihr zusätzliche Arbeit zuteilte, damit sie all die überschüssige Energie sinnvoll nutzen konnte.

Aber obwohl sie darauf geachtet hatte, sich warm einzupacken, war ihr nun kalt. Die Wagenheizung konnte sie nicht einschalten, sonst gab die Batterie am Ende noch den Geist auf. Dasselbe galt für das Radio. Sie wusste zwar, dass die meisten ihrer Kollegen sich nicht darum scherten, aber es konnte ja sein, dass sie schnell wegmusste, und wenn dann der Wagen nicht startete, konnte das die gesamte Ermittlung gefährden. Außerdem würde sie riesigen Ärger bekommen. Das wollte sie lieber nicht riskieren. Also saß sie, in mehrere

Schichten Kleider gehüllt, auf dem Fahrersitz ihres Dienstwagens und klapperte mit den Zähnen, während sie angestrengt das Haus beobachtet.

Altmetall muss gutes Geld einbringen, dachte sie. Netter Kasten. Nicht ihr Geschmack, aber allemal größer als das, was sie sich leisten konnte. Es sei denn, sie heiratete einen Schrotthändler. Aber wenn die alle so waren wie Ryan Brotherton, legte sie die Idee besser zu den Akten.

Sie fragte sich gerade, wie um alles in der Welt sie sich die nächsten Stunden über wach halten sollte, als sich ein Wagen näherte. Sofort setzte sie sich auf, Müdigkeit und Kälte waren vergessen. Der Wagen kam abrupt zum Stehen, dann fuhr er wieder an und bog um die Ecke. Sie lehnte sich wieder zurück. *Vermutlich falscher Alarm*, dachte sie. Nur für alle Fälle beschloss sie, das Auto trotzdem noch ein Weilchen im Auge zu behalten.

Die Scheinwerfer erloschen, aber niemand stieg aus. Komisch. Vielleicht hatte Phil einen weiteren Wagen zur Überwachung geschickt? Nein, mit Sicherheit keinen BMW. Solche Nobelkutschen gab es nicht im Fuhrpark der Polizei.

Sie wartete ab. Es saßen zwei Personen im Wagen, sie konnte ihre Silhouetten erkennen. Plötzlich kam Bewegung in die beiden Gestalten. Die Person auf dem Beifahrersitz beugte sich zu der anderen herab.

O nein, dachte sie. *Doggingfans.*

Sie stöhnte und versuchte, nicht hinzusehen, als der Kopf der Frau unter das Armaturenbrett abtauchte und der Mann in Ekstase den Kopf zurückwarf. Wäre sie in der richtigen Stimmung gewesen, hätte sie rübergehen, ans Fenster klopfen, mit ihren Polizeiausweis winken und den beiden den Schreck ihres Lebens einjagen können. Nichts da, sie war zum Observieren hier. Aber verlockend war die Vorstellung schon – nicht, weil die beiden das Gesetz missachteten, sondern weil sie schon so lange keine Beziehung mehr gehabt hatte, dass sie ganz einfach neidisch war.

Schade, dass es mit Clayton und ihr nicht geklappt hatte. Die gegenseitige Anziehungskraft war da gewesen. Sie waren ein einziges Mal zusammen etwas trinken gegangen – nur um zu sehen, ob sie auf der Arbeit so gut miteinander auskamen, weil sie sich einfach gut verstanden, oder ob da mehr zwischen ihnen war. Du liebe Güte, war das erst gestern Abend gewesen? Es kam ihr vor, als sei es bereits Jahre her. Ja, sie waren danach in seiner Wohnung gelandet. Und ja, sie hatten Sex gehabt. Oder zumindest etwas Ähnliches wie Sex. Besonders gut war es nicht gewesen. Sie hatten es eher aus einem gewissen Pflichtgefühl dem anderen gegenüber getan als aus glühender Leidenschaft. Der Morgen danach war erstaunlich entspannt verlaufen, und sie beide hatten über ihr Experiment herzlich gelacht. Damit war die Sache abgehakt, ihre Frage war beantwortet: Sie waren gute Freunde, mehr nicht. Anni hätte ohnehin nicht mehr gewollt. Sie kannte Claytons Ruf. Um keinen Preis wollte sie eine seiner Eroberungen sein. Jemand, mit dem er bei seinen Freunden in der Kneipe angeben konnte. Der One-Night-Stand hatte ihr gereicht.

Sie beobachtete, wie sich die Gestalten voneinander trennten. Die Person auf dem Beifahrersitz zupfte sich Kleider und Haare zurecht und stieg dann aus. Anni griff nach ihrem Feldstecher. Ein Schauer durchrieselte sie. Die Frau passte exakt auf die Beschreibung von Ryan Brothertons Freundin Sophie.

»Du kleines Biest«, sagte Anni lachend zu sich selbst.

Sie beobachtete, wie Sophie zum Tor ging, es öffnete, die Einfahrt hochging und schließlich im Haus verschwand.

Anni wandte ihre Aufmerksamkeit wieder dem BMW zu. Die Scheinwerfer leuchteten auf, und kurz darauf wendete der Wagen. Gleich würde er an ihr vorbeikommen. Sie hob das Fernglas an die Augen und versuchte, einen Blick auf den Fahrer zu erhaschen.

»Das gibt es doch nicht …«

Clayton. Es war ganz eindeutig Clayton!

Annis Gedanken überschlugen sich. Instinktiv griff sie nach ihrem Handy. Aber wen sollte sie anrufen? Phil? Clayton selber? Und was sollte sie sagen? Fragen, was los sei?

Seufzend legte sie das Handy wieder weg. Nein. Sie würde bis zum Morgen warten und ihren Kollegen dann zur Rede stellen.

Ihr Blick wanderte wieder zum Haus, allerdings rechnete sie nicht mehr damit, dass noch etwas passieren würde. Ihre Gedanken rasten. Kalt war ihr nun endgültig nicht mehr. Im Gegenteil: Sie schwitzte.

Und sie war wütend.

So schnell ließ sich Clayton also mit einer neuen Frau ein. Die Tatsache, dass zwischen ihnen nichts Ernstes gewesen war, spielte dabei keine Rolle. Es war einfach nur respektlos. Und nicht nur das – die Frau war auch noch Zeugin in einer Mordermittlung! Das war eine ernste Sache.

Jetzt war Anni hellwach.

Sie saß da und beobachtete weiter das Haus. In ihrem Kopf begann es zu arbeiten.

27

Was stehst du hier im Dunkeln rum?

Beim Klang seiner Stimme fuhr Hester zusammen und schlug die Augen auf.

»Ich …« Sie wusste es selbst nicht. Was stand sie hier im Dunkeln herum? Verwirrt senkte sie den Blick. Sie stand über die Zinkwanne gebeugt, in der das Baby noch genauso dalag, wie sie es hingelegt hatte. »Ich guck mir das Baby an.«

Im Dunkeln?

Sie blinzelte. Konnte sich nicht erinnern, wie lange sie dort gestanden hatte. Sie muss wieder einen ihrer Filmrisse gehabt haben. »Ich … als ich angefangen hab, es anzugucken, war es noch nicht dunkel.«

Ihr Mann schnaubte. *Was ist mit dem Abendessen?*

»Das ist …« Wieder sah sie auf das Baby herab. Es bewegte sich nicht, und sein Atem ging flach. Aber es sah ganz friedlich aus.

Ich warte.

Sie sah zur Küchenzeile herüber. »Ich hol es dir.«

Noch immer etwas verwirrt und orientierungslos, zog sie dem Baby die Decke bis zum Kinn hoch, wobei sie achtgab, es nicht zu wecken, und zündete den kleinen gasbetriebenen Heizofen an. Dann knipste sie die Lampe über dem Baby an. Sie hatte eine Baustellenlampe am Kopfende des Bettchens festgeklemmt, damit sie das Baby immer sehen konnte, egal wo im Haus sie sich gerade aufhielt. Die Lampe war gleißend hell und heiß, beleuchtete nicht nur das Baby, sondern auch das Kondenswasser, das an den nackten Ziegelwänden und am Heizkörper glitzernd hinabtropfte. Aber bald würde es im Haus schön warm sein, dachte sie. Und das Baby war kuschelig eingewickelt.

Sie muss das schlafende Baby sehr lange angeschaut haben. Das tat sie manchmal, stand einfach stundenlang da und bewegte sich nicht von der Stelle. Dabei verlor sie immer jedes Zeitgefühl, und so hatte sie nicht gemerkt, wie der Tag zum Abend geworden war. Ihren Mann hatte sie auch nicht kommen hören. Aber das war nichts Ungewöhnliches. Normalerweise nahm sie ihn bloß als Stimme in ihrem Kopf wahr. Das genügte, um zu wissen, dass er da war.

Sie warf noch einen letzten Blick auf das Baby. Nachdem sie sich vergewissert hatte, dass alles in Ordnung war, ging sie in die Küche. Ihr Mann hatte sie eigens für sie gebaut. Er hatte Trockenbauwände aufgestellt, um die Küchennische vom Rest des Hauses abzutrennen, und dann hatte er aus Holzresten Regale und Schränke gezimmert. Er hatte sogar die nackte Steinwand weiß gestrichen. Das gefiel ihr. So sah der Raum gleich viel wohnlicher aus. Und das war wichtig, jetzt, da sie endlich eine richtige Familie waren.

Sie stand in der Küche und sah sich um. Sie hatte nichts gekocht. Was ließe sich schnell zubereiten? Auf der Arbeitsfläche lagen zwei gehäutete Kaninchen, in einem Korb daneben einige Rüben. Das würde reichen.

»Wie … wie wäre es mit Kaninchentopf?«, fragte sie und schloss die Augen. Hoffte inständig, dass ihr Mann nicht merken würde, dass sie nichts vorbereitet hatte.

Wieder schnaubte er. *Ich hab jetzt Hunger. Was auch immer du machst, mach es schnell.*

Sie nickte, zündete hastig den Gasherd an und setzte einen Topf mit Wasser auf. Sie sah über die Schulter zurück. Das Baby lag immer noch reglos im Bettchen. Es war mucksmäuschenstill. Gut. Dann machte sie sich daran, das Abendessen zuzubereiten.

Später, nachdem sie und ihr Mann gegessen hatten und sie abgewaschen und die Küche aufgeräumt hatte, kehrte sie wieder zum Baby zurück. Sie konnte sich gar nicht an ihm sattsehen. Schon während des Abendessens war sie ständig aufgesprungen, um nach ihm zu schauen. Ihr Mann hatte ein paar Mal verärgert geknurrt, aber nichts gesagt. Sie hatte insgeheim lächeln müssen. Vielleicht war er ja doch verständnisvoller, als sie gedacht hatte.

Irgendwann war er dann wieder verschwunden und hatte sie allein gelassen.

Das Baby hatte schon Ewigkeiten nicht mehr geschrien. Sobald Hester es gefüttert und gewickelt hatte, war es still geworden und in einen tiefen Schlaf gesunken, während sie es in ihren Armen gewiegt hatte. Daran konnte sie sich noch erinnern, bevor alles um sie herum dunkel geworden war. Es hatte in ihren Armen gelegen, mit halb geschlossenen Lidern, so dass von seinen Augäpfeln nur noch ein winziger Streifen Weiß zu sehen gewesen war, und sie hatte auf seinen flachen, rasselnden Atem gelauscht. Es war so klein, so hilflos. Sie hätte mit ihm machen können, was sie wollte. Es knuddeln und an sich drücken. Oder ihm die Finger um den Hals legen und die Luft aus seinem winzigen, zerbrechlichen Körper pressen. Bei dieser Vorstellung war ein Schauer wie ein elektrischer Schlag durch ihren Körper gegangen. Sie hatte die Macht über Leben und Tod. Sie konnte Gott spielen.

Macht. Zum ersten Mal in ihrem Leben. Bei dem Gedanken hatte sie gelächelt. Kein Wunder, dass viele Leute alles nur Erdenkliche anstellten, um ein Baby zu bekommen.

Und nun sah Hester auf das Baby herab und überlegte, was sie tun sollte. Vielleicht sollte sie es auf den Arm nehmen, das machten Mütter schließlich so. Aber es sah so friedlich aus, wie es in der Wanne lag. Man konnte kaum sehen, ob es atmete.

Das war der Moment, in dem Hester begriff, dass vielleicht etwas nicht stimmte.

Sie beugte sich tiefer über das Baby und richtete die Lampe aus, damit sie besser sehen konnte. Die rosigen Stellen in seinem Gesicht schienen weniger geworden zu sein. Inzwischen war seine Haut fast überall bläulich verfärbt, und auch der Gelbstich schien zugenommen zu haben. Das konnte doch nicht richtig sein. Die Babys im Fernsehen sahen jedenfalls nicht so aus. Und es wimmerte nicht einmal mehr. Irgendetwas stimmte nicht mit ihm.

»Was jetzt? Was mache ich denn jetzt …?«

Hilfesuchend sah sie sich um, Panik stieg in ihr hoch. Wenn doch bloß ihr Mann käme! Aber er war nirgends zu sehen. Sie würde allein damit zurechtkommen müssen.

Was tun, was tun … Wieder sah sie auf den schlafenden Säugling herab. Zum Arzt konnte sie mit ihm nicht gehen, das wusste sie. Sie hasste Ärzte, mit ihnen hatte sie ihr ganzes Leben lang nur schlechte Erfahrungen gemacht. Aber was dann? Musste es vielleicht gefüttert werden? Sie sah auf die Uhr. Nein. Gewickelt? Riechen konnte sie nichts. Sollte sie es auf den Arm nehmen? Ja. Das schien ihr eine gute Idee zu sein. Und dann weiter? Es halten. Wieso? Weil Mütter das so machten, rief sie sich ins Gedächtnis. Weil dadurch alles wieder gut werden würde.

Sie hob das reglose Neugeborene aus dem Bettchen. Streichelte seine Wange. Sie fühlte sich kalt an, und seine Haut war klamm. Als würde Hester die Wände hinter sich streicheln.

Sie drückte das Baby an sich. Wärme. Das war es, was es brauchte. Wärme. Also kletterte sie ins Bett, das Baby fest an ihre Brust gepresst. Irgendwann fingen ihre Arme an zu krampfen, weil sie sie so lange in der gleichen Stellung gehalten hatte, also legte sie das Baby zurück in sein Bettchen und deckte es mit einer zusätzlichen Decke zu. Die Zinkwanne stand direkt neben ihrem Bett. Hester legte sich wieder hin, drehte sich auf die Seite und sah das Baby an.

So lag sie da, bis spät in die Nacht, und achtete auf Anzeichen darauf, dass sich sein Zustand verschlechterte. Sie versuchte, wach zu bleiben, nickte aber hin und wieder ein. Irgendwann nachts wachte sie auf und sah, dass ihr Mann zurückgekehrt war.

»Dem Baby geht es nicht gut«, sagte sie.

Er schnaubte. *Na und?*

Erneut warf sie einen Blick auf den Säugling. Zum ersten Mal hatte sie die Angst und den Zweifel ausgesprochen, die sich in ihr ausgebreitet hatten. »Ich glaub … ich glaub nicht, dass es wieder gesund wird. Nicht von allein.«

Das wird es wohl müssen, sagte ihr Mann.

»Können wir nicht …«

Nein. Können wir nicht. Mach dich nicht lächerlich, du dummes Weibsstück.

Sie nickte. Das hatte sie sich schon gedacht.

Du wirst einfach hoffen müssen, dass es sich von selbst erholt.

»In Ordnung.«

Wenn es die Nacht übersteht, wird es durchkommen.

»Und was, wenn nicht?«

Dann eben nicht. Schlaf jetzt. Du hast morgen viel zu tun, Baby hin oder her.

Und schon war er wieder fort.

Sie befolgte seinen Rat und versuchte, ein wenig zu schlafen, konnte aber nicht. Stattdessen lag sie da und wachte über das Baby. Irgendwann nahm sie es wieder aus dem Bettchen und kuschelte es an sich. Sie spürte, wie in ihrem Innern etwas passierte, wusste aber nicht, was es war. Es war ein ungewohntes Gefühl, als hätte jemand ein Loch in sie gerissen. Das Gefühl behagte ihr nicht, aber irgendwie hätte sie es auch nicht missen wollen. Jetzt nicht mehr.

Also hielt sie das Baby fest in ihren Armen und wartete auf den Morgen.

28

Caroline Eades konnte nicht schlafen.

Ihr Mann hatte kein solches Problem. Er lag mit offenem Mund neben ihr auf dem Rücken und schnarchte wie ein zorniger Löwe.

Sie wusste einfach nicht, wie sie sich hinlegen sollte. Jedes Mal, wenn sie endlich eine Position gefunden hatte, in der ihr Bauch sie nicht störte, fing das Baby an zu treten oder schlug einen Purzelbaum, und das Ganze ging wieder von vorn los.

In Wirklichkeit allerdings trug nicht das Baby die Schuld an ihrer Schlaflosigkeit. Zumindest nicht allein. Graeme war erst nach neun Uhr heimgekommen. Er hatte seine Aktentasche abgestellt und verkündet, er würde jetzt unter die Dusche gehen. Abendessen wolle er nicht, er habe bereits auf dem Nachhauseweg gegessen. Darüber wenigstens konnte Caroline nicht böse sein, denn die Lammhaxe war mittlerweile verkohlt. Dann, nach der Dusche, hatte er wortlos eine Dose Bier geleert und war anschließend gleich ins Bett gegangen. Er hatte sie weder gefragt, wie es ihr ging, noch sich erkundigt, wie ihr Tag gewesen war. Nichts. Er hatte nicht einmal die Kinder begrüßt, die sich gerade bettfertig machten. Hätte sie es nicht besser gewusst, hätte sie geglaubt, dass er eine Affäre hatte.

Graeme war ihre Jugendliebe gewesen. Eine Geschichte wie die von Romeo und Julia – wenigstens hatte sie das gedacht, bis sie das Stück im Englischunterricht durchgenommen hatten und sie lesen musste, dass es mit den beiden ein böses Ende nahm. Sie schwor sich, dass ihr und Graeme so etwas nie passieren würde. Sie würde dafür sorgen, dass ihre Beziehung funktionierte, sie würde höchstpersönlich für ein Happy End sorgen.

Und das hatte sie auch. In den ersten Jahren hatte sie ihre eigenen Karrierepläne hintangestellt und ihm geholfen, sein Geschäft aufzubauen. Der Großteil der Arbeit, vor allem das Aufstellen von Businessplänen, war dabei ihr zugefallen. Aber als sie schwanger geworden war, hatte sich alles geändert. Sie hatte sich auf die Rolle als Mutter und Hausfrau konzentriert, und Graeme hatte weiter an seiner Karriere gebastelt. Bald war seine Firma, eine Personalvermittlung, so erfolgreich, dass er expandieren konnte. Irgendwann hatte er sie an einen größeren Konkurrenten verkauft und sich aus der Unternehmensleitung zurückgezogen, doch er kümmerte sich noch um die Niederlassung in Colchester. So hatten sie sich das neue Haus, zwei große Autos und eine Privatschulausbildung für die Kinder leisten können.

Und nun noch ein Baby.

Es war zwar ungeplant, aber – zumindest was Caroline betraf – ein Wunschkind gewesen. Denn wenn sie ganz ehrlich war – und wenn sie wie jetzt im Bett lag und in die Dunkelheit starrte, während der Rest der Welt schlief, konnte sie ganz ehrlich sein –, hatte sie nichts anderes. Ihre Freundinnen, mit Ausnahme der Frauen aus dem Yogakurs, sah sie seit dem Umzug kaum noch. Ihre zwei Kinder behandelten sie wie ein Dienstmädchen. Ihr Mann zeigte ihr die kalte Schulter.

Ja, sie sehnte sich regelrecht nach dem neuen Baby.

Wieder blickte sie zu Graeme. Dem Mann, dem sie all ihre Träume und Wünsche geopfert hatte. Dem sie ihr Herz und ihre Seele geschenkt hatte. Ihr Romeo von einst, aus dessen Mundwinkel nun ein Speichelfaden troff.

Hoffentlich hatte er keine Affäre. Denn das würde bedeuten, dass das Baby tatsächlich alles war, worauf sie sich in absehbarer Zeit freuen konnte. Bitte lass ihn keine Affäre haben …

Wieder versetzte das Baby ihr einen beherzten Tritt. Caroline wälzte sich herum und seufzte. Es würde wieder mal eine dieser Nächte werden.

29

Phil saß in seiner Wohnung auf dem Sofa und nahm einen Schluck von seinem Bier. Er behielt ihn eine Weile im Mund, bevor er ihn schließlich, den Kopf zurückgelehnt, die Augen geschlossen, herunterschluckte. Auf dem Tisch vor ihm standen die Reste eines Essens vom Inder, auf der Stereoanlage lief Elbow. »The Loneliness of a Tower Crane Driver«. Er seufzte, während er Guy Garvey lauschte, der davon sang, dass es ein langer Weg nach unten war.

Als er nach Hause gekommen war, hatte er den Kopf voll gehabt mit dem Fall und insbesondere Fenwicks unrühmlichem Auftritt. Eine kurze Runde auf seinem Heimtrainer hatte diese Gedanken vertrieben. Und nun, während er sich eigentlich Ermittlungsansätze und Strategien für den morgigen Tag hätte überlegen sollen, dachte er an Marina. Nur an Marina.

Dass sie so sang- und klanglos aus seinem Leben verschwunden war, hatte ihm das Herz gebrochen. Er hatte sich vollkommen verloren gefühlt. Und wie sie es getan hatte: Sie hatte ihn einfach ausgeschlossen, und das nach allem, was sie einander bedeutet hatten. Kein Anruf, keine SMS, keine E-Mail, nichts. Als wäre er für sie gestorben.

Seine Gefühle hatten all die typischen Stadien durchlaufen: Zuerst war da Unverständnis wegen ihres Verhaltens gewesen. Dann ein schlechtes Gewissen, weil sie ihn vielleicht für die Sache mit Martin Fletcher verantwortlich machte. Darauf folgte Ärger, weil sie ihm keine Gelegenheit gab, zu erklären, weshalb ihn keinerlei Schuld traf. Dieser Ärger war schließlich in Zorn übergegangen, und er hatte versucht, sie zu hassen und sich einzureden, dass sie nichts für ihn war – und war kläglich damit gescheitert. Dann war irgendwann nur noch eine dumpfe Leere übriggeblieben, als ihm klar wurde, dass er den Rest seines Lebens ohne sie würde verbringen müssen. Während all der Zeit hatte er immer wieder die Gespräche mit ihr in seinem Kopf ablaufen lassen und sich sogar neue ausgedacht, die vielleicht hätten stattfinden können.

Das Klingeln des Telefons riss ihn jäh aus seinen Gedanken.

Er sprang auf und nahm ab. Zuerst dachte er, es sei vielleicht Marina, bis er einsehen musste, wie idiotisch dieser Wunsch war. Vermutlich war es bloß jemand vom Revier mit einem Update. Oder es war ein weiterer Mord geschehen.

Alles, nur das nicht …

Wie sich herausstellte, war es weder das eine noch das andere.

»Hallo, Sohn.«

Phil entspannte sich. Eileen, seine Adoptivmutter.

»Eileen, hi.« Er schnappte sich die Fernbedienung und stellte den Ton an der Anlage ab. »Wie geht es dir?«

»Ausgezeichnet. Don lässt dich schön grüßen.«

Phil hatte ganz vergessen, dass Dienstag war. Normalerweise rief er immer dienstagabends bei Eileen und Don an. »Tut mir leid«, sagte er. »Ich wollte mich melden –«

»Ist schon gut, das macht nichts.« Sie seufzte. »Wir haben die Nachrichten gesehen. Diese jungen Frauen … grauenhaft. Ich habe zu Don gesagt, bestimmt hat unser Phil den Fall bekommen.«

Phil hörte den Stolz in ihrer Stimme. Er lächelte. »Ja, du hast recht.«

»Und deswegen musstest du heute Nachmittag der Tochter von Lynn Lawrence absagen. Das arme Ding.«

»Sie wird's verkraften.«

»Hättest du dich nicht später noch mit ihr treffen können? Zum Abendessen?«

»Ich glaube kaum, dass ich besonders gute Gesellschaft gewesen wäre.«

»Ich weiß, Phil.« Wieder seufzte sie. »Schrecklich. Wir leben in einer schrecklichen Welt.«

»Nicht alles an dieser Welt ist schrecklich«, widersprach Phil sanft.

»Don will alles über den Fall wissen. Ich habe ihm gesagt, dass du ihm bestimmt nichts verraten darfst. Natürlich weiß er das, aber es hält ihn nicht davon ab, zu fragen …«

Phil lehnte sich zurück und schlürfte sein Bier, während Eileen zu erzählen begann. Geschichten über Freunde, die er nicht kannte, oder über Don, der mit dem neuen DVD-Recorder auf Kriegsfuß stand, waren genau das, was er nach einem Tag wie diesem brauchte. Sie machten ihm klar, dass die Welt, anders als Eileen behauptet hatte, kein Ort des Schreckens war, sondern ein Ort, an dem die Menschen glücklich waren und ihrem ganz normalen, alltäglichen Leben nachgingen. Viele seiner Kollegen empfanden den Kontakt mit ihren Eltern als lästige Pflicht. Phil konnte das nicht verstehen. Er hätte die Telefonate mit Eileen um nichts in der Welt missen mögen.

Allmählich gingen Eileen die Geschichten aus und sie leitete zu ihrem Lieblingsthema über. »Ich wünschte nur, du würdest endlich mal eine Frau kennenlernen, Phil. Du hast jemand Nettes verdient. Jemanden, der dir ein bisschen Freude schenkt.«

Er antwortete, wie er es immer tat: »Ich weiß, Eileen. Aber wann habe ich schon mal Gelegenheit dazu? Auf der Arbeit lerne ich keine Frauen kennen.« *Höchstens tote*, fügte er im Stillen hinzu.

»Also, ich habe jedenfalls mein Bestes versucht. Du bist ein erwachsener Mann, du musst selbst wissen, was du tust. Ach so, Don lässt übrigens fragen, ob du am Sonntag auch wirklich kommst. Ich glaube, er möchte einfach jemanden dahaben, der mit ihm zum Fußballgucken in den Pub geht. Keine Ahnung, warum. Schließlich können wir Sky genauso gut zu Hause sehen.«

Phil konnte sie sich vorstellen, wie sie in ihrem großen Haus, das in Mile End direkt neben dem Bahnhof lag, im Sessel saß. Das Haus war in den fünfziger Jahren im Pseudo-Tudorstil erbaut worden, wuchtiges Gebälk zierte Innen- und Außenwände. Es war mit großer Sorgfalt eingerichtet, von Generationen von Pflegekindern verwüstet und immer wieder liebevoll renoviert worden. Er liebte die Atmosphäre des Hauses: laut und energiegeladen, aber gleichzeitig warm und einladend. Es schien sehr leer, jetzt, da Don und Eileen keine Pflegekinder mehr aufnahmen und nur noch zu zweit darin wohnten. Aber Phil besuchte sie immer gern. Es machte seine Sonntage zu etwas ganz Besonderem.

»Natürlich komme ich. Ich freue mich schon.«

Sie verabschiedeten sich voneinander, und Eileen legte auf. Phil war wieder allein.

Er seufzte. Die Worte seiner Mutter hatten einen Nerv getroffen. Er sah sich im Wohnzimmer um. Volle Bücherregale, eine umfassende Film- und Musiksammlung, Drucke an den Wänden – all das zeugte von einem interessanten und erfüllten Leben. Da er fast immer allein gelebt hatte, vermisste er keine Gesellschaft. Aber manchmal hätte er sich doch gefreut, wenn er jemanden gehabt hätte, mit dem er sein Leben hätte teilen können. Jemand, zu dem man abends nach Hause kam.

Er lachte laut auf. Selbstmitleid stand ihm nicht.

»Vielleicht lege ich mir einen Hund zu«, sagte er in den stillen Raum hinein.

Er trank noch einen Schluck von seinem Bier und schaltete den Ton der Stereoanlage wieder an. Es brauchte nur ein paar Takte, und sofort waren seine Gedanken wieder bei Marina. Er hatte das Album während ihrer kurzen Affäre oft gehört. Jeder Song darauf erinnerte ihn an einen anderen Aspekt von ihr, aber ein Lied stach ganz besonders heraus. Er wusste, dass es bald an der Reihe sein würde, und sah dem mit Sehnsucht und Unbehagen zugleich entgegen. Es würde Erinnerungen mit sich bringen, von denen er nicht wusste, ob er sie aushalten würde. Und dennoch waren es gerade diese Erinnerungen, die ihm am Herzen lagen.

Sie hatten sich durch die Arbeit kennengelernt. Beim Gemma-Hardy-Fall. Von Anfang an hatte er sich zu ihr hingezogen gefühlt. Fenwick hatte sie an ihrem ersten Arbeitstag durchs Büro geführt. Phil hatte von seinem Schreibtisch aufgesehen und – weil er es kaum glauben konnte – zweimal hinschauen müssen. Sie war so wunderschön. In einem Raum voll schlecht angezogener, schwitzender, zynischer Männer erschien sie ihm wie ein Wesen von einem anderen

Stern – einem Ort voller Licht und Feinsinn. Er hatte sie die ganze Zeit über angestarrt. Er konnte nicht anders.

Er erinnerte sich noch lebhaft an ihr erstes Aufeinandertreffen beim Briefing, wusste sogar noch, was sie angehabt hatte. Ein schwarzes Samtkleid, das ihre schlanke Figur betonte und dessen Saum ihre Knie umspielte, dazu kniehohe schwarze Lederstiefel mit Absätzen, die sie größer aussehen ließen, als sie tatsächlich war. Dichte, schwarze Locken wurden an einer Seite von einer glitzernden Spange zurückgehalten, die zu ihrer Kette und ihren Ohrringen passte. Ausdrucksstarke haselnussbraune Augen. Volle, rote Lippen. Sein erster Gedanke: *Ich habe noch nie eine Frau gesehen, die so vollkommen ist.*

Und sein zweiter: *Vergiss es – sie spielt in einer ganz anderen Liga.*

Aber sie hatte ihm bald das Gegenteil bewiesen.

Man hatte sie zusammen an einen Schreibtisch gesetzt, denn ihr psychologisches Expertenwissen und seine Erfahrung als Detective ergänzten sich perfekt. Zunächst war es ihm schwergefallen, mit ihr zu reden. Wenn er sich bemühte, den Fall zu diskutieren, blickte er ihr nur flüchtig in die Augen – er wagte es nicht länger – und entdeckte dabei, dass sie ihn anlächelte. Mit wunderschönen großen Haselnussaugen. Es war irgendwie beunruhigend, und er hatte das Gefühl, sie wolle ihn aufziehen. Die gebildete Dozentin, die den armen tapsigen Polizisten auslachte. Er versuchte, sich davon nicht aus der Fassung bringen zu lassen und sich stattdessen ganz darauf zu konzentrieren, den Mann zu finden, der Gemma Hardy nachstellte.

Aber sie hörte nicht auf zu lächeln. Und er tat sein Bestes, seine Aufmerksamkeit auf den Fall zu richten.

Dann berührten sie sich zum ersten Mal. Es geschah rein zufällig, sie standen über einige Berichte und Fotos gebeugt, die vor ihnen auf dem Schreibtisch ausgebreitet waren. Als sie beide gleichzeitig auf etwas zeigen wollten, landete ihre Hand auf seiner. Es war, als ginge ein elektrischer Schlag durch seinen Körper. Mit einem Mal war er hellwach, lebendig wie nie zuvor. Zum ersten Mal in seinem Leben fühlte er sich einem anderen Menschen aufrichtig verbunden. Erschrocken sah er sie an. Und dieser eine Moment, dieser eine Blick genügte ihm, um es zu erkennen: Sie empfand genauso. Jetzt verstand er auch ihr Lächeln. Sie machte sich nicht über ihn lustig. Sie verhöhnte ihn nicht. Da war echte Zuneigung. Und noch mehr.

»Hören Sie«, hatte er gesagt, die Berichte ignoriert und ihr direkt in die Augen gesehen, während ihre Hand sich ganz langsam, fast widerwillig, wie es schien, von seiner gelöst hatte. »Ich hab mich gefragt – hätten Sie vielleicht Lust, mal was trinken gehen?«

Gleich darauf war er krebsrot geworden. Was hatte er sich nur dabei gedacht, sie um ein Date zu bitten? Was um alles in der Welt war in ihn gefahren? Er gab sich alle Mühe, bei der Polizei sein Image als echter Kerl aufrechtzuerhalten – als jemand, der knallhart war und im Zweifelsfall nicht lange fackelte. Er hatte Todesdrohungen von Kriminellen abgetan, die andere Polizisten in Angst und Schrecken versetzt hätten. Aber im Umgang mit Frauen war er ziemlich hilflos.

Er war drauf und dran, seine Worte zurückzunehmen, als sie sagte, ja, sie hätte Lust dazu.

»Warum haben Sie ja gesagt?«, hatte er sie dann später gefragt, als sie gemeinsam im Olive Tree im Stadtzentrum von Colchester saßen. Es war ein gemütliches Restaurant mit entspannter Atmosphäre und gutem, wenn auch ziemlich teurem Essen. Es wurde überwiegend von Geschäftsleuten besucht, und er hatte es ausgewählt, weil er ziemlich sicher sein konnte, dass sie hier keinem Kollegen über den Weg laufen würden.

Sie hatten kurz den Fall diskutiert, sich über gemeinsame Interessen ausgetauscht und über ihre jeweilige Wohngegend unterhalten. Dann hatte Phil beschlossen, den nächsten Schritt zu wagen.

Als Antwort auf seine Frage kam wieder dieses Lächeln. Sie hob ihr Glas an die Lippen, deren Rot genau dieselbe Farbe hatte wie der Wein, und das Kerzenlicht tanzte in ihren Augen.

»Warum nicht?«, fragte sie zurück und nahm einen genießerischen Schluck. Phil sah gebannt zu, als sich ihre glänzenden Lippen vom Glasrand lösten. »Sie sehen gut aus. Sie sind intelligent. Durchsetzungsstark, aber gleichzeitig sensibel.«

Phil lachte. »Ist das Ihre Einschätzung als Psychologin?«

Sie wiegte den Kopf hin und her. »Eher eine persönliche. Aber es stimmt. Ich kann es in Ihren Augen sehen.«

Phil wusste nicht recht, was er sagen sollte.

Sie lachte. »Und? Sind Sie gerne bei der Kriminalpolizei?«

Die Frage überraschte Phil. »Ja. Und sind Sie gerne Psychologin?«

Marina lächelte. »Man sagt ja gemeinhin, alle Psychologen seien verkorkst und bloß auf der Suche nach Heimat.«

»Man sagt auch, alle Polizisten seien rassistische Schläger.«

»Bestimmt nicht die mit den sensiblen Augen.«

Phil fühlte sich wegen ihrer Ehrlichkeit unwohl, gleichzeitig aber auch beflügelt. »Und ist das bei Ihnen auch der Fall? Sind Sie auf der Suche nach Heimat?«

Sie zuckte mit den Schultern und lächelte. »Zumindest bin ich auf dem richtigen Weg dorthin.«

Als Nächstes wollte sie wissen, was ihn an der Polizeiarbeit reizte. Erst wollte er sie mit einer Standardantwort abspeisen: die Arbeitszeiten seien gut, er müsse sich keine Sorgen um die Rente machen … Aber als er sah, wie sie ihn forschend musterte, als wollten sich ihre Augen regelrecht in ihn hineinbohren, kam es ihm nicht über die Lippen. Sie hatte mehr Ehrlichkeit verdient, vor allem nach der Antwort, die sie ihm zuvor gegeben hatte.

»Na ja, es ist so: Es gibt einen Fall, man wird an einen Tatort gerufen. Etwas Schlimmes ist passiert – ein Raubüberfall, ein Mord, was auch immer. Meistens herrscht totales Chaos: Ein Haus wurde verwüstet, ein Leben zerstört, die Leute sind hysterisch und völlig hilflos.« Er zuckte mit den Schultern. »Und meine Aufgabe ist es, die Geschehnisse zu rekonstruieren. Ich muss herausfinden, was passiert ist, und dabei helfen, es wieder in Ordnung zu bringen.«

Sie sah ihn immer noch unverwandt an. Plötzlich fühlte er sich unbehaglich. Diese Frau war anders als alle, die er bisher kennengelernt hatte. Verlegen suchte er hinter seinem Weinglas Deckung. »Das ist eigentlich schon alles.«

Sie nickte langsam. »Haben Sie studiert?«

Er schüttelte den Kopf.

»Wollten Sie denn?«

Ein weiteres Achselzucken. »Irgendwie schon. Aber das stand damals nicht zur Debatte.«

Sie spielte mit dem Stiel ihres Glases herum, und auf ihrer Stirn, direkt oberhalb der Nasenwurzel, erschien eine entzückende kleine Falte. »Ich wette, Sie lesen gern.« Es war eine Feststellung, keine Frage. »Aber auf dem Revier sagen

Sie es niemandem, damit man sich nicht über Sie lustig macht.«

Er dachte an die Regale in seiner Wohnung. Vollgestopft mit allem, was der Buchhandel zu bieten hatte, von Philosophie und Lyrik bis hin zu Biographien und Thrillern. Er hatte einen schier unstillbaren Wissensdurst, sehnte sich danach, die Welt zu begreifen. Die Wurzeln dieser Sehnsucht lagen, das wusste er, in seiner Kindheit. Aber noch hatte er nicht gefunden, wonach er suchte. Das Einzige, was ihm wirkliche Befriedigung verschaffte, war seine Arbeit bei der Polizei.

Er zuckte erneut mit den Schultern. Bei ihren Fragen wurde ihm immer unbehaglicher zumute.

»Sie hatten eine schwere Kindheit, stimmt's? Jemand hat Ihnen sehr weh getan.«

Schlagartig war sein Hochgefühl verflogen. »Tut mir leid, darüber rede ich nicht.«

»Nein, *mir* tut es leid«, sagte Marina hastig und blickte auf ihren Teller. »Ich habe das nur erwähnt, weil ich so ein Gefühl hatte, das ist alles. Weil ...« Sie hielt kurz inne. »Weil ich es wiedererkannt habe.« Sie sah auf und blickte ihm in die Augen. »Da ist etwas in Ihnen, das mich an mich selbst erinnert. Alte Wunden. Es tut mir leid, vielleicht irre ich mich.«

Phil sah sie an und schwieg. Sie streckte die Hand über den Tisch, und ihre Finger berührten sich. Wieder war es wie ein elektrischer Schlag. Als würde diese Berührung bestätigen, dass sie einander instinktiv verstanden.

»Wollen Sie meine Geschichte hören? Es macht mir nichts aus«, sagte sie. Und sie erzählte offen von ihrem Leben: von ihrem alkoholsüchtigen, gewalttätigen Vater, der sie, die Mutter und zwei Brüder verlassen hatte, als sie erst sieben war, und wie er in unregelmäßigen Abständen immer wieder in ihrem Leben aufgetaucht war, um nichts als Leid und Kummer zu bringen.

»Er war ein richtiger Widerling. Ein notorischer Lügner und ein Tyrann, der meine Mutter betrogen und geschlagen hat«, sagte Marina, und ihre Augen verfinsterten sich.

»Und das waren seine guten Seiten«, warf Phil ein, um sie aus ihren düsteren Erinnerungen wieder in die Gegenwart zu locken.

Sie musste schmunzeln, dann fuhr sie fort. Erzählte ihm, dass sie dafür in der Schule Anerkennung erfahren hatte. Die Lehrer hatten ihre Intelligenz gelobt und sie immer wieder ermuntert, ihren Weg zu gehen. Sie hatte begierig gelernt, fest entschlossen, ihrem Hintergrund zu entkommen.

»Dann sind Sie also nicht von hier? Ich höre gar keinen Akzent bei Ihnen.«

»Ursprünglich komme ich aus Birmingham«, sagte sie. »Und das ist ein Dialekt, den man so schnell wie möglich loswerden möchte.« Irgendwann habe sie ein Stipendium für Cambridge erhalten und beschlossen, Psychologie zu studieren.

»Ich glaube, mein Vater ist schuld, dass ich mich ausgerechnet dafür entschieden habe. Ich wollte endlich begreifen, warum er so war, wie er war. Warum er all diese schrecklichen Dinge getan hat.«

»Und – haben Sie es begriffen?«

»O ja. Aber eigentlich hätte es kein Diplom in Psychologie gebraucht, um zu erkennen, dass er ganz einfach ein mieser, fauler Scheißkerl war.«

Ihre Mutter sei während ihres Studiums an Krebs gestorben und habe nicht mehr die Gelegenheit gehabt, zu sehen, wie ihre einzige Tochter ihre Diplomurkunde entgegennahm. »Das tut mir so leid. Ich wollte immer, dass sie stolz auf mich sein kann.«

»Das ist sie ganz bestimmt.«

Marina nickte, hatte den Blick aber abgewandt.

»Und was ist mit Ihren Brüdern?«

Ein Schatten huschte über ihr Gesicht. »Sagen wir einfach, sie sind in die Fußstapfen meines Vaters getreten. Ich bin mir sicher, Ihre Kollegen in den Midlands haben mehr Kontakt zu ihnen als ich.«

Phil hob eine Braue, hakte aber nicht weiter nach.

»Und Sie – stammen Sie aus Colchester?«, fragte sie. »Haben Sie Ihr ganzes Leben hier verbracht?«

»Noch nicht«, versetzte er in der Hoffnung, es würde ihr damit ein Lachen entlocken. Sie tat ihm den Gefallen, aber mehr aus Höflichkeit. »Sie sind also nicht verheiratet«, sagte er und wechselte das Thema. »Gibt es denn … jemanden?«

Sie sah ihn mit unergründlicher Miene an. »Ich lebe mit jemandem zusammen.«

Phil wurde das Herz schwer. »Oh.«

Marina zuckte mit den Schultern. »Es ist … wir sind schon eine ganze Weile zusammen.«

»Verstehe.«

»Er ist … ich war seine Studentin. Er mein Dozent.« Sie hielt kurz inne. »Aber wir haben gewartet, bis das Semester zu Ende war. Na ja, mehr oder weniger. Er war für mich so etwas wie …«

»Eine Vaterfigur?«

»Vermutlich.« Und dann, bevor Phil etwas sagen und erneut das Thema wechseln konnte, redete sie einfach weiter. »Wir sind schon so lange zusammen. Vielleicht wird es allmählich Zeit, dass ich … manchmal komme ich mir vor wie seine …« Sie blickte in ihren Wein und ließ ihn im Glas kreisen. »Keine Ahnung. Also, das ist meine Geschichte. Was ist mit Ihnen?«

Weil Marina so ehrlich zu ihm gewesen war, fand Phil, dass er ihr dasselbe schuldete. Er begann zu erzählen, und Marina hörte aufmerksam zu.

Er erzählte ihr von dem Schmerz, verlassen worden zu sein, und davon, wie es gewesen war, in verschiedenen Kinderheimen und Pflegefamilien aufzuwachsen, bis Don und Eileen Brennan ihn bei sich aufgenommen hatten.

»Sie haben mir alles gegeben, was mir bis dahin gefehlt hatte. Ein Zuhause. Das Gefühl, endlich dazuzugehören. Ein … ich weiß auch nicht … ein Ziel im Leben.« Er lächelte und trank einen Schluck von seinem Wein. »Tut mir leid. Es fällt mir schwer, darüber zu reden. Ich kann mich nicht sehr gut ausdrücken.«

Sie legte ihre Hand auf seine und lächelte. »Sie haben mir alles gesagt.«

Wieder trafen sich ihre Blicke, und ihre Augen sagten genau dasselbe.

Sie fuhren vom Restaurant direkt in seine Wohnung.

Er hatte nicht die Zeit, ihren Körper auf sich wirken zu lassen, bevor sie begannen, sich zu lieben. Seine Nervosität verflog, und sie fanden rasch zu einem gemeinsamen Rhythmus. Instinktiv schien jeder zu ahnen, was dem anderen gefiel, als seien sie durch eine Art sinnliche Telepathie miteinander verbunden. Der Sex war heiß und intensiv, aber es ging dabei um mehr als nur rein körperliche Empfindungen.

Irgendwann, als sie gerade auf dem Rücken lag, die Beine um ihn geschlungen, hatte er die Augen geöffnet und gesehen, wie sie ihn anblickte. Sie hatte gelächelt. Und in dem Augenblick wusste er, dass die Gefühle zwischen ihnen stärker waren als bloße Begierde oder körperliche Anziehung. Es war tiefer als jede Verbindung, die er bisher zu einem anderen Menschen gehabt hatte. Es löste eine unbeschreibliche Erregung in ihm aus.

Und es machte ihm unvorstellbare Angst.

Er kam.

Später, als sie erschöpft und eng umschlungen auf dem Bett lagen, versuchte Phil zu begreifen, was gerade geschehen war. Er sah Marina von der Seite an und wusste, dass es ihr genauso ging. Es war das Gewaltigste, was ihm je in seinem Leben widerfahren war. Er war einfach hingerissen. Und immer noch zu Tode erschrocken.

Das Licht des frühen Morgens sickerte durch die Vorhänge. Sie hatten kaum geschlafen. Phil schaltete den CD-Player ein, und Elbow erklang leise im Hintergrund: »One Day Like This«. Das euphorische Liebeslied passte genau zu seiner Stimmung.

»Bekommst du keinen Ärger zu Hause?«

Ihr Gesicht lag halb im Schatten. »Überlass das nur mir.«

»Okay.«

»Gewöhnlich mache ich so etwas nicht«, sagte sie.

»Was? Du machst es lieber ungewöhnlich?«

Sie stupste ihn an. »Du bist zum Totlachen. Ich meine das hier. Mit anderen Leuten ins Bett springen.«

»Leuten? Willst du jetzt einen Dreier? Vierer?«

Ein weiterer Stups. »Du weißt genau, was ich meine!«

Phil lachte. »Ich weiß. Und warum hast du es gemacht?«

Ihre Blicke trafen sich. »Warum hast du mich um ein Date gebeten?«

Phil wich ihrem Blick aus, die Nähe zwischen ihnen war ihm zu intensiv. »Es schien mir das einzig Richtige.«

»Das war es auch«, sagte sie leise.

Phil wusste nicht, was er darauf erwidern sollte. Also hielt er sie nur noch fester. Spürte, wie die Wunden der Vergangenheit und die Unsicherheit sich verflüchtigten und einem wunderschönen, beängstigenden Frieden und einer Liebe Platz machten, die bis tief in seine Seele reichte. Er hielt Marina, als könne sie jeden Augenblick aufhören zu existieren. Er wusste, dass sie ähnlich empfand. Und wusste, was auch immer die Zukunft bereithielt, sein Leben würde nie mehr dasselbe sein.

Phil zeigte mit der Fernbedienung auf die Anlage und brachte Elbow zum Verstummen, bevor der Song an die Reihe kam, der ihn an Marina erinnerte. Das wäre nicht vernünftig gewesen: Als würde man ständig an einer Wunde kratzen und sie so am Heilen hindern.

Er leerte seine Bierflasche und betrachtete das restliche Essen vor sich auf dem Tisch. Er hatte keinen Appetit. Im Kühlschrank war noch eine zweite Flasche, falls er sie brauchen würde. Er spürte einen leichten Kopfschmerz, versuchte aber, ihn zu ignorieren. Er durfte sich nicht gehen lassen. Er hatte noch viel zu tun.

Er versuchte, alle Gedanken an Marina aus seinem Kopf zu verbannen und seine Aufmerksamkeit auf die Geschehnisse des Tages zu richten. Er musste sein Herz vor ihr verschließen, Berufliches und Privates strikt trennen und sich darauf konzentrieren, einen Mörder zu finden. Und ein Baby.

Er ließ die Ereignisse des Tages noch einmal Revue passieren. Angefangen mit der Entdeckung der Leichen, durchforstete er jedes Detail auf der Suche nach Hinweisen, die ihm vielleicht entgangen waren und die ihm Verbindungen offenbaren könnten, die ihm bisher verborgen geblieben waren.

Er verdrängte die Einsamkeit in seiner Wohnung und in seinem Leben.

Konzentrierte sich ganz auf seine Aufgabe.

Und merkte nicht, dass er dabei Marinas Lied vor sich hin summte.

30

Marina stand am Fenster und wünschte sich, dass das Glas Apfelsaft mit Mineralwasser in ihrer Hand etwas Stärkeres enthielte. Jenseits des Gartens lag ein schmaler Fußweg und dahinter zog der Fluss Colne träge vorbei. Ihr Haus, ein Ziegelcottage, über dessen Veranda Klematis rankte, lag in Wivenhoe, einem malerischen kleinen Fischerdorf, das mittlerweile fast vollständig von Akademikern bewohnt wurde, die an der nahe gelegenen Universität lehrten. Im Dorf herrschte eine Atmosphäre entspannter Kultiviertheit. Es war ein heimeliger, sicherer Ort. Aber während sie so dastand und das Glas an die Lippen hob, empfand Marina nichts von alldem.

Tony bereitete gerade ein spätes Abendessen zu. Nichts Besonderes, nur Pasta Arrabiata. Eigentlich wäre Marina an der Reihe gewesen zu kochen, aber Tony hatte nur einen Blick auf sie geworfen, als sie nach Hause gekommen war, ihr ein Glas Saft in die Hand gedrückt, sie auf die Stirn geküsst und verkündet, dass er für sie übernehmen werde. Sie hatte einen halbherzigen Versuch unternommen, das Angebot abzulehnen.

»Nein«, hatte er gesagt, die Lesebrille noch auf der Nasenspitze, »mein letztes Seminar war um fünf zu Ende, und seitdem habe ich außer lesen und Wein trinken nichts getan.« Er hatte ihr in einen Sessel geholfen, als sei sie ein Invalide, ihr eine Zeitung gereicht und war, höchst zufrieden mit sich und seiner Fürsorglichkeit, in der Küche verschwunden. Sie hatte lächelnd eingelenkt. *Er ist so gut zu mir*, dachte sie bei sich.

Das Wohnzimmer ihres Hauses war voll mit Büchern, kuriosen Möbelstücken, Bildern, Pflanzen und Wandbehängen. Bei der Einrichtung hatten sie sich Mühe gegeben, ihren Besuchern – und sich selbst – den Eindruck zu vermitteln, dass sie interessante Leute waren, die ein großartiges Leben führten. Es war das genaue Gegenteil des Hauses, in dem sie aufgewachsen war. Aber als sie nun ans Fenster trat und hinaus auf den trägen, dunklen Fluss blickte, hatte Marina das Gefühl, als gehöre all das zu jemand anderem, nicht zu ihr.

Aus der Küche drang leise Musik herüber – leichte brasilianische Rhythmen, eine CD, die Tony gekauft hatte –, vermischt mit köstlichen Düften, die ihren Magen an jedem anderen Abend zu einem erwartungsvollen Knurren veranlasst hätten. Aber nicht heute. Sie nahm einen Schluck von ihrem Saft und verzog das Gesicht. Sie war enttäuscht von sich. Warum wollte sie etwas, was sie nicht haben konnte?

Unwillkürlich sah sie Claire Fieldings Leiche vor sich und die von Julie Simpson. Auch die anderen zwei Mordopfer. Phil hatte recht gehabt mit dem, was er über den Tatort gesagt hatte. Es war trostlos, als hätten sie nicht dort sein sollen. Weil das Leben längst weitergezogen war.

Phil. Sie hatte sich damals genau zurechtgelegt, was sie ihm sagen wollte, wenn sie sich das nächste Mal sahen. Immer wieder. Aber die Wochen waren verstrichen, und irgendwann hatte sie sich damit abgefunden, dass sie ihn nie wiedersehen würde. Und vielleicht, hatte sie sich einzureden versucht, war es auch das Beste so. Sie war mit Tony zusammen, sie erwartete ein Kind und musste sich um ihre noch junge Praxis kümmern. Das Leben ging weiter. Oder zurück. Zurück in die Sicherheitszone.

Doch jetzt arbeiteten sie wieder zusammen. Und sie hatte nichts von dem, was sie sich überlegt hatte, über die Lippen gebracht. Denn jedes Mal, wenn sie auch nur an Phil dachte, sah sie Michael Fletchers Gesicht vor sich. Ihre verschlossene Bürotür. Jedes Mal stieg dann wieder die kalte Angst in ihr hoch. Es war einfach alles zu viel.

Ihr war erst bewusst geworden, in was für eine Routine sie verfallen war, als die Polizei sie zum Gemma-Hardy-Fall hinzugezogen hatte. Ohne dass sie es gemerkt hatte, war sie träge geworden. Alles drehte sich um ihren Job, ihre Rentenversicherungsbeiträge – und um Tony, ihren ruhenden Pol.

Aber sie hatte ja gar keinen aufregenden Mann gewollt. Vor Tony hatte es sie instinktiv immer wieder zu Männern hingezogen, die ihrem Vater ähnelten. Sie wusste, wie unreif – ganz zu schweigen von ungesund – dieses Verhalten war, aber trotzdem verfiel sie immer wieder in dasselbe Muster. Bis sie eines Tages in den Spiegel geschaut und sich ernsthaft gefragt hatte, was sie da eigentlich tat. Und festgestellt hatte, dass es so auf keinen Fall weitergehen konnte.

Dann war Tony in ihr Leben getreten. Ein guter Mensch, verlässlich und fürsorglich. Ein angenehmer, ausgeglichener Charakter. Er war alt genug, um ihr Vater zu sein, aber in jeder anderen Hinsicht sein genaues Gegenteil. Zwar jagten ihr keine Schauer der Erregung durch den Körper, wenn sie mit ihm zusammen war, aber sie fühlte sich bei ihm geborgen. Er war gut zu ihr. Und das, so sagte sie sich, war mehr, als viele andere Männer von sich behaupten konnten. Er bat sie um ein Date, sie sagte ja. Bald darauf waren sie ein Paar. Als Nächstes schlug er ihr vor, bei ihm einzuziehen, aus ihrer

Wohnung mitten in der Stadt in sein Cottage nach Wivenhoe. Sie hatte es getan. Und fühlte sich wohl dabei. Zufrieden. Das hatte sie zumindest geglaubt.

Als man im Gemma-Hardy-Fall an sie herantrat, war sie bereit für eine neue Herausforderung. Und die bekam sie auch. Die Arbeit verlangte ihr alles ab und beanspruchte sie auf eine ganz neue Art und Weise. Zunächst war ihr ein wenig mulmig dabei, Sachverhalte, mit denen sie sich bisher ausschließlich in der Theorie beschäftigt hatte, auf die Praxis zu übertragen, noch dazu in einem Fall, in dem das Leben einer jungen Frau auf dem Spiel stand. Aber gleichzeitig eröffnete es ihr völlig neue Horizonte. Und als sie dem Ermittlerteam dann auch noch ein Ergebnis liefern konnte, verschaffte ihr das eine Befriedigung, die sie als Dozentin nie verspürt hatte – und auch nie verspüren würde.

Außerdem lernte sie Phil kennen.

Sie wusste es, schon als sie ihn zum ersten Mal sah. Da war etwas zwischen ihnen, eine sofortige Anziehungskraft. Zuerst hatte sie versucht, sich einzureden, es sei nichts weiter als ein Nebeneffekt der ungewohnten, aufregenden Arbeit, und sie verwechsle eine Mischung aus Adrenalin und körperlichem Begehren mit etwas Stärkerem, Wahrhaftigerem. Aber je mehr Zeit sie mit ihm verbrachte, desto überzeugter war sie, dass sie tatsächlich etwas Tieferes verband: Ihre Seelen waren sich ähnlich. Sie erkannte etwas in ihm, etwas, dem sie in dieser Form noch nie bei einem anderen Menschen begegnet war und das sie bisher nur bei sich selbst entdeckt hatte. Sie wusste: Wenn es einen Mann gab, der sie verstehen konnte – vollkommen verstehen –, dann war er es.

Daher hatte sie, als er sie um ein Date gebeten hatte, nicht abgelehnt. Trotz Tony. Sie schlief sogar mit Phil. Mehrmals.

Und war überrascht, dass sie, statt ein schlechtes Gewissen zu haben, weil sie Tony betrog, zunehmend das Gefühl hatte, dass ihre Zukunft bei Phil lag.

Dann kam Martin Fletcher.

Der Gemma-Hardy-Fall war abgeschlossen, Fletcher war gefasst, und das Team hatte gefeiert. Marinas erster Ausflug in die Polizeiarbeit war ein voller Erfolg gewesen, und sie hatte sich sofort bereit erklärt, auch weiterhin mit der Polizei zusammenzuarbeiten. Sie freute sich auf die Zukunft.

Sie war an ihren Lehrstuhl zurückgekehrt und saß eines Abends noch spät in ihrem Büro, um einen Teil des Papierkrams zu erledigen, der sich während ihrer Abwesenheit angesammelt hatte. Sie hatte sich für später noch mit Phil verabredet. Er wollte sie an der Universität abholen, weil er neugierig war, wo sie arbeitete. Sie freute sich schon darauf, ihm ihr Büro zu zeigen. Angst, auf dem Campus mit einem anderen Mann gesehen zu werden, hatte sie nicht, zumal sie ohnehin beschlossen hatte, Tony bei der nächsten Gelegenheit zu sagen, dass sie sich von ihm trennen wolle. Damit er sie an diesem Abend nicht anrief, hatte sie vorsichtshalber das Handy ausgeschaltet.

Irgendwann klopfte es an der Tür, zunächst zaghaft, dann lauter. Sie blieb am Schreibtisch sitzen und bat den Besuch einzutreten. Als sie dann aufblickte, blieb ihr fast das Herz stehen. Der Kugelschreiber fiel ihr aus der Hand.

Vor ihr stand Martin Fletcher.

»Was … was wollen Sie hier?«

Er sah sich um, als suche er die Antwort auf ihre Frage irgendwo in ihren Bücherregalen. Dann blickte er sie direkt an.

»Dich«, sagte er. Und dann noch einmal: »Dich.«

Marinas Herz machte einen Satz. Sie warf einen raschen

Blick zur Tür, kalkulierte die Entfernung, die Hindernisse auf dem Weg dorthin. Fletcher musste derselbe Gedanke gekommen sein. Er wirbelte herum und, bevor sie auch nur von ihrem Stuhl aufspringen konnte, hatte er schon die Tür von innen abgeschlossen und sich dagegengelehnt.

»Wehe, du schreist«, sagte er drohend. »Wehe.«

Sie schluckte. Sie hatte das Gefühl, als säße ihr ein Steinklumpen im Hals. »Es … ich erwarte Besuch. Er kann jede Minute hier sein.«

»Niemand wird kommen. Alle sind nach Hause gegangen.«

»Doch, es kommt jemand.« Sie atmete so schwer, dass sie das Gefühl hatte, ihr Herz müsste zerspringen. »Phil … Phil Brennan. Der Detective Inspector. Wir sind hier verabredet.«

Furcht zuckte über Fletchers Züge, als sie Phils Namen erwähnte. Trotz ihrer Furcht dachte Marina wie eine Psychologin. *Er hat Angst vor der Polizei, aber nicht vor mir. Er ist wütend, aber er kann es nicht an ihnen auslassen, also hat er mich als Zielscheibe gewählt.* Der Gedanke war alles andere als beruhigend.

»Warum sind Sie überhaupt auf freiem Fuß?«, fragte sie. »Ich dachte, Sie sitzen in Untersuchungshaft.«

Er lächelte. Es war ein unheimliches Lächeln, als lausche er einem Witz, den ein Geist ihm ins Ohr flüsterte. »Man hat mich freigelassen. Auf Kaution. Eine Formsache.« Dann kehrte die Wut zurück. »Du. Du hast mein Leben ruiniert!«

»Nein, das habe ich nicht.«

»O doch, das hast du!« Er wurde immer wütender. Er stieß sich von der Tür ab und kam langsam auf sie zu. »Du hast mir mein Leben weggenommen. Hast meine Freundin Gemma gegen mich aufgehetzt. Das ist alles deine Schuld!«

Marina sah sich nach einer Waffe um, nach irgendetwas,

womit sie sich verteidigen konnte. Sie fand nichts. *Phil*, dachte sie, *beeil dich* …

Fletcher durfte nicht aufhören zu reden, sie musste versuchen, sich mit ihm auseinanderzusetzen. »Nein, Martin, Sie irren sich. Ich habe Ihr Leben nicht zerstört.«

»Hast du wohl!«

Seine unverhohlene Wut ließ sie zusammenzucken. Sie zwang sich, ruhig zu bleiben. Atmete tief ein. »Nein. Nein, das habe ich nicht. Und Gemma war nicht Ihre Freundin. Ihre Freundin war Louisa, Gemmas Mitbewohnerin.«

»Nein!« Er hob die Hände und begann seine Schläfen mit den Fäusten zu bearbeiten. »Nein, nein, nein!«

»Doch, so war es, Martin. Louisa war Ihre Freundin. Nicht Gemma.«

»Nein, nein …«

»Gemma war Louisas Mitbewohnerin. Aber nicht Ihre Freundin. Vergessen Sie sie, Martin, Sie müssen sie loslassen …«

Seine nächsten Worte waren unverständlich und gingen in laute Schmerzensschreie über, während er immer weiter auf sich einschlug, die Augen fest zugekniffen, als versuche er, sich ihre Worte aus dem Kopf zu schlagen.

Erneut sah sich Marina nach einer Waffe um. Ihr Handy war ausgeschaltet, sonst hätte sie um Hilfe rufen können. Sie sah das Telefon auf dem Tisch. Wenn sie es erreichen könnte, ganz schnell eine Nummer wählte …

Vorsichtig warf sie einen Blick auf Martin Fletcher. Er hatte immer noch die Augen geschlossen und schlug weiterhin auf sich ein. Ihr Blick ging zurück zum Telefon. Sie konnte es schaffen. Sie musste nur die Hand ausstrecken, es zu fassen bekommen …

Gerade als sich ihre Hand um den Hörer schloss, öffnete Fletcher die Augen und stürzte sich mit einem Schrei auf sie. Sie versuchte noch eine Nummer zu tippen, aber er war bereits bei ihr, seine Hand über ihrer, entriss ihr den Hörer, zerrte das Telefonkabel aus der Steckdose und schleuderte es zu Boden.

»Miststück! Das wirst du mir büßen!«

Sie machte einen Satz in Richtung Tür, wusste aber, dass sie es voraussichtlich nicht dorthin schaffen würde. Sofort hatte Fletcher sie gepackt und zerrte sie an den Haaren zurück. Sie fuhr sich mit den Händen an den Kopf und versuchte, seine Finger aufzuzwängen, aber vergeblich. Sie spürte, wie ihr Haare ausgerissen wurden, als er sie brutal zu Boden schleuderte.

Instinktiv rollte sie sich zu einer Kugel zusammen, um sich zu schützen, während sie panisch nach Luft schnappte. Sie ahnte, dass er jeden Moment über sie herfallen würde, schloss die Augen und schützte Gesicht und Kopf mit den Armen.

»Bitte tun Sie mir nichts …«

Er kniete sich auf sie. Sein Gewicht drückte ihr die Luft ab. Grob schlug er ihr eine Hand auf den Mund. »Halts Maul! Sag ja kein Wort. Kein Geschrei, verstanden? Ich warne dich.«

Sie ließ die Augen fest zu. Sagte immer wieder dieselben Worte vor sich hin wie ein stummes Gebet: *Phil kommt bald, Phil kommt bald …*

Dann begann er sie zu schlagen. Sie erschrak mehr, als dass es ihr weh tat. Doch dann versuchte er ihr Gesicht zu treffen, und instinktiv hob sie die Hände, um ihn abzuwehren.

»Miststück! Du dreckiges Miststück …«

Er steigerte sich immer weiter in seine Rage hinein. Die Schläge wurden heftiger. Plötzlich spürte sie einen Faustschlag gegen die Rippen. Sie stöhnte auf vor Schmerz. Dann noch einen. Und noch einen.

Sie musste irgendetwas tun, bevor er vollends die Kontrolle über sich verlor.

Vorsichtig öffnete sie die Augen, immer auf den nächsten Schlag gefasst. Fletcher hatte die Augen fast geschlossen, sein Gesicht war zu einer hässlichen Fratze verzerrt. Sie drehte den Kopf zur Seite und sah das Telefon am Boden liegen. Das musste reichen.

Es gelang ihr, den linken Arm unter seinem Körper hervorzuziehen. Gut. Sie streckte ihn aus und tastete mit der Hand nach dem Telefon. Bekam es zu fassen. Sie zuckte unter dem nächsten Schlag zusammen, doch dann packte sie den Apparat so fest sie konnte, riss ihn hoch und schlug zu.

Das Telefon traf Martin Fletcher seitlich am Kopf. Da sie kein Risiko eingehen wollte, schlug sie noch einmal mit voller Wucht zu.

Er riss die Augen auf und starrte sie an. Der Zorn war verschwunden und hatte Entsetzen Platz gemacht. Ihr blieb keine Zeit, über seine Reaktion nachzudenken, sie musste sie ausnutzen. Also hob sie das Telefon ein drittes Mal und ließ es mit einem lauten Wutschrei auf seinen Kopf niedersausen.

Martin Fletcher kippte benommen zurück. Marina nutzte die Gelegenheit, um sich unter ihm hervorzuwinden. Sie sprang auf, stürzte zur Tür und versuchte, den Schlüssel im Schloss herumzudrehen, doch ihre Hände zitterten so sehr, dass sie ihn nicht richtig zu fassen bekam. Stattdessen begann sie, wie wild gegen die Tür zu trommeln.

»Hilfe! Helft mir! So hilf mir doch jemand! Hilfe!«

»Nein … nicht … hören Sie auf … bitte …« Martin Fletchers Stimme war auf einmal heiser und winselnd. Er hockte noch immer auf dem Fußboden und rieb sich den Kopf an der Stelle, wo ihn das Telefon getroffen hatte. Aus einer Platzwunde begann Blut zu sickern.

Marina beachtete ihn nicht, sondern schrie aus Leibeskräften weiter.

»Nein, bitte nicht …«

Sein Zorn war verraucht, geblieben war nur noch diese zitternde, ängstliche Stimme. Sie drehte sich zu ihm um. Einmal mehr regte sich die Psychologin in ihr.

»Sie haben Ihre Macht verloren, Martin. Ich habe keine Angst mehr vor Ihnen …«

Er kroch von ihr fort, kauerte sich in einer Ecke des Zimmers zusammen und bedeckte den Kopf schützend mit den Händen.

Da ertönte lautes Pochen an der Tür.

»Phil!«, schrie Marina, so laut sie konnte. »Ich bin hier drin!«

Mehrere Stimmen drangen gedämpft durch das dicke Holz der Tür. Sie gaben Marina neue Kraft, und endlich gelang es ihr, den Schlüssel herumzudrehen.

Die Tür wurde aufgerissen. Draußen standen zwei Austauschstudenten mit einem Mann von der Putzkolonne. Keine Spur von Phil.

Sie drehte sich erneut zu Martin Fletcher um. Der war inzwischen aufgestanden und versuchte, aus dem Fenster zu klettern.

Marina wollte auf ihn zustürzen, aber er brüllte ihr etwas zu, das sie jäh innehalten ließ.

»Bleib, wo du bist, oder ich springe!«

Marina gehorchte. »Kommen Sie, Martin, seien Sie nicht

dumm. Sie werden sich das Genick brechen, wenn Sie von hier oben springen. Wollen Sie sich umbringen?«

»Ich hätte nicht herkommen sollen …« Martin Fletcher schluchzte. »Das ist alles meine Schuld. Nur meine Schuld. Ich hätte niemals herkommen dürfen …«

»Das ist doch alles halb so schlimm, Martin. Kommen Sie ins Zimmer zurück, dann können wir in Ruhe darüber reden …« Stück für Stück schob sie sich näher an ihn heran.

Er zog sich weiter auf die Fensterbank zurück. »Ich hab gesagt, stehenbleiben!«

Marina erstarrte.

»Mein Leben ist vorbei. Endgültig vorbei. Ich muss ins Gefängnis, und da steckt man mich mit Vergewaltigern und Kinderschändern zusammen …«

»Martin …«

»Sagen Sie Gemma, sagen Sie Gemma … ich habe sie geliebt …«

»Martin, nicht!«

Ihre Worte verhallten ungehört. Er war gesprungen.

»Noch fünf Minuten, dann ist das Essen fertig!«

Tonys Ankündigung holte Marina jäh in die Gegenwart zurück. Sie murmelte eine Antwort und leerte ihr Glas.

Das war das Ende gewesen. Martin Fletcher war bei seinem Sprung aus dem Fenster ums Leben gekommen. Und Phil war nicht da gewesen, um ihr zu helfen. Um sie zu retten. Sobald er gehört hatte, was passiert war, hatte er versucht, sich mit ihr in Verbindung zu setzen. Sie hatte seine Anrufe nicht entgegengenommen. Kurz darauf hatte sie festgestellt, dass er versucht hatte, sie anzurufen, als ihr Handy ausgeschaltet gewesen war. Er hatte ihr auf die Mailbox gesprochen, dass er später käme oder es schlimmstenfalls gar nicht schaffen würde. Ein Mord sei geschehen, und er sei an den Tatort gerufen worden.

Aber das machte es in ihren Augen nicht besser. Nichts führte an der simplen Tatsache vorbei, dass sie ihn gebraucht und er sie im Stich gelassen hatte. So einfach war das.

Sie konnte nicht anders empfinden. Es war das italienische Erbe in ihr, dem sie nicht entkommen konnte. Wenn ein Mann einer Frau versprach, für sie da zu sein, dann musste er dieses Versprechen auch halten. Ohne Wenn und Aber. Und wenn er es nicht hielt, wenn er sie im Stich ließ, dann hatte sie jedes Recht, wütend auf ihn zu sein.

Über eine Woche lang schreckte sie nachts schreiend aus dem Schlaf hoch, und jedes Mal war Martin Fletchers Gesicht das Letzte, was sie vor dem Aufwachen sah. Tony kümmerte sich rührend um sie. Der liebe, verlässliche Tony. Er war ein wahrhaft guter Mensch, jemand, der immer zur Stelle war, wenn sie ihn brauchte.

An die Universität wollte sie um keinen Preis zurück. Nicht nach dem, was dort passiert war. Also hatte sie ihren Lehrauftrag an den Nagel gehängt und sich selbständig gemacht.

Dann hatte sie festgestellt, dass sie schwanger war. Tony hatte damit kein Problem. Im Gegenteil, er freute sich auf das Kind. Falls sie gedacht hatte, dass für ihn ein Kinderwagen im Flur das Ende der Romantik zwischen ihnen bedeutete, war sie im Irrtum. Andererseits war Tony ohnehin kein besonders romantisch veranlagter Mensch. Auch dass ein Baby ihn in seiner Freiheit einschränken würde, machte ihm nichts, da er so gut wie nie ausging.

Dementsprechend war er derjenige, der streng darüber

wachte, dass sie keinen Tropfen Alkohol mehr trank. Er hatte Vorschläge gemacht, wie man das Arbeitszimmer im ersten Stock zum Kinderzimmer umfunktionieren könne, hatte Farbkombinationen für die Tapete und sogar Motive für Wandbilder ausgesucht. Er war sogar so weit gegangen, einen Katalog aus dem Babyfachgeschäft zu besorgen und sie nach ihrer Meinung zu verschiedenen Kinderwagenmodellen zu befragen. Oft wünschte sie sich, sie könne die Zeit ihrer Schwangerschaft so genießen wie er. Stattdessen fühlte sie sich bloß verunsichert und niedergeschlagen.

Einmal hatte sie Phil danach noch gesehen. Er hatte auf sie gewartet, als sie an einem ihrer letzten Tage an der Universität aus ihrem Büro gekommen war. Sie hatte ihn hinter einer Säule lauern sehen und war sofort in die andere Richtung gegangen. Er war ihr hinterhergekommen.

»Marina, bitte …«

Sie lief schneller.

»Bitte …«

Doch sie war einfach weitergegangen, ohne ihn zu beachten. Irgendwann war ihm klar geworden, dass seine Worte an ihr abprallten. Er war stehengeblieben und hatte sie laufen lassen. Hinaus aus seinem Leben.

Als sie um die nächste Ecke gekommen war, hatte sie sich plötzlich in einem menschenleeren Teil des Campus wiedergefunden. Dort hatte sie sich gegen eine Wand gelehnt und hatte sich die Seele aus dem Leib geschluchzt.

Irgendwann war sie dann nach Hause gefahren. Tony hatte gerade irgendeine politische Talkshow im Fernsehen gesehen. Sie war an ihm vorbei nach oben gegangen und hatte sich ins Bett gelegt. Das war das Ende von ihr und Phil gewesen.

Bis zu Ben Fenwicks Anruf.

»Ich tue jetzt die Nudeln auf!«, rief Tony aus der Küche.

Marina rief zurück, sie komme gleich. Wieder sah sie auf den sich träge dahinwälzenden Fluss hinaus. Sie dachte an die toten Frauen und an das verschwundene Baby. Und an Phil. Vergeblich versuchte sie, ihn aus ihrem Kopf zu verbannen. Aber da war er. Seine Augen blickten direkt in ihre.

»Hab ich noch Zeit für eine Dusche?«, rief sie.

»Na ja, eigentlich ist das Essen jetzt fertig …« Tony kam ins Wohnzimmer und sah sie forschend an. Sah, wie müde und abgespannt sie war. Lächelte. »Schon gut, geh ruhig duschen. Ich halte es so lange warm.«

Sie rang sich ein Lächeln ab und machte sich auf den Weg die Treppe hinauf ins Bad, während sie krampfhaft versuchte, die widersprüchlichen Gefühle zu ignorieren, die in ihr tobten.

Ihr Arm lag die ganze Zeit über ihrem Bauch.

31

Gewaltsam hielt er die Henne auf dem quadratischen Holzblock fest. Die Augen des Tiers waren weit aufgerissen, der Schnabel war geöffnet, aber sie hatte so viel Angst, dass sie still war. Sie konnte nicht um Hilfe schreien, also lag sie einfach nur da, während die schwere, schwielige, schmutzverkrustete Hand sie unerbittlich niederdrückte.

Das Holz war nach Jahren des Gebrauchs von zahlreichen Hieben zerfurcht und fleckig von Blut.

Die Henne sah auf und schlug ein letztes Mal mit den Flügeln, dann lag sie still in Erwartung ihres Schicksals. Die Klinge des Beils sang in der kalten Morgenluft, durchschnitt Federn, Haut, Fleisch und Knochen und landete schließlich mit einem dumpfen Aufprall im Holz. Blut gurgelte aus der Wunde, der Kopf der Henne rollte zur Seite. Schwarze Augen starrten blicklos in den Himmel. Der Körper des Tiers zuckte noch ein paar Mal wie unter Strom. Die Hand hielt ihn weiter fest, so lange, bis die Zuckungen verebbt waren.

Danach wischte er sich die Hände an seinem langen Mantel ab. Das Blut hinterließ glänzende Schlieren auf dem dunklen Stoff. Bald schon würde es tief ins Gewebe einziehen und sich dort mit anderen, älteren Flecken verbinden.

Er richtete sich auf und sah sich um. Das Haus stand an der Mündung des Flusses, nicht weit vom sandigen Ufer entfernt. Das Wasser wälzte sich träge in Richtung Meer, es schimmerte glatt und ölig im Licht des frühen Morgens. Die Landschaft war flach und trist. Marschland ging in einen sandigen Uferstreifen über, dann kam der Fluss und schließlich das Meer. Jetzt im Spätherbst waren die Bäume dürr und kahl und sahen aus wie Knochenskulpturen, mit dunklem Blut in den Himmel gemalt.

Er legte das Beil beiseite und schloss die Augen. Alles war anders an diesem Morgen. Denn Hester war keine Mutter mehr.

Sie hatte nachts die meiste Zeit wach gelegen und das Baby betrachtet. Es war faszinierend, anzusehen, wie sein winziger Brustkorb sich hob und senkte, seine Fäustchen sich öffneten und schlossen, als griffen die Finger nach unsichtbaren Kreaturen. Engeln vielleicht oder Dämonen. Hin und wieder verzog sich sein Gesicht, und der Mund machte zuckende Kaubewegungen. Es wirkte wie aus einem Disney-Cartoon. Als wäre es kein echtes Baby, das im Sterben lag, sondern bloß ein Spezialeffekt.

Mit der Zeit wurde es immer schwächer, bis es sich schließlich nicht mehr bewegte. Sein Atmen wurde flach, hörte irgendwann ganz auf. Gesicht und Hände waren still. Noch immer von dem Anblick gefesselt, legte Hester ihren Kopf neben den des Babys, rutschte ganz nah heran und versuchte, den letzten Atemzug zu hören, der seinen kleinen Körper verließ. Seinen letzten Seufzer. Sie verpasste ihn, aber das änderte nichts: Das Baby war tot.

Es lag reglos in seinem Bettchen, als warte es darauf, dass jemand kam und seine Batterien auswechselte. Hester stupste es an. Es bewegte sich nicht. Wieder knuffte sie es, diesmal heftiger. Noch immer zeigte es keine Reaktion. Dann mit beiden Händen. Es wackelte hin und her, lag aber wieder in seiner ursprünglichen Position, als sie davon abließ.

Das war es also. Das Baby war tot. Hester war keine Mutter mehr.

In diesem Augenblick spürte sie etwas, einen Schmerz im Innern, als sei ihr etwas weggenommen worden, was niemals ersetzt werden konnte. Diese Empfindung löste eine Erinnerung in ihr aus. Ein älteres, ganz ähnliches Gefühl, dass etwas aus ihrem Körper genommen worden war. Verzweifelt kämpfte sie gegen die Erinnerung an. All die Jahre hatte sie versucht, sie aus ihrem Kopf zu verbannen, denn immer wenn sie plötzlich in ihr hochkam, spürte sie dabei einen Schmerz, der so schlimm war, dass sie es kaum aushalten konnte. Dann stürzte sie in eine tiefe Depression, die Tage oder sogar Wochen andauern konnte. Wie ein Gespenst schlich sie durchs Haus und vernachlässigte ihre Arbeit. Statt Essen zu kochen, weinte sie bloß über ihren Verlust. Und sie konnte nichts dagegen tun. Sie konnte bloß warten, bis es vorüber war.

Sie musste dagegen kämpfen. Schob sich die Hände zwischen die Beine und presste ihre Schenkel fest zusammen.

»Nein … nein … komm nicht zurück, alles ist in Ordnung. Alles wird gut …« Währenddessen schaukelte sie auf dem Bett vor und zurück.

Es half nichts. Die Erinnerung war bereits da. Wieder einmal spürte sie den schneidenden Schmerz der Schuld, die Scham und die Demütigung. Sah sich selbst, wie sie nackt auf dem Boden herumkroch, während Blut und andere Sekrete aus ihr herausflossen. Die grausamen, hasserfüllten Worte dröhnten in ihren Ohren. Und all der Schmerz, der sich durch ihren Körper fraß, wie wild in ihrem Kopf hämmerte. Es war mehr, als ein einzelner Mensch ertragen konnte – oder in jedem Fall mehr, als der Mensch, der sie früher gewesen war, hatte ertragen können.

Sie erinnerte sich daran, wie der Schmerz und die Demütigung sie in die Küche getrieben hatten. Wie ihre Hände die Schublade öffneten. Sie konnte kaum sehen, was sie tat, so blind war sie vor Tränen, die ihr in einem unablässigen Strom das Gesicht hinabliefen.

»Hör auf … hör auf …« Zu einer Kugel zusammengerollt, die Hände noch immer zwischen die Schenkel geklemmt, wiegte sich Hester auf dem Bett vor und zurück. Aber es nützte nichts. Das tote Kind neben ihr hatte die Lawine ins Rollen gebracht. Unaufhaltsam drängten die verschütteten Erinnerungen auf sie ein.

»Oh Gott … nein …«

Sie sah ihre eigene Hand vor sich, wie sie die Schublade aufzog, nach dem Messer fasste …

»Nein …«

Sie presste die Schenkel noch heftiger zusammen, kniff die Augen zu, so fest sie konnte.

»Es soll aufhören … nein … ich will das nicht …«

Die Hand nahm das Messer, strich damit über ihre Haut … sie spürte, wie scharf die Klinge war, wie kalt am weichen Fleisch ihres Unterleibs. Sie presste sie gegen die Haut – zögerlich zunächst, nur um zu sehen, wie es sich anfühlte. Um zu prüfen, ob sie den Schmerz würde aushalten können …

Keine Worte mehr, nur noch undeutliches, ersticktes Schluchzen.

Aber was war dieser Schmerz gegen all die anderen

Schmerzen, die in ihrem Innern tobten? Sie drückte fester zu. Spürte, wie unter der Klinge aus einem Schnitt Blut tropfte. Es kitzelte, mehr nicht. So etwas konnte man nicht als Schmerz bezeichnen. Nicht wirklich. Nicht im Vergleich zu den anderen Schmerzen.

Sie spürte, wie ihre Hand zwischen ihre Beine griff, das Ding packte und langzog, immer länger …

Wild schaukelte Hester hin und her. Das Schluchzen und das Zittern wollten nicht aufhören.

Sie zog und zerrte, so weit es ging … sie wollte, dass es zu Ende war, hoffte und betete, dass der Schmerz aufhören würde, sobald sie das hier getan hatte …

Bring es hinter dich …

Und dann, mit der Erkenntnis, dass nichts schlimmer sein konnte als das, was sie im Augenblick erlebte, nahm sie das Messer in die andere Hand und stieß rasch zu.

Doch es war schwieriger, als sie gedacht hatte, nicht so einfach zu schneiden. Aber sie machte weiter, schnitt vor und zurück, vor und zurück. Der Schmerz war unendlich viel schlimmer, als sie erwartet hatte. Und das Blut, da war so viel Blut …

Sie hatte das Gefühl, jeden Augenblick ohnmächtig zu werden. Aber das ging nicht, das durfte sie nicht. Sie sah an sich herab – noch immer nicht fertig. Dieses verhasste Stück, blutig und verstümmelt, baumelte immer noch an ihrem Körper. Mit neuem Zorn setzte sie wieder das Messer an.

Ein weiterer Blutschwall.

Und dann, endlich, war es ab.

Sie hielt es in der Hand, und mit einem Mal wirkte das widerliche Stück Fleisch klein und harmlos. Ein verschrumpelter Fetzen, mehr nicht.

Hester hatte damals gelächelt, ob vor Erleichterung oder weil der Schmerz endlich nachließ, das wusste sie nicht mehr. Aber sie wusste, dass sie gelächelt hatte.

Bevor sie ohnmächtig zusammengebrochen war.

32

Als Hester die Augen aufschlug, stand sie vor dem Babybett und betrachtete das tote Baby. Der Nebel in ihrem Kopf lichtete sich allmählich.

Sie stand da und wartete darauf, dass ihr Mann kam.

Was zum Teufel ist jetzt wieder los mit dir, Weib? Was stehst du da rum?

Hastig wischte sie sich über die Augen und verscheuchte die letzten Reste ihrer Erinnerung. Auf keinen Fall sollte er wissen, dass sie wieder daran gedacht hatte. Alles, nur das nicht.

»Das … das Baby …«

Was ist damit?

»Es …« Sie musste sich zusammenreißen. Die bösen Erinnerungen vergessen. Sie zog die Hände zwischen ihren Schenkeln hervor und zeigte auf die Wanne. »Es ist gestorben …«

»Es ist tot«, wiederholte sie, als er nicht reagierte.

Das sehe ich.

»Und … was machen wir jetzt?«

Es begraben.

Also begrub sie es. Sobald es Zeit zum Aufstehen war, kletterte sie aus dem Bett und hob den inzwischen kalten, steifen Körper aus der Wanne. Sie trug ihn nach draußen und holte einen Spaten. Es war Knochenarbeit. Der hartgefrorene Boden ließ sich nur mit der Spitzhacke bearbeiten.

Wieder und wieder schwang sie die Hacke, bis sie den Boden genug gelockert hatte, um ein flaches Grab schaufeln zu können.

Als sie fertig war, stand sie eine Weile da und sah auf das Loch im Boden herab, in das die fahle Morgensonne einen flachen Schatten warf. Dann sah sie sich um. Hester und ihr Ehemann waren weit und breit die einzigen Menschen an diesem öden Uferstreifen. Sie legte die Spitzhacke beiseite und hob den winzigen Körper vom Boden auf. Der Himmel hing grau und schwer über ihr, und sie hatte das Gefühl, als wolle er sie niederdrücken, bis sie zusammen mit dem Baby unter der Erde verschwunden war.

Sie wickelte das Baby aus der Decke, in der es gelegen hatte, kniete nieder und legte den kleinen Körper in das Loch.

Als sie aufstand und herabsah, regte sich etwas in ihr. Wieder war da diese Leere, dieser seltsame dumpfe Schmerz in ihrem Innern. Er schien in ihr anzuwachsen, sich in ihrer Brust zu sammeln. Sie legte den Kopf in den Nacken und öffnete den Mund. Heraus kam ein Klageschrei, so schmerzerfüllt und herzzerreißend, dass er sogar ihr Angst machte. Er klang wie der Schrei eines verwundeten, in die Ecke gedrängten Tieres, das nicht mehr kämpfen konnte und wusste, dass es bald sterben würde. Sie schrie immer weiter, den Kopf in den Nacken gelegt, die Augen geschlossen. Sie schrie und schrie.

Sie wusste nicht, wie lange sie dort so stand. Die Zeit schien sich für Hester zu dehnen, dann wurde sie flüssig und strömte davon. Irgendwann, endlich, verfestigte sie sich wieder, und Hester schlug die Augen auf. Ihr Schrei war verstummt, ihre Kehle brannte. Sie fühlte sich leer und ausgelaugt. Sie sah sich um. Das tote Baby lag noch immer in seinem Loch. Sie hob den Spaten auf und begann, Erde darauf zu schaufeln. Jeder Spatenvoll landete mit einem flachen, dumpfen Geräusch, bis der Körper bedeckt und das Loch irgendwann wieder gefüllt war. Sie stampfte die Erde fest und richtete sich auf.

Die Leere, die sie zuvor empfunden hatte, war nicht mehr da. Der Schmerz in ihrem Innern schon. Er war zurückgekehrt, als ihr Baby langsam unter der dunklen Erde verschwand, und nun wurde er immer stärker. Mit der Scham und Wut ihrer Erinnerungen hatte er nichts zu tun, denn die hatte Hester völlig vergessen oder zumindest verdrängt. Das hier war ein unmittelbarer Schmerz. Und er verlangte nach sofortiger Linderung.

Sie hielt das tote, kopflose Huhn in der Hand.

Hier, sagte ihr Mann. *Du weißt ja, was du damit zu tun hast.*

Sie konnte die Augen nicht von dem Rechteck festgeklopfter Erde abwenden. »Das Baby ist tot …«, sagte sie erneut. Die Worte waren überflüssig, aber sie hatte das Gefühl, irgendetwas sagen zu müssen, um die gähnende Leere zwischen Erde und Himmel irgendwie auszufüllen.

»Wir wollten doch eine Familie sein«, sagte sie.

Ihr Mann schwieg.

»Das Baby hätte uns zu einer richtigen Familie gemacht.«

Wir besorgen uns ein neues.

Hester lächelte, ihre Augen fingen an zu glänzen. »Wirklich? So machen das andere Paare auch, wenn ihnen etwas passiert – ein Schicksalsschlag. Das macht sie zu richtigen Familien.«

Es stehen noch mehr Namen auf der Liste.

Ein weiteres Lächeln huschte über Hesters Züge. »Hast du schon eine ausgesucht? Warst du wieder auf der Jagd?«

Ich habe schon eine ausgesucht, ja.

Hester hätte ihn küssen können, so glücklich war sie.

»Wann können wir es holen?«

Bald. Und jetzt nimm das Huhn mit rein und mach dich an die Arbeit. Ich krieg langsam Hunger.

Hester verschwand im Haus. Die Stelle festgetretener Erde würdigte sie keines Blickes mehr. Das alles war jetzt nicht mehr wichtig, es war Vergangenheit. Schnee von gestern. Dies hier war die Gegenwart.

Sie hatte wieder etwas, worauf sie sich freuen konnte. Sie würde ein neues Baby bekommen und wieder eine Mutter sein.

Endlich würde sie wieder ganz sein.

ZWEITER TEIL

33

»Morgen!«

Clayton schloss seinen Wagen ab, bedachte Anni mit einem strahlenden Lächeln und kam mit großen Schritten über den Parkplatz auf sie zu. Sie versuchte, das Lächeln zu erwidern, aber ihre Gesichtsmuskeln wollten nicht so recht. Also nickte sie bloß. Als er sie erreicht hatte, blieb er stehen und blickte sie forschend an.

»Was ist los?«, fragte er mit gerunzelter Stirn.

Sie unternahm noch einen Versuch und zog ihre Mundwinkel leicht nach oben. »Nichts, wieso? Alles bestens.«

Schon war Claytons Lächeln wieder da. »Schön. Freut mich zu hören.«

Es braucht nicht viel, dachte sie, *um Claytons Welt wieder geradezurücken. Na ja, er hatte eben ein einfaches Gemüt. Dafür war er charmant. Und gutaussehend.* Und sie war sicher nicht die erste Frau, die sich davon hatte einwickeln lassen.

»Also«, meinte sie, noch immer unentschlossen, wie sie es anfangen sollte. »Was hast du gestern Abend so gemacht?«

Er zuckte mit den Schultern. »Dies und das. War beim Sport.« Er grinste, als habe er gerade einen Witz gemacht, den nur er verstehen konnte.

Sie nickte.

»Und du?«

»Observierung. Brotherton.«

Ein Schatten huschte über sein Gesicht. »Wann?«

Sie zuckte mit den Schultern und bemühte sich, möglichst neutral zu klingen. »Ziemlich spät. Bin noch gar nicht lange fertig. Eigentlich sollte ich im Bett liegen.«

»Und warum tust du's dann nicht?«, fragte er prompt.

Anni lächelte in sich hinein. *Schlechtes Gewissen?*, dachte sie. *Glaubst du, ich bin gekommen, um dich bei Phil anzuschwärzen?* »Das wäre wohl das Klügste. Na ja, man muss das meiste aus seinen Überstunden rausholen, stimmt's?«

Er lächelte wieder, eindeutig erleichtert über ihre Antwort.

»Recht hast du.«

Sie war nach dem Ende ihrer Schicht direkt zur Arbeit gefahren. Frisch machen konnte sie sich auch auf dem Revier. Sie hatte auf dem Parkplatz in ihrem Wagen gesessen und auf Clayton gewartet. Was genau sie ihm sagen wollte, hatte sie sich noch nicht überlegt, aber zur Rede stellen wollte sie ihn auf jeden Fall. Und hören, wie er die Tatsache, dass er am Vorabend Brothertons Freundin nach Hause chauffiert hatte, erklären würde. Von dem, was dann im Wagen passiert war, ganz zu schweigen.

»Und? Hast du dich ordentlich verausgabt?«

Clayton sah sie verdutzt an. »Was?«

»Beim Sport.«

»Ach so. Ja.« Erneut ein erleichtertes Lächeln. »Klar. Du solltest mal mitkommen.« Sein Lächeln änderte sich, wurde lüstern. »Dann könnten wir zusammen schwitzen. Macht bestimmt Spaß.«

Nun war sie mit einem Lächeln an der Reihe. Dabei hätte sie ihn am liebsten gefragt: *Warum nimmst du nicht Sophie mit? Dann kriegen nicht nur ihre Gesichtsmuskeln ein bisschen Training.* Aber sie riss sich gerade noch rechtzeitig zusammen. Was hätte das gebracht? Nein, es war auf alle Fälle klüger zu schweigen.

»Ich überleg's mir«, sagte sie.

»Gut. Ich freu mich schon drauf.« Wieder dieses Lächeln, als könne Clayton sich bereits genau vorstellen, wie ihr gemeinsamer Sport aussehen würde. Vermutlich erwartete er sogar Dankbarkeit von ihr für sein Angebot.

Nun, er hätte sie besser kennen sollen.

Clayton wollte hineingehen, Anni blieb jedoch zurück.

»Ich komme gleich nach. Ich muss noch was überprüfen.«

Er zuckte mit den Schultern. »Wie du meinst.«

Er wandte sich ab und ging davon. Als er an einer fremden Frau vorbeikam, schenkte er ihr ein breites Lächeln.

Anni schüttelte den Kopf. *Er kann einfach nicht anders,* dachte sie.

Sie wartete, bis Clayton im Innern des Gebäudes verschwunden war. Sie versuchte, sich über ihre Gefühle klarzuwerden und dahinterzukommen, weshalb Claytons Reaktion sie so verärgert hatte.

Sie fühlte sich verschmäht, so viel stand fest. Er hatte sie für Sex benutzt, und obwohl sie versucht hatte, sich einzureden, dass sie mit ihm genau dasselbe gemacht hatte, war sie trotzdem verletzt. Aber wenn das alles gewesen wäre, hätte sie ihn einfach zur Rede gestellt und ihm unmissverständlich klargemacht, was sie von ihm hielt.

Nein, die Sache war komplizierter. Es ging nicht nur darum, dass sie ihn mit einer anderen Frau erwischt hatte. Diese Frau war Zeugin in einem Doppelmordfall, möglicherweise sogar eine Komplizin des Täters. Er hatte Geheimnisse vor dem Team. Ein solches Verhalten konnte den Ermittlungen schaden. Und das durfte sie nicht zulassen.

Sie hatte überlegt, was der beste Weg wäre, mit der Situation umzugehen, und hatte ihm Gelegenheit geben, von sich aus etwas zu sagen. Er hatte die Chance nicht genutzt. Im Gegenteil, obwohl er ganz offensichtlich befürchtet hatte, dass sie ihm auf die Schliche gekommen sein könnte, hatte er ihr dreist ins Gesicht gelogen.

Anni drehte sich um und ging zum Gebäude. Sie hatte sich entschieden: Sie würde etwas sagen, aber noch nicht gleich. Zuerst würde sie versuchen herauszufinden, was es für Verbindungen zwischen Clayton und Sophie Gale gab.

Phil sah sich im Raum um. Die Birdies waren da und Clayton; sogar Computerfreak Millhouse hatte sich kurzzeitig von seinem Rechner losgerissen. Seinen rotgeränderten Augen hinter den schwarz eingefassten Brillengläsern würde es nur guttun. Anni saß an ihrem Schreibtisch, ebenso wie Marina. Auf ihr verweilte sein Blick ein wenig zu lange.

Fenwick hingegen glänzte mit Abwesenheit.

Phil musterte seine Kollegen. Schon jetzt machte sich auf ihren Gesichtern die Anspannung bemerkbar. Sie waren müde und überarbeitet, aber noch mehr machte ihnen der Druck zu schaffen, der auf ihnen lastete. In ihrer gemeinsamen Verantwortung lag es, so schnell wie möglich Ergebnisse zu liefern. Sie mussten einen Killer fassen, ein entführtes Baby finden, und noch dazu wurde jeder ihrer Schritte von den Medien – ganz zu schweigen von der Polizei selbst – genauestens verfolgt.

»Also gut«, sagte er energisch, um sein Team etwas aufzumuntern. »Machen wir es kurz, danach geht jeder seiner Wege. Was haben wir?«

»Überwachungsvideos«, meldete DC Adrian Wren. Er trat zum Fernseher und schaltete ihn ein. Er steckte eine CD in den DVD-Recorder, nahm die Fernbedienung und zog sich einen Stuhl heran. »Die haben wir als Erstes heute Morgen reingekriegt. Schauen Sie.«

Auf dem Bildschirm erschien ein körniges Bild von Claire Fieldings Wohnblock. Es war Nacht.

»Von vorgestern Abend«, erklärte Adrian. »Das hier ist die Zeit, die uns interessiert.« Er fror das Bild ein. Es zeigte eine Gestalt, die an der Seite des Gebäudes entlangging. Es war eine große, stämmige Person in einem bis oben zugeknöpften Mantel und mit einem tief ins Gesicht gezogenen Hut. Adrian ließ den Film weiterlaufen. Die Gestalt ging zielstrebig auf den Eingang des Gebäudes zu, sah sich um, wartete. Erneut stoppte Adrian das Band.

Niemand im Raum sprach oder rührte sich. Die Aufmerksamkeit galt einzig und allein dem Fernsehschirm. Phil dachte wie alle anderen im Raum: *Das ist er. Jetzt sehen wir den Mörder zum ersten Mal.*

»Ziemlich groß.« Clayton war der Erste, der das Schweigen brach. Er sprach an, was alle dachten: Es hätte Brotherton sein können. Ein paar aus dem Team nickten und murmelten ihre Zustimmung. Dann warteten sie darauf, dass das Band weiterlief.

»Die Zeit?«, wollte Phil wissen.

»Kurz nach neunzehn Uhr dreißig«, sagte Adrian. »Jetzt sehen Sie mal genau hin. Er will ins Haus, weiß aber nicht, wie. Er hat keinen Schlüssel. Also wartet er.«

Er ließ den Film weiterlaufen. Die Gestalt versuchte vergeblich, die Tür zu öffnen, bewegte sich wieder zurück und verschwand um die Ecke. Adrian spulte ein Stückchen vor, und der Mann kehrte, mit drei vollen Einkaufstüten beladen, zurück.

Phil runzelte die Stirn. »Die Einkäufe haben wir nirgends gefunden …«

Die Gestalt hielt sich an der Seite des Gebäudes im Verborgenen. Erst als einige Zeit später eine Frau auf die Eingangstür zutrat und einen der Klingelknöpfe drückte, löste sich die Gestalt von der Hauswand und kam, unter der Last der scheinbar schweren Tüten schwankend, um die Ecke. Die Frau drehte sich um und hielt mit einer Hand die Tür auf.

»Es sieht so aus, als würde er ihr etwas zurufen«, sagte Adrian. »Vermutlich bittet er sie, ihm die Tür aufzuhalten.« Erneut warf er einen Blick auf den Bildschirm. »Und sie tut es, sehen Sie. Mit einem Lächeln.«

Die Frau hielt dem Unbekannten die Tür auf. Er nickte zum Dank. Dann fiel hinter den beiden die Tür ins Schloss.

»Und schon ist er drinnen«, sagte Adrian.

»Wer ist die Frau?«, fragte Phil. »Haben wir sie schon vernommen? Hat sie uns eine Beschreibung geliefert?«

Adrian bedachte ihn mit einem Blick, der Triumph und Bedauern zugleich ausdrückte. »Ja, wir waren schon bei ihr. Aber wir haben nicht mit ihr gesprochen.« Er hielt das Band an und spulte bis zu der Stelle zurück, an der sie wieder im Bild auftauchte. »Schauen Sie genau hin.« Er drückte auf *Play*. Das Team trat gesammelt einen Schritt näher.

»Scheiße«, sagte Clayton.

»In der Tat«, sagte Phil. »Das ist Julie Simpson.«

Es war, als seufze der ganze Raum vor Enttäuschung auf.

Phil schüttelte den Kopf. »Sie hat ihren eigenen Mörder ins Haus gelassen …«

»Wenn es Brotherton gewesen wäre, hätte sie ihn erkannt«, sagte Clayton.

»Nicht wenn er sich verkleidet hatte«, wandte Anni ein, »und sein Gesicht verborgen war.«

Es wurde still im Raum, während alle ratlos auf den Bildschirm starrten.

Phil hob die Hand. Ihm war etwas eingefallen. »Was ist mit den Einkaufstüten? In Claire Fieldings Wohnung haben wir keine gefunden … hat jemand das Treppenhaus kontrolliert?«

»Er wird sie bestimmt wieder verwenden«, warf Jane Gosling ein.

»Sehr umweltfreundlich«, meinte Clayton.

»Also.« Adrian räusperte sich laut, damit sich alle wieder auf ihn und das Video konzentrierten. Mit einem Knopfdruck ließ er das Band weiterlaufen. »Er ist drinnen. Um genau neunzehn Uhr achtunddreißig.«

Er spulte vor, stoppte das Band dann wieder, als sich die Eingangstür von innen öffnete.

»Zehn nach neun«, verkündete er. »Chrissie Burrows geht nach Hause. Ein Stückchen weiter …« Wieder hielt er das Band an. Man sah, wie Geraint Cooper das Gebäude verließ. »Neun Uhr fünfunddreißig.«

»Wir wissen also nicht, was er die ganze Zeit über macht oder wo genau er sich aufhält«, erklärte Jane Gosling. »Aber wir wissen, dass er im Gebäude ist. Und auf seine Gelegenheit wartet. Falls man ihn anspricht, hat er die Einkaufstüten als Tarnung. Er kann so tun, als sei er auf dem Weg in eines der oberen Stockwerke. Wahrscheinlich ist er zu diesem Zeitpunkt gerade auf dem Weg zur Wohnung. Oder bereits drinnen. Schauen wir uns jetzt noch an, was passiert, als er wieder herauskommt.« Sie ließ sich von Adrian Wren die Fernbedienung reichen und spulte vor, bis sie die Stelle fand, nach der sie gesucht hatte. Die Haustür öffnete sich, die Gestalt trat nach draußen. Sie trug genau dieselben Kleider wie vorher und hatte auch die Einkaufstüten noch bei sich.

»Er muss seine Ausrüstung in den Tüten transportiert haben. Unten die Waffen, obendrauf die Lebensmittel«, sagte Jane. »Und eine Decke oder etwas anderes, worin er das Baby einwickeln konnte.« Ihre Stimme wurde leiser. »Es muss ja ziemlich blutig gewesen sein.«

»Aber er muss seine Requisiten doch irgendwo gelassen haben«, sagte Phil. Er merkte, wie Marina aufsah und angesichts seiner Wortwahl verhalten lächelte. Er spürte, wie er rot wurde, und sah sich um. Niemandem sonst war etwas aufgefallen. Er fuhr fort. »Ich will in jedem Fall, dass Claire Fieldings Wohnung nach den Einkäufen durchsucht wird. Vielleicht können wir herausfinden, in welchem Supermarkt er sie gekauft hat. Und uns deren Überwachungsvideo ansehen.«

Sie wandten ihre Aufmerksamkeit wieder dem Bildschirm zu. Die Gestalt bog zielstrebig, aber ohne übermäßige Hast um die Ecke des Gebäudes und ging dann weiter die Straße hinunter. Sie sahen zu, wie sie immer kleiner wurde und schließlich verschwand.

»Gibt es noch mehr Videomaterial?«, fragte Phil.

Jane richtete die Fernbedienung wieder auf den Bildschirm. »Das hier. Es wurde von der Kamera an der Middleborough Street aufgezeichnet, gleich hinter dem Kreisverkehr.«

Auf den Videobildern war zu sehen, wie der Unbekannte vorbeilief.

»Jetzt kommt es.« Sie verlangsamte den Bildvorlauf. »Er dreht sich um. Genau … hier.« Sie fror das Bild ein.

Alle beugten sich vor. Phil, genau wie alle anderen, starrte das Bild angestrengt an. Wollte, dass es Brothertons Gesichtszüge annahm, damit der Fall abgeschlossen war. Aber das Bild war körnig und verwaschen. Er lehnte sich zurück und unterdrückte einen frustrierten Seufzer.

»Kann man das irgendwie schärfer bekommen?«, wollte er wissen.

»Wir können es versuchen«, sagte Millhouse. »Könnte aber einige Zeit dauern.«

Adrian schaltete den Recorder aus.

»Danke für die harte Arbeit«, sagte Phil. »Das weiß ich sehr zu schätzen. Was ist mit den Telefonrechnungen von Claire Fielding und Brotherton?«

»Auf die warten wir noch«, sagte Jane Gosling.

»In Ordnung.« Phil rieb sich das Kinn und bemerkte eine Stelle, die er am Morgen beim Rasieren übersehen hatte. »Nun ja, so richtig aussagekräftig ist es nicht, aber –«

Die Tür öffnete sich. Fenwick trat ein.

34

Phil verstummte und sah seinen Vorgesetzten an.

»Sie haben die Überwachungsbänder also schon gesehen?«, fragte Fenwick, ohne näher heranzukommen.

»Gerade eben«, antwortete Phil.

»Dann kann es ja keinen Zweifel mehr geben. Sie wissen, was als Nächstes zu tun ist. Worauf warten Sie noch?«

Marina stand auf und drehte sich zu ihm hin. »Das ist nicht Brotherton«, sagte sie. Alle Augen ruhten auf ihr. Der ganze Raum schien den Atem anzuhalten.

Fenwick lächelte bitter. »Sieht ihm aber verdammt ähnlich. Vielleicht hat er ja einen Zwillingsbruder. Haben Sie das in Ihrem Profil erwähnt?«

Marinas Gesicht glühte. »Ich bin mir sicher, dass in *Ihrem* Profil einige sehr interessante Dinge zutage kämen.«

Fenwick machte einen Schritt auf sie zu. Phil trat zwischen die beiden.

»Sir, ich leite die Ermittlungen, nicht Sie. Bitte gehen Sie.«

Fenwick versuchte nicht, seine Wut zu verbergen. »Kommandieren Sie mich nicht herum. Der Superintendent will, dass wir Brotherton zum Verhör bestellen. Und ich ebenfalls.«

»Brotherton ist ein Lügner und manipulativ«, sagte Marina, deren Wut ebenfalls hochzukochen drohte. »Er ist ein Macho und ein Schläger, der seine Aggressionen an

Frauen auslässt, die schwächer sind als er. Aber er ist kein Mörder. Er will sein Opfer lebend, damit er es immer weiter quälen kann. Und er würde niemals sein eigenes Kind umbringen.«

»Tatsächlich?«, meinte Fenwick und schüttelte den Kopf.

»Ja, tatsächlich«, gab Marina zurück. »Sie wollen Gründe? Hier sind sie.« Sie sprach schnell, um in kürzester Zeit so viele Informationen wie möglich loszuwerden. »Wie ich bereits gesagt habe, aber anscheinend haben Sie mir dabei nicht zugehört, ist dieser Typ von Gewalttäter im Wesentlichen narzisstisch veranlagt. Und infantil. Einerseits würde es ihm missfallen, dass seine Frau, oder sein Besitz oder wie auch immer er über sie denkt, etwas in sich trägt, das ihre Aufmerksamkeit von ihm ablenkt. Andererseits jedoch würde er dem Kind nichts antun wollen, da es ein Teil von ihm selbst ist. Dementsprechend würde er auch der Frau nichts zuleide tun, während sie sein Kind austrägt.« Sie sah in die Runde der Gesichter, die sie anstarrten. »Befragen Sie Claire Fieldings Freunde. Ich bin mir sicher, sie werden sagen, dass die Misshandlungen aufhörten, als sie schwanger war.«

»Vielleicht hat er sie aus Versehen getötet«, wandte Fenwick ein.

»Und was ist mit den anderen drei Morden?«, fragte Marina. »Hat er die auch aus Versehen begangen?«

Fenwick starrte sie an. Phil trat vor, um den dienstälteren Kollegen notfalls gewaltsam aus dem Raum zu entfernen. Oder sich ihm in den Weg zu stellen, sollte er auf Marina losgehen.

Stattdessen rang sich Fenwick ein Lächeln ab. »Das werden wir ihn alles fragen, wenn wir ihn vorgeladen haben.«

»Die Sache eskaliert. Die Zeit zwischen den Morden wird immer kürzer.«

»Umso mehr Grund, unverzüglich zu handeln.«

Marina trat direkt vor Fenwick hin und sah ihm fest in die Augen. In Fenwicks Gesicht zuckte ein Muskel, er wich aber nicht zurück. »Und wenn ein weiterer Mord geschieht, während Sie Brotherton hier festhalten, dann haben Sie damit kein Problem? Sie würden die Verantwortung dafür übernehmen?«

»Psychologie ist ja gut und schön«, konterte Fenwick, seine Stimme so herablassend wie möglich, »aber echte Beweise sind etwas ganz anderes. Verhaften Sie ihn.«

Er drehte sich um und ging.

Das Schweigen, das auf seinen Abgang folgte, war lauter als das Wortgefecht zuvor.

»Und während wir mit ihm unsere Zeit verschwenden«, sagte Marina, deren Stimme im stillen Raum widerhallte wie ein Stein, der in einen Abgrund geworfen wird, »läuft der Mörder weiter frei herum.«

Sie verstummte, aber es war klar, dass ihre Wut keineswegs verraucht war. Nun wandten sich alle Blicke Phil zu. Er war sich bewusst, dass sie ihn anstarrten, und wusste, dass er eine Entscheidung treffen musste.

»Wir laden Brotherton vor«, entschied er schließlich.

Marina drehte sich ihm zu. »Aber Phil …«

»Wir haben keine Wahl. Es gibt gewisse Vorbehalte gegen ihn als Täter, aber im Moment haben wir keine andere Spur. Wir laden ihn vor.«

Marina wandte sich ab.

»Aber ich will, dass du ihn zusammen mit mir verhörst, Marina. Wenn er nicht unser Mann ist, will ich ihn so schnell wie möglich als Verdächtigen ausschließen.«

Sie hatte ihm noch immer den Rücken zugedreht, nickte aber.

Phil seufzte und ignorierte die eiserne Klammer, die sich um seine Brust schloss. »Also gut«, sagte er. »Holen wir ihn uns.«

35

Hester blickte sich im Haus um und war zufrieden mit dem, was sie sah.

Sie hatte die Werkzeuge weggeräumt und die Sensen an ihren Haken neben der Tür aufgehängt, nachdem sie die Schneideblätter gewetzt und geölt hatte. Dann hatte sie das Wohnzimmer gefegt und die Zinkwanne mitten im Raum aufgestellt, damit sie dem Baby in seinem neuen Heim als Erstes ins Auge springen würde. Sie hatte den Abwasch erledigt und auch die Küche aufgeräumt. Sie war sogar auf die Leiter gestiegen und hatte die schwarze Folie wieder festgetackert, die über die verrotteten Balken an der vorderen Ecke des Hauses gespannt war, um Wind und Regen abzuhalten. Alles war bereit.

Sie setzte sich in einen der alten Sessel.

»Die Arbeit einer Frau ist nie getan«, sagte sie und lächelte.

Alles würde gut werden. Bald würde ihr Mann wieder fortgehen, um seine nächste Beute zu finden. Dann würde er ihr ein neues Baby mit nach Hause bringen. Sie kicherte. War das nicht ein Lied? Es klang wie ein Lied. Wenn es kein Lied war, hätte es eins sein müssen.

Sie legte die Hände in den Schoß. Über das Baby, das gestorben war, machte sie sich keine Gedanken mehr. Das erlaubte sie sich nicht. Es war tot und begraben. Draußen im Garten neben dem Schweinekoben. Sie hatte das Grab nicht gekennzeichnet. Wollte nicht daran erinnert werden. Das war vorbei. Es war nicht gut, in der Vergangenheit zu leben, das wusste sie aus eigener bitterer Erfahrung. Jedes Mal, wenn sie anfing, über die Vergangenheit nachzudenken, wurde sie traurig. Wenn sie an das tote Baby dachte, würde sie vielleicht auch traurig werden. Und wenn es erst einmal so weit war, würde sie vielleicht anfangen, an die Zeit zurückzudenken, bevor sie … bevor sie zu dem wurde, was sie jetzt war. Oder an ihre Schwester …

Ihre Schwester. Sie versuchte, nicht an ihre Schwester zu denken. Nicht einen Moment lang. Sie vermisste sie immer noch. Früher hatten sie sich sehr nahegestanden. Aber jetzt war sie fort. Lange, lange schon.

Hester stand auf. Schlug sich mit den Fäusten gegen die Schläfen, um ihren Kopf freizubekommen, um ihre Gedanken daran zu hindern, in eine ganz bestimmte Richtung zu wandern. Mit jedem Schlag stöhnte sie auf. Sie musste etwas tun, um sich von … von … *davon* abzulenken.

Sie öffnete die Seitentür und trat auf den Hof hinaus. Er war so, wie sie ihn zurückgelassen hatte. Die Axt lag neben dem Hauklotz. Holzscheite, mit einer Plastikplane bedeckt, stapelten sich an der Hauswand. Motorblöcke und Karosserieteile mehrerer Autos lagen auf der harten roten Erde herum und rosteten vor sich hin. Zwei alte Kühlschränke, ein Zeitungsständer, ein durchweichtes Sofa, einige Kisten aus Kunststoff, ein Haufen Ziegelsteine. Dinge, die sie im Laufe der Zeit zusammengetragen hatte. In ihrem Drahtverhau neben dem angrenzenden Feld pickten die Hühner. Weiter hinten, durch einen Zaun vom Hof getrennt, waren die Schweine. Sie atmete tief ein. So roch ihr Zuhause.

Der Tag war kalt und klar, der Wind stach wie eisige Nadeln in ihrem Gesicht. Sie stand hinter dem Haus und blickte über den Fluss. Von dort grüßte sie der vertraute Anblick des Hafens, wo die Schiffe vom europäischen Festland anlegten und ihre Fracht entluden. Riesig waren sie, die Containerschiffe. Hester wusste nicht, was sie geladen hatten, hatte nie einen Gedanken daran verschwendet. Sie sah nur zu, wie sie an- und ablegten. Heimwärts in ein anderes Land. Hester war noch nie im Ausland gewesen. Sie war noch nicht einmal drüben im Hafen gewesen. Alles außerhalb ihres Zuhauses kam ihr vor wie ein fremdes Land. Aber der Platz einer Frau war ja auch im Haus. Der Mann war derjenige, der in die Welt hinausging.

Sie blickte über den Strand. Es herrschte Ebbe, und dort, wo das Wasser gewesen war, hatten sich Steine, Schlamm und Moos abgelagert. Kleine Boote lagen im Schlick vor Anker, die Ketten mit Seetang und Abfall behangen, die Rümpfe voller Algen.

Hester kannte den Strand. Sie wusste, wo es sicher war, spazieren zu gehen, und wo man im Schlick einsinken konnte. Sie hatte es selbst schon gesehen. Jemand war mit seinem Hund spazieren gegangen und hatte einen Stock geworfen. Der Hund, fett und behäbig, war zu weit hinausgelaufen und hatte nicht auf das Rufen seines Herrn gehört. Schlick, Sand und Wasser hatten ihn verschlungen und ihn nicht mehr freigegeben. Als sein Besitzer kam, war schon nichts mehr von ihm zu sehen. Nur noch ein schlammiger Stock am Boden.

Der Strand hatte Geheimnisse. Und er hütete sie gut. Hester gefiel das. Weil sie selber auch Geheimnisse hatte. Und auch sie wusste, wie man sie hütete.

Die auf Pfählen stehenden Holzhäuser, die an den mit Marschgras bewachsenen Sand grenzten, sahen traurig und verlassen aus, als seien sie beim Rückgang der Flut einfach zurückgelassen worden. Als hätte das Meer ihnen versprochen, wiederzukommen und sie zu holen, sein Wort aber nicht gehalten. Also waren sie dageblieben und verrotteten allmählich.

Neben diesen Strandhäusern und über einen schlammigen Pfad zu erreichen, lag die kleine Wohnwagensiedlung. Die Wagen standen dort schon seit Ewigkeiten, dreißig Jahre mindestens. Vorher hatten dort Häuser gestanden, große alte Häuser, aber die waren abgerissen worden. Ihre Fundamente waren im wuchernden Gras noch sichtbar. Hester hatte nie erlebt, dass der Campingplatz gut besucht war, egal zu welcher Jahreszeit.

Der Strand lag verlassen da. Zu dieser Jahreszeit war er windgepeitscht und grau. Aber für Hester bedeutete er Heimat. Die einzige Heimat, die sie je gekannt hatte. Die sie je kennenlernen würde.

Allmählich spürte sie, wie ihr die Kälte in die Knochen kroch. Das machte ihr nicht viel aus, sie war daran gewöhnt. Trotzdem ging sie zurück ins Haus.

Es gab da nämlich noch etwas, das sie tun musste. Bevor ihr Mann mit dem Baby kam. Etwas, wozu sie ungestört sein musste.

Sie schloss die Tür hinter sich und ging zur Treppe. Während sie die ersten Stufen erklomm, knöpfte sie ihr Kleid auf.

36

Auf der Fahrt in Richtung Braintree fing es an zu regnen. Trommelnd schlugen die Tropfen auf das Autodach. Phil war heilfroh, dass er im Wagen saß und nicht draußen herumlaufen und Nachbarn vernehmen musste wie seine uniformierten Kollegen.

Clayton saß neben ihm und gab sich ungewohnt schweigsam. Aber Phil dachte sich nicht viel dabei. Er hatte genug andere Sorgen – so viele, dass er nicht einmal daran gedacht hatte, Musik aufzulegen.

»Glauben Sie«, begann Clayton, »dass Marina recht hat?«

»Womit?«

»Damit, dass Brotherton Claire Fielding geschlagen hat. Macht er das wohl auch mit Sophie?«

»Kann schon sein«, meinte Phil. »Vielleicht hat er sich bis jetzt zurückgehalten, aber sie arbeitet für ihn und wohnt bei ihm, also scheint es ganz so, als sei er auf dem besten Weg dorthin.« Er wandte sich zu Clayton. »Warum beschäftigt Sie das?«

Clayton zuckte mit den Schultern. »Tut's nicht. Hab mich bloß gefragt.«

Phil schmunzelte. »Sie haben wohl ein Auge auf sie geworfen, was?«

»Unsinn«, sagte Clayton schroff. Er lachte nicht, sondern wandte sich ab und starrte aus dem Fenster.

Den Rest der Fahrt verbrachten sie schweigend.

Der Schrottplatz sah noch genauso aus wie bei ihrem ersten Besuch, nur dass er wegen des strömenden Regens dieselbe Trostlosigkeit ausstrahlte wie ein altes Schwarzweißfoto. *Oder wie ein Dokumentarfilm über die Sechziger*, dachte Phil, als er den Audi durchs Tor lenkte. Angesichts des Wetters hatte er erwartet, den Hof menschenleer vorzufinden, und war überrascht, mehrere Männer bei der Arbeit zu sehen, die Lieferwagen entluden und Metalle in die verschiedenen Container sortierten.

Phil sah zum Führerhäuschen des Krans hoch. Auch diesmal saß Brotherton oben. Der lange Schwenkarm senkte sich in einen der Container, griff eine Ladung Schrott und lud ihn auf der Ladefläche eines Lkw ab. Phil parkte den Wagen neben dem Büro mit Blick auf den Kran. Er wusste, dass Brotherton ihn gesehen hatte, und war neugierig, ob er Blickkontakt aufnehmen würde. Brotherton jedoch schenkte ihm keinerlei Beachtung, sondern fuhr ungerührt mit seiner Arbeit fort.

»So«, sagte Phil. »Dann wollen wir dem glücklichen Paar mal die freudige Nachricht überbringen.«

Er stieg aus, Clayton folgte schweigend, und gemeinsam machten sie sich auf den Weg zum Büro. Phil klopfte an und trat ein, ohne eine Antwort abzuwarten. Sophie Gale saß an ihrem Schreibtisch und unterhielt sich mit einem Mann mittleren Alters im schmutzigen Overall. Sie lachte gerade über etwas, das er gesagt hatte, während er gebannt ihre auf und ab wippenden Brüste beobachtete. Beide sahen auf, als Phil und Clayton eintraten, der Mann allerdings sehr zögerlich.

»Ich bin gleich für Sie –« Sophie hielt mitten im Satz inne. »Oh. Sie sind es. Ich hab zu tun, Sie müssen warten.«

»Entschuldigen Sie, dass wir einfach so hereingeplatzt kommen«, sagte Phil lächelnd. »Ich hoffe, es macht Ihnen nichts aus. Es schüttet wie aus Kübeln da draußen.« Er machte eine beschwichtigende Geste. »Bitte, beachten Sie uns gar nicht weiter. Tun Sie so, als wären wir nicht da.«

Der Mann im Overall sah argwöhnisch zwischen den Neuankömmlingen und Sophie hin und her. Zweifellos nahm er die unterschwellige Spannung im Raum wahr. Phil vermutete, dass er sie sofort als Polizisten erkannt hatte. An diese Art von Reaktion war er gewöhnt. Er stand einfach da und wartete in aller Ruhe ab. Clayton hingegen schien aus irgendeinem Grund sehr nervös zu sein.

Sophie händigte dem Mann mehrere Zwanzig-Pfund-Scheine und eine Quittung aus. Danach konnte er gar nicht schnell genug zur Tür hinauskommen. Alle Gedanken an Sophies Brüste schienen verflogen.

Sobald er die Tür hinter sich geschlossen hatte, wandte Sophie sich um und sah Phil missmutig an.

»Also, was ist es diesmal?« Ihr Blick war so hart wie ihr Dekolleté weich.

»Wir müssten uns noch einmal mit Ihrem Freund unterhalten«, sagte Phil, der ihrem Blick mühelos standhielt. Dann sah er zum Fenster, als eine Gestalt auf die Bürotür zusteuerte. »Ah, da kommt er auch schon.«

Die Tür wurde aufgerissen. »Was zum Teufel ist jetzt schon wieder?« Brothertons Tonfall war eher genervt als wütend, wenngleich scharf genug, um ihnen zu signalisieren, dass nicht mehr viel nötig wäre, um ihn in Wut zu versetzen.

Phil musterte den bulligen Mann, der trotz Regen und Kälte nur ein T-Shirt trug, und fragte sich, wie er die Sache am besten angehen sollte. Ganz locker, beschloss er. Falls er zu viel Druck machte, könnte das unangenehme Folgen haben.

»Wir müssten noch einmal mit Ihnen reden, Mr Brotherton.«

Brotherton öffnete die Arme weit. »Dann legen Sie los. Und beeilen Sie sich ein bisschen.«

»Nicht hier«, sagte Phil mit ruhiger, aber fester Stimme. »Auf dem Revier, wenn es keine Umstände macht.«

Die Wut, die Brotherton mühsam zurückgehalten hatte, brach durch. »Wenn es keine Umstände macht? Wenn es keine Umstände macht? Es macht aber Umstände! Also sagen Sie, was Sie zu sagen haben, und dann verpissen Sie sich, oder ich rufe meinen Anwalt an.«

»Wir würden gerne auf dem Revier mit Ihnen sprechen. Bitte.« Phil maß Brotherton mit ruhigem, kaltem Blick. »Je früher wir gehen, desto eher können Sie wieder zu Ihrer Arbeit zurück.«

»Ich ruf jetzt meinen Anwalt an. Ich sag kein Wort mehr, bis er hier ist.«

»Wie Sie meinen«, sagte Phil und seufzte innerlich. Sobald ein Verdächtiger auf einem Anwalt bestand, konnte er nichts mehr ausrichten. »Sagen Sie ihm, er soll aufs Revier kommen. Ich bin sicher, er kennt den Weg.« Er deutete zur Tür. »Darf ich bitten?«

Brotherton wandte sich an Sophie. »Ruf Warnock an. Jetzt sofort.«

»Uns wäre es lieb, wenn Sophie ebenfalls mitkäme«, sagte Phil.

Brotherton drehte sich wieder zu ihm um. Sein Zorn hatte soeben ein neues Niveau erreicht. Noch ein Schritt weiter, und er würde explodieren.

»Mit ihr haben wir auch noch einige Fragen zu klären. Wenn Sie beide also mitkommen würden?«

Sophie sah zwischen Phil und Clayton hin und her. Sie schien Clayton etwas sagen zu wollen, überlegte es sich dann aber anders, als sie sah, wie Clayton unmerklich den Kopf schüttelte. Es war eine verstohlene, kaum wahrnehmbare Bewegung, und Phil war sich nicht sicher, ob er sie sich nicht vielleicht bloß eingebildet hatte, aber danach war sie stumm. Wenngleich in ihrem Innern ein Zorn brannte, der Brothertons in nichts nachzustehen schien.

»Ich hab hier eine Firma zu leiten! Wer kümmert sich in der Zwischenzeit um die?«

»Das ist nicht unser Problem, Mr Brotherton. Wir müssen mit Ihnen beiden sprechen. Unverzüglich.«

Brotherton sah erst die beiden Männer an, dann Sophie. »Das werden wir ja sehen«, erwiderte er und stürmte aus dem Büro, wobei er die Tür hinter sich zuknallte.

Sophie erwachte aus ihrer Erstarrung. »Ryan, nicht!« Sie lief ihm auf den Hof hinterher, allerdings nicht, ohne Clayton vorher noch einen giftigen Blick zukommen zu lassen.

Phil sah seinen Kollegen an. »Ich glaube, sie mag Sie nicht besonders«, meinte er trocken.

»Nein«, antwortete Clayton und schüttelte den Kopf. War da etwa Furcht in der Miene seines Kollegen zu sehen? Phil war sich nicht sicher.

»Wie kommt's?«, fragte er.

»Keine Ahnung. Sie haben vorher nicht erwähnt, dass sie auch vernommen werden soll. Wieso?«, wollte Clayton wissen.

Phil zuckte mit den Schultern. »Wieso nicht? Sie hat gestern für ihn gelogen, schon vergessen? Wenn wir ihn knacken wollen, ist sie vielleicht unsere beste Chance.«

Phil wartete auf eine Antwort, aber Clayton schwieg. Vom Hof draußen vernahmen sie das laute Kreischen einer Gangschaltung.

»Ich glaube, wir gehen besser raus.«

Sie rannten auf den Hof. Da zu befürchten gewesen war, dass Brotherton einen Fluchtversuch unternehmen würde, hatte Phil seinen Wagen mit dem Audi blockiert. Aber so leicht gab Brotherton sich nicht geschlagen. Sophie stand mitten auf dem Hof und schrie zum Führerhaus des Krans hinauf: »Ryan, lass das doch!«

Die anderen Männer hatten aufgehört zu arbeiten und sahen zu. Phil konnte nichts dagegen unternehmen, als der Greifer des Krans, Brotherton am Steuerhebel, wieder eine riesige Menge Schrott aufnahm. Aber statt sie auf dem Lkw abzuladen, schwenkte der Arm mit einer ruckartigen Bewegung herum – genau dorthin, wo Phil und Clayton standen.

Sophie schrie und ging in Deckung. Phil blickte auf und sah die riesige Kralle über sich schweben. Brotherton hatte so schnell herumgeschwenkt, dass es um sie herum kleinere Metallteile regnete. Phil war kein Experte, aber der wild über ihnen schaukelnde Greifer sah ziemlich bedrohlich aus.

Er versuchte, Blickkontakt zu Brotherton im Führerhäuschen zu bekommen, um ihn zur Vernunft zu bringen, doch der Mann war förmlich außer sich vor Wut, und seine kräftigen Arme rissen wie wild an den Hebeln. Phil wurde klar, dass er ihn nicht würde überzeugen können.

»Boss, weg da!«

Das musste man Phil nicht zweimal sagen. Er packte Sophie und zog sie mit sich zurück ins Büro. Die anderen Arbeiter hatten sich bereits in Sicherheit gebracht, die meisten waren in die große Lagerhalle geflüchtet, die neben dem Büro lag. Er sah aus dem Fenster. Clayton hatte versucht, ihm zu folgen, es aber nicht rechtzeitig geschafft. Phil musste hilflos mit ansehen, wie sein Sergeant immer noch unter dem Kran stand und sich panisch nach einer Fluchtmöglichkeit umschaute.

Phil hörte, wie sich die Klauen des Greifers knirschend öffneten und immer mehr Schrott herabzufallen begann. Clayton schien plötzlich entschieden zu haben, dass das Büro doch seine beste Chance war, und spurtete los. Wieder kreischten Gänge. Brotherton versuchte, die Kralle herumzuschwenken, um Clayton zu verfolgen, der daraufhin noch schneller rannte.

Phil drehte sich zu Sophie herum und packte sie bei den Schultern. »Was hat er eigentlich vor?«

Sophie stand einfach nur da und starrte mit offenem Mund nach draußen.

»Können Sie nicht irgendetwas tun? Rausgehen und ihn beruhigen?«

Keine Reaktion. Phil wandte sich wieder zum Fenster. Clayton hatte fast das Büro erreicht. Er schaffte es bis zur Tür und versuchte sie zu öffnen. Abgeschlossen. Sie muss hinter Phil und Sophie ins Schloss gefallen sein.

Phil wollte hin und sie öffnen. Weit kam er nicht.

»Nein! Bleiben Sie weg da!«

Sophie war hinter ihm, hatte ihn sich gegriffen und versuchte, ihn von der Tür fortzuzerren. Sie war überraschend stark. Durch das Bürofenster sah Clayton, was drinnen geschah. Als er erkannte, dass er es nicht rechtzeitig schaffen würde, drehte er sich um und rannte in die entgegengesetzte Richtung davon.

Sobald er fort war, ließ Sophie los. Phil drehte sich zu ihr herum. »Das wird ein Nachspiel haben, das verspreche ich Ihnen!«

Sophies einzige Antwort war ein boshaftes Grinsen.

Phil drehte sich wieder zum Fenster. Clayton hielt auf die Lagerhalle zu. Ihr Tor war groß genug, um mehrere Lkws nebeneinander durchzulassen. Glücklicherweise stand es weit offen. Clayton rannte darauf zu, hechtete die letzten paar Meter hinein. Phil war überzeugt, dass sein Sergeant hart auf dem Boden aufgeschlagen war. Er sah sich um und entdeckte eine Tür im rückwärtigen Teil des Büros. »Führt die zur Lagerhalle?«

Sophie zuckte mit den Schultern.

Phil riss die Tür auf. Die Lagerhalle war ein riesiger Raum mit Wänden aus Wellblech und nacktem Betonboden. Clayton lag auf der Erde und hielt sich stöhnend die Schulter.

Kaum war Phil durch die Tür, krachte draußen der Schrott auf den Boden. Verstärkt durch die Wellblechwände der Halle klang es, als würde ein Orchester betrunkener Irrer eine Stockhausen-Symphonie spielen. Phil kniff die Augen zusammen, als könne er dadurch den ohrenbetäubenden Lärm ausblenden. Clayton holte tief Luft und atmete langsam aus. Dann setzte er sich auf.

»Alles in Ordnung?« Phil musste schreien, um das Klingeln in seinen Ohren zu übertönen.

Clayton nickte, dann zuckte er zusammen. »Meine Schulter …« Er streckte den Arm und ballte die Finger zur Faust. Nickte. »Gebrochen ist sie jedenfalls nicht.«

Phil bückte sich und half ihm auf die Beine. Gemeinsam traten sie hinaus auf den Hof. Unter ihren Schuhen knirschte Metall. Phil sah zum Führerhaus des Krans hinauf. Brotherton saß zusammengesunken im Sitz, den Kopf in die Hände gestützt. Offenbar war ihm klar geworden, was er getan hatte. Phil konnte es nicht genau sehen, aber es sah aus, als weinte der große Mann. Nun, in diesem Zustand würde er wenigstens eine Zeitlang keinen Ärger mehr machen.

»Was meinen Sie, Boss?«, sagte Clayton, der sich immer noch die Schulter rieb. »Versuchter Mord?«

»Ja, gehe ich mal davon aus«, erwiderte Phil.

Es ist wieder einer dieser Tage, dachte er.

37

Hester stand vor dem Spiegel. Sie war nackt. Sie hasste es, sich zu betrachten, aber manchmal ging es nicht anders. Manchmal musste sie es einfach tun. Es war wie ein Zwang, und sie konnte nichts anderes tun, als ihm zu gehorchen.

Ihr Körper war ihr Tagebuch. Auf ihm war verzeichnet, wer sie einmal gewesen war, wer sie jetzt war, wer sie sein würde. Jede Narbe, jeder Schnitt, jede Veränderung war nichts als ein weiterer Markstein auf der Landkarte ihres Lebens. Ihr Körper erzählte ihre Geschichte, und obwohl es Teile gab, deren Anblick sie kaum ertragen konnte, verspürte sie dennoch hin und wieder das Bedürfnis dazu. Sie musste sich daran erinnern, wer sie früher gewesen war, um schätzen zu können, wer sie jetzt war.

Der Spiegel hing im ersten Stock, vor der Wand mit der Plastikfolie, die sie kürzlich repariert hatte. Es war kalt, denn die Wärme der Gasheizung und des Holzofens drangen nicht bis hier vor. Sie versuchte, ein Zittern zu unterdrücken, als sie sich mit den Händen über Kopf und Körper fuhr.

Kurz nachdem sie sich in eine Frau verwandelt hatte, war ihr Haar schütter geworden. Zunächst hatte sie versucht, die restlichen Haare lang wachsen zu lassen und sie über die kahlen Stellen zu kämmen, aber irgendwann hatte sie einsehen müssen, dass es sinnlos war. Es waren einfach zu viele. Also rasierte sie sich auch den Rest ab und trug stattdessen eine

Perücke. Langes schwarzes Haar. Manchmal, wenn sie allein zu Hause war, machte sie sich nicht die Mühe und ließ ihren kahlen Schädel unbedeckt, aber das tat sie nie lange, denn es verwirrte und bedrückte sie. Wenn sie eine Frau war, dann musste sie auch Haare haben, so einfach war das. Also trug sie die Perücke. Sie war alt und verfilzt, aber Hester bürstete regelmäßig die Knoten aus und kaschierte die kahlen Stellen. Normalerweise gelang ihr das, aber manchmal nicht und sie musste ihr Kopftuch für draußen auch im Haus tragen.

Sie nahm die Hände vom Kopf und legte sie auf ihre Wangen. Sie rasierte sich regelmäßig, damit sie so glatt wie möglich waren. So gefiel es ihrem Mann. Ausflüchte gab es nicht. An scharfen Klingen herrschte im Haus kein Mangel.

Ihre Hände wanderten weiter über ihre Schultern und das Schlüsselbein hinab zu ihren Brüsten. Sie wusste, dass sie ihre Brustwarzen berührte, weil sie es im Spiegel sah, aber fühlen konnte sie nichts. Sie drückte fester zu, grub ihre Nägel tief ins Fleisch, bis es weiß wurde. Noch immer spürte sie nichts. Erneut senkte sich eine dunkle Traurigkeit über sie. Sie hatte gewusst, dass das passieren würde, sobald sie ihre Brüste berührte. So war es immer.

Es erinnerte sie an die Nacht mit dem Messer und daran, was danach passiert war. Sie hatte zum Messer gegriffen, weil sie seine Worte nicht länger ertragen konnte. Seine Stimme. Diese Stimme voller Wut und Hohn. Die Stimme ihres Vaters. Die Hester sagte, was sie war und was sie nicht war. Der Vater schlug sie. Tat ihr weh. Und dann ging er zu Hesters Schwester. Mit einem Lächeln im Gesicht. Weil sie sein Liebling war. Daraus machte er keinen Hehl. Mit ihr machte er besondere Dinge, schon seit sie ganz klein war. Hester hasste ihn dafür. Sie hasste, was der Mann mit der Schwester tat.

Aber noch mehr hasste sie, dass er es nicht mit ihr tat. Weil Hester nichts Besonderes war wie sie. Und es auch niemals sein würde.

Ihre Schwester hasste ihren Vater so sehr, dass sie versucht hatte zu fliehen. Sie war schließlich entkommen. Hester war geblieben. Und dann hatte sich alles geändert. Sie konnte sich nicht mehr daran erinnern, was genau passiert war. Jedes Mal, wenn sie an jene Zeit zurückdachte, wurde die Erinnerung trübe. Als hätte sie sie aus ihrem Gedächtnis gelöscht. Aber einige Dinge wusste sie noch. Ihr Vater war irgendwann verschwunden. Und dann war ihr Ehemann aufgetaucht. Und jetzt waren sie sich so nahe, dass sie ihn sogar in ihrem Kopf hören konnte. Immerzu erklang seine Stimme in ihrem Kopf, als stünde er nicht neben ihr, sondern wäre in ihr, ein Teil von ihr. Das gefiel ihr. So sollte Liebe sein.

Und an etwas anderes erinnerte sie sich noch. Etwas, das er gesagt hatte, kurz nachdem er zum ersten Mal erschienen war und sie nackt gesehen hatte: *Wenn du eine Frau sein willst, mache ich eine Frau aus dir*. Und das hatte er getan.

Er brachte Hester zu Leuten, die wussten, was man alles mit dem menschlichen Körper machen, wie man ihn verändern konnte. Sie hatten an sich selbst Dinge verändert und präsentierten ihr voller Stolz das Ergebnis ihrer Arbeit. Rasierte, tätowierte, gebrandmarkte Körper. Manchmal fehlten Gliedmaßen, wichtige Gliedmaßen. Oder es waren Teile eingepflanzt worden. Metallene Drachenstacheln oder Stahlkugeln unter der Haut. Gespaltene Zungen wie bei Schlangen.

Sie führten Hester herum. Nahmen sie mit in Clubs, wo sie zusehen konnte, wie Leute sich auf einer Bühne vor Publikum die Lippen und Augenlider zunähen ließen, wie sie sich ritzen und stechen und auspeitschen ließen, manchmal an Fleischerhaken an der Decke aufgehängt, so dass ihr Blut auf die Zuschauer unter ihnen tropfte. Leute, die sich Schmerzen zufügten, um andere Leute zu unterhalten. Umgeben von Freaks und Außenseitern und Verstümmelten, hatte Hester zum ersten Mal in ihrem Leben das Gefühl, irgendwo dazuzugehören.

Aber es war nicht von Dauer. Was sie benötigte, war relativ einfach zu bewerkstelligen. Man verhalf ihr zu Brüsten, allerdings keinen besonders guten Brüsten, zumal die Operation im Hinterzimmer eines Clubs im Osten Londons durchgeführt wurde, aber es reichte ihr. Man fragte sie, ob sie anstelle der vernarbten Wunde, die sie sich zugefügt hatte, eine echte Vagina haben wolle, aber ihr Mann entschied, dass das nicht nötig sei. Ein Loch reiche ihm aus, hatte er gesagt.

Und dann kehrte sie zurück in ihr Haus und ihr neues Leben.

Und hier war sie nun. Sie fuhr mit den Händen über die vernarbte Stelle zwischen ihren Schenkeln. Wo Hester einen Schoß hätte haben sollen, war nur eine dumpfe, schmerzhafte Leere. Sie legte ihre Hand an die Stelle, wo sie ihr Herz vermutete, und fühlte totes Narbengewebe. Brache. Ein grausamer Witz von Frau.

Wieder begann sich ihr Inneres zu verdunkeln. Sie schloss die Augen. Sie durfte das nicht zulassen. Nicht jetzt, nicht heute. Denn heute war ein ganz besonderer Tag. Heute war der Tag, an dem sie ihr neues Baby bekommen würde.

Bei dem Gedanken gelang ihr ein Lächeln. Das neue Baby.

Die Dunkelheit verflüchtigte sich. Bald würde ihr Mann zur Arbeit aufbrechen. Und sie würde alles für seine Rückkehr vorbereiten. Sie würde ihr hübsches Kleid anziehen und etwas Schönes zum Abendessen kochen. Vielleicht würde sie sogar ein Bad nehmen, um sich für das Baby hübsch zu machen. Damit sie eine richtige Mutter sein konnte. Denn das war der Beweggrund für alles. Der lange Weg, den sie gekommen war, die Schmerzen, die sie erlitten hatte. Alles nur, um eine richtige Frau zu sein. Eine richtige Mutter.

In einer richtigen Familie.

38

»Also«, sagte Phil. »Ohrstöpsel und Mikro.« Er steckte sich das Kabel hinters Ohr und deutete auf den Schreibtisch, an dem Marina saß. In die Konsole vor ihr waren ein Empfänger und ein Mikrophon eingebaut. »Du hörst alles, was drüben gesagt wird. Wenn du mit mir sprechen willst, musst du den Schalter hier umlegen. Ich kann dich hören, aber Brotherton nicht.«

Marina rang sich ein kleines Lächeln ab. »Ich habe nicht alles vergessen.«

Er hielt inne und sah sie an. An seinem Blick erkannte sie, dass ihre Antwort durch die dünne Schale gedrungen war, die seine persönliche Gefühlswelt von seinem professionellen Verhalten trennte. Das war nicht ihre Absicht gewesen. Ganz bestimmt nicht jetzt.

»Bring es einfach hinter dich«, sagte sie. »Dann können wir ihn so schnell wie möglich abhaken.«

»Scheint dein Motto zu sein«, meinte Phil leichthin.

Marina gab keine Antwort.

»Also«, sagte er, um das Thema zu wechseln. »Dieselbe neurolinguistische Verhörtechnik, die wir das letzte Mal angewandt haben?«

»Warum nicht?«, meinte Marina. »Schließlich hat es gut funktioniert.«

Sie nickte und blätterte noch einmal durch die Akte, die

vor ihr auf dem Tisch lag, obwohl sie ihren Inhalt bereits zahllose Male gelesen hatte und bestens vorbereitet war. In gewisser Weise spielte es ohnehin keine Rolle, was in der Akte stand oder was für Notizen sie sich im Voraus gemacht hatte. Sie musste dem Gang des Verhörs folgen, stets aufmerksam sein und nur dann intervenieren, wenn sie das Gefühl hatte, dass Phil etwas übersehen hatte oder dass eine bestimmte Fragestellung noch vertieft werden könnte.

»Hör mal«, meinte Phil plötzlich. »Die Sache vorhin mit Fenwick …«

»Darüber sollten wir jetzt besser nicht nachdenken«, empfahl sie.

Phil nickte. »Stimmt. Selbst an guten Tagen ist er ein Idiot. Und wenn er unter Druck steht, wird es nur noch schlimmer.«

Sie lächelte. »Da hast du recht.«

Der Beobachtungsraum war funktional eingerichtet. Der Schreibtisch war schlicht – helles Holz und Metall – und hätte in jedem beliebigen Büro des Landes stehen können. Die Wände waren in zwei unterschiedlichen Beigetönen gestrichen, der Teppichboden verkehrsgrau, passend zum Aktenschrank. Es gab zwei schwarze Bürostühle, beide stark abgenutzt. Halogenleuchten spendeten kühles, diffuses Licht; eine Schreibtischlampe sorgte für zusätzliche Beleuchtung. Der Raum war eng und stickig, aber nicht beklemmend. Zum einen wirkte der Spiegel mit Blick in den Vernehmungsraum nebenan wie ein Fenster. Aber der Hauptgrund war die Funktion des Raums an sich. Hier herrschte ein ganz besonderes energetisches Knistern, das nicht nur vom Nylonteppichboden herrührte, sondern daher, dass jeder, der den Raum benutzte, dies einzig und allein mit dem Vorsatz tat, das Leben anderer zu kontrollieren. Und diese Kontrolle bedeutete Macht, und Macht Überlegenheit. Das Gefühl konnte zum Rausch werden, wenn man es zuließ. Marina konnte gut nachvollziehen, warum viele Polizisten auf Außenstehende arrogant wirkten.

Zum Glück war Phil anders. Noch immer nestelte er neben ihr an den Kabeln und dem Akku seines Mikrophons herum. Ohne großen Erfolg. Jedes Mal, wenn er den Akku in seinen Hosenbund steckte, fiel oben der Ohrstöpsel heraus.

»Mist …«

»Lass mich mal.«

Marina stand auf und nahm ihm den Ohrstöpsel aus den Fingern. Sie trat ganz dicht an ihn heran und steckte ihm den Stöpsel ins Ohr, wo sie ihn mit zwei Fingern festhielt. »Jetzt probier es noch mal«, forderte sie ihn auf.

Phil griff hinter sich und schob den Akku in den Hosenbund. Marina zog das Kabel hinter seinem Ohr zurecht, so dass es glatt an seinem Hals anlag. Sie lauschte auf seinen Atem, fühlte die Wärme seiner Haut. Sie merkte nicht, dass sie die Luft anhielt.

Phil beobachtete sie schweigend. Sie spürte es, ohne ihn ansehen zu müssen. Sie konnte ihn nicht ansehen. Nicht jetzt. Noch nicht. Ihre Finger zitterten. Sie richtete den Kragen seines Hemds, dann seine Jacke. Trat einen Schritt zurück.

»So. Schon besser.«

Phil rührte sich nicht und Marina auch nicht. Sie standen sich stumm gegenüber. Noch immer wich Marina seinen Blicken aus. Sie hätte sich ihm entziehen, sich wieder hinsetzen sollen. Noch einmal ihre Aufzeichnungen überfliegen. Aber sie blieb, wo sie war.

»Marina …«

Phil streckte die Hand nach ihr aus. Sie wollte so sehr, dass er sie berührte. So sehr. Und sie sehnte sich danach, die Berührung zu erwidern. Trotz allem, was zwischen ihnen vorgefallen war. Aber sie konnte nicht. Irgendwo tief in ihrem Innern fand sie einen geheimen Vorrat an Willenskraft und wich zurück. Phil ließ seine Hand sinken.

»Nicht jetzt, Phil. Du musst dich konzentrieren. Geh da rein und mach das, was du am besten kannst.«

Er nickte. »Wie sehe ich aus?«

»Wie ein Polizist, der eine Auseinandersetzung mit einer Baggerschaufel voll Schrott hatte.«

»Und? Habe ich gewonnen?«

Sie lächelte. Es war ein angestrengtes, verkrampftes Lächeln. »Nach Punkten vielleicht.«

»Na ja.« Er lächelte zurück – genauso verkrampft wie sie. »Besser als nichts.«

Phil schloss die Augen, holte einmal tief Luft, dann noch einmal. Er konzentrierte sich, bereitete sich auf seine Aufgabe vor.

»Gut.« Er öffnete die Augen. In ihnen lag keine Spur mehr von dem anderen Phil, Marinas enttäuschtem, verletztem Exliebhaber. Da war nur noch Phil der Detective. Ein Profi mit einem klaren Ziel vor Augen.

Was auch immer zwischen ihnen gesagt werden musste, konnte warten.

»Also gut«, sagte er. »Fangen wir an.«

39

Brotherton saß zusammengesunken auf seinem Stuhl, die Beine unter dem Tisch ausgestreckt. Er wirkte schon jetzt geschlagen, bevor Phil überhaupt mit ihm angefangen hatte.

Der Raum war klein und bot gerade ausreichend Platz für zwei Stühle und einen Tisch, und trotz aller Bemühungen der Reinigungskolonne roch er nach ungewaschenen Leibern und verdorbenen Seelen, nach schalem Schweiß und Verzweiflung, nach menschlichem Abschaum in all seinen Formen. Luft, genau wie Hoffnung, war hier drinnen eher knapp.

Drei der fensterlosen Wände waren mit Akustikplatten verkleidet und in einem tristen Behörden-Graugrün gestrichen. An der vierten Wand hing der Spiegel. Hätte Brotherton aufgeblickt, hätte er darin sein eigenes Gesicht gesehen. Die Tür war massiv und grau lackiert. Eine Neonröhre an der Decke summte leise wie eine sterbende Fliege und gab kaltes, schales Licht ab. Die Art von Licht, die Phil immer aufs Gemüt schlug und ihn an das erinnerte, was er zu Marina über die Aura von Tatorten und leeren Theatersälen gesagt hatte – Orte, von denen sich das Leben verabschiedet hatte.

Die Atmosphäre, so wusste er, war beabsichtigt. Im gleichen Maße, wie der Beobachtungsraum ein Gefühl von Macht und Kontrolle vermittelte, vermittelte das Vernehmungszimmer Ohnmacht und Hoffnungslosigkeit.

Er setzte sich Brotherton gegenüber und versuchte, nicht daran zu denken, dass Marina ihn beobachtete. Er blickte flüchtig auf die Tischplatte. Sie war zerkratzt und bekritzelt, Namen waren auf die Platte geschrieben oder hineingeritzt, Unschuldsbeteuerungen, sogar Liebesbotschaften, anonyme Versuche, Komplizen zu verpfeifen, Erfahrungsberichte über die Polizei im Allgemeinen und bestimmte Polizeibeamte im Besonderen. Phil suchte immer nach seinem eigenen Namen und dem Kontext, in dem er verwendet wurde. Es war ein kleines Stück Unsterblichkeit – zumindest so lange, bis jemand anders darüberkritzelte –, und es erfüllte ihn mit perversem Stolz, dass er bei jemandem einen derart bleibenden Eindruck hinterlassen hatte, dass dieser es aller Welt mitteilen wollte. Selbst wenn diese Mitteilung zum Inhalt hatte, dass der Verfasser Phil Brennan für ein Arschloch hielt.

Er musterte Brotherton, der keinerlei Notiz von ihm nahm. Dann holte er tief Luft.

»Okay, Ryan«, begann er und sah ihn direkt an in der Hoffnung, Blickkontakt herzustellen. »Das hier ist keine offizielle Vernehmung, deswegen gab es auch keine Rechtsbelehrung. Nichts von dem, was Sie hier sagen, wird aufgezeichnet. Es ist einfach nur eine freundliche Unterhaltung zwischen Ihnen und mir.«

Brotherton zuckte mit den Achseln. »Ich hab nichts zu sagen.«

Phil lächelte. »Nein. Sie lassen Taten sprechen.«

Brotherton sah auf. »Was soll das denn heißen?«

Phil lehnte sich vor. »Kommen Sie, Ryan. Sie jagen meinen Detective Sergeant mit einem Greifer quer über Ihren Hof und lassen eine ganze Ladung Schrott auf ihn fallen? Na ja, einfallsreich war es jedenfalls.«

Brotherton zuckte erneut mit den Achseln, aber Phil hatte das Gefühl, dass sein Kompliment angekommen war und der Mann ein wenig auftaute. Er hakte nach. »Im Übrigen wäre das durchaus nicht nötig gewesen.«

»Ach nein?«

»Nein. Absolut nicht. Warum haben Sie nicht einfach mit uns geredet? Mit mir?«

Brothertons Augen verengten sich. »Was meinen Sie damit?«

»Was ich damit meine? Sie wissen genau, was ich meine.« Phil lächelte verschwörerisch und beugte sich über den Tisch. »Von Mann zu Mann.«

Brotherton sah ihn fragend an. Phil fuhr fort.

»Ryan, ich habe Ihnen mehrmals gesagt: Das mit Claire ist eine haarige Situation, das kann ich nachvollziehen, aber trotzdem müssen wir darüber reden. Wenn Sie mir etwas zu sagen haben, sagen Sie es mir persönlich. Aber Sie haben ja die ganze Zeit darauf bestanden, dass Sophie dabei ist.«

»Was hätte ich Ihnen denn zu sagen gehabt?«

Phil lächelte. »Ach, Ryan. Sie sind doch nicht der Erste, der Ärger mit Frauen hat. So was passiert jedem von uns.«

Brotherton schnaubte. »Sogar einem Bullen?«

Phil schüttelte den Kopf und seufzte. »Ich kann Ihnen Geschichten erzählen …«

Brothertons Interesse schien geweckt. Seine Miene signalisierte, dass er darüber nachdachte, ob er mehr sagen sollte. Phil beugte sich noch dichter zu Brotherton. Bevor er sprach, sah er sich um, als hielte er nach Lauschern Ausschau, und senkte die Stimme.

»Ryan. Ich will damit bloß sagen, dass ich genau weiß, wie

Sie sich fühlen. Manchmal möchte man einfach …« Er ballte die Hände zu Fäusten. »Wissen Sie, was ich meine?«

Brothertons Gesicht war ein Schlachtfeld unterschiedlicher Emotionen. Phil wusste, der Mann wollte ihm glauben. Er wollte, dass Phil weitersprach und sich in dieser misslichen Lage als Freund und verwandte Seele entpuppte. Aber er war von Natur aus misstrauisch. Also bohrte Phil weiter.

»Ich hatte mal eine Freundin«, sagte er. »Meine letzte. Sie wissen ja, wie das ist. Am Anfang ist alles wunderbar, sie vergöttern einen, sind immer für einen da, tun alles, um zu gefallen … und dann geht's los, stimmt's? Sie wollen dich verändern, mäkeln ständig an einem herum. Du ziehst dich nicht anständig an. Siehst nicht gut genug aus. Sie können deine Freunde nicht leiden. Wissen Sie, was ich meine?«

Brotherton nickte. »Hm. Ich weiß genau, was Sie meinen.«

»Auf einmal hören sie auf, dich zu verwöhnen und nett zu sein. Und bevor man es sich versieht, kann man ihnen nichts mehr recht machen.« Phil schüttelte in gespielter Verzweiflung den Kopf. »Mal ehrlich, warum lassen sie sich überhaupt mit einem ein, wenn man ihnen nichts recht machen kann und sie ständig an einem herummeckern?«

»Claire war auch so eine«, sagte Brotherton. »Genau so. So scheiß … nervig.«

Phil lächelte wissend. »Ja. Genau. Was soll man machen? Manchmal wird man einfach …« Wieder ballte er die Hände zu Fäusten und verzog das Gesicht. »Man kann einfach nicht anders. Sie machen einen fertig.«

Brotherton lehnte sich ein Stück zurück. Sein Argwohn war wieder erwacht. »Sie haben das doch noch nie gemacht. Eine Frau geschlagen.«

»Ach nein?« Erneut warf Phil einen Blick in die Runde, um

sicherzugehen, dass er nicht belauscht wurde. »Wie gesagt. Sie sind nicht der Einzige hier im Raum.«

Hoffnung glomm in Brothertons Augen auf. Noch war er vorsichtig, aber ihm war anzusehen, dass er Phil glauben wollte. »Ach ja?«

»Ja«, sagte Phil, als würde er seinem Gegenüber eine tiefe Wahrheit mitteilen. »Ich sage Ihnen ganz ehrlich, viele von uns hassen es, wenn sie Leute wie Sie hochnehmen müssen. Zeitverschwendung, man könnte in der Zeit viel wichtigere Dinge tun. Päderasten fangen. Echte Verbrecher.«

Brotherton nickte. »Verdammt richtig.«

»Außerdem hat nun mal der Mann das Sagen. Das ist doch ganz normal. Natürlich darf man das heutzutage nicht mehr laut sagen. Politische Korrektheit und der ganze Kram. Dafür würden sie einen sofort drankriegen.«

Brotherton schüttelte den Kopf. »Wem sagen Sie das? Heutzutage kann man gar nichts mehr machen. Manchmal frag ich mich, ob nicht die ganze Scheißwelt den Bach runtergeht.«

Phil lehnte sich zurück und unterdrückte ein Lächeln. »Ich weiß genau, was Sie meinen.«

Er hatte ihn.

40

Es war fast Zeit.

Er hatte genau an der richtigen Stelle geparkt: nicht zu dicht am Eingang zur Siedlung, aber auch nicht zu nah am Haus, um den Verdacht der Anwohner zu erregen. Nicht dass sie eine Gefahr für ihn dargestellt hätten. Wenn er gewollt hätte, hätte er in jedes beliebige Haus reinspazieren und etwas stehlen können, ohne dass die Bewohner auch nur das Geringste gemerkt hätten. Die Leute, die in diesen Häusern wohnten, waren so sehr damit beschäftigt, nach den geifernden Sexmonstern aus den Boulevardblättern Ausschau zu halten, dass sie die Ungeheuer, die sich mitten unter ihnen befanden, glatt übersahen.

Es war heller Tag – zumindest so hell, wie es der graue Novemberhimmel erlaubte. Es war die Zeit, in der sich die meisten Einbrüche ereigneten.

Er stellte den Motor ab und wartete. Ausgehend von seinen Beobachtungen hatte er sich einen Plan zurechtgelegt: auf welche Hindernisse er achtgeben, auf welche Eventualitäten er vorbereitet sein musste. Dann überprüfte er ein letztes Mal den Inhalt der Tasche auf dem Beifahrersitz. Als er zufrieden war, dass er alles dabeihatte, was er brauchen würde, lehnte er sich zurück. Brachte sich in die richtige Stimmung.

Es geschah alles ein wenig überstürzt. Normalerweise hätte er Wochen – sogar Monate – damit verbracht, alles zu planen. Aber er hatte keine Wochen und erst recht keine Monate. Nicht einmal Tage. Er brauchte sofort ein neues Baby, um das alte zu ersetzen, das gestorben war. Nicht für sich persönlich. Ihm selbst ging es ausschließlich um die Jagd. Das Töten. Das war alles, was zählte. Der ganze Rest war bloß eine Rechtfertigung. Ein Anlass. Das hier – das war das einzig Wichtige.

Er ging noch ein letztes Mal alles in Gedanken durch, dann war er bereit.

Er ließ den Hammer im Ärmel seines Mantels verschwinden und stieg aus dem Wagen.

Ging die Straße hinauf.

Der Wind trug den Geruch seiner Beute zu ihm hin.

41

Graeme Eades konnte kaum die Hände am Lenkrad stillhalten, so aufgeregt war er.

Ein ganzer Nachmittag mit Erin. Nicht nur eine hastige Nummer während der Mittagspause in einer leerstehenden Abstellkammer oder auf dem Beifahrersitz seines Seat in einer schattigen Ecke eines Supermarktparklatzes irgendwo am Stadtrand. Nein. Endlich ein ganzer Nachmittag. Nur sie beide.

Er parkte vor dem Holiday Inn und stellte den Motor ab. Das Hotel lag außerhalb von Colchester in Eight Ash Green und sollte mit seiner Architektur wohl an eine amerikanische Ranch erinnern. Es war hauptsächlich auf Geschäftsreisende spezialisiert. Graeme wusste das, weil er bereits des Öfteren Aufenthalte für Partner seiner Firma dort gebucht hatte. Ihm war es egal, denn er würde weder den Fitnessraum noch den Pool benutzen, noch dem hauseigenen Spa einen Besuch abstatten. Sein Aufenthalt hier würde nur kurz sein und war außerdem schon komplett verplant. Die Hauptsache für ihn war, dass das Hotel weit genug vom Stadtzentrum entfernt lag, so dass er nicht befürchten musste, einem Bekannten zu begegnen.

Er stieg aus und schnappte sich die Plastiktüte vom Beifahrersitz, dann schloss er den Wagen ab. Bevor er hergefahren war, hatte er noch dem Ann Summers Sexshop einen

Besuch abgestattet, um sich mit Dessous und Accessoires einzudecken, mit deren Hilfe er den Nachmittag so denkwürdig wie möglich gestalten wollte. Strümpfe, ein Bustier, Höschen mit offenem Schritt – alles in Erins Größe, die er heimlich in einem ihrer Kleidungsstücke nachgesehen hatte. Außerdem noch zahlreiches Zubehör: Cremes, Öle, Spielzeug … er hatte richtig zugeschlagen. Nachdem er erst einmal im Laden war, hatte er sich kaum bremsen können. Am liebsten hätte er die gesamte Auslage mitgenommen. Die junge Frau an der Kasse war sprachlos gewesen, und er hatte sie breit angegrinst. *Das Mädchen ist auch nicht übel*, hatte er bei sich gedacht. Vielleicht ein bisschen klein geraten, und sie hätte gut und gerne ein paar Pfund abspecken können, aber von der Bettkante hätte er sie nicht gestoßen. Er konnte sich direkt vorstellen, wie er einige der Gegenstände, die er gekauft hatte, an ihr ausprobieren würde und wie ihr Gesicht beim Höhepunkt aussehen würde … Er hatte genau gewusst, was ihr durch den Kopf ging, während sie die Preise in die Kasse eintippte und die Artikel einen nach dem anderen in eine Plastiktüte wandern ließ. *Da wird sich aber jemand freuen.* Bei dem Gedanken daran war sein Grinsen noch breiter geworden. Er hatte ihr zugezwinkert, als sie ihm die Plastiktüte überreicht hatte. Sie hatte nicht darauf reagiert, aber das war ihm egal gewesen. Er hatte sie vergessen, kaum dass er aus dem Laden auf die Straße getreten war. Er hatte Erin. Erin war alles, was er brauchte.

Erin. Graeme überquerte den Parkplatz und steuerte auf den Hoteleingang zu. Erin. Er konnte sein Glück kaum fassen. Sie arbeitete erst seit kurzem in seiner Firma, und anfangs hatte er seinen Blick kaum von ihr losreißen können. Den Kollegen war es ähnlich gegangen – und vermutlich auch einigen der Kolleginnen, dachte Graeme mit einem laszіven Grinsen. Erin war jung, brünett und hatte fantastische Kurven. Und sie wollte, dass alle sie sahen. Er wusste gar nicht, was genau sie in der Firma machte, vielleicht irgendetwas in der Buchhaltung – aber welche Wirkung sie auf ihn hatte, daran bestand kein Zweifel. Wie sie durchs Büro stöckelte – hüftenschwingend, die Brüste vorgereckt, stets ein Lächeln auf den Lippen … Vielleicht lag es daran. Sie wirkte einfach immer so glücklich, so selbstzufrieden. Außerdem signalisierte ihr Lächeln, dass sie zu allem bereit war, Hauptsache, es verhieß Spaß.

Nicht wie Caroline. Seit einiger Zeit war sie wie verwandelt. Fett und träge. Jammerte den ganzen Tag über irgendwelche Wehwehchen. Das Einzige, was sie noch konnte, war die Hand aufzuhalten: Geld für den Friseur, für neue Kleider, sogar für ein neues Auto. Er hatte ihr alles gekauft, nur damit sie Ruhe gab. Eigentlich sollte die Geburt eines Babys ja eine freudige Angelegenheit sein, aber er hatte langsam die Nase gestrichen voll von der ganzen Sache. Dementsprechend dankbar war er über jede Gelegenheit, seiner Frau zu entkommen.

Wie gut es tat, mit jemandem zusammen zu sein, der so ganz anders war als sie.

Er konnte gar nicht glauben, wie leicht sich alles ergeben hatte. Eines Tages war Erin in sein Büro gekommen, hatte ihm etwas zur Unterschrift vorgelegt und sich dabei weit über seinen Schreibtisch gebeugt, so dass er direkt in ihren Ausschnitt sehen konnte. Bevor er wusste, was er tat, hatte er gerufen: »Gott, ich wette, Sie sind gut im Bett!«

Noch bevor er Zeit hatte, rot zu werden, hatte sie geantwortet: »Stimmt. Wollen Sie rausfinden, wie gut?«

Mehr war nicht nötig gewesen.

Das zwischen ihnen war keine Büroromanze, denn mit Romantik hatte die Sache herzlich wenig zu tun. Es ging einzig und allein um Sex. Schwitzigen, dreckigen, harten Sex. Wo und wann immer sie die Gelegenheit dazu hatten. Es war einmalig. Und so viel billiger, als zu einer Prostituierten zu gehen!

Aber Graeme war nicht dumm. Er wusste, dass Erin all das höchstwahrscheinlich nicht getan hätte, wenn er nicht ihr Boss gewesen wäre. Und so hatte sie bereits mehrmals den Wunsch nach einer Beförderung geäußert. Graeme machte das nichts aus. Er half gern. Solange er sie dadurch an sich binden konnte.

Er betrat die Hotellobby und ging schnurstracks zur Rezeption. »Ich habe ein Zimmer reserviert. Mr und Mrs Eades«, sagte er.

Die junge Frau hinter dem Tresen warf einen Blick auf ihren Computerbildschirm. Während sie beschäftigt war, betrachtete Graeme sein Gesicht in der spiegelnden Fläche des Rezeptionstresens. Seit er Erin kannte, hatte er ein paar Pfund abgenommen. Er kleidete sich besser und hatte sich sogar einen modischeren Haarschnitt zugelegt. Ein weiterer kritischer Blick. Aber trotzdem: Ganz verbergen ließ sich die Tatsache nicht, dass er ein Mann mittleren Alters war, der verzweifelt versuchte, die Zeit zurückzudrehen. *Na ja*, dachte er und verdrängte den Gedanken. *Wenigstens habe ich mir noch keinen roten Sportwagen gekauft.*

Die Rezeptionistin bestätigte seine Reservierung und bat ihn, das Anmeldeformular auszufüllen. Sie klärte ihn darüber auf, um wie viel Uhr das Frühstück serviert wurde, und zählte die zusätzlichen Dienstleistungen auf, die das Hotel anbot. Graeme hätte am liebsten gerufen: *Euer Frühstück ist mir scheißegal! Ich bin nur einen Nachmittag hier, um einer meiner Angestellten das Hirn rauszuvögeln! Und danach bin ich über alle Berge!* Natürlich tat er das nicht. Stattdessen hörte er geduldig zu und bedankte sich mit einem Lächeln für die Informationen. Dann nahm er seine Schlüsselkarte entgegen und ging hinauf in sein Zimmer, wo er die Einkäufe auf dem Bett ausbreitete und seine heißen Fantasien von der Leine ließ.

Während er diverse Gegenstände aus ihren Verpackungen nahm, Batterien einlegte und prüfte, ob alles ordnungsgemäß funktionierte, fiel ihm etwas ein: Eigentlich hätte er heute Nachmittag zu Hause sein sollen. Caroline wusste, dass er früher Feierabend hatte. Er hatte ihr versprochen, den Wocheneinkauf zu erledigen, da sie inzwischen nicht mehr schwer tragen konnte. Oder vielleicht war sie schlicht und einfach zu faul. Zeit und Kraft, sich mit ihren Freundinnen zum Mittagessen zu treffen, hatte sie jedenfalls immer reichlich. Mittagessen, die er bezahlen musste.

Egal, dachte er. *Sie würde eben warten müssen.*

Er schaltete den pinkfarbenen Jelly-Vibrator ein, spürte, wie er in seiner Hand vibrierte, und lächelte. Perfekt. Er warf einen Blick auf die Uhr und rückte dann seine Hose zurecht, um den angenehm unangenehmen Druck auf die Beule im Schritt ein wenig zu lindern.

Beeil dich, Erin, dachte er. *Ich warte auf dich ...*

42

Caroline Eades war zu Tode erschöpft.

Heute hatte sie es nicht einmal geschafft, sich anzuziehen. Den ganzen Tag über hatte sie einfach nur auf dem Sofa gesessen und ferngesehen.

Normalerweise nahm sie sich jeden Tag etwas vor: Yoga, ein Mittagessen mit Freundinnen, Shopping. Heute wäre es ein Friseurtermin gewesen, den sie allerdings abgesagt hatte. Die Vorstellung, aufzustehen und sich zurechtmachen zu müssen, war einfach zu viel gewesen.

Es hatte gleich nach dem Aufwachen begonnen. Als hätte eine riesige Matratze sie erwischt und flach auf den Rücken geworfen. Sie hatte sich zwingen müssen aufzustehen, ihren Kindern das Frühstück zu machen und dafür zu sorgen, dass sie pünktlich zur Schule kamen. Danach hatte sie sich gleich wieder hingelegt. Seitdem hatte sie sich nicht mehr bewegt. Es war noch schlimmer als in den ersten drei Monaten der Schwangerschaft. Kein Wunder, bei dem Gewicht, das sie inzwischen mit sich herumschleppte. Und erst das Sodbrennen … als hätte sie wochenlang nichts als Curry gegessen.

So sah also ihr Tagesplan aus: das Sofa, eine Tasse Tee und das Vormittagsprogramm im Fernsehen. Im Moment lief gerade *Loose Women* – oder *Wild gewordene Weibsstücke*, wie Caroline die Talkshow insgeheim nannte. Die vier Interviewerinnen redeten permanent durcheinander und buhlten schamlos um die Aufmerksamkeit des Stargasts, indem sie sich gegenseitig mit immer schlüpfrigeren Kommentaren überboten. Irgendwann konnte sie es nicht mehr ertragen und schaltete um. *Diagnose Mord.* Schon besser. Doch nach einer Weile merkte sie, dass sie der Handlung nicht recht folgen konnte. Selbst der einfach gestrickte Plot überforderte sie. Mehr Kanäle wollte sie nicht durchprobieren, also schaltete sie den Fernseher ganz aus.

Sie trank einen Schluck von ihrem Tee und verzog das Gesicht. Kaffee konnte sie noch ohne Probleme trinken, aber bei Tee wusste sie nie im Voraus, ob er ihr schmecken würde. Und nicht nur ihr Geschmackssinn hatte sich verändert, auch ihr Geruchssinn war viel empfindlicher geworden. Gerüche, die sie früher gemocht oder die ihr zumindest nichts ausgemacht hatten, fand sie nun unerträglich. Der Geruch im Kühlschrank zum Beispiel oder Graemes Aftershave. Und jetzt verursachte ihr selbst der Duft ihres Tees Übelkeit.

Sie lehnte sich zurück, schloss die Augen und versuchte sich zu entspannen. Es ging nicht. Egal, wie sie sich hinsetzte, auf welche Seite sie sich drehte, sie konnte einfach keine bequeme Position finden. Sie schlug die Augen wieder auf und sah sich um. In ihrem normalerweise makellosen Haus wurde es unordentlich. Graeme wollte keine Putzfrau bezahlen, er hielt das für Geldverschwendung, da sie ja ohnehin den ganzen Tag zu Hause sei und nichts Besseres zu tun habe. Aber heute konnte sie nicht einmal die Energie aufbringen aufzustehen, geschweige denn aufzuräumen.

Das Abendessen musste sie auch noch kochen, und im Vorratsschrank herrschte gähnende Leere. Wenigstens hatte Graeme sich bereit erklärt, auf dem Heimweg von der Arbeit bei Sainsbury vorbeizufahren und einzukaufen. Er war nicht gerade vor Freude in die Luft gesprungen, als sie ihn darum gebeten hatte, aber was hieß das schon? In letzter Zeit war er sowieso fast immer schlecht gelaunt.

Sie warf einen Blick auf ihre Armbanduhr. Eigentlich hätte er schon zurück sein müssen. Er hatte gesagt, er wolle sich den Nachmittag freinehmen. In letzter Zeit war er verschlossener denn je. Er verbrachte mehr und mehr Zeit im Büro, und wenn er ausnahmsweise doch einmal zu Hause war, schnauzte er sie an. Ihr war aufgefallen, dass er sich neuerdings besser kleidete. Er hatte sich eine neue Frisur zugelegt und abgenommen. Wieder schoss ihr der Gedanke durch den Kopf, er könne eine Affäre haben, doch im Moment hatte sie weder die Energie noch den Mut, sich damit auseinanderzusetzen.

Sie nippte erneut an ihrem Tee, nur um gleich darauf das Gesicht zu verziehen. Untrinkbar.

Sie stellte die Tasse auf dem Couchtisch ab, ließ sich zurücksinken und warf erneut einen Blick auf die Uhr. Graeme war wirklich spät dran …

Gerade in dem Augenblick, als sie dabei war, sich allerlei haarsträubenden Vorstellungen über den Grund seines Ausbleibens hinzugeben, schrillte die Türklingel. Sie seufzte. Wahrscheinlich hatte er den Schlüssel vergessen. Oder er wollte, dass sie ihm dabei half, die Einkaufstüten aus dem Auto ins Haus zu tragen. Egoist. In ihrem Zustand. Aber ein solches Verhalten war typisch für ihn.

Sie hievte sich vom Sofa und watschelte schwerfällig vom Wohnzimmer in den Flur. Wieder wurde auf die Klingel gedrückt.

»Ist gut, ich komme ja schon …«

Sie erreichte die Tür und drückte die Klinke herunter. Und

dachte im selben Moment: *Graeme kann seinen Haustürschlüssel gar nicht vergessen haben, der hängt doch zusammen mit seinem Autoschlüssel an einem Schlüsselring.*

Sie öffnete die Tür vollständig. Es war nicht Graeme.

Dann sauste der Hammer herab.

Ihr letzter Gedanke: Wäre sie doch zum Friseur gegangen.

43

»Warum sitze ich überhaupt hier, Clayton? Ich hab hier nichts zu suchen, das weißt du ganz genau. Du hast mir was versprochen!«, zischte Sophie Gale, beugte sich über den Tisch und sah Clayton herausfordernd an. Sie war wütend, das konnte er sehen. Aber er wusste, dass sich unter ihrer Wut noch etwas anderes verbarg. Er wusste bloß nicht, was.

»Ja, ich weiß. Aber was soll ich denn machen? Wenn der Boss sagt, du musst mit aufs Revier, dann musst du mit aufs Revier. Du weißt doch, wie das läuft. Hör zu«, sagte er, beugte sich ebenfalls über den Tisch und sprach leise und beschwörend auf sie ein. »Mach dir keine Sorgen. Und gerat bloß nicht in Panik. Das ist die Hauptsache.«

Sophie gab keine Antwort. Sie starrte ihn einfach nur feindselig an, die Arme vor der Brust verschränkt. So verharrte sie einige Sekunden, die Clayton wie eine Ewigkeit vorkamen.

Clayton und Sophie saßen in einem Raum, der dem anderen, in dem Phil zur selben Zeit Ryan Brotherton vernahm, sehr ähnlich war. Dieselbe triste Farbgestaltung, dasselbe Licht, derselbe zerkratzte Tisch und dieselbe Atmosphäre der Hoffnungslosigkeit. Nur der Spiegel fehlte. Das, fand Clayton, war immerhin etwas.

Er hatte darum gebeten, Sophie selbst vernehmen zu dürfen. Um die Ermittlungen voranzutreiben, hatte er behauptet. Natürlich hatte man sein Anliegen abgelehnt. Er kannte die

Regeln: Er war während der Arbeit an dem Fall angegriffen worden. Gegen den Täter würde Anklage wegen versuchten Mordes erhoben werden. Damit war er persönlich in die Angelegenheit verwickelt, und man hatte ihn von dem Fall abgezogen. Standardverfahren. Gehofft hatte er trotzdem.

Also war ihm nichts anderes übriggeblieben, als sich heimlich Zutritt zum Vernehmungsraum zu verschaffen, um noch rasch mit Sophie zu sprechen, bevor Anni das Verhör übernahm. Ausgerechnet Anni! Er wusste, dass die Zeit knapp war und dass er und Sophie sich schnellstmöglich eine glaubwürdige Geschichte zurechtlegen mussten.

»Ich bin so was von am Arsch«, verkündete Sophie schließlich.

»Das bist du nicht«, widersprach Clayton. Aber der Satz klang selbst in seinen Ohren lahm.

»Sei nicht dämlich«, gab sie zurück. »Wenn ich sag, dass Ryan an dem Abend, als seine Ex getötet wurde, mit mir zusammen zu Hause war, und ihr rausfindet, dass das nicht stimmt, geht ihr mir an den Kragen. Und wenn ich sag, dass er nicht zu Hause war, dann geht er mir an den Kragen. Ganz egal, was passiert, ich sitze in der Scheiße.« Sie lehnte sich zurück. »Vielen Dank.«

Clayton wurde langsam, aber sicher wütend. Und er wusste, dass seine Wut dieselben Wurzeln hatte wie ihre: Angst. »Hör zu«, sagte er und breitete in einer halb beschwichtigenden, halb flehenden Geste die Arme aus. »Es geht hier nicht nur um dich, okay? Sondern auch um mich. Was auch immer über dich rauskommt, ich hänge da mit drin. Und dann können wir beide einpacken. Bedank dich bei deinem Arschgesicht von Freund dafür, dass ich von dem Fall abgezogen wurde. Eigentlich dürfte ich gar nicht hier sein. Wir haben also nicht viel Zeit. Denk nach. Wir müssen gemeinsam eine Lösung finden.«

Wieder schwiegen beide.

»Pass auf«, fuhr Clayton schließlich fort. Er sprach hastig. »Am besten, wir machen Folgendes: Ich gehe zu meinem Boss und sage ihm, was du über Brotherton gesagt hast – dass er an dem Abend, als Claire Fielding getötet wurde, nicht zu Hause war.«

Sie wollte ihn unterbrechen, aber er brachte sie mit einer Handbewegung zum Schweigen. »Hör mir doch erst mal zu. Ich sage ihm alles. Aber ich sage ihm auch, dass du Angst vor Brotherton hast. Dass du mir deswegen nichts verraten wolltest und dass deine Aussage nur unter einer Bedingung verwendet werden darf: Gegen Brotherton muss sofort Anklage erhoben werden, und er muss in Untersuchungshaft kommen. Keine Kaution. Weil … weil sonst dein Leben in Gefahr wäre.«

Clayton lehnte sich zurück. Er war sehr zufrieden mit sich. »Das wird klappen. Ganz sicher. Was meinst du dazu?«

Sophie starrte ihn weiterhin unverwandt an. »Und welches Risiko gehst du dabei ein?«

Clayton runzelte die Stirn. »Was?«

»Ich dachte, es wäre für uns beide ein Risiko. Ich kapier aber nicht ganz, wieso es für dich eins sein sollte.«

Clayton seufzte. »Was Besseres fällt mir nicht ein.«

»Dann musst du eben noch mal nachdenken. Wenn ich nämlich tatsächlich aussage und sie Ryan dann doch laufenlassen, bin ich am Arsch. Kein Job, keine Wohnung. Ganz zu schweigen von dem, was er mit mir anstellen würde.«

»Wenn er irgendwas versucht, landet er sofort wieder im Knast.«

Sie verdrehte die Augen und warf die Arme in die Luft. »Na toll. Und ich im Krankenhaus!«

»Sophie, das ist der einzige Ausweg!«

»Für dich vielleicht.«

»Hast du etwa eine bessere Idee?«

»Und ob ich die hab.«

Das gemeine Funkeln, das in Sophies Augen aufglomm, gefiel Clayton gar nicht. »Und was für eine?«

»Ich sag alles. Und zwar nicht dir, sondern deinem Boss. Darüber, dass ich früher eure Informantin war. Die Informationen, die ich euch geliefert hab. Wie viele Leute wegen mir verurteilt wurden. Ich sag ihm, was für eine erstklassige Quelle ich war.« Das Funkeln wurde noch bösartiger. »Und dann sag ich ihm, dass wir zwei uns von damals kennen und dass du verlangt hast, ich soll nicht verraten, dass du es von mir früher immer umsonst bekommen hast. Aber das ist ja noch gar nicht alles, stimmt's?«

Clayton schwieg.

»Oh nein«, fuhr Sophie fort. »Damit hast du dich nicht zufriedengegeben. Du wolltest hoch hinaus. Hast deine Freunde rangelassen. Sogar Fremde. Ein Zuhälter in Uniform.«

»Halt den Mund!«

»Hin und wieder mal umsonst vögeln – danach kräht kein Hahn. Aber wenn einer von den Bullen sein eigenes Geschäft damit aufzieht ... ich glaub nicht, dass das bei deinen Vorgesetzten besonders gut ankommen würde. Und ich werd ihnen alles erzählen. Dass du gesagt hast, du würdest mich decken, wenn ich nur brav die Klappe halte. Dass du mich gestern sogar um einen Blowjob gebeten hast, der guten, alten Zeiten wegen.«

»Das ist nicht –«

Sophie lächelte. Es war kein angenehmes Lächeln. »Das ist der einzige Ausweg!«, äffte sie Claytons Worte nach.

Clayton seufzte und lehnte sich zurück. »Das ist alles so beschissen.«

»Kann man wohl sagen.«

»Wir müssen uns was einfallen lassen. Schnell.«

Der kleine Raum wurde mit einem Mal schrecklich eng.

Sie starrten sich an.

Keiner von beiden wusste, was er sagen sollte.

44

»Wissen Sie«, sagte Phil, als gäbe er ein wohlgehütetes Geheimnis preis, »das wäre alles nicht nötig gewesen. Das mit dem Kran und dem Schrott.«

»Nein?« Brotherton sah ihn ernsthaft interessiert an.

Phil ließ nicht locker, und seine Methode ging auf. Er hatte hartgesottene Kriminelle gesehen, die sich davon hatten einwickeln lassen. Selbst straffällig gewordene Polizisten, die sich irgendwann auf der gegenüberliegenden Seite des Tisches wiedergefunden hatten, sprangen darauf an. Und sie waren ausgebildet worden, es nicht zu tun.

Aber Phil hütete sich davor, übermütig zu werden. Er blieb hochkonzentriert. Er war längst noch nicht da, wo er hinwollte.

»Nein«, sagte er. »Wenn Sie Clayton oder mir etwas hätten antun wollten, warum haben Sie dann nicht einfach einen von uns niedergeschlagen?«

»Das wäre doch tätlicher Angriff gewesen, oder nicht?«

»Klar, aber wenigstens hätten Sie Zeit gewonnen. Sie hätten fliehen können. Und später hätte ein guter Anwalt Sie rausgehauen. Er hätte sagen können, ich hätte Sie genötigt oder so.«

»Echt?«

»Sicher.« Phil hielt es für besser, nichts von der Anklage wegen versuchten Mordes zu erwähnen, die über Brotherton schwebte. Er wollte vorankommen. »Das wäre durchaus eine Option gewesen. Ich meine, stark genug sind Sie ja.« Er wartete ein paar Sekunden ab, damit Brotherton das Kompliment auch wirklich registrierte, dann fuhr er fort. »Ich halte mich ja für ziemlich fit, aber um so einen Körper wie Ihren zu bekommen, muss man richtig hart trainieren. Das kommt doch bestimmt nicht nur von Ihrer Arbeit auf dem Schrottplatz, oder?«

»Nein«, antwortete Brotherton und spannte unwillkürlich seinen Bizeps an. »Ich gehe ins Studio.«

»Dachte ich es mir doch. Wie lange machen Sie das schon?«

Brotherton blickte nach rechts. »Hab mit zwanzig angefangen. Ungefähr fünfzehn Jahre also.«

»Das ist echter Einsatz. Und wo?«

Wieder ein Blick nach rechts. »Früher war ich Mitglied bei Leisure World an der Avenue of Remembrance. Jetzt bin ich in einem Club in Highwoods.«

»Ich gehe auch gerne trainieren, aber im Moment bin ich auf der Suche nach einem neuen Studio. Bin nämlich gerade umgezogen.« Er lachte. »Ihnen kann ich natürlich nicht annähernd das Wasser reichen. Wie ist das Studio in Highwoods denn so? Kann man es empfehlen?«

Brotherton runzelte die Stirn, und sein Blick wanderte nach links. »Klar. Eigentlich ein ganz normales Studio. Die haben einen Pool, eine Sauna und so.« Er nickte. »Besser als viele andere, nicht so viele Cliquen. Aber na ja. Letzten Endes ist Fitnessstudio gleich Fitnessstudio. Man bekommt immer nur das raus, was man reinsteckt.«

Phil nickte, während er augenscheinlich über die Sache nachdachte. »Stimmt.« Er nahm die Hand hinter den Rücken und bewegte sie unauffällig auf und ab. Kurz darauf wurde an den Spiegel geklopft.

Brotherton fuhr zusammen. Phil tat so, als würde er sich ebenfalls erschrecken.

»Entschuldigen Sie«, sagte er. »Ich glaube, die wollen mich sprechen. Bin gleich wieder da.«

Er stand auf und verließ den Raum.

Marina erwartete ihn bereits, als er den Beobachtungsraum betrat.

»Hast du alles?«, fragte er.

»Ja. Augen nach rechts, er erinnert sich. Augen nach links, er denkt nach.«

Phil lächelte schief. »Hoffen wir bloß, dass er keinen nervösen Tick hat. Das wäre wirklich Pech.«

Marina erwiderte sein Lächeln.

»Also gut«, sagte er. »Dann können wir loslegen?«

»Ich denke schon.«

In der neurolinguistischen Verhörtechnik wurde mit zwei verschiedenen Arten von Fragen gearbeitet: solche, die sich ausschließlich auf das Erinnerungsvermögen bezogen, und solche, für deren Beantwortung eine kognitive Leistung notwendig war. Die anfangs gestellten harmlosen Fragen sollten die vernommene Person nicht nur in Sicherheit wiegen, sondern dienten darüber hinaus dazu, einen Maßstab zu errichten, anhand dessen alle folgenden Antworten ausgewertet werden konnten. Grundsätzlich war die Körpersprache je nach Art der gestellten Frage unterschiedlich. Brotherton zum Beispiel sah nach rechts, wenn man ihm eine Frage stellte, die sein Erinnerungsvermögen beanspruchte. Fragte man ihn hingegen etwas, worüber er nachdenken musste, blickte er nach links. Wenn ihm also eine

Erinnerungsfrage gestellt wurde und er darauf wie auf eine Denkfrage antwortete, bedeutete das, dass er sich seine Antwort genau überlegte, um Zeit zu gewinnen. Kurz gefasst: Er log höchstwahrscheinlich.

»Tut mir leid wegen dem … was ich da drin gesagt hab«, meinte Phil vage.

»Kein Problem«, meinte Marina, den Blick auf ihre Notizen gerichtet. »Das ist dein Job. Du musst dich nicht entschuldigen.«

»Okay«, meinte er und nahm eine Aktenmappe vom Tisch, auf die Brothertons Name geschrieben war. »Los geht's. Wünsch mir Glück.«

Sie lächelte. »Das brauchst du nicht.«

Er erwiderte ihr Lächeln. »Tu's trotzdem.«

»Viel Glück.«

»Danke.«

Er ließ sie wieder allein. Sie blickte durch den Spiegel und wartete darauf, dass das Verhör weiterging.

45

Clayton sah sich im Raum um. Langsam ahnte er, wie es sich anfühlen musste, auf der anderen Seite des Tischs zu sitzen. Schon jetzt kam er sich vor, als wäre er derjenige, der hier drin festgehalten wurde und drauf und dran war, sich in seinen Lügen zu verstricken. Er musterte Sophie. Sie erwiderte seinen Blick, um gleich darauf angeekelt wegzuschauen. Er konnte es ihr so recht nicht verübeln.

Er sah auf die Uhr und seufzte. Sie schien dieselbe Uhrzeit anzuzeigen wie beim letzten Mal. *Es ist wie im Wartezimmer eines Arztes,* dachte er. *Während man auf ein Testergebnis wartet, das bestätigen soll, ob man an einer gefährlichen Krankheit leidet.*

Noch ein Seufzer. Er widerstand dem Drang, erneut auf die Uhr zu schauen.

»Wahrscheinlich hat dein Freund inzwischen schon alles gestanden.«

Sophie starrte ihn an. »Wohl kaum.« Ihre Stimme klang fest und sicher, aber er spürte die Unsicherheit hinter ihren Worten. »Er ist nicht der Typ dafür.«

Clayton schüttelte den Kopf. »Jeder ist der Typ dafür.« Er schob seinen Ärmel hoch, kämpfte wieder gegen das Bedürfnis, auf die Uhr zu sehen. Ließ den Ärmel über sein Handgelenk zurückrutschen. »Er ist genauso wie alle anderen.«

Sophie setzte sich auf, als wolle sie ihm widersprechen,

entschied sich dann aber anders und ließ sich zurückfallen, als hätte sie resigniert.

Clayton konnte es ihr nachfühlen. Noch nie hatte er sich so –

Er hatte keine Gelegenheit, seinen Gedanken zu Ende zu bringen. Die Tür zum Vernehmungsraum öffnete sich, und Anni Hepburn trat ein. Sie trug eine Dokumentenmappe unter dem Arm und in ihren Augen lag ein triumphierendes Blitzen. Als sie ihn sah, zögerte sie kurz, überspielte ihre Unsicherheit dann aber, indem sie zum Tisch ging, einen Stuhl heranzog und sich neben Clayton setzte.

Sie bedachte ihn mit einem spröden, unergründlichen Lächeln und wandte sich dann an Sophie. »Tut mir leid, dass Sie warten mussten«, sagte sie. »Ich bin DC Hepburn. Meinen Kollegen DS Thompson haben Sie ja bereits kennengelernt.«

Während sie sprach, sah sie vielsagend zu Clayton hinüber. Für ihn gab es keinen Zweifel, was dieser Blick zu bedeuten hatte: Der Arzt war da und hatte die Testergebnisse mitgebracht.

»Also dann.« Anni klappte die Mappe auf und las darin. Clayton wusste, dass diese Mappen, die die Detectives bei einer Vernehmung vor sich liegen hatten, oft gar keine Informationen über den Verdächtigen enthielten, sondern nur psychologisch beeinflussen sollten. Der Ausbilder hatte ihnen seinerzeit erklärt, dass ein zu Verhörender mit einem Obrigkeitsproblem nichts beängstigender fand als eine Autoritätsperson, die eine Akte über ihn hatte.

Anni sah auf, scheinbar überrascht, dass Clayton immer noch da war. »Ich dachte übrigens, sie hätten dich von dem Fall abgezogen?«

Clayton spürte, wie seine Wangen anfingen zu glühen. »Ja.

Stimmt. Ich wollte bloß ...« Er schob den Stuhl zurück, dessen Beine über den Boden scharrten. Widerstrebend stand er auf und ging zur Tür. Bevor er den Raum verließ, warf er Sophie noch einen eindringlichen Blick zu. Sie jedoch sah gar nicht in seine Richtung, sondern starrte geradeaus.

Sobald er draußen war, sah sich Clayton hastig um, dann ging er, so schnell er konnte, zu Ben Fenwicks Büro. Dort gab es einen Bildschirm, über den er die Vernehmung verfolgen konnte. Er rannte die Treppe hinauf, blieb vor dem Büro stehen und wartete, bis er wieder zu Atem gekommen war. Dann klopfte er. Keine Antwort. Er drückte die Klinke herunter. Nicht abgeschlossen. Er trat ein und schaltete den Monitor an.

»Sophie Gale«, sagte Anni gerade, als er einschaltete.

»Ja.« Sophies Stimme war trocken und brüchig.

Anni sah von ihrer Mappe auf und Sophie direkt in die Augen. »Das ist nicht Ihr richtiger Name, stimmt's?«

»Also ...« Sophies Blick wanderte zu dem Stuhl, auf dem Clayton bis eben gesessen hatte. Sie schien zu ahnen, welche Richtung das Verhör nehmen würde, und brauchte jetzt, da er nicht länger da war, dringend einen Verbündeten.

»Das ist nicht Ihr richtiger Name«, wiederholte Anni. Diesmal war es keine Frage, sondern eine Feststellung.

Sophie nickte.

»Gail Johnson. Das ist der Name, unter dem Sie der Polizei zum ersten Mal aufgefallen waren. Damals haben Sie noch als Prostituierte gearbeitet.«

»Ja.«

Ein knappes Lächeln von Anni. »Gut.« Erneut sah sie auf ihre Mappe und tat so, als würde sie darin lesen. »Es wurde nie Anklage gegen Sie erhoben, richtig?«

In Sophie zog sich etwas zusammen. »Das wissen Sie ganz genau. Und Sie wissen auch, warum nicht.«

»Sie haben recht. Ich kenne den Grund. Habe es heute erst herausgefunden.« Annis Blick wanderte zu der Kamera oben in der Ecke.

Clayton fuhr zurück. Sah sie ihn an? Wusste sie, dass er ihr zusah?

Sie fuhr fort. »Sie waren eine Informantin. Sie standen unter Schutz.«

Sophie nickte.

Annis Stimme veränderte sich. Der aggressive Unterton verschwand. »Das hat Sie bestimmt viel Mut gekostet. War sicher oft richtig gefährlich, kann ich mir vorstellen.«

Sophie zuckte mit den Schultern. Clayton wusste, dass sie langsam auftaute. Er wusste auch, dass Anni sie nach Strich und Faden manipulierte.

»Sich mit Männern einzulassen, die man abstoßend findet, ist ja schon schlimm genug. Aber dann auch noch zu uns zu kommen und uns Bericht zu erstatten … über gefährliche Kriminelle … dazu gehört echte Courage. Das meine ich ganz ernst.« Und sie klang auch so. Sie lächelte.

Sophie erwiderte es. »Danke.«

»Wie lange haben Sie das gemacht?«

Sophie dachte nach. »Ach … eine Ewigkeit. Aber gleichzeitig hat man das Gefühl, als wäre es schon Jahre her. Als wäre das gar nicht ich gewesen.«

»Also, wie lange?«

»Ungefähr fünf Jahre.«

Anni wirkte beeindruckt. »Eine lange Zeit.«

»So kam es mir auch vor.«

Anni nickte lächelnd. »Aber jetzt liegt all das ja hinter Ihnen.«

»Absolut. Neues Leben, alles neu.« Sophie lächelte zaghaft. Selbst auf dem körnigen Monitorbild konnte Clayton sehen, dass sie langsam aus der Deckung kam. Er wusste genau, was Anni vorhatte. Und was das Ergebnis sein würde. Und er konnte nichts tun, um sie aufzuhalten.

»Also«, meinte Anni und warf wieder einen Blick in ihre Mappe. »Kommen wir zum Mittwoch, dem Siebzehnten. Sie haben den Abend mit Ihrem Lebensgefährten Ryan Brotherton verbracht. In dem Haus, das Sie gemeinsam bewohnen.« Sie sah auf. »Ist das korrekt?«

»Ja.«

Zurück zur Mappe. »Und Sie waren den ganzen Abend zu Hause. Haben DVDs angesehen und sich was zu essen bestellt.«

Sophie nickte.

Anni sah ihr direkt ins Gesicht, und ihre Freundlichkeit war komplett verschwunden. »Nein, das haben Sie nicht. Sie lügen.«

Sophie erschrak.

Das Testergebnis ist da, durchfuhr es Clayton. *Und es ist positiv.*

46

»Aber lassen wir das für den Moment beiseite«, sagte Anni. »Darauf können wir später noch zurückkommen. Zuerst würde ich gerne über Ryan sprechen. Wie haben Sie sich kennengelernt?«

Sophie, noch sichtlich mitgenommen wegen Annis Feststellung, leierte dieselbe Geschichte herunter, die Clayton bereits am Abend zuvor von ihr zu hören bekommen hatte. Sie sei mit einem Konkurrenten von Ryan liiert gewesen, habe durch ihn von der frei werdenden Stelle gehört, sich beworben, den Job bekommen und sich daraufhin von ihrem Freund getrennt.

Anni hörte zu. Sie gab keinen Kommentar ab, nickte bloß hin und wieder. Dann zog sie erneut ihre Akte zu Rate. Noch immer schwieg sie. Clayton musste hilflos zusehen. Es gab nichts, was er hätte tun können. Anni hielt alle Fäden in der Hand.

»Kannten Sie Susie Evans, Sophie?«

Sophie schien mit sich zu ringen, wie sie darauf antworten sollte. »Ja«, gestand sie schließlich. »Aber nicht besonders gut.«

»Sie wurden einmal mit ihr zusammen verhaftet. Bei einer Razzia«, las Anni vor. »Nein, sogar mehrmals.«

Sophie nickte, sagte aber nichts.

»War Ryan ebenfalls mit Susie Evans bekannt?«

Clayton sah die Angst und Verzweiflung in Sophies Augen. »Nein. Keine Ahnung. Nicht dass ich wüsste.«

»Was denn nun?«

»Ich weiß es nicht.«

»Sie wissen es nicht.«

»Falls er sie kannte, hat er sie nie erwähnt.«

»Aha.« Anni blätterte ein paar Seiten um und zog dann ein Blatt Papier aus der Akte hervor. »Komisch. Sein Name taucht nämlich mehrere Male im Zusammenhang mit dem von Susie Evans auf. Ziemlich oft sogar. Ihrer übrigens auch.«

Sophie blickte im Raum umher, als suche sie in irgendeiner Ecke nach Unterstützung. Die Angst in ihrem Blick war inzwischen unverkennbar. Clayton betrachtete Anni, er kannte diese Miene: Sie musste sich zusammenreißen, um nicht zu grinsen. Sie hatte noch irgendetwas in der Hinterhand.

»Und nicht nur das. Sie wurden mehrmals mit ihr zusammen verhaftet, und jedes Mal wurde Ryan ebenfalls aufs Revier gebracht. Man hat nie Anklage gegen ihn erhoben, deswegen hat es auch ein Weilchen gedauert, bis ich diese Information herausgefunden habe, aber seine Personalien wurden aufgenommen. Halten Sie das nicht für einen merkwürdigen Zufall?«

Sophie sah die Tischplatte an. »Eben. Ein Zufall.«

»Okay. Es ist also ein Zufall, dass Sie Susie Evans kannten – mit ihr gearbeitet haben. Und dass Ryan Brotherton Susie Evans kannte. Und dass Ryan jetzt Ihr Freund ist. Und dass Susie Evans tot ist. Ermordet. Und dass Ryans Exfreundin, Claire Fielding, ebenfalls ermordet wurde. Und dass Ryan, Ihr Freund, mit dem Sie vorgestern Abend zusammen DVDs angeschaut und gegessen haben, eine Vorstrafe wegen Körperverletzung hat. Weil er ein Problem mit Frauen hat, wenn man so will. Ein schwerwiegendes Problem.« Sie lehnte sich zurück, und ihre Augen bohrten sich wie zwei Laser in Sophies Gesicht. »Alles reiner Zufall.«

Sophie sah Anni voller Panik an.

Anni beugte sich vor. »Wollen Sie mir jetzt vielleicht die Wahrheit sagen?«

Sophie ließ den Kopf in die Hände sinken. »Nein ... Sonst bringt er mich um ...«

»Ja«, sagte Anni, ihr Tonfall war versöhnlich, aber unerbittlich. »Das wäre durchaus denkbar. Das heißt, ich bin Ihre einzige Chance, Sophie. Am besten, Sie reden mit mir. Verstehen Sie?«

Sophie nickte.

»Und diesmal möchte ich die Wahrheit hören.«

»Okay«, sagte Sophie, »die Wahrheit.«

Phil ging zurück ins Vernehmungszimmer. Er legte die Aktenmappe vor sich auf den Tisch und setzte sich. Brotherton sah ihn erwartungsvoll an. Phil schlug die Mappe auf und warf einen Blick hinein. Hob die Brauen.

»Oh, Ryan ...«

»Was ist denn?« Brotherton reckte den Hals, um etwas zu erkennen. Phil zog die Mappe zu sich heran.

»Ich muss schon sagen. Sie waren ja wirklich kein Kind von Traurigkeit ...« Er wartete noch einige Sekunden, bevor er den Blick hob – gerade lange genug, um Ryans Unbehagen noch ein wenig zu steigern –, dann klappte er die Mappe zu und sah Ryan ruhig an. Dies war ein anderer Phil als der, der kurz zuvor den Raum verlassen hatte. Er gab sich nicht länger wie Brothertons Freund, wie jemand, der auf seiner Seite war. Mit einem Mal war er ganz Profi. Eine wärmesuchende Rakete, die ihr Ziel erfasst hatte. Sie würde es nicht verfehlen.

»Wo waren Sie am Mittwochabend, dem siebzehnten November?«, begann er.

Phils barscher Ton brachte Brotherton einen Moment lang aus der Fassung.

»Wo waren Sie?«

»Ich war …« Sein Blick wanderte nach links. »Zu Hause. Mit Sophie. Wir haben eine DVD angeguckt, das habe ich Ihnen doch schon gesagt.«

»Lügner. Wo waren Sie?«

»Ich hab Ihnen doch gerade gesagt, wo ich war …« Er sah Phil mit großen, flehenden Augen an, als wolle er sagen: *Würde ich Sie anlügen?* »Das ist die Wahrheit!«

»Sie lügen, Ryan. Wo waren Sie? Zwischen zwanzig und zwei Uhr, als Claire Fielding, Ihre Exfreundin, die Mutter Ihres Kindes, ermordet wurde, wo waren Sie da?«

»Das hab ich Ihnen gesagt!« Augen nach links. »Zu Hause! Ich hab eine DVD geguckt! Mit Sophie. Fragen Sie sie doch.«

Phil verzog seine Lippen zu einem knappen Lächeln. »Das werden wir tun, seien Sie unbesorgt. Übrigens – können Sie ihr vertrauen?«

»Was?«

»Können Sie ihr vertrauen? Können Sie sicher sein, dass sie für Sie lügt?«

Augen nach links. Er dachte nach. »Ich kann ihr vertrauen. Klar doch.« Trotz schwang in seiner Stimme mit.

Phil lehnte sich zurück, ohne den Blick von Brotherton abzuwenden. Zeit für einen Richtungswechsel. »Wann hat Claire Ihnen gesagt, dass sie schwanger ist?«

Brotherton überlegte, Augen nach rechts. »Ungefähr … vor fünf, sechs Monaten.«

»Und wie haben Sie reagiert?«

»Hab ich doch gesagt. Ich hab ihr erst nicht geglaubt.«

»Aber irgendwann dann schon.«

Brotherton zuckte mit den Schultern.

»Sie hat Sie also von der Wahrheit überzeugt. Und daraufhin haben Sie ihr gesagt, dass sie es abtreiben soll, richtig?«

Brotherton sah ihn an, schwieg aber.

»Sie haben ihr sogar gedroht, falls sie es nicht wegmachen lässt, würden Sie es selber tun. Eigenhändig. Stimmt's?«

Angst erschien auf Brothertons Gesicht. »Ich … ich will endlich meinen Anwalt … Ich sag kein Wort mehr ohne meinen Anwalt!«

»Wir haben sie angerufen, sie ist auf dem Weg.«

Wut mischte sich unter Brothertons Furcht. »Sie? Was soll der Mist? Wo ist Warnock?«

Phil musste ein Lächeln unterdrücken. »Wir haben Ihren Anwalt, Mr Warnock, angerufen. Er ist … verhindert, wie es scheint. Aber sie haben jemand anderen aus der Kanzlei geschickt. Sie ist ein bisschen jung, aber versteht ihr Handwerk, wie man mir versichert hat.« Jetzt gestattete er sich doch noch zu lächeln. »Sie hat gerade erst einen Prozess wegen häuslicher Gewalt gewonnen. Ihre Mandantin war die Bewohnerin eines Frauenhauses. Ich bin mir sicher, dass Ihr Fall sie brennend interessieren wird.« Phil log, dass sich die Balken bogen, aber er wusste, welche Wirkung seine Worte haben würden.

Brotherton sagte nichts. Phil wusste, dass er ins Schwarze getroffen hatte. Brotherton würde reden.

»Sie haben Claire Fielding also angeboten, ihre Abtreibung selbst vorzunehmen. Mit ihren eigenen Händen, ist das richtig?«

»So war es gar nicht …«

Phil beugte sich vor. »Wie war es dann, Ryan? Sagen Sie es mir. Ich will es doch nur verstehen.«

»Sie … ich hab ihr erst nicht geglaubt. Aber dann musste ich ihr glauben.«

»Und Sie sind wütend geworden.«

Er nickte.

»Sie wollten kein Kind haben. Das hätte Sie eingeengt, Sie Ihrer Freiheit beraubt, stimmt's?«

Wieder nickte er.

»Zu viel Verantwortung. Also haben Sie ihr dieses überaus großzügige Angebot unterbreitet.«

Brotherton schwieg.

»Und wie hat Claire darauf reagiert?«

Noch immer schwieg Brotherton.

»Nein? Dann helfe ich Ihnen mal ein wenig auf die Sprünge, wenn es Ihnen nichts ausmacht. Sie hat Sie verlassen. Hat all ihren Mut zusammengenommen und Sie in die Wüste geschickt.«

»Nein, hat sie nicht. Ich hab sie rausgeschmissen.« Augen nach links, während er dies sagte.

»Das ist eine Lüge. Sie hat Sie verlassen. Und Sie konnten das nicht ertragen, stimmt's? Sie konnten nicht dulden, dass irgendeine Schlampe Ihnen einfach den Laufpass gibt. Noch dazu, wenn sie von Ihnen schwanger ist. Na? Wie sehr hat das Ihr Ego verletzt? Ihren Stolz?«

Brotherton zuckte mit den Schultern. »Genauso wie bei jedem anderen Mann auch.«

»Genauso wie bei jedem anderen Mann auch, aha. Was haben Sie als Nächstes gemacht?«

»Nix.«

»Lügner. Sie haben sie angerufen. Ihr Kurzmitteilungen geschrieben. Sie bedroht.«

»Hab ich nicht …«

»Doch, das haben Sie, Ryan. Wir haben eine Liste mit Claires Telefonverbindungen.« Das entsprach zwar nicht ganz der Wahrheit, aber sie hatten sie so gut wie. Phil war sich ziemlich sicher, dass sie seine Vermutung bestätigen würden.

Brotherton senkte den Kopf. Phil hatte also tatsächlich recht gehabt. Allerdings blieb keine Zeit, sich darauf auszuruhen. Er hatte einen Vorteil, den musste er nutzen.

»Sie haben ihr nachgestellt.«

»Nein.« Augen nach links. Eine Lüge.

Phil verbarg sein Lächeln. Wieder ins Schwarze getroffen. »Doch, das haben Sie, Ryan. Und warum? Weil sie es gewagt hatte, Ihnen davonzulaufen. Damit Sie sie nicht länger misshandeln konnten. Ist es nicht so?«

Schweigen.

»Was haben Sie sich davon erhofft, als Sie sie bedroht haben? Dachten Sie, sie würde zu Ihnen zurückkommen?«

Brotherton schwieg.

Phil musterte ihn kühl. Es lief alles glatt für ihn, er handelte und dachte rein instinktiv, brannte vor Energie, war dabei aber hochkonzentriert.

»Gefiel Ihnen das Gefühl von Macht, das es Ihnen gab? Ist es das? Haben Sie gedacht, Sie hätten ihr Angst eingejagt?«

»Leck mich doch.«

»Das macht Ihnen nämlich Spaß, nicht wahr? Frauen Angst einzujagen?«

»Ich hab gesagt, leck mich!«

»Es macht Ihnen Spaß, sie zu quälen …«

Brotherton sprang auf und ruderte wild mit den Armen. »Halt die Fresse, du Scheißbulle!«

Der Uniformierte, der an der Tür gewartet hatte, trat vor und war bereit, ihn zurückzuhalten, sollte er auf Phil losgehen. Phil war ebenfalls aufgestanden. Brotherton machte drohend einen Schritt auf ihn zu. Jeden Moment würde er sich auf ihn stürzen.

47

Er stand auf und öffnete die Augen. Gestattete es sich, noch einige Augenblicke in ihrem Anblick zu schwelgen. Lächelte.

Seine Beute war erlegt. Tot. Das Gebärzimmer war verwüstet. Aus Ordnung war Chaos geworden. Er konnte spüren, wie das Blut seines Opfers von seiner Kleidung aufgesogen wurde. Er liebte dieses Gefühl. Genoss es.

Es hatte angefangen, als er noch Kaninchen und Rehe im Wald gejagt hatte. Das Planen, die Vorbereitungen. Dann die Jagd, der Kitzel des Tötens. Und der Moment vollkommener Macht, wenn er auf einen Körper herabblickte, der vor kurzem noch lebendig gewesen war. Das Wissen, dass er die Macht über Leben und Tod besaß – und den Tod gewählt hatte. Er hatte sein Messer genommen und den Tieren den Bauch aufgeschlitzt. Hatte zugesehen, wie aus den warmen Eingeweiden Dampf in die kühle Luft aufgestiegen war. Das Blut, das hervorsprudelte, hatte er aufgefangen. Er hatte sich damit eingerieben, gespürt, wie die rot glänzende Flüssigkeit seine Haut wärmte, den dunklen Kupfergeruch seiner Beute eingeatmet. Es sich ins Gesicht gespritzt, seine Kehle hinabrinnen lassen, es getrunken. Es war ihm vorgekommen, als nähme er so den Geist des erlegten Tieres in sich auf, als ließe er sich von ihm nähren.

Er sah auf seine Beute herab, wie sie auf dem Boden ihres Wohnzimmers lag. Genau das hätte er diesmal auch am liebsten getan. Ihr Blut mit den Händen aufgefangen, als es aus ihr sprudelte, sich die Kleider vom Leib gerissen und sich damit eingerieben, um sie auf seiner nackten Haut zu spüren.

Aber er hatte sich zusammengerissen. Er musste Disziplin beweisen, sich auf sein Ziel konzentrieren. Er hatte keine Zeit, ihren Geist in sich aufzunehmen.

Oder vielleicht doch … Er sah auf das winzige, strampelnde Kind herab, das er ihr herausgeschnitten hatte. Eine Geburt in Blut, ein Messer als Hebamme und ein sterbendes Wirtstier. Er lächelte. Das Kind war der Geist, die Lebenskraft aus ihrem Innern. Damit würde er vorliebnehmen.

Er holte die Decke hervor, die er mitgebracht hatte, wickelte das Baby darin ein und steckte es in seinen Rucksack.

Dann verließ er das Haus und schloss die Tür hinter sich.

Er ging die Straße entlang und fühlte sich wie ein Gott unter Sterblichen.

Niemand sah ihn.

48

Die Tür zum Beobachtungsraum öffnete sich, und Anni Hepburn kam hereingestürmt. Widerstrebend riss Marina den Blick vom Spiegel los.

»Ich glaube, Phil braucht Hilfe«, sagte sie.

»Das ist doch jetzt egal!«, rief Anni ungeduldig. »Der weiß sich schon zu verteidigen. Wir haben endlich einen Anhaltspunkt! Ryan Brotherton ist öfters zu Prostituierten gegangen. Er kannte Susie Evans. Durch sie hat er Sophie Gale kennengelernt. Er kennt sie schon seit Jahren. Sie hat gestanden, dass Brotherton am Mittwochabend weg war, als Claire und Julie ermordet wurden.« Sie blickte in den Nebenraum und begriff, wie brenzlig die Situation dort war. »Sagen Sie Phil Bescheid. Am besten sofort.«

»Frag ihn wegen der Prostituierten.« Urplötzlich ertönte Marinas Stimme laut und scharf in Phils Ohr.

»Was? Wieso denn das?«

»Das lenkt ihn ab. Damit erwischst du ihn auf dem falschen Fuß. Frag ihn einfach, na los!«

»Was ist mit den Prostituierten, Ryan?«

Brotherton stand kurz vor dem Ausrasten. Der Uniformierte war noch immer in Alarmbereitschaft.

Phil hob die Stimme. »Prostituierte, Ryan. Sind Sie jemals bei einer gewesen?«

Urplötzlich blieb Brotherton stehen und riss den Kopf hoch. »Was? Was hat das denn mit irgendwas zu tun?«

»Kommen Sie, Ryan. So sehr, wie Sie Frauen hassen, ist es manchmal vielleicht einfacher, eine zu bezahlen, damit Sie Ihren Frust an ihr abreagieren können, stimmt's?«

»Nein!« Brotherton klang angeekelt. Seine Augen wanderten nach links. Er log.

»Er kannte Susie Evans.« Wieder Marina. »Er war einer ihrer Freier. So hat er auch Sophie Gale getroffen. Die beiden Frauen waren Kolleginnen. Und Sophie hat zugegeben, dass er am Mittwochabend nicht zu Hause war.«

Phil versuchte, sich seine Aufregung nicht anmerken zu lassen. Seine Miene blieb vollkommen neutral. »Setzen Sie sich wieder hin, Ryan. Dann können wir reden.«

Phil ließ sich auf seinen Stuhl sinken. Brotherton, der wieder zu Atem gekommen war, tat es ihm gleich.

»Also«, sagte Phil. »Sind Sie sicher? Sie waren nie bei einer Prostituierten?«

»Nein. Nie.« Wieder die Augen nach links. Auch eine Lüge. »Ich muss nicht für Sex bezahlen. So was hab ich nicht nötig.«

»Vielleicht zahlen Sie ja nicht nur für den Sex.«

»Was soll das heißen?«

»Sie wissen genau, was das heißen soll, Ryan. Sie verprügeln gerne Frauen. Manchmal gefällt das den Frauen aber nicht, und sie trennen sich von Ihnen. Oder gehen sogar zur Polizei und zeigen Sie an. Also brauchen Sie ein anderes Ventil. Um hin und wieder ein bisschen Dampf abzulassen. Man müsste meinen, Prostituierte wären da genau das Richtige.«

»Da liegen Sie aber falsch.« Brothertons Stimme klang dünn.

Phil lehnte sich zurück und musterte ihn. »Ich glaube Ihnen kein Wort, Ryan. Wissen Sie, ich bin ziemlich gut in meinem Job. Ich sitze hier tagein, tagaus und höre mir an, was Leute wie Sie mir auftischen. Sie alle wollen, dass ich Ihnen glaube. Und die meisten von ihnen sind Lügner. Manche sind ziemlich gute Lügner. Man könnte fast auf sie hereinfallen.« Er verschränkte die Arme vor der Brust. »Aber nicht auf Sie, Ryan. Dass Sie lügen, sehe ich ganz genau.«

»Beweisen Sie's doch.« Brotherton wollte trotzig klingen, aber es gelang ihm nicht.

»Wie Sie möchten«, sagte Phil.

Anni Hepburn hatte gerade den Beobachtungsraum verlassen, um mit ihrem Verhör von Sophie Gale fortzufahren, da öffnete sich die Tür wieder und ein atemloser Ben Fenwick trat ein. Marina wurde in ihrer Aufmerksamkeit von Phil abgelenkt und sah zu Fenwick hin. Noch nie hatte sie ihn so ungepflegt und gleichzeitig so beschwingt gesehen. Er schien geradezu unter Strom zu stehen.

»Lassen Sie mich ran«, sagte er und trat zum Schreibtisch.

Bereitwillig rückte Marina beiseite und überließ ihm das Mikrophon. Fenwick wartete kurz, um wieder zu Atem zu kommen, dann wandte er sich an Marina.

»Wie macht er sich?«

»Gut«, sagte sie. Mehr wollte sie nicht preisgeben, Fenwick war vorhin einfach zu unbeherrscht mit ihr umgegangen. Sie wollte ihm nicht sagen, dass Phil kurz davor stand, Brotherton zu knacken. Dass er sich gerade auf den Todesstoß vorbereitete. Dass Fenwick recht gehabt hatte und sie unrecht.

Fenwick grinste. Es war ein euphorisches, lauerndes Grinsen, das gut ins Gesicht eines zugekoksten Börsenmaklers gepasst hätte. »Nun, nach dem, was ich ihm zu sagen habe, wird es noch besser laufen.« Er öffnete den Kanal und sprach ins Mikrophon. »Phil? Ben Fenwick hier.«

Marina beobachtete Phils Gesichtsausdruck durch den Spiegel. Sein Kopf zuckte nach oben, und er hielt mitten im Satz inne. Er sagte nichts, aber sie wussten genau, dass er zuhörte.

»Die Birdies haben uns ein Liedchen gezwitschert.« Fenwick lachte über seinen eigenen Witz.

Strenggenommen, dachte Marina verärgert, *haben die Birdies doch wohl dafür gesorgt, dass jemand anders zwitschert.*

»Sie sind noch mal die Unterlagen der Maklerfirma durchgegangen, für die Lisa King gearbeitet hat. Und jetzt raten Sie mal, was sie herausgefunden haben. Brotherton war bei denen in der Kundenkartei! Er hat sich einige ihrer Häuser angesehen. Lisa Kings Name wird ein paar Mal im Zusammenhang mit ihm erwähnt, sie hat ihm einige Objekte gezeigt. Phil, wir haben das Schwein!«

Fenwick wandte sich zu Marina um, ein selbstzufriedenes Lächeln auf den Lippen. »Solide Ermittlungsarbeit«, sagte er.

Phil tat sein Bestes, sich nichts anmerken zu lassen. Er lehnte sich zurück und betrachtete Brotherton nachdenklich. Brotherton blickte auf den Tisch und hatte eindeutig Angst.

»Sie haben gesagt, ich soll es beweisen«, sagte Phil. »Beweisen, dass Sie Claire und Julie getötet haben. Na schön. Ich werde es beweisen. Es gibt mehrere Möglichkeiten, wie ich das anstellen könnte. Fangen wir doch mal so an: Wie lange wohnen Sie schon in Ihrem Haus?«

Brotherton runzelte die Stirn. Das war nicht die Frage, die er erwartet hatte.

»Wie lange?«, wiederholte Phil.

Brotherton zuckte mit den Schultern. »Ein paar Monate.«

»Und Sie waren Kunde beim Maklerbüro Haskell Robins?«

»Ja, aber über die hab ich es nicht gekauft.«

»Aber eine ihrer Maklerinnen wurde ermordet, nicht wahr?«

Wieder runzelte Brotherton die Stirn.

»Lisa King. Sechsundzwanzig Jahre alt. Verheiratet. Wurde mit aufgeschlitztem Bauch in einem leerstehenden Haus gefunden. Sie war schwanger.«

»Moment mal ...«

Doch Phil ließ ihn nicht zu Wort kommen. »In Ordnung. Das sind alles nur Indizien. Nichts Zwingendes. Ich weiß. Aber probieren wir es mal hiermit: Ich könnte Ihnen sagen, dass Ihr Name im Zusammenhang mit Razzien in Bordellen aufgetaucht ist. Mehrere Male sogar. Was würden Sie darauf antworten?«

Brotherton war wie vor den Kopf geschlagen, schwieg aber.

»Also gut. Sie haben einen Hass auf Frauen. Sie verprügeln Ihre Freundinnen, Sie verprügeln Prostituierte. Nun, eine dieser Prostituierten, von der Sie behauptet haben, sie nicht zu kennen, war Susie Evans. Sie wissen ja, was mit ihr passiert ist. Sie wurde ebenfalls ermordet. Als sie schwanger war. Ihr wurde das Baby aus dem Bauch geschnitten. War das auch Ihr Kind?«

Panisch sah sich Brotherton im Raum um, bis ihm klar wurde, dass es kein Entkommen gab.

»Sie stellen Frauen nach, die Sie sitzengelassen haben. Sie bedrohen sie. Ihre Freundin ist schwanger, und Sie bieten ihr an, ihr das Baby aus dem Bauch zu reißen.« Phil beugte sich vor. »Und was geschieht dann? Sie wird ermordet. Und das

Baby wird ihr aus dem Bauch gerissen. Genau wie bei den anderen beiden Frauen, die Sie angeblich nicht kennen. Und Sie lügen, als wir Sie fragen, wo Sie am fraglichen Abend gewesen sind. Wie mache ich mich bis jetzt, Ryan? Wie viele Beweise wollen Sie noch hören?«

Brotherton ließ den Kopf in die Hände sinken. Seine Schultern begannen zu beben. Er weinte. Phil nutzte seinen Vorteil und redete unerbittlich weiter.

»Eine Überwachungskamera hat Bilder von Ihnen gemacht, draußen vor Claires Wohnung. Und wir haben eine Liste mit ihren Telefonverbindungen.«

Brotherton schüttelte den Kopf. »Nein … nein …«

»Sie haben sie getötet, Ryan, nicht wahr? Geben Sie es endlich zu, dann können wir gemeinsam überlegen, wie Sie aus der Sache rauskommen.«

Keine Antwort, nur ein Schluchzen.

»Sie waren an jenem Abend unterwegs, stimmt's? An dem Abend, als Claire getötet wurde.«

Brotherton sagte nichts.

»Ich weiß, dass Sie nicht zu Hause waren. Sophie hat es uns gesagt.«

»Sophie …« Seine Stimme war leise und zerbrechlich, wie die eines Kindes, dem man mitgeteilt hatte, dass es keinen Weihnachtsmann gab.

»Ja, Sophie. Sie wird nicht länger für Sie lügen, Ryan. Also sagen Sie mir die Wahrheit. Sie waren am fraglichen Abend unterwegs, nicht wahr?«

Brotherton nickte. Das war der Durchbruch. Phil hielt es kaum noch auf seinem Stuhl. Er schluckte seine wachsende Aufregung hinunter und fragte mit ruhiger, fester Stimme weiter.

»Sie sind zu Claires Wohnung gegangen, nicht wahr? Sie haben sich Zutritt zum Haus verschafft und sie getötet.«

Phil wartete ab. *Gleich haben wir es*, dachte er. *Das Geständnis.* Das Ziel, auf das er hingearbeitet hatte.

Brotherton blickte hoch. Seine Augen glänzten, sein Gesicht war nass von Tränen.

»Ist es nicht so, Ryan?« Phils Stimme war sanft und schmeichelnd. »Geben Sie es zu, Sie haben sie getötet.«

Brotherton schüttelte den Kopf. »Nein, hab ich nicht. Ich schwöre, ich hab's nicht getan …«

Phil musterte ihn. Beobachtete seine Augen.

»Sie haben Claire getötet, Ryan. Und Julie. Ist es nicht so?«

Wieder schüttelte Brotherton den Kopf.

»Doch, das haben Sie. Claire und Julie. Und Lisa. Und Susie. Sie waren es, nicht wahr?«

»Nein … nein …« Brothertons Blick glitt nach rechts.

»Nicht wahr?«

»Nein!«

Phil lehnte sich erschöpft zurück. Er hatte es gesehen. Marinas Stimme in seinem Ohr war nur die Bestätigung.

»Phil, lass es, er sagt die Wahrheit! Er war es nicht!«

Dann, wie um diese Erkenntnis zu unterstreichen, fing Brotherton an zu reden. »Ja, ich war weg. Es gibt … da ist dieses Mädchen, mit dem ich mich manchmal treffe … ein junges Mädchen. Ich … ich wollte nicht, dass Sophie es mitkriegt …«

Phil starrte Brotherton an, bis er ihm nicht länger ins Gesicht sehen konnte.

Marina hatte recht. Brotherton sagte die Wahrheit.

49

Graeme Eades fühlte sich wie Superman.

Er parkte vor seinem Haus in Stanway, stellte den Motor ab, lehnte sich im Fahrersitz zurück, schloss einen Moment lang die Augen und seufzte zufrieden. Der Nachmittag mit Erin war einfach fantastisch gewesen. Sie war kurz nach ihm angekommen und hatte sich voller Entzücken auf die Einkäufe gestürzt. Vor Vergnügen quietschend war sie im Bad verschwunden, um das erste Outfit anzuprobieren, und hatte ihm gesagt, er solle sich schon mal aufs Bett legen und es sich gemütlich machen, sie würde ihn überraschen.

Und was für eine Überraschung es gewesen war. Das Bustier passte wie angegossen. Hüftenschwingend war sie in ihren hochhackigen Schuhen auf ihn zugekommen, ein lüsternes, raubtierhaftes Grinsen im Gesicht. Dann hatte sie den Sessel ans Bettende geschoben und ihm eine unvergessliche Show geliefert, wobei mindestens die Hälfte der von ihm gekauften Spielzeuge zum Einsatz gekommen war. Was für ein Glück, dass er daran gedacht hatte, Batterien zu besorgen.

Er war so erregt gewesen, dass er beinahe an Ort und Stelle gekommen wäre, aber das hatte sie nicht zugelassen. Ein kurzer Kostümwechsel, dann hatte sie sich zu ihm aufs Bett gesellt, wo sie großzügigen Gebrauch von den Cremes und

Ölen gemacht hatte. Sie hatte über seine Freude an ihren vollendet proportionierten und überraschend biegsamen Gliedmaßen lächeln müssen, als sie sich endlich mit seinem alles andere als wohlgeformten Körper vereinigte.

Gerade als sich seine Lust in einem berauschenden, alles erschütternden Orgasmus entladen wollte, hatte Erin innegehalten und ihn wieder nach einer Beförderung gefragt. Ja, ja, hatte er gekeucht. Was immer sie wolle. Sie hatte ihm erklärt, wie gut sie in ihrem Job war und wessen Stelle sie haben wollte. Selbstverständlich hatte er ihr in allem zugestimmt. Der andere Mitarbeiter müsste gefeuert werden, würde er das tun? Aber sicher. Und dann würde sie den Job bekommen? Ja. Ja. Ja! Sie hatte gelächelt. Gut.

Erst dann hatte sie ihm erlaubt zu kommen.

Er zog den Schlüssel aus der Zündung, schnappte sich seine Aktentasche und stieg aus. Er war immer noch wie im Taumel, fühlte sich wie ein neuer Mensch.

Als er nun die Einfahrt zum Haus hochging, kam ihm wieder das Versprechen in den Sinn, das er ihr gegeben hatte. Natürlich lag es gar nicht in seinem Kompetenzbereich, Mitarbeiter zu entlassen oder einzustellen. Aber das wusste Erin nicht. Also gut, vielleicht hatte er seine Position innerhalb der Firma ihr gegenüber etwas übertrieben dargestellt. Und wenn schon. Das machten doch alle Männer. Erst recht, wenn es darum ging, eine Frau zu beeindrucken. Ja, er hatte ihr die Stelle versprochen, und sie hatte ihn beim Abschied erneut an sein Versprechen erinnert – na und? Was sollte sie schon tun? Er würde sie eine Weile vertrösten, ihr sagen, dass solche Dinge Zeit brauchten, dass es bestimmte Verfahrensweisen gebe, die eingehalten werden mussten, aber sie solle sich keine Sorgen machen. Sie würde die Stelle bekommen.

Immer mit der Ruhe. Genau. Er würde sie einfach hinhalten. Und in der Zwischenzeit …

Er grinste. Das Beste war, dass er den gesamten Nachmittag, inklusive seiner Einkäufe, über sein Spesenkonto abrechnen konnte. Das war allemal besser, als dafür zu bezahlen.

Doch nun, während er sich dem Haus näherte, hatte er das Gefühl, als würde sich eine dunkle Wolke über ihn senken. Mit jedem Schritt wurde die Wolke dichter und schwärzer. Als er den Schlüssel ins Schloss steckte, war sie pechschwarz. Widerwillig zwang er sich dazu, alle Gedanken an Erin aus seinem Kopf zu verbannen, während er sich auf das Zusammentreffen mit Caroline vorbereitete. Eine Ausrede für sein Zuspätkommen würde sich schnell finden lassen: ein Meeting, das länger gedauert hatte als geplant, ein Klient, mit dem er sich kurzfristig hatte treffen müssen – das Übliche. Aber wenn er ehrlich war, war es ihm vollkommen egal, ob sie ihm glaubte oder nicht. Er hatte genug von ihrem blassen, leidenden Gesicht, von ihrem aufgedunsenen Körper, den sie müde durchs Haus schleppte, von ihrer ewig schlechten Laune. Kein Vergleich zu Erin. Vor der Schwangerschaft hätte sie vielleicht mit ihr mithalten können. Vor der ersten. Aber jetzt? Wie lange sollte das noch so weitergehen? Darüber musste er sich ernsthaft Gedanken machen.

Er schloss die Haustür auf. Seufzend trat er über die Schwelle. Sollte er nach ihr rufen? Ihr sagen, dass er zu Hause war? Nein. Womöglich schlief sie. Hoffentlich.

Wie immer legte er seine Schlüssel auf das Tischchen in der Halle. Im Flur war es dunkel. Er drückte auf den Lichtschalter, aber nichts geschah. Verwirrt ging er weiter und öffnete die Tür zum Wohnzimmer. Er war auf Streit und schlechte Laune gefasst, mit der er üblicherweise begrüßt wurde, wenn er von der Arbeit kam.

Aber darauf war er nicht gefasst.

Im Wohnzimmer brannte Licht.

Er schrie.

Und schrie und schrie und schrie.

50

Clayton nahm einen tiefen Zug von seiner Marlboro Light, hielt den Rauch in der Lunge, atmete dann langsam aus und merkte, wie sein Körper sich entspannte. Er stand auf dem Parkplatz hinter dem Polizeigebäude, an seinen BMW gelehnt. Es war eiskalt. Er versuchte, sich nicht anmerken zu lassen, dass er fror, aber das Klappern seiner Zähne verriet ihn.

Was für ein verdammtes Chaos. Die ganze Angelegenheit. Was für ein scheißverdammtes Chaos.

Das Verhör von Sophie und dann das von Brotherton. Phil war es nicht gelungen, ihn zu einem Geständnis zu bewegen, und das trotz der Videoaufzeichnung und aller Indizien. Sie hatten wohl oder übel einsehen müssen, dass Brotherton tatsächlich unschuldig war. Und Clayton war von dem Fall abgezogen. Er konnte die Ermittlungen nicht mehr beeinflussen. Seine Zukunft lag in den Händen anderer. Das war das Schlimmste an der ganzen Sache.

Ein weiterer tiefer Zug. Er bemerkte eine Bewegung in der Nähe des Eingangs. Anni war auf den Parkplatz gekommen. Sie trug T-Shirt und Jeans, ihre übliche Arbeitskluft, aber keine Jacke. Im vergeblichen Versuch, sich gegen die Kälte zu schützen, hatte sie die Arme fest um den Körper geschlungen. Sie kam auf ihn zu, baute sich vor ihm auf und sah ihm schweigend beim Rauchen zu.

Clayton schluckte, erst ein Mal, dann ein zweites Mal. Dann zog er erneut an seiner Zigarette. Anni machte ihn nervös. Er ließ sich von ihr nervös machen. Er konnte nicht anders.

Er sah sie an. Offenbar wartete sie darauf, dass er etwas sagte. Ihm wurde flau im Magen, und er atmete schneller. Seine Zähne klapperten immer noch. Er versuchte das zu verhindern.

»Danke«, sagte er schließlich.

Annis Miene blieb ausdruckslos. »Wofür?«

»Du weißt schon.« Fasziniert starrte er auf eine Stelle an der Wand links hinter ihrer Schulter.

»Ja«, sagte sie, und Ärger war aus ihrer Stimme herauszuhören. »Aber ich will, dass du es aussprichst.«

Erneut nahm er einen Zug von seiner Zigarette und blies den Rauch aus. »Danke«, sagte er, »dass du mich nicht bei Phil angeschwärzt hast.«

Sie sagte nichts.

Clayton hatte das Gefühl, dass sie auf mehr wartete. »Ich hab sie gleich wiedererkannt«, fuhr er fort. »Auf dem Schrottplatz. Und ich dachte …« Er seufzte. »Ich dachte, dass ich vielleicht was aus ihr rauskriege – etwas, das für die Ermittlung wichtig sein könnte. Ich weiß, dass ich egoistisch war und nicht ans Team gedacht hab …«

»Verkauf mich nicht für dumm, Clayton. Ich hab genau gesehen, was zwischen euch gelaufen ist.«

Ein weiterer Seufzer. »Es war nur das eine Mal«, sagte er. »Gestern Nacht im Auto.«

»So genau will ich das alles gar nicht wissen. Muss ich auch nicht.« Noch immer sah sie ihn nicht an.

»Wirklich … nur das eine Mal. Mehr war nicht.« Er verstummte. Riskierte einen verstohlenen Blick. Er war sich ziemlich sicher, dass sie ihn angesehen hatte, als er woandershin geschaut hatte. Sie hatte den Blick eben erst abgewandt. »Es war … ich hab so was noch nie vorher gemacht.«

»Das interessiert mich nicht.«

»Hör mal …«

Jetzt sah sie ihn doch an. Direkt ins Gesicht. Und ihr Blick war so hart und böse, dass er wünschte, sie hätte es bleibenlassen. »Clayton, wenn ich sage, es interessiert mich nicht, dann interessiert es mich nicht. Was du in deiner Freizeit treibst, geht mich nichts an.«

Clayton runzelte die Stirn. War sie nicht wütend, weil sie ihn mit einer anderen Frau erwischt hatte? »Ich dachte bloß, wegen … du weißt schon, vorgestern Nacht, dass du vielleicht …«

Sie lachte kurz auf. Es war ein raues, scharfes Lachen. »Was denn? Du dachtest, weil wir einmal miteinander im Bett waren, sind wir gleich ein Paar? Dass ich dich dabei erwischt habe, wie du mich betrügst? Ist es das?«

»Na ja, also …«

Wieder lachte sie, diesmal noch ungläubiger. Sie schüttelte den Kopf. »Du denkst, dass es mir darum geht? Im Ernst? Du arroganter Mistkerl.«

»Na, aber … worum denn dann?«

Sie bedachte ihn mit einem mitleidigen Blick, als wäre er ein zurückgebliebenes Kind. »Schalt dein Hirn ein, Clayton. Du wurdest in einem Wagen mit einer Zeugin gesehen, von der du, wie die Klatschzeitungen es immer so trefflich formulieren, eine sexuelle Dienstleistung in Anspruch genommen hast. Während sie observiert wurde. Sieht das in deinen Augen nicht nach unprofessionellem Verhalten aus? Oder wenigstens nach einem Interessenkonflikt? Glaubst du nicht, dass eine solche Geschichte den Prozess gefährden könnte? Ganz zu schweigen von der glänzenden Karriere, die du vor dir zu haben glaubst.«

»Na ja … wenn du es so formulierst …«

»Und?«

»Du hast ja recht. Ich dachte bloß, du weißt schon. Dass du auf mich sauer bist wegen, na ja – wegen uns.«

Anni sah ihn geradewegs an. Es gab einige Dinge, die sie ihm gern gesagt hätte, aber sie beherrschte sich. Stattdessen schüttelte sie den Kopf und wandte sich um. »Ich gehe jetzt wieder rein.«

Clayton schnippte seine Zigarettenkippe weg und machte Anstalten, sich ihr anzuschließen. »Ich komme mit.«

Statt stehenzubleiben, wandte sie sich beim Gehen zu ihm um, die Arme noch immer fest um den Körper geschlungen. »Du nervst, Clayton. Lass mich in Ruhe.«

Sie hatte den Eingang erreicht. Er drängte sich an ihr vorbei und hielt sie davon ab, hineinzugehen, indem er mit der Handfläche gegen die Tür drückte. Sie drehte sich um und funkelte ihn an.

»Lass mich gehen. Sofort!«

»Was willst du denn jetzt machen? Ich meine wegen dem, was du beobachtet hast?«

»Lass mich gehen.« Sie zerrte am Türgriff. Er ließ nicht los.

»Bitte, Anni, ich muss es wissen.« Claytons Stimme hatte einen bettelnden Tonfall angenommen. »Ich schwöre, es war eine einmalige Sache. Ich hab das nie vorher gemacht und es wird auch nie wieder vorkommen. Bitte. Ich weiß … ich weiß auch nicht, wie das passieren konnte.«

Wieder zog sie an der Tür.

»Bitte, Anni. Du musst es mir sagen. Wirst du zu Phil gehen?«

»Das wäre das einzig Richtige.«

»Ja, ich weiß. Und – machst du es?«

Sie hörte auf, gegen ihn anzukämpfen, und sah ihn an. Seufzte. Sie war immer noch wütend, aber ihre Miene war schon ein wenig weicher geworden. »Ich weiß es noch nicht. Ich sollte es ihm wirklich sagen. Aber ich weiß es noch nicht.«

Er ließ die Tür los, und sie verschwand im Gebäude. Clayton warf einen Blick zurück auf den Parkplatz und zu seinem auf Hochglanz polierten BMW. Er seufzte und schüttelte den Kopf.

Was für ein verdammter Mist.

Dann folgte er Anni hinein und ließ die Tür hinter sich zufallen.

51

Marina saß in der Kantine des Polizeireviers, das aufgeschlagene Notizbuch und eine Tasse vor sich. Man hatte den halbherzigen Versuch unternommen, den Raum behaglicher zu gestalten, indem man bunte Stühle und Tische aufgestellt sowie die Wände in frischen Farben gestrichen hatte. Trotzdem sah die Kantine noch aus wie das, was sie war: ein Ort, an dem öffentliche Angestellte in aller Eile ihre Energiereserven auffüllten.

Sie nahm einen Schluck von ihrem Getränk, ohne feststellen zu können, ob es sich dabei um Kaffee oder um Tee handelte. Vielleicht schmeckte es einen Hauch stärker nach Kaffee – zumindest war Kaffee das, was sie bestellt hatte. Eigentlich war es ihr sowieso egal. Sie seufzte. Sie hatte den Kugelschreiber in der Hand und wollte alles aufschreiben, was bis jetzt passiert war, damit sie einen Ansatz entwickeln konnte, wie die Ermittlungen nun weitergehen sollten. Sie blickte auf die leere Seite. Ihr wollte nichts einfallen. Sie wusste einfach nicht, was sie schreiben sollte. Mit einem neuerlichen Seufzer legte sie den Kugelschreiber hin und nahm noch einen Schluck von ihrem Kaffee.

Sie hatte die ganze Zeit recht gehabt: Brotherton war unschuldig. Phil hatte versucht, ihn zu zermürben, hatte immer weitergemacht, selbst nachdem sie mit ihm gesprochen und ihm versichert hatte, dass er nicht der Täter war. Wieder und wieder hatte er sämtliche Beweise gegen Brotherton heruntergebetet, ein Mantra der Schuld, hatte ihn gedrängt, endlich alles zuzugeben. Er hatte ihn abwechselnd angeschrien und versucht, ihn zu einem Geständnis zu drängen. Und nichts erreicht. Nicht weil Brotherton eine harte Nuss war, sondern weil er, wie Marina von Anfang an gewusst hatte, unschuldig war.

Irgendwann hatte Phil aufgegeben und das Verhör abgebrochen. Seitdem hatte sie weder ihn noch Fenwick oder Anni oder sonst jemanden gesehen. Sobald Phil aus dem Vernehmungszimmer gekommen war, waren sie alle den Gang hinunter verschwunden. Sie hatte nicht recht gewusst, ob sie ihnen folgen sollte, aber niemand hatte sich nach ihr umgedreht oder den Versuch unternommen, sie mit einzubeziehen. Da sie nicht gewusst hatte, wohin, war sie in die Kantine gegangen, um dort zu überlegen, wie es weitergehen sollte.

Eigentlich sollte sie nach Hause gehen. Zu ihrem richtigen Job zurückkehren. In ihr altes Leben. Ihr Baby zur Welt bringen, ihre Praxis aufbauen, bis an ihr Lebensende mit Tony glücklich sein und nie wieder mit der Polizei zusammenarbeiten. Fenwick hatte mehr als deutlich gemacht, dass er keinen Wert auf ihr Fachwissen legte. Ihre Argumente stießen bei ihm auf taube Ohren. Was also hielt sie hier? Sie hatte schließlich noch einen richtigen Beruf. Sollten sie doch zusehen, wie sie allein klarkamen, sie hatte es nicht nötig, sich so behandeln zu lassen. Vergiss sie einfach. Den ganzen Haufen, auch Phil.

Bei diesem letzten Gedanken verspürte sie einen schmerzhaften Stich in ihrem Innern, und sie legte instinktiv die Hand auf den Bauch. Das Baby schien irgendwie unzufrieden. Wahrscheinlich lag es am Kaffee. Oder auch nicht. Vielleicht wollte es sie daran erinnern, dass bei diesem Fall mehr auf dem Spiel stand als die Laufbahnen und das Ansehen einiger Polizisten. Es ging um tote Babys und ihre Mütter. Darum, ihnen eine Stimme zu geben. *Meine Güte*, dachte sie bei sich. *Seit wann bin ich so abergläubisch? Und so sentimental?* Sie nahm einen weiteren Schluck von der lauwarmen Brühe in ihrer Tasse und packte ihr Notizbuch weg.

Sie war so sehr damit beschäftigt, in ihrer Tasche zu kramen, dass sie gar nicht bemerkte, dass jemand neben ihr stand.

»Darf ich mich dazusetzen?«

Sie blickte auf. Vor ihr stand Ben Fenwick. An der Stimme hatte sie ihn gar nicht wiedererkannt, so fremd war ihr der zerknirschte Tonfall. Allerdings passte er durchaus zu seinem restlichen Erscheinungsbild: Der arme Mann schien sich vor ihren Augen aufzulösen. Im schummrigen Licht des Beobachtungsraums hatte sie seinem Äußeren nicht viel Beachtung geschenkt, aber nun hatte sie Gelegenheit, ihn eingehender zu betrachten. Seine aalglatte Art hatte sich unter dem wachsenden Druck des Falles verflüchtigt. Er hatte dringend eine Rasur nötig, seine Haare standen wild vom Kopf ab, und sein Anzug war zerknittert. Die Krawatte saß schief, und unter seinen Augen waren dunkle Ringe zu sehen. Bei den Pressekonferenzen war ihr das bisher nie aufgefallen, vielleicht putzte er sich für solche Gelegenheiten extra heraus. *So müssen Schauspieler aussehen*, dachte sie, *wenn sie gerade nicht vor der Kamera stehen.* Ihr kam das Seminar über »Chimärische Masken und Dissoziation in der Wahrnehmung des Selbst« in den Sinn, das sie gegeben hätte, wenn sie noch an der Universität gewesen wäre. *Wie wahr, wie wahr*, dachte sie.

»Tun Sie sich keinen Zwang an«, antwortete sie und fuhr fort, ihre Tasche zu packen. »Ich wollte gerade gehen.«

»Wohin denn?«

»Weg.«

»Weg wohin?«

»Zurück zu meiner Arbeit.«

Er nickte. »Sie meinen, Sie wollen uns verlassen? Endgültig?«

Sie hielt inne und sah ihn an. »Warum nicht? So gut ist die Bezahlung nicht, dass ich Lust habe, weiterhin Ihre Verbalattacken über mich ergehen zu lassen. Zu behaupten, dass Sie meine professionelle Meinung und meine Ratschläge nicht zu schätzen wissen, ist noch vornehm ausgedrückt. Alles, was ich bisher gesagt habe, wurde von Ihnen verspottet und als Unsinn abgetan. Und das auch noch vor dem gesamten Team.« Sie spürte, wie ihre Stimme lauter wurde, und wusste, dass die Umsitzenden sie neugierig anstarrten. Es war ihr egal.

»Nun ja, ich …«

Aber Marina war gerade erst in Fahrt gekommen. Zeit für ein paar unbequeme Wahrheiten. »Sie fragen mich nach meiner Meinung, und wenn ich sie Ihnen sage, ignorieren Sie sie, weil sie Ihnen nicht in den Kram passt. Und jetzt haben Sie einen Unschuldigen in der Verhörzelle sitzen …«

»Unschuldig kann man ihn wohl kaum nennen.«

Sie spürte, wie sie rot wurde. Ihr Zorn wuchs. Sie sprach leise, aber bestimmt: »Zumindest hat er nichts mit dem Verbrechen zu tun, für das Sie ihm auf Biegen und Brechen die Schuld in die Schuhe schieben wollen. Nun, viel Glück dabei.« Sie stand auf und schwang sich die Tasche über die Schulter. »Ich schicke Ihnen die Rechnung.«

»Warten Sie.« Er legte ihr eine Hand auf den Arm. Sie blieb stehen und sah ihn an. In seinem Blick lag mehr als bloße Zerknirschtheit. Da war auch eine verzweifelte Hoffnung. Die Art von Hoffnung, die ein Schiffbrüchiger empfindet, wenn er sich an ein Wrackteil klammert, um nicht zu ertrinken. »Bitte, setzen Sie sich doch wieder. Gehen Sie noch nicht. Lassen Sie uns erst reden. Bitte.«

Marina wusste, was sie hätte tun sollen. Seine Hand abschütteln und machen, dass sie wegkam. Aber das tat sie nicht. Stattdessen ließ sie den Riemen ihrer Tasche wieder von der Schulter gleiten und setzte sich. Sie war noch immer verstimmt und sagte nichts, saß bloß kerzengerade da und wartete.

»Es tut mir leid«, meinte Fenwick schließlich.

Sie wartete weiter, immer noch schweigend. Sollte er sich ruhig anstrengen. Bestimmt würde noch mehr kommen.

Sie irrte sich nicht. »Ich hatte … ich hatte unrecht.« Er seufzte. »Ja. Ich habe mich geirrt. Ich gebe es offen zu. Es war falsch, Ihre Argumente zu ignorieren. Und es war mit Sicherheit falsch, so mit Ihnen vor der versammelten Mannschaft zu sprechen, wie ich es getan habe. Das war unverzeihlich. Ich war … ich habe mich danebenbenommen.«

»Das kann man wohl sagen.«

Er nickte. »Und das tut mir leid.« Wieder ein Seufzer. Dabei ließ er seine Schultern fallen, als würde die Luft aus ihm herausgelassen. »Sehr sogar.« Er rieb sich die Augen, dann mit beiden Handflächen das Gesicht. »Aber wir … wir brauchen dringend ein Ergebnis. Und zwar schnell. Es kommt mir vor, als würde die ganze Welt auf uns schauen.«

Trotz der Situation musste Marina ein Lächeln unterdrücken. *Fürst Floskel reitet wieder.*

»Und das entschuldigt Ihr Verhalten mir gegenüber? Ihre verzweifelten Versuche, einen Schuldigen zu finden – egal, wen? Die Art, wie Sie sich an jeden Strohhalm klammern?«

»Niemand hat sich an Strohhalme geklammert. Wir haben gute, ehrliche Ermittlungsarbeit geleistet.«

»Und leider den Falschen erwischt.«

Fenwick seufzte. »Wir müssen den Mörder finden. Darauf läuft alles hinaus. Wir müssen ihn finden. Ich dachte, wir hätten ihn.« Während er sprach, ballte er die Hände zu Fäusten. »Ich wollte unbedingt glauben, dass er es ist …« Er öffnete die Hände wieder. »Aber er war es nicht. Vielleicht habe ich das ganz tief in mir drin sogar gewusst.« Wieder ein Seufzer. »Also, wie gesagt, es tut mir leid. Ich fürchte, Sie waren ein Opfer der ganzen … Situation.«

Marina nickte. Ihr Zorn verrauchte allmählich. Nicht dass sie Fenwick das hätte wissen lassen. »Man sagt, unter Stress kommt der wahre Charakter eines Menschen zum Vorschein«, meinte sie trocken.

Er lächelte schwach. »Dann bin ich wohl ein Trottel. Noch dazu einer mit schlechten Manieren.«

Sie konnte sein Lächeln nicht erwidern. »Erwarten Sie von mir bloß keinen Widerspruch.«

»Nein.« Als Zeichen der Annäherung legte er die Hände auf den Tisch. »Ich glaube, was ich sagen will, ist dies: Wir brauchen Sie. Dieser Fall braucht Sie. Ihr Input ist von unschätzbarem Wert. Wenn wir den Mann fassen wollen, der das getan hat, dann müssen wir unsere Herangehensweise radikal ändern.«

»Inwiefern?«

»Mein Ansatz hat nicht funktioniert. Also will ich, dass Sie und Ihre Sicht der Dinge von jetzt an im Mittelpunkt der Ermittlungen stehen. Ich will, dass wir uns von Ihrer Erfahrung leiten lassen.«

Marina hob eine Braue.

»Ja, ich weiß, ich weiß. Das hätten wir von Anfang an tun sollen. Ich habe Ihnen ein Versprechen gegeben und es nicht eingehalten. Ich bin nervös geworden. Es war alles so viel auf einmal … es tut mir leid.«

»Das sagten Sie bereits.«

»Also.« Er rieb die Handflächen aneinander und lächelte sie wieder an. »Sind Sie noch an Bord? Wir brauchen Sie. Bitte.«

Sie musterte ihn. Sein Lächeln war dünn und vermochte nicht den Zweifel und die Unruhe in seinen Zügen zu verbergen. Am liebsten hätte Marina ihm einfach gesagt, er solle verschwinden, und wäre gegangen; dann überlegte sie, ob sie einwilligen, ihn aber noch ein bisschen zappeln lassen sollte. Aber schließlich entschied sie sich für den direkten, den ehrlichen Weg. Sie dachte an die Fotos der ermordeten Frauen, die im Büro am Whiteboard hingen. Die Vorher- und Nachher-Bilder. Sie spürte, wie das Kind sich in ihr bewegte, und instinktiv legte sie einen Arm um ihren Bauch.

»Ja, Ben. Ich bin noch dabei. Aber nicht Ihretwegen.«

Diesmal war sein Lächeln echt und voller Erleichterung. »Ich danke Ihnen. Ich danke Ihnen vielmals. Ich bin –«

»Aber diesmal halten Sie Ihr Wort. Ich bin nicht als Statist hier. Klar?«

Er hob die Hände. »Glasklar.« Er wollte noch mehr sagen, aber das plötzliche Auftauchen von Phil an ihrem Tisch ließ ihn innehalten. Phil war außer Atem und stand wie unter Strom. Seine Stirn war gerunzelt, sein Körper angespannt. Marina wusste, was er sagen würde, noch bevor er den Mund aufgemacht hatte. Sie wusste es einfach. Sie stand auf und griff nach Tasche und Mantel.

»Er hat wieder zugeschlagen«, sagte Phil. »Ein weiterer Mord.«

Fenwick sprang ebenfalls auf.

»Marina«, sagte Phil und sah Fenwick an. »Sie nicht, Sir.«

Er wartete nicht auf eine Antwort, sondern drehte sich um und eilte davon.

Fenwick ließ sich wieder auf seinen Stuhl sinken.

52

Hester hielt das Baby im Arm und lächelte. Sie war wieder stolze Mutter.

Als Erstes hatte sie dem Baby mit einem alten Lappen, den sie zu dem Zweck ausgewaschen hatte, das Blut abgewischt. Dann hatte sie es in mehrere Decken gewickelt, und nun saßen sie beide neben dem Ofen, wo es schön warm war. Sie würde nicht noch einmal dieselben Fehler machen.

Aber so war das Leben, das hatte sie irgendwo gelesen oder im Fernsehen gesehen: ein Lernprozess. Und genau das war es, was sie jetzt tat: Sie lernte, für ein Baby zu sorgen.

Ihr Mann war wie elektrisiert gewesen, als er ihr das Baby gebracht hatte. Noch nie hatte sie ihn so voller Erregung erlebt. Die Jagd, hatte er gesagt. Das liege an der Jagd. Ihr war das egal, sie wollte bloß das Baby. Er war danach noch eine Weile im Haus geblieben, als sei er so voller Energie, dass er nicht wusste, wohin damit. Aber irgendwann war er dann doch wieder gegangen.

Irgendwie hatte sie das Gefühl, dass dieses neue Baby nicht so schwach und krank war wie das erste. Zum einen war es größer, und es strampelte mehr. Es hatte sogar die Augen ein wenig geöffnet. Und es war ein Mädchen. Hester hatte leise in sich hineingekichert, als sie nachgeschaut hatte.

»Mein Mann wird dich mögen«, gluckste sie.

Dann spürte sie, wie bei dem Gedanken in ihrem Innern etwas aufriss, sich Dunkelheit und Trauer ausbreiteten. Nein, hoffentlich würde er es nicht mögen. Denn das könnte bedeuten, dass er von ihr nichts mehr wissen wollte. Dann würde sie ganz allein dastehen. Sie würde mit ansehen, wie das Baby wuchs, und dabei immer daran denken müssen, dass es sie bald ersetzen würde. Das durfte nicht geschehen. Es war besser, gar keine Mutter zu sein, als eine Mutter, die am Ende betrogen wurde.

Bei diesem Gedanken begannen die Dunkelheit und Traurigkeit in ihrem Innern zu kristallisieren und wurden schließlich ganz hart. Hesters Gesicht verzerrte sich in plötzlichem Zorn. Schwer atmend starrte sie das Baby an.

»Wehe«, sagte sie drohend. »Wehe …«

Das Baby lag bloß da und schaute umher, während seine Arme und Beine krampfartig zuckten. Hester bemühte sich, nicht wütend auf das Baby zu sein. Das alles lag noch in der Zukunft. In weiter Ferne. Zunächst einmal musste sie sich auf das Hier und Jetzt konzentrieren. Auf ihre Mutterrolle. Darauf, das Baby großzuziehen.

Sie saß da und betrachtete es. Wie lange, wusste sie nicht. Irgendwann war aller Zorn verschwunden, und ihre Miene war wieder friedlich. Ihr Körper hatte sich entspannt, ihr Atem ging ruhig und gleichmäßig. Sie war nicht mehr wütend. Sie war wieder eine Mutter. Einfach eine Mutter. Jetzt würde sie Zeit mit ihrem Baby verbringen. Um eine Bindung aufzubauen. Zweisamkeit.

Das war schließlich der Grund, weshalb sie sich so bemüht hatte, die Babys direkt aus den Bäuchen der Leihmütter zu bekommen. So hatten sie keine Gelegenheit, eine Bindung zu einer anderen Person aufzubauen. Sie gehörten von Anfang an ihr.

Das Baby verzog das Gesicht. Hester ahnte, was als Nächstes kommen würde. Quengeln. Dann Geschrei.

Diesmal wusste sie, was zu tun war.

»Du hast Hunger, stimmt's? Möchtest gefüttert werden? Ein bisschen Milch? Ich hol dir welche.«

Sie stand auf und legte das Baby auf dem Sessel ab, auf dem sie gesessen hatte. Es zappelte und schrie. Sie ging in die Küche, doch das Geschrei verfolgte sie.

»Ist ja gut. Mami macht dir jetzt deine Milch warm ...«

Sie stellte das Fläschchen in die Mikrowelle. Das Gerät war alt und hatte an den Ecken bereits Rost angesetzt. Die Emaille war abgeblättert, die Knöpfe waren abgenutzt, und es gab es keine Geräusche mehr von sich, aber es schien noch zu funktionieren. Wärmte immer noch das Essen.

Das Baby plärrte weiter. Hester versuchte, es zu beruhigen, während sie auf die Mikrowelle wartete, aber es wollte einfach nicht aufhören. Sie seufzte. Das hatte sie ganz vergessen. Innerhalb so kurzer Zeit hatte sie vergessen, wie es war, wenn einem ein bestimmter Ton direkt bis ins Mark fuhr. Ins Mark und in den Kopf. Dieses gellende, drängende Schreien. Selbst wenn es aufgehört hatte, konnte man es noch hören. Erneut spürte Hester Zorn in sich aufsteigen.

»Ich komme ja schon ...«

Aber das Baby verstand sie einfach nicht. Oder es war ihm egal. Es schrie einfach weiter. Hester beobachtete die Mikrowelle und wartete ungeduldig auf das »Ping«. Dieses Geplärre ...

»Sei still! Jetzt sei endlich still!« Wenn das jetzt immer so ging ... Sie erinnerte sich daran, wie es mit dem letzten Baby gewesen war, wie es geschrien, geweint und gequengelt hatte … sie hatte das gehasst. Hätte es umbringen können. Wenn das Baby hier genauso war, dann …

Die Mikrowelle war fertig. Hester riss die Tür auf und schnappte sich die Flasche. Sie fühlte sich ein bisschen heiß an, aber das war Hester egal. Sie ging zurück, hob das Baby auf den Arm, legte es sich auf den Schoß und steckte ihm den Sauger in den Mund. Die Augen des Babys weiteten sich vor Überraschung, dann begann es zu nuckeln. Es saugte einmal, dann noch einmal, dann spuckte es alles wieder aus. Die Milch rann seine Wangen hinab.

Wieder spürte Hester den Zorn in ihrem Innern, und ihr Gesicht verzerrte sich. »Was soll das, heh? Du hast gesagt, du hast Hunger! Du wolltest was zu essen haben. Hier hast du es!«

Sie versuchte es erneut, steckte dem Baby zum zweiten Mal den Sauger zwischen die Lippen. Wieder lief die heiße Milch über die Wangen des Babys. Hesters Zorn wuchs.

»Jetzt trink schon … trink gefälligst!«

Das Baby wollte nicht.

Hester sah erst das Baby an, dann die Flasche und wusste nicht, was sie tun sollte. Gefühle taumelten in ihrem Innern so wild durcheinander, dass sie sie gar nicht zu fassen bekam. Wut, Angst, Ohnmacht. Wieder sah sie das Baby an, dann die Flasche …

Sie stand auf. Legte das Baby wieder auf den Sessel und stellte die Flasche daneben. Es fuchtelte mit den Ärmchen und stieß die Flasche um. Milch begann aus dem Sauger zu tropfen und durchtränkte langsam die Decke, in die das Baby gewickelt war.

Hester war das egal. Daran konnte sie jetzt nicht denken.

Sie musste raus. Weg von dem Baby und seinem unablässigen Geschrei.

Sie öffnete die Seitentür und trat auf den Hof hinaus. Es war dunkel geworden, und es war noch immer bitterkalt. Eine Ahnung von Regen hing in der Luft, oder noch schlimmer: Schnee. Aber auch das kümmerte Hester nicht. Sie hätte alles ertragen, um von dem Baby wegzukommen. Von seinem Geschrei, seiner Bedürftigkeit …

Sie holte tief Luft und stieß sie in einem langen Seufzer wieder aus. Sie blickte über den Fluss hinweg zu den Lichtern des Hafens. Schiffe legten an und ab, alles war wie immer. Dort gab es keine schreienden Babys. Nur das weite, offene Meer. Den Ozean. Stille. Wie sehr Hester sich wünschte, dort zu sein, meilenweit weg.

Sie seufzte. Es war nicht das erste Mal, dass sie so etwas dachte. Aber obwohl der Hafen und das Meer bloß auf der anderen Seite der Flussmündung lagen, hätten sie genauso gut Millionen Meilen weit weg sein können. Oder sogar auf einem anderen Planeten. Sie würde niemals dorthin gelangen, nicht zum Hafen und schon gar nicht aufs Meer. Hier war ihr Zuhause. Sie würde für immer hierbleiben.

Ihre Schwester war entkommen. Oder hatte es zumindest versucht. Hester schloss die Augen. Wollte nicht schon wieder an ihre Schwester denken. An den Abend, als sie geflohen war. Der Abend, an dem sie selbst zu Hester geworden war. Nein. Der ganze Schrecken, das Geschrei, das verzweifelte Schluchzen … Nein! Denk nicht dran. Zu schrecklich.

Ja, hatte ihr Vater gesagt. Deine Schwester ist weg. Für immer und ewig. Hester wusste, was das bedeutete. Und was sie zu tun hatte. Also war sie geblieben.

Aus dem Haus waren noch immer die Schreie des Babys

zu hören. Sie schloss die Augen und versuchte, sie auszublenden, doch es war zwecklos. Also öffnete sie die Augen wieder. Und stellte fest, dass ihr Mann heimgekommen war.

Was zum Teufel ist los mit dir?, wollte er wissen. *Was treibst du hier draußen?*

»Das Baby«, sagte sie. »Es ist wegen dem Baby. Ich …« Sie wollte sagen: *Ich schaffe das nicht*, wusste aber, dass das ihrem Mann nicht gefallen würde. Er würde sie für schwach halten, vielleicht sogar versuchen, sie loszuwerden. Wieder dachte sie an das Baby. Das sie vielleicht eines Tages ersetzen würde. Nein, das würde sie ihm bestimmt nicht verraten. Sie wollte nicht, dass er auf dumme Gedanken kam.

Das Balg macht einen Scheißlärm. Geh gefälligst rein und sorg dafür, dass es Ruhe gibt.

Sie konnte nicht antworten, schüttelte bloß den Kopf.

He, sagte er. *Du wolltest es unbedingt haben. Jetzt kümmere dich auch drum.*

»Kannst … kannst du das nicht machen?«

Na klar kann ich. Ich kann da reingehen und es zum Schweigen bringen. Dann wird es nie wieder schreien. Willst du das?

Hester überlegte einen Augenblick. Wollte sie das? Es würde alles so viel einfacher machen. So viel ruhiger. Er würde einfach ins Haus gehen und …

Ich kann dir jederzeit ein neues besorgen. Wir haben noch die Liste …

Sie wusste, was er meinte. Er war so sehr im Blutrausch, dass er sofort wieder losziehen wollte. Und wenn das bedeutete, dass er das Baby loswerden und ein neues besorgen musste, war ihm das auch recht. Aber nein. Sie konnte das nicht tun. Nicht nach allem, was sie durchgemacht hatten, um dieses Baby hier zu bekommen. Sie konnte es nicht einfach so loslassen.

Sie schüttelte den Kopf. »Ich kümmere mich drum.«

Dann mach zu. Sorg dafür, dass es die Klappe hält.

Hester nickte. Sie hatte es so gewollt. Sie war eine Mutter, sie hatte sich zu kümmern. Und sie würde es schaffen. Solange ihr Mann bei ihr war, solange sie eine Familie waren, würde sie es schaffen.

Sie öffnete die Tür. Der Lärm war ohrenbetäubend. Sie ging hinein.

53

Stanway war früher einmal ein eigenständiges Dorf gewesen, aber dann war der Zoo gekommen und wenig später der Gewerbepark, und inzwischen war der Ort auch nur noch ein weiterer Teil von Colchesters ausuferndem Vorstadtdschungel.

Phil sah sich um. Es hatte ihn in eine Neubausiedlung aus kastenförmigen Einfamilienhäusern aus gelbem und rotem Backstein verschlagen. Ihr Äußeres schien auf eine nicht näher identifizierbare Architektur der Vergangenheit zu verweisen, die den wenig solide gebauten Häusern die Aura von Tradition und Dauerhaftigkeit verleihen sollte. Im Maklerjargon wurden sie als Häuser mit gehobenem Ambiente bezeichnet, aber den Autos nach zu urteilen, die in den Einfahrten parkten – Vauxhalls, Fords, Renaults, ein paar Volvos und Audis –, wohnten hier größtenteils mittlere Angestellte, die entweder sehr ehrgeizig waren oder größenwahnsinnig.

Es war die Art von Siedlung, in die die Menschen aus den Innenstädten zogen, weil sie der dort herrschenden Gewalt entfliehen wollten – und weil sie fälschlicherweise annahmen, dass ihr Geld sie davor schützen würde. Nun wurden sie ausgerechnet hier mit einem brutalen Mord konfrontiert. Phil ahnte, was sie jetzt dachten: Die Menschen, denen sie hatten entkommen wollen, waren ihnen gefolgt. Aber er wusste es besser. Aus eigener trauriger Erfahrung hatte er gelernt, dass es keine Grenzen gab. Geld schützte niemanden. Nichts würde die Leute schützen. Ein Mord konnte überall geschehen.

Das Haus, vor dem er stand, gehörte zu denen aus gelbem Backstein. Es hatte kleine, quadratische Fenster und ein Säulenvordach, das, so mutmaßte er, wohl einen Hauch von Regency verbreiten sollte. Von außen sah es ganz gewöhnlich aus, aber er würde nur die Schwelle überschreiten müssen, um in eine ganz andere, finstere Welt einzutauchen.

Die Polizei war mit zahlreichen Einsatzkräften vor Ort. Die Straße war abgesperrt worden, man hatte weiße Zelte aufgestellt und Bogenlampen auf das Haus ausgerichtet. Neugierige Anwohner hatten sich an der Ecke versammelt. Einige waren aus ihren Häusern vertrieben worden, andere wurden von Uniformierten vernommen. Phil erblickte Anni und ging über die Straße auf sie zu. Sie sah ihn kommen und nickte.

Er sah sich um. »Was ist passiert?«

Anni, in Parka und Schal eingepackt, vergrub die Fäuste in den Taschen und atmete weißen Dampf aus. »Es sieht richtig übel aus, Boss«, sagte sie. »Es war unser Täter. Sie war schwanger. Vom Baby keine Spur.«

Phil nickte, den Blick auf die Schwelle des Hauses gerichtet. »Wo ist der Ehemann?«

Anni zeigte die Straße hinunter. »Notarzt«, sagte sie. »Er hat sie gefunden.«

»Der arme Kerl«, sagte Phil. »Kinder?«

»Zwei. Zwölf und zehn. Sie sind zur Großmutter gefahren.«

»Gut.« Er wollte zum Krankenwagen gehen. Anni hielt ihn zurück.

»Boss«, sagte sie. »Der Mann. Er verschweigt uns irgendwas.«

»Irgendeine Ahnung, was?«

»Er ist einfach etwas zurückhaltend, das ist alles. Sehr vage, was seinen Aufenthaltsort heute Nachmittag angeht.«

Phil lächelte grimmig. »Ich glaube, wir wissen, was das für gewöhnlich heißt.«

Anni nickte. »Vielleicht hat er gedacht, ich sei voreingenommen. Wahrscheinlich fällt es ihm leichter, mit einem Mann drüber zu reden.«

Phil ging zum Krankenwagen. Es war nun stockdunkel, der Herbst ging langsam in den Winter über. Irgendwo hatte er einmal vom Vorschlag eines Schriftstellers gelesen, sechs Jahreszeiten statt der üblichen vier einzuführen. Die zwei zusätzlichen Jahreszeiten vor und nach dem Winter hatte er Rückzug und Wiederkehr genannt: eine Zeit, in der die Welt sich verschloss und in einen Zustand zurückzog, der eher dem Tod als einem Winterschlaf glich. Als er nun den Blick über die verkümmerten kahlen Bäume am Straßenrand schweifen ließ und den eisigen Wind spürte, der ihm entgegenwehte, kam ihm der Gedanke passend vor. Die Welt hatte sich tatsächlich in sich zurückgezogen. Und all ihre Geheimnisse mitgenommen.

Er hatte den Krankenwagen erreicht. Ein Mann Mitte vierzig, leicht übergewichtig, mit schütterem, aber sorgfältig frisiertem Haar und einem Anzug, der teuer aussah, aber trotzdem nicht richtig passte, saß auf der Trage, eine Rettungsfolie um die Schultern gelegt. Er hielt einen Becher, wirkte dabei aber irgendwie weggetreten, als sei er sich gar nicht bewusst, dass der Becher da war. Als wisse er nicht einmal, dass er Hände hatte.

Phil fiel sein Name wieder ein und er sprach ihn an. »Mr Eades?«

Der Mann sah auf. Es war, als lägen seine Augen in tiefen dunklen Höhlen und hätten Mühe zu sehen, was draußen vor sich ging.

»Ich bin Detective Inspector Brennan.« Phil streckte ihm die Hand hin. Der Mann löste seine Rechte vom Becher und schüttelte geistesabwesend Phils Hand. »Was passiert ist, tut mir aufrichtig leid.«

Graeme Eades nickte.

»Ich fürchte, ich muss Ihnen trotzdem ein paar Fragen stellen.«

Ein weiteres mechanisches Nicken.

Phil begann. Er wusste, dies war der schlechteste Augenblick, um Fragen zu stellen, aber er konnte nicht warten. Manchmal hatte er sogar Glück: Ein unter Schock stehender Zeuge erinnerte sich mitunter mit erstaunlicher Klarheit an gewisse Details, und genau wie man einen Pullover auftrennen konnte, wenn man an einem losen Faden zog, waren es oft solche Kleinigkeiten, die Phil auf eine Spur brachten.

Graeme Eades stand eindeutig unter Schock. Es bereitete ihm Mühe, zusammenhängende Antworten zu geben, und je länger Phil ihn befragte, desto mehr verlor er die Hoffnung, von ihm irgendetwas Aufschlussreiches zu erfahren. Dennoch ließ er nicht locker. Und er hatte Annis Vermutung im Hinterkopf, als er wieder und wieder dieselben Fragen stellte: Wo waren Sie heute Nachmittag, wann sind Sie nach Hause gekommen, haben Sie während des Tages mit Ihrer Frau gesprochen, falls ja, um wie viel Uhr … Jedes Mal erhielt er dieselben vagen Antworten. Er wollte gerade aufgeben und die

Befragung auf später verschieben, da sah Graeme Eades hoch und packte ihn am Arm.

Phil, den diese Geste überraschte, blickte auf Eades' Hand. Sein Griff war fest, aber nicht, weil Graeme Eades' Kräfte zurückgekehrt waren, sondern weil der Schock ihn in eine Art Wahnsinnszustand versetzt hatte.

»Es tut mir so leid«, sagte er.

»Es tut Ihnen leid?«, fragte Phil, während sein Herz einen Schlag aussetzte. Ein Geständnis wäre mehr, als er zu hoffen gewagt hätte. »Was tut Ihnen leid?«

»Es ist meine Schuld. Es tut mir so leid ...«

Phil setzte sich neben ihn. »Was tut Ihnen leid?«, fragte er noch einmal.

»Ich war ... ich war ... mit Erin zusammen. Ich hätte daheim sein sollen, aber ich war bei Erin ...« Und dann begannen die Tränen zu fließen.

Den Rest konnte sich Phil zusammenreimen. Graeme Eades hatte gelogen, aber er war ganz sicher kein Mörder. Nur ein Ehebrecher. Einer, der sein Tun bitter bereute.

Phil erhob sich. Mehr würde Eades ihnen nicht zu sagen haben, jedenfalls nicht in seinem gegenwärtigen Zustand. Er wandte sich ab und wechselte ein paar Worte mit einem Uniformierten, der neben dem Krankenwagen wartete und sich mit einem Sanitäter unterhielt.

»Vielleicht können Sie seine Aussage aufnehmen, sobald er sich ein wenig beruhigt hat«, wies er ihn an, dann ging er zum Haus zurück. Er konnte es nicht länger aufschieben.

Marina wartete bei seinem Wagen. Sie trug bereits einen weißen Overall, die Kapuze tief ins Gesicht gezogen, Überschuhe aus Papier an den Füßen. Sie atmete tief ein und aus.

Wieder fiel Phil auf, dass sie einen Arm über den Bauch gelegt hatte, wie so oft in den letzten Tagen. Mit dem anderen stützte sie sich auf der Motorhaube ab.

»Bist du sicher, dass du das tun willst?«, fragte er, während er seinen eigenen Overall aus dem Kofferraum holte.

Sie nickte, ohne ihn anzusehen, den Blick starr auf die Haustür gerichtet.

»Du musst nicht«, meinte er, während er in den Anzug stieg. »Niemand erwartet es von dir. Niemand hätte etwas dagegen, wenn du draußen wartest, bis die Leiche fort ist.«

»Nein.« Noch immer sah sie ihn nicht an, sondern hielt den Blick auf etwas geheftet, was er nicht sehen konnte – etwas, von dem er nicht wusste, ob es überhaupt existierte. »Ich will es.«

»Ich muss dich warnen. Sobald du die Schwelle übertrittst, bist du in der Hölle. Du kannst wieder rausgehen, aber die Bilder werden dich nie mehr loslassen.«

»Ich weiß.«

»Na dann. Wenn du dir sicher bist. Ich will nur nicht, dass es dich aus der Bahn wirft. Dass du nicht mehr richtig funktionierst, wenn wir dich brauchen.«

Sie sah ihm direkt in die Augen. »Ich schaffe das schon.«

Er hielt ihren Blick länger, als nötig gewesen wäre. Seine Stimme klang weicher. »Das weiß ich doch.«

Er sah den Schatten eines Lächelns über ihr Gesicht huschen. Beide wandten zur selben Zeit den Blick ab.

Anni, ebenfalls im weißen Overall, kam zu ihnen.

»Also dann«, sagte Phil, setzte die Kapuze auf und zog sich die Überschuhe an. Er war bereit. »Gehen wir rein.«

54

Phil hat recht gehabt, dachte Marina. *Ich bin in der Hölle.*

Sie hatte gehofft, dass Claire Fieldings Apartment sie auf das vorbereitet haben würde, was im Haus der Eades auf sie wartete, aber das war ein Irrtum gewesen. Nichts hätte sie jemals darauf vorbereiten können. Sie hatte Claires Wohnung gesehen, nachdem die Leichen fort waren. Sie hatte die Tatortfotos studiert und versucht, beides miteinander in Einklang zu bringen. Es war nicht annähernd dasselbe.

Plötzlich fiel ihr ein Erlebnis aus ihrer Kindheit wieder ein. Damals hatte ihre Mutter ihr die Haare immer über dem Waschbecken gewaschen und es mit warmem Wasser aus einem Krug ausgespült. Irgendwann sollte sie in der Schule Schwimmunterricht bekommen. Marina war noch nie zuvor in einem Schwimmbad gewesen und hatte sich vorgestellt, dass das Wasser dort so angenehm sein würde wie damals zu Hause. Allerdings hatte sie feststellen müssen, dass dieses sanfte Gefühl nichts mit dem zu tun hatte, was man empfand, wenn man kopfüber ins Becken sprang. Das schiere Gewicht und der Druck des eiskalten Chlorwassers auf ihren Körper hatten sie überwältigt und nach unten gezogen. Sie hatte das Gefühl gehabt, als würde sie gleichzeitig erfrieren und ertrinken.

Als sie nun das Haus betrat, war es genau dasselbe Gefühl. Die Fotos, Claire Fieldings Apartment – das alles waren bloß

Trockenübungen gewesen. Jetzt sah sie aus nächster Nähe, wie ein geordnetes Leben auseinandergerissen und auf brutalste Art zerstört worden war. In der Atmosphäre des Hauses spürte sie die Gewalt, den Hass und – es gab kein anderes Wort dafür – den rasenden Wahnsinn der Tat. Es war, als hätte sich zäher Nebel über alles gelegt, und er wollte sich nicht lichten. Ihre Beine gaben nach, und sie taumelte. Phil sah sie besorgt an.

»Alles klar?«

Sie nickte, wich jedoch seinen Blicken aus.

Die Eingangshalle glich einem Schlachtfeld. Auf der beige-goldenen Tapete waren überall blutige, verwischte Handabdrücke zu sehen, Anzeichen eines verzweifelten Kampfes, den sie sich nur zu gut vorstellen konnte. Das Knirschen zerbrochenen Glases unter ihren Füßen und eine zerborstene Deckenlampe lieferten weitere Anhaltspunkte – aber es waren die Blutspritzer an Wänden, Decken und Fußboden, die dokumentierten, was sich hier abgespielt hatte: Sie sah, wie das Messer zustach, wie es die Haut durchstieß, Muskeln und Sehnen durchtrennte, wie hellrotes arterielles Blut aus der Wunde spritzte …

»Bist du sicher?«

»Ja.« Ihre Kehle war heiß und trocken, ihre Stimme klang brüchig.

Er blieb einige Sekunden vor ihr stehen, doch sie schob sich an ihm vorbei. »Schauen wir uns … auch den Rest an.«

Er betrachtete sie noch einmal forschend, beschloss dann aber, sie beim Wort zu nehmen, und folgte ihr. »Hier muss es zum Kampf gekommen sein«, sagte er. »Sie öffnet die Tür, und er … was macht er? Schlägt er sie nieder? Geht er gleich mit dem Messer auf sie los?« Er betrachtete den Teppichboden. Die Blutflecken im Flur waren nummeriert, Proben fürs Labor bereits entnommen worden.

»Sieht so aus«, sagte Anni. »Aber wieso? Das ist anders als beim letzten Mal.«

»Serienmörder …« Marina holte tief Luft. »Serienmörder machen das manchmal so.«

»Serienmörder?« Phil stutzte. »Sprechen wir jetzt offiziell von der Tat eines Serienmörders?«

»Glaubst du, es gibt noch Zweifel?«, fragte Marina zurück.

»Und es ist ausgeschlossen, dass Brotherton es getan haben könnte, bevor wir ihn verhaftet haben?«, wollte Anni wissen.

Phil schüttelte den Kopf. »Mehr als unwahrscheinlich.«

»Also, warum ist er diesmal anders vorgegangen?«, kehrte Anni wieder zu ihrer ursprünglichen Frage zurück. »Unser Serienmörder? Um uns in die Irre zu führen? Uns glauben zu machen, dass die Tat auf das Konto eines anderen geht?«

»Könnte sein«, meinte Marina zögernd. »Das ist durchaus schon vorgekommen. Oder er hat eine andere Arbeitsweise gefunden. Eine Methode, die … die ihm mehr liegt.«

»Lasst uns nachsehen, wo er sie aufgeschnitten hat«, sagte Phil. »Vielleicht gibt uns das einen Hinweis.«

Sie folgten der blutigen Spur bis ins Wohnzimmer. Phil ging voran. Und blieb dann wie angewurzelt stehen.

»Oh Gott …«, sagte Marina leise. »Oh nein …« Sie schloss ihre Augen, doch das Bild hatte sich ihr schon eingebrannt.

Was von Caroline Eades' Körper noch übrig war, lag in der Mitte des Raumes auf dem Fußboden. Ihr Bauch war von der Leiste bis hinauf zu ihren Brüsten brutal aufgeschlitzt und der Fötus entfernt worden. Das allein war schon grauenhaft genug, aber der Täter hatte dort nicht Halt gemacht.

»Die Kehle wurde durchgeschnitten«, stellte Phil fest.

»Nicht bloß die Kehle«, sagte Anni. »Er hat ihr fast den Kopf abgetrennt.«

Der Schnitt ging quer durch ihren Hals. Marina konnte weiße Wirbel zwischen dem blutigen Fleisch glänzen sehen.

»Vielleicht hat sie angefangen zu schreien«, mutmaßte Anni. »Er musste dafür sorgen, dass sie still war. Deswegen auch das viele Blut in der Eingangshalle.« Erneut betrachtete sie die Leiche. »Was … was hat er mit ihren Armen und Beinen gemacht?«

»Gebrochen«, sagte Phil und bemühte sich, so neutral wie möglich zu klingen, allerdings gelang es ihm nicht, den Ekel herunterzuschlucken, den er empfand. »Und dann … hat er sie mit Gewichten beschwert …«

Caroline Eades' Gliedmaßen standen in unmöglichen Winkeln vom Körper ab. Verschiedene Gegenstände aus der Wohnung hielten sie an Ort und Stelle. Lexika. Eine Bodenvase. Der DVD-Recorder. Der Couchtisch.

»Oh Gott …«, flüsterte Marina wieder. »Oh Gott …«

Phil drehte sich zu ihr um und packte sie an den Schultern. Sah ihr tief in die Augen. »Marina, sieh mich an.«

»Aber ich … ich kenne sie …«

Anni wandte überrascht den Kopf.

»Was? Woher?«, wollte Phil wissen.

»O mein Gott …«

»Woher?«, fragte Phil ein zweites Mal, und seine Stimme war sanft und bestimmt zugleich.

»Vom Yoga … sie war in meinem Yogakurs … sie … sie wollte mit mir einen Kaffee trinken gehen …«

Phil musste dafür sorgen, dass Marina sich zusammenriss. Er durfte sie nicht ihren Gefühlen überlassen. »Marina, das ist furchtbar. Schrecklich. Aber du musst dich jetzt konzentrieren. Vergiss für den Moment, dass du sie kanntest, und konzentrier dich. Ich möchte wissen, was du siehst.« Seine Stimme war ruhig und fest. »Sag mir, was du siehst.«

Sie sah flüchtig zur Leiche hin, dann huschte ihr Blick zurück zu Phil. Ihre Unterlippe bebte.

»Erzähl mir, was Marina Esposito, die Psychologin, sieht. Was könnte uns helfen, den Täter zu fassen?«, sagte er eindringlich. »Schau noch mal hin. Ganz genau. Sag mir, was du siehst.«

Sie holte tief Luft und wappnete sich. Betrachtete die Leiche noch einmal. Sie versuchte, die Szene leidenschaftslos zu betrachten, aus rein wissenschaftlichem Blickwinkel. Ihre Gefühle beiseitezuschieben und analytisch vorzugehen. Die langen Jahre des Theoriestudiums in die Praxis umzusetzen.

»Er ist ... ich sage er, dabei weiß ich gar nicht genau ...« Sie schüttelte den Kopf. »Ich belasse es für den Moment dabei. Der Täter ist durch die Haustür hereingekommen, sie ... hat geöffnet, er wollte sie zum Schweigen bringen. Vielleicht hat sie angefangen zu schreien, wie Anni sagte ... vielleicht wollte er aber auch einfach nur kein Risiko eingehen. Also hat er schnell gehandelt. Er ... er ist in Eile. Gibt es so etwas wie einen Zeitplan? Will er, dass es rasch vorbei ist?« Sie schüttelte den Kopf. »Nein.«

Ein weiterer Blick auf die Leiche am Boden, die blutbefleckten Wände. »Er ist hier, weil er ein konkretes Ziel verfolgt. Er will das Baby. Er hat keine Zeit, sich mit anderen Dingen aufzuhalten. Er steigert sich immer weiter in seine Taten hinein. Sein Vorgehen ist noch brutaler geworden, weniger fokussiert.«

Dann tat sie etwas, von dem sie niemals gedacht hätte, dass sie dazu fähig wäre. Sie ging vor der Leiche in die Hocke und studierte die Bauchwunde. »Er hat gewusst, was er tat. Das hier ist ein präziser, kontrollierter Schnitt, keine Anzeichen von Hast oder Raserei. Ganz anders als der Rest.«

Sie betrachtete die anderen Verletzungen des Opfers. »Er hatte keine Zeit, sie zu fesseln, wie er es bei Claire Fielding getan hat. Die Fesseln, die gespreizten Beine. Ich wette, er hat ihr auch keine Drogen verabreicht. Vielleicht hatte er keine mehr. Seine Vorräte waren aufgebraucht.« Ein erneuter Blick. »Oder aber er will sie gar nicht mehr benutzen. Vielleicht ist er auf den Geschmack gekommen. Er macht einen Job, aber es fängt an, ihm Spaß zu machen. Großen Spaß …«

Sie prüfte die Position der Leiche. »Okay. Er drückt sie also zu Boden …«, so stellte sie es sich vor, »gibt sich damit aber nicht zufrieden, also zerschmettert er ihr die Arme und Beine. Sie kann nicht entkommen. Dann … er will, dass sie ruhig liegen bleibt. Keine Drogen, also muss er improvisieren. Sucht nach Gegenständen, mit denen er sie am Boden festhalten kann. Dann macht er sich an die Arbeit.«

»Was sagt uns das?«, wollte Phil wissen. »Wie ist dein Eindruck?«

Marina betrachtete die Leiche weiter und dachte nach. Phil und Anni warteten geduldig. »Ich glaube nicht, dass wir es mit einer Eskalation in dem Sinne zu tun haben, dass er die Kontrolle über seine Handlungen verliert«, sagte sie schließlich. »Aber dieser Mord ist äußerst brutal, und er ist direkt auf den letzten gefolgt. Normalerweise vergeht eine gewisse Zeitspanne zwischen zwei Taten. Der Täter kommt zur Ruhe und erfreut sich an seinen Trophäen, bis der Drang zum Töten sich erneut in ihm aufbaut. So etwas sehe ich hier nicht.«

»Warum nicht?«, fragte Phil.

»Weil …« Plötzlich kam Marina ein Gedanke. Sie spürte

eine kalte Leere in ihrem Innern. »Das Baby ist tot. Claire Fieldings Baby. Das muss es sein. Deswegen hat er so schnell wieder zugeschlagen. Er wollte Ersatz beschaffen.«

»Und Caroline Eades' Baby könnte noch am Leben sein?«, wollte Anni wissen.

»Das kann ich nicht sagen, aber ich hoffe es. Ja, ich denke schon.«

»Und die Position, in der er die Leiche zurückgelassen hat?«, wollte Phil wissen.

»Belanglos. Er hat, was er wollte, und macht sich davon.«

»Das bestätigt also unsere These«, meinte Phil, »dass er nicht hinter den Frauen an sich her ist, sondern hinter ihren Babys.«

»Korrekt.« Marina nickte. »Die Frau ist bloß ein … Gefäß. Ein Wirtstier. Was mit ihr geschieht, ist ihm egal. So wie es einem egal ist, was aus der Eierschale wird, nachdem man ein Ei aufgeschlagen hat.«

Phil und Anni schluckten angesichts dieses Vergleichs.

Irgendwann wandte Marina sich an Phil. »Können wir jetzt bitte wieder rausgehen?«

»Natürlich.«

Sie traten vor die Tür. Marina traute ihren Augen nicht: Ganze Heerscharen weißbekleideter Polizisten bevölkerten die vor kurzem noch so friedvolle Vorstadtstraße. Es sah aus, als sei in der Nähe ein Chemieunfall passiert. Haus und Umgebung wurden nach Spuren abgesucht. Die Nachbarn wurden befragt. Am Ende der Sackgasse war ein mobiles Einsatzzentrum eingerichtet worden, in dem die Leute anonym Hinweise abgeben konnten. Nick Lines und sein Team von Pathologen waren eingetroffen.

Am Ende der Straße, hinter der Absperrung, lauerte die

Presse. Die Scheinwerfer ihrer Kameras zusammen mit dem gleißenden Licht der Bogenlampen schufen eine unwirkliche Atmosphäre, wie ein Filmset während eines Nachtdrehs. Die Reporter wurden allmählich unruhig, sie hofften auf einen kurzen Blick, eine aufgeschnappte Bemerkung, eine winzige Unachtsamkeit, die ihnen zu einer Story verhelfen würde.

Phil blieb stehen und wandte sich an Anni. »Sie sind für die Beweiskette zuständig. Fahren Sie nachher mit in die Gerichtsmedizin. Ich will eine Aufstellung, wer wann wo war – und zwar für Graeme Eades, Caroline Eades und für diese Erin. Letztere muss ausfindig gemacht und vernommen werden. Vielleicht wollte sie ein Baby, und er hat sich geweigert, ihr eins zu machen. Die Kriminaltechnik soll eine Nachtschicht einlegen, ich will, dass alles ganz genau überprüft wird. Er muss irgendeine Spur hinterlassen haben, er muss einfach …«

»Und wer soll das alles machen?«, erkundigte sich Anni.

Phil seufzte. »Ich wünschte, Clayton wäre noch dabei. Na ja, die Birdies müssten bald hier sein. In der Zwischenzeit hänge ich mich ans Telefon und sehe zu, dass wir alle verfügbaren Kräfte hierherbekommen.«

Marina sah erneut zur Pressemeute hinüber. Blitzlichter leuchteten auf. »Wir hätten Ben Fenwick mitbringen sollen«, meinte sie zu Phil. »Er hätte sie gebändigt.«

»Tja, hin und wieder hat er wohl doch seinen Nutzen.«

»Irgendetwas werden wir ihnen sagen müssen«, meinte Anni.

Phil nickte und sah sie an. »Würdet ihr zwei das übernehmen?«

Anni und Marina tauschten einen überraschten Blick.

»Also, ich weiß nicht, Boss«, sagte Anni. »Das ist eigentlich nicht so mein Ding …«

»Sie haben doch am Seminar *Umgang mit den Medien* teilgenommen, Sie schaffen das schon«, sagte Phil bestimmt. Seine Idee schien ihm immer besser zu gefallen. »Genau. Sie beide gehen zusammen. Anni, Sie erzählen ihnen, was passiert ist – keine Details –, und dann, Marina, könntest du vielleicht direkt in die Kamera einen Appell an den richten, der das Baby hat …« Er zuckte mit den Achseln. »Bitte ihn, es zurückzugeben oder sich bei uns zu melden, damit wir ihm helfen können, so in etwa. Dabei immer in die Kamera schauen.«

»Glaubst du, das wird etwas nützen?«, fragte Marina.

»Schaden kann es jedenfalls auch nicht.« Phil seufzte, und Marina sah, unter was für einer Anspannung er stand. »Ich weiß, das ist nicht deine Aufgabe, aber wenn irgendjemand Worte finden kann, die zu dieser Person durchdringen, dann du.«

Sie sah ihn einfach nur an.

»Bitte.« Er blickte zu den Fernsehteams hinüber, dann wieder zu Marina und Anni. »Sogar das landesweite Fernsehen ist da, nicht nur die Lokalsender. Wir brauchen jede Hilfe, die wir kriegen können.«

Marina schüttelte den Kopf und sah Anni an. »Nun?«, fragte sie.

»Ich mache es, wenn Sie es machen«, sagte diese.

»Danke«, sagte Phil.

Die zwei Frauen gingen, um sich der wartenden Presse zu stellen. Phil hörte noch, wie Anni sich darüber beschwerte, dass sie nicht eher gewusst hatte, dass sie im Fernsehen auftreten würde – dann hätte sie vorher noch Make-up aufgelegt. Phil beobachtete sie, wie sie vor den Kameras Position bezogen. Er konnte nicht hören, was sie sagten, aber die Reporter hingen förmlich an ihren Lippen. Anni war überraschend selbstsicher, wie er fand. Und Marina wirkte ernst und aufrichtig. Ihm fiel auf, dass sie beim Sprechen immer wieder ihren Bauch berührte. Das schien ein neuer nervöser Tick von ihr zu sein.

Nach wenigen Minuten waren sie fertig und kamen zu ihm zurück, verfolgt von einem weiteren Blitzlichtgewitter.

»Gut gemacht«, meinte er.

Marina lächelte. »Danke schön. Jetzt kann ich ›Medienstar‹ auf meinem Lebenslauf ergänzen.«

»Genau«, sagte Anni. »Und ehe Sie es sich versehen, sitzen Sie in der Jury von *X-Factor.*«

Wieder musste Marina schmunzeln, doch dahinter verbargen sich Müdigkeit und Anspannung.

Phil wandte den Blick ab, aber sie musterte ihn weiter. Er griff sich an die Brust, als habe er plötzlich Schmerzen. Sie wusste, dass er sich vor Anni und seinem Team nichts anmerken ließ, aber sie hatte es bemerkt. Und sie wusste auch, was es war: eine Panikattacke. Urplötzlich erwachte der Beschützerinstinkt in ihr.

Phil hörte auf, sich die Brust zu reiben, und atmete mehrmals tief ein.

»Kommt«, sagte er und drehte sich wieder zu ihnen um. »Lasst uns anfangen. Die Uhr tickt. Wir müssen das Baby finden.«

Er drehte sich um und ging in Richtung des mobilen Einsatzzentrums davon. Marina holte ihn ein.

»Danke«, sagte er und blickte nach vorn. »Du hast was gut bei mir.«

Marina gab keine Antwort, sondern lächelte bloß.

55

Das Baby war ruhig. Endlich. Hester hatte es auf den Arm genommen, ihm etwas zugeflüstert und es hin und her gewiegt. Die Bewegung hatte es schläfrig werden lassen. Irgendwann waren ihm die Augen zugefallen. Nach einiger Zeit war es wieder aufgewacht und hatte Hunger bekommen. Hester hatte ihm Milch gegeben, und es hatte getrunken. Hester fühlte sich gut. Stolz. Sie hatte alles im Griff.

Jetzt schlief das Baby in seiner Wanne, und Hester hatte den Fernseher eingeschaltet. Hester liebte Fernsehen. Vor allem die Werbung. Das Zeug dazwischen verstand sie oft nicht. Manchmal machten die Leute irgendwas, und dann wurde gelacht, und sie hatte keine Ahnung, warum. Oder die Leute waren ganz ernst und traurig, und Hester konnte nicht begreifen, was ihnen solchen Kummer bereitete. Es gab Sänger und Tänzer, die donnernden Applaus bekamen, aber sie verstand nicht, weshalb das Publikum so aus dem Häuschen war. In solchen Sendungen musste man anrufen und für den Besten stimmen. Aber sie hatte keine Ahnung, wer der Beste sein sollte.

Im Moment sah sie gerade die Nachrichten. Sie hatte damit angefangen, kurz nachdem sie ihr erstes Baby bekommen hatte, und seitdem war sie süchtig danach. Erst sah man Fotos von lachenden jungen Frauen auf dem Bildschirm, dann kam ein Schnitt und ein Reporter meldete sich von einem Tatort. Sie wusste, dass es sich um einen Tatort handelte, weil die Polizei im Hintergrund herumlief. Und weil der Reporter es mit sehr ernster Stimme erklärte.

Hester wusste es besser. Das waren keine Tatorte, sondern Gebärzimmer – so nannte ihr Mann sie. Wo die Leihmütter – *ihre* Leihmütter – für sie ihre Babys hergegeben hatten. Damit sie eine Mutter sein konnte. Beim Zuschauen spürte sie ein Kribbeln im Bauch. Dann schnappte sie ein Wort auf, das der Reporter benutzte – willkürlich. Sie runzelte die Stirn. Was hatte das mit Willkür zu tun? Es gab doch ihre Liste. Sie hatte sie an die Küchenwand geheftet und die Namen, die schon drangekommen waren, durchgestrichen. Aber es standen noch viele weitere Namen darauf. Verständnislos schüttelte Hester den Kopf. Leute gab es …

Sie wartete darauf, dass sie den Polizisten wiedersehen würde. Den großen, netten Polizisten mit den schicken Kleidern und der lustigen Frisur. Er sah gut aus, fand sie, auf eine gewisse Art. Doch kaum hatte sie das gedacht, regte sich ihr schlechtes Gewissen. Für sie durfte es keinen anderen Mann geben als ihren Ehemann.

Sie hörte nie auf das, was der Polizist sagte, sondern beobachtete nur die Bewegung seiner Lippen, während er sprach. Er hatte Falten an den Mundwinkeln, kleine scharfe Falten, die jedes Mal ein bisschen tiefer geworden zu sein schienen. Sie lächelte. Es war wie ein kleines Ritual. Irgendwie schön und beruhigend.

Aber diesmal war alles anders. Der Polizist war nicht da. Hester machte ein missmutiges Gesicht. Stattdessen war da eine schwarze Polizistin mit einer kratzigen Stimme, die Hester sofort unsympathisch war, und noch eine andere Frau. Jung und hübsch. Irgendwann trat die Schwarze zurück und ließ die andere reden. Hester spürte Zorn in sich aufsteigen. Wo war der nette Polizist? Die Frau ging ganz dicht an die Kamera heran und redete direkt hinein. Was sie zu sagen hatte, musste etwas sehr Ernstes sein, doch Hester war zu wütend, um ihr zuzuhören.

Aber die Frau redete immer weiter und starrte immer weiter in die Kamera. Hester hatte das Gefühl, als würde sie sie beobachten.

»Was glotzt du so?«, blaffte sie.

Am anderen Ende des Raumes gab das Baby ein leises Wimmern von sich.

Hester war das egal. Es passte ihr gar nicht, dass die Frau sie so anstarrte. »Was glotzt du mich so an?«, rief sie noch lauter. Das Baby jammerte und begann zu strampeln.

Hester war nicht dumm. Sie wusste, dass die Frau nicht wirklich durch den Fernseher schauen konnte. So was war unmöglich. Oder zumindest ziemlich unwahrscheinlich. Aber unangenehm war es trotzdem. Sie versuchte sich zu beruhigen und stattdessen darauf zu achten, was die Frau sagte. Wenn sie das tat, wenn sie sich ganz auf die Worte konzentrierte, konnte sie den Blick der Frau vielleicht vergessen.

»… bitte Sie inständig. Wenn dieses Baby bei Ihnen ist oder wenn Sie wissen, wer es haben könnte, setzen Sie sich mit uns in Verbindung. Wir müssen dringend mit Ihnen reden. Wir können Ihnen professionelle Hilfe anbieten. Bitte. Wir möchten nichts weiter, als mit Ihnen zu reden.«

Die Miene der Frau wurde noch ernster. Als wollte sie unbedingt, dass man ihr glaubte. Wie Hester, wenn sie log und wusste, dass nichts schlimmer gewesen wäre, als die Lüge zuzugeben.

»Bitte.« Noch immer blickte die Frau mit großen Augen in

die Kamera. »Tun Sie es für das Baby. Und um Ihrer selbst willen. Bestimmt geht es Ihnen nicht gut. Bitte, melden Sie sich. Wir können Ihnen helfen.«

Dann war wieder der Reporter dran.

Eigentlich hätte Hester wütend auf die Frau sein müssen. In Wahrheit aber wusste sie nicht recht, was sie empfand. Die Wut war zwar da, aber es kam ihr vor, als wäre sie mit einigen anderen Gefühlen durcheinandergeraten, deren Namen sie nicht kannte. Es kam ihr sogar so vor, als würden sich die anderen Gefühle in den Vordergrund drängen, bis ihre Wut ganz unwichtig wurde. Sie wusste nicht, was das für Gefühle waren, aber sie gefielen ihr nicht. Sie machten sie traurig. Und das war nicht gut.

Und weil sie dieses komische Gefühl unbedingt loswerden musste und nicht wusste, wie sie es anstellen sollte, brüllte sie den Fernseher an. Brüllte aus Leibeskräften.

Davon wachte das Baby auf. Hester dröhnte der Kopf. Sie hätte nicht sagen können, wer von ihnen beiden lauter schrie. Irgendwann verstummte sie, so dass nur noch die Schreie des Babys zu hören waren. Hester war völlig außer Atem, als wäre sie gerannt oder hätte hart im Garten gearbeitet. Und das Baby plärrte immer noch.

Er sah gerade mit Hester fern, als die Frau ins Bild kam. Sie sprach mit ernstem Blick in die Kamera und bat denjenigen, der das Baby in seiner Gewalt hatte, es herzugeben. Zuerst war er überrascht. Sie kam ihm irgendwie bekannt vor, aber er wusste nicht, woher … dann fiel es ihm wieder ein: Leisure World. Der Yogakurs. Wie die Letzte. Er lächelte. Sie war auch schwanger.

Das brachte ihn auf eine Idee …

Das Baby schrie immer weiter.

Stell das verdammte Geschrei ab, sonst tu ich es …

Die Frau war aus dem Fernsehen verschwunden, die Nachrichten waren zum nächsten Thema übergegangen. Hester stand auf, ging zum Baby, nahm es auf den Arm und sah es an. Sie empfand weder Wut noch Liebe, sondern irgendetwas anderes. Wie vorhin, als sie die Frau im Fernsehen gesehen hatte. Dinge, die sie nicht benennen konnte.

Sie seufzte. Sie wusste, was sie zu tun hatte. Von jetzt an und für immer.

Dafür sorgen, dass das Baby aufhörte zu schreien.

56

Phil saß auf dem Sofa, Marina daneben. Ihnen gegenüber hatte Erin O'Connor Platz genommen.

Phil konnte nachvollziehen, warum ein Mann wie Graeme Eades bei ihr schwach geworden war. Sie saß in einem Sessel, die Beine untergeschlagen, in der Hand ein Glas Weißwein. Ihr Körper war genauso warm und einladend wie ihr Blick kalt. Augen wie zwei Rechenmaschinen. Aber vermutlich hatte Graeme Eades ihr nicht allzu oft in die Augen gesehen. Phil schätzte sie auf Mitte zwanzig. Sie hatte die langen dunklen Haare zu einem Pferdeschwanz zurückgebunden und trug eine pinkfarbene Jogginghose aus Velours mit einer dazu passenden Kapuzenjacke. Darunter ein enges weißes T-Shirt. Ihr Outfit ließ darauf schließen, dass sie gerade vom Sport kam. Sie kümmerte sich um ihren Körper, ihren wertvollsten Aktivposten.

Sie nippte an ihrem Weißwein. Phil und Marina hatte sie nichts zu trinken angeboten. Ihr Haus war klein, ein Drei-Zimmer-Reihenhaus in New Town. Es war geschmackvoll möbliert, wirkte aber dennoch unbewohnt. Phil vermutete, dass Erin O'Connor nicht vorhatte, noch lange in diesen vier Wänden wohnen zu bleiben.

Graeme Eades hatte ihnen Erins Telefonnummer gegeben, der Rest war einfach gewesen: Phil hatte bei ihr angerufen, erklärt, wer er war, sich ihre Adresse geben lassen und war hergefahren. Worum es ging, hatte er ihr nicht gesagt, nur dass es wichtig sei.

Marina hatte ihn begleitet. Eigentlich hatte er sie nach Hause fahren wollen, aber Erin O'Connors Wohnung lag auf dem Weg, also war sie kurzerhand mitgekommen. Er hatte nichts dagegen, zumal sie ein Mitglied seines Teams war. Marina hingegen schien die Situation nicht recht zu behagen. Sie saß auf der Sofakante und sah sich unsicher im Raum um. Phil konnte nur hoffen, dass ihr dabei etwas auffiel, was ihnen Aufschluss über die Bewohnerin geben konnte.

»Also, worum geht es denn nun?« Erin O'Connor gab sich Mühe, sowohl gefasst als auch verblüfft zu wirken, was ihr allerdings nicht sonderlich gut gelang. Sie schien angespannt. *Ein unerwarteter nächtlicher Besuch von der Polizei kann einen schon ein wenig aus der Fassung bringen*, dachte Phil. Ihre Stimme dagegen klang voll und sanft, als habe sie Sprechunterricht genommen, um auch die letzten Reste ihres Essex-Akzents loszuwerden.

Phil beugte sich vor – vertraulich, aber professionell. Er spürte die Müdigkeit in seinen schmerzenden Muskeln. Die Anspannung des Tages und der Nachhall seiner Panikattacke von vorhin machten sich bemerkbar. Was er jetzt brauchte, war ein Bad. Ein langes, heißes Bad. Und ein großes Glas Whisky. Teuer und torfig. Oder einen guten Bourbon. Er blinzelte. *Konzentrier dich.*

»Also«, sagte er und wandte seine ganze Aufmerksamkeit Erin O'Connor zu. »Am Telefon konnte ich nicht viel zu der Angelegenheit sagen, aber ich vermute, Sie sind mit Graeme Eades bekannt?«

Erin O'Connor versteifte sich, das Weinglas blieb auf halbem Weg zu ihren Lippen in der Luft stehen. »Ja«, sagte sie, und ihr Gesicht war eine ausdruckslose Maske. »Das stimmt. Er ist mein Chef.«

Phil nickte. »Mehr als nur Ihr Chef, wenn ich richtig informiert bin.«

Sie hielt ihr Weinglas so fest, dass Phil befürchtete, sie würde es zerbrechen. Sie musste zu dem gleichen Schluss gekommen sein, denn sie stellte es ab und schlang stattdessen die Arme fest um ihren Körper. »Worum geht es denn?«

Red nicht lange drum herum, ermahnte Phil sich. *Sie ist schon groß, sie wird es verkraften. Sehr groß an einigen Stellen*, fügte er im Geiste noch hinzu. »Unseren Informationen zufolge haben Sie den heutigen Nachmittag mit ihm im Holiday Inn verbracht.«

»Na und? Wenn schon. Das ist schließlich nicht verboten.« Dann fragte sie, bevor Phil nachhaken konnte: »Brauche ich einen Anwalt?«

Phil zuckte mit den Schultern. »Sagen Sie es mir. Während Sie heute Nachmittag mit Mr Eades zusammen waren, ist jemand bei ihm zu Hause eingebrochen und hat seine Frau überfallen.«

Erin blieb der Mund offen stehen. Phil hatte genug Zeit, ihre strahlend weißen geraden Zähne zu bewundern – zweifellos das Werk eines teuren Zahnarztes –, und fragte sich, ob Graeme Eades sie ihr wohl spendiert hatte. »Sind Sie … aber ich war mit Graeme zusammen! Glauben Sie etwa, ich war das?«

Ihr Essex-Akzent war wieder etwas zu hören, bemerkte Phil.

»Durchaus nicht.«

»Was glauben Sie dann? Dass ich weiß, wer es war?«

»Und? Wissen Sie es?«

»Nein!« Ihr Akzent war wieder voll da. »Natürlich nicht. Mein Gott … haben sie … was ist passiert? Wurde viel gestohlen?«

Phil wusste, dass auch Marina die Bedeutung dieser Bemerkung registriert hatte. Erin fragte nicht, ob es Mrs Eades gutging, sondern nur, ob etwas gestohlen worden ist. Diese Reaktion bewies ihm, dass sie nichts über den Mord wusste. Jetzt mussten sie nur noch ihren genauen Tagesablauf rekonstruieren und ihre Zeitangaben mit denen von Graeme Eades abgleichen.

»Es war kein Raubüberfall, zumindest gehen wir bislang nicht davon aus«, sagte er. »Sie wurde ermordet.«

Erins Hand flog an ihren Mund. Ihre Augen wurden groß. »Oh Gott …«

»Ich muss bloß wissen, von wann bis wann Sie mit Mr Eades zusammen waren.«

»Du liebe Güte …«

»Bitte.«

»Oh …« Erin O'Connor dachte nach. Dann kniff sie plötzlich argwöhnisch die Augen zusammen. »Verliere ich wegen der Sache jetzt meinen Job?«

»Das kann ich Ihnen wirklich nicht sagen«, antwortete Phil. Langsam hatte er genug von dieser Frau. »Darüber müssen Sie sich schon mit Graeme Eades unterhalten.«

»Oh …«

»Um wie viel Uhr haben Sie sich getroffen?«

Sie dachte nach. »So um halb zwei, zwei, glaube ich. Gegen fünf bin ich – sind wir – wieder gegangen. So ungefähr.«

»Kann das irgendjemand bestätigen? Haben Sie ausgecheckt?«

Sie zuckte mit den Schultern. »Graeme hat das Zimmer

bezahlt. Er hat alles im Voraus geregelt. Als wir fertig waren, sind wir einfach gegangen.«

Phil unterdrückte ein Gähnen. Er hätte die Vernehmung verschieben sollen. Er war zu müde.

Neben ihm meldete sich Marina zu Wort.

»Würden Sie sagen, Graeme Eades war Ihr Freund, Erin?« Ihr Tonfall war weich und sanft. Offenbar hatte sie ihr anfängliches Unbehagen überwunden. Phil hielt den Blick auf Erin geheftet, um zu sehen, wie sie reagieren würde.

Erin runzelte erneut die Stirn, nahm dann einen Schluck Wein, bevor sie antwortete. Marina gegenüber schien sie offener und entspannter zu sein. »Na ja, vielleicht mein …«

»Liebhaber?«, schlug Marina vor.

Erin nickte. »Genau. Mein Liebhaber.«

»Das scheint mir eine etwas seltsame Paarung zu sein. Ich meine, Sie sind jung und attraktiv …«

Phil meinte zu sehen, wie Erin O'Connor errötete.

»Und Graeme ist … nun ja. Ich habe ihn kennengelernt.« Marina lächelte. »Ich hätte gedacht, Sie könnten etwas Besseres haben.«

»Er ist mein Chef«, entgegnete Erin, als würde das alles erklären. *Und irgendwie*, dachte Phil, *tat es das wohl auch.*

»Hat er viele Freundinnen?«, fragte Marina weiter. »Geliebte unter seinen Angestellten?«

»Keine Ahnung. Er hat gesagt, nein.«

»Und hat er Ihnen versprochen …« Marina machte eine vage Handbewegung, als sei ihr die Frage eben erst in den Sinn gekommen. »Ich weiß nicht … Ihre Karriere zu fördern?«

»Genau!«, rief Erin O'Connor laut, als sei sie heilfroh, dass Marina es ausgesprochen hatte. »Er hat gesagt, wenn ich mit ihm schlafe, befördert er mich.«

»Und hat er Sie befördert?«

»Er hat es mir versprochen. Morgen wollte er alles auf den Weg bringen, hat er gesagt.«

Marina zuckte mit den Schultern. »Tja, jetzt sehen die Dinge wohl etwas anders aus, meinen Sie nicht?«

Phil maß Marina mit einem beeindruckten Blick. Marina unterdrückte ein kleines Lächeln. Phil hatte recht gehabt, Erin O'Connor wusste nichts über den Mord. Sie würde sich einfach auf den nächstbesten Mann stürzen, der ihrem Charme erlag. Er machte Anstalten aufzustehen.

»Wissen Sie, was er gesagt hat?«, fragte Erin plötzlich. In ihrer Stimme schwang Bitterkeit mit, als wäre ihr soeben nicht nur klar geworden, dass Graeme Eades sie niemals befördern würde, sondern dass sie, statt Zeit mit ihm zu verschwenden, diese auch mit jemand Vielversprechenderem hätte verbringen können.

Phil blieb sitzen. »Was? Was hat er gesagt?«

»Heute. Heute Nachmittag. Es war, als wir gerade … dabei waren. Ich habe ihn gefragt, ob es ihm gefällt. Und wissen Sie, was er gesagt hat?«

Marina und Phil warteten. Sie wussten, dass die Frage rein rhetorisch gewesen war.

»Er sagte: Wenigstens muss ich jetzt nicht mehr dafür bezahlen.«

»Wie charmant«, bemerkte Marina.

»Wenigstens muss ich jetzt nicht mehr dafür bezahlen …«

Es gab nichts weiter zu sagen. Sie verabschiedeten sich und überließen Erin O'Connor ihren Gedanken, ihrem Wein, ihrem Reihenhaus und ihren Zukunftsplänen.

Draußen wickelte Marina sich fest in ihren Mantel. Phil sah sie an.

»Zeitverschwendung«, sagte er. »Nur eine weitere Frau, die auf das Geld der Männer aus ist.«

Marina zuckte mit den Schultern. »Du triffst wohl viele von der Sorte, was?«

Er lächelte. »Nur beruflich. Nicht privat. Komm, ich bring dich nach Hause.« Er ging zu seinem Wagen. Marina zögerte und blieb stehen, wo sie war.

»Nein«, sagte sie.

Er drehte sich um und wartete darauf, dass sie nachkam. Sie rührte sich nicht vom Fleck. Er hatte keine andere Wahl, als zu ihr zurückzugehen. »Was ist los?«

Sie antwortete nicht sofort. Phil bemerkte einen Ausdruck in ihrem Gesicht, den er nicht zu deuten vermochte. Als ob sie sich nicht entschließen konnte. Schließlich begann sie zu sprechen.

»Ich … ich … will nicht nach Hause.« Sie sah ihn dabei nicht an.

Phil wusste nicht, wie er darauf reagieren sollte. »Wieso nicht? Was … was ist los?«

»Nichts«, versicherte sie hastig. »Na ja …«

Phil spürte ein Flattern in der Brust. Diesmal war es keine Panikattacke, sondern etwas anderes, wenngleich nicht weniger Gefährliches. Hoffnung?

Er stand direkt vor ihr. Als er sprach, war seine Stimme weich und sanft.

»Stimmt irgendetwas nicht? Du kannst es mir sagen.«

»Es ist …« Ihre Hand wanderte zu ihrem Gesicht. Sie wischte sich fahrig über die Augenwinkel, als ärgere sie sich darüber, dass sie weinte. Noch dazu in Phils Gegenwart.

»Was? Sag es mir doch.«

Marina seufzte und sah sich um, sie konnte Phil nicht ansehen. Die Straße war schmal. Auf beiden Seiten standen Reihenhäuser, und am Straßenrand parkten dicht an dicht Autos, so dass nur ein Fahrzeug auf einmal die Straße passieren konnte. Die Nacht war kalt. Beim Ausatmen stießen sie weiße Dampfwolken aus.

»Ich …« Sie schüttelte den Kopf. »Ich wollte nicht … Ich habe mir fest vorgenommen, es nicht zu tun …«

Phil wartete ab. Beobachtete, wie der Atem seinen Mund verließ und sich in der Dunkelheit auflöste.

»Was ich heute gesehen habe … ich kann danach nicht einfach so nach Hause gehen. Das alles mitnehmen.« Dann fügte sie leiser hinzu: »Nicht schon wieder.«

»Aber wo willst du sonst hin, Marina?« Phil war sich nicht sicher, ob er seine Worte ernst meinte. Aber sagen musste er sie.

Sie sah zu ihm auf. »Ich weiß wohin.« Ihre Blicke trafen sich.

Phil wusste nicht, was er sagen sollte. Dies war der Moment, auf den er seit Monaten gewartet hatte. Der Moment, vor dem er sich monatelang gefürchtet hatte.

Sie wandte sich ab und blickte erneut die Straße hinunter. Sie waren die einzigen Menschen weit und breit. »Ich … ich habe dich vermisst. Ich habe dich so vermisst …«

»Ich habe dich auch vermisst«, sagte er und konnte sein Glück kaum fassen.

»Aber es ging nicht. Wir konnten nicht. Nicht nach …« Sie stockte und brach ab. »Und dann das heute. Alles, was heute passiert ist …« Sie sah ihn wieder an. »Heute habe ich Dinge gesehen, die ich nur aus Büchern kenne. Wie kann ich danach einfach so nach Hause gehen?« Ihre Stimme wurde so leise und zerbrechlich wie das Flüstern eines Kindes. »Und wenn ich Alpträume bekomme?«

»Ich werde für dich da sein.« Er lächelte sanft. »Vielleicht bekomme ich ja auch welche.«

Sie lächelte, und Tränen begannen wieder zu fließen. Sanft legte Phil die Arme um sie, und sie ließ sich in seine Umarmung fallen. Sie hob ihr Gesicht, und ihre Blicke trafen sich. Im Laternenschein funkelten ihre tränenfeuchten Augen wie Diamanten.

Mitten auf der kalten, engen Straße küssten sie sich.

Und Phil, der vor wenigen Minuten noch zu Tode erschöpft gewesen war, fühlte sich lebendiger als je zuvor.

57

Das Hole in the Wall war, genau wie der Name des Pubs es vermuten ließ, ein Loch in der Wand. Die alte römische Stadtmauer, die Colchester umgab und das historische Erbe der Stadt weithin sichtbar machte, war über Jahrhunderte hinweg erhalten und immer wieder restauriert worden. Der Pub war in die ehemalige Balkerne Gate hineingebaut, eine alte römische Durchfahrt, und konnte ebenfalls auf eine recht lange Geschichte zurückblicken. Er lag nahe des Stadtzentrums, zog aber weder Soldaten noch übermäßig viele Gäste aus dem Stadtzentrum an, was nicht nur weniger Prügeleien bedeutete, sondern für Clayton auch eine geringere Chance, hier auf einen Kollegen zu treffen.

Er ging hinein und sah sich als Erstes in der ungewohnten Umgebung um. *Keine Polizistenkneipe*, dachte er. *Nur Phil konnte er sich hier vorstellen.*

Die Wände waren kahl bis auf einige Flyer, die für Konzerte im Arts Centre und Theateraufführungen im nahe gelegenen Mercury Theatre warben. Die Einrichtung bestand aus zusammengewürfelten alten Holzmöbeln, der Dielenfußboden war abgezogen. An einem Tisch saß eine Gruppe Männer in farbbespritzten Overalls, Szenenbildner und Maler aus dem Theater. Einige Gruftis lungerten an der Bar herum, und trotz ihrer monströsen Piercings und der bedrohlich wirkenden Gesichtsbemalung sahen sie so aus, als könnten sie niemandem etwas zuleide tun – außer vielleicht sich selbst.

Der Grundriss des Pubs folgte keinem erkennbaren Plan. Er sah aus, als sei über die Jahre immer wieder angebaut worden. Die so entstandenen Höhenunterschiede zwischen den einzelnen Räumen waren mit Stufen überbrückt. Es gab große offene Räume und kleine Nischen, hohe Decken und niedrige Gewölbe. Clayton ließ seinen Blick durch den Raum schweifen und runzelte missmutig die Stirn, als er die Musik hörte, die aus der Jukebox dröhnte. Nervtötendes Wummern – so etwas würde ihm nie gefallen, und wenn er hundert Jahre leben würde.

Er hielt Ausschau nach der Person, die ihn per SMS um ein Treffen gebeten hatte. Er entdeckte sie schließlich im abgeschiedenen hinteren Teil des Pubs, wo sie auf einem Sofa unter einer hölzernen Deckenschräge Platz genommen hatte.

Sophie.

Sie hatte einen Drink vor sich stehen – Wodka und Coke, nahm er an – und trug Jeans, Stiefel und eine glänzende schwarze Steppjacke. Neben dem Sofa auf dem Boden stand eine Reisetasche. Er ging zu ihr, allerdings nicht, ohne sich vorher erneut zu vergewissern, dass auch wirklich niemand hier war, den er kannte.

»Sie haben dich laufenlassen?«, fragte er anstelle einer Begrüßung.

»Mussten sie. Hatten keinen Grund, mich weiter festzuhalten«, antwortete sie und nahm einen großen Schluck aus ihrem Glas.

Er setzte sich neben sie. »Ich geh ein ziemliches Risiko ein, mich mit dir hier zu treffen. Ich hoffe, das ist es auch wert.«

Sie stellte ihr Glas wieder auf dem niedrigen Tischchen ab

und straffte die Schultern, wodurch sich ihr Busen noch ein wenig nach vorn schob. Sie lächelte flüchtig. »Ich bin es wert.«

Clayton schwieg.

Sophies Laune kippte. Das Lächeln verschwand, und etwas Finsteres trat an seine Stelle. »Ich hab Schluss gemacht«, verkündete sie.

»Mit Brotherton?«

»Mit wem denn sonst?« Ihr barscher Tonfall passte zu ihrer Miene.

Clayton wünschte sich, er hätte sich an der Bar einen Drink geholt. »Wie hat er reagiert?«

Sie machte ein langes Gesicht und sah auf die Tischplatte hinab. »Hab's ihm noch nicht gesagt. Ich bin einfach nur nach Hause gegangen, hab meine Sachen geschnappt und bin weg. Er wird's schon merken, wenn er heimkommt.«

»Da wird er aber ziemlich sauer sein.«

»Nicht mein Problem. Sie nahm einen weiteren Schluck von ihrem Drink, diesmal einen großen.

Clayton warf verstohlen einen Blick auf die Uhr. Er fragte sich, was Phil und das Team wohl jetzt gerade machten. Dass er von dem Fall abgezogen worden war, machte ihm immer noch zu schaffen. Wie ein Stürmer, der keine Tore mehr schießen konnte. Natürlich wusste er, dass es nichts mit seinen Fähigkeiten zu tun hatte – aber es kam ihm so vor. Er schämte sich deswegen. Sein erster Gedanke war gewesen: Wie bringe ich das nur meiner Mam bei? Sie war immer so stolz auf meine Leistungen. Und jetzt wurde er von dem größten und wichtigsten Fall abgezogen, an dem er je gearbeitet hatte. Wie gesagt, nicht aus eigenem Verschulden – aber wie würde sie reagieren, wenn sie es herausfand? Statt mit den anderen zu ermitteln, saß er hier in einer muffigen Kneipe herum. Aber was hatte er für eine Wahl? Als Sophie ihn angerufen hatte, hatte sie ihm nicht gesagt, worum es ging, aber er wusste: Wenn auch nur die geringste Chance bestand, dass es etwas war, womit er seine Karriere retten konnte, dann musste er sich mit ihr treffen.

Tja. So viel dazu.

»Na dann, viel Glück.« Er stand auf und wollte gehen.

»Was machst du da?« Sie hob den Kopf.

Als er sich zu ihr umdrehte, fiel sein Blick direkt in ihren Ausschnitt. *Was soll's?*, dachte er trotzig. *Wenn er schon mal da ist.* »Ich geh nach Hause. Was gibt's denn noch zu sagen? Du hast ihn verlassen, schön für dich. Viel Glück für dein weiteres Leben.«

Wut blitzte in Sophies Augen auf. »Das ist alles, ja? Schön für dich? Viel Glück? Das hättest du wohl gerne. Du schuldest mir noch was, Clayton.«

Clayton spürte, wie auch er langsam ungehalten wurde. »Ach wirklich? Ich schulde dir was? Wofür denn? Du bist erwachsen, Sophie. Du triffst deine eigenen Entscheidungen.«

Er wandte sich ab. Sie sprang auf, umrundete den Tisch und packte ihn am Arm. Ihr Griff war überraschend fest, ihre Finger bohrten sich in sein Fleisch. Er blieb stehen.

»Wenn du jetzt hier rausmarschierst, Clayton, dann lässt du mich im Stich, und das wird dir noch leidtun. Richtig leidtun.«

»Ach ja?«

»Ja. Weil es immer noch Dinge gibt, die ich deinem Boss über dich erzählen kann. Oder deiner Kollegin. Detective Constable Hepburn heißt sie, richtig?« Wieder kroch ein Lächeln in ihr Gesicht. Es lag keine Wärme darin, nur kranke, berechnende Kälte. »Sie kann dich nicht leiden, stimmt's? Oder vielleicht doch. Vielleicht ist das ihr Problem. Soll ich mit ihr reden? Ich könnte ihr so einiges über deine Vergangenheit erzählen. Na, was meinst du?«

Schon wieder bekam Clayton Angst vor Sophie, und das nicht nur, weil sie etwas über ihn enthüllen konnte – diese Drohung war nichts Neues –, sondern wegen ihres merkwürdigen Benehmens. Sie zeigte eine Seite, die er nicht kannte. Eine, die er gar nicht kennen wollte. Sie war nicht nur furchteinflößend, sondern auch zutiefst beunruhigend. Er öffnete den Mund, um etwas zu sagen, aber sie kam ihm zuvor.

»Und glaub ja nicht, dass ich mich nicht traue. Du weißt genau, dass ich es tun würde.«

Clayton seufzte. Er war zu wütend und vor allem zu verwirrt, um zu sprechen. Wieder lächelte Sophie, und diesmal war es ein warmes Lächeln. Zumindest enthielt es eine Andeutung von Wärme.

»Warum setzen wir uns nicht wieder hin?«, schlug sie vor. »Und reden noch mal über alles.«

Der Griff um seinen Arm lockerte sich und wurde sanft. Da war sie wieder, die Sophie, die er kannte. Oder zu kennen glaubte. Er setzte sich wieder neben sie.

»Also«, begann sie, als wären sie zwei alte Freunde. »Lass uns die Sache in aller Ruhe besprechen.« Sie nippte an ihrem Longdrink und setzte sich zurecht. »Ich hab Ryan verlassen. Jetzt weiß ich nicht, wo ich hinsoll, Clayton.«

Ein Schauer durchrieselte ihn, als ihm klar wurde, was sie da von ihm verlangte. »Das ist nicht dein Ernst.«

»Doch, das ist es, Clayton.«

Ständig sagte sie seinen Namen, wie ein Vertreter, der versuchte, ihm etwas aufzuschwatzen. *Sophie in Reinform,* dachte er. Obwohl er langsam das Gefühl hatte, sie überhaupt nicht mehr zu kennen.

»Nein. Du kannst nicht im Ernst …«

Sie beugte sich dicht zu ihm, und plötzlich lag ihre Hand auf seinem Schenkel. Dazu ein verführerisches Lächeln. Falls irgendjemand von der Theke herübersah, würde er sie für ein verliebtes Pärchen halten, das eine intime Unterhaltung führte, die später im Bett enden würde.

»Ich kann bei dir wohnen, Clayton. Du lebst allein, und du bist schuld an dem ganzen Schlamassel. Du hast keine Wahl.«

Er seufzte und schwieg.

»Außerdem, wenn Ryan rausfindet, was ich gemacht hab, wird er ausrasten. Er wird bestimmt versuchen, mich zurückzuholen.« Sie rückte näher an ihn heran. Ihre Hand wanderte seinen Arm hinauf, ihr Schenkel rieb sich in einem langsamen, genüsslichen Rhythmus an seinem. »Jemand muss mich doch beschützen. Und wer wäre da besser geeignet als ein großer, starker Polizist …«

In Claytons Kopf drehte sich alles. Seine Hände zitterten, und er hatte das Gefühl, als würde er in einen tiefen, dunklen Strudel hinabgerissen. Aber da war auch noch etwas anderes. Etwas, das er nicht hätte empfinden sollen. Denn trotz allem hatte er eine Erektion.

Sophie war das nicht entgangen. Ihr Blick wanderte zu seinem Schritt hinab. Lächelnd streichelte sie ihn. Er ächzte.

»Ooh«, sagte sie. »Ist das für mich?«

Er konnte nicht antworten. Sie lachte.

»Also«, sagte sie, zog ihre Hand zurück und kippte den Rest ihres Drinks in einem Zug hinunter. »Jetzt wissen wir ja, wo wir stehen. Wollen wir los?«

»Was soll das heißen?«

»Na, zu dir«, sagte sie, als würde sie einem begriffsstutzigen Kind etwas erklären. Sie deutete auf die Tasche neben dem Sofa. »Meinen Kram hab ich schon mitgebracht.« Erneut wanderte ihr Blick zu seinem Schritt. »Außerdem hätte ich gedacht, du willst so schnell wie möglich nach Hause, damit ich dir zeigen kann, wie dankbar ich bin.«

Er stand auf und zog seinen Mantel zurecht, um seine Erektion zu verbergen. Mit einem Mal fühlte er sich elend, als hätte er sich einen Virus oder eine Lebensmittelvergiftung eingefangen. Er zitterte am ganzen Körper und hatte das Gefühl, sich jeden Moment übergeben zu müssen.

Sophie schnappte sich ihre Reisetasche und stand ebenfalls auf. Dann hakte sie sich bei ihm unter und schob ihn zur Tür. Sobald sie draußen waren, blieb sie stehen und sah ihn an.

»Hast du auch solchen Hunger? Ich hab den ganzen Tag noch nichts gegessen.« Erneut griff sie nach seinem Arm. »Schließlich muss ich für nachher noch Kräfte sammeln. Komm, lass uns irgendwo was essen gehen.«

Essen war das Letzte, wonach Clayton in diesem Augenblick zumute war. Aber er wusste, dass ihm keine Wahl blieb. Von dem Moment an, als er Sophie auf Brothertons Schrottplatz gesehen hatte, hatte er geahnt, dass alles den Bach runtergehen würde. Wieder fragte er sich, was seine Mutter wohl dazu sagen würde.

»Na, komm schon«, sagte sie und hüpfte fast die Straße hinunter.

Clayton ließ sich von ihr mitziehen, ungefähr so erwartungsvoll wie ein Todeskandidat angesichts seiner bevorstehenden Verabredung mit dem elektrischen Stuhl.

58

Marina betrat das Wohnzimmer und sah sich um.

»Na, kommt es dir bekannt vor?« Phil schloss die Tür hinter sich und blieb neben ihr in der Mitte des Raumes stehen.

Sie schaute sich um, betrachtete sein Zuhause. Die Bücher, an die sie sich noch gut erinnern konnte. Die vielen CDs. Seine kleine, aber feine DVD-Sammlung. Die meisten Titel waren Klassiker, Hitchcock und Film Noir. Die Wohnung wirkte nicht allzu maskulin, sondern auf schlichte Weise gemütlich. Zwei Sofas. Statt einer einzigen Deckenleuchte mehrere kleine Tischlampen, die warmes, gedämpftes Licht verbreiteten. Stilvolle Drucke an den Wänden: Rothko und Hopper. Sie drehte sich zu ihm um und lächelte. »Es sieht noch genauso aus wie beim letzten Mal«, sagte sie.

»Ein Glück, dass ich heute Morgen aufgeräumt habe.«

Ihr Lächeln wurde kokett. »Hast du etwa damit gerechnet, dass du heute Abend jemanden mit nach Hause bringst?«

Er öffnete den Mund. Eine Sekunde lang schien es, als wolle er eine ehrliche Antwort geben, doch dann fing er ebenfalls an zu grinsen. »Mit so was muss ich immer rechnen.«

Sie lachte. »Du bist erbärmlich.« Sie wollte sich hinsetzen, aber dann fiel ihr Blick auf ein CD-Cover, das auf der Stereoanlage lag. Sie nahm es sich und musste lächeln. Elbow.

Phil zuckte beiläufig mit den Schultern. »Gutes Album.«

»Und ob.« Sie nickte und legte die CD wieder zurück. Sie

ließ sich aufs Sofa sinken, und urplötzlich schlug ihre Stimmung um. Ihr Lächeln war verschwunden. Sie seufzte.

Phil musterte sie besorgt. »Ist alles in Ordnung mit dir?«

»Ja«, sagte sie automatisch. Dann ein weiterer Seufzer. »Nein. Zu sehen, was wir heute gesehen haben … ich bin einfach … Warum tun Menschen so etwas, Phil?«

»Du bist die Psychologin, sag du es mir.«

Sie legte ihre Hände aneinander. »Ich habe dir mal etwas gesagt. Du erinnerst dich wahrscheinlich nicht mehr daran.«

»Vielleicht doch.«

»Bei unserem ersten Date. Du hast mich gefragt, warum ich Psychologin geworden bin. Ich habe dir gesagt, weil ich meinen Vater verstehen wollte. Ich habe gelogen. Eigentlich wollte ich mich selbst verstehen. Außerdem habe ich gesagt, dass Psychologen eigentlich nur auf der Suche nach Heimat sind. Das stimmt auch nicht ganz. Nicht nur uns Psychologen geht es so, sondern allen Menschen. Jeder Mensch sucht nach Heimat.« Sie hob den Kopf und betrachtete ihn. »Sogar du.«

Er widersprach ihr nicht.

Sie fuhr fort. »Wir alle wollen uns behütet fühlen, wollen einen Ort finden – in der Welt, in unserem Kopf, in unserem Herzen –, an dem wir verstanden werden. Einen Ort, an dem wir zu Hause sein können.«

Phil nickte, sagte aber noch immer nichts.

»Und dann denke ich daran, was wir heute gesehen haben. Und daran, was wir tun müssen, um solche Menschen zu überführen. Was ist ihre Vorstellung von Heimat? Wo sind ihr Kopf und ihr Herz? Ich muss versuchen, sie zu verstehen.

Ich muss in meinen Kopf und in mein Herz blicken und dort Parallelen finden. Das ist meine Aufgabe.«

»Und der Abgrund blickt auch in dich hinein. So ist das nun mal.«

»Ich weiß.«

Er drehte sich zu ihr um. »Hör zu, Marina. Du bist die beste Psychologin, mit der ich je zusammengearbeitet habe. Das weißt du. Du wirst das schaffen.« Er sah auf seine Hände herab. Sie zitterten leicht. Dann sah er sie wieder an.

Sie lächelte. »Es geht mir nicht um Zweifel an meiner Kompetenz, Phil. Es ist nur … ich kann Gründe für abnormes Verhalten finden. Ich kann Ursache-Wirkungs-Gefüge analysieren. Aber wir werden es niemals begreifen, oder? Wir werden nie wirklich dahinterkommen, was die Menschen zu Monstern macht. Oder was sie dazu treibt, solch monströse Dinge zu tun.«

»Du hast immer gesagt, wir erschaffen unsere eigenen Monster.«

»Das tun wir auch. Aber …« Sie seufzte. »Ach, ich weiß auch nicht. Heute Abend werde ich diese Frage sowieso nicht mehr beantworten. Heute Abend möchte ich mich einfach nur irgendwo … geborgen fühlen.«

Ihre Blicke trafen sich. Phil beugte sich ihr zu. Auch Marina schien sich ihm entgegenzulehnen, doch dann hielt sie mitten in der Bewegung inne.

»Du hast mich im Stich gelassen, Phil. Das ist der Grund, weshalb ich dich nicht mehr sehen wollte.«

Phil erstarrte kurz, dann setzte er sich zurück.

»Du hast mich im Stich gelassen. Ich hätte getötet werden können.«

»Ich …« *Das war sie*, dachte er. *Die Chance, ihr alles zu sa-*

gen – all das, was er sich in den letzten Monaten vorgenommen hatte. Er wollte ihr erklären, wo er gewesen war und warum man ihn dort gebraucht hatte: Weil kurz zuvor Lisa Kings Leiche entdeckt worden war. Weil ich einen Mörder finden musste. Und ich konnte es dir nicht sagen, weil du dein Handy ausgeschaltet hattest. Und vieles andere mehr. In seinen Gedanken gingen die Erklärungen immer weiter und weiter.

Aber das tat er nicht. Stattdessen sagte er bloß: »Es tut mir leid.«

»Es war nicht nur das. Es war … ich wusste, ich hatte eine Entscheidung zu treffen, und wenn ich mich für dich entschieden hätte, dann wäre es immer so gewesen. Vielleicht hätte ich mich dann nie wieder sicher fühlen können. Ich wusste einfach nicht, ob ich das ertragen könnte.«

Er schwieg.

»Ich habe gesagt, ich möchte mich heute Abend geborgen fühlen können«, fuhr sie fort. »Damit ich mich morgen wieder in den Kopf eines Monsters hineinversetzen kann. Und geborgen fühle ich mich nicht zu Hause. Sondern bei dir. Obwohl du mich enttäuscht hast. Obwohl ich … Angst hatte. Warum sagst du nichts?«

»Es war Lisa King«, sagte er. »Der Beginn der Mordserie. Wir hatten gerade ihre Leiche gefunden. Ich habe versucht, dich anzurufen.«

»Ich weiß.«

»Mehrmals sogar.«

»Ich weiß.«

Er seufzte. »Ich konnte nicht ahnen, dass so etwas passieren würde … niemand hätte das ahnen können …«

Sie sagte nichts, betrachtete nur sein Gesicht und seine

Augen, als suche sie dort nach einer Lüge, einem Zögern. Doch sie fand nichts als Schmerz darin. Und Aufrichtigkeit.

»Ich werde dich nie wieder im Stich lassen. Niemals.«

Sie lächelte. »Das möchte ich dir auch geraten haben.«

Sie küssten sich.

Sie hatten sich so nacheinander gesehnt, dass sie am liebsten übereinander hergefallen wären.

Auf dem Sofa hatte es begonnen. Sie küssten sich wild, und Phils Hände glitten über Marinas Gesicht, über ihren Hals hinab zu ihren Schultern und Brüsten. Marina schlang die Arme um Phils Hals. Dann begannen sie den anderen zu erkunden, streichelten, tasteten, lernten sich ganz von Neuem kennen, versicherten sich durch ihre Berührungen, dass dies hier wirklich geschah.

Irgendwann wurden die Berührungen drängender, ihre Körper pressten sich enger aneinander. Finger wurden kühner, forschender, das Begehren wurde stärker. Ihr Atem ging schneller. Hände wanderten, erforschten, ertasteten Knöpfe und Reißverschlüsse, begannen sie zu öffnen.

»Lass uns ins Bett gehen«, flüsterte Marina heiser und atemlos.

Widerstrebend ließen sie voneinander ab. Sie wollten sich nicht loslassen, mussten es aber, wenn sie den nächsten Schritt wagen wollten. Phil stand auf und zog Marina mit sich. Eng umschlungen stolperten sie die Treppe hinauf und ins Schlafzimmer, wo Phil die Nachttischlampe anknipste.

»Nein«, sagte Marina. »Lass es dunkel.«

»Ich will dich sehen … dich anschauen …« Wieder waren seine Hände auf ihr, fanden Haken und Reißverschlüsse. Er entblößte ihre Schultern, küsste sie vom Hals abwärts. Marina stöhnte. Seine Hände wagten sich weiter vor, zogen an ihrem Top. Sie half ihm dabei, kam ihm entgegen. Zerrte ihm das Hemd aus der Hose, begann es aufzuknöpfen. Er streifte es ab und stand nackt bis zur Hüfte vor ihr. Sie tat dasselbe mit ihrem Top.

Phil lächelte und betrachtete sie, berauschte sich an ihrer Nacktheit in dem halbdunklen Raum.

»Du bist wunderschön.«

Ihre Antwort war ein Lächeln, dann begann sie seinen Gürtel zu lösen. Hastig wurden die restliche Kleidung und Schuhe abgestreift. Nackt hielten sie einander fest, genossen die Nähe ihrer Körper. Sie küssten sich und lösten sich wieder voneinander. Phil betrachtete Marina: die Form ihrer Brüste, die Farbe ihrer Brustwarzen, ihre weichen Schenkel. Ihr Bauch war vielleicht etwas runder, als er es in Erinnerung hatte, aber das störte ihn nicht. Auch sie ließ den Anblick seines Körpers auf sich wirken: seine breiten Schultern, die leicht behaarte Brust, die festen Schenkel, sein erigiertes Glied. Sie lächelte.

»Du bist wunderschön«, sagte er wieder.

»Du auch.«

Die Zeit stand still. Es war ein Augenblick, den beide stürmisch herbeigesehnt hatten und von dem sie doch nicht geglaubt hatten, dass sie ihn je erleben würden. Es fühlte sich so richtig, so wohltuend an. Aber jenseits der Begierde hatten beide Angst. Hier ging es um mehr als nur Sex, das wussten sie. Sie standen vor einer Grenze. Sobald sie überschritten war, würde es für sie kein Zurück mehr geben.

»Ich liebe dich.« Die Worte waren heraus, ohne dass Phil etwas dagegen hätte tun können.

»Ich weiß. Lass mich nicht im Stich.«

»Das werde ich nicht.«

Die Grenze war überschritten.

Gemeinsam bewegten sie sich auf das Bett zu.

59

Marina hörte Stimmen, die laut und energisch diskutierten. Sie riss die Augen auf und wusste einige Sekunden lang nicht, wo sie war. Dann, wie ein verlorenes Puzzleteil, durch das ein Bild endlich vollständig wird, fiel es ihr wieder ein: Phils Bett. Der Radiowecker war losgegangen, und die Today Show auf Radio Four hatte sie aus dem Schlaf gerissen. Sie schloss ihre Augen wieder und lächelte zufrieden.

Sie hatten sich dreimal geliebt und waren irgendwann in den frühen Morgenstunden eingeschlummert. Es war besser gewesen als früher, besser als alles, was sie sich vorgestellt hatte: intensiv und wunderschön, heiß und schmutzig. Körperlich wie seelisch tief befriedigend. Danach war sie in Phils Armen eingeschlafen. Sie hatte sich geborgen gefühlt bei ihm. Es war die richtige Entscheidung gewesen, mit ihm zu gehen.

Jetzt lag sie da und ließ das vertraute Stimmengewirr aus dem Radio an sich vorbeiziehen. Es war dieselbe Sendung, zu der sie zu Hause allmorgendlich erwachte.

Zu Hause.

Sofort wanderten ihre Gedanken zu Tony. Sie hatte ihn angerufen, kurz nachdem sie das Haus der Eades verlassen hatten, und ihm gesagt, dass sie nicht heimkommen würde, hatte ihm eine Lüge aufgetischt und behauptet, sie müssten wegen des jüngsten Mordes eine Nachtschicht einlegen. Er hatte sich wie immer verständnisvoll und mitfühlend gezeigt und sie bloß gefragt, ob er irgendetwas für sie tun könne. Sie hatte sich schuldig gefühlt. Nicht weil sie ihn vermisste, nur weil er so gut zu ihr war. Wie ein Vater. Sie dachte an das Cottage in Wivenhoe und daran, dass es ihr nicht länger warm und gemütlich vorkam, sondern stickig und eng. Vielleicht war es an der Zeit, ihr altes Zuhause hinter sich zu lassen.

Sie drehte sich um und streckte den Arm aus in der Erwartung, Phil neben sich zu spüren. Doch seine Seite des Betts war leer. Erneut öffnete sie die Augen, setzte sich auf und blickte sich um. In dem Moment öffnete sich die Tür, und Phil kam herein. Er hatte zwei Becher Kaffee in der Hand – dem Duft nach zu urteilen, war er frisch aufgebrüht. Er trat zum Bett, stellte einen Becher neben sie auf den Nachttisch, den anderen auf seine Seite, zog den Bademantel aus und kam nackt wieder unter die Decke.

»Und ich dachte schon, du wärst ohne mich zur Arbeit gefahren«, sagte sie lächelnd.

»Als ob ich so etwas tun würde«, gab er zurück. Er nahm einen Schluck von seinem Kaffee.

Sie nippte an ihrem. Herrlich. Mit Milch, ohne Zucker. Genau so, wie sie ihn mochte. Sie stellte den Becher zurück. »Du weißt noch, wie ich ihn trinke.«

Er lächelte. »Wie hätte ich das vergessen können?«

Bei diesen Worten breitete sich eine wohlige Wärme in ihrem Innern aus. »Warum solltest du dich an so etwas erinnern?«

Er lächelte immer noch, als seine Augen begannen ihren Körper hinabzuwandern.

»Dazu haben wir keine Zeit«, mahnte sie.

Er seufzte bedauernd. »Ich weiß.«

Ihr kam ein Gedanke. »Wollen wir zusammen oder getrennt zur Arbeit fahren?«

»Ich finde, das geht keinen außer uns etwas an.« Er stellte seinen Becher auf dem Nachttisch ab und ließ sich in die Kissen zurücksinken. »Macht es dir denn etwas aus, wenn die Leute über uns reden?«

»Macht es dir etwas aus?«, fragte sie zurück.

»Vor vier Monaten hat es mir etwas ausgemacht. Die Gerüchte. Mir vorzustellen, was die anderen über uns gedacht haben.«

»Und jetzt?«

Er wirkte nachdenklich. »Vielleicht sollten wir für die Dauer der Ermittlungen vorsichtig sein. Es wäre doch ärgerlich, wenn uns das jemand vorhalten würde, wenn wir keine Ermittlungsergebnisse liefern. Aber ansonsten – nein, es macht mir nicht das Geringste aus.«

Sie kuschelte sich an ihn. »Gut.«

Eine Weile lagen sie schweigend da und dösten, fühlten sich in der Nähe des anderen geborgen.

»Also«, meinte er schließlich. »Und was jetzt?«

»Ich werde ihn verlassen«, verkündete Marina. Die Worte überraschten sie, waren wie eine Idee, die durch das Aussprechen Wirklichkeit wurde. Tatsächlich hatte sie nicht gewusst, was sie vorhatte, bis sie es gesagt hatte.

»Wegen mir?«

Wieder Schweigen. Dann bemerkte Marina: »Wir werden sehen.«

Phil nickte. Sagte nichts darauf. Irgendwann sah er auf die Uhr. »Wir sollten uns auf den Weg machen.« Er warf die Decke zurück, stieg aus dem Bett und hob den Bademantel vom Boden auf. »Willst du zuerst duschen?«

»Nein, geh du nur.«

Er ging zur Tür, drehte sich aber noch einmal um, bevor er sie erreicht hatte. »Ich … hör zu. Ich habe ernst gemeint, was ich gesagt habe. Gestern Abend. Ich werde dich nicht wieder im Stich lassen.«

»Gut.«

»Okay.«

Er verschwand im Bad.

Marina nahm sich ihren Kaffee vom Nachttisch und trank. Sie hörte das Rauschen der Dusche. Sie streichelte ihren Bauch, spürte, wie das Baby sich in ihr bewegte. Bald würde sie mit Phil noch über etwas anderes reden müssen …

Sie trank ihren Kaffee aus und stieg aus dem Bett. Das würde alles warten müssen.

Zuerst musste sie ein Monster fangen.

60

»Phil? Telefon für Sie.«

Phil sah von seinem Schreibtisch auf, wo er Notizen und Fotos zusammensuchte, um sich auf das morgendliche Briefing vorzubereiten. Adrian hielt den Hörer seines Apparats in der Hand und gestikulierte. Phil formte die Worte *Wer ist es?* mit den Lippen. Adrian antwortete lautlos: *Anwalt.*

Phil nahm den Anruf auf seinem Apparat an. »Detective Inspector Phil Brennan.«

»Guten Morgen, Detective Inspector«, meldete sich eine Frauenstimme. »Sie leiten die Ermittlung im Fall der toten Babys?«

Phil bejahte.

»Linda Curran von Hanson, Warnock und Gallagher.« Sie machte eine Pause, als gehe sie davon aus, dass er wusste, wer sie war. Und er wusste es tatsächlich, auch wenn er ihre Stimme am Telefon nicht gleich erkannt hatte. Er hatte bereits oft mit der Kanzlei zu tun gehabt, auch mit Linda.

»Hallo, Linda, wie kann ich Ihnen helfen?«

»Ich vertrete Ryan Brotherton, und ich muss Sie darüber in Kenntnis setzen, dass mein Klient mich angewiesen hat, gerichtliche Schritte gegen die Polizei von Essex und insbesondere Ihre Abteilung einzuleiten.«

Phils Miene wurde ernst. »Tatsächlich?«, fragte er.

»Ja«, erwiderte Linda Curran. Ihrem Tonfall nach zu urteilen, bereitete ihr die Überbringung dieser Nachricht keine große Freude; sie tat einfach nur ihre Pflicht.

»Ich bitte Sie, Linda«, sagte er unwirsch. »Das ist doch lachhaft. Was wirft er uns denn vor? Belästigung? Wie kommt er auf so etwas? Wir erheben Anklage gegen ihn wegen versuchten Mordes.«

Am anderen Ende der Leitung wurde mit Papier geraschelt. »Belästigung, unrechtmäßige Verhaftung, Nichtachtung grundlegender Persönlichkeitsrechte, Umsatzeinbußen und emotionale Belastungen.«

»Okay«, sagte Phil. »Gehen wir die Punkte im Einzelnen durch. Ist das möglich? Oder schadet das dem Fall?«

»Tun Sie sich keinen Zwang an.«

»Also. Belästigung. Brothertons Name ist mehrfach während unserer Mordermittlung aufgetaucht. Wir haben ihm in seiner Firma einen Besuch abgestattet, und als er meinen Sergeant angegriffen hat, haben wir ihn zur Vernehmung mit aufs Revier genommen. Offiziell verhaftet wurde er übrigens nie.«

»Sie behaupten, er habe Ihren Detective Sergeant angegriffen?«

»Mit ›behaupten‹ hat das nichts zu tun. Er hat eine Tonne Altmetall über ihm ausgeschüttet. Nun ja, wenigstens hat er es versucht. Hat er das nicht erwähnt?«

Schweigen. Offensichtlich war Linda Curran von ihrem Klienten nicht über den Vorfall in Kenntnis gesetzt worden. »Und das ist der versuchte Mord, den Sie ihm anlasten?«

»Wie wollen Sie es denn sonst nennen? Was ist mit der Verletzung seiner Persönlichkeitsrechte? Wann soll das passiert sein?«

»Im Polizeigewahrsam. Sie haben ihm einen Anwalt verweigert.«

»Ist mir neu. Wir haben Warnock angerufen, aber der war unabkömmlich. Sie waren bereits unterwegs; in der Zwischenzeit haben wir uns bloß ein wenig unterhalten. Nächster Punkt?«

»Umsatzeinbußen.«

»Er gibt mir die Schuld für die Wirtschaftskrise, wie? Und was war das Letzte? Emotionale Belastungen?«

»Wie es aussieht, hat seine Freundin ihn verlassen.«

»Da kann ich ihr nur gratulieren. Hoffen wir, dass sie einen Mann findet, der sie nicht als Sandsack benutzt. Wäre das dann alles?«

Mehr Rascheln. »Ja. Das ist alles.«

»Gut«, meinte Phil, ein müdes Lächeln auf den Lippen. Das gehörte zum Spiel dazu. Er seufzte. »Na ja, danke noch mal, Linda. Es ist immer wieder nett, mit Ihnen zu plaudern.«

»Mit Ihnen auch, Phil.«

»Ihren Job möchte ich nicht haben.«

Sie lachte. »Und ich nicht Ihren. Wir sollten uns mal wieder auf einen Drink treffen.« Dann legte sie auf.

»Oder auch nicht«, sagte Phil in die tote Leitung hinein, bevor er den Hörer auflegte. Sie waren einmal gemeinsam zum Abendessen aus gewesen. Es war eins seiner unerquicklichsten Dates überhaupt gewesen, und das wollte etwas heißen. Wahrscheinlich hatte sie es bloß aus Höflichkeit gesagt.

Er lehnte sich in seinem Stuhl zurück und streckte sich. Das hatte ihm gerade noch gefehlt. Brotherton auf dem Kriegspfad. Nicht dass er sich deswegen Sorgen machte. Die Sache würde sich aus der Welt schaffen lassen, nur leider bedeutete das zusätzliche Arbeit, die er nicht brauchte. Zeit und Energie, die er nicht hatte.

Er kippte den Rest seines Kaffees hinunter und warf den Pappbecher in den Papierkorb. Er hatte Marina zur Arbeit gefahren und dann in einem Sandwichladen in der Nähe Kaffee geholt. So erweckte es nicht den Anschein, als seien sie zusammen zur Arbeit gekommen. Denn Phil hatte sich wieder vorgestellt, wie alle Augen auf ihnen ruhen würden, wenn sie das Gebäude betraten. Er fürchtete die neugierigen, wissenden Blicke – das war einer der Gründe, weshalb er noch einmal weggefahren war. In Wirklichkeit jedoch nahm niemand auch nur die geringste Notiz von ihnen.

Wie auch immer, an solche Dinge konnte er jetzt nicht denken. Nicht wenn in fünf Minuten ein Briefing mit dem gesamten Team anstand.

Er suchte seine Unterlagen zusammen und machte sich auf den Weg.

»Ben Fenwick lässt sich entschuldigen«, verkündete Phil und setzte sich. Marina widerstand dem Drang, selbstzufrieden zu grinsen.

»Ich übergebe dann gleich an dich.« Er deutete auf Marina.

Sie nickte und sah in die Runde. Phil, Anni und die Birdies waren da – der harte Kern des Teams. Phil war redlich darum bemüht, so zu tun, als sähe er sie aus rein beruflichem Interesse an. Sie wiederum versuchte, seinen Blicken ganz auszuweichen.

»Danke«, sagte sie. »Also dann. Wir wissen jetzt, dass Brotherton nicht der Täter ist. Sofern mein Profil das noch nicht klargemacht hat, dann der letzte Mord. Ich habe mir Caroline Eades' Fall angesehen und untersucht, wie er zu den anderen passt. Dabei sind mir einige beunruhigende Entwicklungen aufgefallen.«

Sie warf einen Blick auf ihre Notizen, dann fuhr sie fort.

»Serienmörder gehen normalerweise nach einem bestimmten Muster vor. Und ja, wir reden jetzt offiziell von einem ›Serienmörder‹. Ich glaube nicht, dass es noch irgendwelche Zweifel daran geben kann. Normalerweise folgen sie ein und demselben Schema. Gleicher Opfertyp, gleiche Mordmethode, ähnlicher Tatort. Aber bei unserem Mörder gab es einige auffällige Abweichungen. Ich kann nicht mit Sicherheit sagen, ob sie wichtig sind, aber ich denke schon.«

Sie spürte einen Stich in der Bauchgegend und presste instinktiv die Hand dagegen. Sie bemerkte, wie Phil sie dabei beobachtete.

»Also«, fuhr sie hastig fort. »Wenn ein Serientäter zum ersten Mal mordet – oder vielmehr: wenn er zum ersten Mal unsere Aufmerksamkeit erregt, vermutlich wird es davor schon andere Vorfälle gegeben haben –, tut er das normalerweise in einer Gegend, die für ihn irgendeine geographische Relevanz hat. In der Nähe seiner Arbeitsstätte, im Umkreis seiner Wohnung, dort wo er seine Jungfräulichkeit verloren hat – was auch immer. Bis jetzt konnten wir beim ersten Mord nichts dergleichen feststellen.«

»Wir arbeiten weiter daran«, fügte Phil hinzu. »Jeder neue Fall wird mit dem ersten abgeglichen.«

»Gut. Aber ich glaube nicht, dass der Ort des Verbrechens bei diesem Mörder eine Rolle spielt. Es gibt etwas Wichtigeres für ihn als das. Bislang war jeder Mord eine Steigerung gegenüber dem vorangegangenen. Bei Lisa King wurde das Baby noch im Mutterleib getötet. Bei Susie Evans lag das tote Baby neben der Leiche. In Claire Fieldings Fall ist das Baby verschwunden. Aber beim neuesten Fall ist auch das Timing relevant.«

»Wieso?«, wollte Anni wissen.

»Weil Serienmörder nicht nur während des Tötens Lust empfinden, sondern auch nach dem Töten. Üblicherweise nehmen sie eine oder mehrere Trophäen vom Tatort mit, sie bringen sie in ihr Versteck und …« Sie zuckte mit den Schultern. »Nun, den Rest überlasse ich Ihrer Fantasie.«

Auf den Mienen aller Anwesenden spiegelte sich blanker Ekel.

»Aber das scheint hier nicht der Fall zu sein. Was wiederum den Schluss nahelegt, dass unser Täter aus einer anderen Motivation heraus handelt.«

»Das ist ja wohl ein wenig zu vornehm formuliert«, warf Adrian Wren ein.

»Mag sein. Im Übrigen hebt sich unser Täter aber auch vom Kreis der herkömmlichen Serienmörder ab. Bei den meisten Serienmördern ist das Motiv primär sexueller Natur. Ich glaube nicht, dass das hier der Fall ist. Er will die Babys. Wie er sie bekommt, ist ihm egal. Die Frauen bedeuten ihm nichts.«

Sie drehte sich zum Whiteboard um und nahm einen Marker zur Hand, um Stichpunkte zu notieren. »Das haben wir also bislang: unterschiedliche Tatorte, unterschiedliche Opfer. Das Einzige, was sie gemeinsam haben, ist ihre Schwangerschaft.«

»Und eine Verbindung zu Brotherton«, ergänzte Phil.

»Alle bis auf Caroline Eades«, entgegnete Marina.

»Soweit wir wissen«, sagte Anni.

»Da gibt es zu viele Verbindungen«, beharrte Phil. »Ich glaube nicht an Zufälle. Vielleicht versucht jemand, Brotherton als Sündenbock zu benutzen? Unsere Aufmerksamkeit auf ihn zu lenken, damit wir den wahren Täter nicht finden …« Er verschränkte die Hände hinter dem Kopf und runzelte nachdenklich die Stirn. »Aber das würde einen ungeheuren Planungsaufwand bedeuten.«

»Stimmt. Nächster Punkt, Eskalation. Caroline Eades' Tod wirkte improvisiert. Der Mörder hatte keine Zeit, sie zu fesseln, also hat er benutzt, was gerade zur Hand war. Das wiederum verleitet mich zu dem Schluss, dass das Baby von Claire Fielding tot ist. Er wollte so schnell wie möglich Ersatz beschaffen.«

»Sind Sie sich da sicher?«, fragte Anni.

»Nach dem, was ich gestern Abend gesehen habe? Ziemlich sicher.«

»Was ist mit diesem neuen Baby?«, wollte Phil wissen. »Lebt es noch?«

»Ich habe mit Nick Lines gesprochen«, meldete sich Jane Gosling zu Wort. »Und er sagt, dem Gesundheitszustand der Mutter, dem Stadium der Schwangerschaft und der Art nach zu urteilen, wie das Baby aus dem Mutterleib geschnitten wurde – der Täter verbessert sich von Mal zu Mal, wie es den Anschein hat –, besteht durchaus die Möglichkeit, dass es noch am Leben ist.«

»Hoffen wir es«, meinte Marina. »Aber da ist noch etwas anderes, was mir Rätsel aufgibt. Die Frage des Geschlechts. Normalerweise sind Serientäter männlich.«

»Nicht schon wieder diese Theorie von der großen Frau«, sagte Adrian. »Wir haben doch das Überwachungsvideo. Millhouse und die Leute aus der technischen Abteilung machen schon Überstunden, aber es ist immer noch nicht scharf genug. Na ja, es dauert so lange, wie es dauert. Schließlich wollen wir nicht den Falschen drankriegen.«

»Unser Täter könnte eine Frau sein«, sagte Marina. »Oder ein Mann und eine Frau, die zusammenarbeiten.«

»Oder ein Mann, der für eine Frau arbeitet«, ergänzte Phil.

»Auch das wäre denkbar«, pflichtete Marina ihm bei. »Normalerweise gibt es zwei verschiedene Arten von Serienmördern. Psychopathisch und soziopathisch veranlagte. Psychopathen sind unkontrollierbar und willkürlich in ihren Taten. Ihnen ist es egal, ob sie gefasst werden. Soziopathen sind schwieriger aufzuspüren. Sie passen sich an, führen ein völlig normales Leben. Dann, eines Tages, brennt bei ihnen eine Sicherung durch. Der Drang zu töten wird so groß, dass sie ihm nachgeben müssen.«

»Haben sie einen Job?«, fragte Anni.

»Gut möglich«, meinte Marina. »Aber in der Regel nichts, was eine hohe Qualifikation erfordert. Mit Sicherheit sind sie nicht Chef von Microsoft oder Ähnliches. Unser Täter zum Beispiel weiß mit einem Messer umzugehen. Vielleicht schlachtet er Tiere? Arbeitet in einem landwirtschaftlichen Betrieb? Oder in einem Schlachthaus? Dazu kommt der Umstand, dass ihm die Opfer völlig gleichgültig sind. Ein Stück Fleisch, nicht mehr.«

Sie blickte der Reihe nach in die Gesichter der versammelten Kollegen. Sie hatte ihre volle Aufmerksamkeit.

»Anfangs dachte ich, unser Mörder gehört zur ersten Sorte, ist also ein Psychopath. Wenn man darüber nachdenkt, wäre das sogar besser. Jemand, der vollkommen wahnhaft ist. Nur ein Ziel kennt. Jemand, der nicht daran interessiert ist, uns herauszufordern oder mit uns zu kommunizieren. Er tut, was er tut, und das aus einem einzigen Grund. Er will etwas. Das Baby. Er kann sich nicht vorstellen, von der Polizei gefasst zu werden, weil er einfach nicht daran denkt. Er ist clever, schlau wie ein Tier. Das sollte es, zumindest in der Theorie, einfacher machen, ihn zu schnappen. Aber …«

Gespanntes Schweigen.

»Falls es zwei sind, könnte einer der Psychopath sein und der andere der Soziopath …« Sie merkte, wie eine Idee sich in ihrem Kopf zu formen begann. »Wenn es tatsächlich zwei Täter sind, dann wählt vielleicht der eine, der Soziopath, die Opfer aus …«

»Und der andere schlitzt sie auf?«, fragte Anni.

»Es ist nur eine Theorie.«

»In dem Fall gäbe es da noch eine dritte Möglichkeit«, sagte Phil.

Alle sahen ihn an.

»Eine gespaltene Persönlichkeit. Wäre das denkbar?«

»Vielleicht«, meinte Marina. »Zwei Persönlichkeiten in einer Person. In gewisser Weise ist das sogar noch beängstigender. Aber im Wesentlichen gelten dieselben Prinzipien.«

»Also, wie fassen wir ihn – oder sie?«, wollte Phil wissen.

»Nun, ich glaube nicht, dass er in Colchester wohnt. Ich vermute, er kommt in die Stadt, um zu morden. Das geographische Profil stützt diese These. Die Tatorte sind über die ganze Stadt verstreut, das bedeutet, dass er seine Opfer auf eine andere Weise aussucht.«

»Wie denn?«, fragte Phil.

»Ich weiß es nicht«, gestand Marina. »Aber ich glaube, diese Frage ist der Schlüssel. Wenn wir herausfinden, wie er sie auswählt, dann haben wir ihn.« Sie nickte Phil zu. Jetzt war er an der Reihe.

»Danke, Marina. Also. Ich will, dass heute jeder einzelne Fall noch einmal gründlich durchgegangen wird.« Er blickte in die Runde. »Sämtliche Ähnlichkeiten müssen festgehalten werden. Lesen Sie alle Berichte – das ganze Programm. Marina, würdest du dabei helfen? Ich möchte, dass du mit Anni zusammenarbeitest.«

»Sicher.«

»Gut. Alles, was irgendwie aus dem Rahmen fällt, muss notiert werden. Dann können wir es mit Brotherton und den Eades' gegenchecken und nach weiteren Gemeinsamkeiten suchen. Die Kriminaltechnik ist noch mit den Spuren der letzten beiden Morde beschäftigt. Bis jetzt gibt es keine eindeutige DNA, aber sie suchen weiter. Und da wäre noch etwas anderes. Ich weiß nicht, wie wichtig es ist.«

Sie warteten.

»Sophie Gale hat ihrem Freund den Laufpass gegeben. Brothertons Anwältin hat eben angerufen.« Er berichtete ihnen von dem Telefonat.

»Meinen Glückwunsch«, meinte Anni.

»Wir sollten sie trotzdem im Auge behalten. Und noch einmal mit ihr reden.« Erneut ließ er den Blick durch den Raum wandern. Trotz der allgemeinen Müdigkeit waren alle voller Tatendrang. »Dann los, wälzen Sie die Akten. Gute, alte Ermittlungsarbeit. Claire Fieldings Baby haben wir vielleicht verloren, aber es gibt noch ein zweites irgendwo da draußen, und die Uhr tickt. An die Arbeit.«

Sie verließen nacheinander den Raum.

Als Marina aufstand, trat Phil zu ihr, um mit ihr zu reden.

»Marina«, rief Anni. »Kommen Sie, setzen wir uns zusammen.«

Marina warf Phil einen Blick zu, zuckte entschuldigend mit den Schultern und wandte sich um. Phil ging allein hinaus.

61

Clayton konnte sich nicht konzentrieren. Er saß an seinem Schreibtisch und ließ den Blick ziellos durch den Raum wandern. Er sah die Wände an und zum Fenster hinaus – überallhin, bloß nicht auf den Bericht, der aufgeschlagen vor ihm lag.

Von den Mordermittlungen war er ausgeschlossen worden, und er hasste es, untätig herumzusitzen. Er wollte die Arbeit eines Polizisten machen – eines richtigen Polizisten. Stattdessen war er zum Schreibtischdienst verdonnert worden. Er beobachtete seine Kollegen. Wusste genau, was sie über ihn dachten. Sie wussten Bescheid. *Sie wussten Bescheid.*

Sein Herz hämmerte in der Brust, seine Hände zitterten. Aber wie viel wussten sie genau? Wenn sie alles wussten, dann war er erledigt, finito. Aber wenn nicht … dann hatte er vielleicht noch eine Chance. Eine hauchdünne. Er hätte Sophie niemals erlauben dürfen, bei ihm zu wohnen. Er hätte auch das mit dem Blowjob niemals zulassen dürfen. Dass er sich überhaupt je mit ihr eingelassen hatte, war ein Riesenfehler.

Er wollte doch nichts weiter als ein guter Polizist sein. Von seinen Kollegen respektiert und gemocht werden. Und natürlich von den Frauen. Aber damit war jetzt wohl Schluss. Weil er ein Schwächling war. Und weil Schwächlinge idiotische und feige Dinge taten. Zum Beispiel sich auf Sophie einlassen.

Erneut sah er sich um. Phil saß an seinem Schreibtisch und nahm sich gerade einen Stapel Akten vor. Er hatte den Kopf gesenkt, war ganz auf seine Aufgabe konzentriert. Dass Clayton ihn anstarrte, bemerkte er nicht. Millhouse klebte wie üblich vor seinem Rechner, gefangen in seiner virtuellen Welt.

Aber es waren Marina und Anni, die ihm am meisten Sorge bereiteten. Anni hatte sich einen Stuhl herangezogen und neben Marina gesetzt, und gemeinsam brüteten sie nun über Berichten, gingen Vernehmungsprotokolle und Fotos durch. Jedes Mal, wenn er verstohlen zu den beiden hinüberschaute, sah er, wie Anni ihn durch den Raum hinweg anstarrte. Er wandte dann hastig den Blick ab und fühlte sich schuldig.

Sie hatte ihn nicht verraten, sonst hätte Phil längst etwas gesagt. Aber es war nur eine Frage der Zeit. Solche brisanten Informationen würde sie nicht einfach unterschlagen. Sie war genauso ehrgeizig wie Clayton und würde niemals riskieren, dass sie in den Verdacht geriet, das Fehlverhalten eines Kollegen gedeckt zu haben.

Früher oder später würden sie herausfinden, wo Sophie war. Weil sie vielleicht noch mal mit ihr sprechen wollten. Und dann …

Er musste sich zusammenreißen. Sich einen Plan zur Schadensbegrenzung überlegen. Seufzend beugte er sich wieder über seine Akten.

Aber noch immer war er mit den Gedanken ganz woanders.

Anni las das Vernehmungsprotokoll nun schon zum zweiten Mal. Geraint Cooper, Claire Fieldings Lehrerkollege. Sie kam ans Ende, las es erneut. Ließ schließlich das Blatt sinken und rieb sich die Augen.

»Nichts?«, fragte Marina und sah auf.

»Ich glaube, es ist bloß … Ich will unbedingt eine Verbindung finden, so dass ich mir schon Sachen einbilde …«

»Machen Sie doch eine Pause«, schlug Marina vor.

Doch Anni schüttelte den Kopf. »Später.« Geistesabwesend griff sie nach der neben ihr stehenden Mineralwasserflasche und trank einen Schluck. »Also. Weiter geht's. Verbindungen zwischen den Opfern.« Sie warf einen Blick auf die Liste, die sie gemacht hatte. »Lisa King. In einem leerstehenden Haus getötet. Hatte Ryan Brotherton bei der Immobiliensuche betreut. Susie Evans. Prostituierte. Ryan Brotherton war einer ihrer Freier.«

»Und Sophie Gale«, ergänzte Marina. »Sie hat er durch Susie kennengelernt.«

Anni nickte. »Sophie wiederum hat als Informantin für die Polizei gearbeitet. Im Gegenzug durfte sie in Ruhe ihrem Geschäft nachgehen. So weit, so gut. Claire Fielding und Julie Simpson. Brothertons Lebensgefährtin und ihre beste Freundin. Dann Caroline Eades.« Sie blätterte im Papierstapel auf dem Schreibtisch. »Da gibt es keine Verbindung. Nichts.«

»Caroline Eades … war sie nie berufstätig?«

»Ihr Mann leitet die Filiale einer Personalleasing-Agentur. Sie war immer nur Hausfrau und Mutter. Es gibt keine Verbindung zu den anderen Opfern.«

Marina lehnte sich zurück und spielte mit ihrer Lesebrille. »Was wissen wir über Sophie Gale?«

Anni blätterte in ihren Unterlagen und zog schließlich ein

Blatt Papier hervor. »Geborene Gail Johnson. Erste bekannte Adresse in New Town. Wurde bei einer Razzia verhaftet, freigelassen, arbeitet seitdem für die Polizei. Hat irgendwann ihren Namen in Sophie Gale geändert.«

»Sie hat sich neu erfunden.«

»In gewisser Weise. Eine Zeitlang war sie von der Bildfläche verschwunden, dann ist sie an der Seite von Ryan Brotherton wieder aufgetaucht.«

»Also müssen wir annehmen, dass die beiden sich schon länger kennen. Privat und beruflich.«

Anni nickte. »Genaueres werden wir wohl nie erfahren. Sie ist verschwunden.«

»Meinen Sie nicht, dass sie irgendwann wieder auftaucht?«

Anni lächelte schwach. »Doch, ich denke schon. So ist das mit Frauen wie ihr meistens. Und vermutlich im Schlepptau eines Mannes.«

Marina musste plötzlich an Erin O'Connor denken. Wie sie in ihrem kleinen Reihenhaus in New Town saß, quasi auf gepackten Koffern, jederzeit bereit zum Absprung. Erin O'Connor. Sophie Gale. Beide Namen klangen irgendwie künstlich. Es waren ausgedachte, mädchenhafte Namen. Namen, die Männern leicht über die Lippen kamen, vor allem in ganz bestimmten Situationen …

»Marina? Alles klar bei Ihnen?« Anni sah sie besorgt an.

Marina blinzelte. »Was ist los?«

»Sie waren ein paar Sekunden lang ganz weggetreten.«

Marina schüttelte den Kopf. »Ja …« Sie versuchte, den Gedanken zu fassen, der sich zu formen begonnen hatte …

Was hatte Erin O'Connor noch gleich gesagt? *Wenigstens muss ich jetzt nicht mehr dafür bezahlen …*

»Phil und ich haben Graeme Eades' Freundin vernommen. Erin O'Connor.«

»Sein Alibi für die Tatzeit.«

»Wurde sie eigentlich auf eventuelle Vorstrafen hin überprüft?«

Anni setzte sich kerzengerade auf. Ihre Haarspitzen schienen sich vor lauter Aufregung noch mehr aufzurichten. »An was für Vorstrafen haben Sie gedacht?«

»Prostitution.«

»Ich sehe sofort nach.«

»Kann sein, dass ich falschliege«, meinte Marina und dachte an Erins angewidertes Gesicht, als sie Graemes Satz wiederholt hatte. Vielleicht war ihre Empörung bloß gespielt gewesen? Um sich vor der Polizei nicht zu verraten? »Gut möglich, dass ich ihr unrecht tue, aber ich habe so ein Gefühl, dass da vielleicht eine Verbindung sein könnte.«

»Verlassen Sie sich ruhig auf Ihren Instinkt. Der wird uns weiterbringen.« Anni stand auf. »Ich werde es überprüfen.«

Sie ging durchs Büro. Marina sah ihr nach.

Genau wie Clayton.

Anni bat Millhouse, Erin O'Connors Vorstrafenregister aufzurufen. Während sie wartete, ließ sie den Blick durchs Büro schweifen. Clayton stand der Schweiß auf der Stirn. Gleichzeitig zitterte er, als litte er unter Parkinson. Bis jetzt hatte sie niemandem von seiner Verbindung zu Sophie erzählt. Und wenn er ihr keinen Grund dazu lieferte, würde sie es auch nicht tun. Aber das wusste er natürlich nicht. Sie verkniff sich ein Schmunzeln. Sollte er ruhig leiden.

»Moment … ja …« Millhouse starrte auf seinen Monitor. »Hier … Ach, nein. Nichts.«

Redegewandt wie eh und je, dachte Anni. »Okay. Was ist mit Graeme Eades?«

»Dem Ehemann des Opfers?«

»Genau dem.«

»Okay …« Er drückte einige Tasten und scrollte langsam die Seite hinunter.

Anni versuchte sich in Geduld zu üben.

»Hmm …«, meinte Millhouse irgendwann. »Hier. Ja, hier ist was. Aha … Du liebe Zeit …«

Anni beugte sich hinunter, um zu sehen, was er meinte. Und dort stand es: »Graeme Eades. Wegen Aufforderung zur Unzucht festgenommen und verwarnt«, las sie laut vor. »Vor vier Jahren. Wurde irgendjemand zusammen mit ihm geschnappt? Weitere Freier oder Prostituierte?«

»Ich schaue mal …«

Millhouse tippte eifrig. Anni spürte, wie ihre Aufregung stieg, versuchte jedoch, sich nichts anmerken zu lassen. Wie oft hatte sie sich in ähnlichen Situationen zu hoffen gewagt, nur um dann feststellen zu müssen, dass es umsonst gewesen war? Als Millhouse sie daher kurz darauf bat, einen Blick auf den Bildschirm zu werfen, tat sie es ohne große Erwartungen.

»Hier …«

Ein triumphierendes Lächeln breitete sich auf ihrem Gesicht aus. Dieses eine Mal hatten sich ihre Hoffnungen erfüllt.

»Fantastisch, Millhouse. Ich könnte dich küssen!«

»Ähm …«

Marina grinste, als sie sich vorstellte, wie die Fehlermeldung *Anfrage kann nicht bearbeitet werden* in seinem Hirn aufblinkte. Im Laufschritt eilte sie zu Marina zurück.

Clayton beobachtete sie dabei. Natürlich hatte er keine Ahnung, was sie soeben herausgefunden hatte, aber es konnte nichts Gutes sein. Statt sich wieder zu Marina an den Schreibtisch zu setzen, beugte sie sich bloß zu ihr und redete hastig auf sie ein. Daraufhin sprang Marina auf und ging schnurstracks zu Phils Schreibtisch.

Ach, du Scheiße. So ein verdammter Mist … Sie hat was rausgefunden. Irgendwo musste es eine Akte über ihn und Sophie geben, und Anni hatte sie entdeckt. Claytons Atem ging so rasch, dass er das Gefühl hatte, sein Herz würde ein paar Schläge aussetzen. Als hätte er zu viel gekokst.

Er versuchte sich zusammenzureißen. In Ruhe nachzudenken. Vielleicht ging es ja gar nicht um ihn. Vielleicht hatten sie etwas ganz anderes entdeckt, etwas, das mit den Ermittlungen zu tun hatte. Endlich einen Durchbruch erzielt. Das war es. Ja. Wahrscheinlich hatte es nichts mit ihm zu tun.

Langsam, ganz langsam kamen sein Herzschlag und sein Atem zur Ruhe. Es gab nur eine Möglichkeit, sich Gewissheit zu verschaffen. Er stand von seinem Schreibtisch auf und ging zu Millhouse.

»Hi«, sagte er und versuchte, möglichst beiläufig zu klingen, scheiterte allerdings kläglich.

Statt einer Antwort gab Millhouse nur ein Brummen von sich.

»Was war, äh … was wollte Anni denn eben gerade von dir wissen?«

»Es ging um Graeme Eades«, antwortete Millhouse missmutig, weil er schon wieder aus seiner Arbeit gerissen wurde. Und im Gegensatz zu Anni konnte Clayton offenbar nicht mit seinem Charme bei ihm punkten.

»Darf ich mal kurz sehen?«

»Du arbeitest doch gar nicht mehr an dem Fall.«

Clayton schenkte ihm ein Lächeln, als wolle er sagen, dass sie alle doch gute Freunde seien, allerdings war es schnell wieder verflogen. »Komm schon, Millhouse. Du weißt doch, wie das ist. Bitte. Tu's für mich.«

Millhouse seufzte und loggte sich wieder in die Datenbank ein. »Da«, sagte er. »Das wollte sie sich als Erstes ansehen.«

Clayton schluckte schwer. »Okay. Und was danach?«

Ein Grunzen und ein Seufzer, als hätte er von Millhouse verlangt, einen Berg mit einem Teelöffel zu versetzen. »Das hier.«

Er öffnete ein weiteres Fenster und lehnte sich zurück. Clayton spürte, wie er wieder anfing zu zittern. Und zwar noch schlimmer als vorher.

Wie in Trance ging er zurück zu seinem Schreibtisch.

»Hab ich gern gemacht!«, rief Millhouse ihm hinterher.

Aber Clayton hörte ihn gar nicht. Er ließ sich auf seinen Stuhl sinken.

Verdammte Scheiße, verdammte Scheiße …

Phil war aufgestanden und warf sich die Jacke über. Anni folgte ihm. Gemeinsam gingen sie zur Tür.

Clayton saß wie gelähmt da und blickte ihnen nach. Er musste etwas unternehmen, aber er war wie vor den Kopf geschlagen. Er musste höllisch aufpassen. Sich seinen nächsten Schritt genau überlegen. Seine Karriere hing davon ab. Er musste nachdenken. Einen Weg finden, wie er sauber aus der Sache wieder rauskam.

Genau.

Aber zuerst musste er telefonieren.

62

Als Graeme Eades ihnen die Tür öffnete, hätte Phil ihn fast nicht wiedererkannt. Er war innerhalb eines Tages so stark gealtert, dass er sein eigener Vater hätte sein können. Aber schlimmer noch als das war sein Gesichtsausdruck: Er sah aus wie ein Geist, der noch nicht begriffen hatte, dass er tot war. *Das ist die Schuld, die auf ihm lastet*, dachte Phil.

Er hatte sich ein Zimmer in der Travelodge am Stadtrand von Colchester gemietet. Sein eigenes Haus war noch nicht freigegeben, die Spurensicherung war vor Ort und würde es voraussichtlich noch eine Weile bleiben.

»Ich hätte gedacht, er hat fürs Erste genug von billigen Hotels«, hatte Anni gemeint, als sie zur Rezeption gegangen waren und dort ihre Ausweise vorgezeigt hatten.

Phil hatte nicht geantwortet, sondern lediglich nach Eades' Zimmer gefragt.

»Mr Eades?«, sagte er. »Nur noch ein paar Fragen, wenn es recht ist. Es wird nicht lange dauern.«

Eades öffnete die Tür vollständig und zog sich ins Zimmer zurück. Er trug Khakihosen und ein Sweatshirt, beide Kleidungsstücke sahen aus, als hätte er in ihnen geschlafen. Er war unrasiert, und seine schütteren Haare standen wirr ab. Eades ließ sich aufs Bett sinken und wartete mit gesenktem Kopf auf ihre Fragen.

Phil lehnte sich gegen die Kommode. Anni nahm im Sessel Platz.

»Wir haben uns Ihre Vergangenheit angesehen, Mr Eades, und es gibt da einige Dinge, die wir gerne klären würden.«

Keine Reaktion.

»Vor vier Jahren wurden Sie verwarnt, weil Sie Frauen auf der Straße angesprochen hatten, um Sex mit ihnen zu haben, ist das korrekt?«

Eades sah auf und runzelte die Stirn. »Was?«

Phil begann noch einmal. Eades schnitt ihm das Wort ab. »Ich habe schon verstanden. Aber was hat das mit … mit …«

»Es stimmt also? Sie haben Frauen auf dem Straßenstrich angesprochen? Weil Sie Sex wollten?«

Eades ließ den Kopf wieder sinken und seufzte. Zur Schuld kam nun auch noch die Erniedrigung. »Ja«, sagte er, und seine Stimme klang brüchig. »Ja, habe ich.«

»Nur dieses eine Mal oder öfter?«, fragte Anni. »War das etwas, was Sie regelmäßig gemacht haben?«

Eades sah auf, blickte Anni jedoch nicht an. »Spielt das eine Rolle?« Er versuchte, die Scham hinter selbstgerechtem Zorn zu verbergen. »Inwiefern hat das mit … mit meiner Frau zu tun? Ist das irgendwie relevant? Ist das Teil der Ermittlungen?«

»Ja, das ist es, Mr Eades«, antwortete Phil ruhig, aber bestimmt. »Andernfalls würden wir Sie nicht danach fragen.« Danach sagte er nichts mehr, sondern wartete auf eine Antwort.

Und die kam auch. Eades schien begriffen zu haben, dass sie nicht einfach wieder aus seinem Hotelzimmer verschwinden würden. »Ich war hin und wieder bei Prostituierten … öfters.«

»Öfters?«, hakte Anni nach.

»Ziemlich oft. Also schön, ziemlich oft. Ja, ich habe für Sex bezahlt. Zufrieden?«

Phil nahm ein Foto aus seiner Jackentasche und reichte es Eades. »Kennen Sie diese Frau?«

Eades betrachtete das Bild der lächelnden Susie Evans. Er runzelte die Stirn. »Sie kommt mir irgendwie bekannt vor. Entfernt …«

»Hatten Sie je Sex mit ihr?«, fragte Anni. »War sie eine der Frauen, die Sie auf der Straße angesprochen haben?«

Er blickte weiter auf das Foto. Schließlich schüttelte er den Kopf. »Nein, ich glaube nicht. Nicht mein Typ. Aber ich glaube, ich habe sie schon mal gesehen.« Er gab Phil das Foto zurück.

»Sie wurde vor knapp zwei Monaten ermordet«, sagte Phil und steckte das Foto wieder ein.

Eades' Kopf schoss hoch. »Sie glauben, dass es derselbe Täter war wie bei …?«

»Es ist eine Möglichkeit, die wir in Erwägung ziehen«, sagte Anni.

»Wir ermitteln in jede Richtung«, ergänzte Phil.

Jetzt holte Anni ein Foto aus ihrer Tasche, das sie an Eades weiterreichte. »Und die hier?«

Sobald Eades das Foto in der Hand hielt, war klar, dass er die Person darauf wiedererkannte. Er seufzte, als er es betrachtete.

Phil war die Reaktion des Mannes nicht entgangen. »Sie kennen sie.«

Eades sah nicht auf. »Ja. Ja, ich erinnere mich noch sehr gut an sie.«

»Sie haben sich mehr als einmal getroffen?«, wollte Phil wissen.

»Ja. Regelmäßig. Wir haben uns … sie hatte eine Wohnung, in die wir immer gegangen sind. Ich habe sie nicht auf dem Strich angesprochen. Manchmal waren wir auch in Hotels. Ja …« Er verlor sich in der Erinnerung.

»Und würden Sie sagen, dass Sie eine Beziehung zu ihr hatten?«, fragte Anni.

»Ja, das könnte ich so sagen. Wir waren zusammen für … wir haben uns über einen ziemlich langen Zeitraum hinweg getroffen.«

»Und worüber haben Sie so geredet?«

»Ach, alles Mögliche. Das Leben an sich, meine Familie. Alles.«

»Wieso war irgendwann Schluss?«, fragte Anni.

»Weil ich Erin kennengelernt habe«, sagte er.

Anni verschränkte die Arme vor der Brust. »Und dann mussten Sie nicht mehr dafür bezahlen.«

»Genau.« Als Graeme Eades klar wurde, was er da gerade gesagt hatte, sah er hoch. »So war das nicht gemeint …«

»Schon gut, Mr Eades«, sagte Phil. Er streckte seine Hand nach dem Foto aus.

Eades händigte es nur widerwillig aus. Er seufzte und warf noch einen Blick darauf. »Ach, Sophie«, murmelte er.

Phil und Anni tauschten einen vielsagenden Blick. Dann wandten sie sich zur Tür.

Graeme Eades stand auf.

»Bitte«, sagte er und schien unsicher auf den Beinen zu sein. »Bitte finden Sie mein Baby. Meine kleine Tochter.« Er sah auf. »Es war ein Mädchen, wissen Sie?« Dann sah er wieder weg. »Sie ist die letzte Verbindung mit …« Er brachte den Namen seiner Frau nicht über die Lippen. Er sackte auf dem Bett zusammen und begann zu schluchzen.

Sie ließen ihn mit seiner Trauer allein.

Draußen schüttelte Phil den Kopf, als wolle er Graeme Eades' Stimme und wie er da auf dem Bett gelegen hatte aus seinem Kopf verbannen.

»Wir müssen sie finden«, sagte Phil. »Und zwar schnell.«

Sie fuhren zurück aufs Revier.

Clayton stand draußen auf dem Parkplatz. Es war bitterkalt, und der Wind, der an seiner Jacke zerrte, roch nach Eis und Schnee. Clayton merkte nichts davon. Er hielt sein Handy ans Ohr gepresst.

»Komm schon«, knurrte er. »Nimm ab …«

Die Mailbox sprang an. »Hi, hier ist Sophie. Hinterlass mir doch eine Nachricht, ich melde mich dann bei dir. Ganz bald!« Ihre Stimme bei den letzten zwei Worten klang tief und verführerisch und versprach sorglosen Sex. Clayton wusste aus eigener Erfahrung, wie gut diese Stimme funktionierte.

»Sophie, hör zu, ich bin's, Clayton. Ich muss mit dir reden. Sofort. Es ist wichtig. Ich weiß nicht, wo du gerade bist, aber fahr zurück in die Wohnung, wir treffen uns da.« Er legte auf und seufzte.

Scheiße …

Er steckte das Handy weg. Grübelte. Holte es wieder hervor. Er würde es bei sich zu Hause probieren. Vielleicht war sie schon da. Unter der Dusche oder so. Er wählte und wartete, bis er seine eigene Stimme auf dem Anrufbeantworter hörte.

Auch diesmal hinterließ er ihr eine Nachricht.

»Sophie? Hier ist Clayton. Wenn du da bist, nimm ab.« Eine lange Pause. Dann ein Seufzer. »Okay, hör zu, ich komme jetzt zurück in die Wohnung. Ich muss dringend mit dir sprechen. Jetzt gleich. Ich habe eine Nachricht auf deiner Mailbox hinterlassen. Wenn du schon zu Hause bist, warte auf mich.« Pause. »Das ist alles so ein verdammter Mist. Ich … wir müssen …« Wieder ein Seufzer. »Nein. Ich kann das nicht am Telefon erklären. Wir müssen das durchsprechen. Eine Lösung finden.«

Ende der Nachricht.

In einem von Claytons dunklen Ledersesseln im Wohnzimmer saß Sophie Gale und nahm einen tiefen Zug von ihrer Zigarette. Sie hielt den Rauch eine Weile in der Lunge, dann stieß ihn langsam wieder aus.

Das rote Licht des Anrufbeantworters blinkte. Sie blieb sitzen, hob lediglich die Zigarette, nahm wieder einen Zug und stieß den Rauch langsam aus.

Und wartete.

63

Auf dem Weg zurück ins Stadtzentrum fuhr Phil so schnell, wie es erlaubt war. Anni saß aufgewühlt neben ihm.

»Boss?«, meinte sie schließlich mit offensichtlichem Unbehagen.

»Ja?«, sagte Phil, ohne den Blick von der Straße zu wenden.

»Ich glaube, ich hätte Ihnen etwas sagen sollen.«

Phil riskierte einen raschen Seitenblick. Anni hatte das Gesicht abgewandt, aber er konnte deutlich die Anspannung in ihrem Nacken sehen. »Ja?«

Eine Weile war nur das Geräusch des Motors zu hören.

Schließlich sagte Anni: »Es ist wegen Clayton.«

Phil wartete ab.

»Er ist …« Sie seufzte. »Ich habe ihn gesehen. Vorletzte Nacht. Während ich Brothertons Haus observiert habe.«

Phil sah sie stirnrunzelnd an. Er sagte nichts, wartete darauf, dass sie fortfuhr.

»Er war … er hat Sophie nach Hause gebracht.«

Phil riss den Blick von der Straße los. »Er hat was?«

»Und …« Sie musste ihm auch den Rest sagen. Jetzt gab es kein Zurück mehr. »Und sie hat ihm einen geblasen. Im Wagen.«

Wieder wandte Anni den Kopf ab und sah aus dem Fenster. Sie spürte Phils bohrenden Blick. Die Straße schien er vergessen zu haben.

»Warum haben Sie mir das nicht früher gesagt?« Seine Stimme war ruhig, beherrscht.

Das war kein gutes Zeichen, so viel wusste Anni. »Ich … ich war mir nicht sicher, ob mir das zusteht, Boss. Ich dachte einfach, typisch Clayton. Ich habe ihn später darauf angesprochen.«

»Und was hat er gesagt?«

»Er sagte, er würde es Ihnen selber sagen. Sich mit Ihnen hinsetzen und alles erzählen.«

»Alles? Was ist alles?«

Anni seufzte und schüttelte den Kopf. »Clayton war früher bei der Sitte. Daher kannte er Sophie. Sie hat als Informantin für sein Team gearbeitet.«

»Warum hat er mir das nicht gesagt, verdammt noch mal?« Im Vergleich zu vorher war Phils Stimme jetzt umso lauter. Mit einer Hand begann er seine Brust zu massieren, er schien Atemprobleme zu haben.

»Alles in Ordnung, Boss?«

Er ignorierte ihre Frage. »Warum hat er mir nichts davon gesagt?«

»Ich weiß auch nicht. Er hat mir gesagt, dass er es tun würde. Auf jeden Fall hat mich das veranlasst, in Sophies ergangenheit nachzuforschen. So bin ich auf diese ganze Prostituiertengeschichte gestoßen.«

»Über die er kein Wort verloren hätte.«

»Ich … ich weiß nicht, Boss.«

Phil seufzte. Seine Atemzüge waren kurz und hektisch.

»Boss …«

»Mein Gott …« Er presste seine Hand fester auf die Brust. Anni begann sich Sorgen zu machen, ob es vielleicht ein Herzinfarkt sein könnte.

»Sollten Sie nicht lieber rechts ranfahren?«

Phil schüttelte unwirsch den Kopf. »Rufen Sie ihn an. Rufen Sie ihn auf der Stelle an. Ich will wissen, was zum Teufel er sich dabei gedacht hat.«

Anni holte ihr Handy aus ihrer Tasche und wählte Claytons Nummer. Sie wartete eine Weile, dann sah sie zu Phil. »Anrufbeantworter.«

»Mist. Hinterlassen Sie eine Nachricht. Sagen Sie ihm, ich will ihn auf dem Revier sehen. Sofort.«

Anni telefonierte kurz.

»Er war im Büro, als wir gegangen sind«, keuchte Phil. »Probieren Sie es dort. Fragen Sie, ob er da ist. Nein, rufen Sie Marina an. Fragen Sie sie.«

Anni tat wie geheißen. Sie wechselte ein paar Worte mit Marina und beendete dann das Gespräch.

»Er ist weg. Gleich nach uns gegangen.«

Phil atmete durch zusammengebissene Zähne. »Hat ... hat sie gesagt, weshalb?«

»Sie meinte, er hat mit Millhouse gesprochen, gleich nachdem ich bei ihm gewesen war. Danach hatte er es sehr eilig.«

»Und Sie hatten Millhouse wegen der Verbindung zu Sophie Gale gefragt?«

»Ja.« Jetzt dämmerte es ihr. »Ach du Scheiße ...«

»Kennen Sie den Weg zu seiner Wohnung?«

Anni nickte.

»Sagen Sie mir, wie ich fahren muss. Schnell!«

Phil schaltete die Sirene ein.

64

»Nein … oh mein Gott …«

Keuchend stand Marina in der verriegelten Toilettenkabine.

Nach Annis Anruf hatte sie sich plötzlich unwohl gefühlt. Sie konnte nicht genau beschreiben, was es war, nur ein scharfer, stechender Schmerz im Unterleib. Instinktiv wusste sie, dass etwas nicht stimmte. Sie rannte zur Toilette und schloss sich ein. Und sah ihre schlimmsten Ängste bestätigt.

Blut. Sie blutete.

»Nicht das Baby …«

Das Baby. In einem einzigen Augenblick hatte sich der innere Widerstreit, unter dem sie all die Wochen gelitten hatte, in Luft aufgelöst. Ihrem Baby ging es nicht gut. Sie musste etwas tun. Sie presste eine Hand auf den Bauch, als eine weitere Schmerzwelle sie erfasste. Dann kramte sie nach ihrem Handy, um ihren Gynäkologen anzurufen. Hoffentlich hatte er noch einen Termin frei.

Sie hatte Glück, die Sprechstundenhilfe konnte sie dazwischenschieben. Hastig warf sie einen Blick auf die Uhr und ließ dann ihr Handy zuschnappen. Ermittlungen hin oder her, dies hier war wichtig. Bis zu diesem Augenblick war ihr gar nicht bewusst gewesen, wie wichtig.

Für den Fall, dass jemand im Vorraum war und sie bemerkt hatte, betätigte sie die Toilettenspülung, dann machte sie sich auf den Weg.

»Sophie?«

Clayton kam in die Wohnung gestürmt. Er warf seine Schlüssel auf das Tischchen im Flur und lief dann weiter ins Wohnzimmer. Sophie saß im Sessel am Fenster und rührte sich nicht. Die Jalousien hinter ihr waren heruntergelassen. Er stieß einen Seufzer der Erleichterung aus.

»Gott sei Dank, ich dachte schon, dir wäre was passiert!«

»Mir geht's gut«, sagte sie, ohne sich umzudrehen.

Ihre Stimme klang seltsam distanziert. Ganz anders, als er sie kannte. Aber er hatte keine Zeit, darüber nachzudenken. Er hatte ihr so viel zu sagen.

»Hör zu«, begann er, ging zu ihr und hockte sich auf die Sessellehne. »Sie haben eine Verbindung gefunden. Zwischen dir und Graeme Eades, dem Ehemann des letzten Opfers. Von damals, als du … noch gearbeitet hast.«

Sie sagte nichts.

Clayton runzelte die Stirn. Er hatte nicht erwartet, dass sie derart gelassen auf die Nachricht reagieren würde.

»Sie wollen noch mal mit dir sprechen. Wir müssen uns überlegen, wie wir das am besten hinkriegen. Vielleicht tun wir so, als würde ich den Kontakt zu dir herstellen und dich aufs Revier bestellen? Für eine kurze Unterredung. Wie wollen wir das anstellen?«

Sophie sagte noch immer nichts, blickte nur stumm geradeaus.

Langsam wurde Clayton ungeduldig. »Sophie!« Er fuhr hoch, als wäre die Sessellehne auf einmal zu heiß, um auf ihr zu sitzen, und begann im Zimmer auf und ab zu laufen, bis er irgendwann wieder vor ihr stehenblieb. »Hast du mir überhaupt zugehört? Sophie, wir stecken in Schwierigkeiten!«

Da endlich wandte sie den Kopf und blickte ihn an. »*Du* steckst in Schwierigkeiten, Clayton.«

»Was? Wir stecken da beide mit drin! Wir müssen – wir müssen …« Er kniff die Augen zusammen und presste sich die Fäuste gegen die Schläfen. Dann öffnete er die Augen wieder und sah sie an. »Wir müssen uns einig werden. Und zwar schnell.«

Sophie schwieg. Gerade als Clayton dachte, sie hätte ihn vielleicht nicht gehört, seufzte sie. Es war ein müder Seufzer, als finde sie sich widerstrebend mit einer lästigen Situation ab. Sie sah ihn immer noch an.

»Irgendwann musste es wohl passieren. Früher oder später.«

»Ja, musste es wohl.« Er hielt inne. Redete sie überhaupt über dieselbe Sache? »*Was* musste passieren?«

Sie stand auf und trat zu ihm. Presste ihren Körper gegen seinen. »Es hat keinen Sinn mehr, dir noch was vorzuspielen. Ich könnte dir sagen, dass es schön mit dir war. Aber das wäre eine Lüge.« Sie legte eine Hand auf seine Brust und begann ihn mit langsam kreisenden Bewegungen zu streicheln. »Und wir haben schon zu oft gelogen, nicht wahr?«

»Wovon … wovon redest du?« Er starrte sie an, wie hypnotisiert von der Berührung.

»Eine Kette ist immer nur so stark wie ihr schwächstes Glied. Das hab ich bei meiner Arbeit auf dem Schrottplatz gelernt. Und in diesem Fall bist das du, Clayton.«

Inzwischen verstand er gar nichts mehr. »*Was?*«

»Zuerst dachte ich, es ist von Vorteil, dass du an dem Fall arbeitest. Dass du mir nützen kannst. Als mit Ryan alles den Bach runterging, schien es die beste Lösung, einfach bei dir einzuziehen. So konnte ich dich im Auge behalten und war gleichzeitig vor den Bullen sicher. Aber irgendwie hat das alles nicht funktioniert. Du bist von dem Fall abgezogen, und jetzt haben sie auch noch das über Graeme und mich rausgefunden.«

»Na und? Wir kriegen das schon irgendwie hin. Wir müssen nur zusammenhalten.«

Sie schenkte ihm ein trauriges Lächeln. »Nein, Clayton. Ich glaub, dafür ist es jetzt zu spät. Wir müssen alle Opfer bringen.«

»Wovon redest du?«

»Von der Familie, Clayton. Familienbande sind stärker als alles andere.« In ihren Worten lag Traurigkeit.

Noch immer streichelte sie ihn, rieb ihren Körper an seinem. Er hatte keine Ahnung, was sie da faselte, ihm war nur das Gefühl wichtig, das ihre Berührung in ihm auslöste. Obwohl der Zeitpunkt denkbar ungünstig war, bekam er eine Erektion.

»Und das heißt, dass ich jetzt gehen muss.«

»Nein, hör doch mal zu …«

»Tut mir leid, Clayton. Du bist das schwächste Glied. Leb wohl.«

Anfangs spürte er die Klinge gar nicht. Nicht den ersten Stich und auch nicht den zweiten. Erst den dritten spürte er. Der Schmerz hatte den Schock eingeholt.

Sophie trat einen Schritt zurück. Er sah an sich herab.

Sie hatte ihm ein Messer in den Bauch gerammt. Schnell und heftig. Sein Hemd war blutdurchtränkt. Im Rhythmus seines Herzschlags schoss Blut aus ihm heraus.

»Nein, nein …«

Er presste die Hände auf die Wunde und versuchte, das

Blut aufzuhalten. Es gelang ihm nicht. Es lief einfach zwischen seinen Fingern hindurch.

»Oh Gott, oh mein Gott, nein …«

Er taumelte ein paar Schritte, wusste nicht, was er tun sollte. Seine Panik jagte seinen Puls in die Höhe und mit ihm die Geschwindigkeit, mit der das Blut aus ihm herausschoss. Er sah sich hilfesuchend nach Sophie um, aber die hatte bereits ihren Mantel übergeworfen und sich ihre Reisetasche geschnappt, die neben dem Sessel gestanden hatte. Sie sah nicht einmal zu ihm hin.

»Hilfe … hilf mir …«

Seine Stimme wurde schwächer, wie sein ganzer Körper.

Sophie schenkte ihm keine Beachtung, sondern ging zur Tür.

Da regte sich etwas in ihm. Er durfte sie nicht entkommen lassen. Er musste sie aufhalten. Den Notarzt rufen, irgendwie Hilfe holen. Seine Finger, glitschig vor Blut, fummelten in seiner Jackentasche und bekamen das Handy zu fassen. Er wählte 999. Nichts geschah. Ihm fiel ein, dass er das Handy auf dem Nachhauseweg ausgeschaltet hatte.

»Mist …«

Nach mehreren Versuchen gelang es ihm, es einzuschalten. Wartete, bis es ein Netz gefunden hatte.

»Mach schon … jetzt mach schon …«

Schwarze Punkte tanzten am Rand seines Gesichtsfeldes. Er versuchte sie wegzublinzeln, aber jedes Mal, wenn er die Augen wieder öffnete, waren es mehr. Er blickte durchs Zimmer, versuchte etwas zu erkennen. Sophie hatte die Wohnungstür erreicht.

»Nein …«

Endlich hatte das Telefon ein Netz gefunden. Wieder

wählte er 999, dann hob er zitternd das Handy ans Ohr. Freizeichen. Seine Beine wurden immer schwächer. Er musste sich hinsetzen. Nein. Verbissen kämpfte er dagegen an. Blieb stehen. Wartete.

Es meldete sich jemand und fragte, welchen Notfalldienst er wünsche.

»Krankenwagen«, keuchte Clayton. »Ich wurde … niedergestochen …«

Sophie hörte seine Worte und drehte sich um. Sie kam mit wenigen Schritten durch den Raum, riss ihm das Handy aus der Hand und schleuderte es von sich. Es prallte gegen eine Wand und zerbrach. Sie nickte zufrieden, drehte sich um und ging wieder zur Tür.

»Nein …«

Claytons Beine drohten jeden Moment unter ihm wegzuknicken. Mit letzter Kraft gelang es ihm, Sophie zu folgen. Hinter ihm zog sich eine Blutspur durch den Raum. Kurz vor der Wohnungstür erreichte er sie und griff nach ihr. Sie fuhr herum und wollte ihn zurückstoßen.

Clayton wusste, dass er um sein Leben kämpfte. Er wusste, dass er sterben würde, wenn er nicht etwas unternahm. Er versuchte, sich an sein Kampfsporttraining zu erinnern, und umschlang sie mit beiden Armen, so fest er konnte.

Sie kämpften gerade verbissen vor der Tür, als es klingelte.

65

»Hier ist es?«, fragte Phil.

Anni nickte. »Ja.«

Sie tauschten einen Blick. Anni drückte auf die Klingel.

Erschrocken hielten Clayton und Sophie in ihrem Kampf inne und starrten auf die Gegensprechanlage. Beide ahnten, wer draußen vor dem Haus stand.

Clayton griff nach dem Hörer und wollte den Türöffner drücken. Aber Sophie war schneller als er und stieß seinen Arm beiseite.

Die schwarzen Punkte vor seinen Augen wurden immer mehr. Er wusste, dass ihm nicht mehr viel Zeit blieb. Mit aller ihm verbliebenen Kraft schüttelte er Sophies Hand ab und drückte auf den Türöffner. Schrie in den Hörer: »Hilfe … helft mir … so hilf mir doch jemand, verdammt …«

Phil und Anni sahen sich an. Mehr mussten sie nicht hören.

»Welcher Stock?«, fragte Phil.

»Zweiter.«

Sie rannten los.

Claytons Kräfte schwanden. Seine Beine konnten ihn nicht länger tragen, und vor seinen Augen war nur noch ein Meer von Schwarz. Er brach vor der Tür zusammen. Bevor ihm die

Augen zufielen, fühlte er trotz des rasenden Schmerzes in seinem Körper auf einmal Schuld. Seine Mutter. Er hatte versagt, war ihren Träumen nicht gerecht geworden.

Dann schlossen sich seine Augen für immer.

Er spürte nicht mehr, wie Sophie ihn an den Beinen packte und aus dem Weg zerrte.

»Die hier ist es!«, rief Anni draußen vor Claytons Wohnung.

Phil zog an der Klinke. Die Tür war verschlossen. »Scheiße.«

Dann, zu seiner Überraschung, öffnete sie sich plötzlich einen Spaltbreit. Er warf Anni einen flüchtigen Blick zu. Sie nickte. Beide waren bereit.

Die Tür öffnete sich ganz. Ihnen gegenüber stand Sophie Gale. Als sie Phil und Anni sah, blieb sie wie angewurzelt stehen. Sie war in Eile, offensichtlich hatte sie damit gerechnet, dass jemand kommen würde, nur nicht damit, dass derjenige warten würde.

Phil setzte an, sie über ihre Rechte aufzuklären.

»Sophie Gale, ich –«

Weiter kam er nicht. Sie ließ ihre Reisetasche fallen und versetzte ihm mit ihrem Stiefel einen schnellen Tritt zwischen die Beine. Ein unvorstellbarer Schmerz durchschoss ihn, er krümmte sich vornüber und hatte das Gefühl, sich gleich übergeben zu müssen.

Sophie versuchte, sich an ihm vorbeizudrängen. Aber Anni wartete bereits auf sie.

Sie war klein, aber eine zähe Kämpferin. Beim Kampfsporttraining hatte sie einige Tricks gelernt, die ihr auch gegenüber einem überlegenen Gegner einen Vorteil verschafften. Bevor Sophie irgendetwas versuchen konnte, klappte Anni die Finger der rechten Hand um und schob den Handballen vor. Mit dem schlug sie Sophie so hart und schnell sie konnte auf die Stelle zwischen Nase und Oberlippe.

An dieser Stelle, das wusste Anni, lagen jede Menge Nervenenden. Kleiner Aufwand, große Wirkung. Und Anni hatte fest zugeschlagen.

Sophies Hände flogen zu ihrem Gesicht. Sie schrie gellend auf vor Schmerz. Anni tat einen Schritt auf sie zu.

»Sophie!«

Die andere Frau ließ die Hände sinken. In ihren Augen funkelte rasender Zorn. Sie war zum Gegenangriff bereit.

Anni schlug ein zweites Mal zu, nur noch schneller und härter als zuvor.

Das reichte. Sophie kippte hintenüber. Anni trat zu ihr, kniete sich neben sie und versetzte ihr noch einen harten Faustschlag auf die Nase. Blut begann zu fließen.

Dann zog Anni ein Paar Plastikhandschellen aus ihrer Jeanstasche, packte Sophies Handgelenke, drehte ihr die Arme auf den Rücken und fesselte sie.

Erst dann warf sie einen besorgten Blick auf Phil. »Alles in Ordnung, Boss?«

Er rappelte sich mühsam auf. »Ja …« Dann zeigte er auf die offene Tür. »Sehen Sie nach Clayton …«

Anni stieg über die am Boden liegende Sophie hinweg. Als sie sah, was passiert war, schrie sie unwillkürlich auf.

»O mein Gott!«

»Ich rufe den Rettungsdienst«, sagte Phil und zog sein Handy aus der Tasche.

Anni kam zurück zur Wohnungstür, stand einfach nur da und ließ ihren Kopf hängen.

»Dafür ist es zu spät, Boss. Er ist tot.«

DRITTER TEIL

66

Hester blickte auf das Baby herab, das in seinem Bettchen lag und schlief. Es war rosiger, größer und gesünder als das letzte. Es war genau so, wie sie es im Fernsehen gesehen und in den Büchern gelesen hatte. Genau wie ein Baby sein sollte. Also konnte sie auch erwarten, dass sie, während sie es betrachtete, von einem überwältigenden Gefühl der Liebe überschwemmt würde, so wie es in den Büchern stand.

Aber nichts dergleichen geschah. Eigentlich wusste Hester gar nicht genau, was sie empfand.

Nein, Liebe war es nicht. Zumindest glaubte sie nicht, dass es Liebe war, weil Liebe keine Vergleiche zog. Liebe wog nicht eine Sache gegen eine andere ab. Hester ertappte sich aber dabei, wie sie immer wieder an das erste Baby dachte. Obwohl es dauernd krank gewesen war, hatte sie es irgendwie lieber gemocht als das neue. War das möglich? Mit dem neuen Baby stimmte alles. Es war groß und kräftig, in jeder Hinsicht perfekt. Und trotzdem empfand Hester nichts. Wie kam das?

Sie hatte einmal irgendwo gelesen, dass manche Mütter ihr Kind ablehnten und keine Bindung zu ihm aufbauen konnten. Sie wurden dann depressiv – so depressiv, dass sie sich nicht mehr um das Baby kümmern wollten. Vielleicht war es das. Vielleicht lehnte sie das Baby ab. Vielleicht war es noch zu früh nach dem Tod des ersten Babys. Oder aber sie hatte einfach das Interesse verloren. Vielleicht fand sie Babys ganz einfach langweilig, und es war Zeit, etwas anderes auszuprobieren.

Um sich abzulenken, schaltete Hester den Fernsehapparat ein. Dort liefen wieder die Nachrichten. Irgendetwas Neues schien passiert zu sein, denn der Reporter sah noch ernster aus als sonst, und der nette Polizist – der, den sie so mochte –, sprach wieder in die Kamera. Sie konnte allerdings dem, was er sagte, nicht recht folgen.

Im Hintergrund klingelte das Telefon. Hester ging nicht gern ans Telefon, also schloss sie die Augen und rief nach ihrem Mann. Doch er gab keine Antwort, und das Telefon hörte und hörte nicht auf zu klingeln.

Widerstrebend stand Hester schließlich auf und nahm den Hörer ab.

Es waren keine guten Nachrichten.

Nachdem das Gespräch beendet war, legte sie den Hörer zurück und stand wie gelähmt da. Ihr war, als hätte man sie geschlagen, mit der Faust mitten ins Gesicht. Und dieser Schlag hatte nicht nur höllisch weh getan, er hatte gleichzeitig auch ihre ganze Welt aus den Angeln gehoben. Sie schloss die Augen und versuchte, irgendwie damit klarzukommen. Öffnete sie wieder. Es war nicht besser geworden, nur noch schlimmer. In ihrem Kopf drehte sich alles, die Gedanken überschlugen sich. Wie in Trance starrte sie auf den Fernsehbildschirm, über den immer noch die Nachrichten flimmerten. Aber sie interessierten Hester nicht mehr. Im Gegensatz zu dem, was in ihrem Leben geschah, waren sie nicht wichtig, gar nicht real. Sie wusste nicht, ob sie weinen oder schreien sollte. Also tat sie beides. Davon wachte das Baby auf. Und ihr Mann erschien, endlich.

Halts Maul, Weib. Was machst du für einen Krach?

»Sie haben sie geschnappt.«

Wer?

»Sie! Sie haben sie geschnappt. Sie wissen über die Babys Bescheid. Das heißt, sie kommen uns holen …«

Erzähl mir alles.

Also erzählte sie ihm alles. Woher die Liste kam und wer sie ihr gegeben hatte. Er hörte schweigend zu. Das war kein gutes Zeichen.

Ich hab es gewusst, sagte er schließlich. *Woher du die Liste hattest. Glaubst du wirklich, dass ich keine Ahnung hatte? Du hast dich wohl für ganz clever gehalten, das vor mir zu verheimlichen. Aber ich wusste die ganze Zeit Bescheid.*

»Aber … warum hast du nichts gesagt?«

Warum hätte ich was sagen sollen? Du wolltest es. Ich wollte es.

»Aber es war …«

Das war egal.

Sie hätte erleichtert sein müssen, dass er nicht wütend war. Stattdessen spürte sie, wie eine Welle der Panik sie zu überrollen drohte.

»Also … wir müssen was tun.«

Er antwortete nicht.

»Ich hab gesagt, wir müssen was tun!«

Das Baby fing an zu schreien. Hester ignorierte es. Das hier war wichtiger.

»Wir könnten abhauen«, sagte sie. »Ja. Irgendwohin gehen, wo sie uns nicht finden. Das Baby nehmen wir mit. Dann können wir wieder eine richtige Familie sein.«

Keine Antwort.

»Sag doch was! Sag mir, was ich tun soll!«

Der Fernseher lief immer noch. Er starrte auf die flimmernden Bilder, während er versuchte, sich zu konzentrieren. Zu entscheiden, wie sein nächster Schritt aussehen sollte. Die Nachrichten. Der Detective gab einen Kommentar ab, dann folgte ein Schnitt auf die Frau vom vergangenen Abend. Die, die er vor dem Fitnessstudio gesehen hatte. Die Hübsche. Die Schwangere. Erst wunderte er sich, dass sie genau dasselbe sagte wie am Abend zuvor, bis ihm auffiel, dass es sich um eine Aufzeichnung handelte. Er sah zu, wie sich ihre Lippen bewegten. Lächelte. In seinem Kopf begann ein Plan Gestalt anzunehmen.

Jeder Jäger braucht einen Plan. Vor allem einen Fluchtplan.

Er warf sich seinen Mantel über und ging nach draußen.

Die Arbeit rief.

67

Phil parkte den Audi, stieg aus und schloss die Türen ab. Dann ließ er sich gegen den Wagen sinken und seufzte mit geschlossenen Augen. Clayton Thompson, sein Sergeant. Tot.

Er schüttelte den Kopf, ob aus Unglauben oder um die Bilder aus Claytons Wohnung loszuwerden, wusste er nicht so recht. Clayton – der ihn oft bis aufs Blut gereizt, den er aber trotz allem gemocht hatte –, wie er blutüberströmt und zusammengekrümmt am Boden lag. Schlieren seines Blutes an Wänden und Boden, dort, wo sein Todeskampf stattgefunden hatte.

Bei jedem Mordfall, in dem er bisher ermittelt hatte, gab es einen Moment, in dem er sich – normalerweise nach ein paar Drinks – die großen, wichtigen Fragen stellte. Über den Sinn von Leben und Tod. Die Natur des Menschen. Warum wir hier waren, in diesem Universum lebten. Wer die Regeln vorgab: Gott und sein göttlicher Plan oder blinde evolutionäre Willkür. Wenn er in die Gesichter der Hinterbliebenen blickte und sah, wie sie verzweifelt versuchten, die Leere zu füllen, die der Tod eines geliebten Menschen in ihrem Leben hinterlassen hatte, wusste er, dass sie sich dasselbe fragten. Und wenn das Opfer eine jener verlorenen Seelen war, denen er allzu oft begegnete – Menschen, die im Leben von keinem geliebt und im Tod von keinem betrauert wurden –, dann suchte er nur umso eindringlicher nach Antworten.

Doch egal, wie oft es ihm so erging, Antworten fand er nie. Er wusste nicht, was er glauben, zu welchem Schluss er kommen sollte. Aber in diesen düsteren, alkoholisierten Nächten stellte er sich oft vor, dass die Toten zu ihm riefen. Ihn baten, sich für sie einzusetzen, ihren Tod zu rächen und ihren Familien Frieden zu bringen. Am nächsten Tag würde er wieder nüchtern sein und mit seinem Leben und seiner Arbeit fortfahren. Dann hakte er solche Momente als alkoholbedingte dunkle Fantasien ab. Oft genug klärte er das Verbrechen auf, fasste den Mörder. Und die Geister in seinem Kopf verschwanden.

Aber er konnte sich nie ganz sicher sein. Denn sobald der nächste Mord geschah, kehrten sie, ihre Reihen um ein weiteres Mitglied verstärkt, zurück.

Und nun also Clayton. Zusammen mit den vier schwangeren Frauen würde er ihn morgens um drei heimsuchen und ihn anflehen, Vergeltung an seinem Mörder zu üben.

Phil schüttelte den Kopf, dann schlug er die Augen auf. Er musste nachdenken. Wieder und wieder ließ er den Lauf der Ermittlungen in seinem Kopf Revue passieren. Analysierte jedes Wort Claytons, jeden seiner Blicke, um darin einen Hinweis darauf zu entdecken, was hier vorging. Doch er fand nichts.

Es kam ihm vor, als habe jemand einen Stein an sein Herz gebunden und es dann in den Fluss geworfen. Dort sank es unaufhaltsam dem Grund entgegen. Schon legten sich die vertrauten Eisenbänder um seine Brust wie eine unsichtbare Würgeschlange, die in seinem Körper hauste und ihn von Zeit zu Zeit daran erinnern wollte, dass sie noch da war.

Sein Atem beschleunigte sich, sein Puls ging schneller. Er

hielt es nicht mehr aus. Er brauchte Ruhe. Er musste weg von hier. Er brauchte …

Marina.

Der Gedanke traf ihn wie ein Blitz, der in einen Baumstamm einschlägt. Es war so einfach. Es war so kompliziert. Marina.

Der Gedanke gab ihm genügend Kraft, um über den Parkplatz ins Gebäude zu gehen. Sein Weg führte ihn direkt in die Bar. Als er eintrat, spürte er alle Blicke auf sich. Unausgesprochene Fragen schlugen ihm entgegen, aber auch Anteilnahme und Zuspruch. Er wusste, dass jeder einzelne seiner Kollegen gern zu ihm gekommen wäre, aber er wusste auch, dass keiner den Mut dazu aufbrachte.

Irgendwann wandten sie sich ab und widmeten sich wieder ihrer Arbeit. Sie warteten auf etwas. Er musste etwas sagen.

»Hören Sie«, begann er und stand ganz still da, »alle bitte.« Er wartete, bis er die Aufmerksamkeit des ganzen Teams hatte. Holte tief Luft und ignorierte die Enge in seiner Brust. »Also. Wir alle wissen, was passiert ist. Claytons Tod ist ein schwerer Schlag, einer der schwersten, den wir je zu verkraften hatten. Aber wir haben die Person, die dafür verantwortlich ist, gefasst. Das ist ein Anfang. Und gemeinsam werden wir auch den übrigen Fall zu einem befriedigenden Abschluss bringen. Clayton war ein guter Polizist. Für viele von Ihnen war er ein Freund. Auch für mich, und er wird mir fehlen.« Er holte tief Luft und fuhr fort. »Aber wir haben einen Job zu erledigen. Also lassen Sie uns weitermachen. Danke.«

Er setzte sich.

Schweigen.

Einer fing an zu klatschen. Dann ein zweiter. Und noch einer. Bis schließlich das gesamte Team applaudierte. Phil blinzelte ein paar Tränen der Rührung weg. »Los, zurück an die Arbeit«, sagte er.

Mit neuem Mut machten sie sich ans Werk.

Auch Phil ging an die Arbeit, setzte sich an seinen Computer, um die fälligen Berichte zu schreiben.

Irgendwann wurde ihm bewusst, dass jemand vor ihm stand. Es war Marina. Sie hatte den Mantel an und die Tasche über der Schulter.

»Hey«, sagte sie.

»Selber hey.«

»Das hast du schön gesagt vorhin.«

»Danke«, antwortete er. »Ich glaube, sie haben das gebraucht.«

Sie nickte.

»Dann weißt du also Bescheid?«

»Das ganze Revier weiß Bescheid. Alle reißen sich darum, mit Sophie Gale in einer Verhörzelle allein zu sein und sie sich vorzunehmen.« Sie ließ den Blick durchs Büro schweifen. »Sie nehmen die Sache persönlich.«

»Wie sollten sie sie auch sonst nehmen?«

»Was ist mit dir?«, fragte sie. »Wirst du an dem Fall weiterarbeiten? Von wegen persönliches Interesse und so?«

Er rieb sich mit dem Handrücken über die Augen und dachte an die Befragung, die er in Claytons Wohnung über sich hatte ergehen lassen müssen. Natürlich waren es seine eigenen Leute, und dementsprechend kollegial war die Sache ausgefallen. Er und Anni hatten Sophie Gale dingfest gemacht, und es bestand kein Zweifel, dass sie Clayton getötet hatte. Aber genau wie er mussten auch sie ihre Arbeit machen.

»Na ja, eigentlich sollte ich wohl aussteigen. Aber der Super in Chelmsford will, dass ich Sophies Vernehmung leite. Von daher …« Er zuckte mit den Schultern.

Marina nickte. Sie lächelte, wirkte aber irgendwie niedergeschlagen. »Na dann.«

»Ich möchte, dass du wieder mit mir arbeitest. Diesmal dürfen wir uns keinen Fehler erlauben.«

»Also …« Ihr Blick wanderte durch den Raum, als wolle sie ihn um keinen Preis ansehen. »Tut mir leid, aber ich kann nicht.«

Er sah sie mit gerunzelter Stirn an. »Was soll das heißen, du kannst nicht?«

Sie senkte die Stimme, als sei ihr das, was sie als Nächstes sagen musste, peinlich. »Ich … ich kann nicht bleiben. Ich muss weg.«

»Was? Aber ich brauche dich!« Sofort fragte er sich, wie sie diese Bemerkung wohl aufnehmen würde. Und wie er sie gemeint hatte.

»Ich kann nicht, es tut mir leid.«

»Warum nicht? Liegt es am Geld? Ich weiß genau, dass wir das Budget aufstocken können, und wir können auch noch Geld vom Innenministerium –«

»Es hat nichts mit der Bezahlung zu tun. Ich möchte bleiben, glaub mir.« Ihre Blicke trafen sich, und er wusste, dass sie aufrichtig war. Sie seufzte.

Phil senkte die Stimme. »Was ist es denn dann?«

»Ich muss … ich habe einen Arzttermin.«

»Einen Arzttermin?« Um ein Haar hätte er laut gelacht. »Das ist doch nicht so schlimm, den kannst du doch verschieben.«

»Nein, kann ich nicht.«

»Doch, natürlich. Ruf einfach –«

»Nein.« Sie sagte es lauter und schärfer, als sie beabsichtigt hatte. Rasch vergewisserte sie sich, dass niemand mithören konnte. »Ich bin schwanger.«

Wie vom Donner gerührt, starrte Phil Marina an.

Marina senkte den Kopf und wandte den Blick ab. »Entschuldige bitte. Du hättest es nicht auf diese Weise erfahren sollen.«

Phil sagte nichts. Die ganze Situation kam ihm vollkommen unwirklich vor.

»Ich muss jetzt los.«

Sie wollte gehen, doch er legte ihr die Hand auf den Arm.

»Ist es … meins? Unseres?«

Wieder wich sie seinen Blicken aus. »Wir reden später.«

»Ist es von mir?«

Noch während er das fragte, wanderte ihre Hand unwillkürlich zu ihrem Bauch und streichelte die kleine Wölbung. Phil bemerkte es und blickte sie an. In ihren Augen lag unendlich viel Gefühl. Keiner konnte den Blick abwenden.

In diesem Augenblick wusste er es. Und sie wusste es auch.

Es war sein Kind.

»Hör zu, ich muss jetzt los. Es … irgendetwas stimmt nicht mit dem Baby.« Sie rückte den Riemen ihrer Schultertasche zurecht. »Es könnte sein, dass … dass ich es verliere. Zu viel Stress, hat der Arzt gesagt. Entschuldige bitte.«

»Marina …«

Sie sah ihm direkt in die Augen. »Ich wollte wirklich nicht, dass du es auf diese Weise herausfindest. Es tut mir leid. Aber wir reden. Bald. Versprochen.«

»Wir müssen jetzt reden.«

Sie sah sich um wie ein in die Ecke gedrängtes Tier, das verzweifelt Ausschau nach einem Fluchtweg hält. »Nein, nicht jetzt. Kein Stress, bitte …«

»Aber –«

Anni tauchte in der Tür auf. »Boss?«

Hin und her gerissen blickte er von Anni zu Marina. »Marina …«

»Später«, sagte sie und nutzte die Gelegenheit, um sich auf den Weg zu machen. »Wir reden später darüber. Versprochen.«

Damit war sie zur Tür hinaus.

Phil sah ihr nach, dann fiel sein Blick auf Anni, die immer noch auf ihn wartete. Er schüttelte noch einmal den Kopf und ging, um herauszufinden, was seine Kollegin von ihm wollte.

68

Phil stand vor dem Vernehmungszimmer und lehnte sich gegen die Wand. In seinem Kopf drehte sich alles, taumelte wild durcheinander, dass ihm ganz schwindelig und schlecht wurde. Er schloss die Augen und atmete tief durch. Versuchte, seinen Kopf von allem freizubekommen, jeden unnötigen Ballast über Bord zu werfen und seine ganze Energie auf eine einzige Sache zu richten. Eine einzige Person. Ein einziges Ziel.

Sophie Gale zum Reden zu bringen.

Brothertons Vernehmung war wichtig gewesen, aber das hier war noch wichtiger. Von keiner Vernehmung, die er bisher geführt hatte, hatte so viel abgehangen wie von dieser.

Er holte noch einmal tief Luft, dann noch einmal. Wartete, bis sein Herzschlag zu seinem normalen Rhythmus zurückgefunden hatte. Ruhig. Konzentriert. Fokussiert. Er war kein zorniger Polizist, der den Tod seines Kollegen rächen wollte. Kein trauernder Freund. Nichts davon durfte mit ihm in den Raum gelangen. Dafür war später Zeit. Jetzt galt es, seinen Job zu erledigen. Dafür musste er ganz Profi sein.

Er zog die Akte unter seinem Arm hervor und blätterte sie noch einmal durch. Betrachtete eingehend das Blatt Papier, das Anni ihm kurz zuvor gegeben hatte. Dann klappte er die Akte zu, öffnete die Tür und betrat den Vernehmungsraum.

Sophie Gale saß am Tisch und blickte starr geradeaus. Statt in sich zusammengesunken dazusitzen, wie man es hätte erwarten können, war ihr Rücken gerade, beide Hände lagen auf dem Tisch. Ihr Haar hing strähnig herunter. Sie sah nicht auf, als er eintrat. Er setzte sich ihr gegenüber, legte die Akte auf den Tisch und sah sie an. Er war überrascht. Ihr Sex-Appeal war verschwunden, und von ihrer billigen erotischen Ausstrahlung war nichts mehr übrig. Ihr Gesicht war bleich und unbewegt, die Augen waren starr wie die einer Totenmaske. Sie blickte zwar in seine Richtung, sah ihn aber nicht an.

Phil nutzte die Gelegenheit, um sie genauer zu mustern. Seine erste Vermutung war, dass sie vielleicht unter Schock stand, aber dann merkte er, dass er sich geirrt hatte. Sie wirkte gefasst, zeigte keine Spur des emotionalen Ungleichgewichts, das für einen Schock typisch war. Außerdem entdeckte man bei genauerem Hinsehen einen Funken in ihren Augen, einen dunklen, lodernden Funken.

Phil lehnte sich zurück. Er hatte verstanden. Sophie Gale sah nicht mehr die Notwendigkeit, anderen etwas vorzuspielen. Die Masken, auf die Brotherton und Clayton hereingefallen waren, waren überflüssig geworden. Darunter kam nun ihr wahres Gesicht zum Vorschein, kalt und ausdruckslos, ihr Innerstes nur noch angetrieben von unbändigem Zorn. Jetzt musste Phil den Grund für diesen Zorn finden. Das war die einzige Möglichkeit, dem Geschehenen auf den Grund zu gehen. Nur wenn ihm das gelang, hatte er eine Chance, das Baby zu finden und einem Mörder das Handwerk zu legen.

Er brauchte einige Sekunden, um sich zu fassen; dann schaltete er das Band ein, um Sophie Gale zügig zu befragen, da sie nur eine begrenzte Zeit festgehalten werden konnte. Zunächst nannte er seinen eigenen Rang und Namen, dann den der zu vernehmenden Person. Er fügte hinzu, dass Sophie Gale das Angebot eines Rechtsbeistands zum gegenwärtigen Zeitpunkt ausgeschlagen habe.

»Also, was ist passiert, Sophie?«

Keine Antwort, nur diese starren Augen.

»Kommen Sie«, sagte er. »Sie haben Clayton getötet. Clayton Thompson. Warum?«

Nichts.

»Hatten Sie Streit? Eine Auseinandersetzung? Hat er … hat er versucht, sich Ihnen zu nähern?«

Eine unbedeutende Reaktion, ein Zucken der Lippen, mehr nicht.

Phil seufzte. »Sophie, Sie müssen mir schon ein bisschen entgegenkommen. Wie kann ich Sie verstehen, wie kann ich versuchen, Ihnen zu helfen, wenn Sie mich nicht lassen?«

Phil wartete ab. Er war sich sicher, dass sie irgendwie auf seine Worte reagieren würde.

Und er hatte recht.

»Das können Sie nicht.« Ihre Stimme klang leise und hohl. Sie passte zu ihrem Gesichtsausdruck.

»Was meinen Sie damit, ich kann es nicht? Ich kann Ihnen nicht helfen, oder ich kann Sie nicht verstehen?«

Sie zuckte mit den Schultern. »Beides.«

Er senkte die Stimme, sprach wie ein Vertrauter oder ein Freund zu ihr. »Warum nicht? Sagen Sie es mir doch. Helfen Sie mir, es zu verstehen.«

Sie seufzte. »Dafür ist es zu spät.« Sie schüttelte den Kopf, und ihre Mundwinkel deuteten ein Lächeln an. »Zu spät.«

»Für wen? Für was?«

»Es war immer schon zu spät.« Ihr Kopf fiel nach vorn, so dass ihr Haar sie wie ein Vorhang von Phils Fragen abschirmte.

Phil versuchte es mit einem anderen Ansatz: »Aber wieso Clayton? Wieso mein Sergeant? Wieso er?« Danach nahm er sich sofort zurück. Unter keinen Umständen durfte er zulassen, dass sein Zorn und seine Schuldgefühle die Oberhand gewannen. »Warum nicht Ryan Brotherton oder … ich weiß nicht – einer Ihrer früheren Kunden? Warum ausgerechnet Clayton?«

Sie hob den Kopf, die Augen noch immer starr geradeaus gerichtet. Sie schien nachzudenken. »Weil … weil er mir nicht mehr geholfen hat.«

»Ihnen geholfen? Wobei sollte er Ihnen helfen?«

»Bei …« Sie schüttelte den Kopf und wandte den Blick ab. Er hatte sie wieder verloren.

Noch ein neuer Ansatz, dachte Phil. Er schlug die Akte auf. »Sophie Gale«, sagte er, während er von der ersten Seite ablas. »Richtiger Name Gail Johnson. Zum ersten Mal wurde die Polizei vor sechs Jahren auf Sie aufmerksam, als Sie wegen Prostitution verhaftet wurden. Sie gingen einen Deal ein. Wurden zur bezahlten Informantin. Irgendwann haben Sie dann aber Ihr Leben im Milieu aufgegeben und sind untergetaucht. Weshalb?«

»Hatte die Schnauze voll.«

»Verständlich. Einige Zeit später tauchen Sie an der Seite von Ryan Brotherton wieder auf. Dann wird dieser im Zusammenhang mit einem Mordfall vernommen. Zunächst glauben wir, er könnte der Täter sein. Es gibt genug Beweise, die das nahelegen. Aber er ist unschuldig, stimmt's?«

Keine Reaktion.

»Nein. Er ist nicht der Mörder. Aber es sieht ganz so aus, als habe sich jemand sehr viel Mühe gegeben, damit wir ihn für den Mörder halten. Warum wohl?«

Keine Reaktion.

Phil lehnte sich zurück und betrachtete sie. »Mögen Sie Zauberei, Sophie?«

Ihre Blicke trafen sich. Sie schien verwirrt.

»Das ist keine Fangfrage. Mögen Sie Zauberei? Zaubertricks meine ich damit, nicht Harry Potter oder so.«

Sie zuckte mit den Schultern. »Klar, warum nicht.«

»Das dachte ich mir. Wissen Sie, wie Zauberei funktioniert? Sie müssen darauf nicht antworten, ich werde es Ihnen sagen. Ablenkung. Ein Zauberer, der richtig gut ist, kann die Blicke seiner Zuschauer lenken. Niemand sieht, was er wirklich vorhat. Niemand sieht die Münzen, die er in seiner Handfläche verschwinden lässt, damit er sie später wieder hervorzaubern kann. Niemand sieht die Karten, die er so zurechtlegt, wie er sie braucht. Niemand sieht, was er im Ärmel hat. Alle sehen nur das, wovon er will, dass es gesehen wird. Richtig?«

Erneut ein Schulterzucken.

Phil beugte sich vor. Trotz seiner harten Worte klang seine Stimme ganz weich. »Und genau dasselbe haben Sie mit uns gemacht, Sophie. Sie haben es so eingefädelt, dass Ryan Brotherton unter Verdacht gerät. Sie haben dafür gesorgt, dass wir bei ihm nach Verbindungen zu allen anderen Opfern gesucht haben, nicht nur zu Claire Fielding. Sie haben Zweifel an seinem Alibi aufkommen lassen und sich selbst als arme geprügelte Frau dargestellt, die in Todesangst vor dem großen bösen Mann lebt. Dabei haben Sie ihn die ganze Zeit an der Nase herumgeführt und uns auch. Sie haben den wahren Mörder gedeckt, dafür gesorgt, dass wir die Verbindungen zwischen den Opfern nicht sehen. Alles Ablenkungsmanöver.«

Sophie sagte noch immer nichts, aber ihr Gesichtsausdruck hatte sich verändert. Phil war sich nicht ganz sicher, aber es schien, als sei sie stolz auf das, was er über sie gesagt hatte.

Phil war zufrieden, dass seine Worte den richtigen Effekt hatten. »Ja, Sie sind ein richtiger kleiner David Copperfield. Bis auf die Tatsache, dass am Ende alles schiefgelaufen ist, nicht wahr? Der letzte Mord hätte nicht passieren sollen, stimmt's? Nicht so bald. Und bestimmt nicht, während wir Ryan Brotherton in Gewahrsam hatten und ihm so ein wasserdichtes Alibi geliefert haben.«

Erneut studierte er ihr Gesicht. Sie hörte seine Worte, verarbeitete sie. Ganz offensichtlich war sie nicht froh über das, was er sagte.

»Also, wir wissen, dass Sie es nicht waren. Weil Sie hier waren, als der letzte Mord passiert ist. Aber wir wissen, dass Sie wissen, wer der Täter ist. Also sagen Sie es mir.«

Keine Regung.

Phil seufzte. »Hören Sie, Sophie. Wir kriegen Sie wegen Mordes dran. Daran gibt es keinen Zweifel. Dafür werden Sie einsitzen. Und da es ein Polizist war, den Sie getötet haben, werden Sie sehr lange einsitzen. Wenn Sie es sich also ein wenig leichter machen wollen, sagen Sie mir, was ich wissen will. Und ich tue, was ich kann, um Ihnen zu helfen.« Er konnte nicht fassen, was er gerade gesagt hatte, aber er war auf ihre Mithilfe angewiesen.

Er lehnte sich zurück und wartete ab. Sophie lächelte. Es war dasselbe humorlose Grinsen wie vorhin, nicht mehr als das Grinsen eines Skeletts. »Ist doch egal. Sie würden's nicht verstehen.«

Phil spürte, wie er langsam ärgerlich wurde. Das würde

ihn nicht weiterbringen. Er musste seine Wut lenken, sie für sich arbeiten lassen. Er beugte sich dicht an Sophie heran. »Dann sorgen Sie dafür, dass ich es verstehe, Sophie. Sagen Sie es mir.«

Keine Regung.

»Hören Sie«, sagte er und bemühte sich, seinen Zorn unter Kontrolle zu behalten. »Clayton Thompson hatte Familie. Eine Mutter. Zwei Schwestern. Ich habe einen Freund und Kollegen verloren. Seine Familie hat einen Sohn und Bruder verloren. Was glauben Sie, wie sie sich jetzt fühlen? Hmm? Was glauben Sie, denken sie darüber, was Sie ihm angetan haben? Einem Mitglied ihrer Familie?«

Sophie reagierte. Das Wort »Familie« war es. Sie zuckte zusammen, als hätte man sie geschlagen. Phil erkannte seinen Vorteil und bohrte weiter.

»Ja, Sophie, seine Familie. Sie haben ihn verloren. Wegen Ihnen. Wie würden Sie sich an ihrer Stelle fühlen? Haben Sie Familie?«

Und dann lachte sie. Es war ein trockenes, rasselndes Geräusch. »Ja-haa«, sagte sie und zog das Wort genüsslich in die Länge. »Und ob ich Familie hab.«

»Und wie würden die sich fühlen, wenn sie wüssten, was Sie getan haben?«

Sie lachte wieder. »Sie haben wirklich keinen Schimmer, oder?«, meinte sie.

»Was meinen Sie damit?«

»Die Familie. Darum geht es doch immer, oder nicht?«

»Was meinen Sie? Erklären Sie es mir.«

»Familie. Familienbande. Blut. Dicker als Wasser. Stärker als …« Sie starrte ihn gebannt an. »Stimmt doch, oder?«

»Stimmt es wirklich?« Phil hatte keine Ahnung, worauf sie

hinauswollte, aber er wusste, dass es nichts Gutes verhieß. Trotzdem war da etwas in ihren Worten, das ihn stutzen ließ. Einem Impuls folgend, zog er den Computerausdruck heraus, den Anni ihm gegeben hatte, bevor er hergekommen war. Er drehte ihn um und schob ihn über den Tisch.

»Ist das vielleicht ein Mitglied Ihrer Familie?«

Sophie betrachtete den Ausdruck. Es war ein Foto des Mannes, der dabei beobachtet worden war, wie er Claire Fieldings Apartmentgebäude am Abend ihres Mordes betrat und verließ. Sie blickte rasch auf.

Phil bemerkte den Ausdruck in ihrem Gesicht. Versuchte, sich seine Aufregung nicht anmerken zu lassen.

Er hatte sie.

69

Tony Scott starrte auf die Seite und las die Zeile wieder. Dann noch einmal. Er seufzte und streckte sich. Es nützte nichts. Er konnte sich einfach nicht auf das Buch konzentrieren.

Er legte es aufgeschlagen auf dem Beistelltisch neben dem Sessel ab. Die Seiten bogen sich nach oben wie die Flügel eines ungelenken Vogels, der nicht abheben konnte. Er lächelte zufrieden, als er sein Weinglas in die Hand nahm. Die perfekte Metapher für das Buch, das ihn nicht zu fesseln vermochte. Es würde sich lohnen, sie aufzuschreiben.

Er nippte am Wein und streckte sich in seinem Sessel. Im Hintergrund lief Ray LaMontagne. Tony machte sich im Allgemeinen nicht viel aus Popmusik, aber der Mann hatte den Bogen raus.

Er sah auf die Uhr. Bald sechs. Marina hatte angerufen und ihm gesagt, dass sie auf dem Heimweg sei. Er hatte versucht, vom Tonfall ihrer Stimme auf ihren Gemütszustand zu schließen, aber es war ihm nicht gelungen. Sie klang müde und abwesend, aber daran war vermutlich die Arbeit schuld. Und das Baby. Sicherlich machte ihm der Stress auch zu schaffen. Das würde es sein.

Er trank noch einen Schluck. Ob er es noch einmal mit dem Buch versuchen sollte? Er entschied sich dagegen. Er hatte im Vorfeld so viel darüber gehört, dass er sicher gewesen war, es würde ihm gefallen. Das war ganz offensichtlich nicht der Fall. Aber vielleicht lag es ja auch gar nicht am Buch. Vielleicht lag es an ihm.

Marina war letzte Nacht nicht nach Hause gekommen. Dieser Gedanke ließ ihm einfach keine Ruhe. Er hatte gedacht, dass die Dinge zwischen ihnen wieder im Lot seien. Während der Sache mit Martin Fletcher hatten sie eine schwere Zeit durchgemacht. Das war verständlich. Dann kam die Schwangerschaft und Marinas Wunsch, die Universität zu verlassen. Ein Entschluss, den er zu hundert Prozent unterstützt hatte. Aber jetzt arbeitete sie wieder für die Polizei.

Beim letzten Mal war sie wie besessen gewesen und hatte zu Hause ständig nur noch über den Fall geredet. Insbesondere ein Name war immer wieder aufgetaucht: Phil. Er war der leitende Ermittler, hatte sie ihm gesagt. Einige Wochen lang hieß es fast ausschließlich »Phil dies«, »Phil das« – sie war so auf ihn fixiert, dass Tony fast hätte glauben können, dass sie eine Affäre mit dem Mann hatte. Aber er wusste, dass so etwas nicht ihre Art war. Nicht Marina. Nun ja, vielleicht wusste er es nicht, aber er glaubte fest daran.

Aber dann war die Sache mit Martin Fletcher passiert, und alles hatte sich geändert. Das war nicht anders zu erwarten gewesen. Marina wäre fast gestorben. Und er, Tony, war für sie da gewesen, hatte sie getröstet und mit Rat und Tat unterstützt. Sie hatte seine Hilfe angenommen. Und alles war gut gewesen.

Bis sie letzte Nacht wieder weggeblieben war.

Der Song war zu Ende und ein neuer begann. In Tonys Ohren klang er nicht anders als der vorangegangene, aber auch deshalb gefiel ihm das Album. Eingängige Melodien, keine großen Variationen, solide und verlässlich. Man wusste, worauf man sich einließ. Qualitäten, die er bewunderte.

Ein weiterer Blick auf die Uhr. Eigentlich konnte sie nicht mehr lange auf sich warten lassen. Gekocht hatte er nichts; er hatte beschlossen, mit ihr essen zu gehen. Um den Abschluss ihres Auftrags zu feiern und um ihr zu zeigen, wie sehr er sie liebte. Er hoffte, sie würde es zu schätzen wissen.

Jetzt nahm er doch wieder das Buch zur Hand. Aber auch diesmal konnte er sich nicht recht darauf einlassen. Er wartete, trank und lauschte auf die beruhigenden Klänge der Musik. Ja. Er seufzte. Das war seine Welt.

Ein Klopfen riss ihn aus seinen Gedanken. Tony stand auf, das Buch noch in der Hand, und ging zur Tür.

Das musste Marina sein.

Es klopfte wieder, diesmal lauter, drängender.

»Ich komme schon!«, rief er. Vielleicht war sie es doch nicht. *Wahrscheinlich die Zeugen Jehovas,* dachte er irritiert. Sonst würde niemand einfach so unangemeldet vorbeikommen. Wenn er und Marina mit Freunden verabredet waren, trafen sie sich meist in Bars oder Restaurants oder bei anderen zu Hause. Zu dumm, dass er sich verraten hatte. Wenn es wirklich die Zeugen Jehovas waren, wäre es klüger gewesen, so zu tun, als sei niemand zu Hause. Das hätte ihm die leidige Diskussion mit ihnen erspart.

»Marina?«, rief er. »Bist du das?«

Keine Antwort, bloß ein neuerliches Klopfen.

Tony seufzte und öffnete die Tür.

Er runzelte die Stirn. Er kannte die Person nicht, die da auf der Schwelle stand, aber sie wirkte nicht besonders vertrauenerweckend.

Plötzlich tauchte der Hammer auf.

Sein Buch fiel zu Boden.

Und dann – bevor er etwas sagen oder auch nur einen Gedanken fassen konnte – wurde die Welt um ihn herum schwarz.

70

»Sie kennen ihn, Sophie, nicht wahr?« Phil tippte auf das Foto. »Sie wissen, wer das hier ist.«

Sophie sagte nichts, sondern rückte bloß langsam vom Tisch ab. Den Blick hielt sie die ganze Zeit auf das Foto geheftet.

»Und? Ist er gut getroffen?«

Auch darauf keine Reaktion. Phil konnte sehen, dass sie nachdachte. Überlegte, was sie als Nächstes sagen sollte. Was er hören wollte. Was ihr am ehesten weiterhelfen würde.

»Also«, sagte er. Er beugte sich vor, um sich gemeinsam mit ihr das Foto anzusehen. Die Leute aus der Technik hatten es so gut wie irgend möglich aufbereitet, aber es war immer noch zu verschwommen, als dass man eine bestimmte Person darauf hätte erkennen können.

Aber Sophie wusste, um wen es sich handelte. Das war genug.

»In welcher Beziehung steht er zu Ihnen?«

Sie saß reglos da. Das kalte Deckenlicht warf Schatten, ließ ihre Augen aussehen wie die leeren Augenhöhlen eines Totenschädels.

»Ist er Ihr Bruder? Ehemann? Vater?«

Sie schloss die Augen, und Phil konnte nicht erkennen, ob er mit einer der Möglichkeiten vielleicht ins Schwarze getroffen hatte. Er ließ sich davon jedoch nicht beirren und machte weiter. »Eins von den dreien trifft zu, nicht wahr? Wer ist es? Welches Mitglied Ihrer Familie hat Claire Fielding und Julie Simpson umgebracht? Um Lisa King, Susie Evans und Caroline Eades gar nicht zu erwähnen. Kommen Sie, Sophie, sagen Sie es mir.«

Sophie schwieg weiter, doch Phil bemerkte wieder die kühle Berechnung in ihren Augen. Aber er sah auch Wahnsinn. Und noch etwas: tiefe Wunden. Er konnte sich denken, was zuerst da gewesen war.

Seine Stimme war tief und fest und so sachlich wie möglich, trotz seiner inneren Aufgewühltheit, trotz des Adrenalins, das durch seinen Körper jagte. »Also, dieser Familienangehörige von Ihnen – er stiehlt Babys. Um die Familie weiterzuführen, ist es das? Und Sie haben ihm die Opfer geliefert.«

Sie nickte unmerklich.

»Warum?«

»Sie wissen genau, warum.«

»Erklären Sie es mir.«

»Familien müssen wachsen. Sonst sterben sie aus.«

»Und das war der einzige Weg? Ungeborene Babys aus den Bäuchen ihrer Mütter zu reißen?«

»Das sind keine Mütter, das sind bloß Gefäße«, sagte Sophie mit leuchtenden Augen. »Babys müssen eine Bindung zu ihren Eltern aufbauen. Man will nichts aus zweiter Hand.«

Phil lehnte sich zurück und versuchte, seinen Zorn und Ekel zu beherrschen und weiterhin ganz vernünftig mit ihr zu reden. Nur so würde er sie zum Reden bringen.

»Und wo ist er jetzt? Wo können wir ihn finden?«

Sie zuckte mit den Schultern. Dann breitete sich ein Lächeln auf ihren Zügen aus. »Wahrscheinlich auf der Jagd«, sagte sie.

Ein Schauer lief Phil über den Rücken. »Auf der Jagd?« Er beugte sich vor. »Wo?«

Ein neuerliches Schulterzucken.

»Wo ist er?«

Sophie schloss die Augen.

Phil ballte seine Hände zu Fäusten und öffnete sie wieder. Er musste sich beherrschen. Wenn er seinen Gefühlen nachgab und auf Sophie losging, würde er sie verlieren, das wusste er. Erneut lehnte er sich weit vor. Seine nächsten Worte wog er sorgsam ab.

»Sophie, sagen Sie es mir. Wenn Sie es nicht tun, wird dieses Bild«, er hielt es ihr direkt vors Gesicht, »heute Abend im Fernsehen, in allen Zeitungen und im Internet erscheinen. Ich weiß, es ist kein sehr gutes Foto. Aber irgendjemand wird die Person darauf erkennen. Und dann haben wir sie. Also können Sie es mir genauso gut jetzt sagen.«

Keine Antwort.

»Weiß er, dass Sie hier sind?«

Nicken. »Ich hab ihn angerufen, als ich hier angekommen bin.«

»Sie brauchten keinen Anwalt?«

Sie schüttelte den Kopf. »Musste …«, sie hielt inne, »ihn warnen. Ich musste ihn warnen.«

Mist, dachte Phil. Das war vermutlich das Schlimmste, was ihnen hatte passieren können. Er musste sich schnell etwas einfallen lassen, eine Möglichkeit finden, die Situation zu seinen Gunsten zu wenden.

»Er wird denken, dass Sie daran schuld sind, Sophie«, sagte er und hoffte, dass seine Worte Eindruck auf sie machen würden. »Ob Sie es mir sagen oder nicht – wenn das Bild rausgeht, wir einen Tipp bekommen und ihn schnappen, dann wird er denken, dass Sie ihn verraten haben.« Er lehnte sich zurück. »Wollen Sie das etwa?«

Keine Reaktion.

»Sagen Sie mir, wo er ist.«

Nichts.

Wieder beugte er sich ihr zu. Seine Stimme war leise und vertraulich, wie die eines Priesters, der die Beichte abnimmt. »Hören Sie, wir werden ihn kriegen. So oder so. Also können Sie es mir genauso gut sagen.«

Er wartete. Schließlich schaute sie hoch, ihre Augen voller Wahnsinn. Auch ihr schreckliches Lächeln erschien wieder. »Okay. Ich sag es Ihnen. Alles.«

Phil unterdrückte einen Seufzer der Erleichterung. »Gut.«

»Aber es ist eine lange Geschichte. Sie müssen genau zuhören. Sie müssen es verstehen. Wenn Sie es nicht verstehen, kann ich es Ihnen nicht sagen.«

Phil atmete tief ein und aus. Und noch einmal. Am liebsten wäre er über den Tisch gesprungen, hätte sie an der Kehle gepackt und sie angeschrien, sie solle gefälligst endlich mit der Sprache herausrücken. Ihm sagen, wo der Mörder war und was er gerade machte. Am liebsten hätte er auf sie eingeschlagen, sie geohrfeigt – was auch immer nötig war, um sie zum Reden zu bringen. Aber er tat es nicht. Stattdessen sagte er nur: »Ich höre zu, Sophie. Ich werde es verstehen.«

Er betrachtete das grobkörnige Foto des Mörders und hoffte, dass ihnen noch genug Zeit blieb, ihn aufzuhalten.

Marina öffnete die Haustür.

Mit gesenktem Kopf betrat sie das Cottage und zog den Schlüssel aus der Tür. Sie war müde, alles tat ihr weh, und sie sehnte sich nach einem heißen Bad. Sie brauchte einen ruhigen Ort, um sich zu entspannen, und sie brauchte Zeit, um darüber nachzudenken, was sie als Nächstes tun sollte.

Sie blieb wie angewurzelt stehen.

Das Cottage war vollkommen verwüstet. Die Möbel waren umgestürzt, Bücher aus den Regalen gerissen worden, Bilder, Pflanzen und Geschirr lagen zerschmettert auf dem Boden. Ihr geschmackvolles und wohlgeordnetes Zuhause, das sie sich mit Tony aufgebaut hatte, glich einem Trümmerhaufen. Sie erschrak, als ihr das Ausmaß der Verwüstung klar wurde, und ihre Hand flog automatisch zum Mund. Dann sah sie, was inmitten des Ganzen lag. Und begann am ganzen Körper zu zittern.

Tony lag in der Mitte des Zimmers am Boden. Sein ganzer Körper war seltsam verrenkt. Marina konnte ihn nur anhand seiner Kleidung erkennen, denn sein Gesicht war über und über mit Blut verschmiert. Sie ließ sich neben ihm auf die Knie fallen. Sein Kopf lag in einer Blutlache, an Stirn und Schläfe klafften tiefe Wunden. Als sie ihn vorsichtig berührte, spürte sie, dass sein Schädel nachgab wie eine zerbrochene Eierschale, die nur noch von der inneren Membran zusammengehalten wird.

Ekel und Entsetzen stiegen in ihr hoch. Hastig zog sie ihre Hand zurück. Ein leises Wimmern drang aus ihrer Kehle.

Hinter ihr fiel krachend die Haustür ins Schloss.

Sie fuhr herum. Eine Gestalt in einem langen Mantel versperrte ihr den Weg. In der einen Hand hielt der Eindringling einen Hammer, von dem noch Blut tropfte, in der anderen eine Spritze.

Instinktiv wusste Marina, wer es war.

Sie wollte aufspringen, war aber nicht schnell genug. Ihr mütterlicher Instinkt erlaubte ihr keine raschen Bewegungen, um das Baby nicht unnötig zu gefährden. Mit einem Satz war der Angreifer bei ihr. Sie öffnete den Mund, um zu schreien, aber er kam ihr zuvor. Er ließ den Hammer fallen und schlug ihr eine raue, schwielige Hand vor den Mund. Sie war noch glitschig und feucht von Tonys Blut. Sie presste sich so fest über ihren Mund, dass sie keinen Laut von sich geben konnte.

Marina wehrte sich nach Leibeskräften, versuchte, ihren Angreifer irgendwie zu fassen zu bekommen, schlug und trat wie rasend um sich. Es nützte nichts. Er war größer und stärker als sie. Unerbittlich hielt er sie umklammert. Ihr war, als würde sie direkt in seinen stinkenden Mantel hineingezogen.

Plötzlich wurde sie herumgerissen. Marina sah die Spritze auf sich zukommen und kämpfte noch verzweifelter. Sie spürte kaum, wie die Nadel in ihren Hals drang.

Kurz darauf schlossen sich flatternd ihre Lider und ihr Körper erschlaffte.

Sie bemerkte nicht, dass ihr Angreifer sie festhielt, bis sie bewusstlos war, und sie dann vorsichtig, um keinen unnötigen Druck auf ihren Bauch auszuüben, aus dem Haus schleifte.

71

»Sie wissen bestimmt, was für Geschichten man sich über die Dörfer hier in der Gegend erzählt?«, fragte Sophie. »Die, die ganz weit abgelegen sind?«

»Man hört so einiges«, versetzte Phil. »Was genau meinen Sie?«

Wieder erschien das kranke Lächeln auf ihrem Gesicht, und das Licht der Neonröhren blitzte in ihren wahnsinnigen Augen. »Dass man nie weiß, welches Kind von wem ist.« Sie lachte kurz, dann wurde ihre Miene wieder ernst. »Wissen Sie, was ich meine?«

»Ah«, sagte Phil. »Diese Geschichten.« Er war in Colchester aufgewachsen und hatte die Gerüchte über die abgelegenen Küstendörfer gehört. Und er wusste aus eigener Erfahrung, dass die meisten von ihnen der Realität entsprachen, zumindest früher einmal.

»Wenn irgendwo ein Kind starb, dann verschwand plötzlich ein anderes Kind aus einer Nachbarsfamilie, um es zu ersetzen.«

»So was in der Art, ja.«

Sie nickte. »Und niemand hat was dazu gesagt.«

»Nein«, sagte Phil. »Denn dann wäre herausgekommen, von wem das erste Kind war.«

Sophie lachte. »Sie kennen sie also auch.«

»Aber jetzt sind diese Dörfer nicht mehr ganz so abgeschieden, stimmt's?«, sagte er.

Sophie hörte auf zu lachen. Ein wehmütiger Ausdruck schlich sich in ihre Züge.

»Jetzt führen überall Straßen hin.« *Aber trostlos sind sie immer noch*, dachte Phil. *Unwirtlich. Den Elementen ausgesetzt.*

Sophie seufzte.

»Also, über welches Dorf reden wir denn hier?«, fragte Phil, der hoffte, so ihren Geburtsort zu erfahren. Im Geiste hatte er die Küste von Essex vor sich. »Eins am Meer? Jaywick? Walton? Frinton?«

Sie antwortete nicht.

»Oder an einem Fluss? Bradfield? Wrabness vielleicht?«

In ihren Augen zuckte es. Er hoffte nur, dass jemand oben in Fenwicks Büro am Monitor saß und es gesehen hatte.

»Also«, sagte er, um die Sache etwas zu beschleunigen. »Sie wollten mir eine Geschichte erzählen. Über Ihre Familie. Ich höre.«

Sophie legte den Kopf in den Nacken, die Augen zur Decke gerichtet, als empfange sie ein Signal oder Instruktionen von einer unsichtbaren Quelle über ihr. »Wir waren zu viert …«, begann sie. »Ich, mein Bruder, mein Vater …«, sie hielt inne, ihre Miene änderte sich und ein undurchschaubarer Ausdruck lag auf ihrem Gesicht. »Und meine Mutter …«

Sie verstummte, tief in ihren Erinnerungen versunken.

»Was war mit Ihrer Mutter?«, ermunterte Phil sie.

Sophies Kopf zuckte nach vorn, ihr Blick war wieder auf Phil geheftet. »Sie ist gestorben.«

»Sie ist gestorben.«

»Oder … verschwunden. Ich weiß nicht. Irgendwie so was.«

»Und dann waren Sie nur noch zu dritt.«

Sie kniff die Augen zusammen und runzelte die Stirn, als müsse sie scharf nachdenken. »Da waren noch … andere Kinder. Oder wenigstens glaub ich, dass da noch andere Kinder waren. Ich weiß nicht genau.« Sie bewegte den Kopf hin und her, als wolle sie die Erinnerung zurechtschütteln. »Jedenfalls waren irgendwann nur noch wir drei übrig. Ich, mein Bruder und mein Vater.«

»Das war, als Sie noch Gail hießen?«

Einen Augenblick lang schien sie verwirrt, dann lächelte sie. »Ich hab nie Gail geheißen. Nicht bis ich nach Colchester gekommen bin. Ich war immer Sophie. Oder Sophia.«

»Sophia.«

»Meine Mutter liebte Filmstars.«

»Sophia Loren«, sagte Phil.

Sophie nickte. »Genau.«

»Und Ihr Bruder?«

»Heston. Nach –«

»Charlton Heston.«

Ein weiteres Nicken. Dann verfinsterte sich ihre Miene. »Ja …«

»Erzählen Sie weiter, Sophie«, sagte Phil in dem Versuch, sie wieder auf Kurs zu bringen. »Sie haben von Ihrer Mutter gesprochen. Sie ist gestorben? Oder verschwunden?«

»Ja …«

Phil wartete. Es kam nichts. Sie brauchte einen weiteren Anstoß. »Und was ist dann passiert?«

Ihre Augen verdunkelten sich, als zöge an ihnen eine Wolke trauriger Erinnerungen vorbei. »Mein Vater …« Ihre

Stirn legte sich in Falten. »Mein Vater … er hatte … Bedürfnisse …«

Oh Gott, dachte Phil. *Da haben wir es.* Etwas Ähnliches hatte er schon erwartet. Das also war die Ursache ihres Wahnsinns. Er senkte die Stimme und stellte eine Frage, deren Antwort er bereits kannte. »Was für Bedürfnisse?«

»Männliche Bedürfnisse.«

»Und Sie … haben sie befriedigt?«

Sie nickte. »Ja.« Ihre Stimme klang höher, ängstlicher, als sei sie wieder zu dem Kind geworden, das sie damals gewesen war. »Ich musste mich um ihn kümmern.«

»Und wie alt waren Sie da? Als es anfing?«

Sie zuckte mit den Schultern. »Nachdem meine Mutter tot war. Verschwunden. Von da an.«

»Wissen Sie noch, wie alt Sie waren?«

Sie schüttelte den Kopf. »Klein«, sagte sie mit einer Stimme, die zu dem Wort passte.

Phil schluckte schwer, machte aber weiter. »Nur Sie? Ihr Bruder nicht?«

Sie zog die Brauen zusammen, als eine weitere finstere Erinnerung Gestalt annahm. »Nein. Nur ich.«

Sie verstummte. Phil überlegte, ob er sie antreiben sollte, doch dann begann sie wieder zu sprechen.

»Aber versucht hat er es.«

»Wer? Ihr Vater?«

»Nein … mein Bruder. Er hat es versucht. Versucht, meinen Vater daran zu hindern. Damit er … keine Sachen mit mir macht.«

»Und hat er es geschafft?«

Sie sah ihn an, als könne sie nicht glauben, dass er allen Ernstes diese Frage gestellt hatte. »Natürlich nicht. Er war doch bloß ein Kind. Unser Vater hat ihn geschlagen, wenn er aufmüpfig war. Hat ihn windelweich geprügelt.«

»Er hat ihn misshandelt?«

Sie nickte.

»Regelmäßig?«

Sie seufzte. »Er hat die ganze Zeit auf ihm rumgehackt. Heston war nutzlos. Zu nichts zu gebrauchen. Ein Stück Dreck. Weil Heston nicht mal das tun konnte, was Sophia für ihn tat. So nutzlos war er. Dann hat er ihn verprügelt. Manchmal mit dem Gürtel. Mit allem, was gerade in Reichweite war.«

»Und hat er Ihnen auch weh getan? Ich meine, abgesehen von …«

Sie schüttelte den Kopf. »Nein. Nie. Ich war sein Liebling. Nicht wie Heston. Der konnte es ihm nie recht machen.« Wieder versank sie in Schweigen. Dann lachte sie auf. »Wissen Sie was? Was wirklich komisch war? Heston war richtig eifersüchtig.«

»Weil … weil Sie die ganze Aufmerksamkeit von Ihrem Vater bekamen?«

Sophie nickte. »Er hat gehasst, was mein Vater mit mir gemacht hat. Er hat immer geschrien, was stimmt nicht mit mir? Warum will er mich nicht? Weil er eifersüchtig war, dass unser Vater es mit mir macht und mit ihm nicht. Weil das Liebe war. Was mein Vater mit mir gemacht hat, war ein Zeichen dafür, dass er mich lieb hatte, hat er gesagt. Und Heston hatte er nicht lieb.«

Phil schwieg. Er wusste nichts zu sagen.

»Und«, meinte er nach einer Weile, »wie lange ging das so?«

Sophie zuckte mit den Schultern. »Keine Ahnung. Obwohl, doch. Ich weiß es noch.« Ihre Hände auf dem Tisch begannen zu zittern. »Ich ...« Sie senkte den Kopf, ihre Haare fielen nach vorn und verdeckten ihr Gesicht.

Phil wartete. Inzwischen hatte Sophie einen Punkt erreicht, an den fast alle Verdächtigen, die er bis jetzt vernommen hatte, irgendwann kamen. Egal was sie getan oder erlitten hatten, sie wollten sich alles von der Seele reden. Endlich alles offen aussprechen. Die Last abwerfen. Dass ihr Zuhörer dann das Gewicht ihrer Schuld oder ihres Leids mittragen musste, war ihnen egal.

Aber Phil würde ihr den Gefallen nicht tun. Er musste immer an Clayton denken und was sie ihm angetan hatte.

Sie sprach weiter. »Er ...«

Phils Stimme war kaum lauter als ein Flüstern. »Er hat Sie geschwängert.«

Sie nickte mit gesenktem Kopf. Ihre Haare schwangen vor und zurück.

»Und was dann?« Phils Tonfall war behutsam und mitfühlend. »Haben Sie das Baby bekommen?«

Sie schüttelte den Kopf. »Es ... ist gestorben. In meinem Bauch. Es war nicht ... war nicht stark genug, hat er gesagt ...«

Phil spürte, wie Zorn und Verwirrung bei ihm zunahmen. Sophie hatte schreckliche Dinge getan, aber sie waren nicht aus heiterem Himmel passiert. Jemand hatte sie zu dem gemacht, der sie war. Und dieser Mann war ein Monster.

Phil schluckte seine Emotionen herunter. Er durfte kein Mitleid für sie empfinden, ganz gleich, was sie durchlitten hatte. Er durfte gar nichts empfinden. Die Maske des kühlen Profis durfte nicht verrutschen.

»Sie haben das Baby verloren.«

Sie nickte.

»Und dann?«

»Ich hatte genug. Ich hab mir Tabletten besorgt …« Ihre Schultern begannen zu beben, ihr Atem wurde unregelmäßig, und zwischen ihre Worte mischte sich ein Schluchzen. »Heston hat mich gefunden und mir den Finger in den Hals gesteckt. Hat mich gerettet … so muss man es wohl nennen. Dann haben wir geredet.« Sie sah auf, das Gesicht tränenüberströmt, die Augen rotgerändert. »Und da hab ich gewusst, dass ich wegmuss. Was hätte mir denn Schlimmes passieren können? Nichts. Das Schlimmste *war* ja schon passiert. Also hab ich … ich hab mich stark gefühlt danach. Wie neugeboren. Ich hab Heston gesagt, ich würde abhauen. Und er hat gesagt, er würde mir helfen.«

»Warum ist er nicht mit Ihnen gekommen?«

»Weil … weil irgendjemand dableiben musste. Sich um unseren Vater kümmern.« Sie sprach die Worte mit schlichter Klarheit.

»Na gut«, sagte Phil. »Sie sind also von zu Hause weggelaufen. Und Heston ist zurückgeblieben.«

Sophie nickte.

»Was ist mit ihm geschehen? Als Ihr Vater herausgefunden hat, dass Sie weg waren?«

Ein bitteres Lachen. »Er ist ausgerastet. Komplett ausgerastet. Er wollte mich in die Finger kriegen, aber das ging ja nicht. Er hat versucht, rauszufinden, wo ich hin war, aber Heston hat's ihm nicht gesagt, weil er es selbst nicht wusste. Das hat meinen Vater aber nicht davon abgehalten, es zu versuchen. Hat ihn fast totgeprügelt.« Sie kicherte wie ein kleines Mädchen, als wäre die Erinnerung so grauenhaft, dass sie nicht wusste, wie sie sonst darauf reagieren sollte. »Heston wäre fast dabei draufgegangen.« Sie seufzte. »Aber er hat's überlebt.«

»Und er ist immer noch dort?«

»Heston?«

Phil nickte. »Ja.«

»Irgendwie schon …«

»Was soll das heißen, irgendwie schon?«

Sie sah über seine linke Schulter an ihm vorbei und antwortete nicht. Phil beschloss, da nicht weiter nachzuhaken, und fuhr mit der Befragung fort.

»Und dann sind Sie nach Colchester gekommen. Und Sie haben angefangen –«

»Sie wissen doch Bescheid über mich.« Plötzlich war sie ungehalten. »Sie wissen genau, was ich seitdem gemacht hab.«

»Was ist mit Ihrem Bruder? Wie ist es ihm ergangen?«

Sie legte den Kopf zurück. »Die Dinge haben sich geändert. Das Dorf. Wie Sie gesagt haben, es war nicht mehr so abgeschieden wie früher. Viele Leute aus der Stadt sind raus aufs Land gezogen. Häuser wurden gebaut. Neubaugebiete. Luxushäuser.« Sie spuckte das Wort aus wie einen Wurm.

»Ich wette, das hat Ihrem Vater nicht gepasst«, meinte Phil.

Ein weiteres bitteres Lachen. »Ja. Die Leute haben ihn angesprochen, wollten freundlich sein … er hat das gehasst. Er hasste Aufmerksamkeit. Und er hatte niemanden mehr, der … seine Bedürfnisse befriedigte.«

»Und was hat er dann gemacht?«

»Hat Heston gezwungen, es zu tun.« Ihre Stimme klang sachlich. »Aber nicht einfach so. Mein Vater war schließlich nicht schwul.« Ein weiteres Lachen. »O nein, schwul war er nicht.«

Phil spürte, wie sich mit jedem Wort, das er hörte, eine

entsetzliche Ahnung in ihm aufbaute. Er wusste, wie die Geschichte weitergehen würde. »Und …« Fast fürchtete er sich davor, die nächste Frage zu stellen. »Was hat Ihr Vater mit ihm gemacht?«

»Ihm Frauenkleider angezogen.«

Phil nickte. Etwas Ähnliches hatte er erwartet. Doch als er in Sophies Gesicht sah, spürte er, dass noch mehr dahintersteckte. »Was noch?«

»Hat ihn zu dem gemacht, was er haben wollte. Zu …«

»Zu Ihnen?«

Sophie nickte und schlug die Augen nieder. Trotz all der schrecklichen Dinge, die sie ihm offenbart hatte, spürte er ein klein wenig Genugtuung. Dieser Blick, diese Geste bedeutete, dass sich in ihrem Innern unter all den Verletzungen und dem Wahnsinn doch noch ein letzter Rest von Menschlichkeit verbarg. Dort musste er ansetzen, ihn musste er zum Vorschein bringen.

»Heston hat also Ihren Platz eingenommen.«

Sie nickte wieder. »Aber auf Dauer war unser Vater nicht zufrieden damit.«

»Weil er nicht schwul war.«

Sie nickte wieder. »Eine Zeitlang hat er's mitgemacht. Aber irgendwann …« Sie zitterte, als berichte sie alles aus eigener Erfahrung.

»Irgendwann was? Was ist passiert, Sophie?«

»Er hat sich dafür gehasst«, sagte sie, und ihre Worte waren voller Bitterkeit. »Er hat sich gehasst und er hat Heston gehasst. Dafür, was sie miteinander gemacht haben. Er hat ihn geschlagen. Ausgepeitscht.«

Phil unterdrückte einen Schauder. »Und Heston hat das alles über sich ergehen lassen?«

Sie nickte wieder. »Er hatte Angst. Außerdem blieb ihm keine Wahl.« Plötzlich blickte sie auf und sah sich um, als sei sie aus einer Trance erwacht, als sähe sie diesen Raum, in dem sie saß, zum allerersten Mal. »Ich will was zu trinken«, sagte sie laut. »Und ich will eine Pause machen. Ich muss was trinken.«

»Es dauert nicht mehr lange, Sophie. Lassen Sie uns weiterreden, nur noch ein bisschen.«

»Nein! Ich will was zu trinken. Ich will eine Pause.«

Phil konnte jetzt keine Pause machen, er musste weitermachen. Er stand kurz vor dem Durchbruch, hatte sie fast so weit. Er durfte jetzt nicht aufhören. Sie musste weiterreden. Sie musste …

Er sah sie an. Von ihrem früheren Selbst war nichts geblieben. Kein Sex-Appeal, keine Reize mehr. Er hatte eine zerstörte Frau mit einer zerstörten Seele vor sich. Er würde jetzt kein Wort mehr aus ihr herausbekommen, erst wenn sie wieder bereit dazu war. Er seufzte und sah auf die Uhr. Beugte sich über das Aufnahmegerät.

»Vernehmung unterbrochen um …«

72

Hesters Ehemann war zurückgekehrt. Sie hatte seine Anwesenheit gespürt, seine Stimme aber nicht gehört. Sie hatte versucht, mit ihm zu reden, aber keine Antwort erhalten. Irgendwann hatte sie es aufgegeben. Und dann, ebenso plötzlich, wie er aufgetaucht war, war er auch schon wieder verschwunden und hatte sie allein gelassen. Mit dem Baby.

Sie war nervös, fühlte sich unbehaglich. Sie konnte sich auf nichts konzentrieren. Ihr Herz pochte wie wild, während sie darüber nachdachte, was alles passieren konnte. Vielleicht würde die Polizei das Haus stürmen und ihr das Baby wegnehmen. Sie blickte auf den Säugling herab, er war eingeschlafen, kurz nachdem ihr Mann weggegangen war. Sie bemühte sich immer noch, Gefühle für das Baby zu entwickeln – gute, warme Gefühle –, aber es klappte einfach nicht. Vielleicht wäre es gar nicht das Schlechteste, wenn ihr das Baby weggenommen würde? Dann hätte sie jedenfalls endlich Ruhe. Wäre wieder allein mit ihrem Mann.

Sie schloss die Augen und versuchte ihn zu rufen. Keine Antwort. Sie rief ihn wieder, diesmal lauter. Nichts. Das Baby regte sich. Sie schenkte ihm keine Beachtung, sondern lauschte angestrengt in die Stille hinein.

Noch immer nichts.

Ein Schauer durchlief sie. Vielleicht war er für immer weggegangen. Vielleicht würde er nie mehr zurückkommen. Vielleicht hatte er sie verlassen.

In ihrem Kopf begann sich alles zu drehen, die Gedanken überschlugen sich.

Nein. Das konnte er nicht tun. Er konnte sie nicht schon wieder allein lassen. So wie damals …

Sie versuchte, nicht daran zu denken, aber die Erinnerung war stärker. Damals, als sie so einsam gewesen war, als sie die ganze Zeit vor Angst geweint hatte. Bevor ihr Mann aufgetaucht war, um sie zu lieben. Bevor sie eins geworden waren. Ein schreckliches Gefühl stieg in ihr hoch, eins, das sie ihr ganzes Leben schon mit sich herumtrug. Es war das Gefühl, das sie von allen Gefühlen am meisten hasste: die Angst vor dem Alleinsein, die Angst, nicht geliebt zu werden.

Und ausgerechnet jetzt konnte sie ihren Mann nicht erreichen. Bestimmt würde man sie bald schnappen.

Das durfte sie nicht zulassen. Er durfte sie nicht allein lassen. Dann würde sie sterben. Sie brauchte ihn doch. Sie musste ihn finden.

Sie rief nach ihm, schrie, so laut sie konnte.

Nichts.

Noch einmal.

Noch immer nichts. Nur das Baby war davon aufgewacht. Es weinte und schluchzte, erst zaghaft, dann immer lauter und anhaltender, je mehr es die Kraft seiner Lungen entdeckte.

Und da waren sie schon wieder, diese alten Gefühle. Sie stiegen in Hester hoch und warteten darauf, sich ausbreiten zu können.

Das Baby brüllte weiter.

Hester sank auf die Knie, unfähig, den Gefühlen Einhalt zu gebieten. Sie musste sie rauslassen. Sie warf den Kopf zurück, kniff die Augen zu und schrie, so laut sie konnte. Sie hämmerte mit den Fäusten auf den Boden, bis ihre Knöchel schmerzten, dann schlug sie sich gegen den Kopf. Und die ganze Zeit über schrie sie.

Irgendwann hörte sie erschöpft auf, aber die Schreie in ihrem Kopf gingen weiter. Sie schlug die Augen auf, doch noch immer hörte das Geschrei nicht auf. Erst jetzt fiel es ihr wieder ein: das Baby. Sie hatte ein Baby.

Eine neue Empfindung machte sich in ihr breit, die leichter zu identifizieren war: Hass. Wenn das Baby nicht wäre, wäre sie jetzt nicht in dieser schrecklichen Lage. Ihr Mann wäre bei ihr, und diese Leute – wer auch immer sie waren – würden nicht nach ihr suchen. Nach ihnen. Das verdammte Baby. Das Baby war an allem schuld.

Sie stand auf und trat ans Bettchen. Starrte die winzige, schreiende Gestalt aus tränenfeuchten Augen an.

Es schrie. Sie schrie zurück. Es schrie lauter. Hester schrie noch lauter. Aber was auch immer sie tat, es wollte einfach nicht aufhören. Also bückte sie sich, hob es aus dem Bettchen, hielt es vor sich hin und schrie ihm direkt ins Gesicht, mit weit aufgerissenem Mund, als wolle sie es verschlingen. Sie schrie und schrie …

Irgendwann verstummte das Baby. Hester war überrascht. Unsicher blickte sie sich um, als könne sie ihrem Glück nicht so recht trauen. Aber tatsächlich, es hatte aufgehört zu schreien. Sie lächelte. Das stand nicht in den Büchern. Das hatte sie selbst erfunden.

Sie legte das Baby wieder in die Wanne und war sehr zufrieden mit sich. Doch dann kehrte die Wirklichkeit zurück: Ihr Mann war weg. Sie waren hinter ihr her.

Sie versuchte, ihrer Angst nicht nachzugeben. Sie musste

sich zusammenreißen, musste nachdenken. Irgendetwas unternehmen.

Wieder sah sie das Baby an und kämpfte mit ihrem aufsteigenden Hass. Das Baby trug die Schuld an allem, das war völlig klar. Das spürte sie an dem Zorn in ihrem Innern.

Sie könnte es umbringen. Das wäre eine Möglichkeit. Ihm die Hände um den Hals legen und zudrücken. Sie würde nicht mal besonders fest drücken müssen, es war so winzig. Seine Knochen würden unter ihren Fingern brechen wie Reisig. Ein Kinderspiel.

Probehalber legte sie ihm die rauen, schwieligen Hände um die Kehle.

Das Baby sah zu ihr auf. Es hatte große, blaue, kugelrunde Augen, die ihr aus seinem winzigen Mondgesicht entgegenleuchteten.

Hester zog die Hände zurück. Sie konnte es nicht tun. Nicht wenn es sie so anstarrte.

Sie betrachtete es eine Weile mit ausdrucksloser Miene, beobachtete, wie es strampelte, mit den Armen in der Luft herumfuchtelte und die Händchen zu Fäusten ballte.

Wenn es schläft, dachte sie. Sobald es die Augen zugemacht hat.

Dann werde ich es töten.

Und danach laufe ich weg.

73

»Wir haben getan, was wir konnten.« Anni erstattete Phil im Beobachtungsraum Bericht. »Mir ist aufgefallen, dass sie bei Wrabness kurz gezögert hat, also habe ich den Ort überprüft. Ohne Ergebnis. Gail Johnson, Sophia Gale, Sophia Johnson – nichts.«

Phil seufzte frustriert und betrachtete Sophie durch den Spiegel. Sie saß auf ihrem Stuhl, die Beine ausgestreckt, die Arme vor sich auf dem Tisch. Ganz anders als die innerlich verkrampfte, steife Person, der er begegnet war, als er den Raum zum ersten Mal betreten hatte.

Langsam dringe ich zu ihr durch, sagte er sich. Bald habe ich ihren Panzer geknackt.

Im Beobachtungsraum herrschte bedrückende Enge. Fast jeder, der irgendetwas mit dem Fall zu tun hatte, war da: Anni, die Birdies und so viele andere Polizisten, wie Platz gefunden hatten. Sie alle warteten darauf, dass die Mörderin ihres Kollegen endlich auspackte. Phil war sich des Drucks, der auf ihm lastete, nur allzu bewusst.

»Suchen Sie weiter«, sagte er. »Ich versuche in der Zwischenzeit, einen richtigen Nachnamen aus ihr herauszubekommen.« Er seufzte. »Selbst wenn ich es schaffe und wir eine Adresse finden, ist das keine Garantie, dass er das Baby auch tatsächlich dort festhält. Aber es wäre immerhin ein Anfang.«

»Ich brauche einfach nur einen Namen«, sagte Anni. »Damit ich einen Anhaltspunkt habe.«

»Ich tue, was ich kann.«

»Und wir wissen immer noch nicht, wer der Typ auf dem Foto ist. Ihr Bruder? Oder der Vater?«

»Das kriege ich schon noch heraus«, sagte Phil und klang zuversichtlicher, als er sich fühlte. Wieder musterte er Sophie, dann nahm er den Becher Tee, den er ihr bringen wollte.

»Drückt mir die Daumen«, sagte er in die Runde.

Anni wünschte ihm Glück. Sie sah zu Tode erschöpft aus und schien mit jeder Stunde des Tages um ein Jahr gealtert zu sein. Phil lächelte sie aufmunternd an und verließ den Raum.

Auf dem Gang blieb er vor dem Vernehmungsraum kurz stehen. Er lehnte sich gegen die Wand, den Becher mit Tee in der Hand. Er holte tief Luft und stieß sie langsam wieder aus. Noch einmal: einatmen, ausatmen.

Also, versuchte er sich Mut zu machen. *Geh jetzt da rein und führ das Verhör deines Lebens.*

Phil schaltete das Tonbandgerät ein.

»Vernehmung wieder aufgenommen um …« Er warf einen Blick auf seine Armbanduhr, nannte die Zeit und alle anderen Formalitäten. Schob Sophie den Becher hin und lehnte sich in seinem Stuhl zurück. Sie legte beide Hände um den Becher und trank mit geschlossenen Augen.

»Also«, begann er, sobald sie den Becher wieder abgestellt hatte. »Wo waren wir stehengeblieben? Ach ja. Sie hatten mir von Ihrem Bruder erzählt. Und von Ihrem Vater.«

Ein flüchtiges Lächeln war auf ihrem Gesicht zu sehen, machte dann aber etwas Dunklerem Platz.

»Heston, richtig?«

Sie nickte.

»Heston Johnson?«

Sie runzelte die Stirn und sah ihn verwirrt an.

»Johnson. Ihr Nachname. Hat er denselben Nachnamen wie Sie?«

Sie schüttelte den Kopf. »Mein Nachname ist nicht Johnson.«

»Dann eben Gale.«

Sie wurde nachdenklich. *Sie überlegt, ob sie lügen soll oder nicht*, dachte Phil.

»Also, wie ist dann Ihr richtiger Name?«

Sie zögerte, und ein verschlagener Ausdruck trat in ihre Augen. »Wenn ich es Ihnen sage, fahren Sie doch sofort hin. Ich kann es Ihnen nicht sagen.«

Phil zuckte mit den Schultern. Er versuchte so zu tun, als sei die Angelegenheit nicht weiter wichtig. »Auch egal. Früher oder später finden wir es sowieso heraus. Wie auch immer, ich möchte mehr über Ihren Vater erfahren. Und über Ihren Bruder.« Er verfiel wieder in den eindringlichen, mitfühlenden Tonfall von vorhin. Dazu lehnte er sich vertraulich über den Tisch, als teilten sie ein Geheimnis miteinander. »Sie haben mir erzählt, was Ihr Vater mit Ihrem Bruder gemacht hat. Und wie sehr es ihm zuwider war.«

Er beobachtete ihr Gesicht, sah die Qual und den Schmerz darin. Sie zu bitten, von diesen Ereignissen zu erzählen und sie somit noch einmal erleben zu müssen, war grausam – als würde man ein Kind in einen Raum sperren, in dem sein schlimmster Alptraum wartete. Einen kurzen Moment lang empfand er echtes Mitleid. Doch dann rief er sich ins Gedächtnis, dass sie seinen Detective Sergeant ermordet hatte, und spürte, wie Hass wieder in ihm hochkam und jegliches Mitgefühl verdrängte. An diesen Hass hielt er sich. Er gab ihm die Kraft weiterzumachen.

»Er … Heston fand es furchtbar …«

»Das sagten Sie bereits. Was hat er denn dagegen gemacht? Hat er sich gewehrt? Ist er abgehauen?«

Sie schüttelte den Kopf. »Nein, das konnte er nicht. Er war nicht stark genug. Er hat es einfach … über sich ergehen lassen.« Sie seufzte. »Bis … bis er irgendwann nicht mehr konnte.«

»Er hat sich umgebracht?«

Sie schüttelte den Kopf. »Wäre vielleicht das Einfachste gewesen. Nein. Er … er hatte ein Kleid an. Er hatte gerade … gerade die Bedürfnisse unseres Vaters befriedigt. Er wollte ihm gefallen. Aber unser Vater hat ihn geschlagen, verprügelt und gequält. Hat schreckliche Dinge zu ihm gesagt, ganz schreckliche Dinge …«

Sie blickte in ihren Teebecher, hob ihn aber nicht an den Mund. Phil wartete.

»Er hat mir das später erzählt. Heston. Er ist in die Küche gekrochen. Er konnte nicht laufen, er hat geblutet wegen … wegen dem, was mein Vater mit ihm gemacht hatte. Also musste er kriechen. Er hat ein Messer genommen. Eines von den großen. Das, mit dem wir immer die Hühner geschlachtet haben.«

Phil zuckte zusammen. Sophie bemerkte es nicht, sie war ganz bei ihrer Geschichte.

»Er hat es genommen und …«, sie war kaum zu verstehen, »hat sich den Schwanz abgeschnitten.«

74

Phil sagte nichts. Ihre Worte hatten ihn wie ein Faustschlag getroffen. Er hatte mit dem Schlimmsten gerechnet. Aber damit nicht.

»Mein Gott …« Die Worte entschlüpften ihm, ohne dass er es wollte.

Sophie nickte, als stimme sie ihm zu. »Hat sich den Schwanz abgeschnitten«, wiederholte sie beinahe ehrfürchtig flüsternd. »Er wollte eine Frau sein. Wollte geliebt werden …«

»Hat er … überlebt?«

Sophie nickte. »Er hat viel Blut verloren. Wäre fast dran gestorben. Aber Vater hat ihn gefunden und ihm geholfen.«

»Hat er ihn ins Krankenhaus gebracht?«

Sie schüttelte den Kopf und lachte bitter auf. »Machen Sie sich doch nicht lächerlich.«

»Was hat er dann gemacht?«

»Die Wunde kauterisiert.«

»Womit?«

Sie zuckte mit den Schultern. »Mit einem heißen Eisen. Irgendeinem Werkzeug.« Ihr Tonfall war völlig unbeeindruckt.

Phil stand immer noch unter Schock. Er hatte keine Ahnung, was er als Nächstes fragen sollte. Glücklicherweise sprach Sophie einfach weiter.

»Nachdem er wieder gesund war, hab ich ihm geholfen.

Heimlich. Ich hab gesagt, wenn er wie eine Frau leben will, dann kann ich dafür sorgen, dass er eine Frau wird. Ich kannte Leute, die auf solche Sachen spezialisiert waren. Sie wissen schon – die ihn operieren konnten.«

»Was für Leute?«

»Body-Modifier.«

»Woher kannten Sie diese Leute?«

Wieder ein Schulterzucken. »Von der Arbeit.«

»Und was haben sie mit Heston gemacht?«

»Haben ihn in eine Frau verwandelt. Seinen Körper verändert. So weit sie konnten.« Sophie runzelte die Stirn. »Aber ich glaub, irgendwas ist dabei schiefgegangen. In seinem Kopf.«

»Was meinen Sie damit? Er ist verrückt geworden?«

»Danach war er nicht mehr derselbe. In jeder Hinsicht.« Sie nippte an ihrem Tee.

»Ist er dann ausgezogen? Oder ist er bei Ihrem Vater in Wrabness geblieben?«

»Er blieb in Wrabness.« Sie verstummte plötzlich und sah ihn mit zusammengekniffenen Augen an. »Woher wussten Sie das? Das hab ich Ihnen nicht gesagt!«

Wütend rückte sie vom Tisch ab. Phil hielt ihrem Blick stand. Seine Miene war ruhig, seine Stimme fest. Er wusste, dass Anni genau in diesem Moment dabei war, Dokumente zu durchforsten.

»Aber natürlich haben Sie es mir gesagt.«

»Hab ich nicht!«

»Vielleicht nicht wortwörtlich. Aber ich habe die Information von Ihnen.«

Sie war immer noch wütend. Er zuckte mit den Schultern.

»Warum sind Sie wütend auf mich, Sophie? Jetzt kommt

sowieso alles heraus, da können Sie es mir ruhig sagen. Wie lautet Ihr Nachname? Ihr richtiger Nachname?«

Ihr Zorn verflog, um wieder einem verschlagenen Lächeln Platz zu machen. »Noch nicht«, sagte sie. »Ich erzähle gerade von meinem Bruder.«

»Okay. Dann erzählen Sie weiter. Er blieb also in Wrabness.«

Sie nickte.

»Mit Ihrem Vater?«

Sie öffnete den Mund, um zu antworten, dann klappte sie ihn wieder zu. Lächelte. »Nein. Der war dann irgendwann weg.«

»Weg wohin?«

Sie zuckte mit den Schultern. »Weg halt. Und Heston war nicht mehr Heston. Er ist jetzt Hester. Meine Schwester.«

»In Ordnung. Hester. Und er – Ihre Schwester, sie lebt allein?«

Wieder dieses schiefe, kranke Lächeln. »Nein, sie ist nicht allein. Sie hat einen Mann.« Sie lachte.

Phil war verwirrt. »Weshalb ist das so komisch?«

Wieder ein Schulterzucken. »Ist es eben.«

»Und er lebt dort mit ihr zusammen?«

Noch ein Lachen. »Er ist immer bei ihr.«

»Verstehe.« Allmählich hatte Phil es eilig, zur Sache zu kommen. »Und ... Hester wollte irgendwann ein Baby haben, richtig? Also haben Sie eins für sie ... für die beiden besorgt?«

Sophie betrachtete ihre Fingernägel. Sie waren lackiert, aber der Lack war teilweise abgeblättert. Sie seufzte gedehnt. »Ja.«

Er spürte, wie sie ihm entglitt. Er hatte sich ihre Geschichte angehört, und da sie sich jetzt sicherlich besser fühlte, würde sie wieder zu ihrem alten Selbst zurückkehren. Aber das würde er nicht zulassen. Es wurde Zeit, dass er ein wenig Druck machte, damit er endlich die Antworten bekam, die er haben wollte.

»Sagen Sie mir, ob ich richtigliege. Hester und ihr Mann wollen Kinder. Aber sie können keine bekommen. Also bitten sie Sie, schwangere Frauen ausfindig zu machen, denen sie die Babys herausschneiden und als ihre eigenen ausgeben können?«

Sophie betrachtete immer noch ihre Nägel. »Ja. So ist es. Genau.«

»Frauen, die kurz vor dem Entbindungstermin stehen. Frauen, die Sie kennen.«

Wieder ein Nicken. »M-hm.«

»Und Sie haben Brotherton als Sündenbock benutzt. Ihm die Schuld in die Schuhe geschoben, um von sich abzulenken.«

Sophie gähnte. »Ja.«

Phil wurde langsam wütend. Er versuchte, sich nicht aus der Ruhe bringen zu lassen. Seine Wut zu lenken. Es fiel ihm unheimlich schwer. »Aber was ist mit Clayton? Warum musste er sterben? Warum haben Sie Clayton Thompson umgebracht?«

Sie zuckte mit den Schultern. »Erst war er nützlich. Dann nicht mehr.«

Phil beugte sich dicht zu ihr und fragte bestimmt: »Weil er Ihnen auf der Spur war? Weil er geahnt hat, was läuft?«

»Ja, so ähnlich.« Sie nahm den Becher, hob ihn an den Mund, verzog dann jedoch das Gesicht. »Der ist kalt. Kann ich neuen haben?«

Phil schlug ihr den Becher aus der Hand, wobei einer ihrer Nägel abbrach. Der Becher flog quer durch den Raum, prallte gegen die Wand und zerbrach. An der Wand blieb ein nasser brauner Fleck zurück.

»Scheiß auf den Tee!«, brüllte er. »Jetzt reden Sie endlich!«

Sophie starrte ihn aus weit aufgerissenen Augen an. Sie wich vor ihm zurück und kauerte sich zusammen. Doch Phil ließ sie nicht in Ruhe.

»Jetzt sagen Sie mir verdammt noch mal die Wahrheit, Sie verdammte Mörderin! Wrabness! Hester lebt in Wrabness, stimmt das?«

Sophie nickte hastig.

»Wo? Wie ist die Adresse?«

Statt einer Antwort wimmerte sie bloß.

»Wo?«

Sie zuckte bei seinem Tonfall zusammen. »Da ist ein ... ein Haus, abseits der Hauptstraße ...«

»Name! Hausnummer!«

Sie kauerte sich noch mehr zusammen. »Bitte nicht schlagen ...«

»Ich will den Namen und die Hausnummer. Die Nummer!«

»Es ist ... Hillfield.«

»In Ordnung. Und Ihr richtiger Nachname?«

Sie wimmerte wieder und brach schließlich in Tränen aus. Phil war alles egal. »Los, raus mit der Sprache!«

»Croft, er lautet Croft! Bitte schlagen Sie mich nicht ...«

Phil sprang auf. In seinem Kopf drehte sich alles. Er hatte keine Ahnung, ob das Geständnis vor Gericht zugelassen werden würde, aber das war ihm in diesem Augenblick vollkommen gleichgültig. Damit konnte er sich später befassen. Sie hatten eine Spur, das war das Wichtigste.

Er betrachtete Sophie, die zusammengesunken auf ihrem Stuhl saß. Sie sah beklagenswert aus, und sobald sein Zorn verflogen war, würde er vielleicht Mitleid mit ihr empfinden. Aber nicht in diesem Moment. Sein Blick fiel auf das Täterfoto, das immer noch auf dem Tisch lag. Ihm kam ein Gedanke.

Er zeigte auf das Foto. »Das ist er, stimmt's?«, sagte er.

Sophie gab keine Antwort.

»Auf dem Foto. Das ist er, Ihr Bruder. Heston. Hester. Wie auch immer. Habe ich recht?« Ohne ihre Antwort abzuwarten, redete er weiter. »Den Ehemann gibt es gar nicht, stimmt's? Es gibt nur Ihren Bruder. Deswegen will er die Babys. Weil er selbst keine Kinder bekommen kann. So ist es, nicht wahr?«

Sophie hielt den Kopf gesenkt, nickte aber.

Phil atmete schwer, als sei er soeben einen Marathon gelaufen. »Hillfield. Wrabness. Croft … korrekt?«

Wieder nickte sie. »Aber er wird nicht da sein …«

Er sah auf sie herunter. »Was soll das heißen?«

»Ich hab ihn doch angerufen. Gleich nachdem ich hierhergebracht wurde. Wenn er auch nur ein bisschen Verstand im Kopf hat, ist er längst abgehauen.«

»Wohin?«

Sie zuckte mit den Schultern. »Über alle Berge …«

»Mist, verdammter!«

Die Tür öffnete sich. Phil fuhr herum, wollte den Störenfried anschreien, ihn notfalls mit Gewalt wieder nach draußen befördern. Aber es war Adrian Wren. Und Phil wusste, dass der ihn niemals unterbrochen hätte, wenn es nicht wichtig gewesen wäre. Und es war wichtig, das konnte er an seiner Miene ablesen.

»Chef …« Adrian winkte ihn zu sich.

Phil sprach die Uhrzeit aufs Band und dass die Vernehmung beendet sei, dann trat er auf den Gang hinaus.

»Wir haben gerade einen Anruf aus Wivenhoe bekommen«, sagte Adrian. »Marinas Haus wurde verwüstet. Ihr … Lebensgefährte?«

»Tony«, sagte Phil. Diesmal erinnerte er sich an seinen Namen.

»Genau. Man hat ihn mit eingeschlagenem Schädel gefunden. Der Notarztwagen ist schon auf dem Weg.«

Phil wurde kalt. »Was ist mit –«

»Keine Spur von ihr, Chef.«

Marina. Das Baby …

Phil spürte, wie es ihm in der Brust eng wurde. Ihm war schwindlig und sein Atem ging stoßweise. Er hoffte, sich verhört zu haben, doch dem war nicht so. Dann fiel ihm etwas ein. »Der Notarztwagen? Er lebt also noch?«

»Er ringt mit dem Tod. Die Ärzte tun, was sie können. Wie es aussieht, wurde er mit einem Hammer niedergeschlagen.«

»Genau wie Caroline Eades …« Phil nickte, den Blick zu Boden gerichtet. Er erinnerte sich an das Versprechen, das er Marina gegeben hatte. Dass er immer für sie da sein würde. Dass er nie wieder zulassen würde, dass jemand ihr etwas antat. Panik stieg in ihm auf. Er kämpfte sie nieder. Seine Augen hefteten sich auf die geschlossene Tür des Vernehmungszimmers.

»Und sie weiß es die ganze Zeit! Sie sitzt da drinnen und weiß es …!«

Er machte einen Satz in Richtung Tür und riss sie auf. Sophie sah hoch. In ihrem Gesicht spiegelte sich erst Verwirrung, dann Angst, als Phil auf sie zustürzte.

Weit kam er nicht. Die Tür flog auf, und er wurde von zwei Uniformierten gepackt.

»Schlechte Neuigkeiten?«, fragte Sophie, sobald klar war, dass sie sich in keiner unmittelbaren Gefahr mehr befand, und lachte.

Er schrie und tobte, als ihn die beiden Kollegen davonzerrten.

»Nein!«, brüllte er. »Marina …«

75

Marina schlug die Augen auf. Und sah nichts. Es war noch genauso dunkel wie zuvor.

Sie versuchte, die Arme zu bewegen. Sie schmerzten, genau wie der Rest ihres Körpers, aber sie waren nicht gefesselt. War das ein gutes oder ein schlechtes Zeichen? Hatte ihr Entführer es einfach vergessen, oder hielt er sie an einem Ort gefangen, von dem es ohnehin kein Entkommen gab?

Sie streckte eine Hand aus und tastete ins Nichts. Langsam und vorsichtig, schließlich wusste sie nicht, welche unangenehmen Überraschungen in der Dunkelheit lauerten. Da war nichts, nur festgestampfte Erde. Sie senkte den Kopf und schnüffelte. Es roch stockig und feucht. Ein unterirdischer Raum. Ein Keller?

Panik begann in ihr aufzusteigen. Sie war gefangen. Unter der Erde. Ihr Herz begann zu hämmern, und sie bekam kaum noch Luft.

»Nein. Bitte nicht ...«

Sie dachte an Martin Fletcher. Wie er in ihrem Büro stand und den einzigen Fluchtweg blockierte. Wie damals betete sie, dass Phil sie retten möge, und kämpfte gleichzeitig mit der entsetzlichen Angst, dass er nicht kommen würde.

»Nicht schon wieder, nicht schon wieder ...«

Verzweifelt schluchzend stand sie auf und streckte vorsichtig die Arme nach oben aus. Die Decke war niedrig, von Holzbalken gehalten. Ja, sie befand sich unter der Erde.

Sie setzte sich wieder auf den Boden und rollte sich zusammen.

Phil hatte gesagt, er würde sie nie wieder im Stich lassen. Sie nie wieder einer Gefahr aussetzen.

Er hatte gelogen.

Sie kniff die Augen einmal fest zusammen, dann öffnete sie sie wieder. Vielleicht würde sie irgendwo einen Lichtstrahl entdecken, sobald sich ihre Augen an die Dunkelheit gewöhnt hatten.

Nichts. Es war und blieb stockfinster.

Sie streichelte ihren Bauch. Keine Ruhe. Keine Entspannung.

Sie schluckte die aufsteigende Panik hinunter und betete, dass Phil – oder irgendjemand sonst – kommen und sie retten möge.

Sie ignorierte die leise Stimme in ihrem Hinterkopf, die ihr sagte, dass sie bei Martin Fletcher bloß Glück gehabt hatte. Noch einmal würde sie nicht mit dem Leben davonkommen. Niemand würde sie finden. Sie war ganz allein.

Sie schlang die Arme um ihren Körper.

Wagte nicht, sich zu rühren.

Und weinte.

»Ich weiß auch nicht, was in mich gefahren ist«, sagte Phil. »Das war absolut unprofessionell. Es wird nicht wieder vorkommen.«

Er stand Fenwick in seinem Büro gegenüber. Er war verschwitzt und sah ungepflegt aus, aber er wollte sofort losfahren. Allerdings wusste er, dass er dies zuerst über sich ergehen lassen musste. Sobald man ihn von Sophie Gale weggezerrt hatte, war er zu Fenwick zitiert worden. Anni und der Rest des Teams gingen in der Zwischenzeit den Hinweisen nach, die sich aus der Vernehmung ergeben hatten.

Von der anderen Seite des Schreibtischs aus maß Fenwick ihn mit kühlem Blick. Dennoch war offensichtlich, dass auch er alle Mühe hatte, gefasst und professionell zu bleiben.

»Ich hätte die Vernehmung nicht führen sollen, Sir. Ich war persönlich zu stark involviert. Wahrscheinlich wollen Sie jetzt nicht mehr, dass ich mit nach Wrabness fahre. Das würde ich verstehen.« Phils Stimme und seine Haltung ließen dagegen durchblicken, dass er eine solche Entscheidung keineswegs verstanden hätte.

Fenwick seufzte. »Was für ein Schlamassel«, sagte er. »Und ich kann Ihnen nicht einmal an den Kragen wegen Ihres Verhaltens, weil Sie dann sofort kontern würden mit …«

»Ihrer Einmischung gestern.«

»Vielen Dank, dass Sie meinem Gedächtnis auf die Sprünge helfen.« Ein neuerlicher Seufzer von Fenwick. »Aber am Ende des Tages …«

Jetzt kommt's, dachte Phil. *Fürst Floskel reitet wieder …*

»Am Ende des Tages müssen wir zusammenhalten. Das heißt, Sie leiten auch weiterhin die Ermittlung in dem Fall. Und natürlich werden Sie mit nach Wrabness rausfahren.«

Phil war erleichtert. »Vielen Dank, Chef.«

»Aber keine Fehler mehr. Wenn wir das hier versauen, dann macht uns der Staatsanwalt die Hölle heiß.«

»Ja, Sir.« Phil wandte sich zum Gehen.

»Und, Phil?«

Er blieb stehen.

Fenwick wirkte besorgt und müde. Als hätte er eine wichtige Lektion gelernt, die ihm jedoch gegen seinen Willen aufgezwungen worden war. »Ich nehme es Ihnen nicht übel. Ich hätte höchstwahrscheinlich genauso reagiert. Gut gemacht mit der Vernehmung.«

»Danke, Sir.«

Phil verließ das Büro seines Vorgesetzten und eilte in die Bar. Dort herrschte hektische Betriebsamkeit. Das Team machte sich zur Abfahrt bereit, die Uniformierten legten ihre Schutzwesten an. Eine Schusswaffeneinheit war herbeordert worden. Anni koordinierte die Vorbereitungen.

Sie blickte hoch, als er eintrat. Er ging zu ihr.

»Ich bin noch dabei«, sagte er auf ihre unausgesprochene Frage hin, so dass es jeder in ihrer Nähe hören konnte. »Ich bin auch weiterhin der leitende Ermittler.«

»Freut mich zu hören, Boss.«

»Also, was haben Sie rausgefunden?«

Sie warf einen Blick auf den Computerbildschirm vor ihr. »Hillfield ist ein Kleinbauernhof und gehört der Familie Croft.« Sie sah ihn vielsagend an. »Ein Farmer …«

»Aha«, sagte Phil. Er spürte das vertraute Kribbeln, das sich immer einstellte, wenn die einzelnen Teile eines Falles endlich zusammenpassten. »Entspricht dem Profil. Name?«

»Der letzte Eintrag im Grundbuch läuft auf Laurence Croft.«

»Der Vater?«

»Ist anzunehmen, dem Geburtsdatum nach zu schließen. Ein Todesdatum ist nicht vermerkt, aber er ist nicht als gegenwärtiger Bewohner aufgelistet. Dort steht nur …« Sie scrollte den Bildschirm hinunter. »Hester Croft. Eine einzige Person. Das ist alles.«

»Geschlecht?«

»Weiblich.« Sie scrollte weiter. »Das Haus liegt auf einem mehrere Hektar großen Grundstück. Zu ihm gehören auch einige Cottages.« Sie las weiter. »Nein, stimmt nicht, die wurden vor ein paar Jahren abgerissen. Danach wurde das Land zu einem Platz für Dauercamper umgestaltet.«

»Ich gehe davon aus, dass das Haus ziemlich abgelegen liegt?«

Anni lächelte gezwungen. »Na ja – es ist in Wrabness.«

»Also.« Phil ließ seinen Blick über die versammelte Mannschaft schweifen. Alle hielten in ihren Vorbereitungen inne und sahen ihn erwartungsvoll an.

»Sind wir bereit? Dann los.«

76

Das Baby schrie immer noch. Hester hatte sich in die Küche zurückgezogen und hockte dort auf dem Fußboden. Sie hatte die Hände auf die Ohren gepresst und versuchte, sich so klein wie möglich zu machen.

»Schh… schhh…!«

Aber das Baby schrie immer weiter.

Sie hatte es beseitigen wollen, sich aber nicht dazu überwinden können, während es wach war. Also hatte sie darauf gewartet, dass es einschlief. Aber es wollte nicht einschlafen, es lag einfach nur da und schrie.

Die Sache mit dem Baby war schon schlimm genug, aber es war noch etwas Schlimmeres passiert: Sie hatte nach ihrem Mann gerufen, und er war nicht aufgetaucht. Sie hatte ganz fest die Augen geschlossen und versucht, ihn herbeizudenken. Nichts. Kein Geräusch im Haus bis auf ihr eigenes Schluchzen und das Geschrei des Babys.

Sie musste den Tatsachen ins Auge sehen: Sie konnte seine Stimme nicht mehr hören, seine Anwesenheit nicht mehr spüren. Die Verbindung zwischen ihnen war zerrissen. Sie war ganz auf sich allein gestellt.

Ihr Mann hatte sie verlassen. Er war fort.

Sie hielt die Augen geschlossen und versuchte, das Schreien des Babys mit ihrem eigenen Weinen zu übertönen. Das Baby. Das verfluchte Baby war an allem schuld. Wäre das Baby nicht ins Haus gekommen, hätte es nicht alles durcheinandergebracht, dann wären sie immer noch glücklich miteinander, so wie früher. Nur Hester und ihr Mann. Allein und zusammen. Jeder des anderen Welt. Aber nein. Sie hatten ja unbedingt ein Baby haben müssen. Es hatte ihr Leben vervollständigen sollen. Stattdessen hatte es sie getrennt.

Hester spürte, wie hilfloser Zorn sich in ihrem Innern breitmachte. Sie warf sich hin und her, während sie ihn herausschrie.

»Nein … nein … nein … nein!«

Sie wollte nur noch, dass es vorbei war. Sie wollte die Zeit zurückdrehen, damit alles wieder so war wie früher. Nur sie und ihr Mann. Ihr Schreien erstarb. Es war hoffnungslos. Hoffnungslos.

Was sollte sie jetzt tun? Wenn ihr Mann fort war, hatte es keinen Sinn, dass sie noch blieb – ganz allein mit dem Baby. Aber sie konnte es nicht glauben. Wollte es nicht glauben. Er musste da sein. Er musste zu ihr zurückkommen.

Hester stand auf. Sie wollte einen letzten Versuch unternehmen, ihn zu finden, und wenn der fehlschlug, dann würde sie endgültig wissen, dass er sie verlassen hatte und sie selbst entscheiden musste, was sie als Nächstes tun sollte. Sie ging zur Hintertür. Als sie an dem Baby vorbeikam, schloss sie die Augen. Sie wollte es nicht sehen. Wollte nichts von ihm wissen.

Sie öffnete die Hintertür und trat auf den Hof hinaus. Still stand sie da und lauschte. Sie hörte den Fluss wie gewohnt leise rauschen. Normalerweise fand sie das Geräusch beruhigend, es klang vertraut und nach Heimat, aber jetzt kam es ihr bloß vor wie ein einsamer Ruf nach Hilfe, der niemals eine Antwort bekäme.

Sie wartete, bis sich ihre Augen an die Dunkelheit gewöhnt hatten, dann sah sie sich auf dem Hof um. Sie kannte alle Formen und ihre Schatten, jeden einzelnen Gegenstand. Angestrengt blickte sie umher. Nichts. Niemand. Er war nicht da.

Aber sie gab nicht auf. Noch nicht. Sie würde einen letzten Versuch unternehmen. Sie machte den Mund ganz weit auf und schrie. Es waren keine Worte, die sie herausschrie, bloß nackte Sehnsucht und Verlangen, Trauer und Verlassenheit. Das würde reichen, um ihn herbeizurufen, falls er da war. Sie *hoffte*, dass es reichen würde.

Sie stand ganz still und lauschte. Nichts. Nur das Rauschen des Flusses.

Sie seufzte und ging zurück ins Haus. Das Baby schrie immer noch, doch diesmal machte sie sich nicht einmal die Mühe, sich die Ohren zuzuhalten oder den Blick abzuwenden, als sie an ihm vorbeiging. Das Baby war da und ihr Mann nicht, und damit hatte es sich.

Sie kehrte zu ihrem Platz in der Küche zurück und starrte das Baby von dort aus an. Sie dachte nach, versuchte zu begreifen, wie sie in diese Lage geraten war. Alles war in Ordnung gewesen, bevor das Baby ins Haus gekommen war. Sie hatte ein schönes Leben gehabt. Jetzt war das Baby da, und ihr Mann war verschwunden. Wenn sie also das Baby beseitigte, würde ihr Mann vielleicht wiederkommen …

Sie wusste nicht, ob ihre Schlussfolgerung stimmte, aber einen Versuch war es wert. Allerdings hatte sie es bisher nicht über sich gebracht, das Baby zu töten, wenn es wach war.

Aber jetzt, mit seinem permanenten Gebrüll in den Ohren, würde es vielleicht gehen. Ja. Sie würde es schaffen. Wenn sie dadurch ihren Mann zurückbekäme, würde sie es schaffen.

Sie stand auf und ging zum Bettchen.

77

Zuerst dachte Marina, dass sie es sich nur einbildete, aber dann merkte sie, dass tatsächlich irgendwo Licht war. Weit entfernt und schwach, aber es war ein Licht.

Sie setzte sich auf und starrte angestrengt in die Dunkelheit. Ganz allmählich nahm sie ihre Umgebung wahr. Gemauerte Wände, ein Boden aus Lehm, schwere Deckenbalken. Das bestätigte ihren früheren Eindruck: Sie befand sich in einem Keller. Der Raum hatte keinen viereckigen Grundriss, sondern verfügte über mehrere Nischen und Durchgänge. Auf Händen und Knien kroch sie langsam dem Licht entgegen. Jenseits des Raumes sah sie weitere Räume, die durch Tunnel miteinander verbunden waren. Wo nötig, war die Decke mit schweren Holzbalken abgestützt. An ihnen liefen Stromkabel entlang.

Sie zitterte vor Kälte. Ihre Kleider starrten vor Dreck, Arme und Beine waren mit Schrammen und Blutergüssen übersät.

An einer Wand stand eine Werkbank, groß und wuchtig, mit einer von unzähligen Riefen und Scharten übersäten Oberfläche. Werkzeuge hingen an einem Brett darüber, allesamt alt und rostig, aber noch brauchbar. Marina sah sich um und lauschte. Sie konnte nichts hören und niemanden sehen. Trotzdem spürte sie, dass sie nicht allein war. Langsam kroch sie zur Werkbank und nahm die Werkzeuge an der Wand in Augenschein: Hammer in unterschiedlichen Größen, Meißel, ein Handbohrer. Dann fiel ihr Blick auf die Schraubenzieher, die, säuberlich der Größe nach geordnet, in einer Reihe hingen. Sie nahm den größten von seinem Haken. Der hölzerne Griff war abgenutzt, der Lack stellenweise abgeblättert, aber noch stabil. Der Metallschaft war trotz Rostflecken nach wie vor intakt. Sie prüfte das Ende. Flach und scharf. Das musste reichen.

Sie hielt ihn fest in der Rechten. Dann sah sie sich weiter um. Der Raum, in dem sie sich befand, schien keinen Ausgang zu haben. Der einzige Weg war der Tunnel, aus dem das Licht kam.

Das Herz hämmerte in ihrer Brust. Das Stechen im Unterleib war immer noch da, aber sie verbot sich jeden Gedanken daran, ob mit dem Baby vielleicht etwas nicht stimmte. Sie wusste nur, dass sie seine Mutter war und es beschützen musste.

Eine Mutter. Es war das erste Mal, dass sie sich als solche gesehen hatte.

Sie fasste den Schraubenzieher so fest sie konnte und kroch langsam den Tunnel entlang auf das Licht zu.

Das Einsatzteam hatte sich in Bewegung gesetzt.

Der Wagen, in dem Phil und Anni saßen, führte die Fahrzeugkolonne an. In Colchester hatten sie noch Sirenen und Blaulicht eingesetzt, um den restlichen Feierabendverkehr so schnell wie möglich hinter sich zu lassen. Auf den schmaleren Straßen außerhalb der Stadt genügte ihre bloße Präsenz, um glatt durchzukommen.

Phil saß auf der Rückbank. Er studierte eine Karte von Wrabness und bereitete sich innerlich auf den Einsatz vor. Er versuchte dabei nicht an Marina zu denken. Doch er konnte sich nicht richtig konzentrieren und seufzte. Es war immer dasselbe. Eigentlich war er für solche Einsätze ausgebildet. Er hatte gelernt, innerhalb von Sekundenbruchteilen eine Situation zu erfassen und Entscheidungen zu treffen. Aber jeder Einsatz war anders. Er konnte die Karte anstarren und sich mögliche Szenarien überlegen, so lange er wollte. Letztlich war es sinnlos. Erst wenn er vor Ort war, mitten in der Situation, wusste er wirklich, was zu tun war.

Er warf einen Blick zu Anni hinüber, die neben ihm saß. Seit sie eingestiegen waren, hatte sie kein Wort gesagt. Zweifellos war auch sie dabei, sich vorzubereiten.

»Alles in Ordnung?«, wollte er wissen. »Schaffen Sie das?«

Verdutzt blickte sie ihn an, als habe er sie gerade von weit her geholt. »Klar. Alles bestens.«

»Sicher?«

Sie nickte. Phil spürte, dass sie noch mehr sagen wollte, und wartete.

»Ich versuche bloß …«, sagte sie. »Versuche, das alles zu begreifen. Clayton. Und jetzt das hier.«

»Sie sind bestimmt erschöpft.«

»Total am Ende. Koffein, Zucker und Adrenalin – das ist alles, was mich im Moment am Laufen hält. Aber das habe ich gar nicht gemeint. Es ist bloß … jetzt funktionieren wir. Aber morgen, übermorgen, wenn wir wieder runtergekommen sind – was ist dann?«

Phil zuckte mit den Schultern und versuchte, locker zu wirken. In Wahrheit hatte er sich bereits eine ähnliche Frage gestellt. »Dafür gibt es psychologische Betreuung.«

Anni nickte. Seine Antwort schien sie beruhigt zu haben, und sie schwieg wieder.

Phil mochte nicht daran denken, was morgen oder in ein

paar Stunden sein würde. Er mochte nicht einmal daran denken, was sie im Begriff waren zu tun. Und vor allem mochte er nicht an Marina denken.

Was ihm natürlich nicht gelang.

Als Kind hatte er in einem Comic eine Geschichte über einen Oberbösewicht gelesen, der jede Menge verschiedene Superkräfte besaß. Aber sobald der Held an eine ganz bestimmte Superkraft dachte, ging sie ihm verloren. Genauso ging es ihm mit Marina. Wenn er sich all die Dinge vorstellte, die ihr schrecklicherweise zustoßen könnten, dann würden sie hoffentlich nicht passieren.

Nein, an morgen konnte er nicht denken. Für ihn gab es jetzt nur noch ein einziges Ziel: einen Mörder zu fassen und Marina und Caroline Eades' kleine Tochter in Sicherheit zu bringen. Und Marinas Baby. Aber bis zur Geburt waren es noch Monate … Ein Schauer durchlief ihn. Vielleicht hatte Hester sie bereits verschleppt, war mit ihr irgendwohin geflohen, wo sie sie niemals finden würden. Bitte nicht. Er konnte nicht … er würde die Hoffnung nicht aufgeben.

Es war eine Hoffnung, an die er sich mit aller Macht klammerte, während der Konvoi von Polizeifahrzeugen sich Wrabness näherte.

78

Hester hob das Baby aus der Wanne und sah es an. Es hatte die Augen zusammengekniffen und schrie immer noch.

»Zeit zum Schlafengehen«, sagte sie.

Sie hielt das kleine Mädchen fast zärtlich auf dem Arm, wiegte es hin und her und sprach leise zu ihm.

»Ja, genau«, sagte sie mit sanfter Stimme zu dem Baby. »Schlaf. Schlaf nur. So ist es gut …«

Die Schreie des Babys wurden allmählich leiser. Hester lächelte traurig. »Du musst jetzt schlafen, Kleines. Ja … Solange du hier bist, kommt mein Mann nämlich nicht zu mir zurück. Nein, das tut er nicht …« Wieder wiegte sie es. »Und das bedeutet, dass du wegmusst … ja, ja, weg musst du …«

Durch Hesters sanfte Worte kam das Baby allmählich zur Ruhe.

»Schhh… ja, so ist es gut …«

Hester lächelte, als das Baby aufhörte zu strampeln.

»Gut. Braves Baby.« Ihr fiel sein Geschlecht wieder ein. »Braves Mädchen …«

Dem Baby fielen langsam die Augen zu.

»So ist es recht, liebes Mädchen … schlaf schön ein … alles wird gut, wenn du erst mal eingeschlafen bist …«

Hester streichelte dem Baby sanft über den Hals.

Es schloss die Augen.

»Das also ist Wrabness«, sagte Anni und sah sich um. »Hier möchte ja nicht mal ein Hund begraben sein.«

Phil lächelte verhalten. »Ich wette, den Spruch kennen sie hier schon.«

Sie konnten in der Dunkelheit nicht viel sehen, aber Phil bezweifelte, dass der Ort bei Tageslicht einen viel besseren Eindruck machte. Das Land war flach, bis zum Horizont nichts als Felder, hier und da ein paar einzelne Bäume. An einem anderen Ort hätten sie vielleicht idyllisch gewirkt, aber hier ließen sie die Handvoll Häuser am Straßenrand nur noch verlassener aussehen.

Sie waren der Wegbeschreibung nach Hillfield gefolgt, dem Haus der Familie Croft. Irgendwann waren sie von der zweispurigen Hauptstraße auf einen einspurigen Fahrweg abgebogen. Sie hatten am Straßenrand geparkt und die Zufahrt blockiert. Uniformierte waren bereits damit beschäftigt, zu beiden Seiten der Straße Absperrband auszurollen und Barrieren zu errichten.

Phil war ausgestiegen und sah sich zusammen mit Anni die Umgebung an. Die Bäume waren kahl, die abgeernteten Felder lagen in der Dunkelheit öde und verlassen da. Man konnte den Fluss sehen und dahinter die Lichter des Hafens von Harwich, die am gegenüberliegenden Ufer flimmerten und so unerreichbar und unwirklich schienen wie eine Fata Morgana in der Wüste. Ein Hinweisschild neben einem Gatter wies den Weg über einen unbefestigten Pfad zum Strand.

»Das Haus steht da hinten«, sagte Phil und deutete auf den Pfad. »Wir müssen hier entlang.«

Inzwischen waren alle ausgestiegen. Das Einsatzkommando stand bereit. Waffen waren geladen und entsichert,

Panzerwesten angelegt. Jeder wusste, was er zu tun hatte. Die Nacht war kalt und klar, doch das Adrenalin sorgte für genügend Hitze.

»Also«, sagte Phil zur versammelten Mannschaft. »Sind alle so weit?«

Zustimmendes Gemurmel und Nicken.

»Jeder weiß, was er zu tun hat?«

Wieder nickten alle.

»Gut. Dann gehen wir.«

Er ging zum Gatter und öffnete es. Der Pfad verlief zum Ufer hin leicht abschüssig. Er war unbeleuchtet, und je weiter sie sich von der Straße entfernten, desto dunkler wurde es. Sie hatten Taschenlampen dabei, und obwohl die Gefahr bestand, dass man sie sehen könnte, hatte Phil keine andere Wahl. Er schaltete seine Lampe ein und leuchtete ihnen den Weg.

Sie kamen an einem alten Haus vorbei, in dessen Garten so viel Gerümpel angehäuft war, dass es aussah wie eine zeitgenössische Kunstinstallation, dann weiter an mehreren mit Moos, Flechten und Efeu überwachsenen Ziegelmauern vorbei. Irgendwann kamen sie wieder an ein Tor. Phil leuchtete mit seiner Taschenlampe. Ein Wohnwagenpark. Das Gelände war klein, die Caravans waren allesamt alt, mindestens dreißig Jahre, schätzte er. Die meisten waren liebevoll gepflegt, nur einer fiel ihm auf. Er war noch älter als die anderen, heruntergekommen und voller Stockflecken. Flüchtig fragte er sich, wer um alles in der Welt wohl nach Wrabness fuhr, um Urlaub zu machen, dann ging er weiter.

Am Ende des Pfads erreichten sie den Strand. Er blieb stehen.

»Wenn wir am Strand sind«, meinte Anni neben ihm,

»dann sind wir zu weit gegangen. Das Haus muss irgendwo weiter vorn liegen.«

Phil sah sich um. Gegen den sternenlosen Himmel zeichneten sich die Silhouetten einiger Strandhäuser ab. Sie waren auf Pfähle gebaut und sahen aus wie Raumschiffe aus einem alten Science-Fiction-Film. Der Strand war übersät mit alten Booten, die auf dem feuchten Sand vor sich hin rosteten. Noch an ihren Ankerketten, aber von ihren Besitzern im Stich gelassen, sahen sie so aus, als seien sie hierhergekommen, um zu sterben. Er kniff die Augen zusammen und blickte den Weg zurück. Auf der gegenüberliegenden Seite des Wohnwagenparks lag ein Feld, und jenseits des Feldes stand ein Gebäude, das wie eine ehemalige Scheune aussah. Schwarzes Spaltholz, halb verfallen. Er wandte sich an Anni.

»Glauben Sie, das ist es?«

»Sieht so aus«, meinte sie.

Er richtete sich an das Team. »Unser Zielobjekt liegt dort hinten«, sagte er. »Los.«

Er begab sich aufs Feld.

»Denken Sie dran«, sagte er. »Laut Aussage der Zeugin haben wir es mit jemandem zu tun, der unter einer gespaltenen Persönlichkeit leidet. Ihr Name ist Hester, sie ist eine Transsexuelle. Aber es gibt noch eine zweite Identität, die sie ihren Ehemann nennt. Vor ihm müssen wir uns in Acht nehmen. Er ist der Mörder. Im Moment könnte sie Hester sein, vielleicht aber auch nicht. Doch egal, was passiert – mit dem Ehemann wollen wir es nicht zu tun bekommen. Also lassen Sie uns das so schnell und sauber wie möglich über die Bühne bringen, klar?«

Lautlos setzte sich das Team in Bewegung.

79

Die Augen des Babys waren fest geschlossen.

»So ist es recht … braves Mädchen, so ist es gut …«

Hester hielt das Baby mit einer Hand und streichelte ihm mit der anderen über den Hals. So zerbrechlich. So winzig war der Unterschied zwischen Leben und Tod. Wie bei einem Spielzeug. Jahrelang spielte man damit, bis man eines Tages plötzlich beschloss, es zu verbrennen oder kaputtzumachen. Einfach nur um zu sehen, wie sich das anfühlte. Und wenn alles vorbei war, hatte man einen Klumpen verschmortes Plastik oder zerbrochene Einzelteile in der Hand. Nutzlos. Man konnte sie nur noch wegwerfen.

Und genau so war es mit dem Baby. Es würde nur einen Augenblick dauern, wenige Sekunden, nicht mal eine Minute. Dann wäre alles vorbei. Dann würde alles wieder so werden wie früher. Ihr Mann würde zurückkommen, und sie konnten wieder zusammen sein.

Nur ein einziger Augenblick.

Der Atem des Babys wurde langsamer und gleichmäßiger. Es schlief. Hester lächelte wieder. Sie hatte es geschafft. Sie hatte das Baby getröstet und in den Schlaf gewiegt. Wie eine richtige Mutter es getan hätte.

Sie seufzte.

Eine richtige Mutter.

Aber das spielte jetzt keine Rolle mehr. Sie hatte einen Plan. Sie musste ihn durchziehen. Sie musste stark sein.

Hester legte die Kleine zurück in ihr Bettchen, ganz behutsam, damit sie nicht aufwachte. Sie deckte sie zu und betrachtete sie eine Weile. Dann kniete sie sich daneben und legte ihr vorsichtig die Hände um den Hals.

Etwas regte sich in ihrem Innern und ließ sie innehalten.

Sie. Sie hatte *sie* zu dem Baby gesagt. Nicht *es*. Wie eine Mutter es getan hätte.

Vielleicht hatte das etwas zu bedeuten. Dass sie nämlich doch eine gute Mutter war. Dass sie das Baby in Wirklichkeit gar nicht hasste, dass sie doch in der Lage war, sich um ein Kind zu kümmern.

Sie schloss die Augen. Allmählich tat ihr der Kopf weh. Nein. Sie musste es tun. Musste es töten. Das war der einzige Weg, ihren Mann dazu zu bewegen, zu ihr zurückzukehren. Solange das Baby da war, würde er nicht kommen, das wusste sie. Was auch immer sie sonst noch empfand, das wusste sie sicher.

Also musste sie es tun. Sie musste einfach.

Wieder legte sie ihre Hände um den Hals des Babys. Sie versuchte zu sprechen. Brachte die Worte nicht über die Lippen. Jetzt erst fiel ihr auf, dass sie weinte.

»L-lebwo-ohl, Ba-by …«

Sie schluchzte immer noch, aber nur ganz leise, um das Baby nicht zu wecken.

Und drückte zu.

80

Das Haus war umstellt.

Phil konnte nicht glauben, dass dort tatsächlich jemand lebte. Sein erster Eindruck hatte sich bestätigt, das Gebäude war fast vollständig verfallen, an mehreren Stellen deckten schwarze Plastikplanen und Hartfaserplatten Löcher und verrottete Stellen ab. Auf dem Dach fehlten Schindeln, und der Hof lag so voller Müll, dass es auf ihm bestimmt vor Ratten nur so wimmelte.

Aber es war das richtige Haus. Dessen war er sich sicher.

Das Team war in Position. Phil stand an der Haustür, neben ihm einige Männern mit Rammbock, die bereit waren, die Tür aufzubrechen.

Er hob sein Funkgerät und gab das Signal.

Der Rammbock wurde in Position gebracht.

Die Tür flog aus den Angeln.

Sie stürmten das Haus.

Hester hatte die Hände gerade um den Hals des Babys gelegt, als sie den Lärm hörte.

Es war ein ohrenbetäubender Knall, wie von einer Explosion. Zuerst hielt sie es für ein Erdbeben oder eine Bombe. Ihr erster Gedanke: Hoffentlich wird das Baby nicht wach.

Doch dann hörte sie plötzlich Bewegung hinter sich. Gebrüll, das Gepolter von Schritten, Lichter, Menschen.

In ihrem Zuhause. In *ihrem* Zuhause.

Erschrocken drehte sie sich um und starrte fassungslos auf die Fremden. Sie versuchte zu begreifen, was passiert war, konnte es aber nicht. Sie wusste nur, dass sie Angst hatte.

Da waren Männer. Und Frauen. Einige hielten furchterregende Waffen auf sie gerichtet und brüllten sie an. Schrien Befehle. Weg von dem Baby! Auf den Boden! Und noch andere Sachen. Sie sah einen nach dem anderen an, versuchte herauszufinden, was sie von ihr wollten. Hinlegen! Weg da! Die Waffen kamen immer näher.

Ihr Herz klopfte, als wolle es zerspringen. Was sollte sie tun? Als sie sich von den Eindringlingen abwandte, schrien sie nur lauter und kamen noch näher. Sie warf einen Blick auf das Baby. Es sah aus, als würde es jeden Moment die Augen öffnen. Die Fremden hatten so viel Lärm gemacht, dass das Baby aufwachte.

In ihrer Verzweiflung schnappte sie sich das Baby und riss es aus der Wanne. Sie musste die Kleine zurück in den Schlaf wiegen, sie durfte nicht wach werden, nicht jetzt. Das Baby an die Brust gepresst, drehte sie sich wieder um.

Die Fremden waren einen Schritt zurückgewichen. Sie brüllten immer noch auf sie ein, aber jetzt waren noch mehr Befehle hinzugekommen. Legen Sie das Baby hin! Treten Sie zurück! Auf den Boden, Hände über den Kopf! Es war wie ein Spiel, bei dem sie mitspielen musste, ohne die Regeln zu kennen.

Sie drückte das Baby fest an sich.

Prompt fing es an zu weinen.

Sie schloss die Augen. Die Leute sollten verschwinden.

Während Phil ganz vorn stand und Befehle erteilte, blickte Anni sich rasch um. Als klar war, dass die Ein- und Ausgänge durch das Einsatzkommando gesichert waren, ließ sie ihren Blick durch das Innere des Hauses wandern. Es war nicht das erste Mal, dass sie mit Dreck und Elend in Berührung kam, aber diese Scheune war das Schlimmste, was sie je gesehen hatte. Genauso gut hätte man in einer verfallenen Garage oder einem Schuppen hausen können. Hier und da hatten die Bewohner versucht, für Behaglichkeit zu sorgen: Es gab Sessel und ein Sofa mit Zierdeckchen auf den Armlehnen. Aber die Möbel waren alt und verschlissen, als seien sie auf einer Müllkippe zusammengesucht worden. Eine rostige Zinkwanne diente als Babybett. Es gab auch eine Art Küchennische, aber nie im Leben hätte Anni etwas essen wollen, was dort zubereitet worden war.

Aber noch viel beängstigender war die Person, die das Baby im Arm hielt. Natürlich hatte Anni damit gerechnet, dass Hester nicht ganz normal war. Aber auf den Anblick der Gestalt, die jetzt vor ihnen stand, war sie nicht gefasst gewesen. Sie war groß, über eins neunzig, und trug ein verblichenes geblümtes Trägerkleid über mehreren Schichten Pullover und T-Shirts, dazu schmutzverkrustete alte Jeans und Stiefel. Unter einer schlecht sitzenden Perücke kam ein kahlrasierter Schädel zum Vorschein, und ihr Make-up sah aus, als sei es ohne Spiegel aufgetragen worden. Bartstoppeln im Gesicht der Frau deuteten darauf hin, dass sie sich mehrere Tage nicht rasiert hatte.

Anni versuchte ihre Abscheu zu unterdrücken und sich zu konzentrieren. Sie dachte an Graeme Eades und daran, wie er schluchzend auf dem Bett im Zimmer eines billigen Kettenhotels lag, voller Reue und von Schuld zerfressen, und sie anflehte, ihm sein Baby zurückzubringen, das Einzige, was ihm von seiner toten Frau geblieben war.

Das half.

Sie sah Phil an, der vor ihr stand und mit seiner ruhigen und festen Stimme, mit der er Verdächtige bei Verhören dazu brachte, sich ihm zu offenbaren, auf Hester einredete. Drohungen und Waffen hatten nichts genützt, sondern nur bewirkt, dass Hester Angst bekam und das Baby immer fester an sich presste. Also hatte er seine Herangehensweise geändert. Er bat sie nun freundlich, das Baby hinzulegen und vom Bettchen zurückzutreten. Aber seine Worte schienen keinerlei Wirkung zu zeigen. Anni glaubte zu wissen, warum.

Sanft legte sie ihm die Hand auf den Arm. Er wandte sich zu ihr um und sah sie fragend an. Sie bedeutete ihm mit den Augen: *Lassen Sie es mich versuchen.* Er nickte. Sie trat neben ihn.

»Ich heiße Anni«, sagte sie freundlich. »Und Sie sind Hester, stimmt's?«

Hesters Blick irrte durch den Raum wie eine Schwalbe, die in einer Scheune gefangen ist und verzweifelt den Weg ins Freie sucht. Sie hatte dem Baby die Hände um den Hals gelegt. Anni wusste, dass sie das Baby mit der kleinsten Bewegung töten konnte. Sie musste nur ganz leicht zudrücken.

»Sie sind doch Hester, nicht wahr? Das ist doch Ihr Name?« Anni versuchte, leise und sanft zu sprechen, aber gleichzeitig musste sie das Weinen des Babys übertönen. Sie sah Hester unverwandt an und wartete darauf, dass diese den Blick erwiderte.

»Hester …«

Hesters Augen kamen langsam zur Ruhe und blieben schließlich an Anni hängen.

»Sie heißen doch Hester, nicht wahr?«

Hester erwiderte Annis Blick und blinzelte ein paar Mal schnell. Dann nickte sie.

»Gut. Hören Sie zu, Hester, ich will Ihnen nichts tun. Niemand hier will Ihnen etwas tun, okay? Wir machen uns bloß Sorgen um Sie. Um Sie und das Baby.«

Anni wartete eine Weile. Hoffentlich hatte Hester sie verstanden. Dann redete sie weiter, noch immer in demselben beruhigenden Tonfall.

»Hester, warum legen Sie das Baby nicht wieder in sein Bettchen? Dann können wir uns unterhalten. Ganz in Ruhe.«

Hester sah auf das Baby herab und begann es hin und her zu wiegen. Das Weinen des Babys wurde ganz allmählich leiser.

Anni wagte sich einige Zentimeter vor.

»Sie können wirklich gut mit Babys umgehen, Hester. Richtig toll machen Sie das. Aber jetzt können Sie es hinlegen, glaube ich. Und dann unterhalten wir uns …«

Hester runzelte die Stirn. Noch immer hielt sie das Baby fest an ihre Brust gedrückt. Wiegte es hin und her. »W-worüber? Wieso denn …«

»Sie sind hier ganz allein und müssen sich um ein kleines Baby kümmern. Sie brauchen Hilfe, Hester …«

»Ich hab meinen … meinen Mann, der … er ist weg, er … muss zurückkommen …«

»Ihr Mann, stimmt.« Das Letzte, was sie wollten, war dass der Mann zurückkehrte, während Hester das Baby im Arm hielt. »Aber hören Sie, Hester, machen Sie sich im Augenblick keine Gedanken um Ihren Mann. Der ist nicht hier. Denken Sie einfach daran, was das Beste für Sie und das Baby ist. Ich kann Ihnen helfen, Hester. Ihnen die Unterstützung geben, die Sie und das Baby brauchen.«

Noch ein Schritt vor.

»Kommen Sie, Hester, lassen Sie uns reden, einverstanden? Nur wir zwei Frauen.«

Sie riskierte einen weiteren Schritt. Beim Wort »Frauen« hatte Hester, die immer noch das Baby schaukelte, eine Reaktion gezeigt. Ganz offensichtlich hatte Anni das Richtige gesagt. Von diesem Erfolg ermutigt, fuhr sie fort.

»Ich weiß.« Sie zeigte auf die Männer hinter sich. »Aber machen Sie sich wegen denen da keine Sorgen. Das sind Männer. Die verstehen nichts davon. Pistolen, Gebrüll – von anderen Dingen haben die keine Ahnung.« Sie wandte sich wieder zu Hester um und sah ihr direkt in die Augen. »Wir Frauen sind da anders, stimmt's? Wir wissen, wie man vernünftig miteinander redet, ohne das ganze Geschrei. Also kommen Sie.« Ein weiterer Schritt. »Lassen Sie uns reden. Nur Sie und ich.«

Hester sah zwischen Anni, dem Baby und den bewaffneten Einsatzkräften hin und her. Ihrem verwirrten Blick nach zu urteilen, wusste sie wirklich nicht, was sie tun sollte. Sie wiegte das Baby immer weiter, obwohl es schon längst wieder still war.

Anni wagte einen weiteren Schritt. Inzwischen stand sie fast direkt vor Hester.

»Kommen Sie, Hester, es muss Sie doch müde machen, die ganze Zeit mit dem Baby im Arm da herumzustehen. Sind Sie müde?«

Hester dachte nach, dann nickte sie.

»Das dachte ich mir.« Anni streckte die Arme aus. »Soll ich das Baby in sein Bettchen legen, und dann unterhalten wir uns? In aller Ruhe? Sie und ich. Einverstanden?«

Anni lächelte ihr aufrichtigstes Lächeln.

Hester sah das Baby an, dann Anni. Von dieser Entscheidung hing nun alles ab. Langsam lockerte sich ihr Griff um den Säugling.

Annis Herz hämmerte, ihre Hände zitterten. Sie konnte nur hoffen, dass Hester es nicht sah.

»Kommen Sie, Hester. Ich nehme Ihnen das Baby ab und dann unterhalten wir uns …«

Mit der Vertrauensseligkeit eines Kindes streckte Hester die Arme aus und hielt Anni das Baby hin.

Mit einem offenherzigen Lächeln trat Anni auf sie zu. Sie schob die Hände unter den Rücken des Babys und nahm es vorsichtig von Hester entgegen.

Sie hielt es fest an ihre Brust gedrückt. Dann blickte sie Hester an, die gespannt und vertrauensvoll das Gespräch mit Anni erwartete. *Es ist wirklich, als würde man ein kleines Kind verraten*, dachte Anni.

Sie nickte Phil kurz zu, der seinen Männern einen Befehl gab. Hester wurde gepackt und zu Boden geworfen. Sie stieß einen wütenden Schrei aus, der kurz darauf in Klagegeheul umschlug.

»Es tut mir leid«, flüsterte Anni, aber ihre Worte gingen im Tumult unter.

Mit dem Baby auf dem Arm zog sie sich in eine Ecke des Hauses zurück. Phil folgte ihr.

»Gut gemacht«, lobte er.

»Rufen Sie den Notarzt«, sagte Anni, ohne sich umzudrehen. »Ich warte draußen.«

Und sie verließ das Haus, das Baby fest an sich gedrückt. Noch immer drehte sie sich nicht um.

Niemand sollte ihre Tränen sehen.

81

»Wir haben das gesamte Haus durchsucht, Sir«, meldete einer der Uniformierten. »Keine Spur von Marina Esposito. Es befindet sich keine weitere Person im Gebäude. Aber wir haben das hier gefunden.« Er reichte Phil einen Zettel. »Er hing in der Küche an der Wand.«

Phil traute seinen Augen nicht. Da waren sie alle: Lisa King, Susie Evans, Claire Fielding, Caroline Eades. Darunter noch weitere Namen. Neben jedem Namen stand ein Datum. *Der Entbindungstermin*, dachte Phil. Aber es war der Name ganz unten auf der Liste, der ihm einen kalten Schauer über den Rücken jagte.

Marina Esposito, stand dort in einer Handschrift, die anders, aber keineswegs leserlicher war als die der übrigen Einträge. Und daneben: *eine von den Bullen.*

Phil war bemüht, sich die Panik und Verzweiflung nicht anmerken zu lassen, die er empfand. »Sie haben wirklich überall gesucht?«, fragte er den Uniformierten. »Was ist mit Kellerräumen oder einem Speicher?«

Die Uniformierte schüttelte den Kopf. »Nichts. Wir haben überall gründlich nachgesehen.«

»Außengebäude?«

»Auch die haben wir durchsucht. Bis auf ein paar Hühner und Schweine ist da nichts.«

»Suchen Sie weiter.«

Phil rannte nach draußen. Hester wurde gerade abgeführt. Er lief zum Streifenwagen, um sie zur Rede zu stellen. Der Polizist, der sie am Arm hielt, ließ sie nicht los.

»Wo ist sie?«, rief er. »Wo haben Sie sie hingebracht?«

Doch Hester starrte ihn bloß mit offenem Mund und ängstlichen Augen an.

Phil fuchtelte mit der Liste vor ihrem Gesicht herum. »Hier«, sagte er und stach mit dem Zeigefinger auf das Papier ein. »Marina Esposito. Hier. Ihr Name. Wo ist sie? Was haben Sie mit ihr gemacht?«

Hester wich vor ihm zurück und begann zu wimmern. Phil ließ nicht locker.

»Wo ist sie? Wo ist sie!«

Hester duckte sich und drückte ihr Gesicht in die Armbeuge eines der Polizisten. »Nein … nein … nicht … nicht weh tun … geh weg, geh weg …«

»Wo ist sie …« Doch Phil war längst klar, dass es keinen Sinn hatte. Hester wusste es nicht.

Er wandte sich ab.

Die Polizisten verfrachteten Hester in den Streifenwagen.

Phil stand da und sah ihnen nach, sein Herz war so schwarz und schwer wie die Nacht über Wrabness.

Was sollte er tun?

Marina schlich weiter, langsam und gebückt. Das Licht wurde immer heller, die Schatten, die um die Ecke fielen, wurden länger. Zu dem Licht kam ein Geräusch. Ein rhythmisches Hämmern.

Sie drückte sich flach gegen die Wand und hatte den Schraubenzieher fest in der Hand. Dann riskierte sie einen Blick um die Ecke.

Ringsum an den Wänden des Raumes standen Regale, in denen Konservendosen, Milchtüten und Flaschen mit Mineralwasser lagerten. Es sah aus wie die Speisekammer in einem Bunker. In der Mitte des Raumes kniete eine Gestalt und hämmerte Nägel in eine Holzlatte. Marina kniff die Augen zusammen, um zu erkennen, was dort gebaut wurde.

Am Boden lagen einige lange Bretter und Maschendraht. Das Holz wurde zu quadratischen Rahmen gezimmert, über die der Draht gespannt wurde.

Marina erschauerte, aber diesmal lag es nicht an der Kälte. Sie hatte begriffen, was dort entstand.

Ein Käfig. Ein Käfig für sie.

Sie schnappte unwillkürlich nach Luft, um sich sofort dafür zu verfluchen.

Die Gestalt hörte auf zu hämmern und sah auf.

Der Mann lächelte. Es war kein angenehmes Lächeln.

»Hallo«, sagte er, »willkommen in deinem neuen Heim.«

82

Das Baby war im Krankenwagen in die Klinik gebracht worden. Die Sanitäter hatten nach einer ersten Untersuchung festgestellt, dass es ihr den Umständen entsprechend gutging, sie aber noch einige Tage im Krankenhaus bleiben müsse. Graeme Eades würde benachrichtigt werden.

Anni saß auf den Stufen vor dem Haus, die Jacke fest um sich gewickelt, darüber eine Decke, und starrte auf den Strand hinaus.

Phil setzte sich neben sie.

»Hey«, sagte er.

Sie nickte, den Blick weiterhin in die Ferne gerichtet.

»Das haben Sie gut gemacht da drinnen«, meinte er.

Sie seufzte. »Ich habe sie angelogen.«

»Sie haben getan, was Sie tun mussten. Was nötig war.«

Sie schüttelte den Kopf. »Ich habe einen verletzlichen, hilflosen Menschen angelogen. Meinetwegen geht es jetzt jemandem, der einsam und krank im Kopf ist, noch schlechter als vorher.«

»Sie haben Ihren Job gemacht, Anni.«

Sie schwieg.

»Kommen Sie wieder mit rein?«

Zunächst antwortete sie nicht. Dann sagte sie: »Ich glaube, ich bleibe noch eine Weile hier draußen, wenn Sie nichts dagegen haben, Boss.«

»Alles klar.« Phil stand auf und sah sich um. Einmal mehr fiel ihm die Trostlosigkeit des Ortes auf. Er blickte über das Feld zurück auf den Weg, den sie gekommen waren, dann schweifte sein Blick über den Wohnwagenpark. Und wieder fragte er sich, wer um Himmels willen hier seine Ferien verbringen wollte.

Plötzlich stutzte er.

Der Wohnwagenpark.

»Anni …«

Sie sah auf.

»Als Sie die Daten zur Familie Croft überprüft haben, stand da nicht etwas von einem Wohnwagenpark?«

Anni, die aus ihrer nachdenklichen Stimmung gerissen wurde, blickte ihn überrascht an. »Ja, da war was …« Sie stand auf und folgte seinem Blick. »Glauben Sie etwa …«

»Einen Versuch ist es wert«, meinte er. »Sagen Sie dem restlichen Team, wo ich bin. Wenn ich etwas finde, komme ich zurück und gebe Bescheid.«

Er hob seine Taschenlampe vom Boden auf und eilte über das Feld davon.

Marina wich vor dem Mann zurück. Den Schraubenzieher hielt sie abwehrend in der ausgestreckten Hand.

»Nicht …« Ihre Kehle war staubtrocken, ihre Stimme leise und krächzend. »Kommen Sie nicht näher … sonst … ich steche zu …« Selbst in ihren eigenen Ohren klangen die Worte hohl.

Der Mann lächelte wieder und schüttelte den Kopf. »Nein, das wirst du nicht.« Er klang so, wie er aussah: grob, animalisch und stark. Er war groß und stämmig gebaut, mit kräftigen Gliedmaßen. Er trug eine alte Anzughose, Hosenträger und ein einstmals weißes Hemd, dessen Ärmel aufgekrempelt waren. Es war verschwitzt und fleckig. Seine Füße steckten in Arbeitsstiefeln, ein alter speckiger Mantel lag neben ihm auf dem Boden. Sein Kopf war vollständig kahl, aber seine muskulösen Arme waren dicht behaart. Das Hemd spannte sich über seinem massigen Bauch, der über den Bund seiner Hose hing, aber so aussah, als sei er hart wie Granit. Seine Augen waren wie zwei dunkle, tückische Teiche, die Haut in seinem unrasierten Gesicht leuchtete so rot wie schlechtes Blut. Wenn er lächelte, zeigte er gelbfleckige Zähne.

»Sie … Sie sind es, stimmt's? Sie sind derjenige, der all die … all die Babys geraubt hat.«

»Meine Frau, diese blöde Schlampe. Sie wollte unbedingt eins haben. Immer und immer wieder hat sie davon angefangen … was blieb mir übrig? So hat sie wenigstens die Klappe gehalten.« Wieder lächelte er, und diesmal erreichte sein Lächeln sogar seine leblosen Augen. »Kann aber nicht behaupten, dass es mir keinen Spaß gemacht hätte.«

»Und …« Während Marina sprach, wich sie Schritt um Schritt vor ihm zurück. »Warum … warum bin ich dann hier?«

Er zeigte auf ihren Bauch. »Was wächst denn da in dir, he?«

Marina spürte, wie ihre Beine nachgaben.

Er lachte. Es war ein tiefes, heiseres Lachen, als ob ein Raubtier zum Brüllen ansetzt. »Mit ihr geht's ja nicht mehr weiter, stimmt's? Nicht, wenn ihr mir auf der Spur seid.« Er senkte die Stimme, sie wurde kalt und scharf. »Aber ich hab nicht die Absicht aufzuhören. Vielleicht muss ich mich eine

Zeitlang verstecken. Im Untergrund leben. Bis Gras über die Sache gewachsen ist.« Noch ein Lächeln. »Und hier unten kann ich ein bisschen Gesellschaft brauchen. Wenn das Kind geboren ist, gehen wir wieder nach oben. Suchen uns ein hübsches Plätzchen. Du und ich und das Kind. Damit wir es anständig großziehen können.«

Marina schüttelte den Kopf. Sie konnte nicht glauben, was sie da hörte. Es schien alles so unwirklich. Ein Alptraum. »Aber … aber warum ausgerechnet ich?«

»Weil ich dich gesehen hab.«

»Im Fernsehen?«

»Ja. Und vor dem Fitnessstudio. Hab dich im Auge behalten. Wusste, dass du mir irgendwann noch nützlich sein würdest.«

»Man … man sucht bestimmt schon nach mir …«

»Sie können suchen, so lange sie wollen, sie werden dich niemals finden.«

Marina blieb wie angewurzelt stehen.

»Und entkommen kannst du auch nicht. Es gibt keinen Weg nach draußen. Also ist es am besten, du gewöhnst dich dran. Du wirst nämlich sehr lange hier unten sein.« Er nahm den Hammer wieder zur Hand. »Ich muss das hier jetzt fertig machen. Dein neuer Käfig. Danach haben wir Zeit, uns richtig kennenzulernen.«

Dann drehte er ihr den Rücken zu, kniete sich wieder hin und begann von Neuem zu hämmern.

Marinas Herz schlug so schnell, dass sie das Gefühl hatte, ihm würden Flügel wachsen und es würde aus ihrem Körper herausfliegen. *Das war's*, dachte sie. *Das ist das Ende.* Keine Rettung in letzter Minute wie in Hollywood. Kein Entkommen. Und Phil. Kein Phil. Trotz seines Versprechens, dass er sie nie wieder im Stich lassen würde. Dass er immer für sie da sein würde. Das war es nun. Sie war gefangen – für den Rest ihres Lebens.

Sie brach zusammen und begann zu weinen.

83

Phil ging bis zur Mauer zurück und leuchtete mit der Taschenlampe in den Wohnwagenpark. Er verließ den Pfad, betrat die Wiese und sah sich um.

Viele Wohnwagen waren es nicht, und alle waren dunkel. Phil stand ganz still und lauschte. Aus weiter Ferne konnte er sein Team in Hillfield hören, aber im Wohnwagenpark selbst war alles ruhig. Er ließ den Strahl seiner Taschenlampe umherwandern, bis er schließlich an dem Wohnwagen direkt hinter dem Eingangstor hängenblieb. Es war der Wohnwagen, der ihm bereits auf dem Hinweg aufgefallen war. Keiner der Caravans sah besonders einladend aus, aber dieser eine wirkte besonders heruntergekommen.

Phil trat näher. Und stolperte über etwas.

Die Taschenlampe fiel ihm herunter. Als er sich bückte, um sie aufzuheben, versuchte er zu erkennen, worüber er gestolpert war. Er leuchtete den Boden ab, bis er eine gemauerte Erhöhung im Gras fand, die zu der Steinmauer am Wegesrand zurückführte. Er ging in die Hocke und untersuchte sie genauer. Es waren die Überreste einer Wand.

Er wandte sich um und folgte dem Mauerrest mit der Taschenlampe in die andere Richtung. Er führte etwa zur Mitte des Parks und machte dann einen Knick nach links. Jetzt sah Phil, dass überall auf der Wiese solche alten Mauerreste verliefen. Als hätten hier einmal Häuser gestanden, deren Fundamente mit der Zeit überwuchert waren.

Phil dachte nach. Irgendetwas kam ihm daran bekannt vor … dann erinnerte er sich: Laurence Croft hatte früher mehrere Häuser besessen, die er abgerissen hatte, um das Grundstück in einen Wohnwagenpark umzuwandeln. Das ergab einen Sinn. Dem handwerklichen Geschick nach zu urteilen, das Croft in seinem eigenen Haus unter Beweis gestellt hatte, musste eine derart schlampige Abrissarbeit von ihm stammen.

Phil wandte sich wieder dem heruntergekommenen Wohnwagen zu. Irgendetwas stimmte nicht mit ihm. Alle anderen Wagen verfügten über einen Propangasanschluss, dieser hier nicht. Bei den anderen Wagen waren die Vorhänge geöffnet, bei diesem hier waren sie zugezogen. Und Phil konnte sich beim besten Willen nicht vorstellen, dass irgendjemand in einer solchen Rostlaube Urlaub machte. Warum also stand er hier?

Er ging näher heran und leuchtete ihn mit der Taschenlampe ab. Dann bückte er sich, um die Stufen vor der Eingangstür in Augenschein zu nehmen. Im Gras entdeckte er Fußabdrücke und schlammige Streifen, als habe jemand etwas hergeschleift. Oder jemanden. Die Spuren führten die Treppe hinauf in den Wagen. Mit klopfendem Herzen drehte Phil am Türknauf. Die Tür öffnete sich.

Er zog sie langsam auf und blieb dabei vorsichtig hinter ihr in Deckung, um abzuwarten, ob ihm nicht etwas entgegensprang. Er hielt die Taschenlampe hinein und war auf einen Angriff gefasst.

Doch da war nichts. Er leuchtete in jeden Winkel. Überall Staub und Dreck. Das Polster der Sitzbank war verschimmelt, von den Arbeitsflächen in der Küchennische blätterte das Resopal, dem Esstisch fehlte ein Bein. Die Vorhänge starrten vor Schmutz. Aber sonst war nichts zu entdecken.

Phil trat ein. Nicht nur der Schmutz fiel auf, auch der Geruch. Als wäre zu lange nicht gelüftet worden. Es roch wie in einem Sarg. Noch einmal sah Phil sich um. Nein. Das hier war mit Sicherheit kein Feriendomizil. Aber irgendeinem Zweck diente der Wohnwagen, dessen war er sich sicher. Er musste nur herausfinden, welchem.

Er leuchtete mit der Taschenlampe in die Schränke, unter den Tisch, untersuchte Stühle und schließlich den Fußboden. Und da fand er es.

Die schlammigen Schleifspuren führten zu einem Quadrat in der Mitte des Bodens. Er war mit demselben Teppich ausgelegt wie der Rest des Wohnwagens, aber ein Viereck war herausgeschnitten worden. Phil ging in die Hocke und klappte es zurück. Auch aus dem Boden war ein Quadrat ausgesägt, mit Scharnieren versehen und wieder eingesetzt worden: eine Falltür.

Er wusste, was er hätte tun sollen: die anderen rufen. Das Team herholen, damit es die Falltür öffnete und nachsah, was sich dahinter befand.

Aber er hatte Marina ein Versprechen gegeben. Er konnte diese Aufgabe nicht einfach anderen überlassen. Er würde sie finden, er selbst. Falls sie überhaupt hier war.

Er holte tief Luft und öffnete die Falltür.

Darunter hatte er einen niedrigen Keller oder ein flaches Grab vermutet, aber zu seiner Überraschung entdeckte er einen schmalen Schacht, der in die Tiefe führte. An einer Seite war eine hölzerne Leiter befestigt, an der anderen verlief ein dickes schwarzes Kabel. Elektrizität. Was – oder wer – auch immer dort unten war, es gab Strom.

Er leuchtete die quadratische Öffnung mit der Lampe ab und fand eine Wulst im Teppichboden, wo das Kabel verlief. Irgendwo in der Nähe musste es einen versteckten Generator geben.

Er sah in den Schacht hinab. Es war stockfinster dort unten.

Es wäre wirklich das Klügste, seine Mannschaft zusammenzutrommeln und jemand anderen vorzuschicken.

Wieder blickte er unschlüssig in die Tiefe.

Dann schwang er die Beine über den Rand und begann hinabzuklettern.

84

»Halts Maul! Ich hab gesagt, du sollst dein verdammtes Maul halten! Wenn ich eins nicht leiden kann, dann sind es plärrende Weiber!«

Mit zornfunkelnden Augen trat der Mann zu Marina und schlug ihr hart ins Gesicht.

Jäh hörte sie auf zu weinen. Ihre Wange brannte wie Feuer. Der Schlag war so heftig gewesen, dass sie das Gefühl gehabt hatte, ihr Kopf würde abgerissen.

Sie zweifelte nicht daran, dass er in der Lage war, sie zu töten. Und ihr wurde klar, dass sie trotz allem, was ihr bis jetzt widerfahren war – die Begegnung mit Martin Fletcher, der Anblick des blutüberströmten Tony in ihrem Wohnzimmer –, nie zuvor im Leben wirkliche Angst empfunden hatte.

Wieder beugte er sich drohend zu ihr herab. Sie versuchte, auf die Füße zu kommen, schaffte es aber nicht. Sie rutschte sitzend hastig von ihm weg.

Ein einziger Schritt und er hatte sie eingeholt. Sie presste sich flach gegen die Wand und begann zu wimmern.

Dann fiel ihr der Schraubenzieher wieder ein, hielt ihn mit beiden Händen abwehrend vor ihren Körper, die Spitze auf ihn gerichtet. Sie hoffte, er würde nicht merken, wie sehr ihre Hände zitterten.

»Nicht … lassen Sie mich …« Ihre Stimme versagte.

Er blickte spöttisch auf sie herab. »Willst du den wirklich benutzen?«

Sie hielt den Schraubenzieher weiter auf ihn gerichtet. Ihre Hände zitterten immer noch.

»Damit willst du mich abstechen?« Er lachte. »Hast du dir das auch gut überlegt? Ich warne dich, wenn du irgendwas aufhebst, dann sei besser auch bereit, es zu benutzen. Baby hin oder her, das lass ich mir nicht einfach so gefallen.«

Er kam immer näher, die Hand nach ihr ausgestreckt.

Marina begann erneut zu schluchzen.

Dann ging das Licht aus.

»Verflucht …«

Es war stockfinster. Phil versuchte, mit der Taschenlampe nach unten zu leuchten, damit er abschätzen konnte, wie weit er klettern musste, aber mit der einen Hand die Lampe zu halten und sich mit der anderen an der Leiter festzuhalten war schwieriger als gedacht. Er verfehlte eine Sprosse, und die Taschenlampe rutschte ihm aus der Hand. Der Lichtstrahl tanzte wild hin und her, als die Lampe auf den Boden des Schachts polterte.

Instinktiv hatte er den Arm ausgestreckt und versucht, sie noch zu greifen, doch dabei verlor er sein Gleichgewicht und wäre um ein Haar abgestürzt. Panisch suchte er nach etwas, woran er sich festhalten konnte, und bekam schließlich das schwarze Kabel an der gegenüberliegenden Wand des Schachts zu fassen. Er hoffte, dass es sein Gewicht aushalten würde, aber als er sich daran klammerte, löste es sich.

Hilflos ruderte er mit den Armen in der Dunkelheit und versuchte verzweifelt, Halt zu finden. Irgendwann bekam er die Leiter wieder zu fassen. Schweratmend klammerte er sich an die Sprossen. Er verschnaufte ein paar Sekunden und setzte dann seinen Abstieg fort.

Als er unten angelangt war, hob er seine Taschenlampe auf. Gott sei Dank funktionierte sie noch, denn er war sich sicher, dass er das Stromkabel, das die Räume hier unten mit Licht zu versorgen schien, beim Abstieg herausgerissen hatte.

Er brauchte nicht lange, um festzustellen, dass er sich im Keller des Hauses befand, das früher einmal darüber gestanden hatte. Die Wände bestätigten seine Annahme: nackter Ziegel mit hölzernem Gebälk und ein Boden aus festgestampfter Erde. Er leuchtete in jede Ecke. Keine Spur von Marina.

Dafür entdeckte er eine in die Wand eingelassene Tür. Sie war aus massivem Holz gefertigt, alt und schwer. Er drückte die Klinke herunter. Abgeschlossen. Er rüttelte daran. Das massive Türblatt bewegte sich keinen Zentimeter.

»Mist …«

Ratlos blickte er sich um. Da fiel ihm etwas ins Auge: An einer Wand befand sich eine Nische – dort war vermutlich früher der Kaminabzug gewesen. Ziegel stapelten sich an einer Seite der Öffnung, und es sah aus, als sei dahinter ein Tunnel gegraben worden.

Phil leuchtete mit der Taschenlampe hinein. Tatsächlich. Da dies der einzige Weg war, der aus dem Raum hinausführte, würde ihm nichts anderes übrigbleiben, als sich in den engen Tunnel zu quetschen. Phil hasste enge Räume. Er fuhr nicht einmal Fahrstuhl, wenn er es vermeiden konnte.

Trotzdem ließ er sich auf Hände und Knie nieder, die Taschenlampe zwischen den Zähnen. Noch einmal kam ihm der Gedanke, umzukehren und seinem Team Bescheid zu sagen. Sollten doch die anderen durch den Tunnel kriechen. Er versuchte vergeblich, bis ans Ende zu sehen, und lauschte auf Geräusche.

Da hörte er einen Schrei.

»Marina!«

Die Entscheidung war gefallen. Phil kroch los, so schnell er konnte.

In der totalen Finsternis konnte Marina ihren Angreifer nicht sehen, spürte aber, dass er direkt vor ihr stand. Sie glaubte nicht, dass die plötzliche Dunkelheit ihn daran hindern würde, sie sich zu greifen. Ihr weh zu tun. Sie benutzte die Wand hinter sich, um sich abzustützen, und kam auf die Füße. Das Adrenalin in ihrem Körper übernahm die Führung. Entweder sie handelte, oder sie ergab sich. Und das kam nicht in Frage. Nicht kampflos.

»Verdammter Generator«, knurrte der Mann. »Scheißverdammte Stromausfälle …«

Jetzt oder nie. Sie nahm den Schraubenzieher mit beiden Händen und stach zu, so fest sie konnte.

Und traf etwas. Sie stach wieder zu, noch fester.

Der Mann heulte auf. Ob vor Wut oder Schmerz, konnte sie nicht sagen.

Sie legte ihr ganzes Gewicht in den nächsten Hieb, rammte den Schraubenzieher so weit hinein, wie sie konnte. Dann, als es nicht mehr weiter ging, ließ sie den Griff los.

»Miststück …«

Marina schloss die Augen und versuchte fieberhaft, sich den Grundriss des Kellerlabyrinths ins Gedächtnis zu rufen. Links stand der halbfertige Käfig, also wandte sie sich nach rechts und kroch geduckt, so schnell sie konnte, weg von ihm.

»Na warte, du verdammtes Miststück …«

Sie konnte hören, wie er hinter ihr her durch die Dunkelheit stolperte.

Ihr Herz fühlte sich an, als müsse es jeden Augenblick zerspringen, während sie sich in Panik an der Wand entlangtastete. Ihre Finger fanden eine Ecke. Sie tastete weiter. Da war eine Art Nische in der Wand, ein Hohlraum. Vielleicht ein alter Kamin? Egal. Der Platz war groß genug, um sich hineinquetschen zu können. Hoffentlich würde er sie hier nicht finden.

Sie zwängte sich ein Stück hinein, doch mit ihrem Babybauch kam sie nicht weiter. Ihr Baby. Hoffentlich ging es ihm gut. Aber wenn nicht, könnte sie ohnehin nichts tun. Als Allererstes musste sie ihr eigenes Leben retten.

Sie kauerte sich so klein zusammen, wie sie konnte, und hielt den Atem an.

Betete zu einem Gott, an den sie schon lange nicht mehr glaubte, dass der Mann sie nicht finden möge.

Betete um ihr Überleben.

85

Phil kroch durch den Tunnel.

Er stieß sich mit den Ellbogen ab und arbeitete sich, so schnell es ging, voran. Die Lampe war schwer zwischen den Zähnen, und langsam begann sein Kiefer zu krampfen. Er wünschte sich nichts sehnlicher, als sie fallen zu lassen und sich einen Augenblick lang auszuruhen, aber er wusste, dass das unmöglich war. Der Tunnel war so eng, dass er die Lampe nicht wieder würde aufheben und in den Mund stecken können.

Also kroch er entschlossen weiter, immer weiter. Umkehren konnte er ohnehin nicht. Es gab gerade genug Platz, um immer weiter geradeaus zu kriechen. Überall um ihn herum nichts als Stein und Erde. Hölzerne Balken stützten die Decke ab. Allzu stabil sah die Konstruktion nicht aus. Wenn er aus Unachtsamkeit gegen einen der Stützpfeiler stieß, würde ihm vermutlich die Decke auf den Kopf fallen.

Er spürte ein Schwindelgefühl, das mit der Zeit immer stärker wurde. Die Luft im Tunnel war muffig und abgenutzt. Er versuchte, nicht in Panik zu verfallen, sondern sich ganz darauf zu konzentrieren, weiterzukriechen. Er hatte nur die Alternative aufzuhören. Und das war keine Alternative.

Doch dann, irgendwann, überrollte sie ihn doch: eine Panikattacke. Phil spürte, wie sich seine Brust zusammenzog, sein Atem knapp wurde.

»Nein … nicht jetzt …«

Er kniff die Augen fest zusammen. Hoffentlich war es gleich vorbei. Doch der Anfall wollte nicht vorübergehen. Er musste dagegen ankämpfen, weiterkriechen. Aber er hatte keine Kraft mehr. Seine Arme schmerzten. Er konnte sich kaum noch bewegen.

Er musste weiter. Er konnte sich nicht ausruhen. Er musste gegen die Angst und das Schwächegefühl ankämpfen, es irgendwie durchstehen. Nur nicht nachlassen. Er gab sich einen Ruck und zog sich mit den Armen weiter. Zwischendurch holte er tief Luft. Und noch mal. Und noch einmal. Gut. Er schaffte es, er kämpfte dagegen an, er konnte es besiegen …

Plötzlich verengte sich der Tunnel.

»Nein, nein, nein …«

Es wurde immer schlimmer. Er schloss die Augen, robbte verbissen weiter. Spürte kaum die Tränen, die seine Wangen hinabrannen. Weiter, einfach nur weiter.

Allmählich veränderte sich die Luft, wurde langsam frischer, klarer. Er hatte es geschafft. Er hatte das andere Ende erreicht.

Er zog sich aus dem Tunnel, wälzte sich auf den Rücken und blieb einen Moment lang liegen. Er keuchte, als wäre er gerade einen Marathon gelaufen. Seine Beine zitterten, seine Lungen brannten, aber das war ihm egal. Er hatte es geschafft.

Da ertönte wieder ein Schrei.

»Du Schlampe, du dumme Sau …«

Er hatte sie gefunden. Marina schrie, als er sie an den Haaren packte und aus der Nische zerrte.

»Komm her, du … Hast wohl gedacht, du könntest abhauen, was? Mir entwischen? Ich hab den Keller hier gebaut, ich kenne jeden Winkel!«

Er riss sie hinter sich her. Der Schmerz fuhr durch ihren Kopf den Nacken hinab. Sie schrie und zappelte und trat. Es nützte nichts. Er war zu stark.

»Du hast mir weh getan, du Schlampe! Du hast mir verdammt weh getan …«

»Tun Sie mir nichts«, rief Marina hastig. »Wenn Sie mir weh tun, dann tun Sie auch dem Baby weh. Und ohne das Baby nütze ich Ihnen nichts mehr.«

Er hielt inne und schien über das, was sie gesagt hatte, nachzudenken. Dann zerrte er sie weiter. »Aber ein bisschen Spaß kann ich trotzdem mit dir haben. Mach dir darüber mal keine Sorgen …«

Er atmete schwer, und sein Griff war nicht so stark wie erwartet. Marina spürte ein kleines Hochgefühl. Sie hatte ihn verletzt. Gut.

Aber das änderte nichts an ihrer Lage.

Sie spürte die Tränen kaum, die ihre Wangen hinabliefen, während er sie zurück zum Käfig schleifte.

Phil leuchtete kurz mit der Taschenlampe, um herauszufinden, woher der Schrei gekommen war. Er sah sich um. Eine Werkbank an einer Wand, darüber eine uralte Werkzeugsammlung. Das Lager eines Überlebenskünstlers. Er ging zur Werkbank, nahm einen schweren Zimmermannshammer vom Haken und ging weiter in die Richtung, aus der der Schrei gekommen war.

Marina trat wie wild um sich. Ihre Finger versuchten verzweifelt, seinen Griff zu lockern. Die Wunde machte ihm zu schaffen, er bewegte sich schwerfälliger als zuvor, aber er war immer noch stark. Zu stark für sie.

Während er sie hinter sich herschleifte, glaubte Marina plötzlich, etwas hinter sich zu sehen. Zunächst dachte sie, dass es bloß daran lag, dass ihre Augen sich allmählich an die Dunkelheit gewöhnten, aber nachdem sie ein paar Mal geblinzelt hatte, wurde ihr klar, dass da ein Licht war, das sich auf sie zubewegte.

Ihr Herz begann schneller zu schlagen. Hoffnung stieg in ihr auf. *Da ist sie*, dachte sie. *Die Rettung*. Aber so schnell, wie sie gekommen war, erlosch die Hoffnung auch schon wieder. Was, wenn er einen Komplizen hatte? Was, wenn es mehr als einen Täter gab?

Sie wusste nicht, was sie tun sollte. Aber irgendetwas *musste* sie tun.

Sie riskierte es.

»Hier!«, schrie sie aus Leibeskräften. »Ich bin hier!«

Ihr Entführer schnaubte und drehte sich um. Sah das Licht.

Einige Sekunden lang blieb er unschlüssig stehen, dann ließ er sie los und floh.

Phil bog um die Ecke und blieb wie angewurzelt stehen. Zunächst dachte er, dass die Dunkelheit und der Sauerstoffmangel ihm einen Streich spielten. Er blinzelte. Es war keine Halluzination. Da war Marina. Sie lag wenige Meter von ihm entfernt auf dem Boden.

Erleichterung durchflutete ihn. Er lief zu ihr, fiel neben ihr auf die Knie, legte den Hammer beiseite und zog sie in seine Arme.

»Oh mein Gott, Marina …« Er hielt sie fest an sich gedrückt. »Ich habe dir doch gesagt, ich würde dich nicht im Stich lassen …«

Aber er spürte, dass Marina angespannt war. »Er ist noch hier, Phil«, flüsterte sie panisch. »Er ist hier noch irgendwo …«

Phil ging neben ihr in die Hocke. Er wollte sie etwas fragen, doch die Worte blieben ihm im Hals stecken. Jemand hatte sich von hinten auf ihn gestürzt.

»Phil!«

Er spürte zwei Hände um seinen Hals, die ihm die Luft abdrückten, hörte ein animalisches Brüllen. Ihm schwindelte. Seine Hände fuhren an seinen Hals, versuchten, den Griff des Angreifers zu lockern, aber es gelang ihm nicht.

Phil ließ die Taschenlampe fallen, tastete nach dem Hammer, konnte ihn aber nicht finden.

Der Lichtstrahl der Taschenlampe warf die gesamte Szene als groteskes Schattenspiel an die Wand. Den Mann hinter sich sah er nur als riesenhaften Schatten. Er musste sich wehren.

So fest er konnte, rammte er dem Angreifer den Ellbogen in den Magen. Der Mann stöhnte vor Schmerz, und der Griff um Phils Hals lockerte sich ein wenig. Phil nutzte seinen Vorteil und stieß erneut zu. Der Griff lockerte sich noch weiter. Dann packte er die Daumen des Mannes und bog sie mit einem kräftigen Ruck von den übrigen Fingern weg.

Der Mann heulte vor Schmerz auf wie ein wildes Tier. Phil drehte immer weiter an den Daumen, bis er es knacken hörte. Dann ließ er los und entwand sich seinem Angreifer. Er kam auf die Füße und stellte sich vor ihn.

Der Mann war älter, als Phil vermutet hatte, groß, stämmig gebaut und vollständig kahl. Er sah aus wie eine ältere Version von Hester. Phil wusste sofort, um wen es sich handelte. Laurence Croft. Hesters Vater. Hesters Ehemann.

Es gab ihn tatsächlich. Sophie hatte sich geirrt.

Oder sie hatte ihn belogen.

Croft stürzte sich auf ihn. Phil versuchte, ihm auszuweichen, aber Crofts Rechte traf ihn mitten ins Gesicht. Von der Wucht des Schlags geriet Phil ins Taumeln, verlor das Gleichgewicht und landete hart auf dem Rücken. Die Luft blieb ihm weg, er spuckte Blut und einen Zahn.

Dann saß Croft auf ihm, die Faust zum nächsten Schlag erhoben. Phil versuchte, dem Schlag auszuweichen, war jedoch zu langsam. Er spürte, wie knirschend sein Nasenbein brach. Blut begann aus seiner zerschundenen Nase zu sickern.

Verzweifelt versuchte Phil, sich aufzusetzen, sich zu wehren, aber in seinem Kopf drehte sich alles.

Croft lachte und holte zu einem weiteren Schlag aus. Phil wusste, er würde reichen, um ihn endgültig außer Gefecht zu setzen – oder sogar zu töten.

Dann erstarrte Croft.

Er riss die Augen auf, und sein Kopf zuckte zur Seite. Die Arme fielen herab.

Phil blinzelte verwirrt.

Wieder zuckte Crofts Kopf, seine Augen wurden noch größer.

Dann noch einmal.

Schließlich verdrehte er die Augen und kippte zur Seite. Der dumpfe Schlag, mit dem er auf dem Boden aufkam, schien von den Wänden des engen Raums widerzuhallen.

Phil sah hoch. Über dem reglosen Körper von Laurence

Croft stand Marina. In der Hand hielt sie den Hammer, den er nicht hatte finden können. In Crofts Kopf klaffte eine blutige Wunde.

Der Hammer fiel zu Boden. Phil erhob sich und trat zu ihr. Hielt sie in seinen Armen, noch bevor die Tränen flossen. Ihre und seine.

86

Der November ging in den Dezember über, und Weihnachten stand vor der Tür. Doch Phil war nicht in Festtagslaune.

Er saß allein in seinem Wohnzimmer, in dem das einzig Weihnachtliche ein paar Grußkarten von Kollegen und von Don und Eileen waren. Daneben lag ein Umschlag von Marina. Er öffnete ihn und zog einen Brief heraus.

Phil seufzte und beschloss, ihn vorerst nicht zu lesen – zumindest nicht ohne Unterstützung. Also ging er in die Küche, holte sich ein Bier aus dem Kühlschrank und nahm es mit zurück zum Sofa. Er schaltete die Stereoanlage ein. Er wusste noch genau, welches Album im CD-Player steckte.

Er schloss die Augen und rieb sich mit den Handflächen über das Gesicht. Seine Nase war fast verheilt. Der Rest würde etwas länger dauern. Er trank einen Schluck Bier und dachte an das, was seit jener Nacht in Wrabness alles passiert war.

In Crofts Manteltasche hatte er den Schlüssel zu einer Tür gefunden, die ihnen den Rückweg durch den Tunnel ersparte. Marina hatte offensichtlich große Schmerzen. Sie hielt sich die ganze Zeit den Unterleib, und sobald sie es nach draußen geschafft hatten, ließ Phil sie mit einem Krankenwagen in die nächstgelegene Klinik bringen.

Danach musste er nur noch sein Team zusammentrommeln und den Einsatz abschließen.

Nachdem er seine Nase hatte richten lassen, war er zurück aufs Revier gefahren. Anni hatte ihn begleitet.

»Also gab es Hesters Ehemann doch«, sagte sie, als sie sich erschöpft auf ihren Schreibtischstuhl sinken ließ.

Phil nickte. »Sophie hat uns zum Narren gehalten.«

»Aber warum?«

Er zuckte mit den Schultern. »Um ihren Vater zu schützen?«

»Nach allem, was er ihr angetan hat?«

»Wer weiß? Vielleicht hat sie ihn immer noch geliebt.«

»Oder sie hat einfach so gelogen, ohne Grund.«

»Sie belügen uns doch immer alle. Haben Sie das noch nicht begriffen?«

»Was?«

»Tut mir leid. Das habe ich irgendwann mal zu Clayton gesagt …« Er seufzte, und seine Augen wurden feucht. »Meine Güte, was für ein Alptraum …«

Das Interesse der Medien an dem Fall war enorm. Phil hielt sich so weit wie möglich im Hintergrund und überließ Fenwick das Feld.

Danach ging alles ganz schnell.

Laurence Croft wurde tot aus dem Keller geborgen. Phil wusste, dass es eine interne Untersuchung geben würde, aber es wurde angedeutet, dass weder er noch Marina eine Anklage zu befürchten hatte. Wenn überhaupt, würde er eine Belobigung bekommen.

Hester wurde in eine geschlossene Anstalt eingeliefert und unter psychiatrische Aufsicht gestellt. Phil vermutete, dass es nur noch eine Frage der Zeit war, bis er – Phil konnte von Hester einfach nicht als sie denken – offiziell für unzurechnungsfähig erklärt wurde. Dem Baby ging es gut und würde bald seinem Vater übergeben werden. Phil hoffte, dass Graeme Eades der Aufgabe gewachsen sein würde.

Ryan Brotherton würde sich wegen versuchten Mordes vor Gericht verantworten müssen. Und Sophie Gale alias Croft war offiziell wegen Mordes angeklagt worden.

Blieb noch Claytons Beerdigung. Sie war für Phil das Schlimmste von allem.

Die Trauerfeier fand in der Colchester Baptist Church statt, die mitten im Stadtzentrum in der Old Lane lag. Das im georgianischen Stil erbaute Gotteshaus wirkte neben dem riesigen Einkaufszentrum mit seiner roten Backsteinfassade aus den Achtzigern irgendwie fehl am Platze.

Während Phil in der Kirche stand und sich an der geschwungenen Holzlehne der Bank vor ihm festhielt, fiel ihm auf, wie klein der Sarg neben der riesigen Orgel aussah. Wie unbedeutend.

Der Priester sprach davon, dass dem Mensch nur eine kurze Zeit auf Erden vergönnt sei, und Phil wusste, was jeder Trauergast in der Kirche in diesem Augenblick dachte: dass Claytons Zeit kürzer gewesen war als die der meisten anderen Menschen. Neunundzwanzig Jahre. Auch fiel ihm die Kluft zwischen Claytons Familie und seinen Kollegen auf. Man hatte ihn gefragt, ob er ein paar Worte sagen wolle, aber er hatte abgelehnt. Er konnte einfach nicht. Zu viel Schmerz, zu viele Schuldgefühle. Er hatte Fenwick gebeten, die Aufgabe an seiner statt zu übernehmen.

Der Priester sprach auch vom Geschenk der Hoffnung. Phil sah sich in der Trauergemeinde um. Claytons Mutter und seine Schwestern wirkten verstört, als könnten sie es noch immer nicht fassen. Selbst Anni weinte still vor sich hin. Offenbar gab es nicht viele, die mit diesem Geschenk etwas anfangen konnten.

Danach kam Fenwick zu ihm.

»Es gibt noch einen Empfang im Haus seiner Eltern. Wir wurden eingeladen.«

Phil nickte. »Gehen Sie nur«, sagte er.

»Ich glaube, sie würden es zu schätzen wissen, wenn Sie auch kämen.«

»Gehen Sie, Ben.«

Fenwick nickte und wandte sich um. Blieb dann aber stehen. Es gab noch etwas anderes, was er sagen wollte. Phil wartete.

»Wissen Sie, es ist gut möglich, dass alles herauskommt. Über … Clayton. Bei Sophie Gales Prozess.«

»Ich weiß.«

»Ich meine, natürlich werde ich tun, was in meiner Macht steht, aber …«

»Ich weiß.« Phil ließ den Blick über die Trauergäste schweifen, die aus der Kirche strömten. Claytons Mutter musste gestützt werden. »Tun Sie, was Sie können, Ben.«

Er ging davon.

Er hatte versucht, sich mit Marina in Verbindung zu setzen, sie aber nicht erreicht. Sie war nicht in ihrer Praxis, und zu Hause war sie natürlich auch nicht. Ihr Arzt hatte ihr geraten, sich eine Weile freizunehmen. Sie brauche Ruhe, wenn sie das Baby nicht gefährden wolle. *Unser Baby*, dachte Phil. Niemand wusste, wo sie war.

Tony Scott hatte überlebt, aber seine Kopfverletzungen

waren so schwer, dass er seitdem im Koma lag. Von den Krankenschwestern wusste Phil, dass Marina die ersten Tage an seinem Bett gewacht hatte.

Phil nahm auch weiterhin seine Verabredungen zum sonntäglichen Abendessen bei Don und Eileen wahr. Das erste Mal war das schlimmste gewesen. Eileen bereitete einen ausgezeichneten Braten zu, und der Duft und der Geschmack waren für Phil stets ein Symbol für häuslichen Frieden gewesen. Aber dieses Mal nicht. Er saß am Tisch und aß pflichtschuldig seine Portion, obwohl er nichts schmeckte. Es war ihm unmöglich, das Essen zu genießen.

Don war selbst Polizist gewesen, er wusste, was Phil durchmachte. Zumindest glaubte er es. Phil hatte ihnen von Clayton, Hester und Croft erzählt. Aber nicht von Marina. Sie stellten keine Fragen, aber er wusste, dass sie da sein und ihm zuhören würden, sollte er sich irgendwann entschließen, darüber zu reden. Und wenn nicht, dann wären sie trotzdem für ihn da.

Er ließ Messer und Gabel sinken, murmelte eine Entschuldigung und schob den Teller von sich.

Eileen nickte, sagte aber nichts.

Phil rührte sich nicht. Merkte kaum, dass er weinte.

Eileen legte ihre Hand auf seine. Don war neben ihm.

So saßen sie lange Zeit.

Und nun saß Phil allein in seinem Haus, trank Bier und hörte Musik.

Wieder betrachtete er unschlüssig den Brief. Er leerte seine Bierflasche, stellte sie weg und öffnete den Umschlag.

Lieber Phil,
es tut mir leid, dass ich mich nicht gemeldet habe. Ich weiß, was Du jetzt von mir denken musst, aber ich hatte keine Wahl. Bitte verzeih. Ich muss mir über einige Dinge klarwerden. Wichtige Dinge. Nicht nur über Dich und mich. Ich habe gedacht, nach der Sache mit Martin Fletcher würde mir nie wieder etwas so Schlimmes passieren. Ich habe mich geirrt. Auch wenn Du mich dieses Mal gerettet hast.
Du weißt, dass das Baby von Dir ist. Vielleicht sollten wir beide zusammen für den Kleinen da sein. Oder die Kleine. Ich weiß es nicht. Dann ist da noch Tony. Ich fühle mich schuldig wegen dem, was ihm passiert ist. Irgendwie fühle ich mich verantwortlich. Was immer zwischen ihm und mir oder Dir und mir vorgefallen ist, ich muss auch ihm gerecht werden.
Ich weiß, dass ich meine Gedanken nicht gut ausdrücken kann – ich schreibe einfach das, was ich im Augenblick empfinde.
Das ist alles ein großes Durcheinander. Ich brauche Zeit zum Nachdenken. Um mich neu zu sortieren. Ich hoffe, dass Du mir das zugestehst.
Und ich hoffe, Du weißt, dass ich Dich liebe. Egal, was auch passiert, ich liebe Dich.
Kuss
Marina

Phil legte den Brief zur Seite und hob die Bierflasche. Sie war leer. Er stand auf und ging in die Küche. Währenddessen dachte er über Marinas Worte nach. Guy Garvey sang gerade etwas von einem wunderschönen Tag, und Phil war weit entfernt davon, ihm zustimmen zu können. Die Worte des Pfarrers bei Claytons Beerdigung kamen ihm ebenfalls wieder in den Sinn. Das Geschenk der Hoffnung …

Er holte sich ein neues Bier, mit dem er ins Wohnzimmer zurückkehrte. Er setzte sich und begann zu trinken. Der Gedanke kam ihm, dass ein Geschenk auch ein Fluch sein konnte.

Da klingelte es an der Tür.

Phil ignorierte es.

Es klingelte wieder, diesmal eindringlicher.

Seufzend stellte er seine Bierflasche ab und ging zur Tür, um sie zu öffnen.

Und da stand Marina.

Sie schaute ihn an und lächelte zaghaft.

»Hey.«

»Selber hey.«

Phil öffnete die Tür ganz und ließ sie herein. Sie trat in den Flur und ging von da aus ins Wohnzimmer weiter. Phil folgte ihr.

Er sah sie dort stehen und wusste nicht, was er sagen oder tun sollte. Dann schaute er ihr in die Augen. Und wusste Bescheid. Da gab es keine Unschlüssigkeit mehr.

Er ging zu ihr und umarmte sie. Hielt sie, so fest er nur konnte.

Guy Garvey sang immer noch von einem wunderschönen Tag. Dieses Mal konnte Phil ihm nur zustimmen.

Danksagung

Dank gebührt David Shelley, Thalia Proctor und allen bei Little, Brown, die an diesem Buch mitgearbeitet haben, sowie Jane Gregory, Stephanie Glencross, Claire Morris, Jemma McDonagh, Tess Barun und Terry Bland bei Gregory and Company. Ganz besonderer Dank geht an Ildiko Olah und Chris Bews für die Recherchen und den Rotwein. Alle Fakten stammen von ihnen, alle Freiheiten von mir. Allen, die ich nicht namentlich erwähnen kann, an dieser Stelle ein Dankeschön. Ihr wisst, warum.